LES MÉMOIRES DE GIORGIONE

CLAUDE CHEVREUIL

Les Mémoires de Giorgione

ROMAN

ÉDITIONS DE FALLOIS

ISBN : 978-2-253-14784-8 – 1re publication - LGF

Rien n'existe, que ce qu'on imagine.

Anatole FRANCE

I

Mon cher Sebastiano,

J'ai vu ce matin dans les yeux de ma mère que j'étais très malade. Elle tenait incliné le grand pot de lait dont j'ai approché mon écuelle. Voyant mon poignet, où de légères taches brunes commencent d'apparaître, elle s'est figée dans son geste, nos regards se sont croisés : j'ai lu dans le sien une certitude et cette panique, ce fléchissement de tout l'être, que seule une mère peut éprouver à l'égard de son fils en danger. Elle a eu beau me verser ensuite en plaisantant le liquide chaud et mousseux, je ne fus pas dupe : elle était un ton au-dessus, comme la voix de ces castrats que, souviens-toi, nous poussions par jeu au bout de leur tessiture et qui faisaient semblant d'y être à l'aise.

J'aurais préféré que ma mère ne sût pas. Toi, cher Sebastiano, tu sais, du moins je le suppose. Fracastoro, mon médecin, connaît nos liens d'amitié et je doute qu'il ait gardé pour lui ce que lui et moi sommes seuls à savoir. Pourquoi ne t'ai-je rien dit encore ? Peut-être pour éviter que tu poses sur moi le regard de ma mère. Tu aurais alors tout naturellement exagéré, la sentant menacée, l'affection que tu me portes. Nos rapports en auraient été faussés. Quand tu liras cette lettre, tu m'auras revu plusieurs fois, ici ou à Venise, nous aurons ri et travaillé ensemble comme de coutume, nous aurons peut-être parlé de mon état, mais sans aller jusqu'à nous confier nos sentiments les plus délicats, ceux qu'on n'avoue pas même à ses intimes tant on a de difficultés à se les avouer à soi-même.

Je n'ai pas mérité cela. J'ai encore tant de choses à faire, de rêveries à peindre, de musiques à jouer, de visages à aimer! Je me croyais éternel; trop de femmes me l'ont fait croire. J'ai eu le tort, maintenant que mes jours sont comptés, de placer l'amour des corps presque aussi haut que les exigences de l'art. Venise oubliera le voluptueux, se souviendra un temps du musicien. Mes tableaux et mes fresques ont seuls quelque chance de durer, s'ils savent traverser les incendies, les pillages et ces deux pouvoirs dissolvants que sont l'air de Venise et l'oubli des hommes...

J'ai retrouvé Castelfranco avec un plaisir que tu peux imaginer. Ce doux paysage de collines et cette lumière dorée, que j'ai essayé de rendre dans ma peinture, me renvoient l'image d'un gamin libre, vagabondant au pied des remparts et délicieusement ignorant. Je ne me souviens pas alors d'une grande peine. Nous étions pauvres, tu le sais; mon innocence faisait ma richesse. Devenu l'ami des plus grands par la grâce d'un talent, je crains d'avoir perdu, avec l'argent et tout ce qu'il offre, cette pureté si facile.

Bien que sans entraves, je fus un enfant secret et un adolescent taciturne. On me dit sociable, mais ma sociabilité n'est que le sourire de ma solitude. Tu m'as fait remarquer un jour que tous mes personnages étaient fermés sur leur propre mystère. Il est vrai que mes trois philosophes ne communiquent pas, que saint François, saint Libéral et même la Vierge de mon retable de Castelfranco sont isolés dans leur rêve intérieur et que le couple de *La Tempête* a depuis longtemps cessé de se parler. Par leur bouche fermée, leur regard lointain, j'ai voulu traduire autour de chacun d'eux le halo de silence qui m'a toujours entouré, même dans l'excitation d'un dîner au palais Vendramin ou d'une orgie chez les courtisanes du quai des Esclavons. Mes moments les plus forts avec Laura ou avec toi furent des communions muettes. Et je ne connais rien de plus beau que l'impalpable paix qui suit le dernier soupir du luth.

L'été, cette année, est presque aussi étouffant qu'à Venise. Les premiers raisins alourdissent la treille appuyée à la maison et je ne ferme plus les volets de ma chambre de peur d'écraser les grains. Le porche de l'église qui s'inscrit dans ma fenêtre sera de nouveau durant quelques semaines festonné de grappes bleues. J'ai souvent mêlé dans mes paysages les constructions des hommes aux prestiges déployés des arbres, j'ai découpé derrière mes douces madones des échappées vers la campagne, mais jamais je n'ai voulu copier ce tableau trop composé et pourtant né du hasard. La nature s'amuse parfois à devenir artifice : je me méfie de ces séductions immédiates. Chez moi le rêve domine, mais je ne m'abandonne vraiment à mon penchant qu'après avoir cerné son objet par la réflexion. Joueur de luth, je n'ai jamais autant épanché mon cœur qu'en sentant sous mes doigts la dureté des cordes, et c'est après avoir choisi un thème précis que mon pinceau peut le noyer dans la lumière de mes songes. Mes commanditaires m'ont presque toujours imposé leur sujet. Mais, appartenant à une élite, ils souhaitaient garder pour eux seuls le secret de ces allégories. Je leur ai donné satisfaction : leur souci d'aristocrates rejoignait sans qu'ils le sachent mon goût du mystère.

C'est ce goût même qui me fait t'écrire aujourd'hui. Autant qu'à me dévoiler à mon meilleur ami, à mon ultime ami — de mes élèves, tu es le préféré, même si Titien accapare mes instants —, avant mon effacement de ce monde sans qu'aucune tombe y signale la trace de mon corps, cette longue lettre m'aidera à m'éclairer sur moi-même. J'ai vécu trop vite pour vraiment sonder mon cœur. J'ai vécu trop peu pour me contenter de cette rage de vivre. J'ai côtoyé des hommes riches, des hommes de qualité — ce sont parfois les mêmes —, j'ai rencontré de grands artistes qui m'ont considéré comme un des leurs, mais, par timidité ou orgueil, j'ai dû leur paraître différent de ce que je suis. Fort de mes confidences, tu pourras leur dire qui j'étais. Alors peut-être regretteront-ils de n'avoir pas cultivé en moi ce que j'ai cherché à leur dissimuler. Et peut-être regretterai-je de m'être prêté trop souvent et trop rarement donné.

Mes premières années furent d'une pureté de source : mes sens s'emplissaient du bonheur d'exister et n'exigeaient rien d'autre. Il n'en est plus de même aujourd'hui, où je paie le prix de la débauche autant que de la peste. Que de chemin parcouru entre l'enfant aux cheveux de soleil et l'adulte meurtri dans sa chair ! Je comprends maintenant pourquoi la vieille maquerelle rencontrée au hasard d'un bouge dans mes années d'apprentissage à Venise n'a rien voulu me dire en scrutant ma main et a refermé mes doigts sur ma paume en détournant les yeux. Si elle m'avait averti, j'aurais pu changer de vie et peindre, peindre encore, avec l'énergie du désespoir. Mais, sait-on jamais… Peut-être aurais-je tout simplement brûlé dans les plaisirs, par défi ou par désenchantement, le reste de mon existence.

Très tôt, un frémissement inconnu m'habita. Petit paysan différent des autres, quand ceux-ci passaient leur temps à poser des collets ou à chaparder des cerises, je m'éloignais de la bande pour me perdre dans les forêts d'alentour. La nature submergeait l'enfant émerveillé comme une vague trop forte. J'ai conservé cette sensibilité presque maladive qui me fait encore parfois monter les larmes aux yeux devant un tableau rare de Bellini. On m'a dit orgueilleux, surtout au moment de l'affaire du Fondaco, mais à toi seul j'avouerai que ce jour-là j'ai exigé en tremblant et qu'on a pris pour de l'audace ce qui n'était qu'une indignation passagère.

Dans mes escapades de jeune sauvage, le monde

de la peinture n'existait pas encore. J'étais trop proche du monde naturel pour ne pas m'y noyer avec délices. Le végétal me fascinait plus que l'animal. Nain béat, je marchais sous des voûtes d'arbres qui m'impressionnaient comme des piliers de cathédrale. J'admirais les vibrations de la lumière sur les longues coulées vertes ou bien la netteté d'épure des troncs grêles sur le ciel rosé du soir ; je m'effrayais tout seul des bouches d'ombre ouvertes au flanc des rochers ou dans les profondeurs des bosquets, antres où j'imaginais des animaux tapis et menaçants. Je restais des heures sur le petit pont de bois proche des remparts, les jambes ballant dans le vide, à regarder s'écouler sous moi le flot changeant qui au crépuscule avait des reflets d'émail. Je ne bougeais même pas quand un troupeau de moutons passait près de moi et le berger s'étonnait que je ne répondisse pas à son salut. Saoulé d'air et de soleil, je quittais cet endroit à l'heure où la nuit apportait un peu de fraîcheur à la campagne exténuée.

D'autres fois, allongé sur le dos dans un champ, les mains croisées sous la nuque, je regardais défiler les nuages aux formes perpétuellement mouvantes. Quand j'ai rencontré Léonard de Vinci il y a dix ans, il m'a avoué sa fascination pour ces figures inconnues, née de la contemplation attentive des métamorphoses. J'y découvrais des visages ravissants ou grotesques, des silhouettes qui un court instant retrouvent le graphisme parfait d'un arbre ou d'un corps de femme, avant de s'étirer, se gonfler, se déformer, caricature ondoyante et modèle perdu... Rentré chez moi, je traçais de mémoire sur le premier papier venu le souvenir de la forme entrevue dont la perfection n'avait d'égale que la brièveté. À y bien réfléchir, j'aurai été l'homme des fugacités : vie fugace, amours fugaces — Laura est un heureux accident de ma vie — et même peinture fugace, attachée à restituer un moment privilégié, morceau d'éternité fragile suspendu au-dessus du temps. Ainsi en est-il des tableaux inachevés que j'ai apportés ici : un *Concert champêtre* à quatre personnages saisis un soir d'été, quand les regards se cherchent et les corps se donnent, et une *Vénus* endormie dans la certitude de sa beauté. Ainsi en fut-il de ma *Tempête*, où l'éclair suspend brutalement le temps des hommes et le frisson des arbres, avant que se déchaîne l'orage et que la pluie cingle les voyageurs.

D'agrément, le dessin me devint rapidement une nécessité, et cela par un processus étrange. Je commençais par choisir un motif, par exemple un berger — moi-même — assis sur un tertre au milieu de quelques ondulations de plaine, avec en arrière-plan les remparts de Castelfranco. Cette vue est, comme tout paysage, un fouillis de traits et de couleurs. Par mon dessin j'en extrais les lignes de force et j'en exalte les valeurs, accentuant ici, atténuant là, supprimant ailleurs. Bref, j'introduis mon ordre dans ce désordre. Or, que se passe-t-il ensuite ? Songeant au site et au personnage, ou même retrouvant ceux-ci sous l'angle et l'éclairage du premier jour, ils deviennent moins réels à mes yeux que la copie que j'en ai faite. La nature pour moi a moins d'existence que l'image tirée d'elle. Devant ce phénomène, ma modestie de jeune homme s'effraya. Plus tard je ne me contentai pas d'être le rival de Dieu, je tentai de le supplanter en créant moi-même mon propre univers à partir d'éléments connus, agencés non par une interprétation tributaire de la réalité, mais par une création continue, aventureuse, guidée par le seul sentiment des tonalités nécessaires. Pétrarque adora pendant trente ans non pas la personne, mais l'image de Laure. L'art, ce n'est pas la fleur, c'est le parfum de la fleur.

Mais j'anticipe. J'étais à un âge où je n'avais pas encore la claire conscience de mon art. Le goût du dessin et de la peinture naissait en moi par brefs éblouissements au milieu des activités quotidiennes que m'imposait mon père. Quand j'étais seul à garder mes moutons, je traçais à la craie leurs silhouettes sur les rochers. Les bêtes s'approchaient et mâchouillaient devant. J'abandonnais ces images à la pluie et rentrais à la maison. Un mur du hangar, plus clair les jours de soleil, m'attirait. J'y ai dessiné très tôt, au charbon de bois, les figures informes de mes rêves, sans savoir que je deviendrais l'inventeur de la fresque en plein air ! Fils unique, j'étais voué à des tâches de petit homme. Je m'étonne maintenant de certaines, que j'accomplissais avec une sorte de volupté. J'assistais fasciné à la mort des bêtes. Je me revois, tendant sous la tête d'un lapin dont l'œil pendait une écuelle qui se remplissait de sang. Un jour même, je tranchai d'un coup de couteau le cou tendre et blanc de mon agneau préféré. Je ne me reconnais plus dans cet enfant-là. Le sang me fait horreur, comme la violence guerrière et je n'ai jamais pu peindre de tableaux de batailles où excella Paolo Uccello. Partagé entre son père et sa mère, un enfant solitaire prend à l'un puis à l'autre avant de suivre sa pente intime. Je me suis cherché longtemps et c'est seulement maintenant que je suis capable de cerner ma vraie nature. Mon père, la devinant peut-être avant moi, a voulu la contraindre dès mon plus jeune âge, me faisant lever dès l'aube, quelle que soit la saison et ne consentant à me libérer que sur les supplications de ma mère qui me voyait défaillir de fatigue. Elle aussi avait pressenti ce que j'étais, ce que je serais, avec l'instinct de celles qui ne se contentent pas de donner la vie, mais qui insufflent la leur dans les êtres qu'elles offrent au monde. Je lui ressemblais trop pour qu'elle n'en fût pas immédiatement avertie et il ne m'est guère difficile d'imaginer à présent ce qu'elle ressent devant mon état. Grâce à elle, l'enfant qui aimait à regarder tuer les animaux fut aussi celui qui transportait dans un panier un petit lapin immaculé et craintif dont il fit son compagnon durant des années. Chaque fois que le petit lapin mourait, il était tout de suite remplacé par une nouvelle boule de poils blancs et l'enfant ébloui ne s'apercevait de rien. Mon père avait seulement un rire bref qui m'intriguait sans m'inquiéter. S'il m'avait dit la vérité de la substitution, j'en aurais été meurtri à jamais.

Peu à peu ma mère devint mon refuge. Je grandissais, mais certains travaux trop durs pour moi me laissaient de longues heures avec elle. Je l'ai toujours vue penchée sur son ouvrage. À ses pieds s'amoncelaient des tissus chatoyants, de fines dentelles, qu'elle coupait et assemblait avec un art merveilleux. Quand Bellini pour la première fois m'a félicité de la cassure d'un pli que j'avais su restituer, il rendit sans le savoir hommage à ma mère. Je lui dois ma familiarité avec les étoffes, que j'ai vues si souvent empilées sur le sol, dans un désordre qui est un ordre subtil de sinuosités et d'angles, fascinant pour un futur dessinateur. Je m'appliquais alors, à genoux, à arrondir l'angle trop vif d'une draperie ou à faire courir une ondulation luisante sur le satin d'une robe. J'ai peuplé la plupart de mes tableaux de ces molles retombées où la géométrie s'allie à la fantaisie et la couleur à la lumière, que ce soit dans les manteaux de mes madones ou dans les amples tuniques de mes personnages masculins. Parfois je disparaissais dans cet amoncellement d'où ma mère me sortait, en riant, me saisissant par le pied comme un nageur qu'on sauve de la noyade. Un jour elle se leva brusquement à l'entrée d'un homme chamarré, qui me parut immense. Elle se confondit en saluts et lui remit, soigneusement plié, un habit de velours rouge, merveille de reflets et de douceur. L'homme partit sans un mot. Je l'avais pris pour un grand seigneur du voisinage ; il n'était qu'un domestique de la « Villa des Marta », me dit ma mère. Je ne me doutais pas que, quelques années plus tard, il me saluerait avec autant de déférence qu'il eut ce jour-là de hauteur.

Cette brève intrusion d'un monde inconnu, « le » monde, celui que je n'ai cessé de fréquenter depuis quelques années, me frappa et troubla mon sommeil.

Tu connais les nuits à la campagne, tu sais quelle paix y règne. Un enfant, et qui plus est un paysan, y dort comme un chat, pelotonné dans les draps du silence, assommé par les fatigues du jour et par son jeune âge, que rassure à côté de sa chambre le lourd mutisme des bêtes. Or, cette nuit-là, je me tournai et me retournai sur ma paillasse, agacé par ce qui d'habitude m'apaisait : le reflet des flammes de la cheminée sur le mur, ma fenêtre bleutée ouverte sur le ciel et les craquements d'une ferme ancienne qui somnole dans ses vieux os. Je ne pouvais chasser de mes yeux la précieuse livrée, symbole de la puissance et de la gloire. Je me sentais appelé par un univers de beauté comme un orphelin qui d'instinct reconnaît sa vraie famille. Cette exaltation ne s'apaisa qu'au matin. Je me levai avec la certitude que, seul parmi la petite bande de garnements du village, un destin m'attendait. C'était décidé, je quitterais le fumier et la boue.

Il était hors de question d'en instruire mon père, qui avait toujours vu dans son fils son héritier et son semblable, comme lui-même avait reçu le soc et la faux des mains de ses ancêtres. Même les soirs où, harassé, il prenait Dieu à témoin de son sort, jamais il n'a pu envisager un seul instant que je pusse être différent de ce qu'il était. Nous étions paysans comme d'autres sont châtelains, avec le même sentiment d'appartenir à une caste immémoriale. Lui avouer mon désir d'évasion eût été pire qu'une erreur : je brisais l'armature d'une vie. Nous qui, au contact de Venise, avons si rapidement changé, nous avons peine à imaginer le poids des traditions dans un village pourtant si proche de la cité des Doges. Songe que je suis né dans le berceau de mon père, qui lui-même y avait succédé à son père. La campagne a les trônes qu'elle mérite et, à dire vrai, j'éprouve maintenant une vraie fierté à m'y être éveillé. On revient sur beaucoup de choses, quand on a goûté à toutes...

Je décidai donc de ne faire qu'à ma mère l'aveu de ma vocation. Elle m'écouta avec une indulgence amusée et en même temps elle frémit d'aise, flattée dans son amour du beau. Elle reporta sur moi ses vagues aspirations à une autre vie, que j'avais devinées. Ne se sachant pas observée, elle abandonnait parfois son ouvrage et, l'aiguille levée, elle s'abîmait dans une rêverie peuplée de je ne sais quels fantômes ; quand un colporteur passait sous nos fenêtres, elle le faisait entrer, s'extasiant sur ses menus trésors. Et je l'ai vue souvent tressaillir au pipeau insistant d'un berger.

Avant même de découvrir le monde, un adolescent s'émerveille de son corps. Je découvris le mien à travers celui des autres, le corps robuste et noueux des paysans de mon âge. Très vite, je sus que j'étais différent. Je les dépassais d'une tête et ma sveltesse étonnait. Le regard des filles s'attardait sur ma personne et l'une d'elles, plus effrontée que les autres, me lança un jour au milieu des rires : « Regardez comme il est joli, le petit pâtre ! » Je me suis enfui. J'ai perdu cette timidité de jeune puceau, et personne n'est plus assuré que moi lorsque je pousse la porte d'un bordel du Rialto.

Sais-tu que je me suis posé des questions sur la vertu de ma mère ? Je lui ressemblais trop, je me distinguais trop de mes compagnons pour ne pas inventer une idylle passionnée avec un nobliau du voisinage dont j'aurais été le fruit secret. Vois jusqu'à quels excès peut conduire l'imagination chez un adolescent solitaire !

Je pensais à ces choses et aussi à l'injustice de ma destinée quand parfois, au détour d'un chemin creux, je m'écartais pour laisser passer la trombe de quatre jeunes cavaliers — l'un d'eux était encore un enfant —, que suivait un solide écuyer. Soudé par la vitesse, le groupe filait comme une flèche sur des bêtes qui me parurent d'une race étrange : je ne connaissais que nos braves et lents chevaux de labour. J'interrogeai ma mère. Elle n'hésita pas beaucoup lorsque je lui eus décrit la stature et les traits du plus vigoureux des jeunes gens : «C'est Matteo Costanzo. Mais si, tu le connais, tu l'as aperçu à l'église avec ses parents. Ils viennent d'une île lointaine à la suite d'une reine, qui a transporté sa cour dans un château de la région. Je me demande pourquoi elle est venue s'enterrer ici. Ils sont très riches. On m'a dit que Tuzio Costanzo, le père, veut se faire construire une chapelle dans l'église, pour lui tout seul ! » Je me souvins d'avoir remarqué en effet un fort garçon de mon âge qui, même agenouillé, portait sur tout ce qui l'entourait un regard conquérant qui me déplaisait. Ma mère ne put me nommer les autres cavaliers : «Sûrement des Vénitiens», dit-elle d'un ton assuré. Le prestige de la ville lointaine s'ajoutait à celui des scintillants centaures, que je me mis à guetter sur la route. Quand ils s'approchaient dans un nuage de poussière, j'étais saisi d'un tremblement : c'étaient l'audace et la fortune qui venaient à moi. Jamais ils n'ont daigné me parler, jamais je n'ai osé les aborder. Je m'imaginais qu'ils ralentissaient dès qu'ils me voyaient, comme s'ils avaient deviné dans ce petit paysan le génie qui sommeillait…

Dans la maison, mes dessins s'entassaient. Ni ma mère ni moi ne cherchions plus à les dissimuler : il y en avait trop. Je redoutais la réaction de mon père. Il se produisit alors une chose incroyable : il fut séduit. Cela ne se fit pas tout de suite. Au début, il ne prêta pas attention aux esquisses que je rapportais chaque jour, jugeant sans doute qu'il s'agissait là du passe-temps d'un enfant qui s'ennuie. Puis, voyant que mon activité ne se ralentissait pas, il y jeta un coup d'œil distrait. Il fut surpris, puis intéressé. J'observais cette gradation avec inquiétude : ses colères étaient imprévisibles et s'accumulaient parfois longtemps avant d'exploser. Ma mère s'absorbait dans son ouvrage, le visage apparemment serein, mais sa main tremblait en tirant sur le fil. Peu à peu mon père prit l'habitude, au lieu de ne songer qu'à se coucher après une journée harassante, de feuilleter à la lueur d'une bougie l'épais cahier de mes images. Sans un mot il contemplait son univers quotidien recréé par son fils : l'intérieur de notre maison, un champ où je l'avais « croqué » en train de semer, un ciel d'orage zébré d'éclairs. Je vis même une larme perler à ses paupières un soir qu'il regardait le portrait de mes grands-parents, que j'avais fait de mémoire, les ayant peu connus. Il se frotta l'œil en bougonnant : « Ferme la fenêtre, Giorgio, tu vois bien que la lumière attire les moustiques ! » Ma mère me décocha un sourire.

Le lendemain, mes parents s'enfermèrent pour palabrer. J'essayai de surprendre leur conversation, en vain. Qu'avaient-ils donc de si grave à me cacher ? Je ne distinguais à travers la vitre que quelques gestes décidés de mon père, suivis d'un « oui » soumis de ma mère. Puis mon père disparut durant trois jours. Jamais il ne s'était absenté aussi longtemps. À mes questions, je n'obtins qu'une réponse laconique : « Il est à Venise pour affaires. » De quelles affaires mystérieuses pouvait-il bien s'occuper, lui qu'on ne voyait que sur le marché de Castelfranco ou à la foire annuelle de Padoue, déambulant sous les arcades du palais de la Région ? Maintenant que je connais la raison de son départ, j'imagine avec mélancolie et infiniment de reconnaissance ses errances dans l'immense cité, perdu entre les canaux et les ponts, demandant son chemin à des Vénitiens railleurs et souffrant en silence de ses maladresses, de son costume de paysan endimanché. Je t'en parle en connaissance de cause : j'ai vécu cela. Même dans mes moments d'intimité les plus vrais avec les Contarini ou les Vendramin, je n'ai jamais réussi à oublier la distance entre ces grands seigneurs et moi, surtout quand ceux-ci, par un excès de familiarité qui ne trompait personne, tentaient de me montrer qu'il n'en était rien.

Durant ces trois journées, je m'enivrai d'une liberté nouvelle. Sans le savoir, je disais adieu à mon enfance. Ma mère m'autorisa tout ce que me refusait mon père : les grasses matinées, les veillées, le droit de parler à table. À l'aube, jouissant du poids et de la chaleur des couvertures, je pouvais enfin regarder de mon lit le soleil filtrer à travers les volets et me retourner avec mollesse pour me rendormir sans craindre la colère paternelle. Ma mère aussi se détendait, osant mener jusqu'à leur terme, dans les moindres détails, des remarques futiles que la plupart du temps elle devait interrompre sur un froncement de sourcils ou une sèche réflexion de son époux. Elle était intarissable sur les voisins, sur ce qu'elle avait appris ou cru deviner de la vie secrète de ses clients. À ma demande, elle revêtit les riches atours qu'elle était en train de broder. Nous passâmes des heures à comparer le poids et le grain des étoffes, les variations subtiles de leur éclat avec la lumière et le mouvement. Si j'ai su rendre avec quelque exactitude dans ma peinture des matières aussi différentes que le satin, le brocart ou le velours, je le dois à ces contacts quasi charnels. Ma mère, durant ces longues séances de pose, ressemblait à la châtelaine de mes rêves, même si son teint ou ses mains accusaient la dure existence des femmes qui ignorent le secours des crèmes et des fards. Je l'obligeais à rester ainsi parée jusqu'au soir, ce qu'elle acceptait en riant, heureuse au fond de cette fragile revanche sur sa condition. Quand elle se dévêtit et reprit ses humbles vêtements, nous partageâmes dans le silence la même amertume, celle qui suit les illusions détruites, celle des lendemains de fête, celle des amours éphémères, en somme tout ce qui allait me fasciner et m'attrister à Venise.

Quand revint le voyageur, ce fut comme si nous visitait un étranger. Immédiatement nous retrouvâmes, elle son mutisme actif, moi mon obéissance. Mon père paraissait soucieux et il ne m'adressa pas la parole de tout le jour. Je quêtais des regards qui restaient muets. Alors que je montais me coucher, mon père m'arrêta par le bras : «J'ai à te parler.» Il me fit asseoir près de la cheminée. Lui se campa le dos aux flammes et, d'un ton qu'il voulut ferme, il commença un long discours fort embarrassé et que je ne peux te transcrire. Mon père, comme tous les paysans, est malhabile à expliquer sa pensée et ses silences sont plus éloquents que des mots. À Venise j'ai désappris le silence, considéré comme une indigence d'esprit.

Il insista d'abord sur la nécessité où j'étais de me choisir un métier. Ma mère et lui, lui surtout, m'avaient cru destiné à leur succéder et à transmettre un jour à mes enfants — moi, des enfants ! — leur petite ferme, qui exigeait beaucoup d'efforts et rapportait peu mais suffisait à nos besoins. Malheureusement, il s'était aperçu très tôt que je n'étais pas fait pour ce travail. Je ne lui ressemblais pas, j'étais trop curieux de tout, trop indépendant ; je manquais de ténacité et je me fatiguais vite, malgré ma force. Il avait espéré me durcir en accroissant mes tâches, mais je n'avais pas mieux accompli les travaux qui avaient suivi. « Je me demande de qui tu tiens. » Il désespérait de moi, lorsqu'il était tombé par hasard sur mes dessins. Il n'y avait d'abord attaché aucune importance puis, voyant qu'ils se multipliaient, il les avait examinés. « Je ne connais rien à ces choses, je suis incapable de dire si tu es fait pour ça. Ce qui est sûr, c'est que tu aimes gribouiller. » Pour la première fois, il me voyait une passion. Après avoir beaucoup réfléchi, après s'en être ouvert à ma mère, il aurait voulu continuer à me mettre à l'épreuve, autant par besoin de certitude que par crainte devant un avenir encore plus fragile que nos maigres revenus. Mais ma mère — « qui est toujours trop faible avec toi », dit-il — avait souhaité qu'il en fût autrement et, je ne sais comment, avait réussi à obtenir l'adresse du plus grand peintre vénitien, un certain Bellini. Avec une audace surprenante, il avait décidé d'aller lui montrer mes dessins. L'enchevêtrement des canaux, le mouvement incessant des bateaux, les foules d'étrangers, les cris qui fusaient de toutes parts avaient étourdi le paysan de Castelfranco. Il connaissait Trévise, Padoue, calmes cités terriennes. Venise avait dû lui apparaître comme une immense barque pleine d'agités et flottant à la dérive. Il a longtemps erré dans des quartiers misérables, plus pauvres que le plus pauvre de nos hameaux. On l'a bousculé, éclaboussé, injurié. Il a fini par dénicher la maison, située dans un endroit agréable, près d'une belle place et d'un joli pont de bois bordé de boutiques. Quand il a demandé à voir M. Bellini, il s'est entendu répondre, par une espèce de héron en uniforme — reconnais-tu là le brave Giuseppe ? : « Lequel ? Ils sont deux frères. — Le peintre. — Ils le sont tous les deux. » Ma mère, qui croyait tout savoir, ne lui avait pas donné ce détail (en entendant ce reproche, elle baissa la tête d'un air malheureux). Mon père s'est senti ridicule, et le domestique le considérait avec un tel dédain qu'il avait failli s'emporter. Puis, songeant à ce qui l'amenait, il s'était radouci et avait expliqué avec naïveté qu'il était à la recherche du « plus grand peintre de Venise ». L'austère Giuseppe avait daigné sourire : « Si vous demandez à Gentile Bellini qui est le plus grand, il vous dira : Mon frère Giovanni. Et si vous posez la question à celui-ci, il vous répondra : Mon frère Gentile. » Mon père ne s'en est pas laissé conter : « Et si je vous pose cette question à vous ? — Moi ? Je suis au service de Giovanni. » C'était un aveu. Aussi a-t-il demandé un rendez-vous. « Impossible, mon maître est absent, il termine avec ses élèves les peintures de la salle du Grand Conseil. » Cette précision combla d'aise le voyageur : assurément il avait choisi le meilleur. Un peu déçu de devoir revenir, il passa la nuit dans une mauvaise auberge, pleine d'étrangers, où il dut se reprendre à trois fois pour obtenir un verre d'eau qu'on lui fit payer. Le lendemain, il fut introduit auprès du maître, qui le reçut avec une douceur et une courtoisie qui le frappèrent : « Tout le monde

s'incline en lui parlant, comme un grand seigneur !»
À cet endroit qui me devint si familier par la suite,
s'est déroulée la scène qui a décidé de mon destin.
Le grand Giovanni Bellini a pris mes dessins, les a
longuement regardés, les a comparés en hochant
la tête. Il a demandé : «Quel âge a votre fils ? — Il va
sur ses quatorze ans. — Qu'il vienne me voir dans un
an, qu'il continue à travailler et, si son talent se
confirme, je le prendrai dans mon atelier. Mais peut-
être avez-vous de quoi le loger à Venise ? — Euh...
oui. — Alors, faites-le venir dès maintenant. Castelfranco est une jolie cité, mais c'est ici qu'il fera son
éducation d'artiste. Il lui suffira d'ouvrir les yeux.
Votre fils, monsieur, a plus de dons que la plupart de
ceux qui en ce moment m'aident à achever un travail
au palais des Doges. La sûreté de son trait, sa sensibilité sont très prometteuses et il deviendra un grand
artiste s'il consent à nourrir ces qualités de beaucoup de travail, d'observation et surtout d'humilité.»
Mon père se tourna fièrement vers ma mère : «Il a
dit cela de Giorgio !»

Je demeurai sans voix, accablé par ces compliments. Était-ce à moi qu'ils s'adressaient, à qui l'on
promettait gloire et fortune ? J'aurais dû sauter de
joie, je restais vissé sur ma chaise basse, comme un
spectateur qu'on invite en vain à monter sur la
scène. Si je te donne tous ces détails, Sebastiano,
c'est pour te montrer quel chemin intérieur j'ai parcouru depuis cette époque et quelle distance sépare
l'adolescent de naguère de l'adulte d'aujourd'hui,
comblé d'honneurs et sûr de son talent. Jamais je
ne fus autant angoissé qu'à cet instant, pont fragile
entre un passé qui déjà s'effaçait et un immense avenir incertain. J'ignorais que l'avenir n'existe que
dans notre esprit, qu'il est fait de présents successifs,
qui ne sont jamais aussi épineux que nous l'avons
craint, ni aussi faciles que nous l'avons escompté.
Tout au long du discours de mon père, j'appréhendais sa conclusion, que pourtant j'attendais avec la

naïve assurance de la jeunesse. Un jugement sévère du maître Bellini m'aurait toutefois blessé, même s'il m'eût procuré un soulagement passager. Tant il est vrai que la souffrance n'est souvent que la face cachée du bonheur.

Je dormis très mal cette nuit-là, partagé entre le fol espoir de la réussite et le regret de la quiétude paysanne, entre ma soif d'émancipation et la tristesse de quitter ma famille, entre les tentations de la grande ville et les charmes de ma chère campagne. Presque en même temps, je passais de l'exaltation à l'abattement, de la mélancolie à l'enthousiasme, me débattant entre ces deux extrêmes, tandis qu'en bas ronronnait le murmure rassurant de mes parents, calculant le prix de leur décision. Car, bien qu'ils ne m'eussent rien dit, j'étais assuré de celle-ci : mon père, déçu de l'interruption d'une lignée de paysans, se félicitait sans doute de me voir quitter un état misérable. Quant à ma mère, elle compensait l'amertume de mon départ par la conviction de me savoir heureux, accrue de celle de mon succès : elle était de ces femmes humbles pour qui un propos venant de haut est parole d'évangile. Elle pensait qu'il n'en serait pas autrement avec Giovanni Bellini : son intuition de la veille serait une réalité du lendemain. J'envie parfois cette pureté du cœur qui engendre si aisément les certitudes.

Ainsi se leva le dernier soleil sur mon dernier matin à Castelfranco, ultime soupir d'une période aussi lointaine à l'homme de trente ans que je suis devenu qu'elle l'aurait été au vieillard que je ne deviendrai jamais. Je me suis toujours étonné de la minutie avec laquelle certains mémorialistes ont raconté leur enfance, comme si celle-ci s'était passée à consigner dans des carnets les menus faits quotidiens, sans en oublier aucun. La mémoire d'un enfant est une eau tranquille que la vie ne fait qu'érafler et qui retrouve aussitôt son calme et sa limpidité. Seules surnagent quelques grandes émotions que l'adulte considère d'un œil amusé. Les miennes sont nées du spectacle immuable et toujours changeant de la nature. Et ce matin-là, j'ai voulu tout revoir : la haute silhouette des tours carrées, disposées comme des sentinelles massives dans l'alignement des remparts ; les grandes orgues de chênes, dont la cime frissonne au vent de la plaine ; l'eau nacrée de la Musone, ma rivière familière, symbole même de cette nature dans son écoulement immobile, lovée autour de la maison comme un bras protecteur. Et partout épandues, sur un bouquet d'herbes, une saillie de rocher, un chapelet de cailloux, toutes ces nuances bouleversantes pour un œil un peu sensible, nées du soleil, du miracle de chaque aurore, de chaque crépuscule bleu. J'embrassais de mon cœur, de mes mains ouvertes, de ma poitrine gonflée ce paysage dont je ne saurais plus tard s'il était né de moi ou moi de lui. Je me jurai d'y revenir le plus souvent possible comme à la source même de mon être. Et si j'ai été fidèle à ce serment, c'est moins pour y retrouver mon enfance que pour la reconstruire chaque fois de façon différente. Tu as été le témoin de mes heurts avec Titien dont le caractère n'est pas à la hauteur du talent mais, malgré tout ce qui nous a opposés, je le sentirai toujours proche de moi par cet amour commun que nous portons aux lieux qui nous ont vus naître, Pieve di Cadore pour lui, Castelfranco pour moi. Mon bonheur aura été jusqu'à la fin de porter le beau nom de « Giorgio de Castelfranco » et, qui sait, de survivre sous ce vocable.

II

Il est des lieux qui se méritent, et je sais que le désir augmente quand s'éloigne son objet ; mais je ne me doutais pas que la route de Venise fût si longue.

Mon père me conduisit en carriole jusqu'à la sortie du bourg. Aucun voisin ne se tenait sur le pas de sa porte pour me souhaiter un bon voyage : mes parents, repliés sur eux-mêmes, cultivaient le secret, et la joie puérile de ma mère ne s'est jamais exercée qu'entre nos murs. En outre, mon avenir paraissait si précaire qu'il valait mieux taire les raisons de mon départ ; un retour piteux aurait été notre honte. À mesure que je m'éloignais de la maison, je voyais diminuer la silhouette de ma mère qui agitait un mouchoir blanc qu'elle portait de temps en temps à ses yeux. Je n'étais pas le moins ému des deux et, n'eût été la présence de mon père à mes côtés, j'eusse fondu en larmes. Il est dur pour un jeune garçon de partir seul, de n'envisager autour de soi durant des jours et des jours que des visages hostiles ou au mieux indifférents. Quand je vis la carriole retourner au village après que mon père m'eut donné un baiser rapide et mouillé, je me sentis brusquement orphelin et les sanglots longtemps réprimés me submergèrent. Je restai longtemps assis sur le bord du fossé, hoquetant, mon maigre baluchon serré contre moi avec, comme seul viatique, l'adresse de vagues cousins. Se pouvait-il que mes parents m'eussent ainsi abandonné ? Le paysage aimé qui bruissait autour de moi ne m'était plus d'aucun secours. Plus je prenais conscience de mon isolement, plus mon chagrin augmentait. J'ai même songé un instant à revenir sur mes pas. Mais quelle figure aurais-je fait devant mes parents ? Ce sursaut d'amour-propre m'a sauvé. Un destin qu'on croit déterminé est souvent le fait du hasard. Si je n'avais pas résisté à la facilité, j'achevais mon existence dans l'anonymat d'un labeur ingrat auquel je ne voulais ni ne pouvais faire face.

Reniflant comme un gamin morveux, je me levai, jetai un dernier regard sur les tours de Castelfranco et bravement me mis en route. Dois-je t'avouer qu'au bout d'une lieue j'avais commencé d'oublier ma peine ? Mon père m'avait tracé mon itinéraire : « Si tu ne quittes pas la grand-route, tu seras à Venise en trois jours. Dix lieues, ce n'est pas le bout du monde. » Il me jetait dans l'inconnu. Je n'avais même pas la possibilité de passer par Trévise, où il m'avait emmené plusieurs fois.

Ma mère avait tenu à ce que je partisse en début d'après-midi, pour profiter le plus possible de la chaleur du jour. Au sortir d'un hiver qui fut long, la nature frémissait sous le soleil d'avril. Un printemps triomphal s'étalait, dont les teintes eussent été insupportables si un tableau les avait restituées telles quelles. Tu sais que je n'aime pas la lumière crue qui fait de chaque couleur une stridence mais, à cet instant, le fracas des fleurs qui explosaient sur des nappes de verdure, la véhémence rose des pommiers, le ciel asséné comme un coup de poing bleu sur tout cela me procurèrent une ivresse due peut-être à l'émotion du voyage, mais où j'aime maintenant à voir un symbole. L'année nouvelle entrait dans sa jeune adolescence avec la même fougue que je pénétrais dans le printemps de ma vie. Pour un artiste, il y a toujours un accord entre le motif et l'heure choisie pour le peindre. Cet après-midi-là, atome tournoyant dans un paysage sans limite, il me semblait que je perdais toute existence individuelle et l'on m'eût à peine étonné de m'apprendre que la sève circulait dans mes veines et que du sang courait dans les herbes et dans les arbres. Je ne connais rien de plus délicieux que cette sublimation immédiate de l'être, comme happé par un vide qui le fascine, où l'esprit s'extrait des lourdeurs du corps et des errances de la pensée pour se noyer avec délices et sans effort dans un fleuve tiède, où l'on conserve pourtant la légèreté du nageur. Le sommeil, avec sa lourde perte de conscience, n'a pas ces irisations et je redoute que la mort ne lui ressemble.

Cette excitation dura peu. Le printemps est la seule saison qui crée en moi ce mélange d'enthousiasme et d'abattement qui me caractérise. J'essaie de maîtriser ces extrêmes, en m'autorisant une mélancolie supportable, ma seule, ma véritable pente. J'ai cherché les raisons de cet état, aucune n'est réellement fondée. J'ai obtenu tout ce que je désirais : la célébrité, la richesse, les femmes. L'excès ne m'a jamais comblé. Au contraire, il semble avoir ouvert une blessure qui s'est agrandie avec les années, comme un insurmontable mal de vivre.

À mesure que le soleil déclinait, que les ombres s'étiraient, je sentais se glisser en moi une langueur familière, celle qui accompagne les lentes fins de journée. Je m'arrêtai pour me désaltérer à un abreuvoir de pierre, où lapaient tranquillement quelques vaches. Le silence n'était troublé que par leurs larges coups de langue dans l'eau fraîche et par un oiseau invisible qui, au-dessus de ma tête, s'égosillait à perdre haleine. Le moment était magique, suspendu, et il me mit les larmes aux yeux. Je pleurai sur mon sort, comme un enfant que j'étais encore. Quelle sotte vanité m'avait donc poussé à quitter la quiétude de mon humble maison, l'ordre et la sécurité de Castelfranco, bien à l'abri de sa ceinture de murailles ? J'accusai de nouveau mes parents de lâche abandon d'enfant. Aucun ami n'était près de moi ; je me contentais de flatter la panse rebondie des lourds animaux qui continuaient de boire, indifférents à ma présence.

Une voix jeune me fit sursauter : « Tu n'es pas d'ici, toi ? » Un garçon de mon âge, assis non loin de là sur une souche, me considérait, tout en mâchonnant un narcisse qu'il venait de cueillir. Le soleil couchant faisait mousser ses cheveux blonds autour d'un visage aussi joli qu'un ange de Verrocchio. Il ne paraissait nullement intimidé. Moi-même me sentis tout de suite en confiance : « Elles sont à toi, ces vaches ? — Oui, je les ramène à l'étable. Mais je les laisse boire, j'ai le temps. » Il répéta sa question : « D'où tu es ? — De Castelfranco. Tu connais ? — Non. » Apparemment, mon village était pour lui au bout du monde. Il pointa le bras vers une petite ferme qu'on apercevait au loin, derrière un bouquet d'arbres : « J'habite là. » Nous parlâmes. Il était, comme moi, fils unique, et passait toutes ses journées dans les champs, à garder son troupeau. « Tu ne t'ennuies pas ? » demandai-je. Il me regarda, étonné : « Non. » J'enviai cette paisible soumission à son sort, qui nous rendait si différents l'un de l'autre. Je bus une dernière gorgée d'eau, repris mon baluchon et, le saluant, je regagnais la route. Il me rattrapa : « Où vas-tu ? — À Venise. » Je marchais d'un pas vif, il me prit le bras : « Où vas-tu coucher ? — N'importe où, dans une grange. » Je ne sais pourquoi, je ne voulais pas continuer à converser avec le jeune inconnu. Alors, il se planta devant moi et me barra le chemin : « Écoute, Venise est à trois jours d'ici. Tu es fatigué, reste avec moi. » Dans sa voix devenue un peu rauque, je sentis comme une supplication : « Parfois, le soir, il y a des vaches qui se perdent. Tu m'aideras à les rassembler. » La nuit était tombée lorsque nous arrivâmes à la ferme. « Je m'appelle Tazio », dit-il.

Me prenant la main, il me conduisit dans une pièce enfumée, presque entièrement occupée par une cheminée où l'on aurait pu faire rôtir un bœuf entier. Près d'un feu qui faisait palpiter de grandes ailes sur les murs noircis, étaient tassées deux silhouettes que je distinguais mal. Intimidé, je serrai avec force le poignet de mon ami. Je pénétrais dans une famille inconnue, dont le silence ajoutait à mon malaise. Pourtant, c'étaient des paysans comme mes parents, et Castelfranco se trouvait à trois lieues de là. Un homme de haute taille se leva, me tendit la main et, avant même que Tazio m'eût présenté : « Sois le bienvenu dans ma maison. Il y a toujours une place pour celui qui a faim, pour celui qui a soif, pour celui qui cherche le repos. » Il ne me posa aucune question et se contenta de dire à sa femme, qui avait elle aussi quitté sa chaise : « Tu mettras une écuelle de plus. » Le dîner fut silencieux. Les paysans sont gens qui se livrent peu, et celui-là ressemblait à mon père. Cependant, la chaleur du feu, le doigt de vin qu'on me servit, me détendirent. Et Tazio posait sur moi un regard affectueux de petit cousin. Je me plus à penser qu'il m'admirait.

Tazio, sur un mot bref de son père, sortit pour vérifier la fermeture des portes, pendant que sa mère garnissait le feu pour la nuit et ajoutait de l'eau dans la marmite pendue dans la cheminée. Le maigre patriarche, quant à lui, crachait méthodiquement dans la braise, observant avec attention le grésillement de la salive. Il semblait y prendre un plaisir extrême et m'avait oublié. J'attendais sans impatience que l'on me dît où coucher. La journée riche en émotions m'avait brisé et, bercé par les flammes dansantes, je sentais mes paupières s'alourdir. Je me serais endormi sur place si une main amie ne s'était posée avec douceur sur mon épaule : « Viens. » Je dis bonsoir à mes hôtes et suivis Tazio dans sa chambre, c'est-à-dire l'étable, où il était promu à la garde du troupeau. Il me raconta qu'une nuit une vache était morte en vêlant, faute de soins. Depuis cette date, il avait élu domicile au creux d'un lit de paille. « Je n'y ai jamais froid, me dit-il, même l'hiver. Et dès qu'une bête est malade, je suis là. » Son bavardage m'amusait et, blotti contre lui, j'oubliai un moment ma fatigue. Alors, il se produisit une chose inattendue, qui ne s'est jamais renouvelée dans ma vie et dont je te dois l'aveu, puisque j'ai choisi de tout dire : je me comportai avec lui comme je fis, plus tard, avec tant de femmes. J'ignorais tout des gestes de l'amour, même si j'en avais contemplé avec un peu d'effroi les manifestations les plus crues dans les champs. J'avais, comme tout adolescent, subi avec étonnement et nervosité les métamorphoses de mon corps. Celui-ci avait exprimé plusieurs fois, sans que je l'eusse souhaité et durant mon sommeil, une sève généreuse. Mais jamais ne s'y était mêlé le désir d'un autre corps et, qui plus est, masculin. Je te l'avoue sans fard : c'est un des plus jolis souvenirs de ma vie. Je ne sais qui, de nous deux, fit le premier geste, mais je sais que, l'un comme l'autre, nous l'avons attendu, nous l'avons accepté. Les vaches, autour de nous, somnolaient. L'une d'elles a simplement tourné la tête vers nous lorsque Tazio a poussé un léger cri.

Le lendemain, il m'accompagna le plus loin qu'il put, malgré les recommandations de son père. Il avait posé sa main sur mon épaule. Ni lui ni moi n'éprouvions le besoin de parler. J'étais heureux, reposé et légèrement mélancolique. Quand il fallut se séparer, Tazio, soudain intimidé, me tendit la main : « Nous allons deux fois par an à Venise vendre des bêtes. Je peux te voir là-bas, si tu veux. » Je lui expliquai que j'ignorais encore mon adresse et que je descendrais sans doute dans quelque auberge avant de trouver où loger. Déçu, il me fit promettre de m'arrêter chez lui chaque fois que je retournerais à Castelfranco. « Tu me le jures ? — Je te le jure. » Il sortit de sa poche une pomme de pin : « Tiens, c'est la plus grosse que j'aie trouvée. C'est pour que tu te rappelles. » Il me caressa la main en me la donnant et, comme honteux de son geste, s'enfuit en courant. Je restai sur place, les doigts accrochés au fruit rugueux, regardant la mince silhouette disparaître vers son hameau, sa ferme, sa vie toute tracée. Je suis repassé souvent sur cette route, jamais je n'ai tenu la promesse que je lui avais faite. Je l'ai revu une fois, des années plus tard. Je te raconterai dans quelles circonstances.

Sa petite musique chanta encore longuement en moi. Ne te méprends pas sur mes sentiments : mes conquêtes sont assez nombreuses, mon appétit des femmes suffisamment connu — et même critiqué — pour que je n'aie pas à me disculper. J'estime même qu'il y a un certain panache à avouer un acte prétendu infâme quand on n'en a ni le goût ni l'habitude, mais qu'on y a pris dans sa jeunesse un plaisir passager. Car mon plaisir fut réel et j'aurais pu, comme beaucoup d'autres, devenir un adepte de ce qu'on appelle un vice contre nature. Je peux t'affirmer que, dans ma rencontre avec Tazio, pas une fois je n'ai eu l'impression — et donc le remords — d'agir contre ma nature. Au contraire, n'ayant approché aucune fille auparavant, ce corps nu d'adolescent aurait pu alors représenter pour toujours mon idéal amoureux. Je l'ai peut-être cru dans les heures qui suivirent quand, cheminant sur une route pleine de soleil, le superbe matin de printemps me paraissait le premier matin de ma vie. Nos caresses mutuelles avaient ignoré la honte et seule demeurait la joie paisible d'une peau, d'un corps, d'un cœur satisfaits. Mon premier contact avec l'autre sexe a moins modifié qu'on ne pourrait croire l'objet de mon désir. Ce qui m'a attiré chez Tazio, c'est qu'il ressemblait à une fille. Il était, comme moi, à un âge androgyne, cet âge équivoque où le fils semble pétri, à part égale, du sang de ses parents, avec le frémissement d'une féminité latente, comme contrainte. J'ai toujours été sensible à ce point d'équilibre troublant, où tous les basculements sont possibles. Parmi les élèves de Bellini, les Alvise Vivarini, les Marco Marziale, les Francesco Bissolo, combien en ai-je vus qui, involontairement, se sont retournés sur une silhouette masculine, dont l'élégance particulière et l'allure ambiguë avaient éveillé en eux une obscure tentation! Eux aussi se seraient récriés si quelqu'un leur avait fait remarquer cette curiosité peu orthodoxe. Et je sais que certains y ont succombé les soirs fous de Carnaval, quand Venise masquée confond dans la même convoitise l'homme, la femme et le travesti. Moi-même, j'ai éprouvé parfois un étrange frisson quand l'excès des poudres et des perruques avait transformé mon visage et que je surprenais chez l'ami le plus viril une subtile modification du regard posé sur moi. Il en va différemment, bien sûr, de celui dont on connaît les mœurs et je t'avoue que ma conversation avec Léonard aurait été plus confiante si je n'avais senti chez lui une sorte de contraction, celle du félin soupçonnant la présence d'une proie. Mais peut-être aurais-je dû en être flatté...

J'étais, on en conviendra, fort loin de soupçonner tous les méandres du cœur humain en cette journée de mars 1492 où, petit paysan marchant allègrement à la cadence de ses sabots, je vibrais à ma première expérience amoureuse. Depuis, que de chemin parcouru, que de nuits volées à l'art, que d'excès dans la débauche ! À chaque aurore, sortant de la chambre d'une maîtresse dont j'avais oublié le nom sitôt sa porte refermée, redevenu lucide sous le vent aigre de Venise, je me suis juré de ne plus me perdre en cette quête incessante, où m'entraînait souvent notre ami Lorenzo. Le soir venu, comme le phénix qui se consume et renaît de ses cendres, la même faim, aiguisée par l'attente et par la naïve certitude d'étreintes inconnues et sublimes, me jetait de nouveau dehors. Et la même amertume me ramenait comme une vague au seuil de ma maison. Je ne rattraperai jamais ce temps perdu, maintenant que le temps lui-même me rattrape à grands pas. La vanité de mon passé me serre parfois le cœur.

Il était près de midi lorsque j'arrivai à Scorzé, gros bourg animé, où je cherchai un endroit solitaire pour me restaurer. Les parents de Tazio m'avaient comblé de provisions, qui m'évitaient de toucher aux quelques ducats serrés dans ma ceinture. Une large et épaisse tranche de jambon fumé, une miche de pain, des poires, j'avais de quoi subsister durant deux jours et, si je savais épargner, jusqu'à Venise. Ma famille, habituée à compter, m'avait inculqué le sens de la parcimonie, et je le pratiquai sans effort en cette circonstance. Je m'installai à la sortie du village, près d'un ruisseau, sous un arbre. Mon baluchon attaché à l'extrémité d'un bâton, je devais ressembler à mon personnage de *La Tempête* (tableau énigmatique dont je te donnerai la signification), bien que je fusse moins âgé et surtout moins richement habillé. Un vent léger me caressait le visage et, au-dessus de moi, pelotonné sur une branche, roucoulait un couple de tourterelles blanches. Le mâle, le jabot gonflé de son importance, piquetait à coups de bec affectueux le front nacré de sa compagne, qui fermait à demi ses yeux plats. C'était l'image même de l'amour paisible et éternel, tel qu'on le rêve après une nuit d'orgies. Je tâchai de faire le moins de bruit possible pour ne pas les effrayer. Je me préparais déjà au plaisir de les voir descendre pour picorer près de moi, lorsque j'entendis un froissement dans un fourré voisin, suivi d'un lourd envol des deux oiseaux. Ils n'eurent pas le temps d'aller bien loin. Le mâle tomba le premier comme une masse, l'aile ensanglantée. La femelle, affolée, voleta faiblement sur place, incapable de s'éloigner, et elle tomba à son tour, le cou presque arraché. Tous deux se raidirent presque aussitôt, puis se détendirent doucement, lentement, comme si la mort n'osait les saisir. Un rire alors éclata, un rire brutal, qui venait d'un buisson d'où émergea une tignasse couleur carotte : «T'as vu comme je les ai eus? Ça m'en fait six depuis ce matin. Et seulement avec ça!» Il brandit une fronde lestée d'une poche de cuir, où il remit une pierre. «Je les rate jamais.» Il s'assit à côté de moi. Ses joues, son front, son cou étaient criblés de taches de rousseur. Involontairement, j'y superposai la carnation délicate de Tazio, dont il était le parfait contraste. «Je supporte pas ces bêtes-là, dit-il, elles me cassent les oreilles.» Il tira sur les cordes de sa fronde : «Elle est belle, hein? C'est moi qui l'ai faite.» Il contempla les petits corps disloqués de ses victimes : «Ces deux-là, il en restera demain que des plumes.» Il en ramassa une, où s'accrochait un lambeau de chair qu'il mordilla, avant de le recracher avec dégoût : «En plus, elles sont même pas tendres, ces saletés-là.» Je rassemblai en hâte mes affaires. «Tu t'en vas déjà? demanda-t-il. J'aurais bien bouffé avec toi. La chasse, ça creuse. » Il lorgna le jambon, que je replaçais dans son torchon. « Il n'en est pas question, dis-je d'un ton sec. Je ne mange pas avec des gens comme toi. — Qu'est-ce que ça veut dire, des gens comme moi ? Dis donc, tu te prends pour qui ? » Il avait haussé le ton et, debout maintenant, me défiait comme un petit coq agressif. Je n'avais pas peur, je me savais plus fort que lui. Je nouai mon baluchon d'un geste vif et tentai de maîtriser une colère que je sentais monter. Volontairement, je le bousculai : « Laisse-moi passer ou je t'écrabouille. » Je crois que je l'aurais fait s'il s'était interposé. Il n'osa pas. J'étais tendu comme un arc et je partis à grandes enjambées, courant presque pour tuer en moi cette fureur. Ce n'était ni le moment ni le lieu d'avoir une vilaine querelle sur les bras. À mesure que je m'éloignais, diminuait pour lui le danger d'une rixe, ce qui l'enhardissait : « Retourne donc chez toi, espèce de couard ! criait-il. Regardez-le qui détale comme un lapin. Tu veux un coup de fronde, toi aussi ? » Ses injures entraient en moi comme des aiguilles et plusieurs fois je faillis revenir sur mes pas. La marche me calma peu à peu. À quatorze ans, j'étais déjà sujet à ces indignations immédiates que je retrouvai plus tard à Venise devant le spectacle de la force abusive. Elles m'ont parfois joué des tours quand je leur ai obéi.

Très jeune, un penchant naturel me rendit insupportable la violence des garçons de mon âge. Alors que j'assistais sans un frisson aux soubresauts d'un lapin assommé par mon père, alors que je sacrifiai un jour, je l'ai dit, mon agneau préféré, je fuyais les actes cruels de mes camarades. Leurs jeux favoris consistaient à arracher les ailes des hannetons ou des mouches et à s'esclaffer devant leurs efforts pour s'envoler ou bien à leur arracher la tête, en riant des trébuchements de l'insecte. Le petit paysan de Scorzé trouvait la même joie à massacrer les tourterelles. Les deux jolis oiseaux blancs écartelés à mes pieds sont restés à jamais gravés dans ma mémoire comme le témoignage le plus borné de la barbarie. Je ne l'ai jamais confié à Isabelle d'Este qui, entourée d'oiseaux dans son jardin secret de Mantoue, m'a demandé pourquoi je contemplais toujours avec mélancolie l'essaim de colombes qui palpitait autour d'elle. Je n'ai pas voulu assombrir son beau visage. On pourra s'étonner que j'aie peint le retable de Castelfranco en hommage à un condottiere mort au combat. C'est oublier que je l'ai fait à la demande des parents mêmes de Matteo Costanzo et que celui-ci représentait pour moi davantage un compatriote qu'un soldat. Le voisinage d'un spadassin peut tempérer la haine qu'on éprouve pour ses activités.

La bouche sèche, mastiquant tristement pain et jambon au bord de la route, je restai un moment insensible à ce qui m'avait tant séduit le matin, l'éveil du printemps. Rien ne pouvait me distraire de ma méditation, bien enfantine encore, sur les embûches tendues à celui qui s'aventure hors de sa maison. En l'espace de deux journées, j'avais découvert deux ardeurs extrêmes, l'amour le plus tendre et la brutalité la plus aveugle. J'ignorais encore tous les replis du cœur humain. Je les connais mieux maintenant, mais je ne les juge plus, sauf quand ils s'exercent à l'encontre de mon art. La conscience de mon talent est le seul bien qui me reste. La mort me dépouillera de tout, mais je persiste à croire qu'un jeune homme, un jour, à une date inconnue de moi, se penchera fraternellement sur mes œuvres.

Il en est heureusement de la vie comme du ciel : le soleil y succède toujours à l'orage. D'autres tourterelles, dans un joyeux froissement d'ailes, vinrent s'abattre à mes pieds, comme si elles avaient pressenti la tragédie récente et voulaient me prouver par leur présence l'inéluctable victoire de la vie sur la mort. Par un jeu puéril, mais qui me réconforta, je choisis, parmi le petit peuple qui roucoulait à mes côtés, deux oiseaux qui ressemblaient au couple disparu et je décidai qu'il s'agissait des mêmes, incarnés de nouveau par un adorable mystère. Le meurtre du garnement s'en trouvait effacé, et ma peine avec lui. Ainsi se comportent ceux qui remplacent aussitôt par un autre l'animal familier qu'ils viennent de perdre. Je comprends cette substitution, ce leurre accepté, seule défense contre la séparation définitive. Ne me crois pas cynique, mais, appliqué à l'amour, il éviterait bien des déchirements. Beaucoup d'hommes qui se croient fidèles à un seul être et meurent désespérés de l'avoir perdu, ignorent que l'image à laquelle ils sont attachés pourrait s'incarner en de multiples et subtiles variations. Certains le savent, et leur entourage est parfois étonné de les voir épouser la sœur de la disparue ou la cousine qui lui ressemble. Pour moi, à travers les nombreuses femmes qui ont traversé ma vie, j'ai d'abord cru que je courais passionnément après le même idéal. J'ai vite reconnu que ce besoin n'avait rien d'une quête d'absolu; il n'était que le reflet d'un tempérament ardent. Il faut se garder de justifier par la philosophie ce qui n'est souvent qu'un mouvement impérieux de nos sens. Cette constatation, d'ailleurs, si elle simplifie la vie, n'est d'aucun réconfort.

Quittant cet endroit qui m'avait rendu ma sérénité, je repris la route vers Venise. Insensiblement, les collines faisaient place à un paysage plus doux où les ondulations s'atténuaient, comme si déjà elles voulaient s'effacer dans la mer. À perte de vue, s'étendaient des arbres fruitiers en fleurs, véritables champs cultivés, sans commune mesure avec les vergers de Castelfranco nichés au creux des vallons. Là se préparaient, dans un silence parfumé et selon une alchimie qui m'a toujours émerveillé, les poires et les raisins superbes sous lesquels croulent les dressoirs de nos patriciens. Enfant, je battais des mains lorsque ma mère posait sur la table une humble corbeille d'osier, débordant de grappes bleues encore humides de rosée. Plus tard, à Venise, hôte de riches amis, je ne goûtais vraiment cette profusion qu'au milieu des cristaux et des ors — j'aime le luxe avec la passion de ceux qui l'ont connu tard. Aujourd'hui, lassé des apparences, seules m'intéressent la forme, la couleur des fruits saisies par le pinceau et éternisées par lui, même si son ambition a été de peindre la caresse lumineuse d'un instant...

Au moment où, traversant une sorte d'étroit canal, je m'immobilisais sur un pont pour deviner quelque poisson à travers les ombres mouvantes des roseaux, je m'entendis héler : «Hé petit, viens donc me donner un coup de main !» J'aperçus en contrebas une barque, qui vacillait dangereusement sous le poids d'un gros homme agrippé à une gaule courbée à se rompre. «J'en tiens un, dépêche-toi !» Je courus le long de la berge. L'esquif menaçait à chaque instant de couler et son occupant de plonger. «Tiens, épuise-le !» Il se baissa pour ramasser la longue perche cerclée d'un filet mais, ce faisant, il accentua encore le mouvement du bateau, ce qui lui fit perdre l'équilibre. Battant l'air de ses bras, il tomba bruyamment dans l'eau, entraînant avec lui sa ligne, qui disparut, happée par le courant. Je demeurais interdit sur le talus, hésitant entre la récupération de la gaule et le secours au noyé : c'était le sort qui menaçait notre pêcheur, alourdi par son embonpoint et par une agitation panique qui, au lieu de le maintenir à la surface, risquait à tout moment de l'engloutir. Il suffoquait, avalait l'eau à pleines gorgées. Bien que le volume de son estomac me laissât quelque répit, je choisis d'abandonner l'instrument et de sauver l'homme. Décision héroïque, car je ne savais trop comment extraire de sa prison liquide une masse aussi imposante. J'étais d'une haute taille pour mon âge, mais je n'avais rien d'un athlète. Mes yeux tombèrent par hasard sur la perche restée dans la barque. Celle-ci, solidement amarrée à la berge, se balançait doucement, comme délivrée du fardeau qui, un instant plus tôt, l'enfonçait. Je la fis glisser vers moi, je saisis le long bâton et, le tendant à celui qui se débattait, tentai de le lui faire agripper. Dix fois, je lui présentai à portée de main, dix fois ses mouvements désordonnés le manquèrent. Enfin, il réussit à s'y accrocher et, l'un tirant l'autre, l'outre énorme s'échoua sur la rive comme une méduse. L'eau lui ruisselait de partout, de ses manches, de ses braies. Il respirait bruyamment et je m'attendais à voir s'échapper de sa bouche un banc de poissons facétieux. Il n'en sortit qu'un rot impérial, prélude au vomissement d'un mélange indistinct, qui parut ne jamais s'arrêter. Enfin, il s'apaisa ; le gisant ouvrit les yeux et, d'une voix plus forte que je n'imaginais : « Quand je pense que tu l'as laissé partir ! Je le sentais, je l'avais déjà... » Je me rebiffai : « C'est vous qui l'avez laissé échapper. Vous êtes tombé à l'eau tout seul et, sans moi, vous y seriez encore ! » J'étais prêt à le rejeter à la rivière et à l'abandonner là, appât inespéré pour les poissons. Il a dû me deviner, car il a aussitôt ajouté : « Tu m'as quand même sauvé la vie. » Le mot ne m'a pas frappé sur le moment, bien qu'il m'ait fait plaisir. Aujourd'hui, il prête à penser. Dieu semble vouloir retrancher de ma vie les années que j'ai préservées chez un autre. Peut-être mon existence aurait-elle été plus longue si je n'avais pas prolongé celle d'un inconnu... La durée totale de l'humanité sur la terre serait alors fixée depuis l'origine des temps par un dieu souverain ; chaque individu en recevrait une parcelle plus ou moins longue, mais sans que l'immense addition puisse être modifiée. Une désespérante arithmétique favoriserait celui qui tue et nuirait à celui qui protège. Le spectacle du genre humain donne quelque vraisemblance à ce paradoxe.

Mon compagnon se remit assez facilement debout, comme si d'avoir échappé au pire lui donnait une vigueur nouvelle. Ainsi en est-il parfois de ceux qui, gravement atteints, retrouvent des forces insoupçonnées. Mais ce sursaut est bien souvent la première, la violente emprise de la mort… Tel n'était pas le cas de notre homme, qui marchait gaillardement vers sa maison, humble cabane de pêcheur protégée des vents par un énorme rocher. « Il est le seul du coin, me dit-il. Il a été amené là on ne sait comment. Peut-être qu'il est tombé du ciel ! » Nous entrâmes. À travers l'obscurité, je distinguai des cordages enchevêtrés, des empilements de nasses, des tonneaux. Du plafond, pendait un long morceau de toile, drapé avec amour. « Ça, c'est ma relique, dit-il, un bout de la voile de ma première "galeazza", coulée par les pirates au large d'Alexandrie. Ah, je m'en souviendrai ! » N'ayant jamais entendu prononcer ces mots de « galeazza », « pirates », « Alexandrie », je n'osai lui poser de questions, de peur de paraître stupide. Certes, un colporteur parfois, de passage à Castelfranco, se faisait l'écho de désastres en mer dont la rumeur avait traversé la place Saint-Marc. Mais ces affrontements lointains avaient pour moi moins de consistance que les récits enchantés dont ma mère me berçait pour m'endormir. L'étoffe grossière qui pendait du plafond, et où j'imaginais quelque tache de sang, leur donnait soudain une réalité crue. « Je te raconterai tout ça. Pour l'instant, je vais me reposer. Je suis un peu fatigué. » Et il s'allongea sur une paillasse, dans un coin sombre de l'unique pièce. Je sortis, fis quelques pas devant la maison et m'assis à l'ombre du rocher. Sans m'avoir rien demandé, il semblait avoir deviné d'où je venais, où j'allais, avec cette sûreté du nautonier qui, perdu dans l'océan, retrouve sa route sur l'unique étoile surgie de l'obscurité. Peu à peu, la figure un peu ridicule du gros homme se débattant dans la vase faisait place à la mâle silhouette d'un maître de la mer, domptant les éléments déchaînés et combattant, dans des lieux inconnus, des ennemis sans visage. Le récit du soir allait apporter quelques nuances à cette image.

Il s'appelait Alessandro Salviati. Né à Venise, toute son enfance s'était écoulée dans la taverne de ses parents, près du port. De la même façon que j'héritais d'un destin de paysan, le petit Alessandro était voué à porter toute sa vie des pichets de vin et des sardines grillées, au milieu de la fumée et des rires. Il le faisait d'ailleurs sans déplaisir, différent en cela de moi, qui aimais la campagne en peintre, non en laboureur. Quand la presse était moins nombreuse autour des tables, il musardait sur le quai, à l'ombre des grands navires venus relâcher dans la lagune. Il levait le nez vers les flancs larges et luisants, qui recelaient tous les produits d'un Occident opulent et tous les trésors d'Orient, que les lentes caravanes déposaient dans des ports aux noms magiques : Asterabad, Trébizonde, Beyrouth, Alexandrie. Des cales, il voyait sortir, selon les moments de l'année, et à profusion, vins de Crète, raisins de Corinthe, armes d'Allemagne, draps des Flandres, toileries de Champagne. Parfois, un ballot mal ficelé se crevait, et le petit Vénitien revenait à la maison avec quelques oranges qui faisaient l'admiration de ses parents. Les lourdes caravelles repartaient bientôt sur d'autres routes maritimes, vers l'Égypte, vers la Syrie, d'où elles rapporteraient soieries et épices, nées d'un troc et de palabres sans fin. Alessandro eut même la surprise de voir surgir un jour une cohorte d'esclaves à la peau basanée et au langage incompréhensible. Revenu à sa tâche, bousculé, il se prenait parfois à rêver à de longues traversées vers des terres vierges, loin des trognes avinées et des filles faciles. Le hasard fit le reste.

Se promenant un après-midi place Saint-Marc, il y remarqua une agitation inaccoutumée. On se rassemblait par groupes autour de petites tables surmontées de bannières armoriées. Alessandro se faufila au premier rang. Un géant au visage décidé le désigna du doigt : « Voyez, bonnes gens, ce jeune homme. Il sera, s'il le veut, l'un des deux cents volontaires dont j'ai besoin. La jeunesse de Venise vient à nous et elle ne le regrettera pas ! » Poussé par la foule et comme mû par une autre volonté que la sienne, satisfaisant sans doute une obscure tentation, notre fils de cabaretier fut recruté aussitôt comme cuisinier sur une galère qui appareillait dans un mois. Ses parents ne dirent mot : on le remplacerait par un garçon de son âge, les gueux ne manquaient pas et ils exigeaient peu. Et le grand jour arriva. Massé sur le quai, tout Venise était là. Lui qui avait si souvent vu disparaître les grandes galères, il se trouvait maintenant à bord de l'une d'elles. Il allait vivre là, à l'arrière, près du château de poupe, les meilleures années de sa vie. Le grand vaisseau s'est ébranlé sous le puissant boutoir de ses cent soixante et onze rameurs, en même temps qu'un essaim de petites fustes le guidaient à travers la passe du Lido. Majestueux comme un cygne, il a traversé Venise sous les vivats. Ses voiles étaient si hautes qu'elles dépassaient le toit des maisons. Alessandro avait l'impression de planer au-dessus de la ville, dont les monuments défilaient devant lui, comme à la parade. Nouveau doge, possesseur de cité, il aspirait à grands coups cet air du large, qui avait pour lui des senteurs de cannelle. Il abandonnait sans regret parents, amis, patrie, tout entier offert au tressaillement de l'inconnu. Ainsi en est-il parfois du peintre, qui esquisse sur la toile une forme née de ses songes et dont l'unique souci est de mettre au jour le secret douloureux qui le ronge.

Cet enthousiasme, cette fièvre de connaissance et de conquêtes, Alessandro me les a confiés le soir même, alors que, juchés sur l'énorme rocher, nous contemplions la plaine obscure qui s'étendait à nos pieds et dont les lointains brumeux se confondaient avec Venise endormie. «Tu vois, Giorgio, on est ici comme sur un bateau. Il arrive que la mer soit aussi plate que cette campagne et la galère aussi immobile que ce rocher. Alors, on n'avance plus que par la force des rameurs, qui crient en cadence pour se donner du courage. À part eux, tout le monde se tait et retient son souffle, comme si le temps s'était arrêté. Il y a une espèce de menace dans l'air et on regarde l'horizon avec inquiétude : on ne serait pas surpris d'y apercevoir un trois-mâts rempli de pirates, prêt à foncer sur nous. Le pilote n'a plus d'ordres à donner au timonier, qui rêvasse, les bras ballants. C'est à ces moments-là, petit, qu'on pense à Dieu. Mais ça ne dure pas longtemps. On n'a encore rien deviné que déjà les autres, là-haut, ceux qui grimpent comme des singes au trinquet et à la misaine, ont senti sur leur peau et dans les voiles un léger souffle d'air. Tout le monde se réveille. Le nautonier se racle la gorge et, de sa plus belle voix, chante ses instructions au timonier, qui les répète sur un air voisin. Ce duo musical amuse toujours les voyageurs, qui n'ont pas souvent l'occasion de se divertir à bord. Mes cuisiniers se remettent à l'ouvrage, et je ne dis rien aux plus jeunes qui tapent un peu trop fort sur leurs chaudrons pour secouer la torpeur qui avait saisi tout l'équipage. Il ne faut pas naviguer quand on a les oreilles fragiles. J'ai toujours préféré chez mes hommes un peu de bruit et beaucoup de travail plutôt que le contraire. Ce n'est pas l'avis du capitaine, qui a l'habitude de venir tremper un doigt dans nos sauces : "Alessandro, me dit-il, c'est un vrai bordel ici ! On ne s'entend plus." Pour l'exaspérer davantage, il n'est pas rare que l'un de mes aides décide alors d'agacer avec un tison un de nos cochons, qui se met à hurler sous la douleur, obligeant notre chef à quitter la cuisine. »

Il continuait inlassablement à me raconter les menus faits de sa vie quotidienne en mer avec le soin de ceux qui, par goût ou par nécessité, vivent dans un espace clos. Le navigateur et l'artiste me semblent être aujourd'hui les deux seuls vrais aventuriers, enfermés dans leur propre rêve, dans leur propre quête d'un monde inconnu, deviné, fugitif comme un fantôme… Le monde d'Alessandro était un peu le mien et, sans qu'il le sache, nous nous ressemblions. Ainsi s'expliquent nos rencontres régulières chaque fois qu'il fit escale à Venise, et son installation au milieu de nous, dans l'atelier, quelques années plus tard. Il a été pour moi, voyageur immobile, un grand pourvoyeur de rêves. Mais, en cette nuit semée d'étoiles, il ne parlait plus que pour lui seul : je m'étais endormi contre son épaule.

III

Je fis dans Venise une entrée triomphale sur la carriole d'Alessandro. Jamais je n'avais contemplé autant de monde entassé dans tant de rues. La foule nous entourait comme une mer, sur laquelle flottait notre charrette comme un bateau à la dérive. Vingt fois je crus que notre équipage allait chavirer, vingt fois la dextérité d'Alessandro le remit d'aplomb. La maigre haridelle fendait les flots comme un dauphin. J'étais recroquevillé dans mon coin, ballotté, apeuré, sans me douter que dix ans plus tard je traverserais cette presse dans le sillage du doge, la tête haute, envié par mille gueux. Je n'ai jamais aimé les attroupements, peut-être parce que je m'y fondais trop facilement au gré de mon orgueil. L'identité y disparaît et avec elle ce petit grain de fierté qui vous distingue. Et puis, j'y ai vu trop souvent, engendré par un seul cri, se propager la haine et l'émeute comme une énorme vague, pour ne pas avoir redouté ce jour-là que notre fragile esquif ne se brisât dans la tempête.

Il n'en fut rien. Nous arrivâmes à bon port, après avoir laissé derrière nous la multitude. Alessandro m'emmenait chez mes cousins, dont je lui avais donné l'adresse. Connaissant Venise comme sa poche, il se repéra bien vite et, traversant une succession de quartiers de plus en plus pauvres, il me déposa devant une taverne à ras de quai. Les pots de lauriers-roses alignés le long des murs et les rideaux de même couleur qui égayaient les fenêtres ne pouvaient dissimuler la pauvreté de la maison, où le crépi s'écaillait. L'eau grise du canal répandait une forte odeur de pourri. À peine avais-je sauté hors de la carriole qu'une petite femme ronde sortit en courant de l'auberge et m'étouffa de ses gros bras : «Te voilà enfin, Giorgio! Quand es-tu arrivé à Venise? Comment as-tu trouvé où j'habitais? Avec qui es-tu? Est-ce que tu as mangé?» La cousine de ma mère était de ces gens qui n'ont conscience d'exister qu'à travers un déluge de phrases. Fourbu, ayant l'impression d'avoir vécu en trois jours plus d'aventures que dans les quatorze premières années de ma vie, j'aspirais à un peu de calme. Celle que j'appelai désormais «ma tante» n'attendait jamais la fin d'une réponse pour poser une nouvelle question. Elle s'étourdissait de mots comme d'autres de musique, de débauche ou d'alcool. Si j'ai tant aimé me réfugier dans la solitude, c'est, bien sûr, parce que je portais en moi ce besoin dès mes premières escapades dans la campagne, mais il est devenu une nécessité au contact de ce moulin à paroles dont les rires mêmes me blessaient les oreilles. Ma peinture s'en est fait naturellement l'écho, et le songe intérieur qui habite mes personnages n'est, pour eux comme pour moi, qu'une solitude enfin reconquise. Ma tante me fatigua dès notre première rencontre, même si elle semblait s'intéresser à moi et posséder des qualités de cœur, dont je m'aperçus d'ailleurs par la suite qu'elles avaient leur limite. Pressé, embrassé, pris en charge comme un paquet, j'eus à peine le temps de dire au revoir à Alessandro, qui promit de revenir le lendemain. Je fus installé d'autorité à une table et confronté avec un énorme plat de pâtes du plus beau vert : «Mange, c'est une spécialité de la maison. Tu m'en diras des nouvelles.» Il en fut ainsi de toutes les «spécialités» que je dus ingurgiter durant un an. Je soupçonne même ma tante d'en avoir inventé pour m'en laisser la surprise. Ma docilité la combla : j'avais été habitué au plat unique des paysans. « Regardez, disait-elle à mes voisins de table, comme il est fin, comme il est beau ! C'est le fils de ma cousine, qui a une grande ferme près de Trévise. » J'avais honte d'être ainsi offert à tous, même si on me couvrait de compliments. Les clients souriaient et opinaient de la tête, comme si j'étais effectivement la beauté en personne. Mieux valait ne pas contrarier la patronne...

La patronne, en effet, régentait tout le monde, à commencer par son mari, qui en avait pris son parti. Il siégeait dans la flamme des marmites, son domaine réservé dans l'auberge, comme Alessandro avait le sien dans la cuisine des bateaux. Il s'y réfugiait constamment, pour fuir son épouse. Il y retourna très vite après m'avoir salué. « Tu ne l'embrasses pas ? demanda-t-elle. — Non, à son âge, c'est un homme. » Elle, au contraire, me prenait pour un enfant, me caressait les cheveux, me couvrait de baisers. Dans cette famille privée de descendance, j'allais, durant douze mois, subir le martyre du « petit chérubin ». Il y a un calvaire de l'enfant gâté comme il y a un martyre de l'enfant haï. Et la même révolte gronde en chacun d'eux. Certes, j'appréciai d'abord à leur juste valeur des commodités que ne possédait pas la ferme de mes parents. On me donna le lit le plus large, la chambre la plus claire, ouvrant non sur le quai à cause du bruit, mais sur un petit jardin, derrière la maison. Ma tante poussait la sollicitude jusqu'à m'apporter de l'eau chaude pour ma toilette, chaque matin, été comme hiver. « Tu le pourris », lui disait son mari, pour qui, il est vrai, elle n'avait pas ce genre d'attentions. « Laisse donc, cela ne te dérange pas, puisque c'est moi qui m'en occupe ! » Le lendemain de mon arrivée, dès qu'elle m'entendit descendre, elle fit griller de larges tranches de pain, qu'elle me servit croustillantes et dorées. Jamais elle n'y manqua par la suite. Cet excès de soins et de surveillance ne tarda pas à me devenir insupportable. C'est d'ailleurs une étrange chose que de fuir qui vous veut du bien pour rechercher qui vous fait souffrir. Je suis un de ces êtres-là, que la gentillesse accable.

Alessandro revint à l'heure dite. Il m'apprit que, sur proposition d'un capitaine de sa connaissance, il appareillait dans deux jours pour l'Égypte. « Ah ! l'Égypte, interrompit ma tante, on dit que les Égyptiens sont si beaux ! » Je redoutai qu'elle ne nous livrât là-dessus nombre d'informations puisées dans son imagination. Il n'en fut rien, Dieu merci. Nous passâmes ces deux journées à visiter Venise. Toi qui y es né, tu ne peux concevoir quel fut mon étonnement de tous les instants. Dans mes réflexions les plus précises, je m'étais figuré Venise comme une sorte de multiplication de Castelfranco, dont les remparts, comme ceux du château de Montagnana, près de Padoue, font une si forte impression sur un enfant. J'avais même dessiné une cité idéale, ceinte de murailles colossales, hérissée de tours, véritable place forte retranchée et méfiante. Je découvrais une ville qui, assurée de sa puissance, avait choisi d'autres armes, celles de la grâce et de la légèreté. C'est déjà un grand choc, pour un petit paysan, de découvrir qu'on peut vivre si nombreux dans un endroit qui a l'eau pour pavé et la gondole pour cheval. Toutes mes habitudes en furent changées, et Alessandro riait de me voir agrippé au rebord mince de la barque. Je n'eus pas la présence d'esprit de lui rappeler ses récents exploits. Devant nous défilaient, nés des rêves les plus fous, les palais du Grand Canal. Les balcons étaient festonnés comme les dentelles que j'avais vues entre les doigts fins de ma mère. Des arcades, de sveltes piliers enserraient des galeries où je devinais une vie raffinée, où j'entendais les conversations les plus aimables. L'or et le marbre brillaient sur les murs, au coin des fenêtres, dans la moindre corniche. Rosaces, écussons, entrelacs miroitaient dans les eaux bleues, et mon regard fasciné errait sans cesse des hautes façades ajourées à leur image inversée qui tremblait sous la rame du gondolier. Peintre déjà, au moins par l'œil, je me laissais aller à une rêverie des formes, prêtant à la Venise engloutie et mouvante la même consistance dure, altière, gothique, que la Venise ancrée sur les quais.

Nous sommes revenus à pied. La main posée sur mon épaule, Alessandro se taisait. Les émotions profondes me rendent incapable de parler et j'ai toujours apprécié le silence de ceux qui les ont partagées à mes côtés. Le gros bon sens de mon ami l'avait deviné, et je lui en sus gré. De la même façon, plus tard, lorsque je répondais à la demande de mes hôtes et consentais de bonne grâce à chanter en m'accompagnant du luth, je remerciais ceux qui, avant d'applaudir, attendaient que la dernière note se fût éteinte à leur oreille et dans leur cœur. Le silence qui suit la musique est encore de la musique. Il y eut des soirs bénis où l'onde musicale s'est propagée dans l'assistance jusqu'à la pointe la plus ultime de son chant, et où personne ne songeait à rompre le sortilège que j'avais créé. En revanche, je fus plus d'une fois agacé par ceux de mes auditeurs qui manifestaient leur enthousiasme avant la fin. Ce naturel, à certains égards flatteur pour moi, fait partie du caractère de mes compatriotes, et je me suis pris souvent à regretter que chez eux l'excitation l'emportât sur la maîtrise. En ce sens, je me considère parfois plus français qu'italien.

Autant m'avait paru brève notre promenade sur les canaux, autant me sembla long le chemin du retour. Chaque quartier est une île griffée de ruelles, les ponts succèdent aux ponts, les quais s'étirent à l'infini. Venise disparaissait dans le crépuscule comme disparaîtrait le lendemain Alessandro. Devant l'auberge, il me donna une grosse bourrade affectueuse : « Allez, petit, adieu. Je serai de retour dans trois mois, si les sauvages ne m'ont pas mangé. J'espère bien te retrouver au même endroit. » Je rentrai les larmes aux yeux.

Les jours succédèrent aux jours, dans l'uniformité d'une vie sans souci. Je me levais et me couchais à des heures réglées par ma tante, je faisais l'objet de mille recommandations si je m'éloignais quelque peu de l'auberge : « Ne te penche pas en passant sur le pont du Rialto ! Ne monte pas dans une barque, même si tu connais le gondolier ! Et ne va pas plus loin que le campo San Silvestro ! » J'avais l'impression d'être un chien tenu en laisse et, comme celui-ci, l'envie têtue de me libérer et de courir. Ma tante avait décrété que tous les dangers commençaient au campo San Silvestro, en souvenir d'un incident fâcheux dont elle avait été jadis l'héroïne — « la victime », disait-elle. Un damoiseau, allumé par un excès de vin de Bardolino, avait voulu trousser la jeune fille qui passait par là. Il avait fallu quatre solides gaillards pour lui faire lâcher sa proie, qui hurlait comme une possédée. Pâle et tremblante, elle fut conduite chez un médecin du quartier, qui sut la réconforter. Depuis cette date, celui-ci était devenu un familier de l'auberge, où il était accueilli comme un libérateur. Cette histoire, au fil des années, s'était transformée dans le récit qu'en faisait ma tante, en véritable tragédie. À l'écouter, l'agresseur était presque parvenu à ses fins : « J'ai même senti contre mes flancs un objet dur, qui devait être un poignard ! » Certains clients ne pouvaient alors s'empêcher de sourire, ce qui irritait ma tante : « Ah ! On ne me croit pas. J'aurais bien voulu vous y voir ! » Cette supposition déchaînait les rires. Sa naïveté me touchait et j'avais envie de l'embrasser.

Je ne tardai pas à faire la connaissance du sauveur. Il était la simplicité même et paraissait très gêné chaque fois que ma tante évoquait devant lui les circonstances de l'agression et, avec force détails, les soins qui l'avaient ranimée. « Je me suis contenté, me dit-il un jour, de lui faire respirer des sels. » C'était un grand jeune homme maigre, au visage agréablement souligné d'une fine barbe sombre. Il choisissait toujours la même table, qui lui était réservée. Il arrivait en fin d'après-midi, commandait un pot de bière et s'absorbait dans la fumée de sa pipe, tout en traçant de temps en temps sur un carnet des signes qui me semblaient mystérieux. Il paraissait indifférent au bruit, à la foule, et même la voix aigrelette de ma tante ne le troublait pas. Il s'appelait Gerolamo Fracastoro et nous sympathisâmes immédiatement, bien que sa profession m'en imposât. Il me détrompa vite : «Quand un médecin exerce dans un quartier pauvre, il est aussi pauvre que ses malades.» Pour m'en convaincre, et comme s'il voulait donner de lui l'image la plus commune, il me fit visiter son cabinet dans le fameux campo San Silvestro tellement redouté. Il habitait une humble maison au bord du rio dei Meloni, étroit et nauséabond. Dans la pièce où il aimait à se retirer, il avait serré sur une table quelques livres, couverts avec soin. «Ma bibliothèque est mince, me dit-il, elle est mon seul trésor. Je me passe souvent de manger, pour réunir le prix d'un livre. Mes clients connaissent ma passion, et il arrive que certains me fassent cadeau d'un ouvrage.» Il soupira : «Ah, si j'étais plus riche, quelle collection j'aurais ! — Je suis sûr que vous l'aurez un jour.» L'avenir devait donner raison à ce qui n'était alors qu'un témoignage d'affection. À cette époque, alors que toi-même, encore enfant, devais déjà manier la langue de Dante avec aisance, je ne savais ni lire ni écrire. Et je considérais ces ouvrages de la pensée comme autant de beautés mystérieuses à jamais inaccessibles. Voyant que je n'osais y toucher, Gerolamo prit un volume, l'ouvrit et se mit à me réciter des vers précieux et doux. «C'est de Pétrarque, me dit-il. Je te le prête, si tu veux.» En baissant la tête, rouge de honte et d'une sorte de rage rentrée, je lui avouai ma totale ignorance. Il sourit avec amitié : «Eh bien, voici une lacune à combler : je t'apprendrai.» C'est ainsi que, chaque soir, après sa halte à l'auberge et avec la permission de ma tante — bien que je me dirigeasse vers un «quartier mal famé» —, nous nous retrouvâmes chez Gerolamo, pour étudier à la lueur d'une mauvaise chandelle l'alphabet, l'orthographe, la grammaire, la syntaxe, avec lesquels je me battis durant des jours et des jours, pleurant parfois de découragement devant les difficultés. Et puis, un matin de juillet 1492, je m'en souviendrai toute ma vie, alors que je me levais et que, par habitude, je relisais mon travail écrit et ânonné la veille, le miracle se produisit : en un clin d'œil, comme des notes que relie une mélodie, comme des lignes d'où émerge un dessin, les lettres, les syllabes, les mots, hier encore étrangers, s'agencèrent, les phrases morcelées se soudèrent en périodes onctueuses et ambrées comme du miel. Je comprenais tout ! Mes yeux se promenaient avec avidité sur les pages, comme pour en dévorer la substance et rattraper le temps perdu. À peine vêtu, bousculant ma tante, je me précipitai chez Gerolamo : «Je sais lire ! Je sais lire !» criai-je en tapant à sa porte. Il m'ouvrit, l'air ahuri, et m'écouta déclamer la page que j'avais emportée. À mesure que je lisais, son visage s'éclairait et nous célébrâmes l'événement en nous embrassant, en nous donnant des bourrades, en hurlant de joie, comme si nous venions de découvrir un trésor. C'en était un, en effet, inestimable. Je venais d'acquérir l'unique moyen de sortir d'une condition où se retrouvait le plus grand nombre, la plèbe des villes et des campagnes — et où, malgré mon amour pour eux, je devais ranger aussi mes parents. Ils me furent soudain plus chers, comme si la distance qui nous séparait désormais — et qui de jour en jour s'agrandit — nous rapprochait davantage. En même temps, je pensais que je ne les remercierais jamais assez de m'avoir permis de quitter Castelfranco pour Venise. Je m'expliquais mieux maintenant la facilité avec laquelle mon père avait accepté d'aller défendre mes dessins auprès de Bellini. La réponse de celui-ci favorisait mon départ, et mes parents faisaient toute confiance à ma tante pour mon éducation, en attendant que je sois admis auprès de mon vieux maître. L'essentiel était pour eux, malgré la tristesse de me voir partir, que je m'éloignasse de la campagne, où l'avenir n'était que sueur et misère. Ils faisaient ainsi d'une pierre deux coups et je revoyais, attendri, la scène où côte à côte ils préparaient mon destin en chuchotant. Peut-être mon père espérait-il secrètement que je m'éloignerais aussi de mon art, dès que j'aurais goûté aux agréments ou aux difficultés de la grande ville. J'écartai vite cette pensée peu honorable.

À partir de ce moment, je fus moins sensible au bavardage de ma tante, à la pauvreté du quartier, à l'ennui des journées. Une «canzone» de Dante, un sonnet de Pétrarque suffisaient à me faire accéder à une autre réalité, toute de noblesse. L'autre, la médiocre, je continuais à la dessiner, choisissant ce qu'elle avait de plus pittoresque — arbres, visages, églises —, ce qui était une autre façon de l'ennoblir. Je décidai que le rio Ognissanti, serré entre deux pâtés de maisons non loin de l'auberge, avait le charme de ma chère Musone. Gerolamo compensait également le spectacle des varices et des chancres en cultivant un jardin secret, qu'il me révéla quand nous nous connûmes mieux : il était poète. Dès qu'une pensée ou une image originale, portée par une jolie phrase, lui traversait l'esprit, il la notait dans son carnet et bâtissait à partir d'elle un poème dans le silence de son cabinet. Le lendemain, il me le lisait avec appréhension. Mes quatorze ans ne comprenaient pas toujours la subtilité de ses vers, mais j'en aimais la douceur et la nostalgie. J'appris, au fil des mois et des années, à connaître cet homme secret, qui devint peu à peu pour moi comme un frère aîné, quelqu'un qui avait ressenti avant moi les charmes amers de la mélancolie et les avait exprimés par d'autres moyens que ceux que j'emploierais plus tard. Tu en es le pendant, cher Sebastiano, mon frère cadet, peut-être plus aimé d'être plus vulnérable et de pratiquer le même art que moi.

Heureux et fier de son succès auprès de moi, Gerolamo ne s'en tint pas là. Il m'associa à son ambition de culture universelle et me donna les premiers rudiments de latin. Au bout de quelques semaines, je déchiffrai les auteurs les plus simples ; bientôt, *Les Géorgiques*, qu'il m'offrit, devinrent mon livre de chevet — je possède encore ce long poème, si souvent feuilleté depuis dix-huit ans... Tout me rapprochait de Virgile : son origine modeste, son amour de la campagne et jusqu'à son lieu de naissance, à Pietole, près de Padoue, où je fis en compagnie de Gerolamo un pèlerinage exalté. On ne connaît bien que ce qu'on aime et cette passion pour Virgile me permit plus tard, sans que je l'eusse cherché, de briller dans le monde.

1492 fut, dans ma vie, l'année de toutes les découvertes, celles qui vous honorent comme celles dont on a honte. Les unes et les autres sont la trame même d'une existence et la mienne est trop proche de sa fin pour que j'aie encore le vain souci de la farder. D'une robustesse précoce, je devinais, aussi bien dans la vigueur de mon propre sang que dans le regard aigu des filles, qu'une métamorphose s'était accomplie. Ce qui avait commencé dans la solitude et s'était par hasard produit de nouveau avec Tazio, demandait maintenant à s'exprimer de plus en plus violemment. Qui décrira les tourments d'un corps à la recherche d'un autre ? Je me cachais de ma tante et n'osais en parler à Gerolamo, avec qui je n'avais jamais abordé ce sujet. Tout, d'ailleurs, montrait qu'il y attachait peu d'importance. Je n'avais jamais vu de femme chez lui, sauf parfois une voisine, qui venait l'aider dans ses travaux ménagers. Peut-être avait-il, en ce domaine, une vie cachée : il y a toujours entre deux amis, même ceux dont l'union est la plus profonde, une sorte de pudeur, de respect de l'autre, qui écarte ces sortes de confidences. L'un d'entre nous deux eût évoqué cette question que l'autre s'en fût senti gêné. Tant il est vrai qu'on ne peut jamais connaître un être et qu'une longue amitié est toujours une amitié voilée. Je crois profondément à la solitude de l'homme — mes personnages en sont le témoignage — et il m'est difficile de l'avouer à quelqu'un qui est aussi proche de moi. Mais, d'un certain point de vue, la franchise d'un tel aveu peut également prouver le contraire... Comme ces arbres surchargés de fruits qui meurent l'année suivante, je dépérissais d'un excès de sève. Je ne mangeais presque plus ; des cernes de plus en plus foncés, de petits boutons rouges apparurent sur mon visage et inquiétèrent ma tante. Elle s'en ouvrit à Gerolamo, qui déclara que j'avais une forte poussée de croissance — ce qui était à moitié vrai — et qu'il n'y avait pas de quoi s'alarmer. Seul mon oncle comprit d'où venait le mal et où se trouvait le remède. Il me prit à part et me dit : « Tu m'accompagneras ce soir dans ma promenade. » Il avait pris l'habitude, depuis quelques mois, de sortir à la nuit tombante, une fois par semaine — le jour de fermeture de l'auberge — sous prétexte de se « dérouiller les jambes ». Ma tante, qui accueillait toujours l'imprévu avec le sourire, en fut ravie : « Cela ne peut te faire que du bien, toi qui restes toujours enfermé. » Elle fut doublement contente ce soir-là : « Tu es comme ton oncle, Giorgio, tu ne fais pas assez d'exercice. » Nous partîmes avec sa bénédiction. Si elle avait su où nous allions... Je ne l'ai pas compris tout de suite, tant était grande ma naïveté et entière ma confiance en mon oncle. Il y a à Venise plus de badauds qu'ailleurs et j'imaginais que, comme eux, il avait quitté les quatre murs de sa maison pour le plaisir de humer l'air de la lagune et de flâner sans but sur les quais. J'avais pris moi-même cette allure toute de lenteur et je m'étonnai qu'il pressât le pas à mesure que nous nous éloignions de l'auberge. Je lui en fis la remarque. Il ne répondit point, requis par la hâte d'enfiler ruelle sur ruelle.

Nous nous sommes rapprochés du pont du Rialto, dont je voyais briller, piquée de lumières, l'arche de bois. En même temps, l'animation me surprit, qui contrastait tellement, surtout à cette heure de la nuit, avec le silence du quartier que nous habitions. Des femmes, richement parées et couvertes d'un châle jaune, se tenaient sur la terrasse de leur maison et souriaient aux passants. D'autres se promenaient à pas lents sur la place. « C'est curieux, dis-je, elles portent toutes le même châle. » L'une d'elles nous aperçut, nous héla : « Salut, Alberto. Tu nous amènes ton fils ? » C'est à ce moment que je compris. Mon oncle me serra le bras : « Elle te plaît, celle-là ? » Avant que j'eusse pu répondre, elle s'était approchée. C'était une grande femme maigre, très fardée : les jeux d'ombre accentuaient ses pommettes saillantes, sa mâchoire dure, son cou de héron. « Il est mignon, dit-elle en me regardant. C'est la première fois, je suppose ? » Mon oncle fit oui de la tête : « Tu me fais un prix ? Ça devrait être rapide. — Tu me déçois, Alberto. Je n'ai pas l'habitude de manquer à mes devoirs. Ce sera trois couronnes, comme avec toi. » Comme un automate, je suivis la forme mince, qui s'enfonçait dans le rio de la Fornasa. D'autres femmes se tenaient immobiles sur le pas de leur porte ou à leur fenêtre, et l'interpellaient : « Alors, la Cicogna, on retourne à son nid ? » Quand je passai à mon tour, j'eus l'impression que tous les yeux étaient braqués sur moi et que des sourires silencieux se moquaient. Le trajet me parut interminable. Elle se retournait de temps en temps : « Tu es toujours là ? » J'avais envie de fuir dans la première ruelle venue, mais comment me présenter ensuite devant mon oncle ? Elle franchit une porte sombre, nous montâmes un escalier qui craquait. La chambre avait cette médiocrité à laquelle je me suis fort bien accoutumé pendant plusieurs mois, avant de découvrir que des courtisanes pouvaient ressembler à des bouquets, à des jardins, à des princesses, et habiter dans des palais. Paralysé par la peur, je me laissai faire et je me souviens de n'avoir ressenti aucun plaisir, sinon celui d'extirper de mon corps avec soulagement une force irrépressible qui m'abattit sur le lit. « Eh bien, dis donc, toi… » furent les seuls mots que je garde en mémoire. Elle se rhabilla rapidement ; nous sommes redescendus sans un mot. J'étais pressé de la quitter. Un peu à l'écart, mon oncle nous attendait sagement. « Voilà, je te le rends, lui dit-elle. Je n'ai pas eu le temps de faire grand-chose, forcément. » Elle me caressa les cheveux d'un doigt rapide, comme avait fait Tazio : « Reviens quand tu veux. Je t'apprendrai. » Elle proposa à mon oncle de l'emmener à son tour, il refusa : « C'était le soir de Giorgio, pas le mien. » Nous sommes revenus bras dessus, bras dessous, unis par une complicité qui devait échapper à l'œil vigilant de ma tante. Il ne me posa aucune question sur la façon dont s'était déroulée mon initiation. Il lui suffisait de me regarder : j'étais serein, détendu, heureux. J'ignorais ce qu'était l'amour, je venais d'accomplir un acte naturel, dont je ne savais pas qu'il tiendrait par la suite une si grande place dans ma vie. Mon oncle m'avoua qu'il aurait aimé me succéder auprès de la Cicogna, mais qu'il avait été saisi par un scrupule à mon égard. Je crois qu'il craignait plutôt de voir ma tante, attentive aux comptes de la maison, l'interroger sur ses dépenses…

Dans les jours, les semaines qui suivirent, je revins souvent sur la place, seul ou accompagné, et commençai d'écorner ma petite réserve de ducats. Je partais toujours avec la Cicogna, et le rio de la Fornasa me devint aussi familier que les abords de l'auberge. À chaque fois, je restais un peu plus longtemps avec elle. Elle me faisait ses confidences avec ardeur : « Les jouvenceaux comme toi sont rares, hélas ! Je suis assiégée de barbons : autant donner des croûtes de pain à des édentés. Je leur passe toutes leurs fantaisies, qui ne réussissent jamais à faire dresser leur pieu. Quand par hasard, celui-ci se relève un peu, il retombe bien vite, comme un lumignon qui n'a plus d'huile et qui s'éteint au moment même où il paraît se rallumer. J'ai beau ensuite leur fourrer le doigt dans le sifflet ou sous les grelots, rien n'y fait. Mais bah ! tous y trouvent leur compte. Ils s'enivrent de mes charmes et moi de leur bourse. » Ses charmes, elle me les dispensa. Elle m'apprit à maîtriser mon désir pour mieux y succomber, à augmenter mon plaisir par des mots, par des gestes. Mais je demeurais insatisfait : j'attendais, sans le savoir, le moment où la tendresse comblerait ce vide. Ma santé, toutefois, se rétablit. Je repris de l'appétit et des couleurs. Ma tante s'en attribua tout le mérite : « Je te l'avais bien dit, que tu manquais d'exercice. » Elle s'en vanta auprès de Gerolamo, à qui je donnai, un peu confus, l'origine de ma guérison. « J'espère, me dit-il, que tu n'abuseras pas de ce remède. Il serait pire que le mal. » J'aurais dû méditer ses paroles. J'ai passé dès l'âge de vingt ans mes journées à travailler et mes nuits à aimer. Il est juste que je paie maintenant ces excès.

Me voyant de nouveau insouciant, Gerolamo résolut de parfaire mon éducation, comme s'il avait voulu associer toutes les grâces de l'esprit à celles du visage et de la taille qu'on voulait bien me reconnaître. Un soir que nous lisions ensemble un texte ancien, il interrompit notre lecture, se leva et m'apporta, dissimulé dans un coin de son cabinet, un bizarre instrument, dont le bois poli brillait. Il ressemblait à une pastèque coupée en deux, surmontée d'une tige coudée où couraient de minces cordes tendues. « Sais-tu ce que c'est ? me demanda-t-il. Cela s'appelle un luth. Un de mes clients m'en a fait cadeau : il ne pouvait plus en jouer, à cause de ses mains. Écoute. » Il se cala dans son fauteuil et, avec un sourire complice, pinça les cordes : elles frémirent sous ses doigts ; dès les premières mesures, je sus que cette musique ferait partie de ma vie. Les sons naissaient de ses mains comme autant d'oiseaux gracieux qui, tantôt battaient joyeusement des ailes, tantôt planaient dans un ciel pur. Les notes aiguës piquaient le silence comme des gouttes de pluie, les notes graves donnaient à l'humble réduit une solennité de chapelle. Le temps semblait à la fois étiré et suspendu, comme une éternité que seuls troubleraient de légers froissements et de savantes langueurs. C'était, avec ses dissonances, l'image même de l'amour, succession de cris et de soupirs, de luttes brèves et de capitulations. Et le dernier accord qui mourut dans la nuit m'apparut comme un dernier baiser avant le sommeil des amants...

J'eus peine à sortir de ce rêve et Gerolamo respecta mon silence. Au lieu de poser l'instrument à terre, il me le passa : je l'acceptai avec la dévotion du fidèle recevant la communion. Je caressai le dos de cèdre façonné à côtes, la table de résonance, plate comme un ventre de femme ; ma main errante y découvrit une entaille qui me troubla. Plus tard, j'ai poussé plus loin l'analogie : la forme du luth, la place qu'il occupe sur celui qui en joue, le corps à corps crispé qu'il exige pour en tirer les sons les plus mélodieux, tout en lui évoque l'aspect le plus physique de l'amour. Et je me suis surpris bien souvent à imaginer, tout en distillant des appoggiatures à un auditoire attentif, que je serrais entre mes cuisses un corps en émoi. J'avais posé le bel objet sur mes genoux et le considérais avec un respect qui amusa Gerolamo. «Essaie d'en jouer, me dit-il. Pince au moins une corde.» Je le fis, avec la même émotion que j'avais éprouvée, il y a quelques semaines, à dénuder pour la première fois un sein de femme. Il en sortit un son timide et grêle, que je m'émerveillai d'avoir produit. «Tu vois, me dit mon ami, ce n'est pas difficile. Recommence.» Je touchai une autre corde, puis une autre, revins à la première, accumulant puis mariant les nuances, jouant avec elles comme un peintre avec ses couleurs. Avec une sûreté qui m'étonna moi-même, je retrouvai — et chantai en même temps — un air populaire que nous entendions souvent dans l'auberge. «Tu as de l'oreille, constata Gerolamo. Je n'ai plus grand-chose à t'apprendre. » Ce compliment me flatta, mais il s'agissait là d'un exercice facile, aussi superficiel que l'apparente aisance avec laquelle les gamins vénitiens pratiquaient la langue germanique sur les marches du Comptoir des Allemands.

Ce soir-là, j'ai quitté Gerolamo avec davantage de regret que les autres jours. Un fil invisible me rattachait à cet instrument nouveau, à sa merveilleuse musique. La nuit, si souvent amie de mes débauches, s'épandait comme une chape de mélancolie sur Venise endormie. La plus belle des proies se serait présentée, je l'aurais dédaignée. Chaque pas qui me rapprochait de ma chambre me semblait comme une trahison à l'égard de ce qu'il y a de plus noble en moi. J'éprouvais une sorte de honte à tourner le dos à ce que je savais être, comme la peinture, l'essence même de la dignité et de la beauté. Brusquement — je me souviendrai de ce moment toute ma vie —, je me suis arrêté sur le pont qui enjambe le rio de San Fosca, et ma décision fut prise : j'habiterais au campo San Silvestro. Ainsi, je vivrais, non seulement à côté de mon ami, mais au cœur de ma première émotion devant un art si différent du mien et qui allait tenir une telle place dans mon existence. Cette résolution fut aussi puérile que brutale et elle se renouvela, sans se réaliser, en d'autres lieux. Devant le superbe palais des Gonzague, j'ai rêvé d'habiter Mantoue ; plus tard, lassé parfois de la foule et du bruit, je n'avais qu'une envie, me réfugier à Torcello pour y dormir en paix à l'ombre triste et calme de Santa Maria Assunta. La vie est un long pèlerinage : chaque âge y a ses escales.

Je revins à la taverne, des ailes aux pieds. Le lendemain, je me levai en chantant. Ma tante mit cela sur le compte de mon appétit retrouvé, mon oncle sur celui de mes rencontres nocturnes. Seul Gerolamo savait. Il avait accueilli avec une joie sincère ma décision et me cherchait une chambre dans son quartier ; lui-même était logé trop à l'étroit pour m'héberger. J'eusse d'ailleurs repoussé sa proposition : l'amitié se prête mal à une vie commune. Il interrogea ses clients, visita, compara et, son choix étant fait, me proposa une petite pièce blottie sous les toits, d'où je dominais la place de l'église. « La propriétaire te trouve bien jeune, me dit Gerolamo. Je t'ai fait passer pour mon frère. » Je fus présenté à une vieille femme un peu sourde, qui me fit mille recommandations de prudence et de bonnes mœurs. Gerolamo la rassura : son frère ne pensait qu'à la peinture. J'eus la satisfaction de voir qu'elle se déplaçait difficilement : ma liberté de recevoir qui je veux serait totale.

La façade de cette belle demeure de trois étages, avec ses baies symétriques, me plut d'emblée. Le hasard avait fait qu'elle touchait presque le campanile. Massif et rose, celui-ci occupait toute ma fenêtre, comme le porche de Castelfranco celle de mon enfance. Quand, plus tard, je devins riche et célèbre et que j'aurais pu acquérir une villa donnant sur le Grand Canal, je m'obstinai à rester dans celle-ci ; je consentis seulement à descendre d'un étage : les deux balcons qui l'ornaient étaient délicats. Gerolamo m'avança trois mois de loyer, me prêta quelques meubles. Je repoussais de semaine en semaine le moment d'annoncer à ma tante que j'allais la quitter.

La fin de l'année 1492 approchait et avec elle le moment de mes débuts chez Bellini. Près de dix mois s'étaient écoulés depuis que mon père avait été reçu par « le plus grand peintre de Venise ». Je décidai d'espacer mes sorties et de me consacrer presque uniquement au dessin et à la musique, celle-ci faisant diversion à celui-là. Je m'appliquais dans mes travaux, désirant donner de moi la meilleure impression. Mais autant m'était facile l'esquisse d'une silhouette entrevue ou celle d'un palais marqueté de marbre, autant me parurent ardus l'art du contrepoint et celui du chant : Gerolamo avait découvert que j'avais une jolie voix et m'obligea amicalement à chanter en m'accompagnant au luth. Durant ces leçons, j'oubliais l'entrevue avec Bellini, que je redoutais. Sitôt l'exercice terminé, j'y pensais de nouveau avec la crainte du vassal devant l'audience que lui impose son suzerain. J'étais convaincu que mes dessins ne valaient rien, que je ne serais jamais admis parmi ses élèves. Les compliments de ma famille et de Gerolamo ne me suffisaient pas. Je dessinais comme je respirais, naturellement et sans contrôle. Quand plus tard je me vis reconnu, quand les commandes affluèrent, je pris confiance en moi. Mais je n'eus la certitude de mon talent et de sa nouveauté qu'au moment où je m'aperçus que l'on copiait ma manière. Cette euphorie dura quelques années. Elle me donna quelque assurance, jusqu'à l'apparition dans le ciel de la peinture d'un astre nommé Titien. Il fut comme toi mon élève. L'élève, quoi que j'en pense, a dépassé le maître, comme moi-même j'ai pu dépasser mon vieux maître Bellini. Tu ne m'en voudras pas de considérer Titien comme le plus doué de sa génération. Il lui manque seulement ces zones d'ombre, cette inquiétude — que tu possèdes, et qui touchent le cœur. La force rebute, où n'apparaît pas quelque fragilité...

Devinant mon angoisse et persuadé sans doute qu'il l'atténuerait en tentant de la partager, Gerolamo me proposa de m'accompagner à l'atelier de Bellini : reconnaître les lieux, c'est déjà les apprivoiser. À son pas rapide, je devinai qu'il m'y avait déjà précédé. J'appréciai cette nouvelle preuve de sa délicatesse. Le peintre habitait dans le quartier Santa Marina, non loin du campo Santa Maria Formosa. Nous trouvâmes facilement sa maison, à l'angle de deux canaux. Mon cœur battait et je dus m'appuyer à l'épaule de Gerolamo. Cette maison aurait davantage mérité le nom de palais. Construite cinquante ans plus tôt, elle déployait sur trois étages une floraison d'ornements gothiques dignes des plus belles façades du Grand Canal. Ogives, balcons à rosaces, colonnettes torses, macarons de marbre, tout était conçu pour le plaisir presque excessif de l'œil. Il y a un accord intime entre l'aspect d'une demeure et celui qui l'a choisie. Par sa richesse et son élégance, celle-ci ne pouvait appartenir qu'au peintre officiel de la Sérénissime. Une telle architecture possède plus de grâce que de puissance et Bellini lui ressemble. Toutefois, en ce matin glacé de décembre, j'étais encore loin de penser ainsi. Je contemplais avec effroi cette résidence princière. «Jamais je n'oserai y entrer, dis-je. — Au bout de quelques jours, tu t'y sentiras aussi à l'aise qu'un gondolier sur les canaux.» Il me semblait impossible que l'avenir lui donnât raison. Il me suffisait de comparer. D'un côté un artiste admiré qui recueillait et savourait avec quelque ostentation les fruits de son génie. De l'autre un débutant qui n'avait pour seule richesse que quelques piécettes, un seul vêtement et beaucoup d'espérances. Ici la gloire de l'âge mûr. Là, la jeunesse obscure. Dans un grand élan, amertume et rage mêlées, je me jurai à moi-même d'être Bellini ou rien.

Gerolamo tendit le bras : «Voilà tes futurs compagnons de travail.» J'aperçus six ou sept silhouettes grises, qui se glissaient dans la maison par une petite porte dissimulée dans une ruelle, loin de l'entrée principale. Eux connaissaient le sanctuaire et y pénétraient sans crainte. Moi, j'étais encore un exclu. Je ne me doutais pas que, trois mois plus tard, ces ombres mystérieuses et froides ne m'intimideraient plus et que leurs noms me deviendraient aussi familiers que celui de Gerolamo. Alvise Vivarini, Lorenzo Luzzo, Vincenzo Catena, Cristoforo Caselli, Lattanzio da Rimini, Vincenzo delle Destre, vous qui êtes devenus mes amis, vous ne saurez jamais comme je vous ai admirés et enviés ce matin-là... et comme je vous en ai voulu de m'avoir devancé.

Je profitai de la soirée du 31 décembre 1492 et de la chaleur des vins pour annoncer mon départ. Mon oncle ne fut pas surpris et il accueillit la nouvelle avec sérénité. Ma tante baissa la tête et je vis son menton trembler. Je fus ému autant qu'elle et faillis brusquement renoncer. J'ai toujours été bouleversé par les larmes d'une femme. Celles de ma tante n'étaient pas feintes. Son mutisme imprévu la rendait encore plus attendrissante. Gerolamo, me voyant mollir, prit la parole : ma famille n'avait pas le droit de s'opposer à ma vocation et elle regretterait toujours d'y avoir fait obstacle ; le destin d'un jeune homme n'était pas de vivre toute son existence aux crochets des autres, si proches fussent-ils ; lui, Gerolamo, se portait garant de ma santé, de mes relations : il veillerait sur moi comme un frère et me ramènerait souvent à l'auberge, etc. Ma tante s'essuya les yeux et me demanda timidement si je consentais à rester jusqu'au printemps, de façon à ne pas emménager dans une chambre glaciale. Je transigeai : j'attendrais deux mois, pas davantage.

À partir de ce moment, je comptai les jours avec une impatience croissante. Le 1er mars, je rassemblai mes affaires. Mon oncle me glissa discrètement quelques ducats. Ma tante en fit autant de son côté et m'embrassa en pleurant, comme si je devais ne jamais revenir. L'émotion est contagieuse et je ne pus retenir quelques larmes. Après tout, je n'avais que quinze ans et une période de ma vie s'achevait. J'allais au-devant de l'imprévu, peut-être du risque. Je serrais contre moi un portefeuille de mes précieux dessins. Eux seuls m'ont donné le courage de partir. Je me retournai plusieurs fois, comme je l'avais fait dans la carriole de mon père en quittant Castelfranco. Ma tante agita un mouchoir jusqu'à ce que j'eusse disparu. Tous les départs se ressemblent, la même mélancolie les baigne, comme si une parcelle de mort leur était attachée.

J'ai appris depuis cette époque à attendre patiemment que se cicatrise la blessure d'une séparation. L'attente est plus ou moins longue, elle peut durer des semaines, des mois, voire des années chez les cœurs trop vulnérables. Un tel répit est souvent espéré, parfois redouté — j'ai connu un compagnon de Bembo, qui pleurait, non sur la mort de sa mère, mais sur la certitude qu'un jour il l'aurait oubliée. Quand arrive ce moment — il arrive toujours —, l'esprit reconquiert sa liberté et plane, vierge de toute empreinte, comme suspendu à une espérance encore inconnue. C'est un des instants les plus exaltants de la vie. Il faut un mélange subtil de docilité et de persévérance pour le faire naître en soi. Il est aussi un privilège de la jeunesse. Ma peine, en ce matin où tressaillait un nouveau printemps, s'envola comme fumée dès que j'eus franchi le rio Ognissanti.

IV

Du jour au lendemain, je devins le maître de mes heures et de mes travaux. Courte, une période de liberté s'annonçait, avant que je bascule dans de longues années d'apprentissage. J'avais choisi de me présenter chez Bellini le 21 mars 1493, premier jour du printemps : j'y voyais le symbole de mes propres commencements, comme j'avais vu dans les champs de pommiers en fleurs sur la route de Venise l'image même de ma jeunesse.

Durant un an, je n'avais eu à l'auberge qu'une apparence de liberté. Ma tante dirigeait notre vie du matin au soir et seules quelques escapades nocturnes m'avaient donné un peu d'air. Loin d'elle, il me fallut un certain temps pour échapper à son emprise. Il m'est arrivé plusieurs fois de me réveiller en sursaut au souvenir des anciennes habitudes, avant de comprendre que personne ne me surveillait plus. J'avais trois semaines à ma disposition : je les ai surchargées de plaisirs impatients.

Je commençai par aménager ma chambre. Le

coffre, la table, les deux chaises, prêtés par Gerolamo, formaient un ensemble sans âme, même si un long usage les avait polis : ce brillant-là venait davantage de la crasse que de la cire. J'entrepris, avec brosse et savon, de les nettoyer. J'en fis autant des murs et du sol. J'ai essayé, partout où je suis passé, de me créer un lieu de vie agréable et qui me ressemblât. Les quatre murs d'une pièce sont comme un cadre enserrant un tableau : à celui qui l'occupe d'y loger la beauté. Quand on possède goût et fortune, la beauté est à portée de la main. Dix ans plus tard, il m'a été facile de peupler mes appartements de meubles précieux et de ces objets irisés — lustres, vases, miroirs —, nés de la main magique des verriers de Murano. En ce matin du 2 mars, je me contentai de poser sur la petite table bancale la pomme de pin de Tazio et, sur le coffre, un curieux pot de bière en étain, dont le fond était en verre. Ma tante me l'avait donné en disant : « Avec ça, tu vois toujours celui qui est en face, même quand tu bois. On ne sait jamais… » Au-dessus, j'accrochai un dessin me représentant en berger, assis sur un rocher, au milieu de la campagne, avec au loin les remparts de Castelfranco. Cette image m'a suivi dans tous mes voyages et je ne m'en séparerai jamais.

Lorsque tout fut en ordre, je me sentis l'esprit en repos et descendis explorer mon quartier. Ma journée, c'était décidé, ne serait que vacuité. Je n'existerais plus que par mon regard, posé sur Venise offerte comme sur une maîtresse. Je faillis me heurter à la base du campanile, dont l'énorme masse écrasait la maison. En levant les yeux, je vis disparaître dans les nuages l'immense flèche de brique rose, percée à intervalles réguliers de minuscules ouvertures qui, par contraste, en augmentaient encore la puissance. J'admire que la foi ait pu dresser vers le ciel de telles prières, hardies et sûres d'elles-mêmes, et je m'en méfie : toutes les intolérances y sont en germe — quelques jours plus tard, je découvrirais le campanile de Saint-Marc, triomphe colossal de la religion alliée au pouvoir. Au-dessus de ma tête, dans une niche, avait été placée la statue d'un homme en toge, barbe et cheveux bouclés. Gerolamo, qui savait tout, m'apprit qu'il s'agissait de saint Sylvestre, qui avait été pape et romain. Il ajouta : « Bien que pape, il a dû s'incliner devant l'empereur Constantin, qui convoqua le concile de Nicée. Retiens bien ce nom : Nicée. Au VIIIe siècle, s'y tint un autre concile, organisé par un autre Constantin : le culte des images fut autorisé et même conseillé. Si un jour tu peins des madones et des saints, c'est à lui que tu le devras. » Je remerciai en même temps Gerolamo, Constantin, saint Sylvestre et Nicée.

Laissant de côté l'église, je traversai la place pour me rendre au Grand Canal. On ne saurait rêver plus grande différence entre le bassin maritime, immense et froid, où j'avais vécu un an et le joli campo où j'allais désormais habiter. Des pigeons et des moineaux se disputaient quelques miettes de pain jetées d'une fenêtre. Les robustes pigeons n'avaient aucun mal à faire le vide autour d'eux, et ils s'empiffraient. Je les écartai pour donner priorité aux moineaux, qui s'approchèrent en sautillant. Les plus timides me regardèrent d'un œil rond et inquiet, immobiles. Les plus hardis foncèrent et emportèrent la manne d'un coup d'aile, laissant les autres ahuris. L'inégalité sévit partout, même dans la misère... Plus loin, une femme versa un seau d'eau dans un trou de la margelle du puits central, afin que les oiseaux puissent y boire. Là encore, les plus forts triomphèrent : le trou ne fut bientôt plus qu'un amas d'ailes frémissantes et de furieux coups de becs.

J'atteignis le bord de l'eau par un de ces « sotoportegi » si nombreux à Venise. J'aime ces passages voûtés qui éventrent les maisons. Point n'est besoin, pour observer la vie intime des familles, de soulever les toits, comme certains esprits en rêvent. Il suffit de se promener dans ces couloirs ombreux et d'écouter : un objet familier qui tombe, un éclat de voix y ont plus d'écho qu'ailleurs — j'y ai même entendu un jour un râle prolongé, d'amour ou de mort, je ne saurais dire. Y passant régulièrement, je sus quand un enfant était malade, quand ses parents se querellaient, quand un chien blessé gémissait. Et j'ai étonné plus d'une fois mes voisins en devançant leurs confidences. Ils ont alors pris pour de la sympathie ce qui n'était qu'une ouïe particulièrement fine.

Sur le quai, ce fut un éblouissement, autant par la lumière crue qui me surprit au sortir de la ruelle obscure que par la splendeur presque irréelle des palais serrés sur le Grand Canal. La beauté a toujours eu sur moi un effet immédiat et quasi physique. C'est pour cette raison que j'ai peu quitté Venise : Mantoue, Bergame, Vicence possèdent des trésors d'architecture, mais limités ; on tourne autour, on s'en imprègne peu à peu jusqu'à l'ivresse, puis on les quitte pour retrouver un peu d'équilibre et de sérénité dans des quartiers ordinaires. Venise, au contraire — mis à part de rares jetées désertes et mornes —, fascine en tous lieux et ne repose jamais l'œil émerveillé. La contemplation de cette perfection peut aller jusqu'à la satiété, jusqu'à l'écœurement. L'excès de beautés m'a fait parfois haïr la beauté. Devant ces façades aux raffinements inouïs, j'ai eu souvent envie de me transporter par un coup de baguette magique à Castelfranco, pour me retrouver sous une hutte de branchages en forêt ou me rouler avec volupté dans les avoines. Il en fut de même de mes riches protecteurs — je n'ose dire mes amis —, qui, aimant l'art, ont voulu échapper à la ville d'or et de marbre, et ont bâti des demeures au creux des vallons, loin de Venise, près de nos fermes. Mais, nés dans le luxe, les Lombardo, les Vendramin, les Contarini n'ont pas su aller jusqu'au bout de leur désir de changement et ils ont apporté avec eux tapisseries et vaisselle d'argent, sans lesquelles ils se sentiraient nus, et ils ont fait de leurs villas campagnardes d'autres palais, presque aussi achevés que ceux qu'ils venaient de quitter. Et toi-même, cher Sebastiano, né vénitien et qui piaffes d'impatience de partir pour Rome, ne vois-tu pas que tu éprouves un égal désir de fuite ? On m'a dit que Rome était aussi belle que Venise…

Bien que l'on m'y ait peu invité, le palais Loredan est l'édifice qui m'est le plus familier. Pendant dix ans, il a été mon vis-à-vis, quand je sortais du « sotto-portego » de San Silvestro pour me rendre, par le pont du Rialto, chez Bellini. Un jour, un architecte rencontré chez Gabriele Vendramin m'a dit : « Savez-vous que c'est une construction de style véneto-byzantin, comme tout le noyau originel de Venise ? » Je l'ignorais et il m'a été indifférent de l'apprendre. Il me suffit de fermer les yeux, à quelque endroit que je me trouve — et même en ce moment, dans ma chambre, à Castelfranco —, pour voir, avec la netteté d'un Mantegna, son portique d'entrée à quatre colonnes, sa longue loggia, ses treize arcs surhaussés, ses plaques de marbres sculptées. La mémoire du cœur vaut toutes les précisions de l'histoire. J'ai failli dire à mon interlocuteur que l'érudition ne remplacerait jamais le goût. Je lui ai tourné le dos sans lui répondre.

Une autre maison m'est chère, et pourtant je suis passé devant avec indifférence pendant des années. Presque collée au palais Dandolo, elle n'en a ni l'élégance, ni la grâce. Mais elle a un prix inestimable à mes yeux, celui d'avoir abrité, durant ses séjours à Venise, mon ami Pietro Bembo. Je le considère comme tel, bien que nos rencontres eussent été brèves : il ne tient pas en place. Nos chemins se sont croisés par hasard, dans cet endroit béni que fut la petite cour de Catherine Cornaro à Asolo. J'y étais invité comme chanteur, non comme peintre. Il m'a suffi de quelques lectures pour découvrir en Bembo le plus accompli des poètes comme il lui a suffi de voir deux de mes toiles à Venise pour être séduit par mon art.

L'ondoyant méandre du Grand Canal sépare la ville en deux moitiés qui se font face et s'observent. C'est à qui aura sa façade la plus décorée, pour faire pâlir de jalousie l'autre côté. On n'a pas construit beaucoup d'arches pour les rapprocher, peut-être dans le but de cultiver ces antagonismes et d'isoler chacun dans sa réserve hautaine. Le commerce ignore ce genre de susceptibilités : dès qu'il fut construit, le pont du Rialto a su rassembler et séduire. Bateaux, badauds, vendeurs, acheteurs ont été attirés comme la limaille par un aimant. Il y avait foule ce matin-là, jour du marché aux fleurs. Le pont ressemblait à l'anse d'un énorme panier débordant de bouquets. Au bas de l'escalier, sous les arcades, se pressait un peuple de curieux, humant avec délices les premiers frissons du printemps. Il devait bien s'y glisser aussi quelques coupe-jarrets, les ruelles avoisinantes étant assez sombres et étroites pour favoriser aussi bien l'amour que le vol, voire l'assassinat. Ma tante, non loin de là, en avait eu un aperçu plutôt flatteur pour elle. Mes allées et venues régulières dans ce quartier m'ont appris à éviter l'étroit « ramo dei Bomberesi », où des silhouettes sont toujours aux aguets, et lui préférer une « calle » qui n'est guère plus large, celle du Fondaco dei Tedeschi, passage obligé entre la place Saint-Marc et le pont du Rialto. Peut-être ai-je effleuré du coude des centaines de spadassins, qui devaient avoir la physionomie de paisibles promeneurs. Ils n'ont pas jugé comme une proie possible le jouvenceau qu'ils croisaient, le nez au vent, un carnet de dessins sous le bras. Je n'ai jamais été suivi et je ne m'inquiétais pas de l'être. Il en est autrement aujourd'hui, où mon élégance témoigne de ma bourse.

Poursuivant ma promenade, j'arrivai à l'angle d'un sanctuaire ancien, que j'ai vu peu à peu s'affaisser jusqu'à ce désastreux jour de 1503, où il s'effondra sous mes yeux. Un an plus tard, s'élevait au même endroit un édifice neuf, l'église Saint-Jean-Chrysostome. Ce n'est pas ce prêtre d'Antioche à la bouche d'or qui y attire les fidèles, mais une Vierge en marbre rescapée du désastre, la « Madona delle Grazie », devant laquelle brûlent nuit et jour les cierges de la dévotion populaire. Je suis entré cet après-midi-là dans la nef obscure et j'ai fait comme les autres : pour quelques piécettes, j'ai eu l'illusion fugace que la mère de Jésus était sensible à mon appel et m'accordait, selon mes vœux, la gloire et la fortune. Au-dessus de l'autel principal, en face de l'entrée, et dans une chapelle, à droite, deux grands pans de murs sont vides. On m'a dit que Bellini a été pressenti pour y accrocher un tableau représentant saint Christophe, saint Jérôme et saint Augustin, mais que, sollicité de toutes parts, il ne pourra le livrer que dans deux ou trois ans. Je t'apprends que les héritiers de Giorgio Diletti viennent de me commander pour cette même église une *Sainte Conversation*. Et ô bonheur ! si j'ai terminé avant mon vieux maître, j'aurai droit à la meilleure place, l'autel majeur. Cette éventualité m'a redonné force et courage, et j'ai déjà esquissé la composition de la toile, qui surprendra par le mouvement que j'ai donné aux personnages traditionnels.

Insensiblement, je me rapprochais de mon but. Comme dans ces dessins où, parmi de multiples entrelacs, un seul conduit à l'arbre ou à la rivière, mes apparents vagabondages me ramenaient toujours à une certaine maison, à une certaine ruelle. Je retardais mon émotion en ralentissant mes pas. J'appréhendais avec délices le moment de ma peur. Une chose était d'y être allé avec Gerolamo, une autre était de s'y rendre seul. En réalité, l'enjeu était davantage de me découvrir moi-même que de retrouver un endroit entr'aperçu. Quand se précise le contact avec ce qui occupe notre esprit, il arrive un moment où l'on ne peut plus ruser : il faut choisir. Je fis semblant de m'attarder au « Corte del Milion », devant la maison de Marco Polo, qui m'évoqua les lointains voyages d'Alessandro, son successeur au petit pied — dont je n'avais aucune nouvelle. J'observai avec une feinte attention les jeux des chats sous les arcades, les détails des sculptures — fleurs, oiseaux, animaux fantastiques — sur les piliers de la petite place. Je savais au fond de moi-même que ma décision était prise : j'irais. Mon occupation apparente n'était qu'un acte retardé. Comme un automate, mes jambes obéissant à un mot d'ordre supérieur, je vis surgir, mince filet de marbre entre deux murs gris de l'étroite «calle» del Cristo, la maison du peintre. À mesure que j'avançais, ses charmes devenaient plus précis ; elle s'offrait à mes regards comme une femme qui sent peser sur elle le désir d'un homme. Brusquement, elle se déploya en pleine lumière, grand nénuphar de pierre étalé sur l'eau verte. Je m'arrêtai sur le pont. J'aperçus, en me penchant, une gondole à capuchon de drap noir, aux cuivres étincelants, amarrée à l'entrée principale. Un laquais sortit de la maison, portant avec précaution un cadre enveloppé de couvertures, qu'il déposa sur les coussins, avec l'aide d'un des deux gondoliers. Celui-ci fut gratifié de quelque menue monnaie et il s'inclina devant cette munificence. Voilà donc comment se dispersaient les œuvres du grand Bellini ! J'imaginais que, certains jours, les barques harnachées se pressaient coque contre coque, attendant les précieux tableaux, dont se délecteraient ensuite des patriciens raffinés dans quelques palais du Grand Canal, à l'abri des regards. Déjà je devinais confusément le caractère exceptionnel de l'œuvre d'art, objet privilégié de secrètes jouissances, réservé à la plus aristocratique des élites. Il y a des satisfactions que ne connaissent pas les âmes vulgaires. Dernier rejeton d'une lignée de paysans, j'éprouve quelque fierté à écrire cela.

À ce moment apparut sur le ponton une jeune fille si jolie que je ne la quittai plus des yeux jusqu'à ce qu'elle s'embarquât. Dans une femme, je regarde d'abord le visage, et celui-ci était exempt du moindre défaut, comme ces marbres que j'ai tant admirés plus tard chez Tullio Lombardo, où l'on se dit que la perfection des traits est idéale, qu'elle n'a aucun lien avec la terre et qu'elle ne peut être qu'une création d'artiste. Dieu avait créé ce visage-là. Je n'eus plus qu'une envie : qu'il m'appartînt. J'étais prêt à tous les serments d'amour, à toutes les fidélités. Se sentant observée, elle leva la tête. Son regard croisa le mien l'espace d'un éclair, puis elle se retourna vers l'intérieur de la demeure, d'où la saluait une haute silhouette que je distinguai mal. Elle disparut sous le capuchon de la gondole, ne laissant derrière elle que ses longs cheveux flottants et l'éclat de sa robe de brocart.

Je revins au campo San Silvestro, la tête basse. Toute ma vie, j'ai eu la même impatience : posséder sur-le-champ ce que je désirais. Ma déception chaque fois fut à la mesure de cette espérance puérile. L'âge ne m'a rien appris ; je suis toujours soumis — presque malgré moi — à une voracité quasi carnassière. J'étais d'autant plus dépité que je *savais* qu'elle m'avait remarqué. Je pestais contre mon accoutrement, qui n'avait pas permis que son regard se muât en sourire : une princesse ne se commet pas avec la canaille, même si celle-ci a un visage plaisant. Qui pouvait-elle être, sinon une princesse ? Qui d'autre pouvait avoir telle apparence et tel équipage ? Sa beauté, comme son titre, était hors du commun. Ce fossé que je sentais entre elle et moi augmenta ma mélancolie.

Je m'allongeai sur ma paillasse, soudain très las. L'ombre du campanile pesait sur la chambre et, n'eût été un pan de mur plus clair au-delà de ma fenêtre, on aurait pu croire que la nuit était déjà tombée. Avec l'exagération propre aux adolescents trop sensibles, je décidai que la même nuit régnait sur mon âme, que l'amour m'était à jamais refusé, que la peinture ne saurait jamais combler ce vide. Il y a deux attitudes en face d'un échec, l'abattement ou la révolte. Pendant vingt ans, je les ai vécues toutes deux, selon l'humeur du moment, qui est souvent l'état du corps. Quoi qu'on dise, les douleurs ou les enthousiasmes ne peuvent naître et se développer sans l'accord tacite de nos nerfs et de nos muscles.

Quand on a quinze ans, le sommeil est comme le vent, il chasse les nuages. Je m'éveillai le sang vif avec le souvenir, lointain déjà, d'une égratignure au cœur. Je fis ma toilette devant ma fenêtre ouverte. Une vigueur inconnue me jeta dehors. Une furieuse envie de dessiner me prit et ne me quitta plus. À tous moments, à tous endroits, je copiais, le crayon impatient. Mes yeux allaient constamment de ma feuille au motif avec une ardeur qui me tordait le cou. Un jeu d'ogives sur une façade, une scène de marché, deux enfants jouant dans un campo, une nuée de mouettes sur le Grand Canal, tout m'était prétexte à croquis. J'entassais un trésor destiné à convaincre Bellini de ma valeur. Un peu plus de modestie m'eût été utile, si j'en juge par mes premiers travaux d'atelier. Le soir, je me reposais sur les marches du quai et regardais glisser sous le pont du Rialto les bateaux silencieux comme des cygnes noirs. Mon carnet de dessins était posé à côté de moi et sa présence me rassurait : ma journée n'avait pas été perdue. La moindre parcelle de travail arrachée au temps est plus féconde, je le sais maintenant, que l'étreinte la plus voluptueuse. Pourtant, contrairement à beaucoup d'autres, je n'ai jamais organisé mes travaux avec minutie. Il est des peintres qui se disent chaque matin : «Je couvrirai aujourd'hui telle surface.» Cette attitude est fructueuse : elle a la régularité du pommier qui produit ses pommes — et la récolte est abondante. Au contraire d'un Bellini, je n'ai pas ce tempérament mécanique. Je n'ai jamais cédé non plus à une inspiration foudroyante, qui m'aurait jeté sur mes pinceaux. Partageant ma vie entre la peinture, la musique et l'amour — ma sainte trinité —, j'ai donné à chacun de ces arts — l'amour en est un —, quand son tour était naturellement venu, le meilleur de moi-même. Je suis peintre avant tout, mais sans précipitation ; je travaille quand je me sens prêt et n'ai nul besoin du secours du dessin : contour et couleur naissent en même temps sous ma main, ce qui a surpris autant mon maître que mes élèves. Il faut beaucoup de temps à un artiste pour qu'il réduise en beauté, dans le creuset de son esprit, toute sa richesse. Mais quand le précieux dépôt s'est formé, le mettre au jour est un jeu d'enfant.

Les cheveux au vent, je traversais Venise en tous sens. Il y a beaucoup de folies chez un adolescent solitaire. Exalté par mon pouvoir de reproduire tout ce que mon crayon souhaitait, je considérais d'un œil nouveau ce qui jusqu'à présent m'avait satisfait. La Cicogna fit les frais de mon changement. Ce soir-là, je m'étais précipité chez elle, poussé par un désir devenu quotidien. J'avais cru pouvoir l'apaiser, comme les autres jours, par une alliance entre nos deux corps, pure de tout jugement sur cette femme, sur sa vie, sur son quartier. Le dégoût me prit dès que j'arrivai rio de la Fornasa. Le vent était tombé, libérant de lourdes odeurs de légumes pourris et d'excréments, dont les ruelles sont pleines. Une grosse fille, assise à sa terrasse, me reconnut : « Voilà le beau Giorgio ! Arrête-toi, tu ne perdras pas au change. » Elle me tendit son énorme poitrine, qui se mit à se balancer dans le vide : « Tu peux te pendre après et tu montes directement chez moi ! » Son rire gras fut repris par les occupantes des autres balcons, qui se penchèrent pour me regarder. « Hé, beau jouvenceau, cria l'une d'elles, j'ai ça pour toi ! » Elle ouvrit une large bouche sanglante, où manquaient plusieurs dents : « C'est parfait pour ce que tu penses, ça vaut le bec de la Cicogna ! » Je m'enfuis en courant. La Cicogna m'ouvrit au moment où un vieillard sortait de chez elle. Elle parut heureuse de me voir. Je restai interdit sur le seuil ; j'avais perdu toute envie d'entrer. J'aperçus derrière son dos son logis misérable, la paillasse douteuse où s'étaient vautrés des hommes de tous âges, réunis là par le malheur d'être pauvre. Elle-même n'avait pas eu le temps de se recoiffer et de rajuster un corsage chiffonné, ouvert sur une épaule où les os saillaient. Était-ce là ce creux où je m'étais abandonné, cette peau que j'avais caressée, ces flancs où j'avais trouvé mon premier plaisir? Je la contemplai avec une espèce d'étonnement, qui devait être pire que l'indifférence. «Je suis venu te dire adieu», dis-je. Elle ne parut ni surprise, ni peinée. «Ah bon, dit-elle, tu quittes Venise?» J'aurais pu lui mentir, inventer un voyage. «Non, mais j'habite maintenant un autre quartier. — Je vois, tu as ce qu'il faut là-bas. — Non, Cicogna. Je vais entrer comme élève chez un grand peintre et... — Et je ne suis plus assez bien pour toi, c'est ça?» Je baissai la tête. Lui avouer que c'est moi qui avais changé n'aurait rien arrangé, au contraire. Je déposai quelques ducats sur la table. Elle les ramassa, me les tendit: «Je n'ai pas besoin de ta charité. Le coin ne manque pas de clients.» Elle me poussa vers la porte: «Sauve-toi, ce n'est pas ici que tu trouveras ce que tu cherches.» Alors que je descendais l'escalier, elle me lança: «Ne t'en fais pas. J'ai perdu le neveu, il me reste l'oncle!» Son rire, un peu forcé, m'accompagna jusqu'en bas. Je ne suis plus jamais revenu... Non que j'aie quitté pour autant le monde des courtisanes. J'ai même, tout en gravissant les degrés de la gloire, gravi les degrés d'une hiérarchie parallèle, celle des dispensatrices de plaisir. Le monde des prostituées a ses reines et ses filles du peuple, mais je n'ai pas toujours su choisir entre elles. Me rouler dans la soie avec un corps parfumé ne m'a jamais détourné de contacts plus grossiers: l'abjection a des charmes pour un homme raffiné. Si je n'ai jamais revu la Cicogna, c'est que je déteste mordre longtemps au même fruit. Laura, dont j'avais entr'aperçu la silhouette sortant de chez Bellini, fut la seule exception à cette règle.

Pour que le 21 mars apparaisse à mes propres yeux comme le début d'une nouvelle vie, il me fallait rompre avec l'ancienne par un dernier geste: changer d'apparence. Le regard qu'avait posé sur moi la jeune fille rendait la chose indispensable : je n'aurais pu supporter de nouveau d'être considéré comme un objet par des yeux aimables. À Castelfranco, ma mère souffrait de me voir habillé comme un gueux : j'ai hérité de son exigence. J'avais remarqué en me promenant dans Venise la tenue des jeunes nobles. Mon état m'interdisait de copier leur grand béret incliné sur leurs longs cheveux ; les miens permettaient la confusion et je décidai de les laisser pousser. La médiocrité de mes ressources éloignait pour jamais le chapeau bordé de fourrure, le pourpoint de brocart et le justaucorps brodé. Venise regorge de tissus coûteux et je dus chercher longtemps un fripier qui pût ajuster sur ma haute taille des vêtements portés par un autre. C'est une curieuse sensation de se couler dans le moule d'un étranger, qui soudain vous devient si proche. Quoiqu'un peu râpé, le velours avait conservé sa douceur, et la soie son éclat. Devant le grand miroir, je me trouvai fière allure et le vendeur ne tarit pas d'éloges. J'étais à un âge où, ne sachant dissimuler, on prend pour vérités tous les mensonges. Le doge n'était pas mon cousin quand je sortis de l'échoppe, salué par des courbettes. On pouffa peut-être sur mon passage, je ne sais. Sitôt lancé dans les rues, je sus par certains regards que mon habit donnait à ma personne une qualité que ma physionomie seule n'avait pu acquérir — ou conquérir. Je me sentis soulevé par une aisance inconnue, que j'ai souvent éprouvée depuis. Des atours élégants donnent une assurance, un bonheur d'exister que ne connaît pas celui qui se confond avec la foule. Aussi ai-je tout fait à partir de ce jour pour cultiver cette ivresse, en variant le plus possible mes tenues. On a pris pour un goût effréné du luxe ce qui n'était au fond qu'une facilité à vivre. J'irai jusqu'à dire que la recherche de la parure est le signe d'une autre élégance, morale voire artistique. Tu m'as souvent surpris à peindre, non dans la rugueuse blouse d'atelier, mais en fine chemise de batiste. Ce qui semblait une pose n'était qu'un moyen personnel d'ennoblir ma peinture, de donner à mes personnages, hommes ou femmes, une espèce de distinction. Je n'y ai dérogé qu'une fois, l'an dernier, quand, après une longue absence, j'ai revu ma mère. Elle était devenue tout d'un coup une très vieille femme. Il n'était plus possible de feindre. Je l'ai représentée telle qu'elle est, son visage jadis si beau et si doux s'abîmant dans une décrépitude sans espoir. J'ai souligné le portrait, que j'ai peint en pleurant, par une banderole insistante, ce qui n'est pas dans mes habitudes : « Col tempo », « avec le temps ». J'aurais dû pleurer sur moi, car ma mère me survivra...

Le 20 mars, je classai mes dessins par thèmes : portraits (ceux de Gerolamo, de mon oncle, de ma tante), scènes de rues, relevés d'architecture. En trois semaines, j'en avais exécuté plus de cinquante. J'en déchirai quelques-uns, que je ne jugeais pas dignes d'être montrés à Bellini. À mesure que j'ai progressé dans mon art, mes rares esquisses m'ont semblé de moins en moins dignes d'intérêt et j'en ai détruit la plupart. Je veux laisser une œuvre achevée, non les balbutiements qui l'ont préparée. Ce soir-là pourtant je les ai contemplés avec un plaisir mêlé d'angoisse : ils plaideraient pour ou contre moi, dès le lendemain. Le lendemain... Ce seul mot m'a effrayé. J'ai cherché longtemps le sommeil et, quand je l'eus enfin trouvé, l'aube teintait de bleu les briques roses du campanile.

V

Terrorisé, j'ai soulevé avec peine le lourd heurtoir de bronze. Les coups qui résonnèrent contre la porte et dans le long vestibule que je devinais, me parurent moins violents que ceux qui ébranlaient ma poitrine. On m'ouvrit : le sort en était jeté. Je reconnus l'imposant laquais qui avait descendu avec tant de précautions le tableau dans la gondole. Il me toisa avec l'assurance de ceux qui, depuis longtemps au service d'un seigneur, finissent par se prendre pour lui. Il m'impressionna moins que je ne l'aurais cru : ma taille égalait presque la sienne. Je lui dis l'objet de ma visite et ô miracle ! il me laissa entrer. Un escalier de pierre d'une seule jetée conduisait à une vaste salle au premier étage, où l'on me fit attendre. Les murs étaient recouverts de grandes tapisseries historiées, sur lesquelles jouait la lumière, dispersée en taches de couleur par de hauts vitraux. Le sol dallé de marbre était réchauffé par des tapis d'Orient qui étouffaient les pas. Le peintre le plus célèbre de Venise était aussi l'un des plus riches. Un miroir en face de moi me renvoyait l'image d'un jeune homme gauche qui, dans ce décor, détonnait malgré son joli pourpoint. Je n'osai m'asseoir et restai planté là, le cœur battant, espérant et redoutant l'arrivée de celui auquel je n'avais cessé de penser depuis un an. J'entendis une porte claquer, un escalier de bois craquer ; une tenture s'est soulevée : « il » est entré. Je reconnus d'emblée la haute silhouette restée dans l'ombre au moment où la jeune fille s'embarquait. Un air de bonté était répandu sur ce visage mince aux yeux doux. Il n'avait pas encore cette figure pâle et émaciée que nous lui connûmes plus tard, lorsque les peines, les honneurs et les ans l'accablèrent. À dire le vrai, l'homme qui m'apparut alors comme un vieillard est toujours en vie et c'est moi qui m'en vais, davantage chargé d'honneurs que d'années.

Bellini me désigna d'un geste affable une haute cathèdre, où je m'assis à peine. Mon hôte me faisait l'honneur d'accorder à ma visite une importance extrême. Ce n'est qu'après m'avoir questionné sur mon enfance, sur mes parents — il se souvenait fort bien de la visite de mon père —, qu'il me demanda de lui présenter mes derniers travaux. Mis en confiance, je lui avouai que j'en avais détruit quelques-uns. Il sourit : « S'il est toujours regrettable de faire disparaître les premiers essais d'un grand peintre, il faut parfois se féliciter de voir anéantis ceux d'un médiocre. » J'avais conscience de ma valeur, j'étais convaincu de mon destin : le mot me glaça. Il eût suffi à désarçonner quelqu'un de moins ferme. Je compris plus tard que Bellini cherchait de cette façon à s'assurer de la solidité de ma vocation. Il en découragea ainsi plus d'un, infatué de ses talents, grisé d'être reçu par le maître et s'imaginant déjà son égal. Je lui tendis l'épaisse liasse de mes croquis. Il les regarda longuement. Il se leva même une fois pour examiner à la lumière d'un flambeau la façade d'un palais : « Savez-vous qui l'habite ? Mon ami Giovanni Dario, secrétaire de la chancellerie. Il serait surpris de voir ce que vous en avez fait. Il ne manque aucune frise, aucun médaillon. Le jeu d'ombres est assez bien rendu. » Il commenta chacun de mes dessins, dans le silence feutré de cette pièce coupée du monde. Quand il eut terminé, il me dit : « Vous avez le sens du trait et le sens des valeurs. Mais qui sait dessiner ne sait pas nécessairement peindre : je vous apprendrai. Ce sera long et ingrat. Il vous faudra copier et encore copier, pour que votre main devienne infaillible et sache rendre les mille nuances d'une réalité qui s'évanouit comme une chimère quand on croit la saisir. Quand vous aurez acquis cette maîtrise, vous serez devenu un bon copiste, vous ne serez pas encore un artiste. La création, l'ordonnancement des lignes, des volumes, des couleurs, sont une affaire intime. Mon rôle alors s'effacera. J'essaierai de vous enseigner la liberté, si cela est possible. » Il baissa la voix : « Moi-même, ai-je bien su user de la mienne ? » Cet aveu me parut celui d'un modeste, et il me toucha. Je crois pouvoir dire, après l'avoir beaucoup pratiqué, que son attention constante aux dernières formes de l'art, son souci d'incorporer dans sa peinture les découvertes les plus récentes — et je parle en connaissance de cause, puisque j'ai eu l'heur de l'intéresser —, témoignent d'une réelle humilité, qui est celle des grands. J'admire les dons d'un Titien, et l'histoire sera certainement riche en natures de cette trempe, qui ignorent le doute et créent leur propre univers en menant jusqu'à son terme une pensée triomphante. Pourtant, les grands inquiets me touchent davantage, qui ont besoin de l'exemple des autres pour se rassurer et pour tenter de devenir leur égal. Titien est unique, Bellini l'est aussi. Mais celui qui honore ses dettes m'est plus cher que celui qui accroît sa fortune...

Bellini se leva. Je m'apprêtais à prendre congé, lorsqu'il me retint amicalement par l'épaule : «Vous faites maintenant partie de mes élèves. Venez donc voir vos camarades.» Il souleva de nouveau la tenture et nous redescendîmes l'escalier de bois par lequel il était monté. En bas il poussa une porte, découvrant un jardin intérieur bordé sur ses quatre côtés d'une galerie à colonnes. Il sourit de ma surprise : «Les jardins sont rares à Venise. J'ai le privilège d'en posséder un.» L'atelier, comme un sanctuaire réservé aux seuls initiés, n'était visible que de la galerie, à l'ombre des arcades. La pièce était moins grande que je n'aurais cru et ses ogives étroites ne laissaient filtrer qu'une lumière grise, encore assombrie par un plafond gothique. Une vingtaine de garçons s'affairaient en silence, dont la plupart me parurent plus âgés que moi (je compris ainsi pourquoi Bellini avait retardé d'un an mon apprentissage). Ils étaient assemblés par groupes de deux ou trois autour d'un chevalet ou bien isolés devant un motif — jeu de draperies, livres empilés, statues de plâtre — qu'ils copiaient avec application. Ce qui me frappa dès le premier coup d'œil, ce fut la présence tout autour de la salle d'une série de tableaux presque identiques, disposés côte à côte sur une corniche. Ils avaient les mêmes dimensions et tous, à un détail près, représentaient la même

Vierge à l'Enfant. Sur l'ensemble des jeunes gens silencieux planait ainsi une Madone hiératique et multipliée. Une seule peinture, plus importante que les autres, rompait cette uniformité. Inachevée, on n'y distinguait au premier plan qu'une terrasse légèrement inclinée avec l'ébauche d'une balustrade et au fond un paysage de montagnes découpées sur un ciel bleu. Mon regard s'y attarda. « Il y a longtemps que j'y travaille, me dit Bellini. C'est un tableau ambitieux. »

À notre entrée, toutes les têtes s'étaient tournées vers moi. « Messieurs, dit Bellini, je vous présente un nouvel élève. Il n'est pas de Venise et je vous demande de l'accueillir comme un des vôtres. » Cette allusion à mon origine ne me parut pas indispensable, car je constatai assez vite que même les Vénitiens de vieille souche avaient des racines provinciales. Toute ma vie, je fus « Giorgio de Castelfranco » et, si j'y trouvais honneur et bonheur, il n'en fut pas de même, je l'ai dit, de mes riches interlocuteurs, pour qui je restais, quels qu'aient pu être mes dons, un paysan déraciné. Cet état de choses aura eu néanmoins deux avantages : me durcir vis-à-vis de tous ceux qui ont cru pouvoir me berner — témoin l'affaire du Fondaco dei Tedeschi, en 1508, où l'on m'entendit ! — et m'obliger à dépasser en grâces et en talents les gentilshommes les plus distingués.

« Vous formez une grande famille, continua Bellini avec quelque emphase, vous vous tutoyez, vous vous appelez par votre prénom. Votre nouveau compagnon sera donc, pour vous et pour moi, Giorgio. — Et moi, alors ? » La voix pointue fit passer un rire sur l'assemblée. « Excusez-moi, j'avais oublié notre Giorgio Bassetti. Où est-il donc ? — Ici, maître. » Un petit bonhomme pointa un doigt en l'air. « Levez-vous, qu'on vous voie. — Mais je suis déjà debout ! » Les rires redoublèrent et Bellini lui-même ne put s'empêcher de sourire. « C'est vrai, dit-il, que nous avons déjà un Giorgio, petit par la taille, mais grand par le talent. Comment faire ? On ne peut quand même pas changer vos noms.» Il me considéra: «Notre nouveau Giorgio est de haute taille. Je propose de l'appeler "Giorgione", le grand Giorgio. Notre autre ami restera "Giorgio" tout court. Cela convient-il à M. Bassetti? — Tout à fait, maître», répondit le gentil nain après une courte hésitation. Bellini ne me demanda pas mon avis: il avait dû deviner que je ne perdais pas au change.

En l'honneur du nouvel élève, une pause fut autorisée et nous nous retrouvâmes déambulant sous les arcades du jardin. Je fus accepté d'emblée. Je n'ai jamais retrouvé ailleurs cette sympathie collective, cette bonne humeur paisible dépourvue de toute jalousie. Mes nouveaux amis se présentèrent à moi un à un. À l'époque, ils étaient comme moi totalement inconnus, riches d'espérances et impatients d'apprendre. Ils se bousculèrent pour se nommer: Marco Baïsati, Vincenzo Catena, Gerolamo da Santacroce, Pietro degli Ingannati, Rocco Marconi, Lorenzo Luzzo (que tu as connu sous le nom de Morto da Feltre), Pier Maria Pennachi, Fra Marco Pensaben, Andrea Previtali, Niccolo Rondinelli, sans oublier le petit Giorgio Bassetti. Je pourrais allonger la liste: qui se souviendra d'eux dans cinquante ans, dans cent ans? Pourtant ils ne manquaient ni d'ardeur ni de sensibilité et l'on peut voir dans plusieurs églises de Venise de beaux exemples de leur technique. Leur discrétion vient de leur docilité: ils ne surent jamais se dégager de l'emprise de Bellini. Celui-ci, par la forme de son enseignement, sécrétait des disciples, non des créateurs. Je l'ai senti assez vite et j'ai su partir à temps.

Bellini frappa dans ses mains: la récréation était terminée. Tous regagnèrent l'atelier en se bousculant comme des écoliers. Le maître ne me remit pas au laquais, comme je m'y attendais, mais me raccompagna jusqu'à la porte, geste — je l'appris le lendemain — qu'il n'avait réservé à aucun élève jusque-là. Il ne le renouvela qu'en faveur du jeune Titien, quelques années plus tard. Ce rapprochement nous flatte autant l'un que l'autre. En me quittant, le vieux peintre murmura : « J'ai presque quatre fois votre âge, mais à partir d'aujourd'hui nous avons des souvenirs communs. » Il toussota et conclut : « Je vous attends demain matin. N'achetez rien. Je vous fournirai tout ce qu'il faut pour travailler. Au revoir... Giorgione. »

Ému, étourdi, comme sortant d'un rêve, je dus m'appuyer au mur de la maison pour ne pas tomber. Je sentais mon sang quitter mon cœur et refluer vers mes membres. Une suée glaciale m'inonda. Un bruit de pas se rapprocha et je reconnus la voix familière : « Ça ne va pas, Giorgio ? » Gerolamo m'attendait depuis une demi-heure. « Veux-tu que je t'aide à t'asseoir ? » Il me passa sous le nez le flacon de sels dont il ne se séparait jamais. Il me donna quelques gifles, en s'excusant ; la chaleur et la vie remontèrent à mes joues. Je le repoussai gentiment, j'avançai un pied, puis l'autre. J'avais quelque honte d'avoir eu cette faiblesse et de l'avoir montrée à mon meilleur ami. « Je me croyais plus solide, dis-je. Mais c'est vrai qu'il faisait très chaud là-dedans. » Gerolamo en parut convaincu. Bellini est le seul homme qui m'ait bouleversé à ce point. Il est remarquable — je m'en rends compte maintenant — qu'aucune femme n'a provoqué en moi un tel ébranlement. Je n'accorde pas assez d'importance à la fidélité pour souffrir qu'on y manque. Seule l'indifférence m'affecte, que je balaie par un plaisir de remplacement, ce qui laisse parfois quelque cicatrice...

Sur le chemin du retour, je racontai à Gerolamo tout ce que j'avais vu et entendu. Mon nouveau surnom le fit jubiler : « Bellini a eu une prémonition. Tu seras un grand peintre, Giorgio, et la postérité t'attribuera le nom de "Giorgione". » Toute ma vie, Gerolamo a cru en moi. Nous avons, de l'art, la même conception et il m'a dit un jour : « Je suis heureux d'être poète car, si j'avais été peintre, je t'aurais imité.» Il m'a toujours donné la première place, même lorsque Titien, en 1508, apparut comme mon rival. Je te souhaite, cher Sebastiano, de rencontrer à Rome une telle confiance, si précieuse dans les difficultés, mais je crains que les ombres immenses de Raphaël et de Michel-Ange n'assombrissent un peu le ciel de tes amitiés.

Gerolamo me saisit le bras : «Si nous allions fêter ça chez ton oncle et ta tante ?» Et nous voilà bras dessus bras dessous franchissant le rio Ognissanti. Toujours aussi discrète, ma tante poussa un cri en nous voyant, posa bruyamment, en éclaboussant deux clients, les chopes de bière qu'elle portait et se précipita vers moi. On aurait dit une mère retrouvant son fils disparu après un naufrage. Elle me serra contre elle à m'étouffer : «Giorgio, Giorgio, où étais-tu donc passé ? Pourquoi n'es-tu pas revenu nous voir plus tôt ? Ton oncle et moi, nous étions très inquiets.» Je savais que Gerolamo leur donnait de mes nouvelles régulièrement. Je me demandais quelles seraient les réactions de ma mère qui, elle, ne m'avait pas vu depuis plus d'un an. J'eus l'envie brève, déchirante, de retourner sur l'heure à Castelfranco. Gerolamo m'en dissuada : «Songe que, dès demain, Bellini t'attend.» La nouvelle de mon engagement fit le tour de la salle. Ma tante criait à tout le monde que j'allais décorer les murs du Grand Conseil, au palais des Doges : elle n'avait, en somme, que quelques années d'avance. Si elle avait connu l'existence de la pythie de Delphes, nul doute qu'elle se fût arrogé une filiation avec elle : leurs délires se ressemblaient. Par je ne sais quelle décision mystérieuse, c'est toujours une femme qui a été choisie — jamais un homme — pour dévoiler la face cachée des choses.

Revenant brusquement sur terre, ma tante me demanda : «Combien te paie-t-il, ton Bellini ? Parce que, ton oncle et moi, on t'a pris en charge quand tu étais avec nous, mais maintenant que tu es parti, on ne peut plus t'aider.» Éberlué, je regardai Gerolamo, qui sauva la situation : « Ne vous inquiétez pas. Giorgio est payé, et grassement. Il pourra même faire des économies ! » J'ajoutai, avant que Gerolamo me donne un coup de pied sous la table : « Je ne suis pas un parasite. Je vous rendrai tout ce que je vous dois. — Oh ! Cela ne presse pas », susurra ma tante. Ai-je besoin de dire que le dîner fut écourté et les effusions rapides ? Je sortis furieux. « C'est la dernière fois que je viens les voir », dis-je. Ainsi, les caresses de ma tante, sa générosité n'étaient qu'un prêt avec usure. Candide, j'avais cru à la sincérité de ses sentiments et l'avais presque considérée comme une seconde mère ! Gerolamo tenta de m'apaiser : « Ne la noircis pas trop. Ils n'avaient pas d'enfant, tu arrives, tu restes un an, ils s'attachent à toi et voilà que tu les quittes brutalement tout en restant à Venise. Ils ont pris cela pour de l'ingratitude. » Même dans l'esprit de mon meilleur ami, j'avais tort. Je pris rapidement congé de lui et rentrai seul au campo.

Je passai la soirée à un long examen de conscience. L'incident avait balayé toute ma joie de jeune peintre. Dans ces moments-là, le raisonnement sert de peu : la mélancolie submerge les mots et les idées, qui ne sont plus que des prétextes à un abattement supplémentaire. Une crainte me tourmentait, pour la première fois : celle de manquer. Jusqu'à présent, je m'étais accommodé de ma misère. À Castelfranco, elle se confond avec la vie du paysan. À Venise, j'avais été protégé, je le reconnaissais maintenant, par mon oncle et ma tante, par Gerolamo. De quoi demain serait-il fait ? Je calculai : mes ducats avaient fondu. Il me restait encore quelques sequins, déjà dépensés en nourriture à venir. Le prochain loyer, après la généreuse avance de Gerolamo, était à ma charge. Comment faire face ? Je fus bien près d'abandonner, ce soir-là, et de rayer de ma vie Venise, Bellini et mes espérances. Pourquoi accumuler des difficultés qui m'apparaissaient insurmontables, alors qu'une place m'attendait dans une ferme, près d'une rivière aimée, dans un paysage familier? Heureusement, le sommeil me surprit et m'empêcha de continuer sur cette pente. Bienheureuse fatigue… Elle m'épargna une conclusion que j'eusse regrettée ensuite. Nous prenons souvent des décisions définitives au moment même où nous sommes dans un état d'esprit qui, lui, n'est pas destiné à durer.

J'avais toutefois une petite inquiétude en me rendant chez Bellini le lendemain. J'avais décidé d'en parler à mes nouveaux camarades. Le laquais qui m'ouvrit me reconnut, me sourit, se nomma («Vous pouvez m'appeler Giuseppe»)… et refusa de me laisser entrer. «J'ai des ordres», me dit-il. Je n'avais pas encore appris à le connaître. Il fit durer le quiproquo avec un plaisir évident, tandis que montaient en moi étonnement et colère. «M. Bellini a été formel : "Vous ne laisserez pas M. Giorgione pénétrer par cette porte, qui est réservée aux visiteurs." — Mais je ne suis pas un visiteur, je suis un de vos élèves!» Giuseppe éclata d'un rire sonore : «C'est pourquoi vous avez droit maintenant à la clé qui ouvre la petite porte de la "calle delle Erbe", réservée aux seuls élèves de M. Bellini!» Il me remit la clé, que je reçus avec autant de dévotion que s'il se fût agi de la clé du Paradis. J'entrai dans la ruelle sombre, comme on traverse la pénombre solennelle d'une église.

Je m'habituai vite à tourner d'un doigt vif, deux fois de suite, la clé dans la serrure et à pousser presque aussitôt le lourd vantail, en baissant la tête. Volontairement ou non, l'entrée avait été faite de telle façon qu'elle obligeait chacun à se courber pour pénétrer dans l'atelier. Seul, Giorgio Bassetti la franchissait sans perdre un pouce de sa taille. Je suppose que Bellini voyait sans déplaisir ses élèves s'incliner ainsi profondément chaque jour devant ses tableaux, avant de se mettre au travail. Quant à moi, cette gymnastique quotidienne ne tarda pas à me lasser.

On m'accueillit sans l'empressement que j'avais espéré. La curiosité s'était éteinte : je faisais partie de la famille. Une place restait vacante à côté de Lorenzo Luzzo. Il me fit signe de m'y installer : ainsi naquit notre amitié. Avant que Titien et toi vous arriviez — presque en même temps, d'ailleurs —, nous fûmes inséparables. Les liens les plus solides sont souvent noués par le hasard. Il se trouvait que le hasard avait bien fait les choses : nous avions le goût commun, et bientôt effréné, du plaisir. « Tu aimes les femmes ? chuchota-t-il. Moi, j'en rêve. » Il jeta un regard furtif vers le fond de l'atelier : « Je n'en dirai pas autant de certains. Si tu es comme eux, tu peux les rejoindre, ils n'attendent que cela. » Je me retournai : trois jeunes visages me considéraient. « Ils ne parlent que de toi depuis hier. Ils sont prêts à t'ouvrir les bras et le reste. — Cela ne m'intéresse pas, dis-je. Je n'ai jamais essayé et je n'ai pas envie de commencer. » Mon cœur battait et j'avais honte de mentir. Je sentais Lorenzo très monté contre eux et je ne voulais pas me fâcher avec lui. Mon nouvel ami était le dernier à pouvoir comprendre l'attirance d'un garçon vers un autre, parce qu'il était le dernier à pouvoir la ressentir. Il était né homme à femmes comme d'autres sont nés hommes à gages. Je regrette seulement qu'il ait toujours accompagné son indifférence d'un mépris que rien ne justifiait. Au contraire, j'ai rencontré chez les trois élèves condamnés par Lorenzo une gentillesse, une serviabilité qui n'appartiennent qu'à cette race d'exclus — exclusion toute relative d'ailleurs, eu égard au nombre important de leurs semblables disséminés dans Venise. Je n'oublierai jamais que j'ai été l'un d'eux, de façon brève et brûlante.

Lorenzo me demanda mon âge et fut étonné que j'eusse à peine seize ans. « Je croyais que tu en avais au moins vingt, comme moi, dit-il. Tu as maintenant un maître en peinture, c'est bien ; j'en serai un autre pour autre chose et tu ne t'en plaindras pas, je t'assure. Attends-moi à la sortie. » Pour l'heure, ses confidences m'intéressaient moins que ses conseils.

Je considérais avec quelque inquiétude la plaque de bois où chaque élève mélangeait ses couleurs, les fioles étranges disposées sur des tréteaux, les poudres de toutes nuances disséminées dans des coupelles. Par quelle alchimie arrivait-on à l'incarnat idéal des Vierges de Bellini ? Tous mes compagnons pourtant n'avaient rien de remarquable et aucun ne paraissait disposer d'un pouvoir particulier. Ils plaisantaient tout en travaillant et leurs mots n'étaient que l'expression de la Venise populaire. Bellini, qui venait d'entrer, s'approcha de mon voisin : « Que comptes-tu montrer à Giorgione ? » Lorenzo désigna l'une des Vierges disposées sur la corniche : « Je voulais finir cette Madone avec lui. — Depuis quand t'ai-je autorisé à terminer mes tableaux ? — Six mois. — Et tu veux qu'il en fasse autant ? Commence par le plus simple. Apprends-lui l'aquarelle, la gouache, et ce qui les distingue. » Il nous tourna le dos. J'étais impatient d'apprendre, Lorenzo beaucoup moins de m'enseigner. Il poussa un grand soupir : « J'aurais préféré finir la Madone. » Il me tendit une feuille de papier et un crayon : « Dessine quelque chose. » J'esquissai un petit bouquet aux formes connues : trois tulipes, trois narcisses et une branche de lilas. « Très bien, dit-il. Maintenant, regarde. » Il trempa un fin pinceau dans l'eau et, effleurant des pâtes de couleurs, déposa sur mon dessin, comme en se jouant, les teintes les plus exquises. Par petites taches de violet tendre, dispersées sur la page blanche, il détacha la lourde grappe de lilas ; des narcisses, une longue coulée verte suffit à dégager la hampe verte et rigide, surmontée de sa couronne nacrée ; quant aux tulipes, il les fit naître de larges balayages de couleurs pures, déposant sur chaque calice une chevelure de reflets. Pas une fois, il ne modifia son premier jet, et son aisance me stupéfia. « Voilà, c'est fini », dit-il. Il n'avait pas mis plus de cinq minutes. Je vis avec terreur Bellini s'approcher de nous : allait-il me demander la même chose ? L'œil brillant, Lorenzo savourait son triomphe sans daigner m'expliquer sa façon de faire. Le maître s'en chargea. Il s'installa à côté de moi et posément me donna ma première leçon de peinture. Tu sais quel extraordinaire pédagogue il a été avec cette alliance, qui n'appartenait qu'à lui, de fermeté et de douceur dans un discours toujours clair. Il n'avait pas besoin de hausser la voix pour se faire entendre. Il ne parlait qu'à moi seul mais, au silence soudain qui s'était fait dans l'atelier, on devinait que la leçon profitait à tous. «Tu as vu, me dit-il, comment a procédé Lorenzo. Il a appliqué des touches très diluées en les juxtaposant ou en les superposant, mais en conservant leur transparence, ce qui interdit les reprises — quoiqu'on puisse laver le papier en cours de travail, mais ce n'est pas recommandé. Une telle technique exige sûreté et rapidité d'exécution, qu'on acquiert peu à peu.» Il se tourna vers mon voisin : «Notre Lorenzo a mis un an pour la maîtriser, n'est-ce pas?» Lorenzo fit un signe affirmatif. «Une telle sûreté, continua Bellini, est la condition même de la fraîcheur et du naturel, qualités essentielles de l'aquarelle.» Il pointa un doigt vers le bouquet: «Te souviens-tu, me demanda-t-il, par quelles teintes notre artiste a commencé? — Par les plus claires. — Exact. C'est pourquoi on n'a pas à se tracasser pour le blanc: c'est celui du support.» Je buvais ses paroles. J'avais l'impression de ne rien savoir, de tout apprendre et, chose délicieuse, de tout comprendre. Contrairement à ce que j'éprouvais avant la leçon, il me tardait de montrer ce que je croyais pouvoir faire. L'épreuve ne se fit pas attendre. «Lorenzo, dessine-lui une rose.» L'élève s'exécuta. «Si tu as compris, me dit Bellini, essaie de la peindre très vite, avec une couleur simple: du rouge.» Sans hésiter je refis les gestes de Lorenzo avec une allégresse telle que, non seulement je peignis aussi vite que lui, mais encore j'ajoutai une autre rose sans le secours d'aucun dessin. Elles étaient comme deux sœurs jumelles et personne n'aurait pu distinguer le modèle de sa copie. Lorenzo ouvrait des yeux ronds ; les autres élèves s'étaient approchés et contemplaient eux aussi avec incrédulité la seconde fleur. Le minuscule Giorgio Bassetti tendait le cou, au premier rang. On entendit la voix de Bellini, comme surgie du silence, déclarer : «Mes enfants, retenez bien ce jour : un peintre est né sous vos yeux.» Il s'éclaircit la voix pour ajouter : «Je suis heureux qu'il soit né ici.» Je feignis la modestie, mais je vibrais de fierté. Pour mon premier essai, j'avais subjugué la meilleure école de Venise. On m'a reproché mon orgueil, mais ne le dois-je pas à de semblables circonstances ? À y bien réfléchir pourtant, seul mon œil avait eu du mérite. Je m'étais contenté de copier servilement une forme, de la décaler de quelques centimètres, sans aucun esprit d'invention ou de composition. Venise a porté à mon crédit cet art de la ressemblance, en oubliant parfois qu'un peintre n'est pas seulement un œil, même si son œil est infaillible. Quand ils regagnèrent leur place, plusieurs de mes camarades baissaient la tête comme des chiens battus. Ils m'avouèrent plus tard que mon tour de force les avait découragés, en leur révélant leurs lacunes. Ils furent les premiers à me suivre, lorsque j'ouvris à mon tour un atelier.

J'accompagnai Lorenzo chez lui, comme il me l'avait demandé. Il habitait une chambre aussi étroite que la mienne, au dernier étage d'une haute maison, dans le campo San Giovanni et Paolo. Lui aussi vivait à l'ombre d'une église, mais n'avait pas, comme moi, le nez écrasé contre un campanile. Il s'arrêta sur la grande place déserte : «Dans deux ans, on doit ériger ici une statue de Verrocchio. Elle est restée inachevée après sa mort, et c'est Leopardi qui la termine en ce moment je ne sais où.» Au contact de Bellini, je m'apercevais que tous ses élèves profitaient de son éclat et qu'ils étaient immergés dans la vie artistique comme les palais dans l'eau de Grand Canal. Que de temps j'avais perdu dans l'auberge de ma tante ! «Un jour où il fera plus clair, continua Lorenzo, je t'em-mènerai dans l'église pour voir le polyptyque de Saint-Vincent-Ferrier, que Bellini a peint bien avant notre naissance à tous les deux. C'est magnifique. »

Chez lui, des dessins jonchaient le sol. «Tu ne les ranges pas ? demandai-je. — Non, c'est exprès. Cela m'évite de montrer les autres. Mais toi tu les verras. » Dès que j'eus «les autres» entre les mains, je com-pris pourquoi il ne voulait pas qu'on les vît. Il les sor-tit avec précaution d'un coffre solidement fermé: «Tiens, tu peux rêver dessus.» Je n'en crus pas mes yeux. Ce n'étaient que femmes aux cuisses ouvertes sur une intimité rouge et béante, couples enlacés dont les organes génitaux étaient démesurés, croquis minutieux d'énormes vulves avec leurs poils. «Qu'en dis-tu ?» J'étais partagé entre l'effroi et la fascina-tion. «Rien n'est inventé. Tout est d'après nature.» Mes expériences en ce domaine m'en persuadaient. Toutefois, si je fus comme Lorenzo un homme de plaisir, je n'ai jamais éprouvé le besoin, comme lui, d'en perpétuer crûment les causes ou les effets. «Pourquoi fais-tu cela ?» demandai-je. Il fit jouer sa main sur son poignet: «Je me console avec, quand je suis seul.» La lueur de la chandelle éclairait son visage aux traits fins, si souvent caressé par des doigts de femme. Déjà s'y dessinait au coin des lèvres l'em-pire que la débauche allait exercer sur lui. Ce n'était encore qu'une éraflure à peine visible. Au cours des années, elle deviendrait le double sillon qui, du nez au menton, révèle le jouisseur. Je n'ai jamais porté ce masque, peut-être parce que je n'ai pas été pos-sédé par une passion exclusive. Lorenzo peignait avec indolence et vivait avec frénésie. Par un étrange équilibre de ma nature, j'ai accordé mes passions sans que l'une puisse se targuer de dominer. Lorenzo, lui, compensait son labeur quotidien de peintre reli-gieux. À force de fréquenter les madones, il avait soif de courtisanes. Après tout, le vice n'est peut-être que la face cachée de la vertu...

Je n'étais pas au bout de mes surprises. Lorenzo tira de sa poche un carnet en tous points semblable à celui où Gerolamo jetait des bribes de poèmes. Il me le tendit avec un sourire gourmand : «Ouvre-le à n'importe quelle page et lis à haute voix.» Je m'attendais à de nouvelles images impudiques. Je ne trouvai que des dates et des prénoms, suivis d'un court texte. Je lus : «13 juin 1491 : Isabella, 19 ans. Blonde, très parfumée, 5 couronnes (ça les vaut)... 14 juin, soir, sur le quai : Giulietta, 15 ans, fille de gondolier ; nous faisons ça dans la gondole... 15 juin : Carla, 25 ans, ne me fait payer que trois couronnes... 16 juin : debout, sous les arcades du corte del Milion ; beau corps... 17 juin : une autre, au même endroit, beaux seins.» Lorenzo m'interrompit : «Dès le mois de mai, il me faut une rencontre par jour. L'hiver, un peu moins. — Tu les as comptées ? — Non, mais tu peux calculer toi-même. J'ai commencé à seize ans, et je fais ça en moyenne tous les deux jours.» Depuis quatre ans, il avait donc succombé à plus de sept cents étreintes ! «Tu revois souvent la même femme ? demandai-je. — Rarement. J'ai besoin de nouveauté. La seconde fois, c'est déjà moins bien. Dès que la nuit sera tombée, on pourra y aller, si tu veux.» J'avais trop de curiosité — une curiosité proche de l'excitation — pour refuser. «Mais à une condition, dis-je : que ce soit gratuit. Je n'ai pas d'argent. — Alors, fions-nous au hasard. Allons du côté du Rialto.»

En chemin, j'expliquai à Lorenzo mes besoins financiers. «Ne t'inquiète pas, Bellini y pourvoira.» J'appris que le peintre retenait sur chaque vente une partie destinée à ses élèves, que Giuseppe distribuait ensuite à parts égales. «Tu pourras t'offrir de temps en temps un bon repas ou une courtisane de prix, pas celles qu'on trouve rio de la Fornasa. — Tu y es déjà allé ? — J'ai commencé par là.» Nous passâmes de nouveau devant la maison de notre vieux maître. Une lumière brillait au premier étage. «Chaque soir, il reçoit son frère Gentile. Ils ne peuvent rester un jour sans se voir. Quand l'un des deux mourra, l'autre sera inconsolable, c'est sûr. Je ne sais lequel des deux est le plus âgé.» Tu as assisté comme moi à la douleur de Giovanni, quand il a perdu Gentile en 1506. Depuis il est comme veuf et ses proches le trouvent souvent abîmé dans un fauteuil, la tête entre ses mains. Il continue à peindre, mais quelque chose est mort en lui. Je n'ai jamais rencontré deux êtres qui se soient, comme eux, autant aimés.

Arrivé au Fondaco dei Tedeschi, Lorenzo tendit le bras vers les profondeurs du pont : «Il y a toujours deux ou trois filles là-dessous. Ce serait bien le diable si on n'en trouvait pas.» Effectivement, non loin de la grande arche, dans l'ombre d'une galerie couverte, deux ombres devisaient. «Approchons-nous», dit-il. Il prit aussitôt son air de galant, et moi-même, fier de mon triomphe de l'après-midi, je bombai le torse. Il s'arrêta : «Il me semble que j'en connais une. Je te la laisse, je prends l'autre. — Mais on ne voit même pas son visage ! — Est-ce qu'on est venu pour des visages ? Viens, on va s'asseoir à côté d'elles.» Seul j'eusse par timidité rebroussé chemin. Je ne devais qu'à l'argent mon assurance auprès des filles du rio de la Fornasa. Avec Lorenzo, j'éprouvais le même sentiment de sécurité qu'avec Gerolamo, chacun dans son domaine propre, et Dieu sait si leurs centres d'intérêt étaient opposés ! En nous voyant arriver, les deux ombres se tassèrent sur le banc de pierre pour nous laisser place. Lorenzo me serra le bras : la victoire était proche. Il engagea la conversation, nous présentant comme les meilleurs élèves de Giovanni Bellini, «Vous savez, le plus grand peintre de Venise, celui qui habite un palais au campo Santa Marina ? Le doge y était encore ce matin, n'est-ce pas, Giorgio ?» Plus un mensonge est gros, plus il convainc. Les noms cités ouvraient toutes les portes, surtout celles qui ne demandent qu'à s'ouvrir. Un lumignon lointain nous permit de voir que nos voisines étaient plutôt jeunes et jolies, ce qui m'enhardit. Nos bonnes mines firent le reste. Chacun à son tour, nous nous éloignâmes avec l'élue d'un soir. Un coin sombre derrière une rangée de barriques abrita nos rapides sursauts, rendus plus délicieux par la crainte d'être surpris. Nous prîmes rapidement congé d'elles, sans souci de les revoir. Il me sembla que Lorenzo leur glissait quelques pièces, mais je n'y fis pas allusion. «Je me sens mieux», dit-il. J'éprouvais un égal apaisement, avec toutefois l'amertume d'avoir cédé à la tentation. Toute ma vie, la même impression désagréable a suivi mes jouissances. Pour Lorenzo, la satisfaction du corps était le but de la vie. Pour moi, elle n'en était qu'un aspect, certes important, et j'y ai cédé avec volupté. Mais, chaque fois, l'acte accompli apportait avec lui le remords d'avoir perdu un peu de temps précieux.

Insensiblement nous nous étions rapprochés du campo San Silvestro et j'invitai Lorenzo chez moi. Poussé peut-être par le silence de la maison, par la nuit qui noyait toutes choses, par la présence mystérieuse de l'église, il me fit des confidences qui me touchèrent. Ma réussite de l'après-midi l'avait frappé : «Tu deviendras un grand artiste, Giorgio, tu as trop de dons. Bellini te l'a dit et nous en sommes tous convaincus. Tu susciteras beaucoup de jalousies. Moi je connais mes limites, et mon plus grand bonheur est de terminer un tableau de notre maître. Même si plus tard je me hasarde à créer, je resterai soumis à son influence et je suis sûr que mes œuvres seront de pâles copies des siennes. Ne reste pas trop longtemps chez lui. Fais en sorte qu'il t'apprenne les techniques du dessin et les subtilités de la peinture à l'huile. » Son ton se fit grave : «Mais quand tu sauras tout cela, il te faudra quitter l'atelier et voler de tes propres ailes. Je t'en supplie, Giorgio, souviens-toi de ce que je te dis ce soir. Ne fais pas ce que j'ai fait. Ose être toi-même. » Il sourit d'un air malheureux : «Moi, je ne sais l'être qu'avec les filles. Il faut bien qu'il me reste quelque chose... » Il se leva. «Demain, nous continuerons nos travaux ensemble. Bientôt, l'aquarelle, la gouache, le lavis, la pierre noire, la pointe d'argent n'auront plus de secrets pour toi. Ne t'épuise pas trop à ces travaux. J'ai besoin de toi le soir. Tu me plais. »

Resté seul, allongé sur ma paillasse, je me remémorai cette journée si fertile en émotions. J'avais été félicité par le plus grand peintre de Venise devant tous ses élèves. Le hasard m'avait fait rencontrer un franc compagnon de plaisir, qui devait me révéler bientôt mille beautés blondes. Plus suave qu'une madone de Bellini, le visage de ma mère m'apparut, protégeant un avenir où l'homme et l'artiste recueilleraient les fruits d'une double chance rencontrée un jour de mars 1493.

VI

L'avenir commença par me donner raison. Je suis allé pendant plusieurs mois de découvertes en découvertes. Les regards que l'on posa sur moi me prouvèrent que mes talents s'affirmaient. Il m'a fallu beaucoup de fermeté pour ne pas en avoir la tête tournée. Ma santé paysanne m'a sauvé, associée à ma tendance naturelle à la mélancolie : ce mélange est le meilleur remède contre l'exaltation.

Comme il l'avait promis, Lorenzo me transmit tout son savoir, avec la générosité de la véritable amitié. Il avait conscience de ses limites et savait que l'habileté n'est rien où la création n'est pas. Comme peintre, je ne le craignais point.

À partir du moment où j'entrai chez Bellini, le temps passa très vite. Mes journées s'envolaient dans la frénésie d'apprendre. À cet atelier sombre régi par un maître austère, j'apportai un souffle d'air frais qui bouleversa l'ordre établi. Mon tempérament s'abîme dans la tristesse quand je suis oisif et que la rêverie m'absorbe, mais il s'excite dans le travail et il embrase tout ce qu'il côtoie. Si beaucoup m'ont suivi quand j'eus quitté Bellini, c'est parce qu'ils redoutaient de retrouver le studieux silence de la «bottega», surtout après que Titien l'eut également désertée. Le miracle du premier jour se renouvela chaque fois que Lorenzo me révéla une technique nouvelle. J'appris avec une facilité qui étonna. Tout progrès me faisait trembler de joie, de fièvre, de volonté d'aller plus loin. Mes nerfs étaient tendus à craquer et je sortais épuisé de chaque séance. Mes camarades étaient devenus mes spectateurs. Par une étrange contagion, l'ardeur de créer se propageait en eux comme une épidémie. Personne n'en réchappait. Le petit Giorgio Bassetti restait pendant des heures en équilibre délicat sur un escabeau, talons tendus pour terminer un tableau d'un pinceau frémissant. Les trois inséparables, que nous avions surnommés «les Trois Grâces», perdirent leur attitude alanguie pour se lancer, visage froncé, dans d'interminables finitions. Bellini lui-même s'aperçut du changement. Il demanda un jour à Lorenzo, qu'il félicitait d'une copie réussie: «Vous faites tous des choses meilleures depuis quelque temps. J'en suis fier.» Il s'attendait à se voir remercié de son enseignement. Imprudemment, Lorenzo lui répondit en me montrant: «C'est grâce à Giorgione.» Il n'en dit pas davantage, effrayé de son audace. Un grand silence s'était fait dans l'atelier. Bellini posa sur moi, qui feignais l'indifférence, un regard bref mais acéré. Que pensa-t-il à ce moment-là? Il me fut aisé plus tard de l'imaginer lorsque, en ma présence, on ne tarissait pas d'éloges sur Titien. La gloire montante d'un cadet trouble la vôtre...

Pourtant je ne cherchais pas à briller. Reproche-t-on à une étoile son éclat? J'entrais en peinture comme on entre en religion, avec la certitude d'un inspiré. Bellini tempéra mon ardeur. Avec Alvise

Vivarini et cinq ou six de ses meilleurs élèves, il passait ses journées à peindre de grandes scènes historiques sur les murs de la salle du Grand Conseil. Il m'abandonnait aux mains de Lorenzo, qui avait ordre de me faire répéter les exercices jusqu'à satiété, et n'était autorisé à m'apprendre une nouvelle façon de faire qu'après avoir exténué l'ancienne. Je piaffais d'impatience. «Quand connaîtrai-je la peinture à l'huile?» demandais-je chaque jour à Lorenzo. Sa réponse était toujours la même: «Quand le maître l'aura décidé.» Je me désolais de ne pas avoir été choisi pour l'aider au palais des Doges. Ma déception se transforma en colère lorsque j'appris qu'un certain Pietro Vannucci, dit le Pérugin, avait été chargé par les officiers du Sel de peindre sur un pan de mur la scène du pape Alexandre III poursuivi par Frédéric Barberousse et la bataille de Legnano. Venise manquait donc tellement d'artistes qu'elle dût s'adresser à un Florentin? Un étranger que l'on payait en outre quatre cents ducats d'or! J'en voulais à la terre entière et surtout à Bellini. Lorenzo eut toutes les peines du monde à me retenir de courir jusqu'au palais pour dire son fait au vieil homme qui s'avouait incapable de mener à bien une commande officielle. Je regrette maintenant cette violence et ce jugement hâtif. Moi-même n'ai exprimé ma vraie nature que dans une voie très étroite. J'eusse été bien embarrassé de raconter avec ampleur une action héroïque, si par hasard on m'avait fait signe à ce moment-là! N'est pas Carpaccio qui veut. D'ailleurs en avais-je réellement envie? Ma jeunesse, dans sa fougue, n'avait pas encore établi de différence entre l'élan créateur et la simple impatience d'exister. S'il fallut beaucoup d'humilité à mon maître pour reconnaître son insuffisance et s'effacer, je devine, me mettant à sa place, qu'il dut éprouver un soulagement secret à s'incliner devant une forme d'art qu'il jugeait, la pratiquant peu, hors de son génie propre. La modestie a parfois sa source dans la conscience paisible d'une différence.

J'ai eu l'occasion de contempler, dans le studiolo d'Isabelle d'Este, le *Combat allégorique de Chasteté et Volupté*, qu'elle a commandé en 1503 au Pérugin. Certes, notre marquise a un caractère tyrannique et il n'est pas toujours aisé de comprendre ce qu'elle souhaite. Mais enfin elle aime l'art et l'a prouvé — il suffit de regarder ce qu'elle a su obtenir de Mantegna. On a beaucoup médit du Pérugin et de son avarice. J'ai appris de bonne source que, après avoir signé, il s'est peu préoccupé du *Combat allégorique*. On le trouve dès le lendemain à Castello di Pieve puis à Pérouse, où il touche ses derniers honoraires pour sa décoration de la salle d'audience du Cambio. Il aime, paraît-il, à accumuler force biens et maisons et dépense beaucoup pour sa jolie épouse. Je ne lui jetterai pas la pierre. Je ne connais pas son enfance, qui fut peut-être nécessiteuse, et j'estime qu'une jolie femme mérite de beaux atours. Je ne considère que l'artiste, et l'artiste me déçoit. Ce *Combat* est sans vie, sans imagination. Isabelle d'Este m'a lu un passage d'une lettre qu'elle avait adressée au peintre, il y a quatre ans : « Même réalisé avec grand soin, devant être placé auprès de ceux de Mantegna qui sont d'un style extrêmement net, il aurait été plus honorable pour vous et plus agréable pour nous, et on regrette que Lorenzo de Mantoue vous ait dissuadé, de la peindre à l'huile. » J'aurais honte jusqu'à ma mort si une telle femme m'avait fait de tels reproches. Pérugin a tant d'habileté et il accepte tant de commandes qu'il répète sans cesse les mêmes formes. Il ne réfléchit plus au principe de son art, il le ramène à un simple procédé qui donne la même expression à toutes ses figures. Je me félicite de n'avoir pas cédé à ces facilités, quitte à déplaire : c'est la rançon de la fidélité à soi-même. Renvoyé dans sa province, on me dit que Pérugin en est réduit maintenant à des contrats de misère pour d'obscurs couvents.

Quand je pense à la période de mon apprentissage, j'ai grand tort d'en avoir voulu à Bellini. J'oubliais trop facilement les privilèges qu'il m'accordait, comme au plus aimé de ses élèves. Quand, épuisé, il revenait du palais des Doges après une trop longue journée, partagée entre une attention constante à ses aides et ses stations sur un échafaudage branlant, il me retenait après le départ des autres. Bien que la raison en fût simple — poser pour lui —, beaucoup y voyaient une préférence inavouée. Bellini s'en justifia un soir en les renvoyant : « Giorgione est le seul qui ressemble à l'idée que j'ai de saint Sébastien ! » Giorgio Bassetti, convaincu d'avance d'être rejeté, était déjà sorti. Mais l'une des Trois Grâces tourna vers Bellini son visage d'ange, où s'exprimait toute la douleur du monde.

Bellini ceignait mes reins d'un pagne blanc, me liait les poignets derrière le dos en s'excusant de me faire mal. « Place-toi de profil ; tiens-toi droit, sans être raide ; appuie-toi sur ta jambe gauche et décolle le talon de la droite. » Ce furent des séances interminables. Je fixais le mur en face de moi jusqu'au vertige. Jamais mon maître ne m'a expliqué le sens de son tableau, qui le jour de mon arrivée m'avait frappé par ses dimensions. La terrasse, damier de losanges colorés, se peuplait peu à peu de personnages surprenants, nés du songe d'un vieil homme. « C'est quelqu'un d'important qui me l'a commandé », me disait-il d'un air mystérieux. Il ne me donna jamais son nom et je ne l'obtins pas davantage de Giuseppe, même bien après que le tableau eut quitté l'atelier. Peut-être craignait-on qu'ainsi le mystère de l'œuvre ne fût dévoilé… Quelques mois plus tard, je vis poser à mes côtés un vieillard aux mains jointes, en pagne lui aussi. Bellini laissa échapper un soir : « Saint Jérôme, rapprochez-vous un peu de saint Sébastien. » Il se mordit les lèvres, me regarda, espérant que je n'avais pas entendu. Je ne bronchai pas, mais j'avais compris : le sujet était celui d'une banale *Conversation sacrée* patiemment déguisée. Dans ses retables religieux destinés à orner quelque autel — comme à l'église San Giobbe, où Lorenzo m'avait traîné pour me faire admirer un ange musicien —, Bellini suivait une tradition bien établie : la Vierge trônant au centre, sous un dais, entourée de six saints et de trois anges assis en contrebas sur des gradins. Ici tout était semblable et tout était différent, avec un art de la dissimulation qui me charma. Le trône de la Vierge avait été peint de profil et déplacé sur le côté gauche ; les saints, toujours au nombre de six mais peu reconnaissables — mis à part les deux que nous figurions —, n'entouraient plus le trône, ce qui libérait un grand espace au centre de la composition. Là s'ébattaient quatre adorables « putti », qui remplaçaient les anges. L'un d'eux faisait tomber les fruits d'un arbre planté dans une urne. Je ne pus retenir une question : « Ne serait-ce pas le petit Jésus, qui a quitté les genoux de la Vierge ? » Bellini me lança le regard du voleur surpris en train de dérober. « Mais non, mais non. » J'étais convaincu d'avoir touché juste, même si Bellini avait multiplié les fausses pistes : le paysage grandiose au lieu de l'habituelle architecture intérieure ; l'énigmatique personnage au turban, qui s'éloigne ; le centaure pensif à l'entrée d'un ermitage. Tout avait été conçu pour qu'aucun fil d'Ariane ne pût aider à sortir de ce labyrinthe. Même si je croyais avoir compris le sens profond de l'œuvre, je restais perplexe devant certains détails, secret entre le peintre et son commanditaire. Il y a une véritable jouissance à savourer une œuvre rare entre initiés. Et si, ce jour-là, faute d'en posséder toutes les clés, je m'en trouvai quelque peu exclu, j'éprouvai une délectation à m'en être approché. Je me promis d'être, dans mes tableaux, encore plus indéchiffrable. Si j'en juge par toutes les interprétations qu'ils ont soulevées, j'y suis parvenu au-delà de mes espérances.

Avant l'arrivée de saint Jérôme, et au fil des séances de pose que seule l'arrivée de son frère Gentile interrompait, Bellini me fit de précieuses confidences. Le silence du quartier Santa Marina l'y incitait, à peine troublé de temps à autre par le froissement d'une gondole sur l'eau du canal. Je devenais alors un petit garçon attentif, oubliant mes colères de l'après-midi. Il semblait se parler à lui-même, et il ne servait à rien de lui poser des questions : il n'y répondait jamais. Il changeait de sujet suivant l'humeur du moment ou la pente de ses souvenirs. C'est ainsi qu'il me révéla, un soir où je m'y attendais le moins, ses secrets de fabrication : «Tu seras le premier et probablement le seul à les apprendre. Lorenzo m'a dit que tu le pressais de t'enseigner la peinture à l'huile. Si je lui ai jusqu'à présent défendu de le faire, c'est qu'il est le moins apte à te satisfaire. Non qu'il manque de talent, il a même un joli coup de pinceau. Mais il se contente d'appliquer mes recettes, de broyer les pigments selon mes indications — unique chose que je lui demande, d'ailleurs. Tout, dans ta curiosité, dans ton impétuosité même, me laisse à penser que tu exiges davantage... au risque de me déplaire.» Il atténua ces derniers mots d'un sourire, où perçait malgré tout une secrète lassitude. Je vis dans sa proposition un acte généreux. D'autres y verront de l'habileté : craignant d'être dépassé, le maître accompagnait le plus loin possible son élève pour faire croire qu'il le guidait. Mais il savait au fond de lui-même qu'il resterait un jour au bord du chemin et que son compagnon continuerait seul.

Ces secrets, le hasard seul lui en avait appris l'existence, mais il dut à sa seule ruse de se les approprier. «Tu sais que, il y a encore vingt ans, on pratiquait surtout la peinture à la détrempe — Lorenzo a dû t'en donner quelques rudiments. Tu l'as vu agglutiner ses poudres avec la colle de peau ou la gomme végétale et tu en as constaté les avantages : la peinture ne jaunit pas, elle ne se craquelle pas. En revanche, elle sèche vite, trop vite, ce qui interdit les corrections. Je m'étais aperçu en outre depuis longtemps que mes couleurs s'éclaircissaient, que des dégradés imprévus apparaissaient peu à peu. La peinture à l'œuf nous consola un temps de ces inconvénients. Et puis, un jour de 1475, une nouvelle s'est répandue comme un coup de tonnerre dans tous les ateliers de Venise : un peintre inconnu, venu de Sicile, avait déployé sur la place Saint-Marc des tableaux aux couleurs éblouissantes, d'une souplesse, d'une profondeur qu'aucune technique n'avait su rendre jusqu'à présent et surtout pas notre pauvre détrempe qui en comparaison semblait terne, même si un vernis final lui donnait quelque brillant. Je courus comme les autres admirer ces étranges merveilles que l'on se disputait déjà à prix d'or. Quel choc j'ai ressenti ! Le même, j'en suis sûr, qui foudroya saint Paul sur le chemin de Damas : la Vérité enfin. Jamais pâte ne fut aussi onctueuse, jamais gamme de couleurs ne fut aussi étendue, depuis les tons les plus sombres jusqu'aux plus clairs, avec des transitions infimes. Je résolus de comprendre, et je fis pour cela, moi qui en ai horreur, le premier mensonge de ma vie. » Il me regarda et baissa la voix : « Je te donne une grande preuve d'amitié : tu es le premier à l'apprendre. Je rassemblai en hâte mon épargne et courus chez un tailleur où j'achetai les vêtements les plus somptueux. Couvert d'hermine, de soie et de velours, je me rendis en grand équipage au domicile du peintre, un certain Antonello da Messina. Mon aspect et surtout la lourde bourse que je portais à la ceinture l'ont rapidement convaincu de faire mon portrait, comme je le lui demandais. Nous prîmes rendez-vous pour le lendemain. Durant deux longues heures, je n'eus d'yeux que pour son travail. Mis en confiance, il répondait volontiers à mes questions, posées avec la plus grande naïveté. Pour ne pas éveiller ses soupçons, je le fis d'abord parler de lui-même. La nature humaine est ainsi faite que l'on est en général intarissable sur soi-même. Il me raconta sa jeunesse à Messine et je me découvris des points communs avec lui. Il grandit comme moi à l'ombre d'un père artiste. Si le mien était peintre, le sien était sculpteur : cela suffit à nous guider vers l'art, l'un et l'autre, dès notre plus jeune âge. Mais la sculpture n'est pas la peinture, et le jeune Antonello partit pour Naples, où il devint l'élève de Colantonio, qui travaillait pour le roi René d'Anjou. Assez vite lassé de cet enseignement» (il me regarda en souriant : «Comme toi un jour peut-être du mien, qui sait ?»), «il tomba en arrêt par hasard devant un tableau de Jan Van Eyck, qui appartenait au prince d'Aragon. Il reçut un véritable coup sur la tête et, vois comme l'histoire se répète, il n'eut plus qu'une envie : découvrir le secret de la richesse et de la luminosité des couleurs. Saisi par le même mouvement que moi, il courut rejoindre à Milan un peintre flamand très célèbre, Peter Christus, qui passait pour le disciple le plus fidèle de Van Eyck, à tel point qu'il avait paraît-il achevé deux œuvres commencées par le maître. Antonello eut toutes les peines du monde à l'approcher. En écoutant son récit, je tremblais qu'il ne découvrît mon stratagème, car je craignais qu'il eût utilisé le même à l'égard de Christus. En réalité, il se contenta d'être sincère, ce qui est parfois le plus sûr moyen d'arriver à ses fins. Le maître, qui venait de terminer un portrait de Lorenzo de Médicis, accueillit avec bonté ce jeune admirateur et lui témoigna bientôt une affection quasi paternelle. C'est ainsi qu'il enseigna à Antonello ce que j'étais venu chercher chez celui-ci. Je n'en sus pas davantage. Au bout de mes deux heures de pose, Antonello me dit : "Approchez-vous du tableau. Comment vous trouvez-vous ?" Je me levai, convaincu d'approcher enfin le mystère. La ressemblance était parfaite, je le lui dis. "Surtout, ajoutai-je, je suis frappé par le ton que vous avez su donner à ma peau, par la 'morbidezza' des couleurs. Je n'ai jamais vu cela. Comment faites-vous donc ?" En même temps, je jetai un rapide coup d'œil sur une coupe, où il avait souvent trempé son pinceau avec précaution. Il surprit mon regard.

"Mon secret est là, dit-il. Je peux bien vous le révéler à vous, qui n'êtes pas de la partie. Cette coupe contient de l'huile de lin." Mes nerfs se détendirent tout d'un coup, je poussai un soupir de soulagement. "Vous êtes fatigué, me dit-il. Revenez demain." Pour ne pas éveiller ses soupçons, je fis comme il m'avait demandé et revins autant de fois qu'il fallut pour achever mon portrait. Chaque séance de pose me permettait d'observer un peu mieux sa façon de travailler, la fluidité plus ou moins grande qu'il obtenait grâce aux diverses essences, le séchage plus ou moins rapide selon le siccatif employé, la façon qu'il avait d'incorporer le vernis à sa préparation etc. Quand ce fut fini, j'avais tout vu et tout compris. J'ajoutai une forte somme au prix convenu, "pour vous remercier de tout ce que vous m'avez appris", lui dis-je de l'air candide d'un homme riche qui, absorbé par ses affaires, n'a pas le temps de se consacrer à l'art... Antonello fut ma dupe jusqu'au bout. — Qu'avez-vous fait de votre portrait ? — J'ai eu un moment l'envie de m'en débarrasser, car il me pesait. Je l'ai gardé pourtant et tu le verras sur le mur de ma chambre. Je le contemple chaque soir, avant de m'endormir. C'est une façon pour moi de me forcer à ne pas oublier un acte peu glorieux de ma vie, et à me dissuader de recommencer. — Êtes-vous certain, dis-je, qu'Antonello da Messina vous a dit la vérité sur la façon dont il a connu le secret de la peinture à l'huile ? Et s'il l'avait dérobé par un procédé analogue au vôtre ? » Bellini sourit : « Pour un homme qui veut conserver sa propre estime, c'est une piètre consolation de savoir que d'autres ont eu les mêmes faiblesses... »

Le récit de Bellini m'avait troublé et je renonçai à suivre Lorenzo, qui m'attendait dans l'ombre de la calle delle Erbe. Mes soirées de pose l'agaçaient : il les trouvait trop fréquentes, trop longues. « Je ne comprends pas que tu aies accepté, me disait-il. Tu es peintre, non modèle. » Je gardais pour moi les confidences du vieux maître comme un trésor destiné à moi seul. «Tu as raison, mais je suis son élève, je dois obéir. — Cette soumission ne te ressemble guère... Tu vieillis, Giorgio.» Je rentrai seul au campo San Silvestro. Le monologue de Bellini se prolongeait en moi comme une musique. Il m'avait révélé un homme exigeant, passionné de nouveauté, en qui je me reconnaissais. Il est des soirs où l'âme est en harmonie avec la paix de la ville. Venise avait assourdi ses bruits habituels, surprise par un été précoce qui chez les uns aiguisait les sens — Lorenzo était de ceux-là —, chez d'autres, dont j'étais, versait dans le cœur une mélancolie silencieuse.

Le hasard — était-ce vraiment le hasard ? — me fit rencontrer Gerolamo, qui venait de visiter un malade. À ce moment, il était l'être qui correspondait le mieux à ce que je recherchais : une communion dans le silence. Je l'avais un peu délaissé depuis quelque temps, répondant plutôt aux appels de Lorenzo. Mais ce soir-là la débauche avait pour moi moins d'attraits qu'une promenade dans Venise. Gerolamo mit la main sur mon épaule, comme si nous venions de nous quitter et ne me posa aucune question. Je lui racontai l'épisode de la peinture à l'huile. «Ah ! dis-je, si c'était moi qui avais fait cette découverte ! — Tu en feras d'autres.»

Nous croisâmes deux donzelles aux jolis seins nus, qui se poussèrent du coude en nous voyant. Je les reconnus : nous nous les étions partagées, Lorenzo et moi, la semaine précédente. Un peu plus loin, un couple âgé s'arrêta pour saluer Gerolamo. «Tu vois, dit-il, les jeunes filles s'offrent à toi, et moi, ce sont les vieillards qui me remercient.» J'avais seize ans : j'eus un rire vaniteux. J'en ai trente-deux maintenant. À cette heure, que pèse le damoiseau de naguère, si fier de sa beauté ? Qu'est-il devenu sinon un être en sursis, tout entier aux mains d'un médecin ami qui lui fait croire qu'il pourra le sauver ? Si Gerolamo lit ces lignes — avant toi, peut-être —, qu'il comprenne et excuse l'insouciance de mes seize ans : je ne voulais pas le blesser. Qu'il ne regrette pas, s'il en a souffert une seconde et s'il s'en souvient encore, d'avoir été invisible à deux charmants regards : celui qui tente de sauver ses semblables est seul digne d'eux et il me paraît maintenant bouffon celui qui à l'époque n'attachait du prix qu'aux apparences.

Nous avons marché longtemps dans Venise endormie. Gerolamo me laissait parler, discours exalté que je confiais autant à lui qu'aux étoiles. « Bellini m'en a trop dit ou pas assez. Il suffisait d'un rien pour que je sache enfin peindre comme lui. J'ai parfois l'impression qu'il se moque de moi. Songe que ce soir il m'a révélé à moitié ses secrets de fabrication et que cet après-midi j'en étais encore aux rudiments de la détrempe ! » Gerolamo tentait de me raisonner : « Sois patient. Tu es chez lui pour des années encore. Chaque chose en son temps. » Il me raccompagna chez moi. Je proposai de le raccompagner à mon tour. Sous ses fenêtres je continuai à bavarder comme une pie, si bien qu'une voix de femme venue du ciel nous fit sursauter : « On voudrait bien dormir ! » Avant que nous ayons pu nous mettre à l'abri, un seau d'eau sale nous trempa jusqu'aux pieds. Voilà comment on traite les orateurs publics à Venise !

Le lendemain matin, j'arrivai le premier à l'atelier, convaincu d'être enfin initié et aussi ému qu'un ancien Grec aux portes d'Éleusis. Le maître m'accueillit, le visage grave. Avais-je démérité ? « Dis aux autres de ne pas se mettre en tenue : vous ne travaillerez pas aujourd'hui. Rassemble-les dans le jardin et préviens-moi dès qu'ils seront tous là. » Nous nous sommes assis en cercle autour de lui, qui resta debout, malgré le fauteuil que Giuseppe avait placé à l'ombre d'une colonnade. Nous nous taisions tous, attentifs et vaguement inquiets. Jamais nous n'avions été réunis avec autant de solennité. Le jeu de l'ombre et du soleil creusait les joues déjà émaciées de Bellini. Il n'avait manifestement pas dormi de la nuit. « Mes enfants, nous dit-il, vous allez devoir me quitter quelque temps. J'ai appris hier au soir par un envoyé spécial du doge Barbarigo que les troupes françaises venaient d'envahir notre pays par le mont Genèvre. Il ne s'agit pas d'une banale incursion de pillards : le roi Charles VIII lui-même est à la tête d'une armée forte de soixante mille hommes. Elle a semé la terreur à Rapallo, à Firrizano et devant Sarzane, égorgeant tous ceux qui s'opposent à elle, jusqu'aux malades, jusqu'aux femmes et aux enfants. Personne ne peut plus disputer le passage aux Français. J'ignore s'ils pousseront jusqu'à Venise, mais je préfère l'envisager. Je ne crains pas pour ma vie, mais pour la vôtre. Voici ce que j'ai décidé : chacun d'entre vous ira se réfugier dans sa famille, et disparaître pour un temps. On sait les liens que j'ai avec le doge et je serai le premier visé. Si grâce à Dieu Venise est épargnée, je vous ferai signe de revenir dès que possible. Si au bout de quelques semaines je vous laisse sans nouvelles » — il baissa la voix et ses yeux se brouillèrent —, «considérez que vous êtes désormais libres de vos mouvements.» Un grand silence suivit ses paroles. Les hirondelles autour de nous jacassaient : elles étaient bien les seules à être insouciantes. Bellini me désigna : «Donnez vos adresses à Giorgione, qui me les remettra. Sur ce, sauvez-vous. Évitons les effusions, voulez-vous ? Voyez seulement Giuseppe, qui vous réglera ce qu'il vous doit.» Il se détourna, ses épaules se voûtèrent brusquement. Nous étions aussi émus que lui. Il disparut dans la maison. Je notai rapidement les lieux où l'on pouvait retrouver chaque élève. Padoue, Parme, Mantoue, Vicence, Murano, le futur messager de Bellini aurait du chemin à faire ! Les Trois Grâces refusèrent de se séparer et l'une d'elles proposa d'accueillir les deux autres dans sa famille, à Ferrare. Lorenzo m'avait invité à rester à Venise — «La guerre, c'est excellent pour ce que nous aimons !» —, mais je refusai. Ce malheur imprévu me donnait l'occasion — longtemps souhaitée, jamais réalisée — de revoir mes parents, mon village, tous les lieux de ma jeunesse, qu'une seule année à Venise avait relégués, déjà atténués, dans un coin de ma mémoire. Les souvenirs d'un enfant se superposent comme des couches géologiques où, même après quelques mois, il doit puiser profond et avec effort pour retrouver ses premières impressions. Au contraire, par je ne sais quelle magie, il suffit à l'adulte que je suis devenu de fermer les yeux pour que revive avec netteté mon passé le plus lointain.

Je rejoignis Bellini dans son cabinet. Il avait tiré toutes les tentures et restait prostré dans une obscurité que trouait seulement la palpitation d'une bougie. Ses lèvres remuaient faiblement : il priait. « C'est toi, Giorgione ? Viens, aide-moi. » Il se leva péniblement. « Accompagne-moi à l'atelier, veux-tu ? Je veux te montrer quelque chose. » Nous descendîmes l'escalier, nous arrêtant à chaque marche. Il s'agrippait à moi comme un nageur épuisé à une bouée. Tout laissait à penser que cette épreuve lui serait fatale, qui le privait de sa seule raison de vivre, son art et ses élèves. Nul ne pouvait prévoir — à commencer par moi — que, l'alerte passée, il retrouverait si vite sa joie de créer, jusqu'à donner l'exemple, au moment où j'écris, d'une longévité extraordinaire. Rien n'est plus trompeur que l'apparente fragilité des maigres...

En bas, l'atelier désert étreignait le cœur. Les tabourets, les blouses, les pinceaux, les fioles étaient soigneusement rangés, comme pour un abandon définitif. Seule la place où Bellini avait l'habitude de s'asseoir et où il faisait porter les tableaux qu'il terminait était encore encombrée de ses objets familiers. L'étrange *Conversation sacrée* pour laquelle j'avais posé trônait à côté. Un rayon de soleil tombait sur la chevelure fauve du jeune saint Sébastien. Le panneau était presque achevé. « Tu vois ces rochers à droite, me dit-il. Ils tranchent un peu trop sur le ciel bleu. Que dirais-tu de quelques arbres dispersés dessus ? » Il saisit un pinceau fin et en quelques traits dessina des silhouettes d'arbustes aux branches légères et minces comme des cheveux. Il me tendit un autre pinceau : « La couleur, c'est toi qui la poseras. — Mais je ne sais pas, je n'ai jamais appris ! » Je me sentais incapable de faire le moindre geste. « Prends ce pinceau. » Il y avait quelque chose d'inaccoutumé, de dur dans sa voix. J'obéis. Je me souviendrai toute ma vie de mon contact avec le sec instrument, devenu si familier et si doux depuis. Certes je l'avais déjà utilisé pour l'aquarelle ou la gouache. Mais jamais encore, dans ma main, il n'avait sécrété cette peinture à l'huile dont la confection me semblait si mystérieuse et dont la connaissance me faisait languir. J'étais comme Christophe Colomb, découvrant dans la brume, deux ans auparavant, une mince langue de terre qui devait se révéler être un continent. Je t'ai vu de la même façon hésiter quand je t'ai transmis ce que je savais faire ; les premiers pas d'un enfant, qui soudain échappe à la protection de sa mère pour s'avancer seul sur le chemin, ne sont pas plus émouvants. Pour l'instant, paralysé devant une porte fermée, je ne savais que faire de la clé qu'on m'avait donnée. Je fus soulagé d'entendre : « Je vais t'aider. »

Bellini m'enseigna tout son art cette nuit-là, avec la minutie du moribond qui devant notaire dresse l'inventaire complet de ses biens. Il chuchotait comme s'il redoutait que certaines révélations ne franchissent les murs de son atelier. Moi-même me contentais d'écouter et de noter au crayon la variété des apprêts, les combinaisons auxquelles ils donnent lieu, la préparation des fonds, la technique du glacis, tout ce qu'un génie de la peinture avait pu accumuler en quarante années de pratique quotidienne. J'appris ce que même Lorenzo ignorait et que je n'ai pas besoin de développer puisque toi aussi as reçu de moi cet héritage — enrichi de mes propres découvertes. Bellini, qui parut alors sortir d'un songe, ne s'arrêta que lorsque le petit matin eut blanchi les étroites fenêtres.

«Tu en sais maintenant autant que moi», me dit-il. Je m'apprêtais à ranger pinceaux, poudres et tableau, lorsqu'il m'arrêta : «Je t'ai dit en commençant que tu poserais toi-même les couleurs des petits arbres. Crois-tu que j'aie changé d'avis ? Toutefois, comme tu as peut-être la tête farcie de mes explications, je vais te mettre sur la voie.» Depuis le début de notre entretien, j'attendais le moment où je me trouverais face au panneau à peindre. Mais je ne me doutais pas que Bellini dût m'accompagner encore un peu plus loin. Je suis certain que, après ces aveux, il s'est senti en quelque sorte dépossédé de ses secrets et qu'il a voulu se prouver à lui-même qu'il en avait toujours la maîtrise.

Il fit tous les gestes qu'il m'avait décrits, trempa son pinceau dans des poudres maintenant connues de moi avec la lenteur de celui qui domine son art. Il peignit deux arbres sur les quatre qu'il avait dessinés. Il me tendit alors le pinceau : «À toi. Termine les deux autres.» Sans trembler, les yeux fixés sur ce qu'il venait d'exécuter, je peignis à l'identique comme j'avais fait avec l'aquarelle. L'expérience était si semblable que je n'en éprouvai aucune satisfaction. Je savais désormais copier, quelle qu'en fût la manière. Je fus pris d'une inspiration subite : «Laissez-moi ajouter un arbre sur la même colline, à gauche des autres, avec les couleurs de mon choix.» Bellini hésita un instant, qui me parut l'éternité : «Sais-tu bien où tu vas ? Je déteste retoucher les erreurs de mes élèves.» Devant mon ardeur, il consentit. Me cachant de lui pour attiser sa curiosité, je mélangeai quelques couleurs à dominante verte et, me précipitant sur le tableau, j'y écrasai mon pinceau sans le secours d'aucun dessin préalable. De la juxtaposition de jaunes vifs et de brun chaud, je fis naître des lueurs dorées que je posai légèrement sur le feuillage avec des pincées infinitésimales de bleu, de gris, de rouge et de rose. Ma main courait plus vite que ma pensée, elle-même ayant vu tout de suite la valeur qui manquait à cet endroit précis de la composition. Sans même que j'en aie vraiment médité les contours, une espèce d'arborescence apparut, dont les teintes sang et or n'avaient rien de commun avec celles de ses voisins. Cela dura à peine deux minutes. Hébété, soulagé, j'attendis la sentence. Bellini approcha son visage du tableau, si près que son nez le touchait presque ; il considéra ma minuscule œuvre avec attention, comme s'il consultait un grimoire indéchiffrable, recula de nouveau. Enfin il lâcha : « Ton arbre penche trop : dans la réalité, il serait tombé, racines en plein ciel. En plus, ses couleurs ne sont pas naturelles. » Chacun de ses mots enfonçait une épine dans mon cœur. « Mais, ajouta-t-il, il crée un effet saisissant : on croirait qu'il est traversé des derniers feux du soleil. Comment as-tu fait ? » Sous le coup de l'émotion, je l'aurais embrassé. Il tempéra mon enthousiasme : « Ne t'amuse pas trop à peindre sans l'aide du dessin. Une œuvre d'art est une architecture où toutes les parties se répondent, comme une basilique, comme un palais. Tu t'apercevras très vite que rien n'est plus difficile à atteindre. »

Je l'ai raccompagné dans ses appartements. Il ne reprit pas mon bras, comme s'il se sentait tout à coup plus vigoureux. Nous trouvâmes sur une table une petite bourse pleine de ducats, que Giuseppe y avait déposée à mon intention. En m'étreignant, Bellini me murmura à l'oreille : « Je te bénis, mon enfant. »

J'ai refermé doucement la porte donnant sur la calle delle Erbe, avec le sentiment de clore en même temps un chapitre de ma vie. J'avais reçu comme un héritage la leçon de Bellini qui me désignait malgré lui comme son successeur. Le petit paysan ignorant, qui avait quitté son village dix-huit mois plus tôt, avait des raisons d'être fier du chemin parcouru : il pouvait y revenir en vainqueur.

VII

J'ai galopé à bride abattue vers Castelfranco — l'argent remis par Bellini m'ayant permis de seller un bon cheval. Je franchis en deux heures à peine les quelques lieues qui me séparaient de mon village. Je regardais à peine ma route, ne pouvant effacer de ma mémoire l'espèce d'ivresse d'avoir participé, si peu que ce soit, à la création d'un tableau, et d'avoir été invité à le faire par le plus grand des peintres vivants. J'aurais voulu lui prouver sur-le-champ qu'il ne s'était pas trompé dans son choix et je m'évertuais à imaginer une grande composition qui prouverait mon génie au monde. Or, je me voyais soudain renvoyé dans ma campagne sans matériel pour peindre, inconnu, sans commande. Le plaisir de revoir les miens ne compensait pas cette amère constatation. On s'imagine à tort que notre destin s'élabore à tel endroit plutôt qu'à tel autre : sans que je m'en doutasse, les quatre semaines que je passerais à Castelfranco seraient décisives pour mon avenir. Pouvais-je deviner que j'en repartirais avec les relations, voire les amitiés, que Venise m'avait refusées jusqu'ici ?

Pourtant, si j'ai traversé avec indifférence les premiers hameaux, puis Scorzé — où le souvenir de Tazio ne fit que m'effleurer —, je m'aperçus, aux battements de mon cœur, que mes regrets grandioses tombaient à la vue de l'humble clocher et des remparts de mon enfance. Pourquoi avais-je la gorge si serrée, alors que j'aurais dû être inondé de joie ? C'est une des tares de ma nature de ne jamais m'abandonner — sauf peut-être en amour — aux plaisirs simples de la vie, ceux dont le prix vient de la fugacité. Mais peut-être est-ce à cause de cette brièveté même que je ne sais les éprouver sans quelque mélancolie...

Castelfranco étant un peu en dehors de la route,

tout cavalier qui en franchit la poterne suscite aussitôt la curiosité. Je ne dérogeai pas à la règle. J'avais ralenti l'allure de mon cheval, autant pour le reposer que pour me faire admirer. Chacun — promeneur, artisan, paysan — se figea pour me regarder passer. Bien que mon joli pourpoint fût un peu poudreux, l'élégance de mes habits étonnait. C'est à cet instant que je ressentis, avec violence et pour la première fois — cela s'est renouvelé en s'aggravant à chacune de mes visites —, la rupture entre ce que j'étais devenu et l'endroit où j'avais grandi. Quelle distance énorme s'était creusée jour après jour entre ces êtres frustes, collés au sol de leurs ancêtres, subissant les injustices ou les clémences des saisons avec la sérénité des pierres, et le damoiseau, apprenti peintre ivre de réussite ! Je me fis reconnaître de mes voisins, qui furent moins empressés à mon égard que je ne l'avais espéré. Peut-être Venise était-elle pour eux un lieu de perdition... Plus sûrement me faisaient-ils payer le prix de mon départ, c'est-à-dire, dans leur esprit étroit, de ma fuite.

Des enfants sortirent des maisons et entourèrent mon cheval qui leur parut, en face de nos lourdes bêtes de labour, un véritable destrier. Ils me firent cortège et c'est dans cet équipage que je passai le porche délabré de notre petite cour. Je vis tout de suite ma mère qui, d'un large geste que je connaissais bien, distribuait du grain aux poules. Machinalement, elle tourna la tête. Je me suis retrouvé dans ses bras, les larmes aux yeux, elle-même sanglotant contre mon épaule. Les liens qui existent entre une mère et son fils, seule la mort peut les rompre. Même si le fils s'éloigne comme ce fut mon cas — et peut-être à cause de cela —, aucune distance ne sépare jamais celle qui engendra de celui qu'elle a engendré. Je respecte mon père, qui représente l'autorité, l'expérience. Mais je vénère ma mère, que je sens encore plus proche depuis qu'elle a deviné mon état.

Elle offrit de la confiture à tous les marmots qui

m'avaient accompagné puis les chassa à coups de torchon comme des guêpes. Mon père ne rentrerait que le soir. Elle s'installa sur une chaise, exigeant que je lui raconte par le menu ce qui m'était arrivé depuis mon départ. Je m'assis à ses pieds et posai ma tête sur ses genoux, comme je le faisais enfant. Confiant, apaisé, je fis défiler à ses yeux éblouis le long récit de mes aventures.

Comme je l'ai dit de l'amitié — une telle lettre, en de telles circonstances, mise à part —, l'amour, surtout d'un fils pour sa mère, n'autorise pas tous les aveux. Il faut éviter aux autres, si proches soient-ils, des confidences qui risquent de compliquer leur vie. Je passai sous silence mes courses au plaisir, pour ne conserver que mes débuts chez Bellini et mes premiers exploits de peintre. Ma mère me caressait les cheveux sans mot dire, et chaque fois que j'évoquais mon destin d'artiste, je sentais sa poitrine se gonfler d'aise. Je lui parlai de mes amis : Alessandro, le vagabond des mers ; Lorenzo, mon camarade d'atelier, et surtout Gerolamo, mon meilleur compagnon. « Je suis contente que quelqu'un de plus âgé veille sur toi. » Je lui cachai les quelques heurts que j'avais eus avec ma tante, expliquant mon éloignement d'elle par ma soif de liberté. « Mais tu continues à la voir de temps en temps ? — Bien sûr. » Elle parut rassurée : un peu d'elle-même, par l'entremise de sa cousine, parvenait jusqu'à moi.

La tête inclinée, je voyais le soleil descendre lentement derrière l'église, détachant les contours du clocher, qui s'embrasaient de rubis. Je repensai à mon petit arbre du tableau et à la réflexion de Bellini : « On croirait qu'il est traversé des derniers feux du soleil. » En somme, mon mérite ne venait pas de la qualité de mon inspiration. Je m'étais borné à restituer ce que la nature — seul dieu des formes et des couleurs — avait créé. Un don, une grâce particulière m'y avaient aidé. L'essentiel restait à faire, que Bellini n'avait pas manqué de souligner : créer un tableau entier, avec sa construction, son histoire. Brusquement, par un de ces mouvements d'exaltation qui me saisissent parfois, j'eus l'envie de m'attaquer tout de suite à une tâche dont mon maître me croyait incapable. Je me levai : « Je vais me promener du côté de la Musone. » J'emportai mon carnet de dessins et la Bible dont Gerolamo m'avait fait cadeau avant mon départ.

La campagne flambait, en cet automne 1494 si chaud que certains s'en souviennent encore. À Venise, quand la canicule accable la ville, il y a toujours, au coin d'une rue, un « sottoportego » qui vous offre son ombre fraîche. Ici, nul refuge en dehors des grands arbres trempant dans la rivière. Il fallait, pour les atteindre, traverser une masse d'air surchauffée, véritable brasier immobile. Je courus à ma chère Musone, luisante et sombre, qui dissimulait sous ses frondaisons l'eau fugace, l'eau immuable de mon enfance. Ce fut comme si je retrouvais ma mère une seconde fois. Je m'assis sur un petit tertre d'où j'embrassais d'un seul coup d'œil les méandres nonchalants de la rivière avec dans le lointain les remparts de Castelfranco. En levant la tête, j'apercevais un immense pinceau de feuillages et de branches lancés à l'assaut du ciel, comme une gerbe immobile où se jouaient toutes les nuances de vert. Une évidence alors s'imposa à moi : « La voilà, ma composition ! » Verticales, horizontales, fond, couleurs, tout y était dans un équilibre naturel que je n'avais qu'à copier. Il ne me restait plus qu'à y placer un sujet. Quelques mois plus tard, les premières commandes, la mode et mon goût du mystère ont pu s'accorder dans une inspiration continue, presque aisée ; la volonté de dissimuler le plus possible le thème choisi m'a demandé alors davantage d'efforts que la recherche du thème lui-même. Mais, en ce début de création, mon embarras était extrême.

Je crois au hasard, qui m'a souvent aidé, et tu verras qu'il m'a gâté durant mon bref séjour. J'ouvris ma Bible et commençai à lire distraitement la page intitulée «l'épreuve de Moïse». À mesure que je progressais, je fus envahi d'un sentiment de plénitude et d'une excitation qui me prouvèrent — une telle réaction ne m'a jamais trompé — que j'avais trouvé ce que je cherchais. Toutes les Bibles ne racontent pas cet épisode de la vie de Moïse : enfant, il est soumis à l'épreuve du feu, afin d'éclaircir ce qui l'a poussé à faire tomber par jeu la couronne qui ceignait le front du pharaon. La femme de celui-ci, Asia, présente au nourrisson un plateau d'argent sur lequel elle a placé des charbons ardents et une perle. Moïse, qui est intelligent, tend bien sûr la main vers la perle, mais l'ange Gabriel détourne son bras en direction du charbon ; il en prend un morceau qu'il porte à sa bouche et se brûle la langue. N'y avait-il pas là une sorte d'image de mes relations avec Bellini ? Moi aussi, je tentais de faire tomber sa couronne, et il venait de me mettre à l'épreuve en niant ma capacité de peindre une grande composition. La ressemblance en fin de compte tournait à son avantage. Moïse n'est qu'un enfant un peu fou. Il devenait encore plus inconséquent si l'on supprimait l'ange Gabriel, ce que je fis.

Je sortis mon cahier et ébauchai les grandes lignes du tableau. Je travaillais avec une fièvre joyeuse, insouciant de l'heure. Les bouquets d'arbres, la tour crénelée, les maisons, la colline, les lointains voilés se mirent en place sans effort. Le tertre sur lequel j'étais assis devint le trône de Pharaon, d'où celui-ci regarderait la scène. La composition imposait à l'évidence que le premier plan ne fût qu'une succession de personnages : l'épreuve du feu était une cérémonie publique. Comment peupler toute la largeur du panneau d'hommes et de femmes et diriger en même temps le regard sur les principaux acteurs ? Quels visages, quelles tenues leur donner ? Ces questions, chaque peintre se les est posées au premier dessin préparatoire de sa première œuvre. Par tempérament, je ne décide jamais tout de suite et je laisse mes dessins inachevés, me contentant de placer lignes et volumes comme de simples repères : le pinceau seul terminera la forme imaginée. Léonard avait la démarche inverse et nous en avons discuté lors de notre rencontre, il y a une dizaine d'années. Il affine à un tel degré son dessin que celui-ci atteint à une sorte de perfection qui décourage de poursuivre. Il m'a montré des études de draperies, lavis gris avec rehauts de blanc, qui donnent l'illusion saisissante, définitive, du relief. Elles m'ont tellement ébloui que je n'ai eu de cesse de les égaler. Sans Léonard, jamais la robe qui couvre les genoux de ma Madone, dans le retable de Castelfranco, n'aurait eu ces plis et replis multiples...

Le soleil en s'abaissant pénétrait maintenant jusqu'à l'endroit où je me trouvais, apportant avec lui, comme une marée, la chaleur des champs. J'avais assez dessiné. Je me déshabillai et plongeai avec délices dans la rivière. Je remontai le courant puis me laissai glisser au fil de l'onde, douce à mon corps comme une caresse indiscrète. As-tu déjà songé à l'audace de l'eau quand tu te baignes nu ? Je restai longtemps étalé, les bras en croix, face au ciel, en dérivant comme une barque. Quand je remontai sur la berge, je fus saisi de panique : mes vêtements avaient disparu ! Je crus m'être trompé de place et explorai en amont comme en aval. Peine perdue : j'étais seul et tel qu'Adam au premier jour ! Je couvrais ma nudité de mes mains, affolé, désirant et redoutant à la fois la rencontre de quelque promeneur. C'est un des souvenirs les plus désagréables de ma vie. Il est plaisant de penser que je m'étais présenté ainsi devant des dizaines de filles et que, par un simple jeu des convenances, la même tenue me remplissait maintenant de honte. Avec rage, je fouillais les broussailles autour du tertre où je m'étais assis, espérant encore contre toute espérance : je savais que je ne retrouverais rien. Je me mis alors à gémir comme un enfant. À ce moment, un éclat de rire retentit derrière moi. Dans un éclair, je revis la scène où l'affreux paysan aux cheveux rouges avait jailli d'un fourré pour tuer mes tourterelles. Un choc à la fois violent et mou m'aveugla : on me lançait une brassée de vêtements au visage. J'entendis de nouveau le rire clair, perlé, féminin : «Qu'il est drôle, ce petit page! Il pleure après sa livrée!» Le croiras-tu, Sebastiano? J'avais devant moi la jeune fille que j'avais aperçue sortant de chez Bellini et dont la beauté m'avait tant frappé! Elle s'approcha de moi jusqu'à me toucher. Son regard me parcourut de haut en bas : «C'est d'ailleurs dommage qu'il se rhabille : il est si mignon!» Je m'aperçus que j'avais serré mes vêtements contre mon cou, laissant découvert ce que par pudeur j'aurais dû cacher d'abord. Je m'empressai de revêtir pourpoint et haut-de-chausses. Redevenu son égal, je retrouvai la parole : «Je ne suis pas un domestique, Demoiselle. Je suis élève du maître Bellini, à Venise. — Vraiment? Peux-tu me dire où il habite?» Je lui décrivis la maison. Tout en parlant, j'admirais sa beauté. Malgré la chaleur, elle portait une robe de brocart, très décolletée il est vrai, aux larges manches fendues, sous lesquelles j'apercevais une peau duveteuse et rose. Sur ses épaules perlaient quelques gouttes de sueur que j'aurais voulu essuyer de mes lèvres. Ses yeux étaient baissés — moins par modestie, m'avouat-elle plus tard, que par une curiosité mêlée de regret! — dégageant un front bombé, que ses cils très noirs rendaient plus clair. Ses cheveux bruns à reflets roux étaient séparés en bandeaux par une raie médiane. Mais pourquoi poursuivre cette description? Tu as connu ma Laura, elle est présente dans presque tous mes tableaux, de *L'Épreuve de Moïse* au *Concert champêtre*, où je la montre nue, de dos — ultime hommage à ce corps que j'ai tant caressé...

Elle me fit une profonde révérence : «Je m'excuse auprès de l'élève de M. Bellini, que j'avais pris pour un page, mais qui n'est peut-être après tout qu'un petit paysan!» Je connaissais assez l'esprit des femmes pour savoir que la raillerie est souvent chez elles le début de l'intérêt. Je souris sans répliquer : la qualité de mes habits pouvait répondre de la mienne.

Je ne m'expliquais pas sa présence à Castelfranco et craignais, en lui posant des questions, de la faire fuir. Le temps pressait, le songe allait peut-être s'évanouir : j'osai poser la main sur son épaule, feignant d'en écarter un insecte — mon cœur battait à se rompre! Elle tourna la tête, planta ses yeux dans les miens : j'y vis briller une lueur familière, celle, dure et pourtant vacillante, des proies à moitié consentantes. Il suffisait d'un second geste : je le fis. Le troisième lui appartint et nous roulâmes dans l'herbe. Son ardeur me surprit, me flatta, me combla. De son côté comme du mien, combien avait-il fallu d'amours brèves et misérables pour que nous retrouvions, l'un par l'autre, l'un pour l'autre, une telle intensité? J'ignorais tout de son passé, elle du mien. C'est un des miracles de l'amour que d'effacer d'une seule caresse toute une vie. Les sceptiques diront que le bonheur bâti sur l'oubli est une utopie. Je peux témoigner que Laura et moi avons vécu la même utopie durant quinze ans, non sans quelques écarts, certes, et quelques mensonges. Mais que pèsent-ils?

Notre folie s'apaisa dans un silence qu'elle n'osa troubler. J'en fus rassuré : nous étions de la même race. J'aurais brisé là si elle avait pépié. Chacun de nous poursuivait son rêve intérieur. «Tu seras au centre de mon œuvre, dis-je. Je la bâtirai autour de toi. » Et elle, comme l'écho d'un autre songe : «C'est toi qui me quitteras le premier. — Je te ferai rentrer ces mots-là dans la bouche! » et, en éclatant de rire, j'ai inventé pour elle de nouveaux jeux.

Le soleil baissait à l'horizon et l'ombre du soir faisait peu à peu reculer la chaleur du jour. Un galop de chevaux se fit entendre. Presque aussitôt, deux cavaliers s'arrêtèrent à notre hauteur. Je reconnus l'un d'eux, beau damoiseau d'environ vingt-cinq ans, que j'avais souvent croisé avec d'autres compagnons galopant dans les chemins creux. L'autre était encore un enfant, aux jolis traits fins. « Chère Laura, dit le plus âgé, quelle frayeur vous nous avez faite ! Depuis deux heures, nous courons à votre recherche. Le pays n'est pas sûr, et l'on y fait parfois de mauvaises rencontres. » Il glissa vers moi un œil soupçonneux. « Soyez rassuré, cher Taddeo, dit Laura. J'ai retrouvé par hasard mon ami Giorgio, un élève de notre grand Bellini. Nous avons bavardé sans nous soucier de l'heure. » Elle fit les présentations : « Taddeo Contarini, Gabriele Vendramin. » Le nom de Bellini avait éveillé dans le regard du jeune homme un intérêt étrange : « Vous êtes chez Giovanni Bellini, vraiment ? Savez-vous que je possède beaucoup de tableaux de lui ? Il faudra que vous veniez voir mon *Saint François en extase*, ainsi que ma *Vierge à l'Enfant*. Quel grand maître vous avez là ! » J'avais devant moi celui qui allait devenir l'un des phares de ma vie, qui daigna, comme plus tard Gabriele, me faire partager ses plaisirs et surtout me hissa au-dessus de moi-même, en exigeant de moi l'art le plus inventif et le plus haut.

Ils prirent rapidement congé, à mon grand soulagement : mon amour-propre craignait qu'ils ne me déposassent à la ferme. Laura monta en amazone derrière Taddeo, qu'elle entoura de ses bras. Je ressentis le premier coup de poignard de la jalousie. « À bientôt, Giorgio ! » me cria-t-elle. Le galop des chevaux décrut. Je revins lentement à la maison, empreint de cette vague tristesse que distille la vie, même — surtout — dans ses instants les plus doux. J'aurais dû bondir de joie : je m'abandonnais à la mélancolie de la rencontre, c'est-à-dire de la séparation. Quelle raison, mise à part ma jeunesse, peutêtre ma beauté, avait eue cette femme de s'intéresser à moi ? Je doutais qu'elle voulût me revoir, je désespérais que la vie nous le permît. Pourtant, nos regards s'étaient déjà croisés une première fois, au-dessus d'un pont de Venise — s'en souvenait-elle ? Le hasard avait déjà beaucoup fait. N'allait-il pas désormais me fuir, comme il fuit le joueur qui perd d'un coup ce qu'il vient d'amasser ?

Fidèle à l'immémoriale habitude des paysans, mon père ne rentra qu'à la nuit tombée. Je crois que l'amour qui l'unissait à ma mère s'est fortifié au long des années par ces retrouvailles du soir. Au contraire, la vie commune avait éteint peu à peu la flamme qui subsistait entre mon oncle et ma tante. Cela t'explique pourquoi j'ai toujours refusé que Laura habitât avec moi au campo San Silvestro. Le plaisir toujours renouvelé de se voir ne doit pas s'abîmer dans l'obligation de se rencontrer... « Tiens, te voilà ? » me dit mon père, sans paraître surpris. Il m'a fallu du temps pour comprendre son apparente froideur : elle était pudeur des sentiments et avait besoin de la modération des mots. Je l'embrassai furtivement, gagné par la même retenue.

Je racontai pour lui de nouveau ma vie à Venise, mais ne pus m'empêcher d'évoquer la double rencontre de Laura, dans le quartier Santa Marina et sur les bords de la Musone. Je tus ce qui s'était passé entre nous, préférant insister sur la présence des deux autres. Ma mère m'interrompit : « Je les connais. Taddeo Contarini doit épouser la sœur du petit Gabriele Vendramin. » Ma mère aurait prononcé mon arrêt de mort qu'elle ne m'eût pas davantage ébranlé. Ainsi Laura allait épouser Taddeo ! Ainsi son élan, ses caresses, ses serments n'étaient que passe-temps d'une future mariée, s'autorisant un dernier plaisir ! « Ils sont beaux l'un et l'autre, continua ma mère. Ils forment un joli couple. » Je m'en étais aperçu, hélas ! Une fois de plus, j'étais écarté, banni. Le plus brillant élève de Bellini n'était et ne serait jamais qu'un rustaud... L'appétit coupé, je pris prétexte de ma fatigue pour m'enfuir dans ma chambre et y pleurer à mon aise. Le silence des nuits de mon enfance ne parvint pas à m'apaiser et je ne m'endormis qu'au petit matin.

Je m'éveillai calmé, mais ce calme dura peu. Pourquoi les souvenirs remontent-ils si vite au bord de la mémoire, sans qu'on les ait sollicités ? Quel démon les fait resurgir ? J'errai tristement dans la ferme en soupirant comme un amoureux éconduit. En d'autres temps, j'aurais retiré à sa mère un petit lapin blanc, pour garder serrée contre moi toute la journée la petite boule fragile et chaude. Je me serais gavé de graines de millet jusqu'à en être écœuré. J'aurais frotté mon poing contre le front doux des vaches, guettant quelque tressaillement dans leur œil large et vide. J'en étais là de mes pensées moroses, lorsque mon attention fut attirée par un cavalier qui pénétrait au grand galop dans la ferme. Ma mère, intriguée, sortit sur le seuil. Moi-même me levais, devinant confusément quelque affaire. Le cavalier m'aperçut, vint jusqu'à moi. Il me tendit un pli scellé d'un cachet de cire : « Pour vous, de la part de Messire Leonardo Vendramin, mon maître. Je suis chargé de lui rendre réponse. » Je décachetai la lettre. D'une belle écriture ourlée, Leonardo Vendramin, « Seigneur de Piazzola et autres lieux », priait « Maître Giorgio, de Castelfranco » d'honorer de sa présence la fête qu'il donnait la semaine suivante, à l'occasion « du mariage de sa fille Maria avec Taddeo Contarini ». D'une main tremblante, je repliai le papier : « J'y serai », dis-je de ma voix la plus neutre. Dès qu'il fut sorti, je courus comme un fou vers ma mère, la soulevai de terre : « Je suis invité chez les Vendramin, tu te rends compte ? » Ma mère, tourbillonnant dans mes bras, riait de me voir si heureux. Je n'osais lui répéter ce que mon cœur martelait comme un chant de victoire : « Laura n'épouse pas Taddeo ! Laura est libre et elle m'attend ! » Ma mère, qui me connaît bien, guetta sur mon visage les premiers signes d'un changement d'humeur. En effet mon excitation retomba très vite, en même temps que me traversait comme un trait de feu une éventualité, qui devint aussitôt une certitude : « Laura ne s'appelle pas Laura. Elle a changé de nom dans la crainte que je la reconnaisse. Elle est bien la fille de Leonardo Vendramin. » Je ruminai ma douleur jusqu'au soir, me demandant parfois, dans un éclair de lucidité, pourquoi le sort m'avait réservé ce caractère particulier de ne voir dans chaque situation que ses aspects négatifs. Comme un cadavre au fil de l'eau, je m'abandonnais avec une amère jouissance au courant qui m'emportait...

Le lendemain, j'eus une réaction d'orgueil : j'irais à cette fête, sans manifester une émotion quelconque. Après tout, j'avais été convié, non par Laura, mais par le châtelain le plus respecté, le plus puissant du voisinage. Son invitation était un honneur pour moi et je me berçais de l'illusion que peut-être il avait connu mon nom par Bellini. Le jour venu, je m'habillai avec soin, ne sachant pas vraiment pour qui je le faisais — peut-être pour moi : le plaisir d'être vu commence par le plaisir de se voir. Je sellai le meilleur cheval de la ferme, embrassai ma mère comme si je devais ne rentrer que le lendemain et partis pour Piazzola. Les pâtres, les paysans vaquaient à leurs besognes habituelles, sans se soucier — sans se douter — de l'approche des troupes françaises. Quelques-uns me saluèrent, m'ayant peut-être reconnu. J'inclinai la tête vers eux avec une discrétion assez hautaine. Je ne regardais que les arbres, les collines, la Musone qui m'accompagnait à travers les prés. La lumière d'été était répandue partout, comme une nappe de miel. Elle seule donnait au monde une harmonie que je cherchais désespérément en moi.

Couleur terre de Sienne brûlée, apparut la forteresse de Cittadella, surmontée de ses trente-deux tours de guet. Selon mon père, les Padouans l'avaient fait ériger pour faire face à nos remparts de Castelfranco : il fallait que nous fussions bien redoutables pour entraîner une telle défense ! Quelques kilomètres plus loin, j'aperçus une presse d'équipages, plus riches les uns que les autres : manifestement, nous allions tous au même endroit. Je cherchai à mettre un nom sur chaque visage, en vain. Tous se connaissaient, les conversations, les sourires allaient bon train. Personne ne m'adressa la parole. Une fois de plus, je me sentis un étranger au milieu des autres et faillis faire demi-tour. Toi qui as la chance d'avoir un protecteur qui t'emmène avec lui à Rome, tu ne risques pas cet amer isolement. On me dit qu'Agostino Chigi y fait construire une superbe demeure, la villa Farnésine : tu y seras chez toi et l'on te courtisera pour y être admis.

Les hommes et les femmes rivalisaient d'élégance et, par comparaison, la mienne faisait piètre figure. Mais, mis à part quelques damoiseaux efféminés, une certaine justice me consola : les plus richement harnachés étaient aussi les plus laids, hommes bedonnants et suant à grosses gouttes dans leur chamarre ou squelettes tristes, que les mouvements de la foule semblaient devoir casser comme verre. Quant aux femmes, même les plus âgées suivaient la mode : les cheveux décolorés — Ah ! le blond vénitien des douairières ! — surmontaient des faces ravagées piquetées de mouches, aux pupilles agrandies par des gouttes de belladone. Je n'ai jamais voulu peindre ces momies fardées. Ma seule concession au temps a été le triste et terrible portrait de ma mère, qui est pourtant un acte d'amour.

Me voyant dissous dans la multitude, je me demandais ce que pouvait bien signifier mon invitation pour celui qui en avait eu l'idée. Je me suis rendu compte plus tard combien mon interrogation était stupide : l'hôte fastueux n'a que faire de la qualité, sa jouissance est d'être contemplé par des centaines de regards dont l'unique espérance est d'être croisés par le sien. Mon bonheur, toute ma vie, a été au contraire de m'entretenir seul à seul avec l'élite : Bellini, Léonard de Vinci, Isabelle d'Este, Dürer, Catherine Cornaro, Bembo. Voir leurs yeux fixés sur les miens, leur réflexion se moduler sur la mienne, nos joies s'augmenter de nos confidences, tout cela a été le réconfort de mes doutes.

Une ruée venue on ne sait d'où nous jeta sur le bas-côté et, malgré ma robustesse, je trébuchai comme les autres. «Place, place! Laissez passer la marquise de Mantoue!» Une litière nous dépassa, fermée par des rideaux de velours incarnat et portée par deux mules d'un blanc immaculé. Devant et derrière, figés comme deux statues, deux laquais resplendissaient dans leur livrée rouge. N'eût été leur fonction, on les eût confondus avec les autres invités. Je n'étais même pas digne de figurer à côté d'eux. Cette pensée me fouetta et je me plaçai dans leur sillage, comme si je faisais partie de la maison de Mantoue. Nous remontâmes ainsi toute la colonne, provoquant la déférence et un regard d'envie que la bienséance avait du mal à masquer. Un des laquais me remarqua : «Que faites-vous là?» Je redressai ma haute taille, le cœur à la dérive : «J'appartiens à la maison de Leonardo Vendramin. Je suis chargé de vous faire escorte jusqu'au château. — Tant mieux, nous craignions d'être bousculés. Placez-vous donc à la portière de la duchesse Isabelle. C'est elle qu'il faut protéger, pas les mules.» Je me jurai de moucher un jour cet impertinent. Je me plaçai comme il avait dit, dissimulant ma piètre monture. Nous arrivâmes au château sans que le rideau daignât se relever. Je n'avais jamais vu la duchesse et, tout en marchant, je me demandais quel visage, quelle taille se dissimulaient derrière le lourd velours. Le joli prénom d'Isabelle chantait à mon oreille.

Je m'attendais à trouver une bâtisse épaisse et lourde, ceinturée de remparts et de tours, comme celles qu'on distinguait sur les collines environnantes. Le château était au contraire un véritable palais vénitien ayant vogué jusqu'ici sur les eaux du Grand Canal. À mesure que l'entrée se rapprochait, je me demandais comment j'allais me tirer de mon mensonge. Les mules ralentirent leur pas. Une voix se fit entendre, le rideau s'écarta. «Sommes-nous arrivés?» Je reconnus à ses inflexions l'immuable ton des grandes dames, pour qui la musique des mots a autant d'importance que leur sens. Une nappe de parfum accompagnait la main qui frôlait mon épaule. «Oui, madame», répondis-je, et je présentai mon bras et mon épaule pour qu'elle s'y appuie; avant que les laquais eussent pu intervenir, je l'avais déposée à terre. Elle me considéra avec étonnement: «Vous n'êtes pas de mes gens! — Non, madame, je suis élève du grand Bellini et je suis invité comme tel par le maître de ces lieux.» Mon audace me surprenait moi-même, mais je me devais d'éloigner la bastonnade. Je surpris une lueur d'amusement dans le beau regard de la duchesse. Nous avons souvent reparlé, avec tout le respect que je lui dois, des circonstances de cette première rencontre et elle m'avoua que l'intention l'avait effleurée de me faire rosser par ses valets. «Vous étiez si penaud, malgré vos grands airs, que je me suis crue obligée de vous faire grâce.» Son air majestueux et autoritaire s'est accentué avec les ans, mais à cette époque on le devinait déjà dans la beauté blonde et pleine qui me souriait et qu'a si bien rendue Léonard dans le dessin qu'il m'a montré. Comme la mode l'exigeait, elle avait dégagé son front le plus possible en plaquant ses cheveux vers l'arrière et en estompant ses sourcils. La lourde masse de ses cheveux, qui descendait jusqu'aux épaules, était tressée de rangs de perles.

Leonardo Vendramin vint à sa rencontre, s'inclina. C'était un petit homme sec, dont on ne supposait pas qu'il pût avoir un fils aussi joli que le jeune Gabriele. Je me tenais à une distance respectueuse, mais on m'avait déjà oublié. Bientôt dissimulé par un mur mouvant de brocart et de soie, je les perdis de vue; j'en respirai de soulagement. Il m'était loisible d'observer, d'écouter. Songe que c'était mon

premier contact avec ce qu'on appelle «le monde»
— et qui en est la parcelle la moins intéressante. Mais
il faut, pour affirmer cela, l'avoir connu et pratiqué.
J'en étais au stade de la découverte et j'avais promis
à ma mère de tout lui raconter. Je circulais entre les
rangs, détaillant les visages, happant les conversations. Durant deux heures, je me crus le témoin privilégié de secrets chuchotés. «Il paraît que le doge
est très malade, dit près de moi un gros homme aux
doigts sertis de rubis. Je l'ai vu hier à l'audience
de l'ambassadeur de Turquie. Il a beaucoup changé
depuis quelques semaines, ne trouvez-vous pas?»
Manifestement, ce changement le comblait d'aise.
Son voisin, ombre fripée à face de sbire, cueillit la
nouvelle et la colporta, narines ouvertes sur un demi-
sourire, en jouissant d'une importance que sans elle
il n'aurait jamais eue. Intrigué — quelques années
plus tard, je n'aurais été qu'amusé —, je le suivis. Il
retenait par la manche ceux qu'il connaissait, leur
murmurait à l'oreille : je voyais alors passer sur les
visages toute la gamme des sentiments liés à l'intérêt. Pas une seule fois je ne vis une peine sincère.
À l'incrédulité succédait un léger temps d'arrêt, le
regard absent figé sur des questions qu'on lisait à
livre ouvert : «Quelle serait ma situation s'il mourait? Qu'aurais-je à y gagner? Qu'aurais-je à y
perdre?» Ils revenaient ensuite sur terre avec leur
réponse, sourire ou traits durcis. La rumeur s'étei-
gnit lorsque Leonardo Vendramin, à qui elle parvint,
lança d'un ton cassant : «Le doge? Il nous enterrera
tous!» Mais le mal était fait : chacun de ceux que le
bruit avait atteints quitta Piazzola avec la certitude
que les jours du doge étaient comptés. Augustino
Barbarigo devait vivre encore sept longues années…
  Continuant ma promenade, j'aperçus Isabelle d'Este
en conversation avec un homme de haute taille, légèrement voûté, qui me tournait le dos. Une émotion
m'envahit, comme si mon sang me signalait quelque
chose avant même que j'en fusse conscient. Il se

retourna : c'était bien lui, Giovanni Bellini ! Mon premier mouvement fut de fuir, par cette habituelle réaction de mon caractère, dont l'audace n'est qu'un accident. Mais, s'il avait appris que j'étais là, comment se serait-il expliqué que je ne l'eusse pas salué ? Respirant un grand coup, je m'approchai. Il me sourit dès qu'il m'aperçut, quoiqu'un peu étonné de me retrouver là. Il me présenta à la marquise, qui l'interrompit : « Nous nous connaissons déjà. Votre nom a été sa caution. » Ce langage parut sibyllin au vieux maître, qui n'en retint que la flatterie. Je souris niaisement. Je dus paraître bien embarrassé. Pourtant je devinais, à je ne sais quels froissements d'étoffes autour de nous, que notre petit groupe intriguait. Quel était donc ce jeune homme qui semblait si intime avec la femme la plus puissante de la contrée et le peintre le plus célèbre de Venise ? Je suscitai ce jour-là nombre d'envieux, qui s'en souvinrent lorsqu'il leur fallut choisir entre Titien et moi, quelques années plus tard.

La marquise a beaucoup de qualités, mais elle est rancunière. Elle remâchait une amertume dont Mantegna était la cause. Elle raconta qu'elle avait commandé son portrait au peintre, pour l'envoyer à son amie la comtesse de l'Acerra : « Elle m'avait fait cadeau du sien, c'était normal que je fisse la même chose. Connaissant mon Andrea, j'ai été douce comme un agneau. Je savais ce qu'il avait répondu sèchement au marquis Ludovico, quand celui-ci lui avait demandé le portrait de quelques parents absents : "Un peintre est incapable de copier la nature, quand il n'a pas la possibilité de voir." J'ai posé pendant des heures ! Je n'ai fait aucun commentaire au cours de son travail, j'ai même refusé de voir l'œuvre avant qu'elle fût achevée. Jugez de ma stupéfaction, quand il tourna vers moi la peinture à peine sèche : une horreur ! Ce n'était pas moi, mais une grosse paysanne en atours voyants, ridicules. J'ai été obligée d'avertir la comtesse que je ne lui enverrais pas le tableau. »

Elle ne dit pas — je l'ai appris depuis — que, pour être fidèle à sa parole, elle avait fait exécuter son portrait par un autre peintre de son choix : Giovanni Santi. Façon cinglante de préférer la docilité d'un artiste de second rang — son seul mérite est d'avoir engendré Raphaël — à l'expression d'un maître... Elle tapa du pied : «Savez-vous que, pour punir Mantegna, j'ai refusé cette année d'apparaître dans sa *Vierge à la Victoire*, aux côtés de mon époux, alors que j'avais moi-même exigé d'y figurer?» Tout à sa fureur, elle oubliait que Bellini était le beau-frère de Mantegna.

Son ton se fit plus amène : «Je voudrais vous demander quelque chose.» Le visage de Bellini se rembrunit : les douceurs de la marquise étaient redoutées. «J'ai l'intention, dit-elle, d'aménager au castello San Giorgio, où les allées et venues sont nombreuses, un studiolo intime réservé à l'étude et à la méditation. Je veux y être entourée de tableaux. J'en ai déjà établi le programme avec mon ami Paride da Ceresara. Voulez-vous travailler pour moi? — J'en serais très honoré, madame. Mais sur quel sujet? — Le contrat en précisera tous les détails. Je n'ai besoin aujourd'hui que de votre accord de principe. — Vous l'avez, madame.» Et il s'inclina avec une déférence un peu lasse. Il connaissait les exigences d'Isabelle et s'apprêtait au combat. Il dura dix longues années, sans que l'une puisse imposer ses volontés à l'autre. Bellini n'avait pas la docilité d'un courtisan. Une fois la commande passée, il demandait avec une courtoisie inflexible une pleine liberté d'exécution. La marquise ne l'entendait pas de cette oreille : elle décidait du sujet, de la composition, voire des couleurs. Bellini préféra renoncer. En comparaison, quelle autonomie fut la mienne auprès de mes commanditaires ! Je n'étais pourtant pas plus ferme que mon vieux maître. Mais peut-être faisait-on davantage confiance à mon imagination.

Un homme de haute taille, richement vêtu, s'approcha de notre groupe, y joua des coudes pour se placer à côté de Bellini. Je reconnus Tuzio Costanzo que ma mère m'avait montré à l'église de Castelfranco, assis avec sa femme et son fils, où il jetait sans cesse sur l'assemblée des regards de dédain. Prenant Bellini par la manche, et sans même s'excuser auprès d'Isabelle d'Este, il lui demanda brutalement : « Dès que ma chapelle sera terminée, pourrez-vous y peindre un grand retable, genre Vierge à l'Enfant ? Votre prix sera le mien. » Bellini fit un geste vague : « Je suis accablé de commandes. Votre proposition me flatte mais, avec la meilleure volonté du monde, je ne saurais l'honorer avant des années. » Il eut un fin sourire et posa sa main sur mon épaule : « Mais voici mon meilleur élève, Giorgione, qui saura bientôt, mieux que quiconque, me remplacer. » L'homme me jaugea du regard. Il me dominait d'une demi-tête : « Où peut-on vous trouver, jeune homme ? » Je n'osais citer Castelfranco. « À mon atelier, quartier Santa Marina, Venise », répliqua Bellini qui, lui tournant le dos, lui donna ainsi congé. Costanzo s'apprêtait à me préciser son projet, lorsque je sentis deux doigts qui me pinçaient le dos. Je me retournai : Laura ! Elle était ravissante, dans sa robe transparente. La vue de ses seins nus, où mes lèvres avaient erré avec ivresse, me donna une bouffée de désir. Elle fit un léger signe de tête à la marquise et la considéra avec l'œil impitoyable de la femme qui se sait la plus belle. La reconnaissant, Bellini s'inclina, comme il l'avait fait avec Isabelle d'Este. Qui était donc ma mystérieuse Laura ? Elle posa amicalement sa main sur le bras du vieux maître : « Que nous préparez-vous en ce moment, Messire Bellini ? — Une Madone, gente dame. Je ne sais rien faire d'autre. — Parce que vous les réussissez mieux que quiconque. Celle que vous m'avez vendue fait l'orgueil de ma maison. » Laura possédait toutes les manières de ce monde : quel progrès il me restait à faire ! En disparaissant, Bellini me dit : « Les Français ont épargné Venise. Prépare-toi à revenir bientôt. Je te ferai prévenir. » Laura m'entraîna à l'écart : «Alors, on fait sa cour aux grands ? — Tu vois. C'est peut-être la meilleure façon d'en faire partie un jour. — Il y a deux façons de les séduire : l'intrigue ou le talent. Tu réussiras par la seconde.» Gerolamo croyait également en moi, mais il avait vu mes dessins. Laura, elle, tirait son jugement de ses intuitions — comme toutes les femmes.

«À propos de grands, dis-je, ce Tuzio Costanzo en est peut-être un, mais c'est surtout un grossier personnage. Il s'est adressé à Bellini comme à un laquais. — Que veux-tu, il est la première lance d'Italie et il le sait. Le courage donne des droits. La protection de Catherine Cornaro aussi.» Ce nom ne m'était pas inconnu. Ma mère, la première, l'avait prononcé devant moi. «La Cornaro est la veuve du roi de Chypre, Jacques II de Lusignan, et elle a été rappelée sèchement à Venise qui occupe son royaume. On lui a donné Asolo, une petite ville près de Bassano del Grappa, pour la consoler. Elle y reçoit avec faste, comme si elle était encore reine de Chypre. Le père de Tuzio a été vice-roi de Chypre et on murmure que la reine n'a pas été étrangère à cette nomination. Certaines mauvaises langues affirment même que Tuzio serait son propre fils. » Elle scruta la foule des invités : «Elle est arrivée tout à l'heure en grande pompe, mais, à mesure qu'elle vieillit, elle reste de moins en moins longtemps. On ne peut pas être et avoir été. » Laura m'amusait et m'effrayait un peu par son mélange de cynisme et de légèreté.

Tout en conversant, nous emplissions nos regards de nous-mêmes et, n'eût été la présence de la foule, j'eusse pressé contre moi le corps souple. «C'est à toi que je dois d'être ici, je suppose ? demandai-je. — Bien sûr. À qui d'autre ? — Il faut que je te demande pardon : j'ai cru que c'était toi la fiancée. » Elle éclata de rire : «Moi ? Mais je ne suis pas mariable, mon pauvre Giorgio, et je n'ai aucune envie de l'être ! » Il y a des aveux qui ont le don de vous blesser et de vous rendre heureux en même temps. Laura me comblait en se déclarant sans attache et elle m'accablait par là même, car elle ne m'appartiendrait jamais. J'aurais d'ailleurs été incapable de justifier, sinon par l'amour-propre, mon désir de possession, moi qui ne supportais pas d'être enchaîné. «Sachez, jeune ignorant, dit-elle, qu'une femme n'est jamais autant désirée que lorsqu'on la croit libre.» Était-elle vraiment capable d'aimer? Je tentai de me rassurer: si elle m'échappait parfois par son discours, l'essentiel n'était-il pas qu'elle fût près de moi?

«Viens, dit-elle en me prenant la main, descendons au jardin secret.» Celui-ci, selon la mode du temps — lancée par Isabelle d'Este dans son château de Mantoue —, était un écrin de verdure dissimulé dans l'encoignure d'une aile de la villa. Il était en outre caché par un escalier de service. Nous espérions y être seuls: le jeune Gabriele s'y trouvait déjà, assis sur un banc, seul, en train de pleurer silencieusement. Laura se précipita: «Que t'arrive-t-il, gentil Gabriele?» Les pleurs de l'enfant redoublèrent. J'ai connu plus tard cet homme sensible et raffiné, ami des arts et des plaisirs, à qui je dois d'avoir peint *La Tempête*. Il traversait les fêtes avec un détachement souriant, comme quelqu'un qui, fréquentant l'essentiel, peut s'abandonner au superflu. Ce jour-là, pour la première fois de sa vie, il avait exprimé à sa façon la mélancolie des plaisirs imposés. Nous l'avons consolé comme nous l'avons pu. Laura lui caressa les cheveux en chantonnant un air apaisant. Le chèvrefeuille embaumait, noyant ce coin perdu d'effluves immobiles. L'enfant s'endormit comme un petit chat.

Quand nous remontâmes, le soleil déclinait et une partie des invités avait déjà quitté le château. J'aime cette lumière voilée de fin d'après-midi, où les voix se font plus tendres, comme si elles n'osaient rompre un charme ténu, quelque chose de doux et de mystérieux qui s'avance... Laura m'entraîna vers un groupe : « Il faut quand même que je te présente aux fiancés ! » Les deux jeunes gens l'accueillirent avec le sourire sans feinte qui n'appartient qu'aux intimes. L'aisance avec laquelle elle circulait parmi les hôtes me la rendait plus chère et plus énigmatique. Quand daignerait-elle enfin s'expliquer ? « Taddeo, dit-elle au jeune homme que j'avais vu près de la rivière, tu connais mon ami Giorgio, de Castelfranco ? — Bien sûr. » Il se tourna vers moi : « Je vous dois des excuses, monsieur. Je vous avais pris pour un garnement qui voulait quelque mal à mon amie Laura Troïlo. — Je ne vous en veux pas, répondis-je. Toutes les apparences étaient contre moi. » J'exultais : je connais le nom de Laura ! J'avais l'impression de posséder brusquement ce qu'il y avait de plus précieux en elle et qu'elle m'avait caché. Révéler son nom, c'était la rendre moins forte à mes yeux, moins lointaine. Laura le sentit, qui lança à Taddeo un éclair de reproche. « Je vous dois réparation, continua Taddeo. Voulez-vous être des nôtres le jour où, ma femme et moi, nous fêterons notre installation dans notre nouvelle demeure, à Venise ? Laura seule sait où nous devons habiter. » Je me confondis en remerciements : une chance inespérée m'accompagnait. Je l'attribuai à Bellini et à mon talent naissant — décelé par je ne sais quels yeux perspicaces ! En réalité — Laura me l'avoua plus tard —, elle avait combiné cette invitation avec son ami et complice Taddeo. J'ai toujours soupçonné, sans preuve aucune, qu'un tendre sentiment avait dû les unir un moment. Tous les regards se tournèrent vers elle, attendant qu'elle dévoilât l'adresse des nouveaux mariés. Les suppositions, depuis quelques mois, allaient bon train. On murmurait que Leonardo Vendramin, qui avait plusieurs résidences dans la région, céderait Piazzola à son gendre. Mais dans quel palais digne de son rang le couple s'installerait-il ? Laura resta de marbre. Elle eut ainsi, durant la longue période que nous avons vécue ensemble, l'admirable faculté de dissimuler, partageant sa vie en blocs étanches, ce qui lui permettait de donner à plusieurs personnes plusieurs images différentes d'elle-même, dont chacune restait cohérente au fil des jours grâce à sa mémoire infaillible. J'ai beaucoup souffert en découvrant ce que je pris d'abord pour de la duplicité. Et puis je m'y suis adapté, après qu'elle m'en eut donné les raisons, qui ne m'ont pas toutes convaincu. Comme un général sur un champ de bataille, j'ai préféré conserver ma position, plutôt que de tout perdre en cherchant à occuper un terrain trop vaste.

Laura me raccompagna jusqu'à la porte du château : elle restait chez les Vendramin. Gabriele nous rejoignit en courant. « Surtout, me dit-il, tu viens me voir à Venise. Tu le promets ? — Promis ! » Je ne revis plus jamais Laura à Castelfranco et on ne m'invita plus à Piazzola. J'avais pourtant la quasi-certitude de la revoir, bien qu'elle eût refusé de me donner son adresse. « Je sais où te trouver », m'avait-elle dit en me quittant, et cette phrase facilita mon départ. Dans le seul espace resté libre de mon dessin préparatoire à *L'Épreuve de Moïse*, j'inscrivis son visage et sa silhouette de face, regardant d'un air grave le peintre qui l'avait placée là.

Un cavalier se présenta à ma porte quelques jours plus tard, avec un message de Bellini m'enjoignant de rentrer à Venise. Je quittai ma mère et Castelfranco sans savoir que j'y laissais, comme un éventail replié, toutes les images de mon avenir.

VIII

Giuseppe eut un sourire presque aussi large que la porte quand il m'ouvrit. Nous nous sommes tous retrouvés avec des cris de joie, tant nous avions craint sans l'avouer de ne jamais nous revoir. Lorenzo me sauta au cou et me raconta comment, chaque soir, il quittait sa chambre sur la pointe des pieds pour satisfaire ses envies. Il me parla d'un nouveau quartier où les filles étaient plus faciles. Dès le lendemain, lui et moi reprenions notre vie, studieuse le jour et dissolue la nuit. Pourtant, je trouvais moins de plaisir à ces rencontres répétées, toujours différentes et toujours les mêmes. Toutes me ramenaient à Laura.

Quel ne fut pas mon étonnement, en retrouvant l'atelier, de constater que Bellini, en mon absence, avait *copié* — j'ose le mot — mon arbuste de sa *Conversation sacrée* ! Deux autres arbustes semblables faisaient face au mien sur un haut rocher — semblables mais non identiques. Bellini avait fait deux tentatives : la première ayant échoué — l'arbre était trop touffu, trop compact —, il avait peint à côté un buisson plus mince, qu'il avait voulu traversé de lumière. Je n'y reconnaissais pas davantage mon enfant, bien que l'effet en fût plus proche : trop de feuillage encore empêchait que la clarté s'y diffusât. Je considérais mon bosquet comme le meilleur du tableau, véritable torche de lumière immobilisée dans sa brûlure.

Me voyant planté devant le tableau, Bellini parut gêné. «Tu as vu, me dit-il, j'ai équilibré la partie gauche. Il fallait deux arbres un peu plus sombres pour répondre au tien, trop clair.» Mon sourire dut ressembler à une grimace : «Oui, c'est beaucoup mieux ainsi.»

Cette mésaventure me rendit prudent. Me cachant de Bellini, je ne montrai qu'à Lorenzo et à Gerolamo mon dessin de *L'Épreuve de Moïse*. Le premier voulut rectifier ce qu'il affirma être des faiblesses techniques, mais je n'en tins pas compte. Le silence du second me parut interminable. Enfin, il bredouilla, les yeux humides : «C'est magnifique.» Quand je lui eus dit que je lui en devais le sujet, il en fut heureux comme un enfant. «Je n'ai pas encore terminé ta Bible, ajoutai-je. Il se peut que j'y trouve autre chose.» Il se redressa : «Il y a dans l'Ancien Testament une autre scène proche de l'Épreuve de Moïse, c'est le Jugement de Salomon. Lis-le et dis-moi ce que tu en penses.» Le lien formel était évident, celui d'un tribunal en plein air. Il me suffisait de disposer autrement les mêmes éléments, ce que je fis sans difficulté. Lorsque les deux constructions furent achevées, je les accrochai comme un diptyque au-dessus de mon lit, présence tutélaire et rappel vigilant : ils n'étaient que l'amorce d'une longue lignée d'œuvres.

Le plus difficile restait à faire : les transformer en tableaux. Bellini — et je m'en félicitai — ne pouvait proposer des modèles : j'avais fui par hasard son thème préféré, la Vierge à l'Enfant. J'avais choisi une composition ardue : une progression du regard d'un premier plan dramatique à des lointains champêtres, en passant par des transitions subtiles de valeurs et de couleurs pour suggérer l'éloignement. Je piaffais d'impatience de commencer, mais j'en retardais sans cesse le moment. Ainsi débuta cette année-là la pratique qui fut celle de toute ma carrière : une lente maturation — que certains ont prise à tort pour de l'indolence — avant que l'exécution vienne d'elle-même. J'ai laissé faire le temps : il a été mon meilleur allié.

Mes promenades sans but dans Venise, après mes exercices à l'atelier, me menaient souvent au Fondaco dei Tedeschi, où la presse était grande. Je croquais sur le vif portefaix, marchands et gentilshommes, comme un oiseau qui gobe des insectes : je m'en nourrissais. Un soir, je remarquai un jeune homme assis sur le grand escalier, entouré de gravures qu'il tentait de vendre, sans grand succès, aux passants. Il suivait du regard un commis, qui portait sur son dos une lourde caisse. Soudain, je le vis se précipiter sur un crabe de mer qui venait d'en tomber. L'animal remuait désespérément ses pattes pour se redresser. Le jeune homme se planta devant lui, sortit je ne sais d'où une feuille de papier, un petit flacon plein d'eau, un pinceau et, comme s'il avait sous les yeux un patricien de Venise, fit avec attention le portrait de l'animal. En quelques touches rapides, il coucha sur le papier les teintes nacrées, la carapace rêche et acérée, les pinces bleutées. Son travail terminé, il reboucha posément le flacon, posa à côté de lui l'aquarelle encore humide et se rassit au milieu de ses gravures. Il avait les cheveux blonds ondulés et la barbe claire des hommes du Nord. Sa bouche charnue et bien dessinée, son nez fort dégageaient une impression de solidité terrienne. Toutefois, à travers le regard clair de ses yeux légèrement fendus en amande, affleurait une sorte d'orgueil juvénile. «Voilà quelqu'un, pensai-je, qui ne doute pas de son talent.» Moi qui n'avais pas encore prouvé le mien, je me sentais attiré par cet homme, guère plus âgé que moi. Je m'approchai et regardai ses gravures avec attention. «Ce sont des tirages d'estampes déjà parues en Allemagne, me dit-il avec un fort accent. — Elles sont de vous? — Presque toutes. Il y en a aussi d'artistes flamands.» La plume y avait des minutes de scalpel: arbres, visages, vêtements, villes étaient cernés avec une sorte d'acharnement désespéré, dont je ne trouvai l'équivalent à Venise que dans les incisions rageuses de Mantegna. Tout cela était loin de la douceur bellinienne où je baignais depuis des mois.

L'étranger saisit le crabe qui s'était remis péniblement sur ses pattes et le lança dans l'eau noire du Grand Canal: «Adieu, gentil crabe! Tu m'as été fort utile et m'as donné tout ce que j'attendais de toi.» De l'animal disparu, subsistait une image sèche et précise comme une construction logique. «J'en ai d'autres», dit le jeune homme. Il tira d'un portefeuille une aquarelle gouachée représentant une langouste. «Elle, je l'ai tirée d'une nasse débarquée d'un navire.» Toute la puissance de l'animal avait été concentrée dans ses énormes pinces, dont l'une était ouverte, comme un bec d'aigle prêt à déchirer sa proie. Là encore, le type même du sujet avait été rendu grâce à un dessin éblouissant de rigueur et qui me fit honte du mien. «Celui-là a été plus difficile à trouver !» Il me mit sous les yeux un lion longiligne, à la crinière magnifique. Son anatomie et sa pose me rappelaient quelque chose. «C'est le lion de Saint-Marc, j'ai juste supprimé l'Évangile. Il n'y a pas de lion vivant à Venise.» Me voyant intéressé, il me demanda : «Vous aimez la peinture ?» C'était le moment de prendre ma revanche. «Oui, dis-je, j'appartiens à l'atelier de Giovanni Bellini.» Ce nom fit sur lui l'effet d'un coup de tonnerre : «Vous avez dit Giovanni Bellini ? le grand Bellini ? — Oui, celui des Vierges à l'Enfant.» J'eus quelque honte à réduire ainsi son art et le jeune étranger se récria justement : «Pas seulement des Vierges à l'Enfant, même si elles sont uniques au monde ! Connaissez-vous son retable de l'église San Francesco à Pesaro ? Il y a un rapport entre la forme et la couleur que je n'ai vu nulle part ailleurs. Et son triptyque de l'église Santa Maria dei Frari à Venise ? Je vais le voir plusieurs fois par jour. Je l'ai copié et recopié et j'ai l'intention d'en faire une réplique avec d'autres apôtres. Avez-vous remarqué qu'il a exploité la saillie du cadre pour accentuer l'effet de perspective des espaces latéraux ? Qu'il a inséré un paysage, mince comme un doigt, entre le pilastre du cadre et le pilastre peint ? Ce détail, génial sous l'éclairage oblique, suffit à ouvrir l'ensemble sur l'espace et à l'envelopper d'une atmosphère animée, comme un poudroiement d'or qui vibre sous le regard. Quelle maîtrise ! Quelle chance vous avez de travailler à ses côtés, quel exemple pour vous !» J'étais jaloux de l'éloquence du jeune inconnu : il trouvait mieux que moi les mots pour définir une technique que je voyais pourtant pratiquer tous les jours. M'étais-je, au fil des mois, habitué au génie de mon maître ? Ou bien l'aurais-je diminué pour mieux frayer la voie à ce que je pressentais être le mien ? L'enthousiasme de l'Allemand, au lieu de me rapprocher de Bellini, m'en éloignait : j'y voyais la preuve de ma propre obscurité et surtout la nécessité urgente, impérieuse de m'en dégager. L'étranger continuait de me presser de questions sur Bellini : quel caractère il avait, comment se déroulaient les séances d'atelier. Il me supplia de lui montrer l'endroit où il habitait et je dus, à travers les ruelles obscures, le mener au quartier Santa Marina. Une lumière brillait à l'étage de la maison : « Il est dans son cabinet, dis-je. Il lit, il prie, il correspond avec la terre entière » — ce qui était un peu excessif. Le jeune homme ôta son étrange bonnet à rayures, leva la tête vers la fenêtre éclairée. Il resta ainsi plusieurs minutes sans rien dire. Je voyais deux larmes perler à ses yeux et couler lentement sur ses joues, sans qu'il prît la peine de les essuyer. J'étais ému devant cette vénération muette et un peu gêné d'y assister. « Je ne demande qu'une chose à Dieu, murmura-t-il, qu'il me donne un jour l'occasion de serrer la main du plus grand peintre d'Italie. » Au retour, je lui citai le nom de Mantegna. Il le connaissait par quelques gravures parvenues jusqu'en Allemagne : son art, proche de celui qu'il pratiquait, piquait moins sa curiosité que celui de Bellini.

Il ne savait où dormir, ayant passé la nuit précédente coincé entre deux ballots de farine, au Fondaco dei Tedeschi : « Le gardien m'a aperçu au petit matin, il se méfie. » Je lui offris tout naturellement l'hospitalité. Il ne me semblait pas homme à troubler le silence de ma maison. Même s'il l'eût fait, je n'avais pas à craindre une éventuelle réaction de ma propriétaire : je ne la voyais plus depuis plusieurs semaines. Gerolamo m'avait appris que son esprit s'en allait, elle était chaque jour un peu plus faible (cette situation ne laissait pas de m'inquiéter : me garderait-on après sa mort ?) Il consentit à parler un peu de lui. Âgé de vingt-quatre ans, il avait déjà une solide expérience de graveur. Il avait exécuté cent cinquante planches pour une édition de Térence («Malheureusement, elle ne fut pas publiée»), trente-neuf des quarante-cinq gravures du *Ritter Von Turn* et d'autres bois pour la *Stultifera Navis* de Sébastien Brandt. Devant mon ignorance de tous ces noms, il s'amusa à les tracer, d'une grande écriture gothique. «J'ai fait aussi des croquis de voyage, mais ceux-là je ne les vends pas.» Il sortit de son portefeuille — décidément écrin à merveilles — des aquarelles et des gouaches récentes : paysages du Tyrol, du Haut-Adige, du Trentin. La vue du château de Trente me rappela le dessin que j'avais fait de la muraille de Castelfranco. Mais, alors que j'avais esquissé seulement les lignes, mon nouvel ami les avait accusées, soulignant avec minutie murs, tours, demi-lunes et créneaux. «Moi, dis-je, je préfère estomper pour mieux suggérer. — Tu as raison, mais je ne sais pas encore le faire. C'est pour cela que je suis ici. Je veux analyser votre conception de l'espace. Demain, je pars pour Murano : à l'église San Michele, dans la chapelle de Marino Zorzi, se trouve un Bellini étonnant, une *Résurrection* tout entourée d'air et de lumière. Des copies en ont circulé jusque chez nous. Je veux voir l'original de près.»

Nous avons discuté jusqu'au petit jour. En me quittant, il me laissa la vue du château de Trente : «Pour te remercier et puisqu'elle te plaît.» Nous nous sommes serré la main avec une franche sympathie. J'ai entendu décroître dans l'escalier son pas sonore, prêt à arpenter inlassablement le monde. J'ai ouvert ma fenêtre pour le saluer une dernière fois : «Tu ne m'as pas dit ton nom! — Albrecht Dürer!» Il me fit un signe de la main et disparut.

À cette époque, ce nom ne disait rien à personne, mais je me flatte d'être le premier Italien que sa notoriété n'a pas surpris. L'obscur graveur que j'avais connu revint dix ans plus tard à Venise, auréolé d'une gloire incontestée. Cette gloire rendit difficile, sans pouvoir l'empêcher, une nouvelle rencontre. Je te raconterai sa visite en 1505. La comparaison entre les deux séjours ne manque pas d'intérêt.

Durant la nuit au campo San Silvestro, Dürer m'a tendu un miroir où j'ai découvert ma véritable image. J'ai admiré sa curiosité, sans la partager. Il y a deux races d'artistes : ceux qui, comme lui, empruntent à tous et transcendent tout dans le creuset de leur génie et ceux qui, comme moi, sans renier leurs maîtres, sont tournés vers eux-mêmes et ne trouvent qu'en eux-mêmes leur substance. Bellini, lui, n'est pas l'homme des excès : il s'est rarement laissé aller à privilégier le dessin sur la couleur ou l'inverse. S'il a été pour moi un excellent pédagogue, c'est par cette recherche perpétuelle d'équilibre, forme suprême de la maîtrise artistique et de la sagesse humaine. Dürer au contraire m'a montré jusqu'à quelles extrémités insoupçonnées pouvait aller le dessin, de même que Léonard me montrera par quelles infimes gradations de l'ombre on peut émerger d'un puits de lumière. De l'un comme de l'autre, j'ai su me souvenir comme de directions où ma pente ne me menait pas toujours.

Avant que j'aie su m'affranchir du dessin pour peindre, quelques années plus tard, directement sur le panneau de bois, j'ai sué sur mes ébauches, le crayon à la main, de peur d'oublier un détail. Celle de mon *Épreuve de Moïse* fut terminée le jour où le visage de Laura s'y inscrivit. Je restai ensuite paralysé, repoussant au lendemain le geste décisif de prendre le pinceau. Il le fallait pourtant. Je me suis souvent interrogé sur les raisons d'une telle nécessité intérieure, à laquelle même un Léonard de Vinci n'a pas toujours obéi. Il savait que l'œuvre est inférieure à l'idée qu'on s'en fait et que plus on veut se rapprocher de la beauté, plus elle vous fuit. J'ai préféré cette déception à ce qui pourrait apparaître comme une forme d'impuissance. Mais que de détours et d'attentes pour y arriver ! Alors, miracle renouvelé au cours de ma si brève carrière — hélas! que ces lignes sont un faible rempart contre la montée de l'angoisse! —, brusquement, un matin, la main saisit le pinceau, et l'œuvre naît aussi facilement que son auteur respire. Gerolamo a cru déceler dans mon premier tableau les caractéristiques, selon lui, de tous ceux qui suivirent: «Tes rochers, à la fois rigides et tendres, vaguement anthropomorphiques» — c'est vrai que mon enfance s'amusait à voir, dans les pierres de la campagne, des visages et des silhouettes pour, selon mon humeur, m'en effrayer ou m'en divertir —; «tes minuscules cailloux lumineux, comme une rosée de soleil scintillant sur le sol; ton motif pastoral dans le lointain: tu seras toujours l'homme des collines de Castelfranco; et un grand arbre qui domine la scène.» C'est une curieuse impression de se voir défini comme une sorte d'objet. J'étais partagé, en écoutant mon ami, entre la joie profonde d'avoir construit un univers personnel et le dépit d'être réduit à quelques éléments qui rejetaient dans l'ombre tel détail qui faisait ma fierté. Il en est ainsi de toutes les œuvres d'art, et l'appréciation de l'amateur est leur seul critère de valeur: les intentions de l'auteur sont superflues.

Impatient de montrer le résultat à mes camarades, je terminai seulement le paysage du *Jugement de Salomon*, me contentant de poser les personnages par larges flaques de couleur. Peut-être attribuais-je déjà moins d'importance à ceux-ci qu'à celui-là. Certains me l'ont reproché. Tels quels, mes deux petits panneaux firent l'admiration de l'atelier. Je les avais installés sur un chevalet, et Bellini parut agacé de voir défiler devant eux tous les élèves. Il avait raison. Quand je les considère de nouveau, je suis frappé par la raideur des attitudes, par la trop grande netteté du paysage lointain. Mais, en cette année 1495, j'étais aussi fier que Dieu regardant sous ses pas flotter la terre! Ne pouvant suffire à toutes les commandes, Bellini nous imposait sans cesse de l'aider, ce qui est normal, et il admettait mal que l'un de ses apprentis trouvât le temps de travailler pour soi. Il ignorait — Lorenzo se chargea de le lui apprendre — que j'avais peiné plusieurs nuits de suite, à la mauvaise lueur d'une chandelle. La vraie raison, me semble-t-il, de son irritation fut la crainte que l'élève rejoignît voire dépassât le maître. L'épisode de l'arbuste m'avait montré que Bellini était à l'affût de toutes les nouveautés et qu'il n'hésitait pas à les intégrer à sa propre manière. Peindre devant lui, c'était risquer de se voir voler son originalité.

Je demandai conseil à Gerolamo et à Lorenzo, qui me proposèrent — je n'en fus pas surpris — des solutions différentes. «Ou bien, me dit Lorenzo, tu restes élève chez lui et tu peins pour toi, chez toi, en te cachant, ou bien tu le quittes. Si tu pars, je te suis.» Gerolamo trouva cette alternative excessive: «Dans un cas comme dans l'autre, crois-tu qu'un inconnu, même formé par un peintre célèbre, reçoit des commandes d'un jour à l'autre? Qui te connaît à Venise? Tu as la chance de fréquenter un atelier qui est — mais en es-tu convaincu? — le centre de la vie artistique, le confluent obligé de tous les riches amateurs, publics ou privés. C'est là que tu dois t'imposer. Pour dépasser Bellini, il faut l'étudier à fond, assimiler sa technique. Tu le feras lentement, en l'observant, en l'aidant le plus possible dans ses travaux. Il faut que tu lui deviennes tellement indispensable qu'il soit obligé de t'emmener partout où on le sollicite, de te faire exécuter des parties de plus en plus importantes de ses tableaux, jusqu'au jour où tu t'apercevras que tu es capable de les signer à sa place. Alors ta formation sera terminée et le moment venu de le quitter. Tu seras mûr pour faire éclore ton propre génie — que veux-tu, je crois en ton génie. Rien ne t'empêche, certes, d'élaborer durant cette période, qui sera peut-être longue, une œuvre parallèle. Mais tu n'as que dix-sept ans, et la maîtrise va de pair avec la maturité, de l'âge comme des moyens. Je me sens un peu responsable de tes deux premiers tableaux et tu admettras avec moi que tu peux progresser. Ne sois donc pas trop pressé.»

Tout, dans le discours de Gerolamo, n'avait pas été agréable à entendre, mais il était la sagesse même. Je savais qu'il correspondait à mon tempérament, bien que la rapidité avec laquelle j'avais enlevé les deux petits panneaux pût en faire douter. Cette rapidité témoignait plus — et en cela j'étais d'accord avec lui — d'une nécessité créatrice que d'une réussite artistique. Je me rangeai donc à son avis. Je conservai dans ma chambre, à l'abri des regards, *L'Épreuve de Moïse* et lui donnai l'autre tableau, dont il avait eu l'idée. Ce n'est que plusieurs années après que je pris le temps de le faire terminer par l'un de mes élèves. Nous en avons plaisanté longtemps. «Tu es celui qui devrait posséder de moi la plus belle œuvre, et la seule que tu possèdes est incomplète!»

Du jour au lendemain, je devins l'élève le plus assidu, le plus soumis, le plus acharné au travail, même si Laura accaparait parfois mes soirées et le plus souvent mes nuits. Je fis table rase de tout ce que j'avais intuitivement compris et créé sans méthode, comme le musicien qui apprend la gamme après avoir improvisé des airs brillants. Entre 1495 et 1504, je suis passé par toutes les étapes qui mènent d'apprenti à compagnon et de compagnon à maître. J'ai accepté les tâches les plus humbles : nettoyer les pinceaux, surveiller la cuisson des vernis et des colles et même livrer des tableaux. J'ai consacré un an au dessin sur tablette ; quatre à apprendre à fabriquer les brosses, à maroufler les toiles sur panneaux de tilleul ou de saule, à broyer quotidiennement les couleurs ; puis quatre longues années encore à apprendre à colorier, à travailler sur un mur, à faire les draperies d'or — technique fondamentale, mais que j'utilisai peu par la suite. Durant ces neuf ans, j'ai participé à l'exécution de dizaines de tableaux sortis de l'atelier, qui m'ont rendu familiers tous les sujets : conversations sacrées, portraits d'hommes, épisodes de la vie du Christ. Il serait amusant mais un peu fastidieux de dire ce qui, dans tel ou tel tableau, est de ma main : la barbe d'un saint Paul, le visage ombré d'une sainte Madeleine, la robe de la Vierge d'une *Mise au tombeau*. Tu es entré chez Bellini en 1498 : tu m'as vu à l'œuvre et tu as connu toi-même les durs débuts de l'apprentissage. Bellini a été long à me donner un peu d'initiative : la plupart de ses créations étaient précédées d'un «modello» très précis qu'il fallait transposer sur bois. Te souviens-tu qu'en 1499 sa *Circoncision* eut un tel succès qu'il nous obligea à en exécuter quatorze copies ? Je me faisais l'effet d'un boulanger qui fabrique en série ces petits pains ronds dont raffolent les Vénitiens. Lorenzo me répétait sans cesse : «Tu perds ton temps. Allons-nous-en», tandis que Gerolamo, en écho, disait : «Patiente !»

Chaque jour, arrivaient dans la bottega de riches amateurs qui venaient parfois de très loin s'enquérir de l'état d'avancement de leurs commandes. On nous annonça un Pesaro de Venise, un Serbelloni de Milan, un Muselli de Vérone et même un Aldobrandini de Rome. Le cardinal Rezzonico nous fit l'honneur d'une visite alors que je travaillais à sa *Vierge à l'Enfant avec quatre saints et un donateur*. «Êtes-vous certain, maître, des capacités de votre élève ? demanda le cardinal légèrement inquiet. — Comme de moi-même, Votre Éminence», répondit Bellini, qui s'était approché. Tous deux me regardèrent appliquer un coloris vif à rehauts accentués. «N'est-ce pas trop séduisant pour une œuvre religieuse ?» demanda encore le prélat. Je me retournai : «Ce sont les plus belles couleurs que vous puissiez trouver à Venise.» Bellini s'empressa d'ajouter : «Votre portrait en donateur est particulièrement ressemblant.» Nous lui avions enlevé une bonne dizaine d'années : il se retira fort satisfait.

Plus tard Bellini nous envoya, Lorenzo et moi,

dans quelques églises pour y terminer de grands tableaux commencés à l'atelier. J'appréciais ces plongées dans la fraîcheur des chapelles. J'aurais pu également y jouir du silence, si Lorenzo n'avait pas chuchoté les pires insanités tout en maniant le pinceau. «Tais-toi, lui disais-je. Songe où tu es. — Et alors? Seul Dieu m'entend, et Dieu est amour.» Nous avons peiné tous les deux sur les volets d'orgue de Santa Maria dei Miracoli. Les deux faces avaient été peintes: une *Annonciation* à l'extérieur, un *Saint Pierre* et un *Saint Paul* à l'intérieur. Sur place, il fallut compléter la décoration du parapet par des camaïeux et ajuster avec soin le décor de marbre de façon qu'il reproduise et continue celui des murs de l'église, comme l'avait souhaité le donateur. «Quel travail! disait Lorenzo. Et dire que, grâce à nous, Bellini empochera au moins deux cents ducats! — C'est sur son nom que s'est faite la commande, pas sur le tien. Cet argent te reviendra, puisqu'il te paie. — Une misère, à peine de quoi m'offrir la plus laide catin du Rialto!» Tout en soupirant, il rendait les veines du marbre avec un art du trompe-l'œil que j'admirais. Quant à moi, je m'appliquais en tirant la langue à moduler en plis innombrables la robe flottante de l'archange Gabriel. En quittant la chapelle, nous nous sommes retournés sur notre œuvre et nous nous sommes serré la main: Bellini serait content de nous.

Bellini attachait beaucoup d'importance aux portraits. J'y ai d'abord peu participé, étant relégué dans l'obscure et pourtant essentielle préparation du support. J'ai appris à reconnaître d'un seul coup d'œil les essences de bois et à appliquer sur chacune le mélange qui lui convenait le mieux. De la même façon, quand Bellini utilisait — plus rarement — la toile, c'est moi qui étais chargé de l'encoller, avant de lui appliquer l'enduit ou l'apprêt. Tu connais comme moi la variété des apprêts et des combinaisons auxquelles ils donnent lieu: je t'en fais grâce.

La plupart du temps, Bellini se contentait de fonds uniformément sombres, tels qu'Antonello da Messina les avait conçus avant lui, sur lesquels se détachait la figure vue de trois quarts. Au vingtième portrait, j'eus, comme avec les tableaux religieux, une sorte d'indigestion. «Tu ne peins pas, tu barbouilles», me disait Lorenzo, toujours attentif à mes réactions. Et c'est vrai que je couvrais des surfaces encore et toujours. Il ne restait plus à Bellini qu'à les animer. Ma rancœur se tournait alors contre lui de façon souvent injuste. J'éprouvais l'envie de faire bouger ces bustes massifs, de bousculer la belle ordonnance des regards tournés dans la même direction, des cous enchâssés dans la même collerette blanche. Bellini dut le sentir qui, sur l'une de mes allusions, décida de supprimer un temps les fonds unis. Je fus alors préposé aux ciels, aux lignes de nuages coupées par une tête qui demeurait sévère. Puis il eut l'idée d'une autre innovation qui, répétée, devint une autre habitude : celle de placer au bas du portrait un parapet où figurait son nom, inscrit sur un «cartellino», affichette en trompe-l'œil. Je fus préposé aux parapets, qui rendaient le personnage encore plus officiel et figé. J'espérais chaque fois une surprise, qui ne venait pas. Pourtant, quelles variations on aurait pu imaginer dans la fonction de ce petit mur ! «Ce que tu ne trouves pas chez Bellini, tu l'inventeras», me répétait Gerolamo. Il aurait pu ajouter : «Et Bellini te copiera.» Ce qui était arrivé avec l'arbuste se reproduisit en effet quelques années plus tard, alors que j'avais quitté définitivement l'atelier. Tu as été le premier à remarquer — et à me rapporter — les ressemblances entre sa nouvelle façon de traiter le portrait d'homme (son *Pietro Bembo* en particulier) et ceux que, de mon côté, je dotais d'attitudes et de sentiments nouveaux. Est-ce parce qu'il s'est senti dépassé qu'il a alors abandonné le portrait ?

Peut-être était-il à un tournant de sa vie autant que de sa carrière. Imprégné dès son enfance de sentiments pieux, il trouva dans la religion une consolation à la mesure des deuils qui l'ont frappé. Rarement famille ne fut plus unie que celle-là, et elle n'a eu de cesse de se représenter comme telle. Tous ses membres masculins apparaissent, serrés comme les doigts d'une main, dans *Le Miracle de la Croix*, de Gentile et, souviens-t'en, nous nous sommes amusés à les reconnaître. Des déjeuners, des dîners réguliers les réunissaient dans la chaleur d'une tendresse et d'une complicité que rien ne semblait pouvoir détruire : même Mantegna se détendait. Bellini a puisé dans la religion la force de survivre et la certitude de revoir un jour ceux que la mort lui avait ravis. Il me semble que peu à peu s'est opéré en lui un détachement des choses profanes, avec la conscience redoublée de sa vraie mission de peintre : proposer au monde les images les plus fortes, les plus émouvantes d'une religion qui intercède, qui réunit et qui sauve. Comment expliquer, sinon par un prosélytisme doux et têtu, ces Vierges, ces Christs et ces saints auxquels il se voue désormais ?

J'ai obéi comme lui à une mode mais, différent en cela de lui, je ne m'en suis pas fait une règle de vie. Au début des années 1500, le goût était aux images de piété et les peintres en couvrirent les murs de Venise. J'ai fait comme eux. Mais, peu porté au mysticisme, peu préoccupé de la mort, mes tableaux religieux sont davantage réponse à des commandes qu'à des inquiétudes. Le peintre y efface le croyant — ce qu'on n'a pas manqué de me reprocher. Il est trop tard pour revenir en arrière. Mes dernières œuvres, que sont-elles ? Une Vénus, un concert champêtre. Ma *Conversation sacrée* de l'église Saint-Jean-Chrysostome, que tu achèveras, sera mon ultime et sûrement ma plus sincère prière…

Le jeune apprenti était loin de ces graves réflexions lorsque, par un après-midi pluvieux d'octobre 1494, il eut la surprise de recevoir une visite inattendue.

149

IX

Il avait plu toute la matinée et une clarté grisâtre noyait la bottega. Je ne connais pas de saison plus lugubre que la fin de l'automne à Venise. L'été exténué et sa lumière dorée cèdent brusquement la place à un hiver précoce. On entendait la pluie ruisseler le long des murs et se déverser dans l'eau gonflée du canal. Il avait fallu colmater le bas de la porte pour éviter l'inondation. Lorenzo, à côté de moi, bâillait. Les autres effectuaient en silence leurs tâches habituelles, copiant un tableau ou préparant un apprêt. Nous voguions sur un bateau immobile et morne dont l'équipage somnolait.

Soudain, la porte donnant sur la galerie s'est ouverte, libérant une grande vague de vent, et Giuseppe est apparu, son gros bâton à la main, une branche noueuse qui ne le quittait jamais — il prétendait qu'elle était magique et fleurissait tous les ans. Il frappa trois fois sur le sol, signal convenu entre nous pour annoncer une visite importante — il frappa même un jour quatre coups : l'événement était exceptionnel, le doge était derrière lui ! Quand Bellini était absent, comme ce matin-là, c'est Lorenzo, l'élève le plus âgé, qui le représentait. Il se leva pour accueillir les arrivants. Ils étaient deux, une femme et un jeune garçon, que je reconnus avant même de distinguer leurs traits : Laura, superbe, donnait la main au petit Gabriele, tout habillé de velours rouge. Leur entrée réveilla d'un coup l'atelier. Lorenzo s'avança pour excuser l'absence du maître. « Ce n'est pas grave, dit Laura, nous venions pour voir quelqu'un d'autre. » Gabriele s'était déjà précipité dans mes bras. Laura, elle, sans aucune gêne, déposa un baiser léger sur mes lèvres. Lorenzo paraissait le plus surpris de tous. Quant à moi, j'étais à la fois fier et gêné.

Nous sortîmes. Le jardin était noyé sous la pluie,

mais la galerie nous permit de converser librement. Je ne connais pas de sensation plus agréable que de contempler la débâcle tout en étant à l'abri. Les eaux du ciel étaient si denses qu'elles doublaient les colonnes du péristyle d'un rideau de perles de verre. Laura m'avait pris le bras et Gabriele jouait avec l'averse. «Sais-tu pourquoi nous sommes ici? demanda-t-il. — Pour me dire bonjour, je suppose.» Laura intervint: «Pas seulement. Gabriele, malgré le temps, tenait absolument à te voir aujourd'hui même: il a fallu céder à son caprice.» C'était dire clairement que, sans l'insistance de l'enfant, elle ne serait pas venue d'elle-même. La femme est sensible aux ondes et Laura dut percevoir en moi une contraction infime: «Moi aussi, chuchota-t-elle, j'avais hâte de te revoir.» Je souris et me tournai vers Gabriele: «Alors? La raison?» Il prit un air très sérieux pour me répondre: «Dans cinq jours, c'est mon anniversaire. Il y aura une grande fête au palais, avec de la musique et des nains. Je suis venu t'inviter.» Je lui fis une grande révérence: «Votre Seigneurie sera obéie.» Je me demandais avec inquiétude dans quelle tenue j'irais, moi qui ne possédais qu'une garde-robe sommaire. «J'aime bien les nains parce que je suis plus grand qu'eux», conclut Gabriele. Je lui ai répété son mot d'enfant quelques années plus tard. «Tu vois, me dit-il alors, j'étais condamné à dominer. Mais je ne suis plus très sûr maintenant d'être plus grand qu'eux.»

Laura me posa beaucoup de questions sur moi, mais resta fort discrète sur elle. «Puis-je te voir chez toi demain soir?» demanda-t-elle. Sa question était de pure forme: elle n'attendit pas la réponse. Quand elle fut partie, Lorenzo voulut tout savoir sur elle, dont la beauté l'avait fasciné. Ne disposant pas d'éléments précis, je jouai le mystérieux, ce qui redoubla sa curiosité. Les autres me regardaient avec envie, et suffisamment de jalousie pour faire un compte rendu aigre à Bellini. Celui-ci, dès le lendemain, me lança:

«Si tu reçois des visites, je préférerais que ce fût à l'extérieur.» Je m'apprêtais à lui répondre que Laura Troïlo était une de ses clientes et qu'il aurait pris le pas sur moi s'il avait daigné être là. Que Bellini ignorât la fantaisie dans son art comme dans sa vie, libre à lui; mais qu'il ne l'admît pas dans la mienne me paraissait un abus de pouvoir. Gerolamo me fit remarquer à juste titre qu'il avait réagi en pédagogue, non en ami: «Tu es chez lui pour étudier, pas pour y donner des rendez-vous, tu devrais le comprendre.» J'en convins du bout des lèvres, avec l'arrière-pensée qu'il aurait pu faire exception pour moi.

Par prudence, je ne demandai pas à quitter l'atelier plus tôt le lendemain. Il me restait à peine deux heures pour rendre ma chambre présentable. Je l'avais dûment lavée et balayée le jour précédent mais, songeant à l'escalier branlant et sombre qui me rappelait la misérable montée vers le palier de la Cicogna, regardant les quelques méchants meubles qui s'y trouvaient, j'éprouvai une honte. J'avais rencontré trois fois Laura, sur les bords de la Musone, à Piazzola, chez Bellini, tous endroits extérieurs à mon intimité et où je pouvais apparaître différent. Ma chambre au contraire je l'avais choisie, aménagée; c'était le cadre où je vivais, c'était moi. J'achetai quelques fleurs, des fruits, des gâteaux. J'installai en bonne place *L'Épreuve de Moïse*. Je n'étais plus dans l'état d'esprit de l'amoureux qui reçoit sa maîtresse pour la première fois et espère, le cœur battant, en obtenir les faveurs. Mon émotion était ailleurs: y aurait-il une suite aux effusions de Castelfranco? Venait-elle pour cela ou pour une autre raison? J'envisageai l'annonce d'une rupture sans avoir un quelconque motif pour cela, car elle s'était montrée la veille aussi tendre qu'il était possible, jusqu'à l'exprimer devant mes camarades. À supposer même qu'elle vînt, et qu'elle s'offrît, je redoutais que tout se passât mal: une chose est de mêler deux corps au soleil dans une brusque frénésie, une autre est d'aimer durant une longue nuit, dans une chambre close, quelqu'un qui a tout loisir de vous observer, de vous juger. Je tentais de me rassurer : j'avais connu beaucoup de filles avant elle. En réalité, celles-ci ne m'étaient d'aucun secours. Je devinais confusément que le véritable amour abolit le passé. Pauvre Giorgio, dont le caractère inquiet a toujours craint l'avenir... J'en arrivai à me convaincre que Laura se jouait de moi et à souhaiter qu'elle ne vînt pas !

Elle vint, et mes appréhensions tombèrent d'un coup. Réelle attirance ou aisance de grande dame — ou les deux —, elle prit possession des lieux immédiatement, trouvant simple ce que j'estimais grossier, et amusant ce qui me semblait incommode. Nous avons dîné comme deux amants, dévorant plus de baisers que de gâteaux. Nous éclations de rire pour un rien ; la vie, dans ces instants-là, apparaît comme un jeu ou un rêve. Laura avait remarqué dès l'entrée mon *Épreuve de Moïse* : « C'est de toi ? — Oui. Et il s'y trouve quelqu'un que tu connais. » Elle chercha parmi les personnages. Soudain : « Cette femme, c'est moi ?! » Elle tourna vers moi le visage d'un enfant que l'on vient de combler de cadeaux : « C'est la première fois que l'on me peint. — Et ce n'est pas la dernière, souviens-toi de la promesse que je t'ai faite. » Je l'ai tenue. Laura figure dans tous mes tableaux où se trouve une femme, madone, Judith ou Vénus. Son nom est même mentionné dans le seul portrait que j'ai fait d'elle. J'évoquerai ces images en leur temps : chacune est une étape de notre amour ; toutes jalonnent mon chemin, comme les petits cailloux chers à Gerolamo.

Laura s'est attardée sur mon *Épreuve* : « Je connais cet endroit, mais où l'ai-je vu ? — Tu l'as vu... par-dessus mon épaule ! » Je replaçai rivière, arbres, collines sous le ciel de Castelfranco. Elle eut une impulsion : « Je te l'achète ! — Il n'est pas à vendre. Si tu le veux, je te l'offre. — Non, je tiens à le payer. » Je résistai, elle insista. Elle me fourra d'autorité une poignée de ducats dans la poche : «Il ne faut jamais contrarier une femme. — Mais c'est beaucoup trop! — Qu'en sais-tu? Ce tableau a pour moi une valeur inestimable. C'est *notre* tableau.» Elle le décrocha du mur, le posa contre la porte : «Pour que je ne l'oublie pas demain matin.» Elle restait donc : bonheur et angoisse… «Tu sais, continua-t-elle, je fréquente beaucoup de gens, je ferai connaître ta peinture. Mais il faut me promettre une chose : ne jamais dire ou faire croire par ton attitude que nous sommes intimes. Ma position dans le monde en dépend. Il faut que l'on me croie libre.» Je lui fis remarquer qu'elle s'était trahie la veille en m'embrassant devant tous les élèves. «Dans un milieu qui n'est pas le mien, peu importe», répondit-elle. Quelle femme avais-je donc en face de moi? Pouvait-on fonder une relation durable sur ces mystères? Le secret qu'elle me demandait, ne l'avait-elle pas exigé d'autres amants? Je me gardai de l'interroger, de peur qu'elle n'en prît ombrage et le prétexte pour fuir. Quand je connus plus tard et par hasard la vérité sur sa condition et que celle-ci me navra, je compris les raisons de son silence.

Elle consentit toutefois ce soir-là à quelques confidences mesurées : «J'habite chez ma tante, près de l'église San Stefano. Tu pourras m'y accompagner demain matin avant d'aller chez Bellini.» J'appris que sa tante était riche, chose que j'aurais pu deviner à la somptuosité et à la variété des toilettes de la nièce : trois Laura différentes m'étaient apparues en trois rencontres.

Elle aperçut mon luth dans un angle de la chambre. Je lui racontai comment Gerolamo m'en avait fait cadeau, et nos premiers essais. «Tu sais donc t'en servir? Je t'en prie, joue-moi quelque chose. Connais-tu cette chanson?» Elle se mit à fredonner un air à la mode, que Lorenzo utilisait souvent avec les filles. «Après, elles te tombent toutes dans les bras!» Pour étonner Laura, je feignis celui qui l'entendait pour la première fois. «J'ai un peu d'oreille, dis-je : je vais le transposer. Je jouerai doucement, car ma propriétaire habite au-dessous et elle ne va pas bien.» L'aria s'échappa de l'instrument en notes grêles, comme piquées dans le silence de la nuit. Laura battit des mains. Je voulus aller plus loin : «Redis-moi posément les paroles.» Elle les répéta. «Écoute.» Je savais que ma voix n'était pas désagréable. Je pris un vrai plaisir à moduler les mots et les sons, succulents comme des couleurs. Je pratiquais le luth à l'occasion, sans m'imposer d'exercices. Or, par une espèce de maturation interne — celle qui, en peinture aussi, gouvernait mon travail —, je faisais des progrès sans effort. Je tiens de Gerolamo que ses vers n'ont jamais été aussi bons qu'après une période de retenue — certains diront d'impuissance —, en réalité de gestation. Nous sommes traversés de flux obscurs qui nous modifient sans cesse.

Quand j'eus terminé, Laura déposa trois baisers sur mes yeux et ma bouche : «Un pour le peintre, un pour le musicien, un pour le chanteur. Je ne sais quel est le meilleur.» Elle me regarda, eut un sourire mystérieux. Qu'avait-elle décidé de tramer ?

Ce n'est pas une nuit que nous avons passée ensemble mais une suite d'éclairs et d'exténuations, d'où la passion renaissait chaque fois plus forte, comme une faim de nous-mêmes jamais rassasiée. Le jour se levait à peine qu'elle se sauva. «Pourquoi pars-tu si tôt ? — Ma tante me surveille. Je suis sûre qu'elle est déjà réveillée.» Je l'ai raccompagnée, titubant de sommeil, à travers les ruelles bleues. L'air frais me piquait les yeux, Laura se serrait frileusement contre moi : il fallait qu'elle craignît beaucoup sa tante pour rompre ainsi l'enchantement. Nous nous retrouvâmes devant une grande bâtisse d'aspect sévère, à côté de l'église San Stefano. «Tu vois, me dit-elle, Silvestro et Stefano nous portent bonheur.» Bonheur certes, mais que nous payons maintenant elle et moi d'un prix trop élevé... Je voulus l'accompagner jusqu'à sa porte. Elle me repoussa : « N'oublie pas l'anniversaire de Gabriele. » Et elle disparut.

Je rentrai chez moi à regret, avec des sentiments contrastés : la paix du cœur et du corps, et aussi la vague mélancolie des départs. Laura continuait à gouverner ma vie. Elle imposait nos rendez-vous. J'étais incapable de localiser la belle demeure entrevue dans la nuit. J'ai souffert longtemps de son goût du secret. Il est certainement une des raisons qui m'ont le plus attaché à elle.

J'arrivai en retard chez Bellini, qui ne me fit aucune remarque, bien que mon entrée, pâle et défait, suscitât quelques gloussements. Je ne m'étais pas lavé les mains pour conserver sur moi le parfum de Laura, que Lorenzo perçut tout de suite : « Monsieur n'a pas passé sa nuit seul, à ce que je sens ! — Laisse-moi tranquille ! » Mes plus belles nuits d'amour se sont toujours terminées dans la mauvaise humeur : les caresses passionnées n'ont jamais compensé en moi le manque de sommeil. Mais le soir j'avais oublié les langueurs du matin.

Comme Laura l'avait sûrement envisagé, j'utilisai l'argent du tableau à m'habiller de pied en cap pour la cérémonie de Gabriele. Ce garçon intelligent, aimable, vif me plaisait décidément beaucoup et je décidai de l'honorer. Je demandai les étoffes les plus élégantes, même celles qui étaient dissimulées : le vrai raffinement doit être complet. Je savais d'expérience que Laura avait la même exigence.

Cette fête m'inquiétait plus que la grande réception de Piazzola : elle serait plus intime, je serais davantage observé. Connaissant mieux certaines personnes, j'aurais à m'entretenir avec elles, je serais écouté, jugé, autant sur mes paroles que sur mes manières. Comment me comporter ? Que dire ? Je me confiai à Gerolamo. « Contente-toi d'être toi-même, me dit-il, c'est pour cela qu'on t'invite. Ce n'est quand même pas l'épreuve de Moïse ! » Je lui obéis, et je plus. La soirée allait toutefois me réserver des surprises.

Gabriele me sauta au cou dès qu'il m'aperçut, comme il l'avait fait dans l'atelier. Sa mère, une belle femme que je n'avais fait qu'entrevoir à Piazzola et qui l'avait observé de loin, le gronda gentiment un peu plus tard : « À dix ans, tu n'es plus un bébé ! — Oui, mère. » Il me fit un clin d'œil : il n'avait pas l'intention de changer. Et c'est vrai que ce grand seigneur, qui a maintenant vingt-six ans, cet homme respecté et craint m'accueille à chacune de nos rencontres par une franche accolade. Il connaît la duplicité des courtisans qui l'entourent ; il s'en protège par une réserve qui en décourage beaucoup. Il sait depuis longtemps que je suis différent d'eux, autant par mes origines que par mon caractère. Et puis, une autre connivence nous lie, comme avec Taddeo Contarini : la passion de l'art, conçu comme la plus pure alliance de la beauté et du mystère. L'un et l'autre ont considéré que j'étais le seul à répondre à leur aspiration : celle de la construction, par un cheminement ardu, régulier, d'une réalité nouvelle, dont la signification ne soit plus accessible qu'au commanditaire et aux esprits rares qui peuvent le rejoindre. Deux de mes tableaux qui, s'il y a une justice, feront ma gloire, doivent leur existence à ce besoin-là : Gabriele, sensible aux épisodes bibliques, est autant que moi le père de *La Tempête* ; Taddeo, plus attiré par les secrets de la connaissance, celui des *Trois Philosophes*. Giovanni Ram aussi m'a poussé hors de mes limites, mais de lui je parlerai plus tard. Nos relations ont su heureusement surmonter leurs débuts difficiles.

Pour être certain de ne pas me perdre et d'arriver à l'heure, j'avais fait deux fois, la veille de la réception, le trajet qui menait au palais Vendramin. Me doutais-je alors que j'aurais à l'accomplir ensuite des dizaines de fois, jusqu'à pouvoir l'effectuer les yeux fermés ? Comme un navigateur guidé par une étoile, j'arrivai à la « Ca d'Oro », dont l'or des croisées brille quelle que soit l'heure : il palpitait, alimenté par je ne sais quel obscur scintillement des eaux. De là j'allai à l'église San Felice puis à Santa Fosca, après avoir traversé le rio di Noale. Je suis toujours étonné du nombre d'édifices du culte que renferme Venise. Ce peuple ne me paraît pourtant pas plus religieux qu'un autre, et même sa corruption est connue : mais peut-être ceci est-il destiné à compenser cela. Comme ma chambre écrasée par le campanile de San Silvestro — mais la comparaison s'arrête là —, se dressait, à l'ombre du campanile de Santa Fosca, un édifice aux balcons de marbre, à la belle galerie couronnée de fenêtres gothiques, qui allait lui aussi me devenir vite familier : le palais Contarini. Une petite place, un mur de briques roses surmonté de losanges blancs, une arche jetée sur l'eau sombre : en quelques enjambées, je me trouvai devant le palais Vendramin, beau navire immobilisé sur le rio di Santa Fosca. À peine trois cents mètres seulement séparent maintenant les deux tableaux qui me sont les plus chers. Puissent-ils rester ainsi éternellement, comme un témoignage — le seul que je revendique — de mon passage sur cette terre…

Il y avait encore peu de monde. Avant d'entrer, chacun, en levant la tête, avait le temps de lire sur la façade les premières lignes du Livre de la Loi, présentées par notre lion de saint Marc, sculpté dans un médaillon. C'était le seul ornement du mur, surface uniformément blanche. Les palais qui, pour toutes sortes de raisons, refusaient le lacis d'arabesques sculptées ou les marqueteries de marbre n'avaient d'autres ressources que ces façades uniformes, désolantes pour l'œil. C'est à cet instant que j'eus la révélation d'une évidence, née puis confirmée dans mes vagabondages à travers la cité des eaux : un nouvel art y avait sa place. Pourquoi ne pas couvrir d'images ces murs aveugles ? Leurs dimensions permettaient les fantaisies picturales les plus compliquées, les plus ambitieuses. Ce que j'avais réussi à l'intérieur d'une demeure, ne pourrais-je le réussir à l'extérieur? N'y avait-il pas place, à Venise, pour un art qui soit populaire, non par sa technique ou ses formes, mais par sa capacité à susciter le plaisir renouvelé des passants? L'idée était neuve. Elle m'excita. Ma soif de gloire y trouvait son compte. Je m'en suis ouvert quelques jours plus tard à Taddeo Contarini, que je croyais le plus apte à s'y intéresser. C'est lui qui me commanda ma première fresque. Elle fut suivie de beaucoup d'autres, de la part de riverains de plus en plus éloignés. La jalousie, l'envie d'avoir mieux pour mieux écraser le voisin, se sont propagées à grande vitesse le long du Grand Canal qui devint, en ce domaine, la colonne vertébrale de ma notoriété.

Des valets chamarrés accueillaient les invités au bas d'un grand escalier droit en marbre blanc. Deux d'entre eux m'accompagnèrent jusqu'en haut — je ne m'étais jamais senti si important! —, où Gabriele, revêtu d'un merveilleux pourpoint de soie verte, souriant, adorable, attendait. Il était seul, devenu pour un jour chef de famille, héros et organisateur de la fête. «Tu es venu, je suis content, me dit-il. — Tu en doutais? — Non, mais je pensais que peut-être Bellini t'avait retenu. On m'a dit qu'il était en colère après toi ces derniers temps.» Je n'ai jamais compris comment certaines nouvelles, même les plus anodines, arrivent aux oreilles de ceux qu'elles intéressent. Il y a là un mystère, que je ne cherche d'ailleurs pas à élucider, craignant de découvrir certaines duplicités parmi ceux que je crois sûrs et d'en être atteint plus que de raison. «Je te verrai tout à l'heure, ajouta Gabriele. Je suis obligé de rester là jusqu'au dernier.» Il m'indiqua une pièce d'où provenait de la musique: «C'est là. — Tu as pu trouver des nains? — Des tas. J'en ai même refusé! Comment font-ils pour se reproduire si vite?» Et il se détourna de moi pour saluer d'autres arrivants. J'aurais souhaité bavarder encore avec lui, autant par amitié que parce qu'il était le centre d'attention et qu'ainsi son éclat rejaillissait sur moi. Avoir été vu aux côtés du doge, d'Isabelle d'Este, de Catherine Cornaro, des Vendramin, des Contarini a constitué pour moi de vraies satisfactions d'amour-propre. Mais, à de rares moments seulement, j'aurais désiré être à leur place : j'ai vu de trop près les obligations du pouvoir. Au contraire, dans leurs instants d'abandon, les puissants du jour — ou de la veille, comme Catherine Cornaro — m'ont avoué qu'ils enviaient mon art et mon état : simple formule de courtoisie ou réel regret, je l'ignore. Du fond d'eux-mêmes, je suis toutefois convaincu qu'ils savaient la vanité de leurs fonctions : ils n'étaient qu'un maillon dans une longue chaîne née avec l'histoire. Qui se souviendra dans trois ou quatre siècles du doge Leonardo Loredan, sinon par le portrait qu'en a fait Bellini ? Et qu'évoquera le nom d'Isabelle d'Este, si ce n'est un dessin de Léonard de Vinci ?

La salle où j'entrai bruissait de conversations qui étouffaient la musique. Même peu nombreux, mes compatriotes parlent haut, où qu'ils se trouvent ; et quand des musiciens jouent à côté d'eux, ils ne s'expriment plus, ils crient. Je cherchai un point d'appui, Laura ou un visage qui me fût connu. Mon regard glissa sans s'accrocher à un seul. La pièce n'était pas de dimensions importantes. Pourtant elle paraissait immense de l'endroit où je me trouvais. Sans que j'y prenne garde sur le moment, se forma ce jour-là en mon esprit le procédé des reflets multiples que j'inventai quelques mois plus tard, lors de l'inauguration de la statue du *Colleone* de Verrocchio — et qui fit grand bruit. Sans qu'ils s'en doutassent, je voyais de face des gens qui me tournaient le dos. C'est ainsi que je pus apercevoir le père de Gabriele palabrant au milieu d'un groupe. Il y avait là toute la dynastie de ceux qui avec orgueil se déclaraient «parents du doge» : hautes silhouettes d'hommes prétendus importants, dignitaires, amiraux, cardinaux, confidents des grands. Tous avaient quitté pour une heure les préoccupations de leur charge afin de la consacrer à ce petit bout d'homme qui avait exigé un anniversaire aussi beau qu'un sacre. Sous l'apparente insouciance de leurs propos, on devinait une légère tension, comme s'il leur était impossible de redevenir naturels en si peu de temps. Leur dague restait à portée de leur main et leur regard conservait malgré eux une mobilité circonspecte. Plus loin, un cercle déférent entourait une belle femme superbement habillée, à l'opulente chevelure blonde. Je m'approchai. J'entendis des « Majesté » fleurir sur toutes les lèvres. L'imposante dame, enfermée dans ses atours comme dans une châsse, ne pouvait être que Catherine Cornaro. Ainsi, j'avais devant moi cette reine dont on se disputait les faveurs ! Elle posa sur moi un regard indifférent : je n'avais aucune existence à ses yeux. Cela me remit à ma juste place. Je regardai autour de moi : une armée de nains faisaient le service en batifolant. Avec une dextérité admirable, ils voltigeaient de groupe en groupe, faisant vaciller au bout de leurs bras courts — sans que jamais rien ne tombât — des plateaux débordant de friandises et des pyramides de coupes remplies à ras bord. Quand ils ne pouvaient satisfaire à la demande, ils sifflaient d'un bref pincement des lèvres pour appeler un de leurs congénères. Richement vêtus, ils se dandinaient sur leurs petites jambes torses, semblant prendre un plaisir extrême à être là. Mais peut-on savoir réellement ce qui se passe dans l'esprit d'un être difforme ? Par quel goût pervers Gabriele avait-il tenu à leur présence ? Je n'ai pas eu le regard assez cruel pour me complaire à les peindre : j'ai laissé ce soin à Mantegna, dans la chambre des Époux du palais de Mantoue. Étaient-ils venus avec Isabelle d'Este ? Mais je n'aperçus pas celle-ci.

Je m'approchai des trois musiciens : le luth, la

«lira da braccio», la flûte composaient un ensemble doux et fragile que l'on ne goûtait qu'aux abords de l'estrade. Les trois jeunes hommes ne semblaient pas s'en soucier, qui exécutaient leur partie avec tout le sérieux requis. Peut-être l'amour de la musique l'emportait-il pour eux sur les bruits accessoires ; peut-être remplissaient-ils simplement leur contrat, comme ils l'auraient fait dans le silence d'une chapelle. Derrière eux, dans un étroit passage qui menait à une pièce basse, deux jeunes gens s'étaient dissimulés et, se croyant protégés des regards, s'embrassaient sans retenue : de quelle opposition entre deux familles se vengeaient-ils ainsi ? Fallait-il que leur idylle fût contrariée pour que ces enfants de bonne famille, invités à l'anniversaire de quelque cousin, se fussent ainsi précipités l'un vers l'autre dans un endroit retiré, au mépris des convenances ? Moi qui ai joui durant ma vie de la plus totale liberté d'aimer, j'ai regardé avec sympathie et même avec envie ce couple menacé. Qu'est-il devenu ? A-t-il réussi à se rejoindre ou bien la rigueur familiale a-t-elle triomphé ? Leur passion s'est-elle enlisée, comme beaucoup d'autres, dans la lassitude ?

Avec soulagement, j'aperçus Taddeo Contarini et sa fiancée. La sœur de Gabriele semblait plus à l'aise qu'à Piazzola. Il est vrai que là-bas la cérémonie était centrée sur elle. Elle avait dû grandir ici, et s'y retrouvait au milieu des siens. Je les saluai : ils me répondirent avec affabilité, sans plus. J'admirai qu'ils m'eussent reconnu, mais j'avais conscience de n'être à leurs yeux qu'un obscur élève du maître Bellini. Sans doute étais-je surtout pour eux l'ami de Laura. Un autre que moi, plus modeste, s'en fût contenté. Mais j'étais à un âge où l'on veut exister.

C'est Laura qui m'en fournit l'occasion. Lorsqu'elle se présenta dans une robe miroitante de soie, les conversations cessèrent, comme si elle avait été la maîtresse des lieux. Quelques silhouettes se courbèrent pour lui baiser la main : elle eut un mot aimable pour chacun. Une fois de plus, j'admirai cette aisance que donne seul l'usage du monde. J'en étais encore bien dépourvu : je tenais depuis un moment une coupe vide et m'impatientais de ne voir plus circuler aucun nain dans les rangs pour m'en débarrasser. Je la posai sur le rebord de la grande cheminée de marbre et je m'enfuis à l'autre bout de la salle. Quelle ne fut pas ma surprise de voir au bout de quelques instants que ledit rebord se peuplait de coupes, comme si j'avais osé le premier ce que d'autres avaient hésité à faire ! Quelques mois plus tard, j'avais acquis les manières du monde, mais je n'ai jamais su faire ce que Laura, avec d'autres, réussissait si bien : les pratiquer avec nonchalance. Je me suis senti toujours contraint au milieu d'une assemblée. Je n'étais pas assez puissant pour me faire pardonner une maladresse.

Dès qu'elle m'aperçut, Laura m'entraîna à l'écart : «Tu n'as pas trop bu, j'espère ? — Non. Pourquoi ? — Je vais avoir besoin de toi.» Elle mit un doigt sur ses lèvres : «C'est une surprise !» Elle fit un signe de la main en direction des trois musiciens : ceux-ci se turent. Ce subit silence interrompit les conversations. Laura monta sur l'estrade : «Chers amis, dit-elle, nous sommes réunis pour fêter quelqu'un que nous aimons beaucoup» — à ce moment, Gabriele, libéré de ses obligations, fit son entrée — «et il ne saurait y avoir de vraie fête sans chansons.» Elle se tourna vers moi : «Nous avons la chance d'accueillir aujourd'hui parmi nos invités un jeune peintre, élève de notre grand Giovanni Bellini, dont j'ai eu la primeur il y a quelques jours d'apprécier les talents de chanteur et de musicien.» Je devinai ce qui allait arriver et je fus pris de panique. Je croisai le regard de Gabriele : il paraissait le plus étonné de tous. «Il va vous interpréter un air que vous allez reconnaître.» Elle fit un nouveau signe aux musiciens qui, manifestement de mèche avec elle, commencèrent l'accompagnement avec un ensemble parfait. Les invités s'étaient rapprochés : toute échappatoire m'était interdite, sous peine d'être ridiculisé à jamais et à jamais banni de ce milieu. Je montai à mon tour sur l'estrade, épouvanté, mais aussi avec la délicieuse sensation d'être attendu, espéré par ces hauts personnages qui ignoraient mon existence une minute auparavant. Même Catherine Cornaro posait maintenant sur moi un regard différent. Derrière moi, les instruments insistaient. J'ouvris la bouche : il en sortit un son qui ne me parut pas mauvais, puis un autre qui me sembla meilleur. La mélodie se composa, se développa, avec la liberté d'une respiration naturelle. Ma voix, par un hasard heureux, fut en harmonie dès la première note avec les instruments. Le charme, me dit plus tard Laura, dura jusqu'au dernier soupir de l'aria. Je n'en avais qu'une conscience assez vague, trop occupé à filer jusqu'au bout la succession des tons et des demi-tons. Quand ce fut fini, j'en émergeai comme d'un songe et, après l'idéale légèreté de la musique, les applaudissements trop crus me blessèrent. Je les coupai de façon un peu cavalière. Avant même que Laura eût pu intervenir, je saisis le luth des mains d'un musicien et indiquai aux deux autres que je n'avais plus besoin d'eux. Tous trois descendirent de l'estrade.

Je restai seul face à un auditoire auquel, emporté par une fièvre incontrôlée, je voulais m'imposer. S'il devait y avoir un héros à la fête, ce serait autant moi que Gabriele. Je plaquai quelques accords et j'enchaînai par d'anciennes « canzoni » que ma mère m'avait apprises et des chansons paysannes un peu lestes qui faisaient la joie des noces et des vendanges. Combien de temps dura ce concert, je ne sais. J'y mis fin quand je l'eus décidé, avec cette espèce d'instinct qui fait suspendre un plaisir à son sommet, avant qu'il retombe. Je saluai sous les bravos, comme au théâtre. Gabriele courut vers moi et m'étouffa de caresses : « Tu me les apprendras, tes chansons ? » Son père nous rejoignit : « Je vous remercie, jeune homme, d'avoir donné à cette réunion un éclat imprévu. Nous avions tous oublié ces airs, qui sont notre patrimoine. Je vous remercie surtout de l'avoir fait pour ce petit "diavolo" de Gabriele. Nous saurons nous en souvenir.» Je m'apprêtais à recevoir les compliments de Taddeo Contarini qui s'approchait à son tour, lorsqu'une dame d'honneur de Catherine Cornaro s'interposa : «Sa Majesté désirerait s'entretenir avec vous quelques instants. Veuillez me suivre.» Je lui emboîtai le pas. Beaucoup d'invités auraient aimé être à ma place. Je m'inclinai en une espèce de révérence dont la maladresse m'effraya, mais la reine ne parut pas s'en apercevoir. «Je vous félicite, monsieur, de ce que je viens d'entendre, me dit-elle d'une belle voix grave. Vous êtes l'égal de nos meilleurs musiciens. Si le cœur vous en dit, venez me visiter quelque jour à Asolo. Mes amis Vendramin et Contarini s'y rendent souvent : accompagnez-les. On y lutte du mieux possible contre l'ennui.» Et elle me renvoya d'un sourire. Il me sembla, en la quittant, que je retombais sur terre, tant cette femme m'avait impressionné. «Alors, on séduit les vieilles ?» murmura Laura à mon oreille. Je haussai les épaules : Catherine Cornaro était à mes yeux plus que belle. Elle représentait le pouvoir et la gloire, ces deux soleils dont le second m'eût suffi.

Taddeo me toucha le bras : «À mon tour de vous féliciter, mon cher Giorgio.» C'était la première fois qu'il m'appelait ainsi. «Si le peintre est à la hauteur du musicien et du chanteur, M. Bellini n'a qu'à bien se tenir !» Sa courtoisie dissimulait quelque ironie. J'étais trop gonflé de moi-même pour y être sensible. «Savez-vous, continua-t-il en baissant la voix, que, dès que nous serons mariés, nous habiterons, ma femme et moi, tout près d'ici, à côté de l'église Santa Fosca ? Des ouvriers font les derniers aménagements dans notre vieux palais de famille, qui a près d'un siècle.» Bien qu'ils eussent peu de rapport avec la situation, ces propos me remplirent d'une bouffée d'orgueil. Après l'invitation d'une reine, voilà que je recevais les confidences d'un grand seigneur, comme si je faisais partie depuis des années de ses familiers : on me révélait ce que tout le monde avait cherché à savoir à Piazzola. Je souris maintenant de ma naïveté. L'entourage des Vendramin et des Contarini feignait une ignorance distinguée, mais savait depuis longtemps ce qu'on m'apprenait aujourd'hui. Je n'aurais pu me dire plus tard l'ami de Taddeo si nos relations en étaient restées à ce stade. Trois mois après, on célébra en grande pompe son mariage avec Maria Vendramin dans le palais de Santa Fosca remis à neuf. Ce furent trois jours et trois nuits de réjouissances, auxquelles je fus mêlé. Tout ce qui compte à Venise s'y montra.

De ce jour date la longue série des «plaisirs réciproques», comme les appela plaisamment Gabriele, lorsque chacun à tour de rôle invita l'autre dans son palais, accompagné de ses proches. Je fus désormais de toutes les fêtes et on m'y sollicita abondamment. Ce qui n'avait été qu'un jeu à l'anniversaire de Gabriele devint une habitude. Je m'y suis plié de bonne grâce. J'ai poussé parfois la coquetterie jusqu'à exiger qu'on me suppliât. Mais le plaisir avait sa rançon : je me devais d'être varié dans mes romances. J'avais étonné, le premier jour, en faisant retentir dans la demeure des Vendramin les airs anciens de mon village, mais j'en eus vite fait le tour. Aussi fus-je obligé d'apprendre les «sonetti» ou «ballate» à la mode, parfois avant qu'ils le deviennent — je me flatte d'avoir souvent créé la mode — et de demander à Gerolamo de rechercher dans ses grimoires quelque mélodie lointaine, voire d'en écrire sur des textes de Dante ou de Virgile. Pietro Bembo puisa pour moi dans Pétrarque et m'autorisa bientôt à mettre ses poèmes en musique. Entre temps en effet j'étais allé plusieurs fois à Asolo, durant les rares périodes où Bellini consentait à me libérer, sans paraître convaincu de la véracité des prétextes toujours différents que j'invoquais. Il estimait sans doute qu'il n'y a que des avantages pour un jeune artiste à fréquenter le monde — ce qu'il ne faisait plus guère, n'y trouvant sans doute ni profit ni plaisir.

On reconnaissait les familiers d'Asolo à la façon dont ils parlaient entre eux du «Barco». Quiconque les interrogeait sur le sens de ce mot était rejeté comme un intrus : à moins d'un miracle — ou d'un appui particulier — le lieu lui demeurerait inaccessible. Le mot était devenu un code, un signe de ralliement, un repère pour initiés. Malheur à celui qui n'appartenait pas au clan... Je n'eus pas à subir cette rebuffade. C'est Pietro Bembo qui le premier m'éclaira, à juste titre puisqu'il était l'inventeur du nom : «"Il Barco" ne veut pas dire "la Barque", comme tout le monde le croit : je n'aurais pas été l'auteur d'une telle platitude. Il signifie "le Paradis", dans un dialecte d'Orient qu'a rapporté Marco Polo.» Il accompagnait cette explication d'un sourire mystérieux et ironique. Chacun s'en contentait, trop heureux d'être élu.

En réalité, le seul verdict venait de Catherine Cornaro. J'eus l'heur de lui plaire. J'ai toujours été conscient de la valeur inestimable de cette amitié et n'en ai jamais abusé, à la différence d'autres qui furent renvoyés avec une terrible courtoisie. Jamais ne s'est démenti le respect que j'ai manifesté dès le premier jour à la reine déchue. Je n'ai jamais oublié, en lui répondant, qu'elle s'adressait à un fils de paysan. Elle vivait, elle pensait, elle parlait comme une souveraine, et personne n'osait évoquer devant elle les fastes perdus. Seul Tuzio Costanzo y faisait parfois allusion. Il était pardonné, car il ne jouait plus désormais que les utilités. Catherine se reprochait parfois de l'avoir réduit à l'inaction, ce qui provoquait les protestations des courtisans : seule la république de Venise en était responsable. Et la reine souriait d'entendre une fois de plus les accusations portées contre le Conseil des Dix qui l'avait destituée.

La vie à Asolo était un rêve éveillé, un tourbillon de fêtes et de beautés. Le jour où la marquise de Mantoue y arriva accompagnée d'une telle suite qu'il fallut deux cents domestiques pour la servir, une paysanne qui ressemblait à ma mère dit tout haut, en regardant passer le cortège : « Depuis que la reine de Chypre s'est installée ici, Asolo est devenu le royaume des fées ! »

Il y a cinq ans, Pietro Bembo a fait paraître ses *Asolini*, dont il m'a offert un exemplaire qui ira à Gerolamo. J'y ai retrouvé les charmes de nos conversations, de nos promenades, des dialogues interminables sur la beauté, sur l'amour, sur le bonheur. Je ne sais si Catherine Cornaro a lu ce recueil : en 1505, lassée des plaisirs et des jeux, elle avait fui Asolo pour se retirer dans son palais vénitien. C'était d'autant plus émouvant pour moi de retrouver ce qui n'était plus. J'ai tout revu, le vaste jardin fleuri toute l'année, les haies de genévriers, les bosquets secrets, la belle pergola de vignes et le pré d'herbe fraîche où l'on s'asseyait pour débattre de thèmes amoureux. Deux bouquets de lauriers y formaient comme deux petites forêts, entre lesquelles jaillissait une source sauvage, captée par une fontaine. Dès que celle-ci avait été installée, Bembo y avait fait graver une déférente inscription — dans ce latin fluide et précieux dont il a le secret —, qui disait, autant qu'il m'en souvienne : « Cette riche fontaine, monument construit grâce à tes libéralités, ô Catherine Cornaro, reine illustre de Jérusalem, de Chypre et d'Arménie, très pieuse Dame d'Asolo, fera subsister ton souvenir jusqu'aux générations futures. » L'eau dévalait jusqu'au jardin dans un canal de marbre. C'est auprès de cette fontaine que la reine aimait à s'asseoir, entourée de sa cour, cercle de chevaliers, de gens d'esprit et de jolies femmes. On s'entretenait des affaires du monde. Pour divertir, Bembo lançait quelque phrase subtile qu'il avait longuement mûrie. On applaudissait sans jalousie : la reine avait fait de Pietro son page et son chantre. Très vite, je me suis senti attiré vers ce jeune homme qui n'avait que huit ans de plus que moi. Ayant étudié le grec à Messine puis la philosophie à Padoue, il m'étourdissait de sa culture et de ses dons d'improvisateur. De mon côté, mon fond de gravité, mes réflexions sur l'art, mes critiques nuancées de Bellini l'intéressèrent. Nous nous sommes juré de ne jamais nous éloigner l'un de l'autre mais, à l'heure où je t'écris, il est à la cour d'Urbin, où il gagne les faveurs de Julien de Médicis. Je le crois appelé à de plus hautes fonctions que celles de charmant bouffon. Je le lui ai fait comprendre. Il a fait la grimace : «Je suis très bien comme je suis. Et ne fais-je pas bien ce que je fais ?» Certes, et personne n'aurait pu lui dénier sa prééminence.

Par amitié, il fit savoir très vite, avec l'accord de la reine, que je serais «son» musicien. Quand il avait épuisé le développement d'un thème érudit où il mêlait harmonieusement galanterie et littérature, il s'interrompait, tapait dans ses mains : «Si nous demandions à Giorgio de nous chanter un chant carnavalesque ?» Dès que la reine avait acquiescé, je faisais signe à un petit serviteur noir, qui venait en courant m'apporter mon luth. Adossé à la fontaine, le regard tourné vers la souveraine, j'entonnais un de ces airs imités des plus belles mélodies de Poliziano ou de Laurent le Magnifique, que tous reprenaient en chœur. Catherine Cornaro se baissait alors pour cueillir une fleur dans la prairie et me la tendait en disant, avec un délicieux sourire : «Un laurier eût mieux convenu.» Je me précipitais pour lui baiser la main.

Je ne serai pas modeste : mon succès fut grand. Quand je revenais à la bottega au petit matin, je lisais l'envie dans les yeux de tous mes camarades. J'évitais de les provoquer en leur décrivant mon séjour, mais ils en lisaient la qualité dans mon regard brillant, dans ma fébrilité, dans ma volonté même de ne rien raconter. Bellini faisait seulement remarquer que je paraissais fatigué. C'est vrai que j'avais passé la nuit à chevaucher, soit seul ou avec deux ou trois cavaliers amis. Notre course à travers la campagne me rappelait la trombe qui me frôlait, enfant, à Castelfranco et que j'enviais si fortement. J'avais obtenu ce que je désirais. J'étais passé de l'autre côté.

À cette époque bénie, je me suis lié avec les plus riches familles de Venise bien plus rapidement que ne l'aurait fait mon seul talent de peintre. Ornement obligé des palais du Grand Canal, musicien attitré de la reine de Chypre, je fis en sorte que la réputation de l'artiste suivît la vogue du chanteur. Il suffit pour cela de savoir laisser à d'autres le soin de vous questionner. Je ne fus pas malhabile en cet art-là. Comme un oisillon qui sent pousser ses ailes et tressaille de l'envie de s'en servir, je sentis grandir en moi la nécessité de quitter l'atelier de Bellini. J'ai trouvé alors auprès de celui-ci une compréhension qui m'aida sans heurt à m'émanciper. Mais je n'aurais pu briser si facilement mes liens avec lui sans une conjonction d'événements qui rendirent mon départ aussi aisé qu'inévitable.

X

Je végétais. Je savais qu'une formation complète de peintre exigeait du temps : Bellini me l'avait annoncé dès mon arrivée et Gerolamo partageait son avis. Léonard lui-même m'avoua être resté quinze ans en apprentissage chez Verrocchio, ne se résignant pas à le quitter. Je soupçonne Léonard, fils bâtard, d'avoir trouvé en lui son vrai père. Verrocchio est aussi sculpteur, orfèvre : Léonard pouvait chez lui toucher à tout. Bellini n'est que peintre. Certes, il me donnait chaque jour un peu plus de liberté dans mon travail et des pans entiers de ses tableaux à compléter. Comme un ver qui ronge un fruit, je me nourrissais de son œuvre, je l'assimilais, je la digérais. En même temps, elle me devenait transparente, elle perdait son mystère. D'ailleurs, en avait-elle jamais eu ?

Je suis resté six ans chez Bellini. C'est beaucoup, dira-t-on, pour un impatient. Mais il y a loin de l'envie à l'acte et on ne crée pas ex nihilo un atelier : il y faut de l'argent, un lieu, des élèves. Diverses circonstances qui, séparées, ne m'auraient pas décidé, m'ont semblé par leur convergence un clin d'œil du destin.

Il y a eu d'abord l'arrivée chez Bellini de nouveaux élèves qui — peut-être parce que j'étais l'un des plus anciens — m'ont manifesté tout de suite respect et confiance et m'ont considéré, sans que je le voulusse et sans que Bellini s'en offusquât outre mesure, comme une sorte de tuteur. Lorenzo aurait pu assumer ce rôle, mais on connut très vite ses fredaines, bien qu'il n'habitât pas l'atelier. Les « Trois Grâces » avaient quitté Venise, engagées toutes ensemble par un riche Génois de passage, dont on ne sait ce qu'il en fit : l'ornement de quelque salon ou de quelque lit. D'autres, pour parfaire leur apprentissage, étaient partis, selon leurs aptitudes et leurs goûts, chez Gentile Bellini ou chez Carpaccio. Le petit Giorgio Bassetti était toujours là, mais dans un rôle subalterne assorti à sa taille. En quelques années, je vis arriver Giovanni Busi, Vincenzo Catena, Gian Gerolamo Savoldo, Tiziano Vecellio, — le grand, l'inévitable Titien. Et surtout, en 1498 — t'en souviens-tu ? — un certain Sebastiano Luciani. Tu avais treize ans. Tu étais un Vénitien de pure souche, connaissant sa ville comme sa poche : on te surnomma très vite « Veneziano ». C'est toi qui m'as entraîné dans ces rassemblements que je fuyais auparavant. Chaque fois qu'un événement a secoué Venise, tu as voulu m'y emmener. Je n'ai pas toujours accepté : je crains la foule — les jaloux diront que j'ai préféré celle, moins dense et plus raffinée, des puissants.

Lorenzo aussi aimait et continue d'aimer ces grandes manifestations, mais dans une intention précise : l'espoir de laisser errer sa main sur quelque rondeur. Avant toi, il a réussi à me tirer hors de chez moi et il est possible, sachant ta curiosité, que nous nous soyons côtoyés sans nous connaître. Étais-tu présent à l'inauguration de la statue équestre du *Colleone*, le condottiere de Bergame, en juillet 1496 ? Lorenzo avait dû beaucoup insister, avec Giovanni Busi, pour que j'y allasse : je tiens la sculpture pour un art mineur. Nous voilà donc partis tous les trois pour le campo Ss Giovanni et Paolo. La foule s'était rassemblée autour du groupe massif, cheval et homme ne semblant former qu'un seul être de bronze, étrange et dominateur. On s'informa sur le nom du sculpteur, qu'on réclama à grands cris en oubliant que Verrocchio était mort depuis deux ans. L'auteur du piédestal, Leopardi, se présenta : on l'acclama. Lorenzo et Giovanni regrettaient tout haut que Bellini n'eût pas, comme Verrocchio, enseigné la sculpture. Je me suis impatienté : « Perdez-vous la tête de célébrer ainsi ce petit art ? — Ne sois pas injuste, dit Giovanni. La sculpture donne réellement le poids et le volume des choses, ce que ne peut faire la peinture, qui n'a que deux dimensions. — Et moi, je vous prétends le contraire ! » J'avais une idée folle — en tout cas neuve — en tête, qui justifiait un ton tranchant. « Il ne suffit pas de prétendre, rétorqua Lorenzo, il faut prouver. — Donnez-moi une nuit. Dès demain, vous l'aurez, votre preuve. » Et je courus vers le campo San Silvestro. Je ne dînai pas, je dormis peu. Au matin, l'œuvre était terminée.

J'avais représenté un saint Georges en armure, debout, appuyé à la hampe d'une lance, les pieds au bord d'une source, dans laquelle tout le personnage se réfléchissait en raccourci. J'avais peint à droite un miroir posé contre un tronc d'arbre, où l'on voyait le dos et le flanc du héros. Enfin, à gauche, j'avais placé une grande glace, qui reproduisait le reste de mon saint patron. « Je vous prouve ainsi, messieurs, dis-je à Lorenzo et Giovanni, qu'une peinture peut faire voir intégralement un personnage d'un seul coup d'œil, alors qu'il faut tourner autour d'une sculpture pour obtenir le même résultat. Les défenseurs de M. Verrocchio ont-ils quelque chose à ajouter ? » Giovanni me regardait avec admiration. Lorenzo me frappa l'épaule : « Il n'y a rien à dire : tu nous as convaincus. »

L'après-midi, ils s'empressèrent de raconter l'anecdote à tout l'atelier et demandèrent à Bellini l'autorisation de faire venir le tableau. Amusé autant qu'intrigué, il y consentit. Tous se penchèrent sur ce que Lorenzo appelait mon « tour de force ». On se poussait du coude, on s'exclamait. J'attendais avec intérêt et un peu d'inquiétude la réaction de mon maître. Il s'inclina à son tour, s'attarda sur les trois angles différents de la vision et dit seulement, en se redressant : « C'est amusant. » Puis il tapa dans ses mains, selon son habitude : la récréation était terminée. Il se tourna vers moi : « Peux-tu me le laisser quelque temps ? — Autant qu'il vous plaira. » J'aurais donné beaucoup pour savoir à qui il désirait le montrer. Je l'appris quelques jours après quand défilèrent devant mon œuvre les élèves de Gentile Bellini et de Carpaccio. Qui avait pu avertir ces deux-là, sinon Bellini lui-même ? Ah ! Comme j'aurais aimé assister à l'examen des trois maîtres, écouter leurs commentaires ! Ce fut, parmi les apprentis, un concert de louanges. Il devait bien s'y mêler çà et là une once de jalousie mais, grisé par les compliments, l'idée ne m'en effleura même pas. Parmi eux, je remarquai un jeune garçon qui dominait tous les autres de sa haute taille. Il les avait bousculés pour être au premier rang, indifférent aux protestations de ceux qu'il empêchait de voir. Il est revenu seul les jours suivants. Il tendait le cou vers l'atelier, me cherchait des yeux et s'éclipsait dès qu'il avait rencontré mon regard. Quand je sortais de la ruelle, une ombre me révélait qu'il était là. « On dirait que tu as un admirateur », me dit Lorenzo. Un soir que j'étais resté travailler plus tard que de coutume, il m'a suivi jusqu'au pont du Rialto. Je me suis arrêté en haut de l'escalier, comme si je l'attendais : il a détalé comme un lapin. Le lendemain, alors que je repensais à ce curieux garçon, je le vis arriver en compagnie de Gentile Bellini, qui avait posé affectueusement sa main sur son épaule. Giovanni Bellini les accueillit et, après quelques palabres, Gentile repartit seul : il venait de confier à son frère son meilleur élève. Comme il avait fait avec moi, le maître nous le présenta. Il utilisa à peu près les mêmes termes : nos origines étaient identiques. Titien — car c'était lui — jetait sur l'assemblée un regard hardi, bien différent de celui que j'avais posé sur des visages inconnus six ans auparavant. Sa jeunesse m'émut, son assurance m'en imposa : quand ils m'eurent trouvé, ses yeux me fixèrent avec une telle intensité que je dus baisser les miens. « Maître, dis-je à Bellini, me permettez-vous de m'occuper de Tiziano, comme Lorenzo s'est occupé de moi ? Son aide m'a été précieuse. Sans lui, je n'aurais pas accompli les progrès que j'ai faits, je n'aurais pas obtenu les résultats que l'on voit ici » — je montrai avec une modestie triomphante le tableau exposé. « Peut-être pourrai-je rendre les mêmes services à notre nouveau camarade. »

Une logique mystérieuse semble parfois présider au hasard des rencontres. J'obtins de mettre Titien sous ma protection, comme si j'avais voulu me protéger moi-même d'une influence que je devinais et que seule la mienne pouvait compenser. Bellini se donna le plaisir de n'être ni juge ni partie. Il bénit notre appariement comme Ponce Pilate. Je vis à son œil aigu, à son sourire mince, qu'il pressentait déjà entre nous un combat douteux et qu'il allait compter les coups. Il en fut, au début du moins, pour ses frais. Quant à Titien, un élan foudroyant, quasi passionné, l'avait jeté dans mes bras. Il avait senti confusément que je représentais autre chose que ce qu'il avait connu et que, comme une mante religieuse qui dévore le mâle après l'amour, il devait se plier à mon art pour me tuer ensuite : sa propre fécondité en dépendait. C'était le seul motif de sa présence ici, quelles que fussent les explications qu'il donna à Gentile Bellini. Mais, pour l'instant, il devait se contenter d'assister à mon triomphe.

Porté par des dizaines de voix, mon nom se répandit dans Venise. Pour éviter d'être envahi, Bellini exposa mon *Saint Georges* devant l'atelier. Accaparé par d'autres besognes — celle d'éblouir Titien n'étant pas la moindre —, je n'avais pas assez de temps pour parader à côté, ce que d'ailleurs Bellini m'eût interdit. Je sortais parfois, quand des visiteurs me demandaient avec insistance. Beaucoup voulaient acheter et, devant mon refus, m'imploraient pour en avoir une réplique. Le gentil Gabriele ne fut pas le moins insistant : la guerre excite toujours les enfants. Je lui promis un double de mon prochain soldat en armure. Il me menaça : «Je n'oublie jamais les promesses qu'on me fait. — Et moi, répondis-je, je tiens toujours les miennes.»

Pour la première fois, m'apparurent les avantages de posséder autour de moi une équipe d'apprentis et de compagnons. Le succès de mon tableau était tel que j'eusse pu grâce à eux faire exécuter les dizaines de copies que l'on me réclamait, comme avait fait Bellini avec sa *Circoncision*. Gerolamo tempéra mon enthousiasme : «Une hirondelle ne fait pas le printemps, comme on dit en France. Tu viens de créer un événement — connu même de mes clients ! — et je suis fier de toi. Mais n'oublie pas que tes deux premiers tableaux nous ont laissé sur notre faim, malgré leurs qualités. Attends encore. Comme toi, je pense que se rapproche le jour de ta… libération. »

Un autre événement survint, lié au précédent, comme si, dans certaines circonstances, le bonheur appelait le bonheur. Le dernier jour où mon *Saint Georges* fut exposé — Bellini, par souci de tranquillité, me demanda assez vite de l'emporter —, un passant très agité entra dans l'atelier et exigea de me rencontrer. « Je m'appelle Jacopo Marta, me dit-il, et je suis votre voisin à Castelfranco. J'emploie de temps en temps votre mère pour des travaux de couture, elle a dû vous en parler. » En effet, son nom et son visage ne m'étaient pas inconnus. À la seule évocation de Castelfranco et de ma mère, une émotion m'envahit. « Je suis de passage à Venise. Je cherche un peintre. C'est vous qu'il me faut. » Il m'expliqua qu'il songeait depuis longtemps à décorer sa maison : « Vous savez ce que c'est » — je n'en savais rien —, « on crée une terrasse, un jardin, on plante des arbres et on oublie toujours l'intérieur. Ma fille Angelina me le rappelle si souvent que j'ai fini par céder. » Le prénom fit surgir en ma mémoire la silhouette fragile d'une petite fille, à qui ma mère m'interdisait de parler. « Elle a son idée, continua-t-il, sur la fresque qui doit orner les murs. Elle me parle d'"arts libéraux", d'"arts mécaniques", je ne sais trop ce que cela veut dire. Elle a beaucoup de goût et j'ai assez d'argent. Le contrat est prêt. Il n'y manque que votre signature. Vous êtes déjà un maître, jeune homme. Je vous donnerai trente ducats. » Il me plaisait, malgré ses manières un peu frustes. L'offre était tentante : travailler à une œuvre dont je serais pour la première fois l'auteur complet, rester plusieurs semaines à Castelfranco, faire profiter enfin ma famille de mon premier argent gagné — les maigres subsides versés par Bellini couvraient à peine le nécessaire. Une exaltation m'apprit que ma décision était déjà prise. Auparavant, une précision s'imposait et un obstacle subsistait. « Vous ne m'avez pas indiqué le sujet de cette frise. — Peu importe. Ma fille a tout prévu.» Il pointa son index contre son front : «Elle en a là, vous savez.» Je n'en doutais pas un seul instant. Je fis confiance à mon talent. «Toutefois, ajoutai-je, je suis, comme vous savez, élève du maître Giovanni Bellini et à ce titre je ne suis pas libre de mes mouvements : il faut que je lui en demande l'autorisation. — Je m'en charge.» Le soir même, l'affaire était conclue.

Je n'ai jamais su quels arguments il avait employés — peut-être y avait-il ajouté quelques espèces sonnantes ? Dès le lendemain, Bellini me prit à part : «Tu sais comme moi que tu n'as pas accompli ta formation, mais je te sens impatient de t'affirmer. Tu as, grâce à ce Marta, une occasion de le faire, et dans un endroit suffisamment discret pour que ta réputation ne souffre pas d'un échec éventuel. J'ai tout lieu de penser d'ailleurs qu'il en sera autrement. Mais ne t'embarque pas dans une entreprise trop ambitieuse : réduis tes couleurs, choisis des thèmes simples. Je te mets en congé d'atelier, mais tu restes mon élève. Je te donne trois mois.»

J'ai quitté Venise deux jours plus tard. Lorenzo et Gerolamo, pour une fois, avaient pensé la même chose : cette expérience devait être tentée. Gerolamo, qui avait volé ces derniers temps au secours de nombreux malades, était fatigué : je lui proposai de passer quelques jours chez moi à la campagne. Il accepta. Ma mère, avertie par Jacopo Marta, m'attendait. Elle était d'autant plus heureuse de mon retour qu'elle s'en attribuait une part de responsabilité : «C'est moi qui lui ai dit que tu apprenais la peinture. Sinon, il aurait sûrement choisi quelqu'un d'autre !»

La résidence des Marta était une imposante demeure de pierre claire, d'une élégante sobriété : notre marchand avait eu du goût ou un bon architecte. Dès qu'on m'y fit entrer, sa fraîcheur m'enchanta : il ferait bon y travailler — je déchantai quelque peu par la suite. La jeune fille me reconnut, mais ne laissa rien paraître. «C'est par ici», dit le père, qui me poussa dans deux pièces de dimensions respectables, aux murs nus. Il se tourna vers sa fille comme vers un oracle. Celle-ci prit un ton doctoral, comme seuls le font les beaux esprits de province, qui ne sauraient concevoir qu'on pût parler de choses graves avec légèreté : «Je désire que cette maison recèle en son sein ce que l'humanité a produit de plus élevé. Ma frise» — c'est aussi la mienne, ai-je pensé — «devra réunir tous les arts libéraux et mécaniques connus.» Elle se dirigea vers un petit cabinet, qu'elle ouvrit. Elle en tira trois livres richement reliés. «Vous connaissez certainement, me dit-elle en me présentant les deux premiers, la *Sphaera Mundi* de Sacrobosco et les *Scriptores astronomici veteres*, qui viennent de paraître.» J'opinai du bonnet sans grande conviction. «Il y a dans ces ouvrages précieux la liste complète et la description de tous les arts dits libéraux. Vous n'aurez qu'à y puiser. Quant aux arts mécaniques, vous devez les connaître aussi bien que moi puisque la peinture en fait partie.» Mon «oui» fut plus assuré : Gerolamo était là. Je n'en avais pas terminé avec l'érudition : «Ce troisième opuscule, continua la sévère Angelina, est mon recueil parémiologique» — j'entendais ce mot pour la première fois. «Il ne me quitte jamais. J'y ai souligné tous les apophtegmes, très beaux et très profonds, que je désire voir inscrits sur ces murs, à intervalles réguliers. Je vous le prête ; vous les recopierez. La frise courra immédiatement dessous et devra être visible et lisible du bas : à vous de choisir la dimension des motifs.» Je calculai rapidement qu'elle devait avoir au moins soixante-dix centimètres de large. Quant à la longueur... Angelina, qui avait décidément tout préparé, précisa : «Les deux grands côtés font respectivement 15,58 m et 15,74 m. Les petits : 7,49 m et 7,52 m.» Je levai timidement la main : «Quelles couleurs avez-vous prévues ? — Camaïeu, naturellement. — Désirez-vous une teinte dominante ? — Le jaune.» J'ai failli lui poser une question brutale : « Avez-vous réellement besoin d'un peintre ? Ne pourriez-vous l'être aussi ? » Je me retins : c'était ma première commande.

Je dois reconnaître que ce furent là les seuls ordres qu'elle me donna. Changement d'humeur ou satisfaction devant le résultat, elle me laissa tranquille les jours suivants, bien qu'elle me rendît souvent visite sous mon échafaudage. D'autres difficultés surgirent, même si Gerolamo, au début, me guida : « C'est une tradition d'opposer les arts libéraux, où le travail de l'esprit tient la plus grande part, aux arts mécaniques, qui exigent surtout un travail de la main ou de la machine. » La différence était claire, mais la liste des arts me donna le tournis. Dans les libéraux, je découvris la grammaire, la dialectique, la rhétorique, l'arithmétique, la géométrie, l'histoire, la musique. L'ampleur de la tâche m'effraya. « Représente ce que ces mots éveillent en toi, me dit Gerolamo. Ta fantaisie deviendra de l'hermétisme pour les doctes et l'on te prendra d'autant plus au sérieux. » Les arts mécaniques, aussi nombreux — ceux du charpentier, du boulanger, du serrurier, tous métiers d'artisans attentifs à la fabrication ou à la réparation —, me semblèrent plus familiers, peut-être parce que j'avais grandi au milieu d'eux. Pourtant, que la peinture en fît partie me laissa rêveur... Chaque soir, dans de longues promenades ou au coin d'un feu de bois, Gerolamo m'écoutait, me conseillait d'un mot toujours juste, toujours adapté à ma nature profonde. Quand il partit, quelques jours plus tard, il me laissa plus fort et plus confiant, prêt à me lancer dans cette aventure. Il est assez paradoxal de penser que j'ai commencé ma carrière par une œuvre dont je n'ai jamais dépassé l'ampleur par la suite, mises à part mes fresques du Fondaco dei Tedeschi : plus de 33 mètres carrés de peinture !

J'ai passé des heures juché sur mon échafaudage, à composer l'immense bandeau. Il était impossible d'improviser. La couleur me préoccupait moins que l'harmonieuse disposition de signes conformes à la commande. Je choisis un procédé de répétitions simple, chaque art étant symbolisé par son instrument essentiel. Chacune des sentences chères à Angelina fut inscrite sur un «cartellino» décoré de fines banderoles. Il me fallait être complet sans être touffu et que la diversité des détails n'affaiblît pas l'unité de l'ensemble. Quand le projet fut aux trois quarts esquissé, Angelina parut ravie: «C'est bien, continuez.» Pour varier les figures géométriques, je traçai un certain nombre d'ovales, que je laissai volontairement vierges. «Que comptez-vous y peindre?» demanda Angelina. À part la lune et le soleil, représentés par des faces rondes et sans expression, il n'y avait pas de portrait dans ce cycle. «Si vous le permettez, gente demoiselle, j'y inscrirai les traits de grands philosophes de l'Antiquité ou d'empereurs romains. C'est très à la mode. Mon maître Bellini a fait la même chose chez deux princes, à Trévise et à Padoue.» Ce mensonge fut dit avec tant d'assurance qu'elle y consentit. Mon intention était d'exécuter des espèces de camées où je pourrais enfin être responsable de la totalité d'un visage. Pour les philosophes, je me contentai de variations sur les innombrables figures de vieillards auxquelles j'avais participé chez Bellini, la cohorte des saints Jérôme, Job, Augustin, Nicolas et autres qui avaient jalonné mon apprentissage. Dans ce format réduit, j'imaginai une source de lumière latérale, différente selon l'exposition du mur, et dont j'accentuai les effets de clair-obscur. Quant aux empereurs romains, ils n'étaient rien d'autre qu'une allusion à Laura: je les voulais couronnés de laurier. Elle et moi pouvions seuls comprendre le message codé. Angelina et son père n'y virent qu'une référence historique.

Quand la frise fut entièrement dessinée, j'éprouvai une immense lassitude de tous mes muscles. Mais j'étais satisfait de mon travail, à la fois multiple et un. Angelina le fut également et me donna son accord pour passer au deuxième stade. Dès qu'elle eut le dos tourné, j'ajoutai dans un coin un minuscule nu féminin, en hommage à ma jolie hôtesse et par défi pour sa vertu.

J'avais pris du retard : il me restait un mois pour peindre l'ensemble et calligraphier les apophtegmes. Ma mère, obligée de me secouer chaque matin, trouvait que j'abusais de mes forces. Je me réveillais fatigué, abattu, mais tout s'effaçait dès que je posais le pied sur le premier barreau de l'échelle et que, le cœur battant, je montais vers l'inventaire, dressé par moi, des activités humaines. En alignant instruments de musique, livres, compas, sextants, armures, mappemondes, j'avais l'impression de maîtriser le destin de l'humanité, de l'organiser à mon gré. Extraordinaire sensation, que j'éprouvai souvent par la suite mais de façon plus subtile, quand je dissimulais le sujet d'un tableau, en accumulais les interprétations, multipliais les étonnements.

Il me fallut du temps pour étendre et moduler la couleur sur une si grande surface. Selon les ordres, j'employai un camaïeu d'ocre jaune, que je rehaussai de blanc et ombrai de bistre sans en demander l'autorisation. Chaque figure demandait une attention soutenue, même si l'unité venait du fond. Il arrivait toujours un moment, en fin de journée, où, à force de regarder, je ne distinguais plus rien. Les lignes se brouillaient, les couleurs se chevauchaient. Je descendais alors, malgré les protestations d'Angelina : « J'ai prévu une grande soirée la semaine prochaine pour inaugurer ma frise ! Cela ne sera jamais prêt, je serai ridicule. Remontez, je vous en prie ! » Sans répondre, je quittais la « Casa Marta » et j'allais m'effondrer sur ma paillasse. Trois jours avant la fameuse réception, tous les apophtegmes restaient en plan ! Je n'aurais jamais le temps de terminer. J'eus une idée. « Vous pratiquez le latin ? Vous savez l'écrire ? demandai-je à Angelina. — Bien sûr ! Une éducation sans cela ne saurait être complète. — Très bien, vous allez m'aider. » Je lui donnai rapidement une leçon de graphie murale et, d'une main maladroite mais appliquée, elle m'aida à inscrire dans les « cartellini » les maximes qui dirigeaient sa vie personnelle. Durant ces heures-là, elle perdit un peu de sa superbe et, tout en peignant, nous discutâmes du bien-fondé de ces formules, moins banales qu'on ne le croit, sur la caducité des choses humaines. Courtes et frappantes, elles chantaient à intervalles réguliers le triomphe serein de qui a rencontré la vérité. Certaines d'entre elles me reviennent avec mélancolie par-delà les années : « Notre temps est le passage d'une ombre... Si tu désires être sage, dirige ton regard vers l'avenir... »

La réception eut lieu à l'heure prévue devant l'élite de Castelfranco. Le cou levé, accompagnant du regard le bras tendu d'Angelina, chacun s'étonna, comprit, applaudit. Ma chère maman avait obtenu d'y assister de loin. Dissimulée derrière une tenture, elle se mouchait sans arrêt, les paupières humides. Quant à moi, je souriais aux compliments sans avoir le courage d'y répondre. Tout à coup, un homme de haute stature fendit la foule et, sans autre préambule, me serra contre lui. Je reconnus Tuzio Costanzo. « Voilà mon petit peintre ! Alors, on me fait des infidélités ? On refuse de décorer ma chapelle et on fabrique une fresque pour mon ami Jacopo ? » Celui-ci, tout sourire, savourait son triomphe : « Peut-être, mon cher Tuzio, n'as-tu pas été assez convaincant avec notre jeune compatriote ? — Et, ajoutai-je, je crois me souvenir que vous avez sollicité mon maître Bellini, pas moi. — Bellini, Bellini, bougonna l'autre. Il se fait vieux et... » Il n'acheva pas, par honte de ce qu'il allait dire. Je considérai avec quelque mépris cet homme qui envisageait avec désinvolture la disparition d'un grand artiste et son remplacement à moindre prix. Il tenta de réparer sa grossièreté : « C'est Bellini lui-même qui m'a parlé de vous et vous a proposé pour ce travail.» Il leva les yeux: «Quand je vois la merveille qui court sur ces murs, je suis convaincu qu'il avait raison.» Le père d'Angelina enfonça le clou: «Notre ami Giorgio, que tout le monde à juste titre appelle déjà Giorgione, sera dans quelque temps l'honneur de notre ville. Et on saura, ne t'en déplaise, qu'il a été découvert à Venise par Jacopo Marta.» Costanzo faillit répliquer, mais il s'aperçut à temps qu'il allait vers une nouvelle maladresse. Il se contenta de lancer un regard foudroyant à son ami, puis il posa sa main sur mon bras avec une douceur inattendue: «C'est décidé, je ne veux personne d'autre que vous. Je maintiens ma première idée: une Madone avec des saints. Je veux un grand retable, à l'image de ma chapelle, qui sera» — il se tourna vers Jacopo Marta —, «qui est déjà la plus vaste de Castelfranco.» Ces rivalités de province ne m'intéressaient que dans la mesure où j'y étais au centre. La chance continuait de me sourire, mais je ne pouvais demander deux fois à Bellini l'autorisation de m'absenter. D'autant que, si j'acceptais ce travail — malgré ma répugnance pour le personnage —, je comptais bien grâce à lui commencer à imposer une vision nouvelle, débarrassée des canons imposés par Bellini depuis près d'un demi-siècle, et que son atelier multipliait dans toute l'Italie. J'étais arrivé à la croisée des chemins. «Quand sera-t-elle terminée, votre chapelle? demandai-je à Costanzo. — Dans six mois à peine. L'emplacement du retable est déjà fixé, ses dimensions calculées. Vous les aurez quand vous voulez et pouvez commencer dès maintenant. — Vous me confiez là une lourde tâche, encore plus importante que celle-ci. — J'en conviens, j'en conviens, dit-il avec un sourire de satisfaction. — Je rentre demain à Venise. Voici mon adresse. Faites-y déposer votre contrat: je l'étudierai.» J'étais sûr de moi, de mon succès, de mon talent. Le grand corps du condottiere s'inclina: «Sous trois jours, vous l'avez.» Et il partit, le nez au vent. Il ne se doutait pas que sa chapelle, élevée par besoin de paraître, aurait bientôt pour lui une justification bien plus cruelle.

Le jour même où ma fresque fut tant applaudie, la fatigue eut raison de moi, comme si elle avait voulu patienter jusque-là. Je rentrai à la ferme en titubant, à tel point que ma mère me crut ivre. Quand elle vit mes yeux cernés, ma tête qui s'inclinait à mesure qu'elle me parlait, quand elle fut obligée de me retenir pour éviter que je tombasse du tabouret, sans avoir la force de toucher à mon écuelle pleine, elle n'hésita pas une seconde : «Tu ne rentres pas à Venise. Je ne te laisse pas partir dans cet état.» Je m'entendis murmurer : «Que va dire Bellini?» et je sombrai dans le noir.

Je restai une semaine couché, les membres épars, comme brisés par une barre de fer. Ma mère n'aurait pas davantage veillé sur moi si j'avais été mourant. Plusieurs fois, elle me demanda de faire prévenir Gerolamo. Je l'en dissuadai. Je n'avais besoin que de repos et de sommeil. Mon esprit s'était vidé, en même temps que mon corps s'était rompu. Face à cette immense fresque, j'avais présumé de mes forces. J'avais été talonné autant par Angelina que par mon propre besoin de m'affirmer, de prouver à tous — et à moi-même — mes capacités. J'avais joué avec ma santé ; je me jurai de prendre mon temps désormais : je n'ai plus jamais connu un tel état. Sauf celui que je sens poindre en moi, angoisse qui monte, qui m'étrangle, qui me noie...

Je me rétablis lentement. Mon corps s'attardait avec délices dans la convalescence : je m'écoutais guérir. La satisfaction d'avoir créé me portait à des rêveries sans fin, comme si la peinture qui séchait à quelques mètres de là propageait jusqu'à mon lit des ondes fortes et douces. Une œuvre vaut mille maîtresses, j'ai su cette vérité trop tard. Elle est comme un enfant né de votre propre sang. Elle donne à son auteur la même impression, celle d'avoir ajouté au monde quelque chose d'unique et d'irremplaçable. Mes tableaux ont été peu nombreux : on ne fait pas un enfant tous les jours. La fécondité du jeune Titien m'étonne et me trouble.

Soigné, attendri par ma mère, en proie à des songes de gloire, invité plusieurs fois par les Marta, je laissais filer les jours. Il m'arrivait bien parfois de penser à Bellini, qui devait m'attendre. Mais Venise était loin et j'étais devenu le héros de Castelfranco. Qui peut résister au plaisir d'être reconnu et salué avec respect à chacune de ses sorties ? Il m'arrivait encore de chanceler sous les assauts du vent, quand je montais sur les remparts, ou de frissonner sous les arbres de la Musone, mais chaque jour me voyait plus fort et ma mère s'en félicitait devant moi. Mon père, lui, parlait parfois en bougonnant de « la fragilité des jeunes d'aujourd'hui ».

J'avais presque un mois de retard quand je poussai avec appréhension la porte donnant sur la « calle » delle Erbe. « Tiens, tu es revenu ? » s'étonna Giuseppe, comme s'il s'était habitué à mon départ définitif. « Il n'est pas content », me chuchota Lorenzo en m'embrassant. Giuseppe avait reçu l'ordre, dès que je serais de retour, de me mener à la bibliothèque de Bellini et de prévenir celui-ci de mon arrivée. Bellini avait son air des mauvais jours. Il me pria de m'asseoir. Je ne l'avais quitté que depuis quatre mois, mais je le trouvai changé, vieilli. Pourtant ses affaires étaient florissantes : j'avais remarqué un grand nombre de tableaux dans l'atelier — un *Baptême du Christ* inachevé, un *Christ bénissant*, une *Crucifixion* — et de nouveaux élèves. Sa lassitude venait d'ailleurs. Bellini est un homme d'une grande délicatesse : faire des reproches l'attriste. Il me les fit d'une voix amère, comme un père que son enfant a déçu. Je lui en expliquai les raisons : il ne parut qu'à demi convaincu, comme s'il s'était résigné d'avance à quelque chose d'au-delà des mots. Je sais maintenant que, avant même que je l'eusse décidé, il ne doutait plus de mon départ imminent. Tout dans son attitude montrait qu'il s'en désolait, bien qu'il le jugeât nécessaire. Il ressentait la peine du vieillard qui, se voyant abandonné de la jeunesse qui l'entoure, sent en même temps la sienne le fuir à jamais. S'y ajoutait la mélancolie du maître qui voit se détacher de lui un élève qui lui doit tout et qui désormais n'a plus rien à apprendre. Cette tristesse-là a un avant-goût de mort, et Bellini, pour la première fois peut-être, en découvrait la saveur amère.

Je lui promis de rattraper le temps perdu, de terminer les commandes en cours. Quand je lui proposai de prendre en main les nouveaux élèves, il refusa tout net, craignant sans doute que je m'impose encore davantage au sein de la «bottega». Nous nous sommes séparés, assez peu satisfaits l'un de l'autre. Je n'avais pas osé lui parler de la chapelle de Tuzio Costanzo. Un rien suffisait pour que la rupture fût complète.

Ce «rien» fut incarné par la dernière personne à qui j'eusse songé pour cela : Alessandro. Je ne l'avais pas oublié, bien qu'il m'eût quitté depuis plusieurs années. Il était de ces amis qu'on a perdus de vue, auxquels un lien ténu — fil d'Ariane de la mémoire — nous rattache où que nous soyons, où qu'ils se trouvent. Il m'arrivait d'envier ce vagabond des mers, hanté par un horizon toujours reculé ; je bornais le mien à un petit coin de terre et d'eau. Il éperonnait l'univers avec son navire, je voulais caresser la nature avec mon pinceau. Il vivait au milieu des eaux grasses et des plaisanteries qui ne l'étaient pas moins, je mettais un point d'honneur à policer mes manières. Il n'imaginait pas que des habits pussent servir à autre chose qu'à couvrir un corps, je me désolais de devoir mettre plusieurs jours de suite le même pourpoint. La crasse ne le gênait pas, je m'inondais d'eau parfumée. Comment deux hommes si différents tombèrent dans les bras de l'autre un matin d'octobre 1499, c'est un mystère que je laisse à d'autres le soin d'expliquer. Peut-être notre rencontre était-elle, sans que nous nous en doutions, un point de jonction idéal entre l'éternel besoin de retrouver ses racines et la non moins éternelle aspiration à s'en délivrer...

Alessandro était porté par l'allégresse et dans ses yeux brillaient des mirages éblouis. Il revenait gorgé d'images, de rencontres et d'incidents. « Mais, Dieu merci, je rentre vivant. » En fort bonne santé, comme je pus en juger par son teint fleuri. Une large barbe blonde s'étalait maintenant comme un soleil sur un ventre imposant. Je lui en fis compliment. « Si tu vois un cuisinier maigre, me dit-il, c'est que sa cuisine est mauvaise. »

Il fut intarissable. Affalé sur ma paillasse, la nuque posée sur son sac marin, il retraça devant moi tout son périple, sans que je puisse distinguer le vrai du faux, comme c'est l'usage dans la plupart des aventures : incomplètes quand on les a vécues, un peu trop belles quand on les raconte. Il avait pris le premier bateau en partance pour les pays du Levant. Il avait une intention en forme de revanche : dépasser Alexandrie, où s'était arrêtée sa dernière course — et dont il avait gardé la relique obsédante, un morceau de la voile de sa « galeazza », coulée par des pirates. C'est comme s'il avait franchi une ligne de survie, avec la certitude que rien de mauvais ne pouvait désormais lui arriver. Il avait réussi. Alexandrie lui avait ouvert les portes de l'extraordinaire : « Tu rencontres là tous les peuples de la Chrétienté, des marchands ismaélites d'Andalousie, d'Algarve, d'Afrique et d'Arabie, du côté de l'océan Indien, de l'Éthiopie, sans oublier les Grecs et les Turcs. Pendant qu'on était là, les yeux sortis de la tête à regarder tant de nouveautés, de faces bizarres et des costumes que j'en ai jamais vu des comme ça, arrive une caravane de vingt mille chameaux chargés d'épices, d'une valeur — tiens-toi bien — de cent mille milliers de ducats ! L'entrée dans la ville leur a demandé trois jours et trois nuits ! C'était comme un fleuve d'or en marche. Mais tout le monde nous a dit : "Vous n'avez encore rien vu. Descendez donc vers le sud", ce qu'on a fait. Après un fouillis de bras de mer, plus nombreux que tous les canaux de Venise, je débarque dans une ville qu'on appelle Le Caire. C'est sûrement la plus immense et la plus peuplée de toutes les escales que j'ai faites. Et j'en ai fait ! Lorsque j'ai interrogé là-dessus un truchement du sultan, il m'a répondu : "J'ai passé ici vingt-quatre ans de ma vie et cependant quelquefois, quand je me trouve dans telle ou telle partie de la cité d'où je veux rentrer à la maison, je dois chercher et demander mon chemin !" Comme je le croyais qu'à moitié, il m'a fait monter à cheval derrière lui : c'est à peine si on a pu parcourir la ville dans sa longueur, de midi jusqu'à la nuit ! Quant à la population, il m'a dit qu'au moment de la dernière peste, il mourait chaque jour plus de vingt mille personnes. Malgré tout, Le Caire est encore tellement peuplé que j'y ai vu chaque nuit autant de gens dormir dans les rues et devant les portes des maisons que tu en vois défiler du matin au soir sur le pont du Rialto. »

Bien qu'il eût poussé au-delà de l'Égypte, à Chypre, à Rhodes, à la Corne d'Or, Alessandro revenait toujours à ce pays : « J'ai jamais rien vu d'aussi beau et d'aussi large que leur fleuve, qu'ils appellent le Nil. C'est comme une mer immobile. Quand tu navigues dessus, tu glisses comme sur de la soie. De chaque côté, les maisons ressemblent à des palais. Quand tu y entres, il y a du marbre partout, sur les murs, au plafond, par terre, comme des champs de fleurs. Les mosaïques de Venise, c'est des queues d'hareng à côté. » Son exaltation, au lieu de se diluer dans la longueur du récit, augmentait à mesure. Un tremblement l'avait saisi, qu'il tâchait de maîtriser : « Pendant qu'on attendait une caravane pour charger le navire et que les copains s'amusaient avec des filles, je suis parti à la découverte de la ville. J'ai rencontré par hasard un Vénitien établi au Caire depuis quinze ans. En bavardant, on s'est aperçu qu'on était né dans le même village, là où tu m'as trouvé la première fois» — je l'avais plutôt repêché d'un trou d'eau. «On est tombé dans les bras l'un de l'autre et il m'a emmené dans sa maison. Il m'a fait fumer une espèce de pipe à long tuyau qui traverse un flacon d'eau plein d'aromates : ça m'a mis du rêve dans la tête. Il m'a dit : "Tu dors ici et demain, à l'aube, je t'emmène vers le sud. Tu ne regretteras pas le voyage. As-tu de l'alcool sur toi ?" J'avais dans ma cambuse une quantité de ratafia d'absinthe à saouler un équipage : excellent pour les sauces. "Tu remontes sur le bateau et tu me ramènes tout ce que tu peux." Je lui en ai rapporté une bonbonne pleine. On est parti le lendemain comme prévu sur une barque à voile unique, qu'il conduisait lui-même. On l'a pas quittée : on a dormi dedans, on a bouffé dedans. Au soir du troisième jour, on a accosté près d'un palais carré, à colonnes plantées dans l'eau. Un Moricaud aussi noir que la nuit nous attendait, avec deux chevaux. Il a eu l'air surpris de me voir, il a commencé à glapir comme un putois. On lui a donné la bonbonne : il a plus rien dit. Je suis monté derrière lui et on a galopé durant deux heures. Je déteste les canassons : ils me donnent le mal de mer. À un moment, on a doublé deux énormes statues dressées au bord du chemin, hautes comme ton campanile. Il paraît qu'elles se mettent à parler quand les rayons du soleil les touchent : elles m'ont fichu une trouille ! On s'est arrêté devant un tas de cailloux au pied d'une colline. "C'est ici, a dit mon ami. Allons-y." En silence, on a retiré les pierres. "Tu restes là, tu fais le guet", a-t-il chuchoté. Il m'a fourré un poignard dans la main : "Si quelqu'un approche, n'hésite pas." Ils ont disparu avec de grands sacs dans un trou noir. Je n'étais pas très rassuré, fiston. Tu me connais, je suis courageux, mais là en pleine nuit, avec de vagues bruits venant de partout, j'en menais pas large.

Après un temps qui m'a paru infini, ils sont revenus en traînant derrière eux leurs sacs pleins, qui faisaient un bruit de ferraille. Sans m'expliquer quoi que ce soit, ils les ont chargés sur les chevaux, ont rebouché l'entrée et hop! retour au Nil au grand galop!»

Alessandro saisit son sac de marin. Il en sortit un coffret de fer, l'ouvrit avec une clé qu'il portait à son cou : «Attention, tu vas avoir la surprise de ta vie.» Il souleva le couvercle : un soleil de pièces d'or inonda la chambre. J'avançai la main : c'étaient de vrais et beaux ducats presque neufs, en nombre incalculable, une fortune. Alessandro jouissait de mon émoi. Il termina son récit, mais j'avais déjà compris : les objets avaient été volés dans des tombes. «Elles sont bien cachées, on les trouve souvent par hasard. Ces rois-là — des "phaârons" je crois qu'on les appelle — étaient des malins.» L'ami d'Alessandro avait ses émissaires sur place, toujours à l'affût. Il les payait bien. Revenus au Caire, nos deux complices ont discrètement échangé bracelets et colliers d'or contre de la belle et bonne monnaie : «C'est moins voyant.» Alessandro flatta les flancs de son coffret : «Je dors avec.»

L'histoire me parut trop belle : existe-t-il ailleurs que dans les fables des grottes pleines de richesses à portée de la main? Pourtant, je ne rêvais pas : les pièces d'or étaient bien là, solides sous la dent. Mais ce trésor avait-il son origine en Égypte? Alessandro, pour se faire plaisir, pour m'éblouir, pour donner de la saveur à un interminable voyage en mer, n'avait-il pas transformé un épisode de sa vie — un fort héritage, par exemple — en conte oriental? Je ne réussis pas à le prendre en défaut. «Tu es un pilleur de tombes, lui dis-je, tu devrais avoir honte. — D'abord, j'ai rien pillé du tout : j'attendais à l'entrée. Ensuite, si c'est pas moi qui l'avais fait, d'autres l'auraient fait à ma place. Il valait mieux que ce soit moi, non?» J'en convins. Il referma le coffret. «J'aimerais bien garder une pièce en souvenir, lui dis-je. — Pas question pour l'instant. Faut pas gaspiller. »

À ce moment, on entendit des cris à l'étage au-dessous, en même temps qu'un tumulte de pas précipités, de chaises renversées. J'ouvris ma porte, descendis quelques marches, me penchai. Une femme sortit sur le palier en criant : « Un médecin, vite ! Je crois que la Puppella vient de passer ! » Je courus chercher Gerolamo, qui ne put que constater le décès de ma vieille propriétaire. En remontant, moins ébranlé que surpris d'une mort aussi soudaine, je retrouvai Alessandro furetant dans ma chambre. Il se tourna vers moi : « Tu l'aimes bien, ta maison, n'est-ce pas, fiston ? — Bien sûr. Pourquoi me demandes-tu ça ? — Pour rien. »

Le lendemain, sans m'avertir, Alessandro se présenta dans la famille de la vieille Puppella. Il n'eut pas à parlementer longtemps : son or fut le plus convaincant des discours. Les formalités suivirent avec la même rapidité. Une semaine après son retour, il pénétrait chez moi et déposait sur la table un acte calligraphié et armorié. Il s'inclina : « Je salue le nouveau propriétaire de cette maison ! »

XI

J'ai d'abord cru à une plaisanterie. Alessandro s'emporta : « Est-ce que j'ai l'air de te jouer un tour ? Tu m'as sauvé la vie, je te devais bien ça. » À ma demande, Gerolamo examina l'acte de vente : tout y était parfaitement en règle. Pourtant je ne me voyais pas, je ne me sentais pas propriétaire. Il m'arrivait certes de temps en temps d'envisager que la ferme familiale me reviendrait un jour. Indifférent aux travaux des champs, j'imaginais mal de la reprendre, mais je souhaitais la conserver : j'étais trop attaché à ce coin de terre. À Venise au contraire je me considérais comme étant de passage, même si mes amis et mon travail m'y retenaient ; je tenais pour improbable d'y finir ma vie : la ville est trop vaste, trop ouverte. J'ai toujours eu besoin de borner mon horizon. Gerolamo me fit remarquer que le campo San Silvestro répondait à cette exigence : « Le mur du campanile barre ta fenêtre. Tu ne peux pas être plus enfermé, plus isolé. » Et c'était vrai. « Tu as tous les avantages de la ville, aucun de ses inconvénients. » C'était encore vrai.

Ni l'un ni l'autre — lui pour ne pas m'influencer, moi par crainte de précipiter une décision qui m'effrayait autant qu'elle me séduisait —, nous n'abordions le vrai sujet : créer ici « mon » atelier, avec « mes » élèves. C'est Lorenzo qui le premier osa — je n'en fus pas surpris : « Tu es le meilleur d'entre nous, tu n'as plus rien à apprendre de Bellini ; je te le dis depuis longtemps et tu le sais. Nous sommes une dizaine à vouloir te suivre. N'est-ce pas, Sebastiano ? N'est-ce pas, Titien ? » Tu étais déjà conquis et Titien ne demandait qu'à l'être. J'accumulais à plaisir les obstacles : « Je n'ai pas le droit d'ouvrir une "bottega". » Lorenzo haussa les épaules : « Un mot de Bellini et tu fais partie de la Guilde des peintres. — Qui fera la cuisine ? — Moi, répondit Alessandro. J'ai l'habitude et je ne repars pas pour l'instant. — Qui fera le ménage ? La lessive ? — Mais voyons, nous tous ! Comment faisons-nous chez Bellini ? » Le petit Giorgio Bassetti tendit un doigt timide : « Laissez-moi les travaux ménagers. Vous, vous êtes des artistes. » Il y avait tant de déchirement dans cet aveu que nous en fûmes tous gênés : ivres de notre avenir, nous n'avions jamais mis notre talent en doute. « Tu racontes n'importe quoi, lui dis-je. Je connais, moi, tes qualités et, si je t'emmène, ce sera comme peintre, pas comme domestique. » Tout le monde applaudit, avec une égale hypocrisie. Orphelin recueilli par Bellini, Bassetti n'avait pas l'œil d'un peintre, mais il préparait parfaitement les fonds. À ce titre, il nous était indispensable.

Le soir, rentrant de l'atelier, j'arpentais la grande maison vide qui désormais m'appartenait. Je n'arrivais pas à me décider. J'attendais, sans le savoir, un signe, d'où qu'il vînt. Il vint : il s'appelait Léonard de Vinci.

Dans les premiers jours de mars 1500, on annonça son arrivée à Venise, venant de Mantoue. Quelques semaines plus tôt, il avait quitté Milan envahie par les armées de Louis XII. Bellini nous prévint avec quelque orgueil qu'il l'avait invité. Je ne le connaissais pas, je ne l'avais jamais vu, mais il m'intriguait. Une grande réputation précédait le peintre et le sculpteur. Comme peintre, il venait d'orner les murs du réfectoire de Santa Maria delle Grazie à Milan d'une *Cène* si belle que ceux qui l'avaient vue — à commencer par Taddeo Contarini — en avaient été éblouis ; des gravures en circulaient déjà dans Venise. Quant au sculpteur, tout le monde était encore sous le coup de l'émotion provoquée par sa colossale statue équestre de Francesco Sforza, splendide modèle de terre dont on déplorait qu'il ne fût toujours pas coulé en bronze.

L'artiste était illustre, mais les bruits les plus divers couraient sur l'homme. « Mettez tous vos mains au bas de votre dos ! s'exclama Lorenzo. Les Florentins aiment beaucoup le jeu de derrière. » Lorenzo parfois m'agaçait. Vinci était-il le seul à pratiquer ces mœurs, habituelles en d'autres temps ? Je me suis toujours défendu de juger un homme sur ses inclinations et je m'en suis gardé d'autant plus après la visite de Vinci. Quelques heures avant sa venue, et sans que Bellini nous en eût intimé l'ordre, nous avons tout rangé dans l'atelier, comme s'il s'était agi d'une inspection. Ce fut plus que cela.

Quand il est entré, entouré d'une cour de jeunes assistants, un grand silence s'est établi. Chacun s'attendait à tout, sauf à ce spectacle. Moi-même, je retenais mon souffle. Seul au milieu des pourpoints et des hauts-de-chausses, Vinci était habillé d'une toge rose s'arrêtant aux genoux. Sa longue chevelure, déjà grise, tombait en vagues majestueuses sur ses épaules et se prolongeait dans la belle ondulation de la barbe, soigneusement peignée et frisée. Titien me tira par la manche : « On dirait le Christ. » C'était vrai. Non le Christ farouche des coupoles byzantines, menaçant l'humanité de ses foudres, mais un Christ en majesté, accueillant le pécheur avec le geste doux et le souriant visage du pardon. Il nous salua un à un, à mesure que Bellini nous présentait. Il eut un mot aimable pour chacun. Quand il arriva à ma hauteur, il fronça un sourcil broussailleux : « Ah ! C'est vous l'auteur du fameux *Saint Georges*, dont tout le monde parle ? Je ne vous croyais pas si jeune. » Ses yeux effleurèrent mon front, mes lèvres, et il se retourna légèrement après qu'il m'eut dépassé. Il laissait dans son sillage un air délicatement parfumé. Lorenzo me donna un coup de coude et cligna un œil égrillard, avec l'air de dire : « Tu vois ? Je n'avais rien inventé. »

Bellini s'est enfermé quelque temps avec Vinci dans son cabinet. Autour de moi, on chuchotait, on riait sous cape, en se montrant le cercle des jeunes Adonis qui l'accompagnait. J'étais, quant à moi, perdu dans un rêve. Tu m'as vu fréquenter les grands, tu as pu constater avec quelle aisance je leur ai adressé la parole, même au doge. Tu sais avec quelle véhémence j'ai dû parfois défendre mon art contre mes détracteurs ou ceux qui refusaient de me payer un juste prix. Léonard de Vinci me laissait sans voix. Jamais, entends-tu, jamais aucun homme ne m'a fait une telle impression, ni Dürer dont j'ai admiré l'enthousiasme créateur et les dons éclatants, ni Bellini, ni Mantegna. Avec Vinci, aucune jalousie n'était possible, que celle de l'aiglon qui voit planer l'aigle dans le soleil, en se disant que jamais il ne pourra l'égaler.

Léonard est ressorti ; Bellini l'a raccompagné jusqu'à sa porte. Giuseppe, mû par une force étrangère, s'est incliné comme s'il se fût agi d'un prince. Vinci a disparu dans un bruissement de soie.

Après son départ, les plaisanteries fusèrent, qui sonnaient faux. Le maître florentin avait laissé derrière lui quelque chose de mystérieux, de musical, une espèce de grandeur impalpable à laquelle chacun avait été sensible, bien qu'il ne l'eût jamais avoué. Moi, je restais pétrifié, j'avais quitté ce monde. Bellini nous considérait avec étonnement : il ne nous avait jamais vus si recueillis. Sans doute s'apercevait-il qu'il n'avait jamais obtenu et n'obtiendrait jamais de nous une telle qualité d'émotion. Il s'approcha de moi : « Veux-tu me suivre dans mon cabinet ? J'ai deux mots à te dire. » Là, il m'apprit que Vinci m'avait remarqué et qu'il voulait me voir : « Il a beaucoup insisté. Il t'attend dans une heure. » Je ne fus pas surpris : la proposition était dans la nature des choses, du choc que j'avais reçu et qui, d'une façon ou d'une autre, ne pouvait en rester là. J'étais intimidé, mais n'avais aucune crainte.

À l'auberge où il était descendu, Vinci n'avait gardé à ses côtés qu'un jeune homme de mon âge, aux cheveux bouclés, au visage d'ange. « Voici mon élève Giacomo Caprotti, que j'ai surnommé Salaï, "petit diable", me dit Léonard en souriant. Il vit avec moi depuis dix ans. » Le garçon me tendit une main molle et je cherchai en vain son regard. Il sortit bientôt pour commander le dîner. Vinci baissa la voix : « Il est voleur, menteur, têtu, glouton. Mais je ne sais pas résister à la beauté. Et je ne la conçois pas sans la jeunesse. » Il fixa la porte par où avait disparu Salaï : « Hélas ! Belle chose mortelle passe et ne dure point. » Il sourit de nouveau : « Hélène, quand elle se regardait dans son miroir et voyait la flétrissure des rides que l'âge avait inscrites sur son visage, a dû se demander souvent en pleurant pourquoi elle fut deux fois enlevée ! » Vinci-Jupiter avait certainement enlevé de la même façon ce Ganymède-là, qui s'affairait comme une ombre autour de nous avec la souple nonchalance d'un chat. Et, comme un chat, il lui arriva de me frôler, avec une pression imperceptible de son bras ou de sa hanche. Je remarquai que Vinci lui serrait furtivement le bout des doigts quand l'autre lui passait un plat. Je retrouvais les petites privautés qui, au milieu d'une cérémonie, me liaient discrètement à Laura. Oui, il y avait certainement beaucoup plus que l'attrait de la beauté dans l'élan du maître envers son élève. Que celui-ci ne fût pas digne de celui-là me confortait dans mon impression.

Vinci se comportait comme un hôte attentif, me tendant les mets que Salaï lui présentait d'abord. Le regarder dîner était un plaisir de chaque instant. J'ai vu des grands seigneurs se comporter à table avec une élégance si acquise qu'elle passait inaperçue : on la trouvait naturelle. Comme s'il avait voulu compenser par ses manières la modestie de son origine, Léonard avait le raffinement sourcilleux ; il se regardait manger. Il était devenu un grand seigneur par une torsion de tout son être. Et sa merveilleuse aisance était le résultat d'une longue contrainte. Il avait apporté avec lui des couverts en argent doré. Il s'en excusa avec une fausse contrition : « Les instruments qu'offrent les auberges offensent la vue, et ils meurtrissent légumes et fruits. » Sans m'interroger sur mes goûts, il m'avait imposé les siens : il était végétarien. « J'aime les bêtes, me dit-il. Quand je vois des oiseaux en cage, je les achète pour les libérer. À Milan j'ai quelques beaux chevaux, ainsi que toutes sortes de petits animaux dont je m'occupe avec un soin et une patience extrêmes. Je me suis toujours demandé pourquoi la nature avait permis que ses créatures vivent de la mort de leurs semblables. Car enfin, qu'est-ce que l'homme ? Qu'est-ce que l'animal ? Une sépulture pour d'autres animaux, une auberge de morts, une gaine de corruption. » Il fit une moue de dégoût : « Je ne supporterais pas d'entretenir ma vie de la mort d'autrui. » Il désigna la desserte : « Vous ne verrez ici que des salades, des céréales, des champignons, des pâtes. Je vais vous faire un aveu : j'ai une prédilection pour le minestrone. » Il se versa un grand verre d'eau : « J'ai aussi des principes concernant la boisson : le vin est bon, mais à table l'eau est préférable. » Il se leva, ouvrit un coffre de voyage tout poudreux. J'aperçus à l'intérieur une pile de carnets gris, tous identiques. Il en feuilleta quelques-uns, revint avec l'un d'eux : « J'ai écrit là-dessus une petite fable que je vais vous lire. Voici : le vin, se trouvant sur la table de Mahomet dans une coupe richement ciselée, fut transporté par l'orgueil de cet honneur. Soudain agité d'un sentiment opposé, il se dit : "Que fais-je ? De quoi est-ce que je me réjouis ? Ne vois-je pas que je suis sur le point de mourir, puisque je quitterai l'habitat doré de cette coupe pour entrer dans la grossière et fétide caverne du corps humain où, de breuvage suave et parfumé, je me transformerai en un fluide ignoble et dégoûtant ? Et, comme si tant de disgrâce ne suffisait pas, il me faudra séjourner longuement dans de sales réduits, avec d'autres matières infectes et corrompues, évacuées par les entrailles des hommes." Il cria donc vers le ciel, implorant vengeance d'une telle injure et qu'un terme fût mis à cette déchéance ; et aussi que, du moment où cette contrée du pays produisait les plus beaux et les meilleurs raisins de la terre, on leur épargnât d'être réduits en vin. Alors Jupiter fit que le vin bu par Mahomet lui monta au cerveau et le troubla au point de le rendre dément ; et il commit tant de folies que, lorsqu'il eut recouvré ses esprits, il promulgua un décret interdisant aux Asiatiques l'usage du vin. Ainsi la vigne et ses fruits furent-ils laissés en paix. » Vinci referma le carnet et conclut : « Aussitôt qu'il a pénétré dans l'estomac, le vin commence à fermenter et à bouillir, l'esprit quitte l'enveloppe de chair et, montant vers le ciel, atteint le cerveau et se sépare du corps. Ainsi il l'intoxique et le change en un dément, capable de crimes irréparables. »

Je m'apercevais peu à peu que Vinci avait, sur chaque aspect de la vie, élaboré une règle ou une théorie. Durant toute la soirée, il me noya sous une avalanche de maximes — des apophtegmes, aurait dit ma chère Angelina —, dont je sais qu'elles en ont agacé plus d'un. Ce n'était pas mon cas : j'étais fasciné par cet esprit universel. Je prenais conscience à chaque minute de ma petitesse, moi qui avais toutes les peines du monde à dégager de ma vie quelques tendances qui ne concernaient que moi. Il n'est rien qui ne pousse Léonard à penser. Mais, si sa générosité l'entraîne à offrir aux autres le fruit de ses réflexions, il ne leur impose jamais ses vues.

Le repas terminé, la table desservie, Léonard renvoya Salaï dans sa chambre. Celui-ci me donna une main toujours aussi molle mais, pour la première fois, ses yeux m'enveloppèrent. Plus que sa crainte de voir en moi un rival — je ne le croyais pas assez amoureux pour être jaloux —, je décelai chez lui un bloc de rancune : il ne serait pas associé à notre entretien. On allait parler peinture sans qu'il fût jugé digne d'y participer. Je pense que Vinci en était aussi meurtri que lui. Je dus paraître bien silencieux et bien gauche à Salaï. J'essayai de me rendre indifférent à son jugement, mais je ne pouvais m'empêcher de voir en lui un reflet altéré de Léonard. Celui-ci se contenta de murmurer, lorsque l'adolescent eut tiré la porte derrière lui : « Pauvre élève, qui ne surpasse point son maître. » Il se redressa, soudain rajeuni, comme libéré d'un poids, et se rapprocha de moi. Ce fut le seul moment de la soirée où j'ai redouté un geste de sa part. Je m'écartai légèrement. Mon regard tomba sur le carnet gris qu'il avait laissé sur la table. « Vous écrivez aussi, maître ? » demandai-je d'une petite voix. Léonard prit le carnet, me le tendit : « Ouvrez-le à n'importe quelle page et lisez. » Il voulait détendre l'atmosphère. Ma crainte se volatilisa devant l'énigme que j'avais sous les yeux : des pages entières couvertes de signes illisibles. Je crus qu'il se moquait de moi. Pourtant c'était bien dans ce cahier-ci qu'il m'avait lu sa fable. J'eus l'air ahuri, car il éclata de rire : « Vous n'êtes pas le premier à être surpris parmi ceux — ils sont rares — qui ont eu accès à ces feuillets. Avez-vous une idée de la façon dont on peut les déchiffrer ? Réfléchissez, c'est très facile. Pensez à votre *Saint Georges*. » Je compris tout de suite : les reflets... J'approchai une page d'un miroir accroché au mur : j'y déchiffrai à loisir l'écriture fine de Léonard. « Certains de mes amis, dit-il, croient que je veux garder secret ce que j'ai écrit. Au contraire, c'est un recueil que j'enrichirai jusqu'à ma mort et qui, je l'espère, sera un jour publié. L'explication est simple : je suis gaucher et c'est pour moi beaucoup plus facile d'écrire à l'envers. » Il reprit le carnet et le replaça dans son coffre. « Il faut savoir utiliser ses défauts, conclut-il : dans mes dessins, mes hachures sont mieux réussies quand je les trace de gauche à droite. »

Il vint s'asseoir près de moi : « Parlons plutôt de vous. Le bruit de votre *Saint Georges* est parvenu jusqu'à moi. Savez-vous que des copies en circulent déjà ? La marquise Isabelle a réussi à s'en procurer une qui m'a beaucoup intéressé. Comment l'idée vous en est-elle venue ? » Flatté, je lui racontai l'inauguration de la statue de Verrocchio — à l'évocation de son maître, mort six ans auparavant, ses yeux s'embuèrent —, et le pari que j'avais fait avec Lorenzo et Giovanni Busi. Je commençai de lui décrire le tableau. Il m'arrêta : « Je le connais. La peinture est avant tout un acte mental et en l'occurrence votre idée de départ seule m'intéresse. Si vos amis avaient eu quelque expérience, ils vous eussent donné raison tout de suite. J'ai pratiqué au même degré l'art de la sculpture et de la peinture et mon opinion se fonde sur la connaissance. Tout d'abord, la sculpture est subordonnée à certaines lumières d'en haut, alors qu'une peinture porte partout son éclairage avec elle. Le sculpteur est aidé par la nature du relief, qui engendre de lui-même ombre et lumière mais le peintre les crée artificiellement aux endroits où la nature les distribuerait. Ensuite, le sculpteur ne saurait rendre la variété des couleurs des objets. La peinture n'y manque point, en leurs moindres détails. La perspective des sculpteurs semble dépourvue de vérité, celle des peintres semble se prolonger à cent lieues au-delà de l'œuvre elle-même. Enfin, le sculpteur ne peut représenter ni les corps transparents ni les lumineux, ni les angles de réflexion non plus que les corps brillants tels les miroirs et autres surfaces scintillantes — vous l'avez fort bien deviné dans votre *Saint Georges* —, ni les brouillards, ni le temps maussade, ni une infinité de choses dont je m'interdis l'énumération, de peur que vous ne la trouviez oiseuse.» Sa crainte était superflue : j'entendais là le langage que j'attendais. Mon *Saint Georges*, créé en une nuit dans la fièvre d'une gageure presque puérile, devenait l'illustration d'une analyse, la justification d'une longue, sinueuse et passionnante réflexion sur l'art. Vinci vit que je buvais ses paroles, il s'anima. Il se leva, parcourut la pièce de long en large : «L'unique avantage de la sculpture est de mieux résister au temps ; encore que la peinture offre une égale résistance si elle est exécutée sur du cuivre épais recouvert d'émail blanc et si, pour peindre, on emploie des couleurs d'émaux passées au feu et cuites. Si la sculpture en bronze est impérissable — le marbre, lui, risque d'être détruit —, cette peinture sur cuivre et cet émaillage sont éternels.» Il pointa son doigt vers le ciel, comme s'il le prenait à témoin.

À partir de ce moment, il sembla oublier ma présence. Sous ses sourcils touffus, ses yeux étaient comme deux braises ardentes tournées vers l'intérieur : Vinci parlait à Léonard. «On peut alléguer, continua-t-il, que, si une faute était commise par le peintre sur cuivre, elle serait difficile à réparer ; mais piètre est l'argument qui veut prouver qu'une œuvre est plus noble parce que la faute est irréparable. Je dirai que l'esprit du maître capable de proférer pareilles erreurs est plus difficile à corriger que l'œuvre qu'il aura gâtée. Nous savons fort bien qu'un bon peintre expérimenté ne commet point de faute de ce genre. Au contraire, en se conformant à de sages règles, il retranchera si peu à la fois qu'il mènera son œuvre à bien. Désires-tu toutefois que je ne traite que de la peinture sur panneau » — s'adressait-il à son hôte, à lui-même, ou à quelque auditeur inconnu ? —, « je me prononcerai entre elle et la sculpture en disant que la peinture offre plus de fantaisie, elle dispose de plus de ressources, elle surpasse toute œuvre humaine, car elle est la seule à rendre palpable l'impalpable. » En disant ces mots, il fit un geste circulaire de la main, comme s'il caressait un rêve absent.

Je ne disais rien, j'écoutais. Telle une vis sans fin, l'esprit de Vinci traversait les apparences et reconstruisait le monde avec la jouissance du mathématicien. Il était impossible qu'il eût tenu jamais de semblables propos devant Salaï. Le silence de celui-ci était un mélange de torpeur et d'incompréhension, le mien était le réceptacle fasciné d'une démonstration. Mais, alors que Léonard, observateur de ses mécanismes, soucieux de ses enchaînements, s'interdisait toute émotion, chacun de ses mots tombait sur moi comme une goutte de parfum. Quand Moïse reçut les Tables de la Loi, la loi lui importa peut-être moins que la voix de son dieu…

J'admirais surtout la façon dont, abordant des domaines où je ne m'étais jamais aventuré, il instruisait en séduisant. Jamais homme ne fut moins pédant ni moins solennel. Jamais il ne s'est grisé de son propre discours, même si certaines formules étaient dignes d'un poète. Mais la poésie ne pouvait égaler sa chère peinture et Gerolamo eût été certainement déçu de l'entendre poursuivre : «Qui célèbre la poésie comme le premier des arts se comporte comme le premier des sots. Si le poète n'avait jamais vu les choses avec l'œil, il serait bien en peine de les relater dans ses écrits. Si certains osent appeler la peinture "poésie muette", alors le peintre peut qualifier de "peinture aveugle" l'art du poète.» Il se tourna vers moi : «Quelle est l'affliction la plus grande, être aveugle ou être muet?» Avant que j'eusse pu répondre — ma réponse, refus embarrassé de choisir, ne l'aurait pas satisfait —, Léonard s'enferma de nouveau dans son monologue : «Bien que le poète dispose d'un choix de sujets aussi vaste que le peintre, ses fictions n'arrivent point à satisfaire autant que des peintures, car si la poésie essaie de représenter les formes, les actions et les scènes avec des mots, le peintre emploie pour les figurer les images exactes de ces formes.» Vinci se planta devant le miroir, examina son reflet : «Qu'est-ce qui est le plus essentiel à l'homme, son nom ou son visage?» Il s'adossa au mur, le regard lointain : «Le nom change selon le pays ; la forme n'est point changée, sauf par la mort.» Dans le silence de l'auberge endormie, le dernier mot résonna comme un glas. Vinci avait alors près de cinquante ans. Il ne pouvait ignorer que son séjour sur terre, eu égard aux dénombrements connus, risquait de s'achever bientôt, sans que cette hypothèse l'alarmât outre mesure : il y voyait sans doute une expérience fructueuse, une nouvelle occasion de spéculer. Je ne fus pas surpris d'entendre ce que le mot éveilla immédiatement en lui : «Tout mal laisse une tristesse dans la mémoire, hormis le mal suprême, la mort, qui détruit la mémoire en même temps que la vie.» J'avais quant à moi vingt-deux ans et je ne pensais qu'à la vie, même si la mienne était traversée parfois de sombres courants ; ma mélancolie était malgré tout celle d'un vivant. L'idée de la mort ne m'effleurait pas. Si elle l'avait fait, son image dessinée par Vinci m'eût apaisé. Pourtant, quoi qu'il en ait dit, l'oubli n'est-il pas la pire des choses, et comme la mort *dans* la mort ?

Indifférent aux commentaires moraux, il poursuivait son analyse avec un austère entêtement : « Je me fie au verdict de l'expérience. Qu'un bon peintre figure la fureur d'une bataille, qu'un poète la décrive et qu'elle soit présentée au public sous ces deux formes, on verra aussitôt laquelle obtiendra le plus de suffrages. Qu'on inscrive quelque part le nom de Dieu et qu'on mette en regard son image, on verra ce qui sera l'objet d'une plus grande révérence. » Il fixa la porte par où Salaï avait disparu : « Si le poète décrit les beautés d'une dame à son amant, et que le peintre fasse son portrait, on sait de quel côté la nature incline davantage le juge amoureux. En un mot comme en cent, nos amis poètes ont les effets des manifestations et nous, peintres, avons — ce qui est sans comparaison — les manifestations des effets. »

Ce « nous » me fit chaud au cœur : il fit descendre notre entretien — en fait soliloque de Vinci — de l'éther absolu des idées où je commençais d'étouffer. Le déroulement de la rencontre, j'en suis convaincu, avait été préparé avec minutie par Léonard. Il me savait jeune et inexpérimenté. Il avait deviné en moi un auditeur affamé. Il m'avait entraîné à sa suite dans le labyrinthe qu'il construisait et explorait à la fois : c'est donc qu'il m'avait jugé digne de l'écouter. Par ce « nous » familier, je me jugeai digne de lui répondre.

Je commençai alors ce qui devait être le tête-à-tête le plus enrichissant de toute ma vie par une suite timide à ce qu'il venait de dire. Moi qui mettais la musique presque au rang de la peinture, je lui fis part de mon apprentissage du luth, de mes premières émotions en public. Avec simplicité, il me raconta son arrivée à Milan vingt ans plus tôt, porteur d'un instrument de son invention, cadeau de Laurent de Médicis au duc Ludovic Sforza : «C'était un luth en argent, en forme de crâne de cheval, ce qui permet d'obtenir une harmonie puissante et une parfaite sonorité. J'ai fait moi-même devant le duc une démonstration de ses possibilités. Pour m'éprouver, mon hôte a fait venir ses meilleurs musiciens. Comme je l'avais prévu, je les ai tous supplantés. Ils sont partis un à un, la mine piteuse. Proclamé vainqueur, j'ai ressenti ce jour-là le même orgueil que vous chez Leonardo Vendramin.» Notre ressemblance s'arrêtait là. Vinci ne pouvait se satisfaire d'un plaisir facile, alors que je trouvais un réel bonheur à être l'ornement des fêtes vénitiennes. Il s'était introduit dans le milieu musical de la ville. «Milan comptait un véritable prince de la musique, le Français Josquin Des Prés, avec qui j'eus de longues discussions sur l'harmonisation de la musique instrumentale et sur le traitement des voix. J'ai fréquenté également Lorenzo Gugnasco, de Pavie. Le connaissez-vous ?» Je n'avais pas cette chance. «C'est un grand facteur et marchand d'orgues, de clavecins, de violes — et un ami charmant. Il est à Venise en ce moment, et je dois le voir demain.» Je fus flatté qu'il eût souhaité me rencontrer avant de revoir cet «ami charmant». Vinci avait profité de ces contacts pour s'absorber dans des recherches acoustiques. Il avait perfectionné certains instruments, en avait inventé d'autres : une «viola organista», une flûte à «glissandos», un tambour et une cloche à clavier, dont il me montra les dessins, tracés d'une main minutieuse dans plusieurs carnets. Il n'y avait donc aucun domaine que ce diable d'homme n'eût abordé ? En même temps, cet inventeur avait des fulgurances poétiques qui réduisaient à néant ses théories sur la médiocrité de la parole. Si je les ai notées en le quittant, je n'en ai pas encore épuisé ni le sens, ni la beauté. J'ai rêvé sur des phrases comme celles-ci : «La musique est la représentation des choses invisibles » — c'est aussi la meilleure définition que je connaisse de la peinture ; « La musique se consume dans l'acte même de sa naissance » ; « J'aime à écouter la musique de l'eau tombant dans un vase ». Même quand il a voulu rabaisser devant moi un art que je place si haut, je fus moins sensible à la critique qu'au charme des mots : « La musique souffre de deux défauts, l'un mortel, l'autre épuisant. Le mortel est toujours inséparable de l'instant qui suit celui où elle s'exprime, l'épuisant est dans sa répétition et la fait méprisable et vile. » Il n'eût guère apprécié, je crois, d'être félicité pour ce talent-là...

Revenant à la peinture, je m'étonnai devant lui qu'elle eût été mise au rang des arts mécaniques et que personne à ma connaissance n'y eût trouvé à redire. « Si, moi, dit-il. Je me suis toujours interrogé sur cette situation. » L'homme qui avait réponse à tout aurait-il buté sur un obstacle ? En un sens oui. Vinci avait une façon souveraine de démêler un écheveau, mais il ne pouvait changer la nature de la laine : « La poésie a été consacrée art libéral. En vérité, si nous disposions des mêmes moyens que les poètes pour célébrer par écrit nos propres œuvres, je doute que celles-ci eussent encouru le reproche d'une épithète aussi vile. » C'était un régal d'observer le travail mental de Vinci. La première idée lancée, d'autres arrivaient en foule, comme un éclaireur qui entraîne à sa suite une armée : « Si on appelle mécanique la peinture parce que, par un travail manuel, nos mains représentent ce que notre imagination crée, les écrits enregistrent avec la plume — c'est-à-dire par un travail manuel — ce qui est issu de l'esprit. Où est donc la différence ? » Il s'anima : « L'appelle-t-on mécanique parce qu'elle est rémunérée ? Mais alors, qui tombe en cette erreur — si c'en est une — plus que les diseurs de mots ? Quand ils dissertent dans les écoles, ne vont-ils point à qui paie le mieux ? Font-ils aucune œuvre sans être rétribués ? » Il me sourit : « Toutefois, ce que j'en dis n'est pas pour critiquer ces opinions, car tout travail mérite récompense.» Et il me raconta le marché de dupes qu'il avait signé en mars 1481 avec les moines de San Donato, à Scopeto : «Ils voulaient un grand retable représentant *L'Adoration des Mages* pour le maître-autel de leur couvent. J'avais besoin de travailler, j'ai accepté leurs conditions. Elles étaient simples : ils ne voulaient rien débourser. Un marchand entré dans les ordres leur avait légué un domaine dans le Valdelsa, sous réserve qu'on dotât sa fille, couturière de son état. Je devais recevoir à terme — un terme lointain — un tiers du domaine, mais comment fournir à la donzelle les cent cinquante florins de sa dot? Où aurais-je pu les trouver? En outre, contrairement aux usages, les poudres de couleur et la feuille d'or étaient à ma charge. Pour couronner le tout, je devais terminer l'œuvre dans un délai de vingt-quatre à trente mois, ce qui, pour moi qui travaille lentement, était trop court. J'ai signé quand même le contrat sur l'insistance de mon père, mais je me savais incapable de le respecter.» Il avait réussi quelques semaines plus tard à extorquer aux religieux quatre livres et dix sous pour acheter des couleurs ; puis il reçut d'eux une charge de fagots et une autre de grosses bûches, ce qui représentait une livre et dix sous. «En juillet, ils consentent à me donner vingt-huit florins, en septembre un boisseau de blé et un baril de vin rouge. Cette ladrerie fut une des raisons qui me poussèrent à ne pas terminer le retable. J'avais vingt-neuf ans. Je souhaite que vous ne subissiez pas de semblables avanies.» Je souris avec confiance. J'aurais dû être moins sûr de moi. Comme s'il avait deviné mon avenir, je vécus la même mésaventure au début de l'année 1508, quand j'eus terminé les fresques du Fondaco dei Tedeschi. J'avais alors... vingt-neuf ans. J'ai rêvé longtemps sur cette coïncidence.

L'heure s'avançait. Vinci ne paraissait pas s'en apercevoir et je ne songeais pas que notre entretien pût jamais prendre fin. Toi qui vas côtoyer bientôt Michel-Ange et Raphaël, tu t'apprêtes sans doute à vivre ces moments insignes, où le temps cesse de battre, comme suspendu à la parole d'un être hors du commun...

Une chose m'avait frappé dans son récit : l'aveu de sa lenteur à travailler. Elle rejoignait la mienne. « On m'a toujours reproché une certaine indolence, me dit-il. Ce n'est pas de la paresse, c'est de l'application. Ceux qui nous font de telles critiques méprisent la peinture. » Il me raconta avec quelle patience acharnée il avait fouillé tous les quartiers de Milan, afin d'y découvrir les visages de ses apôtres. « Quand j'introduis un personnage dans un de mes tableaux, je m'enquiers toujours de sa qualité : s'il doit être noble ou vulgaire, d'humeur joyeuse ou sévère, dans un moment d'inquiétude ou de sérénité. Quelle tâche alors quand vous en avez douze comme ici ! » Il déploya un grand rouleau de papier ; je découvris le dessin préparatoire de sa fresque, admirable jeu d'attitudes et de physionomies émergeant de l'ombre. « Ceci est le résultat, voici ce qui l'a précédé. » Il sortit du précieux coffre une liasse de feuillets : chacun d'eux représentait, exécuté le plus souvent à la sanguine, la figure d'un apôtre. Parfois, dix feuillets tentaient de cerner la meilleure expression d'un même visage, étonnante galerie de portraits où affleuraient tous les sentiments humains. « Naturellement, continua Léonard, il faut que les gestes et les émotions s'harmonisent. » Il revint au large croquis de l'ensemble : « Voyez. Un, qui buvait, a posé sa tasse et tourne la tête vers celui qui parle. Un autre entrelace ses doigts et, les sourcils froncés, se tourne vers son compagnon. Celui-ci, les mains ouvertes montrant leur paume, remonte les épaules vers les oreilles, bouche bée de stupeur. Celui-là parle à l'oreille de son voisin, qui se tourne vers lui et l'écoute, tenant d'une main un couteau et de l'autre son pain à moitié coupé. Un autre se retourne, le couteau à la main, et renverse un verre. Un autre encore, mains posées sur la table, regarde fixement, tandis que son condisciple met sa main en écran devant ses yeux.» Tout, jusqu'au moindre détail, avait été pensé, soupesé. Les regards, les mains, animés d'une vie propre, comme un long frisson parcourant ces douze hommes, venaient se briser contre la figure hiératique du Christ, paumes offertes dans un silencieux consentement à son destin. La longue nappe ponctuée de petits pains ronds épandait en bas de la fresque son silence blanc, tandis que les lignes d'une rigoureuse perspective en étrave se rejoignaient sur le front du Sauveur, désignant le héros et la victime. Et je n'avais sous les yeux qu'un dessin ! Je me jurai intérieurement de courir à Santa Maria delle Grazie dès que le calme serait revenu à Milan. Quelques mois plus tard, je pus admirer à loisir ce mélange unique de géométrie et de passion, la plus belle œuvre que j'eusse jamais contemplée — et qui m'arracha des larmes.

« Les ignorants sont convaincus que nous créons nos personnages avec facilité, comme s'ils étaient sortis naturellement de notre imagination. Ces pauvres sots nous font trop d'honneur. Il m'est arrivé de suivre durant une journée un individu aux traits singuliers pour l'étudier. J'ai trouvé le visage émacié de mon *Saint Jérôme* dans l'hôpital Santa Catarina et l'on serait bien étonné d'apprendre que certaines de mes madones ont été copiées dans des bordels ! » Il désigna le visage de Judas : « C'est lui qui m'a demandé le plus de recherches. J'avais dessiné son corps, mais je butais sur sa tête. J'accumulais les esquisses, aucune expression ne me satisfaisait. Le prieur du couvent, impatienté de voir son réfectoire encombré de mon attirail, alla se plaindre au duc Ludovic qui me payait pour cet ouvrage. Celui-ci me fit appeler et me dit qu'il s'étonnait de mon retard. Je lui répondis que j'avais lieu de m'étonner à mon tour de ses paroles, puisqu'il ne se passait pas de jour que je ne travaillasse deux heures entières à ce tableau. "Il paraît pourtant, me dit-il, que vous ne vous décidez pas à terminer l'un des apôtres. — Oui, la tête de Judas, lequel a été cet insigne coquin que tout le monde sait. Il convient de lui donner une physionomie accordée à sa scélératesse. Pour cela, il y a un an, peut-être plus, que tous les jours, soir et matin, je me rends au Borghetto, où Votre Excellence sait bien qu'habite toute la canaille de sa capitale ; mais je n'ai pu trouver encore un visage de scélérat qui satisfasse à ce que j'ai dans l'idée. Une fois ce visage trouvé, en un jour je finirai la fresque. Si cependant mes recherches demeurent vaines, je prendrai les traits de ce père prieur qui vint se plaindre à Votre Excellence et qui d'ailleurs remplit parfaitement mon objet. Mais j'hésitais depuis longtemps à le tourner en ridicule dans son propre couvent." » Vinci revivait la scène ancienne : « Je me suis un peu emporté, ce n'est pas dans mes habitudes. Mais un homme comme le duc Ludovic, qui se dit protecteur des arts, devrait savoir que c'est au moment où ils travaillent le moins que les esprits élevés en font le plus. Ils sont alors mentalement à la recherche de l'inédit et trouvent la forme parfaite des idées, qu'ils expriment ensuite en traçant de leurs mains ce qu'ils ont conçu en esprit. »

Rien ne pouvait me faire davantage plaisir que ces mots-là. « J'ai fini par rencontrer dans un lieu infâme, continua-t-il — sans préciser de quel lieu il s'agissait —, le visage qui me hantait, mais je l'ai combiné avec celui de l'odieux prieur ! » Il contempla son Judas aux traits crispés de fourberie : « Je suis assez content du résultat. » En plaçant côte à côte Judas et saint Jean, Léonard avait exalté les expressions. Par contraste, la duplicité de l'un devenait plus vile et la douceur de l'autre plus suave. Je retins cette leçon et ne manquai pas de procéder ainsi plus tard, quand je peignis pour l'église San Rocco un Christ portant sa croix et à moitié étranglé par un affreux Juif qui semble lui cracher au visage.

Le Christ de Léonard toutefois continuait de m'intriguer : « Comment se fait-il que ses traits soient si brouillés, presque inexistants ? » Il soupira : « Je pourrais vous répondre qu'il s'agit d'une esquisse et que, sur le mur de Santa Maria delle Grazie, le visage du Rédempteur est achevé. Je vous mentirais. J'ai parfois renoncé à peindre un tableau dont le dessin me paraissait parfait : le pinceau n'y aurait rien ajouté. Ce n'est pas le cas ici. Je dois vous l'avouer : je n'ai pu rendre cette beauté-là. » Comme pour se justifier, il se redressa, sa voix vibra de passion contenue : « Depuis qu'un homme est mort en Orient et que l'Occident le pleure chaque vendredi, une beauté nouvelle est apparue avec la nouvelle vérité. Que peut faire le plus grand des peintres face au plus grand des miracles ? Si l'on veut représenter le Christ d'après un modèle, on n'aboutira à rien de convenable. J'ai pu m'inspirer des mains admirables de mon ami Alessandro Carissimo, de Parme, pour exécuter la main gauche du Christ, mais de quel visage d'homme peut-on oser dire qu'il se rapproche de la Sainte Face ? Un jour que je rendais visite au cardinal de Mortaro, j'ai été frappé par la beauté d'un gentilhomme de sa maison, le comte Giovanni. J'ai hésité : mais non, il manquait à sa merveilleuse suavité l'autre côté de la nature du Christ, sa puissance rédemptrice. » Léonard esquissa un sourire : « Le beau comte Giovanni n'a pas tout perdu : il est devenu mon saint Jean… » Son sourire s'accentua, comme si un doux souvenir remontait à sa mémoire. « Voilà pourquoi, continua-t-il, j'ai volontairement estompé les traits du Christ. Le "non finito" a été la seule façon que j'eusse trouvée de suggérer l'immatérielle présence d'un Dieu incarné. » Par mes premiers travaux, j'avais commencé à percevoir moi aussi la différence qu'il y a entre ce qu'imagine un peintre et ce qu'il élabore patiemment avec ses pinceaux. La distance est plus grande encore quand il s'agit de représenter une beauté surnaturelle : nos moyens nous semblent alors dérisoires. Mais j'avais envie de dire à Léonard : « N'y a-t-il pas une sorte de grandeur, en tout cas d'excitation, à tenter quand même l'impossible ? » Je l'ai fait avec mon Christ de San Rocco, et j'en suis plus fier que si je m'étais abrité derrière l'amère constatation que certaines images sont hors de portée de l'art.

La chandelle faiblissait. Autour de nous, Venise dormait. La chambre était comme un îlot noyé dans la nuit. Léonard approcha sa main de la mèche, la fit tourner devant la flamme, y éveillant des reflets dansants. « J'admire Giovanni Bellini, dit-il, mais il ne sait pas encore exploiter toutes les ressources de la lumière. Votre *Saint Georges* est sans doute une étape vers un art nouveau — un art que je pratique depuis quelques années et qu'il m'est agréable de voir naître chez un jeune peintre. » Son ton se fit grave : « Dans un mois j'aurai quarante-huit ans. Mes cheveux commencent à grisonner, ma vie est comptée. » Il désigna d'un geste vague le coffre aux carnets : « Vous avez vu que je griffonne beaucoup. J'ignore ce que sera le destin de ces observations, dont Salaï connaît le prix que j'y attache, mais... » Il n'acheva pas. Le silence qui suivit, qu'il prolongea comme à plaisir, était un aveu simple et poignant de solitude. Malgré la distance des années, il me devint brusquement proche et je me retins pour ne pas poser ma main doucement, avec une infinie affection, sur son épaule. Il dut deviner ce mouvement de tendresse. Je ne me doutais pas en l'écoutant que j'allais recueillir de sa bouche des conseils qu'il n'avait jamais donnés à personne, qu'il ne confierait sans doute plus jamais et qui gouverneraient désormais ma vie de peintre : « Les ombres participent de la nature des choses universelles, qui toutes sont plus puissantes à leur principe et s'affaiblissent vers la fin. Les ténèbres sont le premier degré d'ombre et la lumière le dernier. Donc, il faut faire l'ombre plus obscure près de sa cause ; et à la fin, elle se convertira en lumière, de telle sorte qu'elle semblera infinie.» Il martela ses mots comme si je n'avais pas compris : «L'ombre est diminution de la lumière, l'obscurité est privation de lumière. La naissance et le terme de l'ombre s'étendent entre la lumière et l'obscurité et elles peuvent être diminuées ou augmentées à l'infini. Le peintre devra veiller à ce que ses ombres et ses lumières se fondent sans traits ni lignes, comme une vapeur imperceptible, comme une fumée. Votre maître Bellini l'a tenté, sans grand succès. Et je doute qu'il y parvienne maintenant.» Le jugement était sans appel et je le pris comme un signe, comme une invitation à réussir là où Bellini avait échoué. Avec cette exaltation qui me prend parfois, je me sentis investi d'une mission supérieure. J'osai dire à Léonard que je me préoccupais moi-même de ces questions, que je cherchais le procédé le plus apte à distribuer dans un tableau la lumière et l'ombre, de manière à envelopper certaines parties du sujet, notamment les figures, dans un jeu nuancé de demi-teintes pour mieux évoquer la profondeur et le relief. Il m'écoutait avec un air de grande satisfaction : à ce moment-là, j'ai dû lui plaire. Il s'engagea alors dans de longues réflexions, liant son emploi du «sfumato» à une théorie de la perspective atmosphérique pour la suggestion des plans. Je te passe ses conseils techniques, que tu connais aussi bien que moi puisque je te les ai transmis. Ainsi se prolonge à travers moi, à travers toi, la leçon du plus grand peintre italien. Certains esprits superficiels ont parlé à mon sujet d'empreinte, voire d'emprunts. Ils n'ont pas vu que, utilisant des procédés voisins, Léonard et moi partions chacun des deux bouts de la chaîne : il a noyé ses figures dans l'obscurité, qu'une pâle clarté caresse à peine. J'ai fait vivre les miennes sous un franc soleil, que tempère un léger voile, où l'ombre est comme une indécision de la lumière. Il est d'ailleurs assez paradoxal que j'aie eu confirmation de mon destin et de la voie nouvelle où je m'engageais désormais seul, autant sinon plus par une longue conversation avec Léonard que par la contemplation de sa peinture. Il est vrai que celle-ci est déjà contenue dans ses dessins, dont je vis ce soir-là les plus beaux. L'apothéose en fut le portrait d'Isabelle d'Este, qu'il rapportait de Mantoue. Il l'avait dessinée de profil, à la pierre noire, avec des touches de sanguine dans les cheveux et les chairs, et des rehauts de pastel jaune dans la robe. Une ombre impalpable modelait le cou et les joues, créant une carnation d'une douceur infinie. En voyant les perforations qui jalonnaient le tracé à intervalles réguliers — certaines, sur le front et le nez, avaient été repassées à l'encre —, je compris que Léonard s'apprêtait à le transposer sur un panneau pour en faire une peinture. J'appris plus tard que, comme Bellini, il n'avait pu se plier aux exigences de la marquise et qu'il avait vite abandonné son entreprise. Qui sait si Léonard ne sera pas, dans cent ans, dans mille ans, plus célèbre par ses dessins que par ses tableaux ou sa fameuse fresque ? Chez lui, la couleur n'ajoute rien à la perfection du trait.

Léonard rangea ses rouleaux, empila ses figures, ferma son coffre. « Je ne peux m'endormir que lorsque toutes mes affaires sont en ordre, me dit-il comme pour s'excuser. Mon sommeil en est plus paisible. Encore que je sache par expérience qu'on tire un grand profit, quand on est au lit, de repasser en esprit les contours essentiels des formes étudiées pendant le jour ou autres choses dignes de remarque, conçus par une subtile spéculation. Je vous recommande cet exercice : il est fort utile pour fixer les souvenirs. » Il me raccompagna, descendit avec moi l'escalier obscur. Il se dirigeait dans le noir avec une assurance de chat, alors que je manquai de trébucher à chaque marche. Dehors, un vent frais balayait la Venise bleutée qui s'éveillait. « Spectacle magnifique, n'est-ce pas ? » dit Léonard. Il se tourna vers moi : « Et digne de votre pinceau. » Il regarda de nouveau les palais plantés dans l'eau sombre : « Mes conseils seront peut-être inutiles, mais je m'en voudrais de ne pas vous les avoir donnés. Prenez garde que votre désir de gain ne l'emporte sur l'honneur de l'art, car honneur surpasse richesse. Réfrénez la volupté, qui nous égale aux bêtes : absorbez-vous dans la passion intellectuelle, elle met en fuite la sensualité. Vous éprouverez alors l'orgueil de pouvoir mépriser ceux, nombreux, qui pourraient s'intituler des producteurs de fumier : rien ne restera d'eux que des latrines pleines. » Il leva les yeux vers le ciel, où brillaient faiblement quelques points dorés : « La voûte céleste me parle de Dieu, mais je crois en l'homme, je crois en sa liberté. Il mérite la louange ou le blâme uniquement en raison des actions qu'il est en son pouvoir de faire ou de ne pas faire. » Il m'étreignit avec douceur. Ému, tremblant, je me laissai faire : il m'eût effleuré les lèvres que j'eusse accueilli ce baiser comme une hostie. Je sentis contre ma joue sa joue molle et parfumée. Il a alors chuchoté à mon oreille, avec une espèce de fièvre craintive, en même temps que tout son corps était saisi d'un frémissement incontrôlé, ces mots qui m'ont donné la force d'être ce que je suis : « Excelle, et tu vivras. » La phrase m'a semblé monter jusqu'aux étoiles. Quand je me suis retourné, Léonard avait disparu. Je ne l'ai plus jamais revu.

XII

Tout s'est passé très vite. Après mon entretien avec Léonard, une espèce de fièvre m'a saisi, qui a rendu facile ce grand tournant de ma vie.

Quand je lui ai annoncé mon intention de le quitter, Bellini n'a pas bronché. Il a dû même, dans un premier temps, être soulagé tout comme moi de me voir prendre une décision qui s'imposait de plus en plus au fil des jours et qui peu à peu avait tendu nos relations. Mais son sourire cachait mal sa mélancolie. J'aurais souhaité ne pas aggraver ce sentiment-là. Hélas! Il me fallait aller jusqu'au bout, ce que je fis avec la sécheresse de ceux qui ne veulent pas souffrir : «Je ne suis pas le seul à quitter la bottega. Titien, Sebastiano et quelques autres me suivent.» Je posai sur la table une feuille où j'avais écrit fort gros, pour qu'il n'y eût pas d'équivoque, les noms de mes futurs élèves. Sa main trembla quand il la saisit. Ses yeux la parcoururent avec le même effroi que celui qui, après une catastrophe, redoute de voir inscrits sur une liste de victimes les êtres chers dont il est sans nouvelles. Je me levai, la gorge serrée. Bellini restait prostré, comme assommé. Je n'avais plus rien à lui dire : j'eusse d'ailleurs été incapable d'articuler le moindre mot. Il leva les yeux sur moi, fit un geste vague que je pris pour un adieu. Alors que je me dirigeais vers la porte, je ne pus m'empêcher de me retourner : Bellini pleurait silencieusement. Je me précipitai sur sa vieille main ridée, que je baisai dans un élan passionné. Je me suis enfui comme un voleur.

C'est la dernière image que je conserve de lui, même si j'ai eu l'occasion de le revoir plus tard au moment de l'incident du Fondaco, quand j'ai sollicité son arbitrage. Il a certainement souffert d'être ainsi abandonné des meilleurs, mais jamais il ne m'en a tenu rigueur : son intervention en ma faveur, il y a deux ans, le prouve. Ce grand artiste a peut-être regretté de ne pas avoir agi de même quand il avait commencé à subir la pesante influence de Mantegna, dont il n'avait pu se dégager qu'au bout de vingt ans. Peut-être m'enviait-il, au fond, d'avoir osé me libérer avec fracas.

Tous ceux qui m'ont suivi surent éviter, comme moi, querelle et rupture avec leur ancien maître.

Chacun, après moi, lui rendit visite et je sais que les entretiens furent tristes et doux. Un seul se dispensa de cette élémentaire courtoisie : Titien. « Je ne lui dois rien, me dit-il, je viens d'arriver. » Ce que je crus être alors une réaction d'adolescent était déjà un trait de caractère.

Pour marquer aux yeux de tous notre cohésion, nous avons quitté ensemble la bottega, bras dessus bras dessous, en faisant de grands gestes d'adieu aux camarades qui nous regardaient partir. Les rues nous appartenaient. Nous avons fait les fous, bousculant les passants, lutinant les filles. Titien et toi, les deux plus jeunes, vous bondissiez sur les petits ponts comme les cabris que j'avais gardés, enfant, au pied des remparts de Castelfranco. Pourtant, entre deux bourrades, je prenais conscience que je faisais pour la dernière fois un trajet que j'avais effectué chaque jour durant près de six années. Désormais, je serais à moi-même ma propre référence. Lourd destin, plus pesant que celui de l'orphelin brutalement livré sans contrôle à sa liberté : non seulement je perdais l'homme de tous les conseils, mais je serais celui-là auprès de mes futurs élèves. En étais-je capable ?

Venise se penchait aux fenêtres pour nous regarder passer. La nouvelle de notre échappée avait couru la ville. Tous, chacun dans son milieu — Lorenzo chez ses maîtresses, Gerolamo chez ses malades et surtout Laura dans ses fêtes —, s'étaient fait l'écho de la création d'un nouvel atelier de peinture, réunissant « les meilleurs élèves du maître Bellini » et installé au campo San Silvestro, sous la direction du « fameux auteur du *Saint Georges*, le grand Giorgio de Castelfranco ». Je balayai mes inquiétudes au milieu des rires. La mélancolie des départs laissa bientôt place à la fièvre des arrivées.

Alessandro avait élu domicile chez moi depuis plusieurs jours, afin d'y établir sa « carrée », comme il disait. Il dégagea au premier étage un espace assez large pour y faire rôtir un bœuf entier. Je m'en étonnai. « Moussaillon, me dit-il, laisse-moi m'occuper de ce que je connais. Je ne me mêle pas de peinture, moi. » Cela fut dit avec un franc sourire, mais sans réplique possible. Je le laissai faire. Après tout, quoi qu'en pensent les envieux, bonne peinture et ventre plein ne sont pas incompatibles. Je savais au moins que mes pensionnaires, s'ils devaient me quitter un jour, ne le feraient pas par famine. En outre, l'expansion du cuisinier m'arrangeait : je ne désirais pas un atelier trop vaste. Léonard m'avait séduit en me décrivant la bottega qu'il s'était lui-même aménagée en la morcelant. « Les petites pièces éveillent l'esprit, m'avait-il dit, alors que les grandes l'égarent. » Avec l'argent qu'Alessandro me prodiguait, je fis cloisonner le reste du premier étage. Suivant encore Léonard, je fis agrandir les deux fenêtres de la façade, pour éviter des contrastes d'ombre et de lumière trop importants. Je m'arrêtai là, ne me hasardant pas là où Vinci s'est aventuré dans son atelier de la Corte Vecchia : un système de poulies et de contrepoids lui permet de lever ou de baisser les chevalets sur lesquels ses tableaux reposent. « Ainsi, c'est l'œuvre et non le maître qui se déplace de haut en bas », disait-il. Je m'estimais encore assez jeune pour effectuer moi-même ce mouvement. Je me contentais d'admirer, une fois de plus, que Léonard eût mené ses raisonnements de mathématicien jusqu'au bout. Salaï avait même été requis pour tirer chaque soir tous les chevalets du rez-de-chaussée au premier étage, à travers une ouverture du plancher. Ainsi tous les tableaux se trouvaient-ils en un tournemain mis à l'abri dans la pièce du haut soigneusement cadenassée.

Le premier soir, nous avons ripaillé. Le lendemain, chacun comprit qu'il fallait se mettre à la tâche. Faute de commande immédiate, tous vaquèrent à l'œuvre commune : l'aménagement des locaux. Nous nous sommes transformés en menuisiers, en maçons. Nous avons troqué le pinceau contre une large brosse, pour enduire les murs. Au bout d'une semaine, nous avions terminé. L'entrain de mes compagnons était intact, mais je doutais qu'il se maintînt longtemps si personne ne s'intéressait à nous.

Le dixième jour, nous avons reçu enfin notre premier ordre d'achat. Il venait de Laura qui, d'un coup, me demanda trois tableaux : une *Sainte Famille*, une *Adoration des Mages* et une *Adoration des bergers*. J'ouvris des yeux étonnés : «Tout cela pour toi ? — Non, bien sûr. Mais c'est moi qui les offre. Et il est hors de question que tu me fasses un prix.» Elle prit ma main, y déposa une lourde bourse : «Ma tante fait ce que je veux et elle est *très* riche.» Elle m'expliqua qu'elle voulait offrir la *Sainte Famille* à Taddeo Contarini — «Tu comprends, il va avoir un enfant : le sujet s'imposait!» — et l'*Adoration des Mages* à Gabriele Vendramin : «Pour son prochain anniversaire. Je l'aime tant, ce petit — tout comme toi —, que je veux placer sa vie sous le signe des plus grands dons. L'or, l'encens, la myrrhe, que souhaiter de plus?» Quant au troisième tableau, il était pour elle : «J'ai rencontré un jour, dit-elle, sur le bord d'une rivière, un jeune garçon qui avait été berger, que j'ai adoré et qui, je crois, m'a adorée. L'*Adoration des bergers* s'imposait.» Elle éclata de rire : «Me pardonnes-tu ces impiétés ? Personne ne le saura, que toi et moi.» Je n'y ai vu aucun sacrilège, qu'un jeu puéril et charmant. À la réflexion, il signifiait beaucoup plus. Non seulement Laura donnait à mon équipe le travail tant attendu — et par là même montrait à tous que je ne leur avais pas fait lâcher la proie pour l'ombre — mais elle était la première à me proposer une nouvelle lecture de sujets rabattus. Qui, parmi mes prédécesseurs ou mes contemporains — à commencer par Bellini ou Mantegna, voire Vinci —, n'avait pas obéi à la mode des thèmes religieux ? Laura m'indiquait une façon d'échapper au goût du jour tout en ayant l'air d'y succomber. Les images énigmatiques que je devais peindre par la suite procèdent de cette démarche, même si je l'ai poussée jusqu'aux lisières de l'indéchiffrable. Pour l'instant, il me suffisait de sembler céder au jeu des apparences : le contenu de l'œuvre, si personnel au commanditaire, n'étonnerait pas le spectateur moyen. J'étais encore au début de ma carrière. L'audace, quoi qu'on dise, n'est pas toujours le privilège de la jeunesse.

J'avais confiance en mon talent. Sans la moindre preuve, j'étais convaincu que, ces trois œuvres terminées, d'autres suivraient. Ne devaient-elles pas orner des demeures où se succédaient les visiteurs ? Et que recherche un Vénitien riche et qui ne manque pas de goût ? Faire exécuter pour lui-même, par le même artiste, le tableau qu'il admire ailleurs, ou lui commander une œuvre plus ambitieuse pour humilier son voisin. J'avais connu cela avec ma fresque de Castelfranco : les Marta engendrent toujours des Costanzo.

Laura m'avait donné les dimensions approximatives qu'elle désirait pour chacun des panneaux — la liberté enfin, après les exigences d'Angelina ! Je commençai prudemment par le plus petit, qui était aussi le moins chargé en personnages : la *Sainte Famille*. Après que Giorgio Bassetti eut préparé le fond, je mis directement en place la composition au moyen de quelques traits de peinture bistre. Elle me vint naturellement et cette aisance, déjà constatée ailleurs, ne m'étonna qu'à demi. Elle entraîna une décision aussi naturelle : supprimer désormais tout dessin préalable. Peut-être ai-je voulu éviter aussi, sans me l'avouer, l'écueil auquel s'est heurté Vinci, que la perfection de son trait décourageait d'aller au-delà.

J'ai toujours eu une tendresse particulière pour ce triptyque né du hasard. Pourtant il me ressemble peu. Mon *Épreuve de Moïse*, mon *Jugement de Salomon* sont plus libres, plus spontanés. Leur nécessité était intérieure, sans l'obligation de la vente. Mes trois tableaux religieux au contraire devaient impérativement plaire, même si mes relations avec l'acheteur autorisaient quelques fantaisies. Ma seule originalité consisterait — tentative immense, digne d'un débutant! — à réunir ce que Dürer d'un côté, Bellini de l'autre, avaient chacun porté à un sommet : le dessin et la couleur. Ayant supprimé celui-là, je donnais à celle-ci double rôle, ce que personne, à ma connaissance, n'avait jamais tenté jusque-là. Je ne suis pas mécontent du résultat, bien qu'il ne constitue qu'une étape.

Plaire tout en restant soi-même, voilà un chemin bien étroit entre deux précipices. Le Pérugin est tombé dans celui de la complaisance, et il existe peut-être en ce moment à Venise un peintre drapé dans sa solitude, dont le génie n'éclatera que dans quelques siècles. Je ne crois guère à l'existence de cet obscur rival. Je suis resté, quant à moi, fidèle à mes propres valeurs, qu'il m'a été délicieux d'imposer sans heurt à une société moins figée qu'on ne l'a dit. Laura n'avait fait preuve d'aucune originalité dans son choix. Il me revenait de lui imprimer une marque légère.

Bellini avait débité par dizaines des *Sainte Famille* dans une composition désespérément identique — mais pourquoi changer, quand la demande est forte ? — : la Vierge, avec l'Enfant sur ses genoux, qui bénit de sa petite main un saint Joseph placé à gauche. Je décidai de changer cela : l'Enfant tendrait son bras vers le haut, vers le visage du saint penché au-dessus de lui. Saint Joseph n'était plus ce comparse obligé que le hasard a rendu père et qu'il faut révérer, mais un homme attendri prêt à embrasser celui qu'il considère comme la chair de sa chair. Ce mouvement obligeait ma Vierge à porter l'enfant à bout de bras, dans un élan de ferveur et d'amour. Ayant placé saint Joseph à l'arrière, je pouvais alors déployer à loisir sur le devant de la scène le personnage de Marie. Je m'abîmais avec délices dans des frissons de plis, dans des cassures d'étoffes, étalant sur le sol les pans de sa robe comme de grandes ailes de couleur. Je le fis avec une espèce de rage dans la précision que n'eût pas désavouée Dürer. Je plaçai tout autour mes cailloux lumineux, chers à Gerolamo. Comme Bellini, je ménageai une ouverture à l'arrière-plan, vers un paysage lointain. Bellini, en général, faisait pendre une draperie — accrochée on ne sait comment —, qu'une main trop habile avait tirée de telle sorte qu'elle servait en partie de fond, sur lequel se détachait la figure de la Vierge, tout en permettant à côté une échappée vers un horizon pastoral. Je fis mieux : je bâtis une véritable maison autour de mes personnages et perçai dans le mur une fenêtre cintrée. J'y ai inscrit naturellement le décor familier de ma mémoire : la plus haute tour des remparts de Castelfranco, que l'on retrouvera dans presque tous mes tableaux.

Le même œil remarquera dans ma *Sainte Famille* que l'arc de la fenêtre répète, en l'atténuant légèrement, la courbe formée par les silhouettes unies de Joseph et de Marie. Ce n'est pas un artifice de composition, c'est un rappel de douceur. La même tendresse inonde paysage et personnages. J'en suis arrivé, dans une *Vénus endormie*, à modeler le paysage sur la ligne même du corps. Un rêve éperdu d'harmonie me conduit à marier des épaules de collines à des courbes de femme...

J'ai terminé ma *Sainte Famille* par les visages. Celui de la Vierge me fut le plus facile : c'est celui de Laura. Je le débarrassai du long voile qui, chez Bellini — depuis plus d'un demi-siècle —, enveloppe la tête et retombe mollement sur les épaules. Marie était une jeune femme : je dégageai son cou plein et doré. Je fis de même pour sa chevelure dont j'ordonnai sagement les bandeaux, comme je le faisais certains matins avec Laura, les doigts plongés dans le soleil de ses boucles. J'eus l'idée d'ajouter, dans l'horizon entrevu par la fenêtre, en face de la tour, deux arbres saturés de lumière se détachant sur le ciel comme un lacis d'or fauve — frères de celui que j'avais posé tel un défi sur la *Conversation sacrée* de

Bellini. La même clarté semblait traverser l'espace pour venir se poser comme un oiseau sur le front bombé de Marie.

Mes élèves, debout en rond autour de moi, me regardaient peindre. Ils scrutaient mes moindres gestes. Je n'avais pas exigé cette curiosité, même si, au fond de moi, elle me flattait. Titien était des plus attentifs : il n'était plus qu'un regard, que je sentais peser sur mes épaules plus lourdement que celui des autres. Il y avait dans la ferveur générale une telle demande de qualité, un tel besoin d'apprendre que j'eus l'impression de devenir, pour la première fois peut-être, celui qu'ils voyaient en moi : un maître. J'avais constaté, pour l'avoir éprouvée moi-même, une grande déférence à l'égard de Bellini. Elle avait pris au fil des années la forme rassurante mais morne de l'habitude : Bellini était le premier peintre de Venise, on s'inclinait devant son génie comme on se découvrait en entrant dans la basilique Saint-Marc. À trop regarder un monument, il vous devient familier. On le frôle sans le remarquer et l'on oublie le privilège dont on jouit. Il faut, pour en prendre conscience, qu'un étranger vous le rappelle. Dürer fut de ceux-là ou, plus près, Taddeo Contarini. Se pouvait-il qu'un jour un admirateur inconnu tressaillît lorsqu'un de mes compagnons lui dira : « Je suis un élève de Giorgione » ? Je n'étais pas loin de le penser en cet instant de recueillement juvénile autour de ma personne. Cela me donna tout d'un coup une grande assurance, en même temps qu'un sens renouvelé de mes responsabilités. Ma *Sainte Famille* y aura sans doute gagné, comme elle s'est accrue de la joie de peindre pour mon ami Taddeo Contarini.

Quand ce premier panneau fut achevé, je me donnai quelque repos avant de passer à l'œuvre suivante. J'attendais les réactions de mes amis. Gerolamo, qui me rendait souvent visite, avait assisté à toutes les étapes de l'exécution sans dire jamais le moindre mot. Son silence m'intriguait et je lui en fis la remarque. «Je me suis toujours refusé à t'influencer au cours de ton travail, me dit-il. Es-tu d'ailleurs influençable?» Je lui rendis son sourire sans répondre : je n'aime pas les questions qui risquent de rompre mon équilibre. «C'est ta première commande importante, continua-t-il. Ta carrière à Venise en dépend; Castelfranco était un joli préambule, mais un préambule de province.» Il s'approcha du tableau à peine sec : «À dire le vrai, je ne t'y reconnais pas tout à fait. C'est d'ailleurs mieux ainsi. Tu aurais peu à donner si tu avais déjà tout donné. Tu es en ce moment à l'orée d'une forêt, tu te rassures en coupant des branches, en te frayant un chemin vers lequel tu peux te retourner, que tu peux reprendre en sens inverse.» Je devinai comme un reproche dans ces derniers mots. Je savais au fond de moi que j'avais tenté de me discipliner. Gerolamo trouvait-il de la fadeur là où j'avais voulu de la délicatesse? Il réfléchissait à voix haute : «J'ai dix ans de plus que toi et je suis incapable, dans les poèmes que je persiste à écrire, de gouverner mes épanchements. Quand je les relis, j'ai presque honte de m'être ainsi livré. Le propre de l'artiste est de se contraindre constamment, sans se dessécher. Il doit laisser filtrer une part d'humanité par où s'engouffrera l'imagination de celui qui le lit ou qui le regarde, comme ces grottes fabuleuses qui n'affleurent la terre que par un trou où un enfant passerait à peine. Le hasard — un pied qui dérape, un chien qui disparaît —, et voilà tout à coup un monde merveilleux et obscur qui se révèle. Celui qui me lit n'éprouvera que mes émotions. Celui qui contemple ta *Sainte Famille* avec patience et amour — c'est la même chose — verra grandir en lui des sentiments nouveaux qui ne sont pas nécessairement les tiens et que seule ta discrétion a pu faire naître. Je t'envie. Mais ce que j'admire chez toi, d'autres te le reprocheront. Là où je vois de la réserve, ils verront de la sécheresse et parleront même, à propos d'un tableau comme celui-ci, d'absence de sentiment religieux. Ignore-les. C'est toi qui as raison. L'art véritable doit toujours rester en deçà de l'expression.»

Cher et loyal Gerolamo! Comme j'ai senti ce jour-là ta générosité, ta finesse et cette amertume que te donnait un but que j'avais commencé d'atteindre, où tu n'accédais pas, où tu n'accéderais peut-être jamais! Je me souvenais des poèmes que tu me lisais avec fièvre au début de notre rencontre. Leurs titres chantent encore dans ma mémoire: *Mes Solitudes*, *Vaines Tendresses*. Tu y exprimais sans retenue les tourments d'une âme pure. Je sais que tu ne les publieras jamais, par pudeur ou par crainte de voir naître chez tes malades, à ton entrée, ce sourire ironique, signe d'un premier doute sur tes capacités de médecin.

Avec les précautions de l'amitié, Gerolamo avait défini ce qui pour les uns fait la force de mes œuvres, et fait leur faiblesse pour les autres. Refusant l'éloquence — cette outrance des médiocres, — j'ai toujours sollicité la participation du spectateur. L'homme pressé m'ignorera; son regard distrait glissera sur mes tableaux comme une goutte d'eau sur un miroir: la perle liquide ne se préoccupe pas du reflet capté. Ma peinture au contraire est faite pour celui qui peut rester une heure devant une toile et en savoure la quintessence. Il est semblable à la jolie femme qui se contemple sans fin dans son miroir. Mais l'image qu'il découvre ne lui rend pas la sienne. La voix nette de Vinci résonne encore à mes oreilles: «Le miroir est le maître des peintres.» Pour voir si l'effet général de sa peinture correspond à l'objet représenté d'après nature, Vinci se plaît à placer un miroir de façon à réfléchir l'objet réel; puis il compare le reflet à sa peinture. Je suis plus exigeant. Comme Gerolamo le disait si bien de l'art, la réalité que j'explore est «en deçà de l'expression». Avec une telle économie, on ne peut séduire qu'une élite, et encore. Sais-tu qu'Isabelle d'Este ne m'a jamais commandé de tableau ? Attendra-t-elle que je meure pour s'apercevoir que j'ai existé ?

Pour l'heure, le dernier coup de pinceau donné, ma *Sainte Famille* fut accueillie par mes élèves avec le silence même qu'ils avaient observé durant son exécution. Ce mutisme était un accord intime avec ce que j'avais fait, un acquiescement, une émotion. Eux aussi, eux déjà, faisaient partie d'une élite, la fleur des apprentis de Bellini. Titien, assoiffé d'apprendre, impatient de vivre, avait parfois la délicieuse timidité des débutants : il passa un doigt léger sur la robe de la Vierge, sur son visage, sur le paysage entrevu, comme s'il avait voulu par le toucher vérifier l'étonnement de son regard. « Votre peinture est si lisse... » murmura-t-il. Son propos m'a plu, à l'époque. Maintenant, même si je fais confiance à son talent pour terminer les œuvres que le temps me volera, je ne suis pas convaincu qu'il sera fidèle à ma technique : ses brusques empâtements de blanc, violents éclats de lumière, me font un peu peur et je crains qu'ils ne fassent chanter un peu trop fort ma petite musique.

Quelques jours après, quand Laura entra dans l'atelier, Lorenzo fit une bouffonnerie. Il l'appela « Marie », puis se rattrapa d'une façon qu'il voulut comique. C'était sa manière à lui — avec cette absence de discrétion qui le caractérisait — de souligner sa ressemblance avec ma Vierge. J'aurais préféré que Laura ne la remarquât pas ou qu'elle fût la première à la surprendre. Le soir même, lorsque nous fûmes dans ma chambre, elle demanda : « Est-ce vraiment moi que tu as voulu peindre ? » Je jouai la prudence : « Je n'ai pas fait poser de modèle. Le seul visage de femme que je connaisse vraiment, c'est le tien. » Elle dit alors ce que je n'avais jamais imaginé qu'elle pût dire et qui la fit basculer d'un coup dans un camp où j'étais à cent lieues de la trouver : « Tu aurais pu me donner une expression plus

225

intense. Je n'ai jamais eu d'enfant mais, si j'en avais un, je le regarderais avec des yeux remplis d'amour. »

C'est une amère sensation que de découvrir chez quelqu'un qu'on aime un aspect nouveau, décevant, qui en fait brusquement une espèce d'étranger. On se dit alors — cet état dura chez moi plusieurs jours et s'y aggrava d'une autre découverte, que je te raconterai — qu'on ne peut jamais connaître totalement un être : on cesse seulement parfois de s'apercevoir qu'on l'ignore, à des moments privilégiés où il lui est impossible de feindre. L'acte d'amour est de ceux-là, mais je ne pus me résoudre, ce triste soir, à lui sacrifier ma déception. Je congédiai Laura sous un prétexte quelconque.

Je remâchai toute la nuit ma désillusion. Je m'étais forgé de Laura une image idéale, car je ne l'avais jamais prise en défaut de vulgarité. Le mot est fort, mais j'avais été atteint. Sa réflexion touchait le domaine qui m'était le plus sensible, où je croyais que notre accord était total. Qu'y avait-il de plus important pour moi à cette époque ? Mon art, certes, mais peut-être plus encore le regard que Laura posait sur lui. Tout le monde sauf elle avait le droit de critiquer ma peinture. Certes, sa réserve ne portait que sur un détail du tableau, mais ce détail-là était essentiel : l'expression des visages, dans mes œuvres, c'est mon sceau. Vouloir la transformer, c'était se détourner de moi. L'attaquer, c'était m'anéantir.

« Tu as trop fait l'amour cette nuit », me dit Lorenzo en voyant ma mine défaite. Il se fortifiait dans l'idée que je lui ressemblais. Nous avions, il est vrai, suivi ensemble le même chemin — celui du plaisir — durant nos « années Bellini ». Quand j'ai ouvert l'atelier du campo San Silvestro, j'ai décidé de tirer un trait sur ce passé-là : mon art et la présence — parfois lointaine, toujours vigilante — de Laura m'y aidaient, emplissant mes heures, comblant mes jours. Une réflexion, pour elle minuscule, pour moi majeure, venait de rompre un équilibre que je ne pensais pas si fragile.

J'avais toujours caché à Lorenzo l'adresse de Laura. Ce soir-là, peu enclin à me retrouver seul, j'acceptai l'invitation de Lorenzo de l'accompagner dans ses interminables chasses nocturnes, me réservant le droit de ne pas le suivre jusqu'au bout. Le hasard nous amena près de l'église San Stefano. Je montrai la grande bâtisse sévère où Laura s'était engouffrée et où je n'étais jamais revenu. «Je connais quelqu'un qui habite ici», dis-je. J'allais prononcer son nom, quand Lorenzo s'esclaffa : «Tu n'aurais pas beaucoup de mérite. Tout le monde te dira que c'est la maison de Giovanni Ram.» Ce fut comme s'il m'avait envoyé un coup de poing dans la poitrine. «Tu es sûr ? demandai-je. — Pourquoi ? Tu connais quelqu'un d'autre ? — Non. J'ai dû confondre. Tous les palais se ressemblent.» Je fis une plaisanterie pour donner le change et le quittai dès qu'il eut récolté le sourire d'une passante.

Je croyais, à certains moments de ma jeunesse, être allé au tréfonds de la mélancolie. Je m'y étais complu, constatant que la souffrance n'est pas éloignée autant qu'on le croit du plaisir, ou d'une espèce de jouissance. Me traînant ce soir-là vers le campo San Silvestro, je découvris que la vraie souffrance est aussi immédiate, aiguë, déchirante qu'un coup de poignard. Je pensai brusquement au petit agneau dont j'avais tranché la gorge étant enfant. J'étais cet agneau-là, animal blessé qui perdait son sang. Toutes les images d'horreurs dont je m'étais délecté à la ferme — ou que j'avais accueillies avec indifférence — me revinrent en foule : le cochon éventré et hurlant ; le lapin assommé à coups de gourdin, dont mon père arrachait l'œil pour recueillir son sang dans une jatte ; le canard bondissant et qui s'affale, cou tranché. Brusquement, comme s'il attendait ce moment, me revint en mémoire un épisode de l'Ancien Testament : Judith coupant la tête d'Holopherne. J'étais Holopherne. Rentré chez moi, je me jetai sur une feuille blanche et esquissai dans la rage la haute silhouette de la meurtrière, à qui je donnai le visage de celle qui m'avait trahi, tandis que je prêtais mes propres traits à sa victime.

Il faut me comprendre : c'était mon premier chagrin d'amour. Ses conséquences en sont parfois terribles sur un cœur de vingt ans. L'eau noire qui clapotait au pied de l'église San Silvestro me faisait signe. Là était l'oubli, là l'apaisement. Un simple saut et tout était fini. Je l'aurais fait si un vagabond n'avait surgi de l'obscurité. Je me suis enfui. Quel tendre garçon j'étais !

Je suis resté de longs jours abattu, butant sur des évidences plus douloureuses que des soupçons. Il devenait clair que Laura était entretenue par un homme riche et, qui plus est, un barbon. Elle frottait son corps jeune et ferme contre le corps fripé d'un vieillard impudique et impuissant. Ensuite, sans vergogne, elle se blottissait dans mes bras, me jurant un amour éternel. À combien d'hommes avait-elle déjà joué cette comédie ? Qu'étais-je pour elle ? J'avais voulu mourir : je souhaitais maintenant la mort du protecteur.

Tous respectaient mon silence, l'expliquant sans doute — ils connaissaient désormais ma façon de travailler — par la lente gestation de mon prochain tableau. Il est vrai que le seul dérivatif à mon chagrin était la composition de mon *Adoration des bergers*. Je constatai alors que, même au milieu d'un détresse dont on croit qu'elle va vous briser, une vague lueur continue de briller, comme ces feux de branchages que j'allumais enfant et qu'un orage soudain ne parvenait pas à éteindre.

Je décidai de provoquer une explication. Je n'eus pas à le faire. Elle avait remarqué mon état et ses conséquences sur nos rapports : je prétextai une fatigue due à ma *Sainte Famille* pour espacer nos nuits et, quand je finissais par céder à son désir, le mien était embarrassé, sans élan. Elle s'en inquiéta : «Tu devrais peut-être consulter Gerolamo.» Je me suis tourné vers elle et, de ma voix la plus froide : «Il vaudrait peut-être mieux que j'en parle au sieur Giovanni Ram.» Ce nom n'avait jamais été prononcé entre les quatre murs de ma chambre. Laura s'était figée : le sang avait reflué d'un seul coup de son visage. Seuls vivaient ses yeux inquiets, interrogateurs, à la lisière d'une sorte de panique, qui m'attendrit malgré moi — on n'est jamais aussi méchant qu'on le croit, ou qu'on le souhaite. À ce moment-là, je la dominais.

Je m'étais attendu à ce qu'elle s'écroulât. Elle conserva les yeux secs et s'expliqua. Oui, elle habitait depuis trois ans chez Giovanni Ram, qui l'entretenait. Tout le monde, dans le milieu qu'elle fréquentait, le savait : les Vendramin, les Contarini, l'entourage d'Isabelle d'Este, la cour de Catherine Cornaro. «Tout le monde, sauf moi», dis-je. Elle l'avait voulu ainsi, exigeant le secret de ceux dont j'avais, grâce à elle, fait la connaissance : «C'est moi qui t'ai imposé à eux. Crois-tu que cela m'a été facile ? Crois-tu qu'ils acceptent aisément un fils de paysan à leur table, même s'il a un talent — naissant, je te le rappelle — de peintre ? En te donnant une place parmi eux, ils admettaient aussi l'éventualité de se brouiller avec l'un des hommes les plus puissants de Venise. Et lui ? Crois-tu si simple de le convaincre de ne pas venir à toutes les fêtes où il risque de te rencontrer ? Beaucoup se sont étonnés de son absence aux fiançailles de Taddeo, à l'anniversaire de Gabriele. Ils t'ont vu à mes côtés et certaines bonnes langues ont dû le lui rapporter. Il ne m'en a jamais rien dit : c'est l'homme le plus courtois qui soit.» Elle dut me sentir faiblir, car son ton se fit plus assuré : «Je ne t'ai pas attendu pour vivre ma vie. J'ai eu tort de ne rien t'avouer, je le reconnais. Mais je ne voulais pas te faire de mal et risquer de te perdre. Car je le risque, n'est-ce pas ?» Ses yeux brillèrent. J'étais aussi ému qu'elle : je ne sus que répondre. Elle me porta un dernier coup : « C'est à Giovanni Ram que tu dois la commande des trois tableaux. J'ai réussi à le persuader qu'il avait découvert, le premier à Venise, le vrai successeur de Bellini. »

Je lui en ai voulu de croire que ce dernier argument pouvait être décisif. C'est vrai qu'il avait son poids et qu'il suffisait à calmer le peintre. Mais l'amant regrettait qu'elle eût eu à l'employer. J'aurais pu longtemps encore accuser Laura de mensonge et, fouillant dans son existence, me torturer autant que je la tourmentais. Je n'ai pas de vocation à être Grand Inquisiteur. Je crois de plus en plus que la vie à deux se meurt de trop d'aveux et qu'il n'y a de joie que dans l'illusion, de paix que dans l'ignorance. J'ai eu des maîtresses, certes, mais moins qu'on a prétendu. Laura m'a fait croire qu'elle ne savait rien et je me suis gardé de céder à la cruelle délicatesse de lui en parler. La faute se nourrit moins de l'acte lui-même que du récit qu'on en fait et, par là, de l'importance qu'on lui donne — importance toujours plus grande que les traces qu'il laisse. J'ai été fidèle à Laura plus qu'on a dit, elle m'a aimé plus qu'on ne croit. Ma rencontre avec Léonard avait affermi mes certitudes de peintre. L'épreuve que je venais de vivre m'avait révélé les incertitudes du cœur. D'avoir découvert la fragilité des sentiments m'évitait désormais d'en souffrir. Assuré dans mon art, serein dans ma vie, j'étais maintenant disponible pour de vastes desseins.

XIII

Titien grandissait en force et en talent. Sa taille était devenue presque aussi haute que la mienne et l'on nous prenait parfois pour deux frères. Il en était flatté et, quand on l'interrogeait sur son âge, il s'ajou tait cinq années : l'adolescent voulait être considéré comme un homme. Il a fini par se prendre à son jeu et c'est le plus sérieusement du monde, quasi officiellement, qu'il a continué de se vieillir. Sûr de sa santé, il se prépare ainsi une flatteuse vieillesse.

Dès qu'il m'eut suivi, Titien s'annonça comme le plus doué de mes élèves. Il m'en donna, peu de temps après notre arrivée au campo San Silvestro, une preuve éclatante. Je venais de terminer mon *Adoration des bergers*. L'élaboration en fut aisée : je savais désormais ce que je voulais faire. Plus exactement, je savais ce que je ne voulais pas faire. On se pose en s'opposant et, en l'occurrence, c'est Mantegna — dont pourtant j'admirais le dessin aigu — qui me servit de repoussoir. Je me souvenais avoir vu de lui une estampe qu'il avait offerte à Giovanni Bellini et que celui-ci avait accrochée au mur de son cabinet. Elle représentait une *Adoration des Mages*, véritable caravane de serviteurs et de chameaux dégringolant d'un chemin escarpé situé à gauche vers la grotte sacrée qui occupait toute la partie droite. Je n'en retins que la composition : trop de personnages me donne le tournis. Mantegna avait même multiplié les angelots, qui tournoyaient autour de la Vierge comme une nuée de moineaux. J'effaçai de mon paysage ce vacarme inutile. La grotte, le paysage baignant dans le silence d'une soirée d'été, deux bergers penchés avec le couple sacré sur l'Enfant, quatre angelots noyés dans l'ombre, et ce fut tout. On ne pouvait rêver plus fort contraste avec l'œuvre de Mantegna qui, m'a-t-on dit, m'a jugé sévèrement. Son approbation m'aurait paru suspecte.

Le spectateur le plus avide de mon tableau, dès que je l'eus achevé, fut Titien. Comme pour ma *Sainte Famille*, il ne semblait pas en croire ses yeux. Mais alors que précédemment l'admiration l'avait épanoui et comme éclairé de l'intérieur, il me parut cette fois-ci fébrile, presque inquiet. Il ne toucha pas es pinceaux de toute la journée. Il errait comme prisonnier dans l'atelier et ses pas le ramenaient ns cesse au chevalet où j'avais exposé mes bergers. e soir, il s'attarda. Resté seul avec moi, après que les autres eurent regagné la grande pièce du haut où ils dormaient tous ensemble et alors que je m'apprêtais à éteindre pour monter à mon tour, il demanda timidement : « Puis-je garder une chandelle ? Je voudrais encore regarder le tableau quelques instants. » J'acceptai avec un sourire. Montant l'escalier qui menait à ma chambre, je pensai avec une légère émotion à ce garçon qui croyait si fort en moi.

Le lendemain, descendu comme d'habitude le premier à la cuisine où Alessandro s'affairait, je trouvai celui-ci de très mauvaise humeur. Il m'accrocha dès qu'il me vit : « Il y en a qui font trimer leurs élèves comme des esclaves... Ils devraient avoir honte. Ah ! elle est belle, la république de Venise ! — Après qui en as-tu donc ? demandai-je. — Après toi ! Crois-tu qu'un garçon de quinze ans a une résistance d'un homme de trente ? Crois-tu qu'il n'ait pas besoin d'autant de sommeil que les autres, et même plus, vu son âge ? » Je ne comprenais rien et n'appréciai guère cette agression dès le matin, surtout venant d'Alessandro, qui faisait pour ainsi dire partie de ma famille. Je lui demandai un peu vivement de s'expliquer. Sans dire un mot, il désigna l'atelier, où je découvris Titien allongé sur le sol, endormi comme un jeune Endymion. La chandelle était depuis longtemps consumée. À ses côtés, à peine sèche, gisait une réplique si exacte de mon *Adoration des bergers* que je crus que celle-ci se reflétait dans un miroir ! Je ramassai les pinceaux de Titien. Je remontai à la cuisine et racontai à Alessandro ce qui s'était passé. « Ah ! j'aime mieux ça », dit-il. En buvant le lait brûlant qu'il me servait chaque matin — comme ma mère l'avait fait avant lui — je restai plongé dans un songe vague et délicieux. Quelle adorable providence avait mis ce jeune dieu sur mon chemin ? Serais-je

digne de l'admiration qu'il me portait? Je senti‹
tressaillir en moi les fibres du père que je n'ai jamais
été. Je voyais à ce moment nos deux destins mêlés
dans une même recherche et s'enrichissant mutuelle-
ment. « Sacré Titien! s'exclama Alessandro. Je lui
prédis un de ces avenirs... »

Avec ta finesse habituelle, tu fus le premier à deviner qui était le véritable auteur de la copie — que
chacun m'attribua. Et c'est vrai que ce tableau,
si réussi qu'il fût, souffrait de la fébrilité de Titien
et — dois-je le dire? — de sa comparaison avec le
mien. Je doute qu'il résiste autant, faute de préparation suffisante. Mais, tel qu'il était, il témoignait bien
haut d'un talent naissant. Titien, réveillé, les yeux
brillants, avait moins le sourire du vainqueur que
celui, plus touchant, du donateur: il me faisait
cadeau de sa ferveur.

Le soir même, sans que nous ayons eu à nous
concerter et comme si nous voulions fêter ensemble
un événement qui ne concernait que nous seuls, nous
sommes partis nous perdre dans Venise. Il aurait
peut-être aimé bavarder dans quelque taverne du
Rialto: j'ai préféré fuir la foule. Nous nous sommes
retrouvés sur un quai désert, au bord d'une eau noire
où tremblait le reflet évanoui de Torcello. L'obscurité, le silence invitaient aux confidences. Pour la
première fois, le fougueux Titien, si discret sur sa vie,
se raconta. Il se plaisait dans l'opulente Venise et
désirait y faire carrière, mais il regrettait son village
natal et ses chères montagnes du Nord, où il vaga-
bondait enfant, vif et sûr comme un chamois. « Tout
est si plat, ici », soupirait-il. Quand il en redescen-
dait, les vêtements trempés de sueur, les cheveux
collés au front, il se précipitait dans l'eau glacée de
la Piave — qui lui tenait à cœur autant qu'à moi la
Musone — malgré les recommandations de sa mère
et les reproches de son frère Francesco. « Il est très
sage, mon frère, dit-il. C'est normal. Il est l'aîné. » Il
ne m'avait jamais parlé de lui. « Il est resté là-bas?

mandai-je. — Non, il est ici, à Venise. — Il ne vient jamais te voir à l'atelier? — C'est moi qui lui rends te chez son mosaïste. » Il y avait un léger mépris ans sa voix. «Vous le connaissez peut-être : il s'appelle Sebastiano Zuccato. » Ce nom avait été en effet prononcé deux ou trois fois devant moi par Bellini. «Nous sommes arrivés chez lui il y a trois ans, Francesco et moi.» Ils y avaient été amenés par leur oncle, qui avait des relations : son gendre était ingénieur de la République. Je me pris à penser que mon père, qui n'en avait aucune, avait su, lui, se faire écouter du plus grand peintre de Venise... Ce fameux oncle, qui venait souvent visiter sa famille à Pieve di Cadore, avait été frappé par les dons du jeune Titien et, dans une moindre mesure, par ceux de son frère aîné. Enfant, le premier avait peint, sur la porte d'entrée de la maison, une madone entourée d'anges ; le village entier avait défilé devant. Titien racontait l'anecdote d'une voix claire, sans forfanterie, mais sans modestie : c'était un fait, presque une évidence ; il était né peintre. «Comme ton frère», dis-je. Il eut un hochement de tête : «Si l'on veut...» Je n'ai jamais vu de tableaux de Francesco Vecellio, mais je doute qu'il puisse jamais échapper à l'influence de son impérieux cadet. Celui-ci l'utilisera au mieux de sa propre ambition, en lui confiant avec le sourire des tâches subalternes. Il a, lui aussi, son Giorgio Bassetti.

Alors que je n'osais parler de mes origines qu'à de rares intimes — je ne suis pas très fier, crois-moi, de cette attitude-là —, Titien m'éclaira spontanément sur les siennes. Il pouvait s'en vanter. Un de ses ancêtres avait été élu Podestat de Cadore en 1321. Il y eut même un saint Titien, évêque d'Oderzo au début du XVe siècle ! Du plus loin qu'il pouvait remonter dans le temps, Titien ne découvrait que des filiations flatteuses : hommes de loi jouissant de la confiance de leurs concitoyens ou guerriers prompts à défendre les droits et la liberté de leur patrie. Je jugeai opportun de lui parler de Catherine Cornaro. Si mes ancêtres étaient humbles, j'avais su moi aussi, mais d'une autre façon, accéder à un rang supérieur. Il me répondit qu'il l'avait rencontrée avant moi : « Dès son retour de Chypre, après son abdication. Je devais avoir une douzaine d'années. Le *Bucentaure* a été la chercher au monastère San Nicolò où elle avait débarqué de nuit. Il y avait foule le long du quai pour assister à son arrivée. Je me suis faufilé entre les jambes des curieux. Ce fut un cri d'admiration quand on la vit : sa chevelure blonde coulait sur ses épaules comme un fleuve d'or et son regard éclatant semblait braver ceux qui l'avaient destituée. Si j'ai un jour son portrait à faire — sait-on jamais ? —, c'est ainsi que je la représenterai, si noble, si fière. » Je lui dis qu'elle avait conservé cette fierté et cette noblesse malgré les années. Je lui fis croire que les fêtes continuaient à Asolo et que j'y étais toujours invité. En réalité, depuis quelques mois, vieillissante et lassée, Catherine Cornaro vivait en recluse à Venise, confite en dévotion et abandonnant peu à peu le monde et les hommes. Je l'apercevais de temps à autre avec chaque fois un peu plus de mélancolie. J'avais moi aussi l'espérance, depuis longtemps nourrie en secret, d'être le premier à la peindre.

« Il y a cinq ans, continua Titien, mon père a été nommé capitaine de la centurie de Pieve. Il a exigé à cette occasion que je fasse son portrait en armure. » Titien, en bon fils, s'était exécuté. « Il s'endort maintenant chaque soir après un dernier regard sur son effigie. » Il se tourna vers moi : « Rien à voir avec votre *Saint Georges* », murmura-t-il.

Il me raconta ses débuts chez Zuccato. Les deux petits montagnards y avaient été bien accueillis : le mosaïste avait deux garçons de leur âge, avec qui ils s'étaient immédiatement accordés. « Ce sont mes meilleurs amis, je ne m'en séparerai jamais. » Je constatai que mes élèves, voire moi-même, n'avions aucune place dans le cœur de Titien; ses camarades étaient des rivaux en puissance et ma position interdisait la complicité. Deux mosaïstes ne pouvaient porter ombrage à un peintre dévoré d'ambition — d'autant plus que la mosaïque n'avait été qu'une étape sans lendemain de son apprentissage. « J'ai appris à disposer côte à côte des centaines de petits cubes de pierre ou de verre coloré. Zuccato voulait me persuader qu'en réduisant leurs dimensions j'arriverais à suivre le contour d'un motif et, en les collant soigneusement, j'obtiendrais un effet digne d'un tableau. Il ignore la liberté de la peinture. Je manque de minutie, de patience. Il a travaillé aux mosaïques sur fond d'or des voûtes de Saint-Marc et m'a conduit dessous. Comme je me tordais le cou, il m'a dit: "Regarde aussi à tes pieds." Les pavements reprennent les mêmes volutes, les mêmes jeux de couleurs. » Il soupira: « Au premier coup d'œil, je sais reconnaître le carrare fantastico, l'aurore de Brescia, la serpentine de la Stella, la pierre d'Istrie, l'onyx du Pakistan et tous marbres, basaltes, travertins ou jaspes. Mais on ne m'ôtera pas de l'idée qu'un mosaïste n'est pas un véritable artiste. » Je lui fis remarquer que des peintres célèbres — Cacallini, Cimabue, Giotto — n'avaient pas cru déchoir en s'y adonnant. Sa réponse fut sèche: « C'est mon opinion, je ne demande pas qu'on la partage. » Je me souvenais — et le lui dis — avoir été saisi devant le *Jugement dernier*, au revers de la façade de Santa Maria Assunta à Torcello, ou devant l'hiératique Vierge « Madre di Dio » à la voûte de Ss Maria e Donato à Murano. Mon émotion ancienne lui fut indifférente. J'insistai: « Tu as dû entendre, comme moi, Gentile Bellini, bien après son retour de Constantinople, parler avec émerveillement des mosaïques de la coupole de Sainte-Sophie — au point que son frère, qui ne les avait jamais vues, en était parfois agacé. » Oui, Gentile en parlait souvent, mais Titien n'y avait pas prêté grande attention. Au fond de moi-même, je n'étais pas entièrement convaincu de mon discours : je connaissais des émotions plus fortes. Je crains qu'il n'ait pris pour une capitulation mes derniers mots, qui exprimaient pourtant le fond de ma pensée : «Au fond, tu as raison : si, malgré tout, c'est un grand art de capturer la lumière dans des petits cubes dorés, c'en est un plus grand de la retenir dans une goutte de peinture.»

Titien s'était penché vers l'eau noire. Je voyais son profil se détacher sur le ciel clair. Le vaste front, l'arcade sourcilière saillante, le nez en bec d'aigle, tout indiquait l'ébauche d'un caractère. Et, quand il se tournait vers moi, la nuit ne parvenait pas à dissimuler la magnifique amande de l'œil grand ouvert sur les choses. Il ne lui manquait que cette barbe qu'il m'enviait et qui ruisselle maintenant de ses joues encore juvéniles. Il y a deux ans, je me souviens d'avoir surpris un regard un peu appuyé de Laura sur Titien qui revenait, poudreux et débraillé, du Fondaco dei Tedeschi. Par jeu — avec peut-être une pointe de soupçon — je le lui ai rappelé le soir même. Elle éclata de rire : «Tu ne me connais pas encore... Il est trop viril pour moi. Je n'aime que les hommes qui ont de la... "dolcezza".» Sa voix glissa sur le mot comme un roucoulement. Il ne m'a pas procuré autant de plaisir qu'elle le pensait.

Sur le chemin du retour, Titien s'arrêtait devant chaque taverne, jetait un regard à l'intérieur, s'amusait des visages échauffés, des silhouettes chancelantes, riait à quelque plaisanterie entendue. L'idée ne m'effleurait même pas qu'il eût aimé y entrer, tant je le croyais à l'époque semblable à moi — affinité qu'il a cultivée au début par admiration, par respect. Quand nous pénétrâmes dans l'atelier obscur, un rayon de lune était posé sur nos deux tableaux, les éclairant comme en plein jour. Je pris le bras de Titien : «Qu'est-ce qui selon toi rend ton œuvre moins bonne que la mienne ?» Il se mit à rire : «Que vous l'ayez faite avant moi : sans votre tableau, pas de copie possible. — C'est vrai. Mais supposons que nous l'ayons fait en même temps.» Il compara, hésita : «Le mien est plus sombre? — C'est exact et c'est dommage. Rien de plus?» Il ignorait — il ignore toujours — qu'il avait commis sans les rectifier les fautes de composition que j'avais faites dans un premier mouvement et corrigées dans l'instant. Comme si le mimétisme étonnant n'était pas allé jusqu'à sa fin. Je précisai : «Ta caverne est un peu étroite, l'arbre qui est derrière prend trop d'importance. Songe au sujet du tableau : l'adoration des bergers. Ils sont venus voir la Sainte Famille : c'est elle qui doit occuper le plus de surface.» Titien mit deux doigts devant ses yeux pour cacher la paroi de la grotte : «Vous avez raison.» Je posai ma main sur son épaule : j'avais envie d'être très gentil dans mes critiques. «Il y a autre chose, ajoutai-je. Tu n'as pas vu — ou tu n'as pas eu le temps de voir — que j'avais peint en arrière-plan de petits personnages qui se montrent un point invisible dans le ciel : c'est l'annonce aux bergers. De tels détails semblent insignifiants. Ils sont pourtant la touche finale d'un tableau, la signature du peintre. Pour moi, ils sont comme un tableau dans le tableau, un écho lointain, — une sorte de contrepoint dans ma musique...» Examiner mon tableau m'en apprenait autant sur ma manière que si j'eusse observé de sang-froid celle d'un autre. La présence de la copie m'excitait et j'avais peu de peine à dégager ses faiblesses. Je le fis avec discrétion, de peur de blesser Titien. J'ignorais encore quelle force de caractère, quelle conscience de son génie allait bientôt mûrir en lui. Pour l'instant, cet élève-là ne dépassait pas encore son maître. Pourtant, je me devais de lui donner quelques responsabilités, par confiance et par calcul. Je le chargeai d'aller proposer son œuvre aux habituels clients de Bellini — qui, s'il l'a appris, ferma les yeux sur cette concurrence somme toute loyale. Elle porta ses fruits : Titien revint chargé de fierté et de commandes. Il y avait là de quoi faire vivre la bottega durant plusieurs semaines. Nous l'avons embrassé. Je pouvais commencer mon *Adoration des Mages* en toute quiétude.

Dès que je m'y attaquai, je sentis que la matière résisterait, que le sujet m'en imposerait malgré mes désirs de charger le panneau le moins possible. Alors que deux bergers inclinés peuvent représenter une foule de pâtres en prière — comme j'avais fait —, il n'était pas possible cette fois-ci d'effacer les cohortes royales, leurs trésors, leurs cavaliers et leurs chevaux. Je pouvais au mieux en diminuer le nombre, en restreignant la scène aux abords immédiats de la grotte sacrée — refusant ainsi les perspectives surpeuplées où s'était complu Mantegna et où Titien s'aventurerait un jour avec succès. Je crus avoir ainsi ma composition dans la tête et, fidèle à ce qui serait désormais ma seule façon de travailler, je répartis les différentes masses par des tracés de peinture bistre appliqués directement au pinceau sur la préparation, exécutée une fois de plus par l'excellent Giorgio Bassetti. Je crus innover : je me trompais. Sans le vouloir — tant le poids de la tradition était grand —, j'avais adopté la vieille disposition, très narrative, du déploiement en frise suggérant l'arrivée du cortège par le bord droit du tableau. Je tournai et retournai cent fois cette composition pour y imposer ma marque : la coutume résistait. Je compris qu'il ne servait à rien de vouloir la modifier : elle était la meilleure. Mieux valait l'utiliser à mon avantage. Je découvris à cette occasion — mais je l'avais pressenti dans mes essais antérieurs — que la vraie nouveauté n'est pas la table rase, mais le subtil détournement de la tradition. Mon originalité naquit de mes erreurs. J'avais d'abord conçu Joseph tourné vers les Mages avec un geste d'accueil : c'était démonstratif, appuyé. Je détournai son regard vers un point invisible, perçu de lui seul, au-delà du tableau. Il fut le premier des personnages « absents au monde » — selon les mots de Gerolamo — qui hantèrent désormais mes œuvres, incarnations de la méditation et du songe, jusqu'à cette Vénus sur laquelle je travaille en ce moment, allongée, offerte, les paupières baissées sur son rêve intérieur... Mon saint Joseph dresse une impalpable barrière entre les importuns — ces bruyants adorateurs venus de contrées barbares — et le mystère silencieux de la Nativité. Je me suis souvent interrogé sur le mutisme de mes personnages. Me ressembleraient-ils ? Je le nie quand je pense au chanteur, au musicien, à l'ornement des fêtes que je suis devenu. Mais au fond de moi-même, je sais que je suis leur frère. Dans le bourdonnement des conversations, dans les baisers, dans les ivresses, l'homme de plaisir, le charmant compagnon des patriciens de Venise a toujours frémi devant les voluptés et fait peser sur elles le regard incrédule ou amer d'un adolescent solitaire.

Mon *Adoration des Mages* terminée, elle était figée dans le silence. Même les animaux semblaient pétrifiés et, à l'immobilité des bœufs de l'étable, répondait celle plus surprenante des coursiers royaux. Une grande ferveur muette répandait ses ondes paisibles sur le panneau. Le tableau était si proche de moi, de mes douces mélancolies, que brusquement j'ai voulu y figurer. Je ne possédais alors qu'une seule image de moi : un dessin qui me représentait, jeune pâtre, au pied des remparts de Castelfranco. Piquée sur un mur de ma chambre, cette précieuse sanguine était comme un morceau arraché à mon enfance ; il me suffisait d'y jeter un coup d'œil pour sentir ma peau frissonner sous le soleil ou le vent du petit matin, quand les moutons se serraient les uns contre les autres. C'est une nostalgie analogue — mêlée de coquetterie — qui m'a poussé à me peindre dans mon *Adoration des Mages*. Le page aux longs cheveux, à droite, qui médite appuyé sur sa pique, c'est moi. J'ai volontairement estompé mon visage, me souvenant du procédé de Vinci pour rendre le visage de son Christ, bien que nos intentions fussent différentes. Un reste de timidité m'empêchait d'accuser mes traits : on m'eût taxé d'arrogance, surtout dans un tableau religieux. Je n'ai plus ces réticences. Je viens de terminer un *David*, où je me suis représenté à la fois en David et en Goliath : le jeune vainqueur a la splendeur de mes dix-huit ans, la tête coupée de la victime la maigreur blafarde où m'entraîne ma maladie actuelle...

Dès que j'eus exposé mes *Mages* dans l'atelier, Lorenzo me prit à part, d'un air mystérieux. Son masque était grave, son ton tragique : « Merveilleux. C'est ton plus beau tableau. Mais il y a une lourde erreur dans ton portrait : tu t'es sous-estimé. » Je connaissais son caractère, je le pratiquais depuis longtemps ; pourtant, je me laissais toujours surprendre. « Moi ? fis-je. — Toi. Qu'est-ce donc que cette ondulation à peine ébauchée là où il faudrait une colline, que dis-je, une montagne ? » Il me tira vers le tableau. J'étais de plus en plus interloqué. « Voici l'objet du litige. » Il pointa son doigt sur un endroit bien précis de ma personne, celle qui, dans ses rapports avec la gent féminine, lui tenait le plus à cœur — si j'ose ainsi m'exprimer, cet organe étant moins sollicité que l'autre. « Je t'ai souvent vu en pleine action dans nos escapades à deux, dit-il d'un air égrillard. La figure pâmée de la donzelle m'en apprenait autant que mon regard. Tu pèches par excès de modestie, Giorgio. Il faudra t'y faire : tu es un Giorgione, dans tous ses détails. » Il saisit un pinceau, le trempa dans une peinture orange, couleur des chausses collantes de mon double. « Tu permets ? » La plupart des élèves s'étaient rapprochés — tu étais absent ce jour-là. D'un geste vif, il arrondit la poche qui fermait le haut-de-chausses, en fit une boursouflure presque provocante : « Voilà, c'est tout à fait toi. N'est-ce pas, les enfants ? » Reposant son pinceau, il conclut : « Il faut rendre à César ce qui appartient à César. »

D'abord intrigués, tes camarades ont ri, puis sont retournés sans mot dire à leur chevalet. Peut-être se seraient-ils lancé quelques grasses plaisanteries s'il s'était agi de l'un d'eux : leur rivalité n'était pas seulement artistique. La facétie de Lorenzo m'avait mis mal à l'aise. Je n'aime pas aborder certains sujets en public. La peinture est toujours liée de près ou de loin à la vie personnelle du peintre. Dégrader celleci, même par une grossièreté sans conséquence, c'est aussi avilir celle-là. Durant plusieurs jours, je ne pus passer devant le tableau sans regarder d'abord le repeint de Lorenzo. J'eus un moment la tentation de l'effacer, mais qu'auraient dit les autres ? Je m'efforçai de n'y plus penser, d'autant plus que ceux qui le voyaient pour la première fois ne remarquaient rien. J'avertis toutefois Laura, dont je craignais la réaction. Elle se contenta de sourire malicieusement : les femmes n'ont pas nos pudeurs. La nuit suivante, elle eut ce mot, plus hardi : « Je saurai désormais que Lorenzo dit toujours la vérité. »

Le succès remporté par mon triptyque fut tel qu'il relégua dans l'ombre les copies faites par Titien de mon *Adoration des bergers*. Au palais Contarini comme chez les Vendramin, ma *Sainte Famille* et mes *Mages* eurent droit aux meilleures places, dans le salon d'apparat. Comme il arrive souvent entre personnes qui se connaissent — elles étaient en outre alliées par le sang —, les deux familles prirent autant d'intérêt à l'œuvre qu'elles reçurent qu'à celle qui ornait les murs du palais voisin. Taddeo, tout en jetant un regard chargé d'amour sur sa femme enceinte, me remercia de ma pensée délicate — Laura m'en avait attribué tout le mérite : « J'aime le rapprochement que tu as fait. Chacun ne verra dans ton panneau qu'un très beau et très traditionnel sujet religieux, même si tu en as modifié les attitudes. Je serai le seul à connaître le vrai sens de la scène. Il faudra que nous allions encore plus loin ensemble. J'ai quelques idées là-dessus. » Ces idées, il ne les développa que plusieurs années après, comme s'il avait fallu tout ce temps pour qu'elles atteignent, dans son esprit comme dans le mien, l'extrême pointe de leur nécessité : elles donnèrent naissance alors à ces images énigmatiques dont toi seul auras la clé.

Avec Gabriele, l'approche fut différente. Encore innocent — peut-on dire vraiment cela d'un Vénitien de seize ans ? —, il m'obligeait à modifier légèrement mon *Adoration des Mages*. Je savais que sa plus grande joie serait de me reconnaître parmi les serviteurs. La gaillardise de Lorenzo me contraignait à éloigner le regard de Gabriele — et celui de ses parents, dont l'austérité de mœurs était connue — de ma silhouette. J'eus l'idée de donner au visage du jeune valet placé derrière le Mage en robe rouge les traits joufflus du gentil Gabriele. Celui-ci battit des mains quand il se retrouva mêlé à l'escorte royale. «Je suis le seul à rire parmi tous tes personnages, me dit-il. — Tu ne ris pas, tu souris à l'Enfant Jésus. Tu es le plus proche de lui. Les autres sont intimidés : ils prient. — C'est cela, je suis le plus turbulent.» Il prit un air faussement contrit : «Tu as une mauvaise opinion de moi, Giorgio.» Il ne m'avait pas remarqué sur le tableau.

Payé au-delà de toute espérance par Laura, c'est-à-dire par Giovanni Ram, je vis partir avec regret mon *Adoration des bergers*. À la différence des deux autres œuvres que je pouvais contempler chaque soir dans les palais qui les abritaient, celle-ci s'en allait vers un lieu à jamais inaccessible. Des trois, elle était la plus ancrée — presque immergée —, dans le décor de ma jeunesse. La bâtisse de gauche est le vieux lavoir sur la Musone, où ma mère se rend si souvent pour nettoyer nos pauvres vêtements ; au fond, j'ai placé la tour dite «dei Morti», orgueil des remparts de Castelfranco et sécurité de mes escapades d'enfant : je retrouvais toujours mon chemin grâce à ce phare. Ma mère est même montée une fois au sommet pour y guetter mon retour! Elle se souvient encore du nombre impressionnant de marches qu'elle avait dû affronter — et qui avaient exténué la jeune femme d'alors. Tu comprends que j'aie placé cette tour dans de nombreux tableaux, à commencer par mon retable de l'église de Castelfranco. Tu comprends aussi ma tristesse de l'avoir vue partir sur les murs d'un étranger. Toi qui vas bientôt quitter Venise, tâche d'emporter avec toi tes souvenirs, crée-toi au besoin sur place une nouvelle mémoire, en tout cas épargne-toi la douloureuse sensation d'être dépossédé du meilleur de toi-même. Un temps, j'ai tenu rigueur à Laura d'en être l'auteur involontaire.

Titien était moins surpris qu'heureux de mon succès. Il avait eu son heure de gloire avec sa propre *Adoration des bergers*, mais il en connaissait les défauts et avait conscience du chemin qui lui restait à faire pour arriver à ma maîtrise. Un soir qu'il était resté seul avec moi, je lui demandai s'il ne regrettait pas d'avoir quitté Bellini pour me suivre: «Je ferai davantage de progrès avec vous qu'avec lui, répondit-il. Vous êtes l'avenir, il est déjà le passé.» Je trouvai le jugement sévère, tentai de le nuancer, en vain: Titien avait les certitudes des très jeunes gens. Je plaignis moins Bellini que je ne me félicitai de mon image dans l'esprit de Titien. J'aurais dû me souvenir que j'avais eu naguère la place de celui-ci auprès de celui-là, et que mon ambition avait été de brûler ce que j'avais adoré. Mais, en 1502, Titien n'avait que quinze ans. Il ne savait que faire pour m'amuser, pour me séduire: il copiait mes vêtements, avait adopté ma coiffure et déplorait que sa barbe fût si timide. Lorenzo et ses camarades se moquaient, il n'en avait cure: il se contentait de lire dans mes yeux une bienveillance complice.

Je le choisis un soir pour m'accompagner à une réception chez les Vendramin. Je ne voulais pas uniquement lui faire plaisir. Je souhaitais augmenter ma valeur à ses yeux en lui montrant celle que j'avais aux yeux des autres — ces patriciens de Venise qu'il n'avait jamais fréquentés. Gabriele m'embrassa, comme à son habitude. Ses parents n'eurent pas besoin de me présenter à leurs amis : je les connaissais tous. On me pria de chanter : je le fis avec grâce. Je m'arrêtai complaisamment devant mon *Adoration des Mages*. Le doge l'avait admirée, me dit Leonardo Vendramin, et il envisageait de me proposer la décoration d'une salle du Grand Conseil. Je répondais aux louanges avec une humilité feinte. Je jouais, avec la légère distance de celui qui prend plaisir à n'être pas dupe. La sincérité m'oblige toutefois à dire qu'il m'est arrivé de succomber aux charmes de certaines conversations, de certains compliments et de croire un instant que j'avais grandi dans ce milieu. Je retrouvais mes esprits en rejoignant la bottega. Ce soir-là, fouetté par la présence muette de Titien, je me surpassai. Mon chant bouleversa les dames, ma modestie plut aux maris. Titien, resté à l'écart, m'observait. Quand nous sortîmes dans le petit matin aigre de Venise, il ne dit pas un mot, mais je lus dans ses yeux à livre ouvert : il serait un jour Giorgione — celui du jour, celui de la nuit — ou rien. Il me prit le bras, comme un défi. Nous avons marché côte à côte sans savoir réellement qui de nous deux menait l'autre.

Il me restait un dernier domaine, le plus délicat peut-être, où je n'eusse pas encore exercé mon influence sur Titien. Lui-même, si ouvert avec moi, ne m'en avait jamais parlé. Je reçus les confidences de Lorenzo : Titien n'avait jamais approché une femme. « Je m'en charge, me dit-il. — Il n'en est pas question », répliquai-je. Lorenzo parut surpris : « Serais-je pour lui un mauvais maître ? Qui de nous tous a là-dessus la plus grande expérience ? La tienne, excuse-moi, n'arrive pas si j'ose dire à ma cheville. — Justement. Tu ne saurais te mettre à sa place. Il y a trop longtemps que tu cours. Je parie que tu ne te souviens plus de ta première maîtresse. » Effectivement,

Lorenzo fit une grimace d'ignorance. «Moi, continuai-je, je me rappelle ma première rencontre comme si c'était hier.» Je revis la silhouette efflanquée de la Cicogna que j'avais suivie dans les ruelles du rio de la Fornasa sous les regards moqueurs et les quolibets de ses amies. Je revis l'escalier, la chambre, le lit. Un éclair inconnu avait traversé mon corps et m'avait abattu sur l'épaule de la Cicogna. J'étais sorti de là en humant l'air délicieux du soir. Mon oncle souriait à mes côtés, heureux d'en être la cause. Près de dix ans plus tard, c'est moi qui jouais le rôle de mon oncle. J'étais résolu à bien le tenir; il m'était interdit d'abîmer mon meilleur élève.

Rien ne se passa comme prévu et je ris maintenant de mes précautions. Une fin d'après-midi, j'avais donné congé, à tous mes élèves; ils avaient mérité cette pause, au milieu d'un travail incessant exigé par les nombreux amis des Vendramin et des Contarini, qui voulaient avoir chez eux copie totale ou partielle des deux tableaux. J'avais retenu Titien sous un prétexte quelconque. Le moment était idéal pour mener à bien mon projet: il flottait sur Venise un air alangui, comme un parfum de lis et de chair fatiguée, qui excitait l'épiderme. Titien paraissait peu attentif aux commentaires techniques que je faisais devant les tableaux entassés. Brusquement, je dis: «J'irais bien faire un tour. Tu m'accompagnes?» Il accepta avec empressement: il était toujours ravi de se montrer à mon bras. Je pris sans hâte le chemin du rio de la Fornasa. Titien n'avait jamais été aussi insouciant. Il s'amusa à tous les spectacles de la rue et de l'eau, souriant aux enfants qui venaient buter dans ses jambes, faisant de grands gestes d'amitié à des bateliers qu'il m'avoua ensuite ne pas connaître. Nous nous rapprochions insensiblement du quartier réservé. Déjà, on rencontrait moins de couples et davantage d'hommes seuls. Titien s'arrêta: «C'est là que vous vouliez m'emmener?» Il tournait vers moi un regard où brillaient le bonheur, la complicité et une légère moquerie : «Vous ne pouviez pas le dire plus tôt? Il y a des mois que j'attends ce moment. Lorenzo m'a fait dix fois la proposition. Mais je voulais qu'elle vienne de vous.»

J'ai toujours eu tendance à prendre les gens pour moins naïfs qu'ils ne sont — ce qui est aussi une façon de me défendre de ma propre candeur. «Tu es déjà venu ici? dis-je. — Oui. Mais je n'ai rien fait.» Je n'osai lui demander comment il avait compensé l'interdit qu'il s'était imposé lui-même. Je me souvins de Tazio, des «Trois Grâces» imberbes et effarouchées de l'atelier de Bellini. Il ne me semblait pas que Titien pût succomber à des charmes de cette nature. Il n'avait pas ces failles et ces délicatesses qui justifient des penchants particuliers. «Et ce soir? dis-je. — Ce soir, je voudrais vous demander de rester avec moi.» Il me proposait en somme d'ajouter mon initiation à la sienne : je n'avais jamais pratiqué ce qu'il envisageait. Ces sortes de jouissances collectives étaient courantes, on le savait, dans quelques milieux restreints de Venise, mais j'ignorais — comment Titien le savait-il? — qu'elles pussent se dérouler au rio de la Fornasa. Il était écrit que mes rapports avec lui ne seraient jamais simples. Qui entraîna l'autre dans cette maison, à la terrasse de laquelle se tenait une jeune femme aux tresses blondes? Je te passerai la scène qui s'y est déroulée : tu n'y étais pas et tu risquerais de souffrir d'en avoir été exclu. Il m'aurait d'ailleurs été impossible de la vivre avec toi, pour toutes sortes de raisons qui doivent te rassurer.

Nous sommes revenus à pas lents, sans parler. Nous avions conscience l'un et l'autre que nous venions de sceller une relation qui ne laissait désormais plus rien dans l'ombre — si tant est qu'aucune ombre ne subsiste jamais entre deux êtres. Ce soir-là fut presque aussi magique que ma nuit avec Vinci. Moment parfait, plus exquis d'être fugace... L'harmonie n'est perçue telle que parce qu'elle est sans cesse menacée. Un épisode survenu dans la vie de Laura, qui atteignit autant Giovanni Ram que moi, n'allait pas tarder à me le rappeler.

XIV

Laura avait pris l'habitude de venir me voir après dîner, quand, la vaisselle commune faite, nous nous réunissions autour d'Alessandro. Celui-ci, au hasard d'une conversation avec Titien, avait extrait de sa mémoire un conte glané dans ses voyages. Titien l'avait pressé d'en raconter d'autres. Des élèves s'étaient approchés. Un cercle de plus en plus fourni d'auditeurs s'était formé, qui chaque soir réclamait son histoire. Alessandro avait beaucoup retenu et il s'exécutait de bonne grâce, avec une faconde qui nous tenait en haleine : le don de conteur n'appartient qu'à ceux qui, nés et grandis dans le peuple, connaissent toutes les ficelles pour le captiver. Je ne suis pas sûr que les Contarini ou les Vendramin y auraient pris un plaisir extrême. Laura était aussi assidue que nous. Elle se glissait à mes côtés et se laissait envahir à son tour par l'univers étrange et précieux de l'Orient.

Je retrouvais dans ces récits improvisés le charme des grands tableaux que l'aîné des Bellini avait rapportés de son séjour à Constantinople. Les deux frères avaient souvent évoqué devant moi le lointain voyage de Gentile, à l'invitation du sultan Mehmet II : celui-ci avait été séduit par un portrait de celui-là, apporté sur les rives du Bosphore par un ambassadeur de la Sérénissime. Les destins des eunuques ou des femmes de harem, dont se délectait Alessandro, me paraissaient moins cruels qu'une anecdote qui circulait depuis des lustres dans le quartier de Santa Marina et dont on ne savait qui, de Gentile ou de ses élèves, l'avait le plus enjolivée. On y voyait Gentile présenter au sultan, le lendemain de son arrivée, divers tableaux qu'il avait apportés avec lui. L'un d'eux figurait un saint Jean-Baptiste à la tête coupée. Le Précurseur, comme d'ailleurs tous les prophètes et même le Christ, est vénéré par les disciples de Mahomet. Aussi le sultan fut-il très intéressé par cette toile. Il se permit de faire remarquer au peintre que, malgré l'admiration qu'il lui portait, l'observation lui avait fait défaut. Il expliqua à Gentile que, lorsqu'une tête est coupée, le cou se contracte et n'est plus visible. Le peintre ne paraissait pas convaincu. «En voulez-vous la preuve?» demanda le sultan. Avant que Gentile ait eu le temps de répondre, le potentat désigna à ses gardes un jeune esclave qui passait par là et à qui on trancha la tête d'un coup de yatagan. C'est ce même Mehmet II qui avait fait scier en deux Paolo Erizzo, défenseur de la ville de Négrepont, en Eubée, quand elle tomba aux mains des Turcs en 1469. J'ose espérer qu'une telle barbarie donna tout de suite à Gentile l'envie de plier bagage. Véritable ou non, l'anecdote a contribué à donner aux images qu'il a peintes à Constantinople un arrière-plan sanglant qui en a augmenté le prix. Elles n'en avaient pas besoin : telles quelles, elles suffisent à étonner. Gentile, à peine débarqué à Venise, avait tenu à ce que son frère en fût le premier spectateur. Giovanni avait longuement contemplé les foules enturbannées, déambulant à l'ombre des minarets. Il en a félicité Gentile : les deux hommes s'aimaient trop pour se critiquer. Moi-même en ai admiré la minutie, mais n'en ai pas été touché : cet univers-là n'est pas le mien, comme il n'est pas non plus celui de Giovanni Bellini. Il me fallut bien y céder dans mon *Adoration des Mages*, mais en le simplifiant le plus possible, en le dénudant. Quant à mes *Trois Philosophes*, que me commanda plus tard Taddeo Contarini, si l'un a le costume d'un

249

Arabe, il est beaucoup plus qu'une silhouette pittoresque et mon tableau bien autre chose qu'une scène de genre, où Gentile — j'ai envie de dire: hélas! — excellait.

Le sort ou son habileté l'avait récompensé. Quand il prit congé du sultan, celui-ci lui demanda comment il pourrait lui témoigner sa reconnaissance. Gentile est un modeste: il sollicita une lettre de recommandation pour le doge. Mehmet y ajouta un titre de chevalier et une chaîne d'or travaillée à la turque, d'un poids remarquable, qu'il tint à passer lui-même au cou du Vénitien — le froid du métal à cet endroit a dû lui donner un petit frisson... Tout cela lui valut un accueil flatteur à son retour. Le Sénat lui octroya une pension annuelle de cinq cents écus, qu'il toucha jusqu'à sa mort, il y a trois ans. Pareille chance ne m'est jamais arrivée: mon orgueil a été moins bien perçu que son humilité, et j'ai dû me battre en 1508 pour obtenir une juste rémunération à mes travaux du Fondaco dei Tedeschi.

Survint à cette époque un grave incident à Venise dont Laura fut l'héroïne et qui m'ouvrit les yeux sur une existence qui conservait de larges zones d'ombre. Laura considérait que le mystère attache et retient plus que la réalité: elle ne montrait d'elle que des images soigneusement choisies et même son abandon m'a semblé parfois attentif. Mais un secret, tôt ou tard, est toujours percé.

Voici les faits, que tu n'as connus que de loin. Un jour que Gerolamo s'était joint à nous pour écouter un conte d'Alessandro, il me fit part d'une invitation de Laura à se rendre chez elle dès le lendemain soir. Elle ne lui avait donné aucune explication. «Tu la connais mieux que moi, me dit-il. Es-tu au courant de quelque chose? — Je n'en sais pas plus que toi. Mais il faut que tu y ailles. Et tâche de me tenir informé.» J'étais perplexe et un peu jaloux qu'elle se fût adressée d'abord à Gerolamo. Était-elle malade? Je ne voyais que cette raison pour expliquer sa démarche. La réalité était à mille lieues de ma conjecture. Gerolamo s'était rendu chez Giovanni Ram, dans la grande bâtisse tapie à l'ombre de San Stefano. Il y avait été introduit par Laura elle-même, qui le guettait. Elle le précéda dans un grand escalier, avec des mines de conspirateur. Un vestibule sombre les conduisit dans un cabinet retiré. Elle souleva une tenture : « Mettez-vous là. Ne vous montrez sous aucun prétexte. Contentez-vous d'écouter les deux hommes que je vais recevoir. Ils communiquent en latin. J'ai appris la langue de Cicéron, mais je n'en saisis pas les finesses, ne la lisant plus guère. Retenez tout ce que vous entendrez : vous me le traduirez dès qu'ils seront partis. » Laura avait raison d'être intriguée : sous couvert d'une innocente conversation latine entre esprits cultivés, l'un des deux interlocuteurs dévoilait à l'autre le procédé de chiffrement des messages secrets utilisés par le Sénat ! Gerolamo, qui pourtant n'était pas au fait de cette pratique, avait parfaitement saisi la manœuvre. Fidèle à sa promesse, il n'avait pas cédé à la tentation de jeter un coup d'œil à l'intérieur de la pièce. « Pourtant, l'envie m'en démangeait, me dit-il. — Et la voix ? — À mon avis, celle d'un vieil homme. » Laura avertit immédiatement le Conseil des Dix. Quelques jours plus tard, le vieillard est arrêté chez elle en flagrant délit. Venise apprend alors avec stupeur qu'il s'agit d'Antonio Landi, le secrétaire du Sénat ! Il est jugé sans tarder, condamné à mort et conduit à la potence dressée entre les deux colonnes de la place Saint-Marc. On sut le lendemain que son cœur n'avait pas résisté à l'émotion et qu'il était mort en chemin. La sentence était malgré tout exécutoire : c'est son cadavre qu'on a pendu. Pour prix de son service, Laura reçut vingt-cinq ducats. Elle dut user de son influence pour qu'on épargnât Gerolamo, qui avait approché d'un peu trop près des secrets d'État.

L'affaire me bouleversa. Il fallait me rendre à l'évidence : malgré ses soixante-dix ans, Antonio Landi avait noué une aventure avec elle. Quel autre motif l'aurait amené chez elle ? Je n'ai rien su de l'autre visiteur. Peut-être la police l'avait-elle arrêté et fait disparaître plus discrètement que le barbon. Lui aussi devait avoir quelque relation particulière avec Laura. Je pensai brusquement à Giovanni Ram : quel rôle avait-il joué ? Fermait-il les yeux sur ceux que recevait chez lui sa maîtresse ? Sans réfléchir plus avant, je décidai d'aller le voir.

La première chose que j'aperçus en pénétrant dans son cabinet fut mon *Adoration des bergers*. J'en ressentis un choc. J'aurais pourtant dû m'y attendre. Il faisait face au visiteur : cet hommage à l'art me toucha. Durant mon entretien avec Ram, mon tableau me donna une assurance que je n'aurais peut-être pas eue sans lui.

Giovanni Ram me fit attendre. C'est vrai que je m'étais imposé, sommant le laquais qui m'avait ouvert de prévenir son maître illico. Tout ici respirait le luxe auquel un homme de goût peut s'adonner quand il en a les moyens. Je savais peu de chose de Giovanni Ram, «riche commerçant et amateur d'art», selon les mots mêmes de Bellini, qui y mettait un certain dépit. Il ne me semble pas en effet qu'il eût jamais reçu commande de Ram, même si celui-ci l'admirait — qui n'admirait pas Bellini, à cette époque ? Une chose était sûre : un seul peintre, moi, régnait en maître dans le cabinet où je me trouvais. Baissant les yeux sur la belle table cirée où s'amoncelaient les papiers, j'y découvris une délicieuse statuette d'Apollon en bronze dont la chevelure bouclée, la souple chlamyde et les sandales étaient d'or. Je ne pus résister à l'envie de la palper. Elle était douce comme un corps de femme. «Belle pièce, n'est-ce pas ?» La porte venait de s'ouvrir. Je posai brusquement l'objet. «Je vous en prie, admirez-le à loisir. Les dieux adorent cela.» D'emblée, cet homme aux cheveux gris, que pourtant je dominais d'une tête, m'en imposa. Lui-même me jaugeait : son regard s'appesantit sur moi quelques secondes, qui me parurent interminables. Son œil me semblait trop aigu pour qu'il n'ait vu en moi que le peintre. L'ambiguïté de ma visite m'apparut. Avec mon impulsion habituelle, j'avais décrété claire une situation qui ne l'était pas. Ne sachant que dire, je fixais stupidement le petit *Apollon*. Ram eut un sourire : « Je comprends votre intérêt pour lui. Savez-vous que son auteur, Pier Giacomo Alari Bonaccolsi, a été surnommé "l'Antico" ? Cette œuvre est digne de la sculpture grecque. » Il tendit le bras vers mon tableau et ajouta avec le même sourire : « Vous voyez qu'il est bien entouré. » Il n'en fallait pas plus pour me mettre à l'aise.

Nous avons commencé par des banalités. Exprimées par un homme d'esprit, les futilités ont un charme auquel je ne sais résister ; je tente alors de me hausser au même niveau et cette gymnastique me fouette le sang. Nous avons rivalisé un moment de finesse, puis il changea de ton : « Je suppose que vous n'avez pas sollicité cet entretien pour parler de sculpture, de peinture ou de nos relations communes. On ne surprend pas un homme comme moi pour de tels motifs. » Cela signifiait, en clair : « Vous m'avez dérangé. J'espère que vous avez de bonnes raisons pour cela. »

La vie m'a appris que l'audace présentée de façon courtoise est toujours bien accueillie quand on a en face de soi des gens de qualité. Même si je me tus sur mes relations avec Laura, la façon dont je décrivis mon désarroi devant l'épisode qui avait coûté la vie à Antonio Landi ne laissait aucun doute sur leur nature. Giovanni Ram comprit tout sans poser aucune question. Un changement de ton imperceptible m'en persuada : nous étions devenus alliés. Il me désigna un pan de mur vide de son cabinet : « Puis-je vous commander dès maintenant un tableau pour cet endroit ? Je voudrais que vous y représentiez un enfant avec une flèche : Éros, bien sûr. Vous lui donnerez une expression mélancolique : l'amour est triste. » C'étaient les mots d'un amant qui vient d'apprendre que sa maîtresse le trompe sous son toit. Mais cet homme policé avait appris à cacher ses émotions. Sa maîtrise entraîna la mienne, comme son désespoir eût par contagion provoqué le mien. Pourtant, nos peines étaient identiques. Il possédait ce que je n'avais pas, une brillante situation. Il n'avait plus ce que je possédais encore : la jeunesse. J'aurais aimé croire que, en cas de choix, Laura aurait opté pour moi : le souvenir de nos nuits m'y incitait. Mais au fond de moi je n'en étais pas convaincu. Laura est fidèle à une seule chose, ses sincérités successives...

En prenant congé, il me serra la main avec chaleur. C'était le signe que nous serions amenés à nous revoir. Je le souhaitais autant que lui. Je revins tout songeur au campo San Silvestro. Opposés malgré nous par une passion concurrente, nous étions réunis par un amour égal de l'art. Cet amour-là, dont il venait de me donner une preuve en me commandant un tableau, l'emporterait-il sur notre rivalité ? Je voyais déjà se dessiner sous mes paupières closes le visage morose et doux de l'enfant à la flèche. En même temps, la duplicité de Laura me mettait dans une sorte de rage impuissante. C'est alors que je me souvins de l'esquisse de Judith, griffonnée dans le désespoir d'avoir appris sa liaison avec Giovanni Ram. Rien ne change, sous le noir soleil de la jalousie. Je fus alors libéré d'un grand poids : le thème, le tableau seraient ma vengeance, même si j'y apparaissais comme une victime. Le cœur léger, je passai la nuit avec une fille dans un bouge du Rialto.

J'ai commencé ma *Judith* dès le lendemain. J'ai retrouvé, d'une façon qui me semble naturelle, la manière sèche et dure que j'avais peu à peu abandonnée au profit de formes vaporeuses. Une évolution n'est jamais linéaire et l'on a toujours en soi le souvenir, l'exemple des artistes qui vous sont opposés. Mantegna et Dürer réapparurent sous le Giorgione qui ne s'était pas encore affirmé. En ce qui te concerne, il te sera difficile de choisir entre Raphaël et Michel-Ange : pourras-tu, entre de tels géants, dégager ta manière ?

Le drapé de ma Judith est un des plus aigus, des plus coupants que j'eusse jamais peints. Il paraît taillé dans un métal aussi acéré que le glaive qu'elle tient dans sa main droite. Quand j'ai assisté, il y a quatre ans, aux obsèques de Mantegna, j'ai eu l'occasion de voir en visitant son atelier deux *Judith* en camaïeu sur fond de marbre simulé, que ses élèves avaient presque achevées. Leur composition était identique : la jeune femme saisit par les cheveux la tête coupée d'Holopherne, qu'elle s'apprête à déposer dans un sac que lui tend une servante. L'acte vient à peine de se produire. Son visage est grave : elle vient de tuer le général qui assiégeait sa ville et elle ignore encore si celle-ci sera sauvée. Mon héroïne au contraire triomphe : elle pose le pied sur la tête exsangue qui gît au sol parmi les cailloux et les herbes. Mais la plus grande différence n'est pas là. Mantegna a créé un monde marmoréen, en dehors de la vie et du temps. Il ignore ou il dépasse les nostalgies, les émotions, les inquiétudes. Je n'ai pas cette impassibilité. Je ne suis un peintre de l'histoire ou de la légende qu'à un niveau superficiel de lecture. En posant son pied sur la tête d'Holopherne, ma Judith a largement dénudé sa jambe et une partie de sa cuisse. Lorenzo ne fut pas le moins surpris de ce détail, nouveau dans ma peinture, et son obsession lui en fit immédiatement découvrir le sens. Celui-ci devenait évident lorsqu'on scrutait les traits d'Holopherne : c'étaient les miens. Judith-Laura venait de me vaincre. Tout, dans mon tableau, devenait symbole. Si j'ai souffert pour l'exécuter, revivant à chaque moment ce qui l'avait provoqué, ma douleur, par une bienfaisante catharsis, diminua à mesure qu'il progressait, jusqu'à disparaître quand j'eus posé la touche finale. J'eus alors tout loisir d'améliorer certains fragments négligés par ma fébrilité : je me souvins du serviteur abattu sur ordre du sultan et contractai davantage le cou de mon Holopherne. Enfin, je répandis sur la toile la large lumière dorée qui me devenait familière, ce qui atténua le drame représenté : la nuit est propice aux tragédies, le soleil levant les tempère.

Laura comprit tout de suite la véritable signification du tableau. Contrairement à son habitude, elle ne manifesta aucune joie à se reconnaître. Elle fit mine de s'intéresser à l'anecdote, me complimenta sur le rendu du drapé, remarqua après Gerolamo que je plaçais souvent un grand arbre qui dominait la scène. J'insistai pour qu'elle regardât la tête d'Holopherne. Elle se contenta de faire errer ailleurs son regard : « Je vois que tu aimes toujours les petits cailloux. » Elle s'extasia sur la finesse des touffes d'herbe : « Elles me font penser à ce que tu m'as dit des dessins de ton ami Dürer. » Ce n'était pas si mal vu : j'avais voulu faire une peinture « gothique » et que même les plantes fissent penser à des poignards. Le buisson, malgré la légère ondulation qui l'animait, avait des aspérités de hérisson. Tout, dans cette œuvre, avait été conçu comme une agression. Laura ne m'en parla plus jamais. Des années plus tard, quand j'évoquais devant elle cette étape de ma carrière, elle changeait aussitôt de sujet : « Je préfère de beaucoup les Vierges que tu as peintes ensuite : tu n'es pas fait pour le crime. » Quand elle apprit qu'un Milanais de passage m'en offrait un bon prix, elle me poussa à le lui vendre : « Tu chasses ainsi sur les terres de Vinci : il va être jaloux. » Je crois surtout qu'elle était soulagée de voir partir le sinistre double qui la poursuivait dans Venise.

Quelques jours plus tard, un cavalier aussi fourbu que sa monture s'arrêtait devant l'atelier. L'homme trébucha jusqu'au seuil et s'effondra quasiment devant moi : « Vous êtes Giorgio de Castelfranco ? » Je me baissai pour saisir le pli cacheté qu'il me tendait. J'en lus d'abord la signature : « Tuzio Costanzo. » Deux lignes avaient été griffonnées à la hâte : « J'ai besoin de vous. Je vous en supplie, *venez le plus vite possible.* » J'interrogeai le valet : il ne savait rien. Il avait seulement été convoqué à l'aube par son maître, le visage défait, qui lui avait ordonné de galoper jusqu'à Venise pour me remettre le message. « Il est arrivé quelque malheur, c'est sûr », dit-il. Je lui fis donner un rafraîchissement et un coin à l'étage pour se reposer. « Vous irez, n'est-ce pas ? — Bien sûr. » Je devinais un drame, mais Costanzo ne m'en avait pas assez dit pour me décider à partir sur-le-champ. En outre, je n'aime guère les ordres, même dits d'un ton suppliant. Quand le courrier reprit la route de Castelfranco, je lui remis un billet pour son maître : « Je serai chez vous dès demain. »

Le lendemain je confiai la bottega à Lorenzo, lui promettant de revenir avant deux jours. « Tu peux rester là-bas tant que tu veux, me dit-il. Nous ne manquons pas de commandes. » Certes, mais Venise me retenait de plus en plus : là étaient mes amis, là était mon travail, là naîtrait ma gloire. Celle-ci, je l'attendais sans impatience : elle m'avait déjà fait signe. Cette idée me trotta dans la tête durant tout le trajet.

En arrivant à Castelfranco, on m'indiqua la « Casa Costanzo », que je n'avais jamais vue : elle était trop récente. Sa façade ocre se reflétait dans la Musone, non loin de la tour « dei Morti ». Un laquais au visage fermé me conduisit au premier étage. La maison était silencieuse. Je fus introduit dans un salon où j'eus la surprise de trouver, en train d'y faire les cent pas, Jacopo Marta. J'eus un choc : s'agirait-il de ma mère ? Il courut à moi : « Je vous attendais. » Il me prit le bras, m'entraîna vers la fenêtre : « Ceci vous en dira plus qu'un long discours. » En bas, à l'angle d'une jolie allée de cailloux blancs, un cercueil posé sur deux tréteaux faisait une tache sombre. L'objet avait une présence écrasante et répandait ses ondes funestes sur le paysage qui m'avait si souvent apaisé. J'interrogeai Marta du regard : « C'est pour son fils Matteo, le condottiere. Il a été tué hier à Ravenne. Son corps doit arriver tout à l'heure. » Le mot de « condottiere » avait souvent été prononcé devant moi et je ne m'y étais pas attardé : je n'ai aucune sympathie pour un soldat qui se vend au prince le plus offrant. Beaucoup d'entre eux, paraît-il, ne brillaient pas par la valeur. J'avais même appris qu'ils se livraient parfois entre eux des batailles simulées. Ainsi m'avait-on raconté qu'à Molinella, en 1467, les « condottieri » du pape avaient combattu ceux de Naples sans qu'il y eût un seul mort de part ni d'autre. Mais le mépris s'effaçait devant la douleur d'un père. Marta lui-même était très ému : il avait envisagé un temps de donner sa fille au jeune soldat, dont la famille, proche de l'ancienne reine de Chypre, était glorieuse. Mais la belle Angelica avait refusé : seul un philosophe trouvait grâce à ses yeux. Avec son bon sens de commerçant, Marta ajouta : « Elle a bien fait de dire non : elle serait veuve à présent. »

Une porte s'ouvrit derrière nous. Une lourde silhouette apparut en pleine lumière : Costanzo. Ses cheveux avaient blanchi d'un seul coup et je ne reconnus pas sa voix quand il prononça mon nom. Il s'écroula presque entre mes bras, et pleura silencieusement. J'étais aussi bouleversé que lui. Je ne savais comment le consoler, trouver les mots qu'il fallait. En même temps, je me sentais un peu ridicule. Marta nous sépara doucement et conduisit son ami à un fauteuil, où il l'aida comme s'il se fût agi d'un infirme. Le superbe Tuzio Costanzo, « prima lanza » d'Italie, ancien condottiere de la République, qui depuis toujours faisait baisser les yeux de ceux qui essayaient d'affronter les siens, fixait maintenant les dalles de pierre d'un air hébété, les mains croisées sur les genoux. Ses lèvres tremblaient. Je me penchai pour écouter : « Vingt-six ans. Il avait vingt-six ans… » Un grand froid m'envahit, je me redressai. J'avais vingt-six ans, moi aussi ! Ce sont les autres qui meurent et ils sont toujours plus âgés. Enfant, je n'ai connu que la mort des bêtes. Quand j'appris, un matin, que je ne reverrais plus jamais ma grand-mère, ma mère essuya mon visage mouillé de larmes : « Tu la retrouveras plus tard, au ciel. » Cela suffit à me consoler et je ne pensai plus à la vieille femme dont les joues piquaient quand elle m'embrassait. Vingt ans plus tard, c'était moi qui mourais dans le corps d'un autre. Je n'étais pas préparé à cette évidence qu'il n'y a pas d'âge pour disparaître. Une espèce de panique m'a pris. Tout a basculé d'un seul coup. Je me suis *vu* mort. J'ai *vécu* ma mort. Je ne souhaite à personne cette foudroyante sensation de néant, qui vous étouffe, qui vous ferait crier. Gerolamo, à qui je la racontai quelques jours plus tard, eut un bon sourire : « Tu as eu la réaction d'un homme en excellente santé. » Il ne m'en dit pas plus. J'aurais aimé des éclaircissements, mais cet après-midi-là il était préoccupé par les méfaits d'une nouvelle maladie, qui touchait les catins de Venise. « Une sorte de peste vénérienne très bizarre… »

Puisque mon cas ne l'intéressait pas, j'en fus réduit à mes propres explications. Je n'en trouvai aucune qui fût satisfaisante. Toutes paraissaient dérisoires face au précipice, à la terreur. Quand, quelques semaines plus tard, j'eus terminé le retable de Castelfranco, la vision disparut. Elle est revenue l'an dernier sans raison : j'étais encore en bonne santé. Elle attendait que je fusse couché. Alors que je m'apprêtais à m'endormir et que mon esprit s'embrumait, je fus submergé par l'épouvante de ma propre disparition. C'était, je le sais maintenant, un avertissement. Je commence à comprendre la remarque de Gerolamo. Depuis que la maladie s'est tapie en moi, que la souffrance monte chaque jour un peu plus, que mon corps insidieusement se dégrade, mon angoisse s'est atténuée, comme si l'approche de ma fin — lue dans le regard de ma mère — rendait moins terrible la perspective du néant.

Une porte s'est ouverte sans bruit, une ombre s'est faufilée : Isabelle, la femme de Tuzio. Comme elle avait changé, elle aussi ! Où était donc la femme qui à l'église nous toisait ? Que lui servait maintenant d'être la descendante d'une illustre famille dont les armoiries scintillaient sur les oriflammes ? Elle n'était plus qu'une mère comme les autres, frappée en plein cœur. « Les cadavres des riches ne sentent pas meilleur que ceux des pauvres, et les vers ne font pas la différence », disait mon père les soirs où il avait vu passer sur la route un brillant équipage. La mère de Matteo se tassa sur une cathèdre à côté de son mari. Ils se ressemblaient. « Nous avons perdu notre fils unique. » Cette certitude avait éteint leur regard et, de leurs yeux usés par les larmes, aucune souffrance quelle qu'elle fût ne pourrait plus désormais tirer un pleur.

Au bout d'un moment, Costanzo parut reprendre ses esprits. Il se tourna vers moi : « Vous avez reçu mon mot ? » Il eut un sourire triste : « Mais bien sûr, puisque vous êtes là. Excusez-moi. » Il se leva : « Voulez-vous me suivre à côté ? » Il me précéda dans un petit salon, referma avec précaution la porte derrière lui : « Je ne tiens pas à parler de cela devant ma femme. » Il me pria de m'asseoir, avec une délicatesse à laquelle je n'étais pas habitué. Lui-même se tint debout durant notre entretien, marchant de long en large, pesant ses mots, attentif à mes réactions : je ne le reconnaissais pas. « Ne soyez pas surpris de ma hâte à vous voir ici. Je me suis adressé à vous comme à un ami — car nous sommes amis, n'est-ce pas ? » Il coula vers moi un regard qui me toucha. « Depuis longtemps, je vous presse de peindre un retable pour ma chapelle. Avec ce qui m'arrive, je ne peux plus attendre, vous comprenez ? Ma chapelle est terminée au moment même où l'on me ramène le corps de mon fils. Dieu a peut-être voulu condamner ce besoin de paraître qui m'a poussé à vouloir construire le plus riche monument de Castelfranco. Il sera l'écrin où reposera Matteo.» Ses yeux se brouillèrent. «Je veux que la Sainte Vierge veille sur lui. Acceptez-vous de la peindre, vous qui avez refusé jusqu'à présent? Vous avez eu sans doute raison de me juger sévèrement. N'ai-je pas droit à quelque pardon, maintenant?» Deux grosses larmes roulèrent sur ses joues. Je posai sans mot dire ma main sur son bras, que je serrai: j'étais incapable de lui donner autrement mon accord.

Un bruit de chevaux se fit entendre, martelé de coups sourds: le convoi funèbre arrivait. Tuzio rejoignit sa femme. Ils descendirent ensemble. Marta et moi avons assisté à la scène qui s'est déroulée en bas. Quatre archers ont extrait un corps enveloppé d'un drap et qui paraissait très pesant. Un coup de vent découvrit une épaule sombre: on lui avait conservé son armure. Les quatre hommes, suivis d'un jeune écuyer qui portait son heaume, gravirent le perron d'un pas lent que soulignaient comme un glas les tambours voilés d'un crêpe noir. Le cortège d'officiers et de soldats s'était raidi dans un dernier salut au plus courageux d'entre eux. À quelques dizaines de mètres, le cercueil attendait, tapi dans l'ombre comme un animal prêt à bondir sur sa proie. La femme de Tuzio ne put en supporter davantage: elle poussa un cri et se laissa tomber sur le sol comme un grand oiseau noir.

On installa Matteo, toujours revêtu de son armure, sur un grand lit. Il reposait, paisible et beau. Je me suis approché. Seule une mèche de ses cheveux blonds, collée par le sang à la base du cou, attestait le coup mortel. Il avait suffi de planter un poignard dans la jointure du heaume, comme on ouvre une huître.

Sur les parties arrondies du métal, Matteo avait fait graver une Vierge à l'Enfant, un saint Sébastien percé de flèches et un saint François recevant les stigmates, triple protection qui ne lui avait servi de rien. Sur un bandeau barrant sa poitrine, je déchiffrai une inscription latine, ciselée avec soin : *Os non comminuetis ex eo* (Vous n'en briserez pas un os), tirée de l'Exode. Effectivement, aucun os n'avait été brisé... Le fer s'était contenté de rompre les chairs et de vider le corps de son sang, comme on saigne un poulet. Il avait eu, quoi qu'on en pensât, une fin propre, et Dieu avait inscrit dans la mémoire d'une mère le visage éternellement jeune et intact de son enfant. La mort a eu pour lui des pudeurs qu'elle n'a pas eues pour les autres.

Tuzio, dans la chapelle, m'a indiqué l'emplacement du retable, face à la pierre tombale : «Je veux que les personnages, même l'Enfant, regardent mon fils. Pour le reste, vous êtes libre. Mais, je vous en prie, faites vite.» J'ignorais ce que signifiaient ces deux derniers mots dans mon art, mais je ne lui en ai pas voulu : il ne connaissait pas ma façon de travailler. J'eus un moment l'envie de peindre dans la chapelle même. Mais cela m'aurait obligé à loger chez mes parents. Le plaisir de les revoir s'effaçait devant les dangers d'un tel séjour : ma mère m'eût amolli de douceurs. Je préférai galoper jusqu'à Venise où je m'enfermai avec mon sujet.

Je me suis plongé dans ce travail avec une mélancolie active. Cet état me convient et me résume assez bien : je lui dois mes tableaux les plus achevés. Il est difficile à décrire. Il mélange en équilibre instinctif l'allégresse de créer à la douceur de rêver, comme si je me retenais avec autant de soin que je me donnais avec enthousiasme — duplicité que Laura, si elle lisait maintenant par-dessus mon épaule, attribuerait sans doute aussi à ma façon d'aimer.

L'ordre avait été donné à toute la bottega : «Je n'y suis pour personne.» Même Laura fut priée d'attendre que j'eusse terminé le retable. J'ai travaillé plusieurs jours dans l'état que je t'ai dit, avec une ferveur exaltée. J'ai conservé de Bellini ce qu'il avait de meilleur, la combinaison d'une architecture sacrée et d'un lieu profane. Ainsi aperçoit-on, derrière le trône où siège la Vierge en majesté, l'horizon familier de la campagne vénitienne. Un rideau de velours rouge les sépare. Je reprochais à Bellini — sans avoir jamais osé le lui dire — de ne pas toujours lier ces deux éléments. C'est un danger que le seul velours n'aurait pas évité. Il me fallait inventer de nouveaux rapports. J'inscrivis le pli de la robe de Marie dans l'angle du chemin, pourtant situé loin derrière. Gerolamo trouva le procédé un peu simpliste, même s'il utilisa une formule plus courtoise pour me le faire remarquer. C'est vrai que la relation était un peu appuyée : il semblait que le sentier se courbait pour laisser passer la robe. Plus habilement, je fis traverser l'horizon par la haute bannière du saint placé au premier plan. Ainsi fut atténuée l'opposition des lieux.

À aucun moment, je n'ai oublié pour qui et pour quoi je faisais ce retable. Tuzio m'en avait imposé le thème et par là même, dans ses grandes lignes, la composition. Restaient les personnages. La tradition, une fois encore, s'imposait : il y en aurait deux, aux pieds de la Vierge. Le calendrier des saints est le plus riche qui soit. L'un s'imposait : saint François, même si sa protection avait été inutile. L'autre me fut suggéré par Gerolamo, qui avait appris, je ne sais comment, que Tuzio Costanzo, qui était d'origine sicilienne, avait dédié un autel à saint Nicaise dans la cathédrale de Messine. J'ignorais tout de ce saint. Gerolamo me renseigna : Nicaise, dixième évêque de Reims, fut massacré devant son église lors d'une invasion des Vandales — «ou des Huns, je ne me souviens plus», dit modestement Gerolamo. L'épisode me plut : le jeune saint avait eu la fin de Matteo. Bousculant l'histoire, je l'habillai d'une armure, comme mon saint Georges : façon pour moi de mêler mon saint patron à une mort qui me touchait de si près. Je poussai l'assimilation jusqu'à lui prêter mon visage, dont j'exagérai volontairement la jeunesse et la beauté. J'allais avoir vingt-six ans, je lui donnai un visage d'adolescent.

L'image de saint François, en revanche, courait les ateliers. Il semblait qu'elle protégeait tous les peintres de Venise. Moi-même en avais vu de nombreuses représentations chez Giovanni Bellini, la plus surprenante étant un *Saint François en extase*, acheté par Taddeo Contarini. Celui-ci y tenait particulièrement, m'en avait parlé dès notre première rencontre, et n'avait eu de cesse, dès que nous fûmes devenus amis, de me le faire admirer. Le saint y était impressionnant, dressé comme une colonne face au soleil levant, dans un paysage qui avait la netteté d'un Dürer, un peu grandiloquent à mon goût. Je fus davantage ému par la figure plus douce du «Poverello» qu'il en donna dans son retable de San Giobbe, et je m'en inspirai pour la mienne. Je conservai le cou incliné, mais j'inversai le mouvement des mains : c'est la gauche, chez moi, qui s'ouvre — celle du cœur. L'opposition était aisée — et ses effets assurés — entre le guerrier et le saint, l'un raidi dans sa carapace de métal, l'autre flottant dans sa robe de bure ; le triomphe par les armes à côté de la victoire par l'amour. Derrière eux, détachée de la guerre et comme au-delà de l'amour, j'ai érigé ma Vierge sur un trône comme sur un nuage. Là était une nouveauté : jamais Bellini n'avait autant surélevé la Madone, jusqu'à donner l'impression d'un recul infini, d'un isolement dans l'espace. Quand il la vit, Alessandro s'esclaffa : «Tu l'as mise sur un échafaudage !» Je le crois assez sensible, malgré sa grosse ironie, pour avoir compris mon intention : les saints ont été impuissants à empêcher la mort terrestre de Matteo, Marie l'accueille avec douceur dans sa haute paix céleste.

Cette œuvre m'a littéralement possédé. J'avais l'impression de peindre le tableau de chevet de ma propre mort. La disparition de Matteo à mon âge était vécue comme un scandale par sa famille, — par moi-même. J'ai voulu donner de façon quasi physique l'impression d'absence. Un grand calme semble régner sur l'ensemble. Qu'on ne s'y trompe pas : c'est un silence stupéfait, le silence d'une scène laissée vide par le départ subit des acteurs. Le paysage lui-même dont on a vanté la suavité n'est pas gratuit : c'est le lieu de la bataille où le jeune Matteo a été tué en combattant. Il y faut certes de bons yeux et une grande attention. Matteo est l'un des deux minuscules personnages devisant sereinement à droite. Il va se battre dans quelques heures et mourir sous les murs de la forteresse, à gauche, où l'on distingue, sculpté sur la façade, le lion de Saint-Marc. Je n'ai rien inventé : tu retrouveras facilement le lion sur la tour de Brancaleone à Ravenne.

Jamais composition d'une œuvre ne m'a autant satisfait. Elle s'est imposée d'elle-même. Mes trois personnages sont inscrits dans un triangle dont le sommet est le visage de la Madone, assise sur son haut trône avec l'Enfant presque abandonné sur ses genoux. Sur cette base, toutes les variations de forme, tous les raffinements de matière et de lumière étaient possibles. Je m'en suis délecté. Ma mémoire est bien faite : au moment où j'attaquais l'ample robe de la Vierge, dont le drapé devait répondre aux ondulations des arbres du fond, je me suis rappelé une recette que m'avait confiée Léonard de Vinci lors de notre fameuse nuit et qui était pour lui « la contrefaçon du naturel ». Il suffisait de fabriquer un modèle de taille réduite en terre glaise et de placer dessus des étoffes mouillées enduites de boue. « Tu froisses la boue au jugé, tu arranges toi-même les plis que tu désires. En séchant, la boue durcira et conservera ton drapé. » C'est ce que je fis. Mon pinceau put ainsi moduler lentement toutes les vagues de la robe, sans craindre le coup de vent ou le mouvement brusque d'un modèle vivant. Je remerciai mentalement Vinci, sans savoir qu'il n'avait rien découvert. J'ai appris que Piero della Francesca avait pratiqué avant lui cette technique. Mais Vinci l'a portée à un tel degré de perfection qu'il en restera pour moi à jamais l'inventeur.

Sous les pieds de la Vierge, j'ai placé un tapis — pur rectangle vertical — qui créait un contraste frappant avec la souplesse de la robe rouge. Pour ne pas le rendre trop brutal, je l'ai illustré d'arabesques d'or, de motifs floraux, au-dessus des armoiries de la famille Costanzo. Toutes les lignes de ce tableau se répondent, s'organisent dans une composition stricte et invisible. La beauté n'a pas besoin de points de repère. Elle s'impose d'abord, s'explique ensuite. La seule contrainte que je me sois donnée fut la recommandation de Tuzio : « Je veux que les personnages, même l'Enfant, regardent mon fils. » Je lui ai obéi. Il m'a semblé que tous ces regards convergeaient vers moi...

À me lire, tu pourrais croire que j'ai commencé par dessiner et que j'ai appliqué ma peinture sur le dessin. Tu n'avais pas plus accès que les autres au cabinet où je m'étais enfermé, mais tu m'avais déjà vu travailler. Tu savais que je ne fais aucun tracé préalable et que mon pinceau découvre la forme en même temps qu'il dépose la couleur. Je ne connais pas d'autre technique. Pourquoi me priverais-je d'elle, qui m'a si bien réussi ? J'éprouve même une espèce de jouissance, de griserie de l'inconnu à m'embarquer ainsi sans forme préconçue dans l'aventure de la création. C'est celle du navigateur qui, incapable de rester sur la terre ferme, se fraie, dédaigneux des repères, sa propre route en accumulant les horizons ignorés. Rien ne me ferait plus de plaisir que d'être comparé à un Christophe Colomb de la peinture... Comme lui, comme ses frères intrépides, je me suis heurté à des barrières de vent ou de corail qui m'ont obligé à rebrousser chemin ou à faire un détour. Heureusement, mes repentirs de peintre resteront invisibles : il me déplairait qu'on sût un jour mes hésitations. Mes fragilités d'âme me sont plus facilement supportables.

J'ai étalé mes verts et mes rouges avec délices, comme si je les utilisais pour la première fois. Mon tableau le plus austère — par les circonstances, par le lieu où il devait être accroché — est aussi le plus délectable. J'ai répandu la lumière sur mes personnages et sur mon paysage avec la volupté de l'adolescent qui répand en défaillant sa sève sur son ventre. Mais, même au milieu de cette ivresse, j'avais toujours présentes à l'esprit les ressources de mon art. J'ai cette chance d'avoir su dans mes travaux — davantage que dans ma vie — maîtrisé mon exaltation. Les plus belles œuvres sont des passions contenues. C'est ainsi que, terminant le paysage du fond, je me suis souvenu des conseils que Léonard, toujours lui, m'avait prodigués : « Quand tu as à peindre des objets éloignés, n'oublie pas qu'une quantité d'air considérable s'interpose entre ton œil et eux ; cet air influe forcément sur la netteté des formes et il devient impossible de distinguer les détails en toute leur minutie. Tu te borneras donc à esquisser tes petites figures sans les achever, sinon l'effet produit serait contraire à ceux de la nature. » Là encore, cet esprit supérieur avait tout deviné, tout compris. Le résultat fut ce que j'attendais : mes « petites figures », ébauchées quand on les regardait de près, prirent avec le recul une sorte de densité aérienne, celle même de leur enfouissement dans la lumière lointaine. J'utilisai un procédé identique pour peindre l'extrême horizon, noyant la plaine de Vénétie dans une brume dorée où se perdaient les contreforts des montagnes. Il me plut, quand je mis la touche finale, que le paysage prît ainsi une suavité qui était comme un défi à la mort de Matteo, comme un apaisement imposé.

Dès qu'il vit mon ouvrage, Costanzo parut surpris. Son regard allait de haut en bas, de bas en haut : cela seul suffit à me faire prendre conscience de la nouveauté de ma vision. Gerolamo avait eu le même étonnement. Mais, à la différence de Tuzio, il savait l'expliquer : « Bellini a toujours privilégié des espaces clos, comme s'il avait peur que des oreilles indignes puissent saisir hors des murs quelques bribes de ses conversations sacrées. Rappelle-toi son retable de San Giobbe : l'architecture du tableau se prolonge et se ferme sur une abside aveugle malgré les anges musiciens et la hauteur de la voûte... Toi au contraire tu disloques, tu chamboules tout. Tu transformes le spectateur en un oiseau qui vole au-dessus des personnages et bascule, comme happé par l'horizon, de part et d'autre de la Vierge. Ton retable est plein d'air et de soleil. Je suis sûr que, si tu le places dehors, des papillons viendront s'y poser. »

J'ai tenu à installer moi-même le tableau dans la chapelle. Tuzio m'y attendait. Nerveux, impatient, il me gêna beaucoup. Je dus déplacer plusieurs fois le cadre de quelques millimètres, pour que les regards de mes personnages soient le plus possible dans l'axe de la pierre tombale. Au bout d'une heure, il parut enfin satisfait. La Vierge, l'Enfant, les deux saints prenaient une existence nouvelle, dans un échange muet avec le jeune mort étendu sous la dalle. Le couvercle du tombeau le représentait allongé, tel que je l'avais vu dans sa demi-armure sur le grand lit inondé de soleil. C'étaient les mêmes mains croisées pour l'éternité, les mêmes cheveux blonds devenus tresse de pierre. À ses pieds, son casque et son cimier, avec cette inscription latine : « À Matteo Costanza de Chypre, d'une beauté rare du corps et d'une vertu insigne de l'âme, arraché par une mort prématurée. Le père, Tuzio, fils de Muzio, pense avec une extrême piété au fils bien-aimé, qui a accompli son devoir de soldat, l'an 1504 au mois d'août. » Aurai-je droit, un jour, à une telle épitaphe dans mon art ?

Tuzio voulut me retenir à dîner. Saisi par je ne sais quelle appréhension, je refusai. Je redoutais un faceà-face où deux personnes — les parents de Matteo — ne songeraient qu'à une troisième, morte ; ma présence ne pouvait qu'augmenter leur souffrance. J'alléguai que mes parents m'attendaient, ce qui était faux. Sans le savoir — je le regrettai ensuite — j'avais choisi le prétexte qui les blessait le plus : eux n'auraient plus jamais de fils à accueillir. Dans les rapports humains, les mots qu'on croit les plus anodins touchent toujours un endroit sensible.

La pièce où dînaient mes parents était sombre et silencieuse : ma mère avait depuis longtemps appris à se taire. Avec l'âge et la vie commune, leurs différences au lieu de s'atténuer s'étaient accusées : ses propos n'intéressaient plus mon père. Ma mère, quand j'étais à ses côtés — aussi bien durant mon enfance que plus tard, pendant mes brefs séjours —, était toujours diserte : ma présence l'enchantait. Mon père, lui, se murait dans le mutisme. Je croyais que j'en étais cause, y voyant quelque jalousie de sa part. Je me trompais : il ne parlait pas davantage en mon absence. En vieillissant, il ne paraissait même plus écouter. Par éclairs, je le revoyais pourtant trente ans plus tôt, riant, la tête haute, les bras passés autour de la taille de ma mère, au milieu des paysans tournoyant dans la danse. Il était jeune, il était amoureux. Il s'était peu à peu séparé de la vie comme il s'était éloigné de sa terre. Ce soir-là, je surprenais une vie morne, mais qui à la réflexion était peut-être une forme du bonheur, où l'on se contente de la paix du moment qui passe et de la douceur attendue de l'instant qui vient.

Mon apparition fut comme un coup de baguette magique. Ma mère retrouva sa vivacité, ses anecdotes. Mon père me sourit et ses yeux s'embuèrent. Je me disais tout en mangeant que, si j'étais resté avec eux, j'aurais été la joie de leur vieillesse. Une autre voix, insidieuse, me soufflait que c'est moi qui me serais abîmé dans leur médiocrité. Allongé sur ma paillasse, dans la chaleur de l'étable, le silence à peine troublé par le souffle des vaches qui dormaient de l'autre côté de la cloison, je savourai le plaisir d'exister en songeant à celui qui à quelques centaines de mètres de là commençait son éternel sommeil sous sa dalle de pierre. Mon retable achevé, j'avais oublié en même temps l'émotion qui l'avait fait naître ; celui en qui j'avais vu mon double ne m'obsédait plus. Je m'étais nourri de sa mort, comme les vers qui commençaient à mordre son corps. As-tu pensé, Sebastiano, que le sort t'a peut-être désigné pour la même tâche, après ma mort ?

XV

La mort de Matteo Costanzo émut tous ses amis. Ayant pris comme chaque année leurs quartiers d'été à Piazzola, les Vendramin et les Contarini firent un pèlerinage à Castelfranco. Ils me demandèrent de les accompagner : je leur avais parlé de mon retable. Celui-ci n'avait pas eu le retentissement de mes œuvres vénitiennes. Il y a une apathie de la province, qui lui fait ignorer ses trésors. Peint pour n'importe quel autel de la cité des Doges, mon tableau eût attiré les foules, entraîné des comparaisons avec Bellini, suscité peut-être des polémiques — comme celles qu'allaient provoquer bientôt mes fresques du Fondaco. Exécuté pour une chapelle de village, son prestige ne dépassa pas les limites de Castelfranco. Je tâchai de me consoler en pensant que j'avais fait une exception pour ma ville natale. Je n'étais pas convaincu de l'utilité de récidiver, pour cet endroit ou pour tout autre aussi discret. La gloire, me disais-je, est inséparable des rêves vénitiens. Je connaissais assez de patriciens pour n'avoir pas à céder aux sollicitations des provinciaux. La médaille avait son

revers : je suis resté un peintre privé, voire confiden-
tiel, et ce ne sont pas les rares commandes du
Conseil des Dix ni des fresques fragiles sur des pans
de murs qui y changeront quelque chose. J'étais voué
à satisfaire un cercle restreint d'amateurs. Pourtant,
il me semble que j'aurais réussi dans la piété autant
qu'un Bellini, même si ma foi est moins assurée.
Mais suis-je vraiment perdant ? Quand un peuple est
dépourvu de clairvoyance, il y a quelque satisfaction
à se priver de son assentiment.

Les réactions du petit groupe furent partagées.
Laura se reconnut tout de suite et sourit en pointant
son doigt sur le visage de la Vierge. Taddeo, qui avait
aussi vu la ressemblance, se contenta de serrer sa
femme contre lui. « Quel air méditatif ont tes personnages ! » lança-t-il. Je crus que c'était un reproche. « Ils
savent la valeur du silence : on l'a oubliée à Venise.
J'aime aussi beaucoup ta construction en pyramide.
Tu as su varier les postures, les vêtements, et, grâce à
ta lumière, maintenir l'unité. C'est fort. Et ton paysage du fond fait une percée fantastique. » Taddeo, de
toutes mes relations — Gerolamo mis à part —, a été,
sinon le plus sensible à ma peinture, du moins le
meilleur connaisseur : il savait pourquoi il l'aimait.
Mes admirateurs les plus enthousiastes n'ont pas
toujours été les plus perspicaces. Quand je les inter-
rogeais sur les raisons de leurs louanges, ils dédai-
gnaient les subtilités de la forme ou de la couleur et
s'enferraient dans des banalités. Les « ça me touche
vraiment » ou les « comme c'est beau ! » constituent,
hélas ! le fond commun des compliments. Rien n'agaçait davantage Léonard de Vinci que cette extase sans
motif. Bellini, quant à lui, écoutait le flatteur sans
mot dire, les yeux plissés, la tête inclinée, comme s'il
recevait une supplique. Il était ailleurs.

Gabriele me tira par la manche dès qu'il aperçut
saint Nicaise. « Tu te souviens de ta promesse ? » Il
me rappela qu'il m'avait demandé une réplique de
mon saint Georges et que je l'avais renvoyé à mon

prochain portrait en armure. «Tu y tiens toujours ?
— Oh oui !» Gabriele m'étonnait : il grandissait, et
conservait ses désirs d'enfant. «Tu auras ton saint
Nicaise la semaine prochaine, dis-je. Et il brillera
comme si j'avais moi-même astiqué son armure.»
Quelques jours plus tard, il installa le guerrier fraî-
chement peint au-dessus de son lit. Il y est encore. Je
me demande comment il justifie la place d'honneur
réservée à ce petit tableau au sein d'une collection
enrichie, avec le temps, d'œuvres rares. Je crois que
cet homme érudit et fin a gardé dès son adolescence,
enfouie au plus profond de lui, la nostalgie d'une vie
à l'opposé de la sienne, où les valeurs s'appelleraient
courage physique, frugalité, amitié franche. J'aurais
préféré qu'il me demandât une copie de la Vierge ou
de saint François. Le caractère d'un homme ressemble à un paysage : il en a les sommets, les dépres-
sions et les jardins secrets.

J'avais promis à Giovanni Ram de lui porter son
Éros — je l'appelais plus familièrement *L'Enfant à la
flèche* — à la mi-janvier 1505. J'avais pris un peu de
retard et j'y travaillais jour et nuit.

Dans la nuit du 11 au 12 janvier — je m'en souviens
comme d'hier — un énorme craquement ébranla
Venise. Mes vitres s'illuminèrent d'un coup, comme
au soleil levant. Je courus à la fenêtre : de hautes
flammes léchaient le campanile, prêtes à dévorer ma
maison. Je réveillai les autres, descendis quatre à
quatre. Une foule plus curieuse qu'apeurée courait en
direction du Rialto. Je fis comme elle, Titien accroché
à mon bras. Le spectacle nous cloua sur place : le
Fondaco dei Tedeschi, le massif, le colossal Comptoir
des Allemands, flambait comme une torche. Il était
trop tard pour tenter de le sauver. On se contentait
d'empêcher que les flammes n'atteignissent le vieux
pont de bois dont la destruction eût été une catastrophe. Les seaux passaient de main en main, du quai
où l'on puisait l'eau jusqu'à l'arche qu'on aspergeait
sans relâche. Je vis un homme, la chemise en feu,

crier de douleur et plonger dans le Grand Canal, où dansaient de gigantesques reflets. La foule s'était tue. Seuls quelques chuchotements circulaient : « Comment cela a-t-il pu arriver ? Ne serait-ce pas une vengeance ? » Quelqu'un déclara avoir aperçu un individu louche rôder une heure auparavant autour de l'entrepôt. Un autre affirma que de petits incendies avaient précédé celui-là, mais que, « comme d'habitude, on n'en avait pas parlé ». Une atmosphère de suspicion, de délation planait. Titien, les yeux brillants, ne disait rien, mais je devinais son émotion à la pression de sa main : il vibrait comme une corde de luth.

Nous avons assisté à l'agonie du bâtiment. À l'intérieur, les balles de grain explosaient avec des bruits de bombardes, envoyant dans le ciel des chapelets de flocons qui scintillaient comme des lucioles. Trois murs s'abattirent en même temps, comme de grands arbres, dans un crépitement d'étincelles. Le quatrième, fumant, noirci, ridicule, apparut dans le petit jour, seul souvenir d'un édifice qui avait été le symbole même du commerce vénitien.

Je revins à la bottega, accablé comme par la vision d'un meurtre. Titien au contraire semblait très excité : « Quelle belle toile on ferait avec cet incendie ! Une vraie descente aux enfers... N'y manquaient que quelques damnés grillant au milieu. » Il se tourna vers Alessandro, qui nous avait rejoints : « Tu aurais dû t'y jeter. Les plats que tu nous sers t'y mèneront directement. — Tu es bien content de les trouver, mes plats, espèce de crève-la-faim. » Lorenzo prétendit avoir ressuscité d'un baiser une jeune fille qui s'était évanouie devant lui. « Profiteur ! lui lança Titien. Tu ne cherches même pas à plaire par toi-même. »

J'étais loin de ces bavardages. Je songeais à la fragilité des monuments humains, et de l'art qui les recouvre ou qu'ils abritent. « Il ne s'agit cette fois-ci, pensai-je, que de quelques murs voués à conserver des marchandises, mais des incendies identiques peuvent détruire en quelques heures toutes les façades que j'ai peintes — sans compter la corrosion du vent et du sel.» J'allais, dans mon désarroi, jusqu'à imaginer des catastrophes imprévues qui anéantiraient d'un seul coup les plus belles collections de Venise. Que resterait-il alors du pauvre Giorgione, de son labeur, de ses trouvailles? Je m'étais moqué de la sculpture, art que j'avais jugé inférieur à la peinture. Ne m'étais-je pas trompé? Rentré dans ma chambre, je m'assis devant mon *Enfant à la flèche*, considérai ces nuances infinies de carnation où j'avais mis tous mes soins. À quoi bon tout cela? Je pensai à Léonard de Vinci, à Bellini, à Dürer, qui avaient certainement éprouvé les mêmes doutes — j'en étais convaincu pour les deux premiers. Même fragile, l'art est la plus noble négation du temps, la plus haute forme — mis à part peut-être l'amour — de l'expression humaine. Je repris mes pinceaux et terminai le tableau d'un seul jet.

Le lendemain, en allant le porter à Giovanni Ram, je fis un détour par le Rialto, où une foule continuait de piétiner. On dégageait les ruines dans une fade odeur de cendres. Une mince fumée se dégageait encore des ballots crevés, qui montait tristement dans le ciel gris. On entendait déjà dire que les Allemands avaient décidé de reconstruire un nouveau Fondaco sur les ruines de l'ancien.

Les premiers mots que j'échangeai avec Giovanni Ram furent, tu t'en doutes, relatifs à l'incendie de la veille. Il me confirma les rumeurs de reconstruction : «La ville ne peut se permettre de ralentir son commerce. Les besoins sont là.» Le nouveau bâtiment serait mieux aménagé, mieux protégé, plus haut. «Il paraît même qu'il sera décoré, à l'extérieur comme à l'intérieur. Il est vrai qu'il jurait au milieu des demeures du Grand Canal. À quelque chose malheur est bon. Les Allemands sont riches, ils aiment à le montrer.» Il parlait avec l'assurance de celui qui connaît ses pairs. Dans ces moments-là, une distance s'établissait entre nous, que je ne cherchais pas à combler — nos ambitions n'étaient pas les mêmes.

Toutefois, il avait lui aussi, comme Gabriele, son jardin secret. C'est là que nous nous rapprochions, tout en frôlant des affrontements que notre bonne éducation esquivait. L'épisode ayant abouti à la mort du vieux António Landi nous avait appris, à l'un comme à l'autre, que d'autres bourdons rôdaient autour de la fleur que nous cultivions ensemble, et que certains s'étaient dangereusement approchés de son calice ou même y avaient pénétré : je m'interdisais d'y penser, affichant là-dessus une sérénité un peu forcée. Ram ne semblait pas y attacher d'importance : pensait-il que l'argent finit toujours par triompher ?

J'ôtai l'étoffe qui recouvrait le tableau. J'avais mis dans le regard de l'adolescent toute la tristesse de l'amour meurtri, et le trait qu'il tenait entre ses doigts minces semblait fiché dans sa propre poitrine. Ram se tourna vers moi : « Éros souffre de nous faire souffrir. Peindre un Éros mélancolique, c'est en quelque sorte atténuer le mal qu'il nous fait. » Il eut un vague sourire, évocateur, lointain. Puis, comme saisi d'une inspiration subite : « Et si je vous demandais le portrait de Laura ? » Je fus abasourdi. Jamais encore, à ma connaissance, à Venise, un peintre n'avait osé représenter une grande dame. Ce privilège était réservé à celle qui était à la fois la pure Épouse et la Mère, la Vierge Marie ou, à un moindre degré, aux Suzanne, aux Vénus, à toutes les divinités païennes et charnues nées de l'Antiquité. Même Isabelle d'Este n'avait eu droit qu'à un dessin de Léonard de Vinci. « Si vous acceptez, il sera inutile de lui en parler. Je veux lui en faire la surprise. Et vous la connaissez suffisamment pour qu'elle n'ait pas besoin de poser, n'est-ce pas ? » Je réservai ma réponse. « Prenez votre temps, me dit-il en me raccompagnant. N'oubliez pas que je paierais très cher une œuvre comme celle-là. »

En chemin, je songeai surtout à la nouveauté du thème. Bellini ne l'avait jamais abordé. Mantegna avait bien représenté toute la famille Gonzague — hommes, femmes et enfants — mais dans un endroit privé, la grande chambre du palais ducal, à Mantoue. J'avais entendu parler d'un portrait de patricienne exécuté vers 1475-1480 par le jeune Carpaccio, mais le tableau avait quitté Venise pour Amsterdam, où il était tombé dans l'oubli. Avait-il d'ailleurs jamais existé ? Je vibrais à l'idée d'être l'inventeur d'un genre, comme j'avais été le précurseur des fresques sur façades. En outre, la promesse de recevoir une grosse somme donnait du poids au projet... Je l'ébauchai déjà. Son titre évoquerait la Laure de Noves de mon cher Pétrarque. Je pourrais jouer sur les formes du laurier qui serait comme un écho de son prénom. J'appris plus tard par Gerolamo que le laurier est symbole de vertu : sa présence ajoutait un commentaire satirique à sa vie privée, ce qui me divertit. Je rangeai cette entreprise encore floue dans un coin de mon esprit comme on plante une graine en terre et j'attendis, me fiant à mes expériences précédentes, qu'elle germât avec ses propres forces pour me laisser le seul soin de cueillir une fleur presque éclose. Je rentrai à l'atelier en fredonnant.

J'ai eu tort de chanter victoire : un peintre avait eu en même temps la même idée et l'on annonçait son arrivée à Venise. Cet homme, c'était Dürer.

La nouvelle de sa venue m'enchanta. Je me rappelai avec émotion notre rencontre sur le grand escalier du Fondaco, en 1495 — dix ans déjà ! —, sa folle passion pour Bellini, sa nuit chez moi, le cadeau qu'il m'avait fait — un dessin du château de Trente —, que j'avais précieusement gardé. « Je m'en suis fait un ami pour la vie », pensais-je. L'obscur apprenti était devenu un maître, aussi connu à Venise qu'en Allemagne. La colonie allemande de la Sérénissime en avait fait son dieu. En ce début d'année 1505, on faisait circuler ses deux dernières gravures, où s'étalaient, souveraines, les qualités que j'avais pressenties : *Adam et Ève*, à la chair incisée par le burin et un *Grand Cheval*, aussi puissant que la monture du Colleoni sortie des mains de Verrocchio. Une bizarrerie du destin l'amenait à Venise au moment même où ladite colonie voyait disparaître la preuve la plus éclatante de sa réussite. L'art venait à la rescousse du commerce.

Se souviendrait-il de moi ? La production de Bellini continuait de dominer la peinture vénitienne ; la mienne ne s'était imposée qu'à de rares amateurs. Je n'étais pas graveur et l'art allemand ignorait la fresque. Cela faisait beaucoup de raisons pour justifier un oubli. Il ne m'avait jamais écrit, bien qu'il sût où j'habitais.

Le sachant à Venise, j'attendis plusieurs jours qu'il se manifestât, en vain. J'appris qu'il ne tenait pas en place. Il quittait brusquement la ville, y revenait quelque temps, repartait. On l'avait vu à Milan, à Bologne, à Padoue. J'ai eu la surprise, plus tard, visitant mon ami Giulio Campagnola dans cette ville, d'apprendre que Dürer avait insisté pour figurer dans la fresque qu'il peignait alors pour la Scuola del Carmine. Giulio était très fier d'avoir été jugé digne de reproduire les traits du maître. Je ne l'ai cru qu'à moitié. Je le soupçonne d'avoir supplié Dürer de poser.

À Venise, on savait Dürer hôte des Fugger, mais jamais on ne l'avait vu déambuler dans la ville. Peu à peu, je me faisais à l'idée de ne le revoir jamais. Plus notre rencontre devenait aléatoire, plus je la désirais.

J'en étais là de mes espérances, lorsque je reçus une invitation de Taddeo Contarini à me rendre huit jours plus tard à une réception « en l'honneur du grand graveur Albrecht Dürer ». Au bas du parchemin, Taddeo avait ajouté de sa main : « Apporte ton luth. »

La réception fut une des plus brillantes auxquelles

il me fut donné d'assister. Une longue théorie de gondoles attendaient d'accoster au grand escalier. Avec leurs riches sculptures, leurs pennons d'écarlate, leurs petits drapeaux brodés, elles ressemblaient à une escadre de galères royales. Tout ce que Venise comptait de dignitaires, de nonces, d'ambassadeurs, les patriciens les plus influents, la colonie allemande au grand complet, débarqua. Le Patriarche avait tenu à être présent. Seul le doge manquait à l'appel. On se pressa dans les salons, illuminés comme en plein jour. La lumière jouait sur les soies et les velours. Les femmes étaient belles. Le blond vénitien des chevelures, prétexte aux plus grandes rivalités, ruisselait sur les poitrines. Moi qui n'ai jamais posé côte à côte deux couleurs qui ne fussent complémentaires, je voyais papilloter autour de moi un brouillard coloré qui, à mon grand étonnement, ne manquait pas d'harmonie. La vie, dans sa confusion, crée parfois des réussites qui en remontrent à l'art.

Un grand nombre de personnes me saluèrent. Moi qui aime la solitude — mon équipe d'apprentis est moins une société qu'un laboratoire d'exécutants —, je prends toujours un vif plaisir aux manifestations du monde, surtout quand celui-ci a les raffinements vénitiens. Il y a plusieurs êtres en moi, qui naissent ou disparaissent selon les circonstances. Je me sens quelquefois comme un arc-en-ciel environné d'orages...

Le bruissement des conversations, la beauté des femmes — celle de Laura ne me cachait pas l'attrait des autres, ce qui eut l'heur de l'agacer —, la chaleur des délicieux vins de Vérone, tout cela m'étourdit. L'alcool me rend indulgent. Je voyais sans ombrage Laura converser avec Giovanni Ram, et même rire en se serrant contre lui. Je savourais des souvenirs que peut-être Ram ne possédait pas.

Malgré la griserie des boissons et des mots, on devinait, à je ne sais quelle imperceptible retenue des gestes et des voix, une attente : « le maître » n'était pas encore arrivé. Certains se vantaient de l'avoir aperçu quelques jours auparavant, d'autres d'avoir dîné avec lui ; moi seul étais convaincu de le connaître vraiment. Tout à coup, le silence se fit et se répandit dans les salons en même temps que la foule s'ouvrait. Je fis comme les autres, avec la désagréable sensation d'être devenu anonyme. Précédé d'applaudissements, Dürer parut. Un grand vieillard s'appuyait à son bras, en qui je reconnus — mais oui, c'était lui ! — Giovanni Bellini. Mon cœur se serra en revoyant mon ancien maître, dont les joues, en peu d'années, s'étaient creusées, la silhouette voûtée. Dürer ralentissait le pas et se tournait de temps en temps vers lui avec un sourire plein de respect. L'adolescent fougueux, assoiffé de culture et d'art, était devenu un bel homme de trente-quatre ans. Ses cheveux étaient plus longs, une barbe claire donnait de la douceur à son visage. Son sourire plissait les yeux petits et en amande, découvrant tout autour, comme un éventail, un fin réseau de rides. Il ressemblait un peu à Léonard de Vinci ; tous deux évoquaient de façon frappante la figure du Christ. Taddeo, ravi du plaisir qu'il répandait, marchait en retrait derrière les deux hommes. Le groupe s'approchait, mon cœur battait. Dürer me reconnaîtrait-il ? Son regard glissa sur moi sans appuyer, comme si j'avais été le plus modeste des invités. Il s'éloigna sans se retourner. Je restai les bras ballants, avec au fond du cœur l'amertume familière. Avais-je à ce point changé qu'il ne m'eût pas reconnu ? Sinon, avais-je eu si peu d'importance dans sa vie qu'il m'eût rayé de sa mémoire ? Bellini, lui, marchait sans tourner la tête. Son indifférence me sembla naturelle.

Quelque chose pourtant me disait que rien n'était perdu. Si Dürer m'avait oublié, il fallait à jamais tirer un trait sur la qualité des relations humaines et décréter que tout en elles est hypocrisie et mensonge…

Le dîner, dans une grande salle tendue de satin et

de drap de couleur, fut une fête de tous les sens. Les cristaux, la vaisselle d'argent scintillaient sous l'éclat de trois rangées de lustres piqués de bougies odorantes. Un orchestre jouait en sourdine, du haut d'une tribune d'où pendaient des franges d'or. Des bouffons et des masques circulaient entre les tables, faisant mille pitreries. Au centre, un bouquet de cascades jaillissait d'une fontaine de marbre. Tout le monde lorgnait la table principale : Taddeo la présidait, avec Dürer à sa droite et Bellini à sa gauche — le contraire eût été préférable, eu égard à l'âge de mon ancien maître. En face de lui, sa femme était flanquée du Patriarche de Venise et du représentant du doge. Gabriele, ses parents, Laura et Giovanni Ram complétaient le cercle.

J'étais un peu déçu d'avoir été relégué dans un coin de la salle. Je tentai de justifier ce choix par des raisons objectives : il m'a toujours été facile de me mettre à la place de ceux qui m'ont jugé, même si leur jugement ne m'était pas favorable. Face aux deux héros de ce soir, Giorgione n'existait pas — pas encore. Ce genre de constatation incite d'habitude à la modestie. Je ne suis pas un modeste. La modestie est le refuge des médiocres. Je me consolai en constatant que ma place était un poste d'observation privilégié. Je délaissai les deux fortes femmes qui m'entouraient. Leurs odeurs d'aisselle eussent renversé un bûcheron de Castelfranco et aucun de leurs propos ne rachetait cette pénible réalité : ils se partageaient entre des recettes de cuisine et l'aménagement de leurs villas presque voisines sur les rives de la Brenta. Un peintre soucieux de commandes aurait fait sa cour. Chercher à plaire relève parfois de l'héroïsme.

Bellini mangeait avec la dignité que je lui avais toujours connue. L'admiration qui roulait jusqu'à lui de façon presque palpable ne semblait pas l'atteindre. Dürer au contraire était rouge de plaisir. Il parlait haut, buvait sec et lançait d'impressionnants

«*Danke schön!*» au valet qui remplissait son verre. On trouva ce comportement sympathique. Fallait-il qu'il fût dédaigné du monde, à Nuremberg, pour tant l'apprécier à Venise!

Taddeo fit un signe à l'orchestre, qui se tut : c'était l'heure des compliments d'usage. Taddeo se leva. Son discours fut spirituel et déférent. Il rappela le proverbe vénitien qui dit que toutes les villes allemandes sont aveugles, mais que Nuremberg y voit d'un œil. C'était avant tout l'œil d'un peintre et d'un graveur, «le plus grand d'Europe». Le superlatif semblait ne s'appliquer qu'au graveur, ce qui laissait à Bellini la primauté en peinture. Celui-ci ne s'y trompa pas, qui eut un sourire discret. Taddeo voyait dans la présence de Dürer à Venise une revanche sur le sort, après l'incendie du Fondaco. J'aurais dit la même chose à sa place, car je l'avais pensée avant lui. Dürer avait fermé ses yeux à demi et goûtait ces paroles comme un miel. Avant de se rasseoir sous les applaudissements, Taddeo promit une surprise après la réponse de Dürer. Celui-ci commença par s'excuser de manier imparfaitement «la langue de Dante et de Pétrarque». On apprécia qu'il eût la courtoisie et fît l'effort de se faire comprendre de tous. Il remercia son hôte de ses mots aimables, s'en estimant indigne, et dit son plaisir d'être «au milieu d'une assemblée si distinguée». L'expression parut un peu provinciale. Il rappela le premier séjour qu'il avait fait à Venise dix ans auparavant, «jeune peintre et graveur passionné de vos artistes, au premier rang desquels je mettais — et je mets toujours — votre grand Bellini». La salle éclata en applaudissements. Bellini fit un léger signe de tête, avec une retenue dont j'aurais été incapable. «Je voulais assimiler leurs découvertes, capter le secret de leur lumière, de leurs couleurs. Mon œuvre d'alors en fut le faible écho. J'ai encore beaucoup à apprendre. Je suis revenu, non chassé par la peste comme on l'a dit, mais par le même mouvement qui pousse l'enfant sevré vers sa nourrice, l'amant déçu vers sa première maîtresse. » Se tournant vers Taddeo, il conclut : « Je ne sais pas, comme vous l'avez aimablement dit, si Venise a besoin de Dürer, mais je suis sûr, moi, que Dürer a besoin de Venise. »

Quand il se fut rassis, il y eut un léger flottement : certains pensaient que Bellini prendrait à son tour la parole. Des regards muets l'interrogèrent. Il fit non de la tête, avec un sourire : il n'était pas le héros de la fête. Et qu'aurait-il à dire que son œuvre n'eût déjà proclamé ? Taddeo regarda dans ma direction, me fit un signe discret : le sort en était jeté ; il se leva et dévoila la surprise, « un aperçu du talent de notre ami Giorgio de Castelfranco qui est, comme vous savez, aussi bon chanteur qu'excellent peintre ». Tous les regards convergèrent sur moi. Je ne vis que celui de Dürer, sourcils froncés, attentif. Je m'inclinai vers lui, ce qui pouvait passer pour un hommage déférent. Ce n'était qu'un désir de me faire reconnaître. Je vis que son visage s'éclairait, avec toutefois une légère réserve, comme si un doute subsistait.

Je grimpai à la tribune d'un pas leste. Il fallait que je fusse digne de ma réputation. Porté par l'auditoire, je me surpassai. Il y a des moments où l'on ne sait qui a le plus de talent, du public ou du musicien. Je réussis à faire reprendre en chœur certaines de mes chansons. Dürer, certain maintenant de m'avoir retrouvé, battait la mesure avec entrain. Quant à Bellini, il me considérait de l'œil de Christophe Colomb découvrant un indigène du Nouveau Monde. Je lisais sur son visage à livre ouvert : « Ce n'est pas possible, ce n'est pas lui ! » Mais oui, mon cher maître, c'était bien moi. J'ai vécu six longues années chez vous, mais vous ne me connaissiez pas vraiment.

La dernière note à peine éteinte, chacun se leva pour prendre congé. Figé dans ma tribune comme un oiseau sur son perchoir, je vis s'éloigner ceux qui venaient de m'applaudir. Déjà, je n'existais plus pour eux. Seul Bellini se retourna dans ma direction, me fit un discret signe. Allons, les ponts n'étaient pas coupés. Dürer, quant à lui, avait disparu. L'artiste célébré dans l'Europe entière n'avait que faire d'un jeune confrère à la gloire hésitante. Je poussai un soupir qui dut s'entendre jusqu'aux lointains salons. «Fatigué? me demanda un musicien qui descendait. — Un peu.»

Personne ne fit attention à moi quand je sortis, bousculé, mon luth encombrant à la main. Tous étaient pressés de rentrer et l'on murmura quand on dut attendre les gondoles, au pied du grand escalier. Le plaisir de la fête s'était dissipé. Je connais ces réveils-là. Alors que je m'apprêtais à enfiler le quai pour revenir à pied au campo San Silvestro, un domestique portant la livrée des Contarini me rattrapa et me remit un papier en s'inclinant: «De la part du maître Dürer.» D'une belle écriture contournée, je lus: «Je ne t'ai pas oublié. Je t'attends demain chez Fugger.» Suivait son chiffre — un D blotti sous un A solennel — que l'on retrouve, posé comme un papillon, sur tous ses tableaux. «Y a-t-il une réponse? demanda le valet. — Dites que j'y serai.» Je l'aurais embrassé.

Jacob Fugger, qui présidait la plus importante des deux confréries allemandes établies à Venise, méritait bien son surnom de «le Riche». Admirablement situé sur le Grand Canal, son palais écrasait les autres. Moi qui ai pourtant hanté les palais vénitiens, je n'ai jamais rien vu de comparable chez les Vendramin, les Contarini ou même chez Giovanni Ram. Les Allemands font étalage de leur luxe. Le nôtre est plus discret. Le visiteur qui pénétrait dans le palais de Jacob Fugger était un client potentiel: il fallait capter sa confiance. Fugger avait parfaitement atteint son but. Porteur d'un magot, je me serais laissé séduire. Heureux, ce matin-là, que je fusse entré la bourse légère!

Dürer, vêtu d'une robe de chambre damassée, me reçut dans un cabinet aux murs tapissés de tableaux.

Il m'ouvrit les bras et nous nous sommes embrassés comme si nous nous étions quittés la veille. Tout de suite, il s'expliqua : non, il ne m'avait pas remarqué en arrivant. Il ne pensait d'ailleurs pas à moi. « Songe que je n'ai plus jamais entendu parlé de toi ! » C'était rude à entendre, mais vrai. Mon prestige ne dépassait pas les limites de Venise. Le nom de Dürer, au contraire, avait franchi les frontières. « Quand j'ai entendu ton nom, continua Dürer, et que tu t'es levé, je me suis dit : "C'est lui", bien que tu aies un peu changé — comme moi, d'ailleurs. » Je lui appris que je dirigeais maintenant un atelier. « Alors, c'est vrai ce que disait Contarini, tu es aussi bon peintre que bon musicien ? Raconte-moi ce que tu as fait depuis dix ans. » Il m'écouta avec la sérénité de celui qui, arrivé au sommet, ne craint pas d'être rejoint. Je dus être assez éloquent, puisqu'il me demanda : « Où puis-je voir tes tableaux ? — Ils sont tellement précieux, dis-je en riant, qu'ils sont enfermés à double tour dans des demeures privées. Mais je pourrai te montrer les fresques que j'ai peintes sur quelques façades. — J'en ai vu une hier soir, chez Taddeo Contarini, qui m'a semblé remarquable. — Elle est de moi. » Avec une sincérité non feinte, je lui avouai que selon moi elle était la moins réussie, ayant été exécutée la première. Mais elle était à l'origine des autres. « On s'est passionné pour cette forme nouvelle de décoration, dis-je, que je pratiquais déjà enfant sur les murs de notre ferme, avec du charbon de bois ! — Promets-moi une chose : que tu me les montreras toutes. » Nous convînmes d'un rendez-vous dès le lendemain. La perspective de se revoir si vite nous enchanta. Je lui demandai de me raconter à son tour comment il avait passé ces dix dernières années. Dès son retour d'Italie, il avait eu la chance de plaire à Frédéric le Sage, grand électeur de Saxe, en visite à Nuremberg : « Dès qu'il a vu les aquarelles rapportées de mon voyage, et une miniature d'une *Sainte Famille* que je venais de terminer, il m'a commandé son portrait. Sa confiance dure toujours et elle m'aide à vivre. Tu devrais avoir toi aussi un protecteur.» Je lui dis mes réticences, préférant rester indépendant. «Ne crois pas qu'il pèse sur mes choix et ma façon de travailler, dit-il. J'ai seulement la certitude — c'est une formidable sécurité — d'avoir un carnet de commandes bien rempli.» La diversité de son génie, son renouvellement constant autorisaient cet attachement: jamais il ne lasserait le grand électeur. En aurait-il été ainsi avec moi, qui reste fidèle aux mêmes paysages, au même visage féminin, à la même lumière?

Dürer était un arbre aux fruits multiformes. Graveur, il avait imprimé à son compte en 1498 et vendu en tant qu'éditeur son *Apocalypsis cum figuris*: «J'ai accompagné le texte de quinze gravures sur bois à pleine page. Un rude travail, qui s'est bien vendu. J'en ai envoyé un exemplaire à notre Bellini avec une belle dédicace. Mes sentiments n'ont pas changé à son égard. À mon avis, il est le plus grand peintre d'Italie. Oh, excuse-moi, Giorgio!» Ce n'était pas auprès de moi qu'il devait s'excuser, mais auprès de Vinci, de Carpaccio, du Pérugin, de Mantegna, qu'il oubliait. Mon heure à moi n'était pas encore venue. «Et puis, son admiration me flatte... Hier encore, à ce dîner, il m'a loué devant un grand nombre de gentilshommes. Sais-tu qu'il est venu me voir, s'est assis à la place où tu es? J'ébauchais alors ma *Fête du Rosaire*. Tu veux la voir?» Il poussa une porte qui donnait sur son atelier, vaste pièce échancrée de larges baies. «Regarde cette lumière, dit-il en caressant l'air de sa main, on croirait la saisir, la palper. C'est comme un matériau. Venise est la ville la plus dorée du monde. Vous, les Italiens, vous n'avez aucun mérite: il vous suffit de copier ce que vous avez sous les yeux.» Il me mena devant un tableau monumental, foisonnant, qui n'était pas terminé. Une Vierge en majesté, couronnée par deux anges, l'Enfant sur ses genoux, y recevait les hommages conjugués de l'Empereur et du Pape, à genoux de part et d'autre, points d'ancrage de la composition. Une foule de personnages se pressaient derrière eux, dont seules les silhouettes étaient ébauchées. « Il faut être fou pour inventer une telle assemblée ! soupira Dürer. Tous ces visages à caractériser... Car ce seront des portraits, j'y tiens. » Il pointa son doigt sur une face encore indistincte : « Là, ce sera l'architecte du futur Fondaco, mon ami Gerolamo Tedesco. Plus haut, appuyé à un arbre, je me représenterai : ce sera toujours un visage de gagné. Derrière moi, ce notable aura la figure de Fugger : je lui dois bien ça. » Dürer savait allier art et diplomatie... « Quand Bellini m'a rendu visite, continua Dürer, je n'avais pas tout à fait terminé le visage de la Vierge. Ceux du Pape et de l'Empereur étaient seuls achevés. Bellini les a scrutés, puis il a demandé : "Voudriez-vous me rendre un grand service ? — Certainement, si ce que vous me demandez est en mon pouvoir. — Faites-moi présent d'un de vos pinceaux, celui qui vous sert à peindre les cheveux de vos personnages." J'ai pris une poignée de pinceaux absolument semblables à ceux dont il se servait lui-même et les lui ai présentés : "Choisissez celui qui vous plaît ou prenez-les tous." Il a cru à une méprise et il a insisté pour avoir un des pinceaux avec lesquels j'exécutais les cheveux. Pour toute réponse, je me suis assis devant le chevalet et, avec l'un d'eux, le premier qui me tomba sous la main, j'ai peint la chevelure de la Vierge que tu vois ici. » Dürer éclata de rire : « Bellini n'en revenait pas ! »

Je m'approchai du tableau. Je dus à mon tour rendre les armes : la sûreté de main de Dürer était stupéfiante. Ces cheveux-là étaient plus vrais que nature. Seule l'école du Nord est capable d'une telle perfection. Nous autres Vénitiens aimons les chairs, mais le détail anatomique nous échappe. Sommes-nous moins habiles ? Je ne le crois pas. Nous admirons la minutie, mais elle nous rebute. Notre intérêt est ailleurs. «J'étais si flatté de son étonnement, continua Dürer, que je lui ai fait cadeau d'un *Jésus parmi les docteurs*, un groupe ramassé de demifigures d'assez bonne facture.» Il revint au tableau et montra un espace laissé vide, aux pieds de la Vierge : «Là je placerai un ange musicien, comme celui que Bellini vient de peindre dans son retable de San Zaccaria. Quel joli motif!» J'avais moi aussi regardé de très près la dernière œuvre de Bellini. J'avais été fort surpris : ses recherches sur la couleur et sur la lumière semblaient recouper les miennes, à croire qu'il s'était inspiré de mon retable de Castelfranco. Quelle évolution chez le vieil homme! Un monde séparait les sèches images que j'avais vues dans son atelier — et auxquelles j'avais collaboré — et cet aboutissement-là, tout en jeux subtils et modulation chromatiques. «Dieu veuille que je me renouvelle aussi souvent que lui!» soupira Dürer.

Nous revînmes dans le cabinet. Les tableaux se serraient sur les murs. Mon attention fut attirée par un portrait de dame — celui de Laura mûrissait en moi et, comme d'habitude, je le nourrissais des fluctuantes contributions du hasard. «C'est une jeune Milanaise qui m'a laissé un charmant souvenir, dit Dürer avec coquetterie. Je l'ai un peu idéalisée. Elle ne s'en plaindra pas, ni moi non plus. J'ai fait peu de portraits de femmes jusqu'à présent. Et toi?» Je n'en avais fait aucun mais on venait de m'en commander un. «Je pense qu'il sera différent du mien», dit-il. Il ne se trompait pas. Sa jeune femme me parut guindée : trop de bijoux, trop de rubans, un sourire trop contraint, une peau trop pâle. Je n'imaginais pas ainsi une courtisane. Dürer, mari fidèle, avait-il voulu en bannir la sensualité? Je retins toutefois deux éléments : le fond très sombre pour faire ressortir une chair blonde et le filet qui enserrait les cheveux, ornement rigoureux dans une vie sans rigueur. Ici, il était de soie brodée. Celui de Laura, moins précieux, plus suggestif, serait de gaze.

Le lendemain fut pour moi un jour de félicité totale : mes fresques plurent à Dürer. J'avais loué une gondole avec mille précautions : il ne fallait pas qu'on le sût dehors. « Je crains quelque mauvaise rencontre », dit-il d'un air un peu piteux. J'éclatai de rire : « Le Grand Canal, en plein jour, n'est pas une "calle" à la nuit tombante ! » Il ne désarmait pas. Il me fit un long plaidoyer : « Tout le monde ici m'envie et cherche à me nuire. Mis à part Bellini — et toi, bien entendu —, les peintres de Venise m'ignorent ou me jalousent. Ils daignent reconnaître mon seul talent de graveur, qui ne les gêne pas. Ils ont su que des commandes de tableaux affluent chaque jour chez Fugger. C'est autant qu'ils n'auront pas. Ils n'ont pas admis que les deux confréries allemandes de Venise s'adressent à un artiste de leur pays pour décorer l'autel de San Bartolomeo, avec cette *Fête du Rosaire* que tu as vue. Ils oublient que San Bartolomeo est le siège de l'Église nationale allemande. Devrions-nous interdire que des peintres italiens répondent à des commandes venues de Nuremberg ? Mon ami Pirckheimer m'a chargé d'acheter chez vos fameux éditeurs — "les meilleurs du monde", dit-il — les plus belles éditions des œuvres classiques. Faudrait-il y renoncer sous prétexte qu'ils ne sont pas allemands ? Cet ostracisme m'irrite. » Je lui demandai de me citer les peintres de Venise qui lui en voulaient tant. « Presque tous », fut sa réponse. Je demeurai perplexe. Il ne pouvait s'agir que de barbouilleurs subalternes. Aucun de ceux qui méritent le nom de peintres — les Carpaccio, Mantegna, Lotto, Palma — ne se serait abaissé à de telles mesquineries : la jalousie est la revanche des impuissants. En tout cas, l'inquiétude minait Dürer, qui refusait tout contact avec les Vénitiens. « Si j'ai cédé à la pression de Taddeo Contarini, dit-il, c'est parce que je savais que Bellini serait à mes côtés. » Sa méfiance était telle qu'il me demanda de goûter avant lui aux mets que je venais d'acheter pour nous deux !

Pourtant, à mesure que notre rencontre se prolongeait, il se détendait peu à peu. Blotti à l'intérieur de la gondole, protégé des regards par un rideau, il voyait sans être vu. Le gondolier naviga au plus près des façades, qui dressaient mes fresques sur les eaux comme des décors. Dürer découvrait cette forme d'art avec des exclamations. L'enthousiasme de l'ami et de l'artiste me fit chaud au cœur. Toutefois, il butait sur quelque chose qu'il finit par m'avouer : « Tu es pour moi une énigme. Je reconnais chacune de tes figures, je vois bien ce qu'elle représente, mais, quand elles sont rassemblées, le sens général m'échappe. » Je lui répondis qu'il n'était pas toujours clair pour moi et que, parti d'une idée simple — une allégorie, un épisode biblique etc. —, une sorte d'appel des formes que je ne contrôlais pas m'en éloignait vite. « Je rassemble des personnages qui n'ont rien à voir l'un avec l'autre. L'espace m'attire, je le couvre de signes connus qui, réunis par une logique extérieure à moi — d'autres parleraient de hasard —, donnent à la scène une signification que je n'avais pas prévue — quand il y en a une. Mais il y en a toujours une : l'homme a besoin de se retrouver dans ce qu'il contemple. — Tu vas favoriser les interprétations les plus opposées », dit Dürer. Je l'espérais bien. J'étais assez fier des interrogations que je suscitais.

J'ai déposé Dürer discrètement à la nuit tombante devant le palais Fugger. Avant de disparaître, il chuchota : « Tu risques d'avoir une surprise dans quelques jours. Je ne t'en dis pas davantage pour l'instant. »

Le lendemain, le souvenir de la jeune Milanaise ne me quitta pas ; c'était la meilleure façon de créer ma Laura. L'attitude, le costume, l'expression de l'une me donna l'expression, le costume et l'attitude de l'autre. On dira que je me suis situé par rapport à une autre. Quelle importance ? L'œuvre d'art vit sa vie propre. Peindrait-on encore, après les chefs-d'œuvre absolus de Giotto ou de Vinci ?

La semaine suivante, un domestique allemand m'apporta un pli scellé et cacheté, où je lus, sans en croire mes yeux : «Sur proposition du maître Albrecht Dürer, la colonie allemande de Venise vous a choisi pour décorer la grande façade sur eau du nouveau Fondaco dei Tedeschi. Elle vous engage à soumettre votre projet à M. Tedesco, architecte désigné pour la reconstruction. Signé : Jakob Fugger, chef de la confrérie allemande de Venise.»

XVI

«Les moussaillons ne manqueront pas de biscuits!» : tel fut le premier commentaire d'Alessandro à l'annonce de la commande allemande. C'était la plus importante que l'atelier eût jamais reçue. Si j'avais pratiquement exécuté seul les fresques précédentes, toute la bottega était cette fois requise : l'immense façade l'exigeait. J'exemptai seulement Vincenzo Catena : j'avais besoin de lui pour ma *Laura*.

Les choses débutèrent assez mal. L'architecte du nouveau Fondaco — Tedesco le bien-nommé — avait des exigences qu'ignoraient jusqu'ici mes commanditaires. En général, ceux-ci compensaient l'ampleur de la fortune par la médiocrité du goût. Ils m'avaient laissé toute liberté de couvrir leurs murs à ma guise. L'Allemand au contraire voulait savoir où j'allais. «Je ne vous connais pas, me dit Tedesco lors de notre première entrevue, je n'ai rien vu de ce que vous avez peint et je n'ai pas l'intention de le faire. Votre seul talent est d'avoir été recommandé par le maître Albrecht Dürer. Je suis redevable auprès de la colonie allemande du bien-fondé de ce choix. Voici le projet du nouveau Fondaco. J'attends vos propositions sous huit jours. »

Je faillis renoncer sur-le-champ. Je n'ai ni l'habitude ni le goût du diktat, même si le mot est d'origine germanique. Gerolamo me calma. « Montre-leur ce que tu as l'intention de peindre, dit-il, écoute leurs critiques, corrige-toi si tu crois qu'ils peuvent avoir raison sur un détail. Ensuite, fais ton œuvre. S'ils renouvellent leurs critiques, tu feras semblant de corriger, comme Michel-Ange, et tout rentrera dans l'ordre. » Il me raconta alors une anecdote qu'on colportait entre Florence et Venise. Présentant son *David* aux membres du Conseil de Florence, Michel-Ange vit un vieillard de cette docte assemblée lever un doigt tremblant : « Je trouve que le nez de votre statue, mon cher Buonarroti, est un peu long… » Le sculpteur ne se laissa pas impressionner. « Vous avez raison, dit-il. On va arranger cela. » Il saisit maillet et ciseau et grimpa sur l'échafaudage. Il ramassa un peu de poussière de marbre qui s'y trouvait, en même temps qu'il faisait semblant de retailler le nez. Il répandit alors la poudre, qui tomba en nuage sur les magistrats. « N'est-ce pas mieux ainsi ? » leur demanda Michel-Ange. Celui qui avait critiqué fut le premier à applaudir. Puis, se tournant vers ses collègues : « J'avais bien vu qu'il fallait le raccourcir ! »

Je n'étais pas certain d'avoir dans une telle situation l'audace de Michel-Ange, mais je n'étais pas homme à douter de mon talent. Si celui-ci devait être mis en cause, je saurais me battre.

La figure de ma *Laura* se précisait. Je sentais arriver le moment où saisir le pinceau deviendrait un acte nécessaire et naturel. Laura était une courtisane qui, par sa liaison presque officielle avec Giovanni Ram, avait toutes les apparences d'une femme mariée. Son portrait refléterait cette dualité — d'autres diraient cette duplicité : elle aurait un sein nu, l'autre couvert. J'ajoutai un geste équivoque qui autorisait deux interprétations opposées : sa main effleurant le bord de son manteau, on ne saurait si elle découvre sa poitrine comme une femme qui s'offre ou si elle cherche à la cacher comme une femme pudique. Elle aussi serait une « énigme ».

Je fis une visite à Dürer pour le remercier de son geste d'amitié. « L'amitié n'a rien à voir là-dedans, me dit-il. Je savais que la colonie cherchait quelqu'un, mais je n'avais pas l'intention de m'en occuper. Personne, d'ailleurs, ne me l'avait demandé. Ce sont tes fresques qui t'ont désigné, pas moi. Il se trouve que tu es *aussi* un de mes amis. Il est vrai qu'ils ne sont pas nombreux à Venise... » Il repartait dans son obsession. Le voir s'y complaire me fit craindre pour son équilibre et j'envisageai un moment de le faire examiner par Gerolamo. Médecin des corps, celui-ci me semblait capable de guérir les âmes : il avait souvent apaisé la mienne. Dieu merci, je n'eus pas à intervenir. Dürer puisa sa guérison dans sa propre réussite. Le jour où sa *Fête du Rosaire* fut installée dans une chapelle de l'église San Bartolomeo, on vit défiler devant elle non seulement le doge, le Patriarche, l'aristocratie vénitienne au grand complet, mais encore tous ceux dont la hargne, à tort ou à raison, accablait Dürer ; pas un artiste présent à Venise qui ne reconnût la qualité de l'œuvre. Même Titien, dont l'esprit critique s'affûtait en même temps que le talent, n'y trouva rien à redire. J'y vis quant à moi le triomphe de notre influence. Bien que l'ensemble conservât une espèce de raideur minutieuse et gothique, les froides couleurs de Dürer s'étaient réchauffées à notre lumière. Bellini fut un des premiers à se rendre à San Bartolomeo. Il avait de quoi être flatté : l'ange musicien, le manteau impérial, la chape papale semblaient échappés de ses retables.

Rasséréné par les compliments, Dürer le fut tout autant par l'ampleur des commandes qui suivirent : il devint de bon ton d'avoir chez soi « son » Dürer. Chaque fois que je lui rendais visite, je découvrais un nouveau tableau en chantier. Ainsi se succédèrent à une cadence rapide une *Vierge au serin*, deux *Vierges à l'Enfant*, deux portraits de jeunes gens. Je me disais avec fatuité qu'il se dispersait. Il s'enivrait de nos découvertes, jusqu'à copier nos imperfections : je constatai, dans l'un des portraits, qu'il avait atténué les traits de caractère de son modèle, comme le faisait Bellini. La capacité d'assimilation de cet homme m'étonnait. Le jour où il me montra un portrait de dame qu'il venait d'achever, je sursautai : il chassait sur mes propres terres. Le tableau était à cent lieues de sa jeune Milanaise enrubannée. L'ombre jouait avec la lumière sur les joues, sur les ailes du nez, sur les paupières, ménageant des transitions dont je croyais Vinci et moi seuls capables. Quelques caractères subsistaient, heureusement étrangers à ma manière : un collier trop précis, des broderies trop fines, une passementerie contournée. Je remerciai le ciel de me pousser, avec cette œuvre, dans mes derniers retranchements. Il devenait impératif d'en finir avec ma *Laura* avant que le terrible Dürer eût exécuté un Giorgione mieux que Giorgione lui-même ! L'œuvre était déjà mûre : je la terminai comme le coureur qui, se voyant rejoint, bande ses muscles dans un dernier effort pour arriver le premier. Il fallait que ma supériorité fût connue : j'inscrivis au dos du tableau, ce qui ne m'était jamais arrivé, la date de son achèvement — 1er juin 1506. J'y ajoutai mon nom et celui de Vincenzo Catena avec l'inscription : « Ce tableau fut fait de la main du maître Giorgio de Castelfranco, collègue du maître Vincenzo Catena. — Mais je ne suis pas encore un maître ! » s'écria-t-il. C'était vrai et je n'étais pas convaincu qu'il en deviendrait un. Mais nous n'étions pas trop de deux pour résister à Dürer, cet Attila de la peinture. Il y avait une autre raison. Accompagner ce panneau de mon nom, c'était affirmer, par rapport à Giovanni Ram, un droit de possession, presque de primauté, sur Laura. Gerolamo, qui tenait avec précision l'inventaire de mon œuvre, me demanda de signer désormais tous mes ouvrages. J'y renonçai avec coquetterie. «Ma manière, lui dis-je, se reconnaît aisément: elle est ma meilleure signature.» J'aurais pu ajouter, quelques mois plus tard: «Mes commanditaires, d'ailleurs, ne l'accepteraient pas. Ils ont trop le goût du secret.»

Giovanni Ram parut troublé quand il découvrit le portrait de Laura. Je le lui avais porté un matin de grand soleil. La lumière ruisselait sur les joues pleines, la gorge grasse, opulente comme une coulée d'or. Ram me coula un regard de biais où je lus jalousie et reproche: il fallait être bien familier de cette peau pour en rendre ainsi l'offrande et la palpitation. J'ai baissé les yeux. Laura, quant à elle, eut ces simples mots lorsqu'elle aperçut son image: «Tu me connais bien — trop bien.»

Je fus payé royalement, mais je ne revis plus jamais le tableau, réservé sans doute à une double contemplation dans quelque chambre discrète.

La sagesse populaire affirme qu'un bonheur n'arrive jamais seul: presque au même moment, me parvint une commande du Conseil des Dix. Rien ne la laissait prévoir. «Tu te trompes, me dit Gerolamo. Avec peu de tableaux, tu as touché à toutes les formes de la peinture: décorative dans la maison Marta ou par tes fresques, religieuse avec ta *Sainte Famille*, ton *Adoration des Mages*, ton *Adoration des bergers* et ton retable. Tu as ressuscité des personnages bibliques: Moïse, Salomon, Judith, ou mythologiques comme Éros, *L'Enfant à la flèche*. Tout se sait.» À l'en croire, tout Venise, à commencer par ses chefs, avait défilé devant mes œuvres. Je pouvais détruire d'une phrase sa démonstration. Je m'en gardai: on ne doit pas décevoir quelqu'un qui vous admire. Et puis, l'encens qui montait à mes narines n'avait rien de désagréable...

Le cœur battant, je me rendis à la convocation du chef du Conseil des Dix, au palais des Doges. Le distingué vieillard, que j'avais déjà aperçu chez les Contarini, fut bref. Il s'agissait de peindre, pour la salle des audiences, un tableau de 1,39 m sur 1,81 m : *Daniel innocentant Suzanne*. «En un tel endroit, me dit l'auguste magistrat, il nous a semblé que ce thème s'imposait de lui-même.» J'acquiesçai ; je pensai à la belle Angelina : le Conseil me laissait à peu près autant de liberté qu'elle. On ne me fixa pas de délai précis, ce qui m'arrangeait, eu égard à ma façon de travailler. On se contenta de me dire que je serais payé en deux fois : trente ducats dès que j'aurais donné mon accord, vingt-cinq ducats à la fin des travaux. Cette somme me parut un peu insuffisante, mais je n'osai discuter de peur de tout perdre en voulant gagner un peu. Je fus plus hardi quelques mois plus tard, au moment du règlement des fresques du Fondaco. Il est vrai que les Allemands avaient alors dépassé les bornes.

De retour à la bottega, je sautai sur ma vieille Bible pour m'informer ; j'avais oublié l'épisode : il me toucha immédiatement. Il me parlait de moi, me tendant une image inversée de ce que j'avais vécu. Daniel innocente Suzanne, que deux vieillards lubriques, qui n'ont pas réussi à obtenir ses faveurs, accusent d'adultère. Laura, elle, cédait aux vieillards qu'elle recevait chez Giovanni Ram : l'affaire Antonio Landi ne laissait aucun doute sur sa générosité en ce domaine. Suzanne incarnait une vertu que Laura ne possédait pas. J'eus quelque jouissance à décider une fois de plus que celle-ci, sur ma toile, aurait les traits de celle-là. Il fallait ainsi lire l'œuvre à l'envers. Je renonçai à donner mon propre visage à Daniel : l'insistance est une des formes de la vulgarité. Je serais quand même présent parmi les personnages, mais un peu en retrait, le regard détourné, mélancolique, un regard qui semblerait interpeller Laura. Elle était assez fine pour comprendre.

Le soir même, je vous ai tous réunis autour d'une bonne table ; les décisions importantes passent mieux ainsi. La double tâche qui nous attendait était lourde. Je souhaitais me charger de la composition des ouvrages et vous en laisser l'exécution. Le danger était que certains d'entre vous ne se sentissent frustrés. Titien était sans doute de ceux-là. Je le mis sur les deux chantiers : la salle des audiences et le Fondaco. C'était, je le reconnais, officialiser sa prééminence. Il devenait mon «pinceau droit», comme disait joliment Gerolamo. J'ai surpris quelque déception dans tes yeux : tu aspirais à cette récompense. Certes, tu étais de deux ans l'aîné de Titien. Mais — tu le sais, d'ailleurs — tu n'as pas sa force, son autorité. Il me fallait un chef et tu es tout de douceur.

J'avais à peine exprimé mon choix que Titien se levait, l'air quelque peu embarrassé, ce qui n'était pas son habitude. «J'accepte bien volontiers de participer au tableau du palais des Doges, dit-il, mais je ne pourrai pas vous assister pour les fresques du Fondaco. On m'a demandé de décorer l'autre façade, celle qui donne sur la Merceria.» Un grand silence se fit ; toutes les têtes se tournèrent vers moi. Je respirai un grand coup. Il ne fallait surtout pas laisser paraître mon trouble. «Je vous rappelle nos conventions, dis-je. Chacun de vous est libre de recevoir une commande qui lui viendrait d'un particulier. Mais recevoir ne signifie pas accepter. C'est moi seul qui décide.» Je m'adressai à Titien : «Je vois que certains ne l'ont pas compris. Quand as-tu reçu cette commande et de qui ?» Titien ne marqua aucun trouble. Il me répondit tranquillement : «C'est très récent. J'allais vous en parler aujourd'hui même.» Il nous expliqua qu'il devait cet honneur à un ami à lui, un Barbarigo. Titien savait choisir ses relations : les Barbarigo étaient l'une des plus illustres familles vénitiennes, qui avait donné à la cité nombre de hauts magistrats et même un doge, il y a peu. «Les Allemands n'avaient pas envisagé de décorer cette façade, qui n'a aucun recul, mais ils ont accepté quand Barbarigo leur a proposé de payer les fresques, à la seule condition que ce soit moi qui les exécute. — Tu as déjà peint pour ces Barbarigo? demandai-je. — Oui, un portrait. Celui de mon ami. » J'eus un moment l'envie de vider la querelle devant tous, mais je me méfie de la colère : elle m'eût amené à des extrémités que j'aurais ensuite regrettées. « Bien, dis-je d'un ton glacial. Nous en reparlerons plus tard. » Titien eut un sourire presque carnassier. Nous n'en avons jamais reparlé. Il m'a sans doute cru lâche. Outre que mon tempérament ne me porte pas à la polémique, certains affrontements sont inutiles. La volonté que mettait Titien à se libérer de ma tutelle avait été la mienne à l'égard de Bellini six ans plus tôt. Je redoutais seulement, eu égard à son caractère, que la rupture fût plus brutale que celle qui avait eu lieu entre mon vieux maître et moi.

Le lendemain, je demandai à Giorgio Bassetti, qui entretenait d'excellents rapports avec chacun — n'étant le rival de personne, il était l'ami de tous — de s'arranger pour voir le portrait de Barbarigo et de m'en rendre compte. Il revint tout excité : « Les cheveux sont rendus un par un, de sorte qu'on pourrait les compter, de même que les points du manteau de satin argenté. Si Titien n'avait pas mis son nom dans une ombre, on croirait que le tableau est de vous. » Je fus partagé entre l'agacement et le soulagement. Peignant dans ma manière, c'était un peu de moi que Titien faisait circuler. Pour combien de temps encore, avant qu'il vole de ses propres ailes ? Bon voyage à toi, Titien. Ne me renie pas trop tôt.

À peine en avais-je terminé avec cette affaire, que Lorenzo a demandé à me voir. « Tu as distribué le travail à tout le monde, dit-il. Il semble que tu m'aies oublié — Je ne t'ai pas oublié. Je ne t'ai pas donné de responsabilité particulière, voilà tout. — Et pourquoi ? Ai-je démérité ? Je suis le plus ancien de tes compagnons et tu me considères comme le dernier de tes élèves. » J'étais fatigué des reproches. « J'ai estimé que tu ne pouvais autant donner à la peinture qu'il était souhaitable. On ne peut être en même temps au four et au moulin. » Je vis Lorenzo blêmir et je regrettai immédiatement mes paroles. Il tourna les talons, courut vers la porte. «Arrête!» Je le rattrapai : «Excuse-moi. » Me fâcher avec lui m'aurait rendu trop malheureux. Je le fis asseoir à mes côtés et, d'un ton conciliant — celui que je prends naturellement après m'être posé une question, toujours la même dans des situations de cet ordre : «Qu'est-ce que ton interlocuteur attend de toi en ce moment ? » —, je lui fis comprendre que, vu l'ampleur de la tâche qui nous attendait, nous ne pouvions pas nous permettre de nous déchirer. «Tu m'es indispensable, tu le sais bien. J'ai pensé à toi pour me représenter quand je ne pourrai me rendre au palais des Doges ou à la colonie allemande. Tu es plus habile négociateur que moi. Et puis, il me faut quelqu'un pour les commandes de matériaux. Tu coordonneras les travaux et tu protégeras nos intérêts. » Il parut satisfait, sans s'apercevoir que je lui confiais une mission étrangère à son art. C'est vrai que son charme était un atout de poids, même si, comme je le constatai quelques mois plus tard, il n'obtint pas tous les succès escomptés.

Après cet entretien, je crus avoir enfin harmonisé les contraires. En effet, la bottega agit désormais dans la même direction, excepté Titien, qui, quoi qu'il fît pour les dissimuler, se gonflait de ses amitiés. Le plus habile de mes élèves l'enviait. De l'envie à la jalousie, il n'y a qu'un pas, que la plupart franchirent. Titien s'en trouva isolé, mais il n'en avait cure. J'admirais sa hauteur, son indépendance et, malgré nos froissements, je continuais de le considérer comme mon héritier spirituel. Titien sera dès demain mon successeur. Il achèvera ce que je n'aurai pas le temps d'accomplir. «Et moi ?» diras-tu. Toi, le gentil, le docile, tu auras également ta part dans l'aboutissement de mes rêves J'ai trop de tableaux en chantier pour laisser au seul Titien le soin de les terminer.

Tout en préparant mes esquisses, une question ne laissait pas de me harceler : comment le Conseil des Dix avait-il songé à moi ? L'enthousiasme de Gerolamo ne m'avait pas convaincu ; mes œuvres étaient trop secrètes pour avoir attiré l'attention. Bien que mes relations fussent flatteuses, je ne pensais pas que les Contarini ou les Vendramin eussent pesé sur le choix des magistrats. L'imaginer eût été m'assimiler à Titien, qui ne devait sa commande qu'à l'intervention d'un Barbarigo. Je ne voulais attribuer cette faveur qu'à mon seul talent. Comment celui-ci avait été découvert, je l'appris par une voie détournée — et le choc fut rude.

Un matin, je vis arriver un Tuzio Costanzo très affairé à la bottega. Il me prit par la manche, mit un doigt sur ses lèvres et me tira dehors. « Savez-vous la nouvelle ? chuchota-t-il. — Sait-on jamais… Venise est une petite ville. — Vous ne pouvez pas la connaître, sinon vous seriez en train de sauter de joie depuis une heure. Car elle vous concerne. » Il prit un temps d'arrêt. « Il y a deux semaines, quelqu'un de très important est venu voir la chapelle à Castel-franco. Je dis bien : très important. » Nouveau silence. Tuzio avait cette manie agaçante — comme ma tante — de retarder le plus possible une révélation, pour avoir le plaisir de la distiller. Il eut un sourire gourmand : « Vous ne devineriez jamais qui. » Une idée saugrenue me traversa l'esprit — avec le fol espoir de tomber juste : « Le doge ? » Il éclata de rire : « Non, quand même ! Mais enfin, dans sa branche, quelqu'un d'aussi considérable. » Il prit une nouvelle pause et, n'y tenant plus : « Giovanni Bellini ! » Sur le moment, je ne le crus pas. Il me paraissait impossible que mon ancien maître eût fait à son âge un voyage si fatigant, uniquement pour voir un tableau de moi. « Le seul témoin de son arrivée à l'église a été le servant du curé. L'homme, un vieillard de haute taille, est allé à sa rencontre et lui a demandé d'ouvrir la grille d'accès à la chapelle. Celle-ci est toujours fermée à clé : je ne tiens pas à y voir entrer n'importe qui. Donc, mon servant a refusé d'obtempérer. Très courtoisement, l'homme a ajouté : "Je suis Giovanni Bellini." L'autre, qui n'est jamais sorti de Castelfranco, n'a eu aucune réaction. "Je suis peintre, a insisté Bellini, et un ami de celui qui a fait ce tableau-là." Il a montré du doigt votre retable. "Je vous demande d'ouvrir." Pour toute réponse, notre paysan a couru jusque chez moi pour me raconter la chose. Aussitôt, j'ai galopé jusqu'à l'église. C'était bien Bellini. Je me suis confondu en excuses, en accablant le pauvre servant qui n'avait fait qu'exécuter mes ordres. Bellini est resté longtemps en contemplation devant votre retable. Sûr, il n'était venu que pour lui. Quand il est sorti, il avait l'air tout chose. — Tout chose ? — Je ne sais comment dire... Il semblait sortir d'un rêve. Il est passé à côté de moi sans me voir et il s'apprêtait à quitter l'église lorsque je l'ai rattrapé : "Vous vous souvenez peut-être que je vous avais sollicité pour cet ouvrage et que, faute de temps, vous avez proposé votre élève. J'ai été un peu réticent au début, mais maintenant je suis fier de ce choix. On vient de très loin pour contempler l'œuvre. C'est le plus bel hommage qu'on puisse rendre à mon fils." Bellini hocha la tête : "Giorgione a été le plus doué de mes élèves, et ce que je viens de voir me fait autant d'honneur qu'à lui. Ne lui dites rien de ma visite, sur laquelle il pourrait se méprendre." Me serrant la main, il a conclu : "Je peux même vous dire, puisque vous semblez l'estimer et l'aimer, qu'il aura bientôt une commande venant du Conseil des Dix. Promettez-moi de garder le secret : la chose n'est pas encore faite." Je promis, bien sûr, mais l'envie de parler est devenue trop forte. C'est dur de conserver un secret, surtout quand il cache une bonne nouvelle. » Il me regarda : « On dirait qu'elle ne vous fait pas plaisir ? » Je le rassurai : il avait vu juste, la commande venait de me parvenir ; l'effet de surprise ne jouait donc plus. « Si j'avais su, dit-il d'un air sombre, je serais venu plus tôt. Mais j'avais promis… » Je le fis entrer dans l'atelier, lui versai une grande rasade de vin de Bardolino, qui lui fit retrouver son sourire.

J'étais en proie à des sentiments contradictoires. Je m'accrochais à la joie que me donnait le jugement de Bellini sur mon œuvre, mais je me laissais aussi envahir par une amère constatation : je ne devais la faveur d'une commande officielle qu'à l'intervention d'un tiers. Moi qui, quelques jours plus tôt, refusais l'idée d'avoir été choisi pour mes seuls mérites, je souffrais maintenant de les voir dédaignés. Qui pouvait partager ma déception ? Gerolamo était un être sensible, mais il rêvait de publier ses petits vers : il ne m'aurait pas compris. Parmi mes élèves, Lorenzo aurait pu être mon confident : il avait accueilli naguère quelques-unes de mes impatiences à l'égard de Bellini et je lui devais en partie ma décision de secouer la tutelle de celui-ci. Ma nouvelle autorité sur lui me condamnait à un certain retrait. Titien était trop assuré de son talent pour mettre en doute le bien-fondé d'une commande. Quant à toi, je ne t'ai rien dit, car tu n'aurais été que l'écho attristé de mon désenchantement.

L'impatience de l'architecte à prendre connaissance de mon projet de décoration fut un heureux dérivatif. Les décombres de l'ancien Fondaco étaient déjà déblayés et l'architecte mettait la dernière main à la maquette du nouveau bâtiment ; avec son plan carré et sa cour intérieure à loggias, celui-ci avait grande allure. Tedesco ne m'avait pas facilité la tâche : une multiplicité de fenêtres et de grilles couraient sur « ma » façade. Quand j'aperçus celle qui avait été dévolue à Titien, je l'enviai : de gracieux compartiments permettaient scènes et narrations, qui y respireraient sans effort. J'étais voué aux figures isolées. Cette contrainte en réalité fit ma force.

Mieux, elle m'aida à me définir. Je me remémorais ce que Gerolamo, avec son amitié si attentive, m'avait dit : « Tes personnages sont enfermés dans leurs propres secrets. Tu installes le silence entre eux. On a l'impression que seul le hasard les a réunis. » Je lui avais répondu par un jeu de mots, qui cernait une vraie réalité : « Cette atmosphère de mystère n'est que le mystère de l'atmosphère. » Je m'en étais soucié davantage dans mes tableaux que dans mes fresques, qui baignaient naturellement dans l'air ambiant. C'était une erreur : il aurait dû s'y engouffrer avec plus de fougue que dans l'espace étroit d'un salon. Je conçus alors mon nouveau travail comme une succession de figures grandioses dont j'augmenterais encore la monumentalité par des couleurs flamboyantes. Tedesco me donna sans réticence son accord : les Allemands ont toujours eu un faible pour l'effet. Il me demanda seulement d'atténuer la disparité de mes images par deux perspectives de colonnades corinthiennes, qui ne me parurent pas incongrues : j'étais trop heureux que ma composition éclatée eût été acceptée.

Mon projet passa d'autant mieux auprès de l'architecte que je lui donnai toutes les apparences du conformisme : mes nus furent proposés comme des allégories des arts libéraux, mes personnages habillés comme des représentations des corporations existant à Venise et travaillant au Fondaco. J'avais placé entre la cinquième et la sixième fenêtre du dernier étage un grand nu féminin, qui avait l'opulence des formes de Laura. « Qu'est-ce donc que cette effigie ? me demanda Tedesco. — La Prospérité, monsieur. » L'idée fut trouvée excellente. Rassuré, j'attendis que le nouveau Fondaco sortît de terre. On me promit ma façade pour le printemps prochain.

Durant ces entretiens, pas une fois le nom de Titien ne fut cité devant moi. Il me semblait pourtant que Tedesco aurait dû confronter les deux compositions, même si les Allemands ne payaient pas le travail de Titien : l'harmonie du bâtiment était en jeu. À mes demandes réitérées, Titien consentit seulement à me dire qu'il envisageait «tout en haut une frise en camaïeu avec des animaux, des arabesques et autres motifs de fantaisie sur le mur de la tourelle. — Et tes figures? — J'y réfléchis. J'ai encore le temps.» Je me perdis en suppositions : était-il vraiment si peu préoccupé de ses thèmes? Ou bien en avait-il réservé la primeur au Barbarigo? Comptait-il sur sa fougue pour les inventer au dernier moment devant le mur blanc? Cette dernière hypothèse, connaissant son tempérament, était la plus plausible. Elle avait pour lui l'avantage de me cacher ses intentions le plus longtemps possible. Sa réflexion, en tout cas, m'autorisait à utiliser ses services pour l'autre commande : *Daniel innocentant Suzanne*.

Ce projet commun mit une sourdine à notre rivalité naissante. Un tableau nous réunit là où deux fresques nous opposaient. La puérilité de ce combat m'apparut : pourquoi se battre à propos d'une forme d'art si fragile? Il y avait toutes chances pour que les quelques traces que nous laisserions sur nos deux murs eussent disparu un jour, arrachées, effacées par le vent, tandis que notre *Daniel* brillerait d'un éternel éclat dans la salle du Conseil des Dix. Déjà, je trouve moins nettes les images que j'ai déposées au flanc des palais vénitiens il y a quelques années. Je ne passe pas sans un serrement de cœur devant la Ca' Soranzo, sur la place San Paolo, où se devine déjà une impalpable altération. Le *Printemps* que j'y ai représenté aura dans quelques décennies les couleurs estompées de l'automne — s'il conserve ses lignes! Quelle bizarre idée j'ai eue de croire — et de faire croire — à la pérennité d'une peinture sur façades, dans une ville saturée de vent et de sel... Mes fresques ressemblent à ma vie : elles sont un rêve à demi réel.

J'avais mûrement préparé ma collaboration avec Titien. Il s'agissait bien, en effet, d'une collaboration.

303

Le mot peut étonner, car Titien n'avait qu'un rang d'élève, même s'il était devenu le meilleur. Mais l'affaire du Fondaco m'avait rendu prudent. Elle aurait pu tourner à mon désavantage si je ne m'étais contrôlé. Il avait eu, l'espace d'un instant, l'intention de me quitter. Je l'avais senti de façon presque physique, comme on sent sous le doigt le tranchant d'une épée. Je tenais à conserver son talent chez moi. C'est pourquoi, pour la première fois, je le considérai comme un égal. Il en fut le premier surpris. Ce cadeau le rendit d'une docilité inhabituelle.

Je lui proposai de réfléchir, de son côté, à la composition du tableau. Quand nos deux projets seraient suffisamment avancés, nous les comparerions. « Si le tien est meilleur, dis-je, c'est lui que je présenterai au Conseil des Dix. » Comme j'étais convaincu de ma supériorité, il ne me coûtait rien d'envisager celle de Titien. Durant quelques jours, nous ne nous sommes plus rien dit à ce sujet. Fidèle à ma méthode, je me donnai un temps de maturation et m'absorbai dans la surveillance d'autres travaux. Titien, lui, s'était isolé dans un coin et dissimulait ce qu'il était en train de faire dès que je m'approchais de lui. Je devenais peu à peu Daniel, peu à peu Suzanne, sans tracer une seule ligne. Tout naturellement, la composition entière naquit un soir de ma main. Le lendemain, comme si nous nous étions donné le mot, nous confrontions nos songes.

Il se passa alors une chose étrange : chacun fut pris au piège de l'autre et les rôles furent inversés. J'avais cru que je demeurerais maître de la composition et Titien esclave de l'exécution. C'est le contraire qui se produisit. L'esquisse de Titien vibrait comme un luth, la mienne avait l'hiératisme des statues. Chez lui, la sentence n'avait pas été prononcée et Suzanne était pantelante devant un Daniel au bras vengeur. Chez moi, Suzanne était déjà innocentée et Daniel souriait d'avoir triomphé du mensonge de deux vieillards. Les personnages de Titien étaient tendus, suspendus aux lèvres du juge. Les miens respiraient, apaisés, le doux encens de la Vérité révélée. Il ne pouvait y avoir opposition plus tranchée entre deux conceptions. L'une ou l'autre aurait convenu au lieu où le tableau devait être accroché. Il me semblait que la mienne s'accordait mieux avec la solennité de la salle des audiences. Je n'hésitai pourtant pas une seconde : «Tu as gagné.» J'étais sincère. Je venais de découvrir dans la peinture vénitienne un frisson nouveau.

Je n'en ai pas pris ombrage : ce frisson-là n'était pas le mien et Venise n'avait pas encore vu mes plus hautes œuvres. L'ouragan Titien ferait vaciller l'art de Bellini sur ses bases, plus soudainement que ne le ferait l'insidieuse mais tranquille révolution de Giorgione. Je pensais — puérilement, car la suite me donna tort — que Titien et moi étions trop différents pour être comparés. «Considère que tu es déjà choisi par le Conseil des Dix, dis-je. J'en fais mon affaire.» Il me remercia avec chaleur. Le baiser qu'il me donna signifiait : «Vous avez reconnu que j'étais le meilleur et cela m'a touché.» Il y avait encore, à cette époque, un peu d'humilité dans son orgueil.

«Ton mouvement général est parfait, dis-je, nous le garderons. Je te propose toutefois de modifier certains détails.» Je faillis ajouter : «Tu n'étais que lyrique, je veux te rendre profond.» J'avais mon idée. «Tu magnifies les apparences, continuai-je avec quelque emphase, ce n'est pas suffisant.» Il aurait pu refuser toute altération de son travail — ce que j'aurais fait à sa place. Au contraire, il m'écoutait. Mon discours, pour être accepté, devait louvoyer entre la flatterie et la critique. J'avais vu les éblouissantes qualités de Titien. Ses défauts — les défauts mêmes de ses qualités — me devenaient plus clairs à mesure que j'analysais sa toile. En même temps, par contraste, je m'ancrais un peu plus dans la compréhension et l'expression de ma quête. «Les grandes œuvres, dis-je, ont des significations multiples, qui

305

résistent à toutes les questions. Plus on essaie d'en percer le mystère, plus le mystère s'épaissit. Jusqu'à la fin des temps, on s'interrogera sur le sourire d'un ange de Vinci. Ton *Daniel* brûle le regard, il ne le retient pas. » J'ajoutai aussitôt, devinant une réaction : « Mais tu as réussi le plus difficile, l'accrocher. Le reste est affaire de réflexion. » Autant dire qu'il en manquait. Il ne broncha pas. Là n'était pas son propos : le mouvement lui importait plus que tout.

Il me fut facile, tant il m'admirait encore à cette époque, de le convaincre. Je continuai : « Observe ton Daniel : son visage rappelle celui du Christ. Pourquoi ne pas utiliser cette ressemblance ? » Je pris un pinceau et traçai un cercle pâle autour de sa tête. « Un soupçon d'auréole, cela suffit pour détruire l'anecdote, donner au tableau une signification imprévue. » Je m'exaltais, tout à la découverte de ma propre singularité. « Maintenant, tu l'intitules *Le Christ et la femme adultère* et le tour est joué. » Le ton était plaisant, mais le fond essentiel pour moi, qui entrevoyais ma place, entre le formalisme glacé de Bellini et les emportements de Titien. Celui-ci ouvrait de grands yeux étonnés. Sa vivacité un peu dédaigneuse s'était effacée d'un coup. « Veux-tu me faire plaisir ? demandai-je. Permets-moi de me glisser parmi tes personnages. » J'ébauchai une haute silhouette sur le côté droit du tableau : « Je ne regarderai pas la scène, mais le spectateur. Chacun saura par là même que je t'ai, en quelque sorte, parrainé. Et si tu donnes à Suzanne les traits de Laura Troïlo, tu me feras le plus grand plaisir. » Il y consentit de bonne grâce. Il avait l'impression que je lui rendais service ; c'est le contraire qui était vrai. Quelques mois plus tard, quand l'œuvre fut accrochée au palais des Doges au milieu d'une grande presse, il devait regretter sa docilité. Mais il n'allait pas tarder à prendre sa revanche.

Le nouveau Fondaco, jour après jour, empilait ses pierres blanches sur la rive du Grand Canal. Le

15 avril 1507, je reçus l'ordre de commencer mes fresques. Titien et moi allions continuer notre insidieux combat, cette fois-ci en plein ciel, perchés comme deux oiseaux au-dessus de la plus belle avenue du monde.

XVII

Nous nous sommes, Titien et moi, préparés en même temps. J'avais donné des ordres pour que tout l'atelier nous aidât et fît comme s'il s'agissait d'une commande globale. Je ne poussai pas la générosité jusqu'à former deux équipes identiques. Vu la différence des surfaces à peindre, je n'adjoignis que quelques assistants à Titien, me réservant la majorité des élèves. Titien ne dit rien. Lorenzo fut chargé de la besogne la plus indispensable, mais la plus ingrate : l'approvisionnement du chantier. « Il me faut, lui dis-je, le sable le plus fin. Je veux que ces fresques-là franchissent les siècles. » Giorgio Bassetti leva un doigt timide : « N'oubliez pas le plâtre. C'est très important, le plâtre. J'aimerais bien m'en occuper. — Accordé ! Tu t'occuperas aussi des échafaudages. » Il ne demandait pas mieux. J'ai toujours été ému par ceux qui trouvent leur bonheur dans les tâches les plus humbles. Ils ont alors dans l'œil une lueur qui ressemble au regard des chiens recueillis.

En ces matins de clair printemps, j'étais comme un adolescent qui se rend à son premier rendez-vous d'amour. Titien et moi menions à bien notre *Daniel*, Tedesco avait accepté la composition de ma façade et surtout je n'avais pas épuisé la joie que m'avaient donnée les paroles de Dürer au moment de quitter Venise : « On ne m'a jamais confié, quant à moi, un chantier aussi important. Il paraît que je n'aurais pas fait l'affaire.» Je me sentais porteur d'une espérance qui me faisait presque oublier l'existence de Titien.

Quand nous sommes sortis de la bottega, laissant sur le seuil Alessandro qui agitait la main comme si nous partions pour un lointain voyage, nous ressemblions à la troupe turbulente et rieuse qui trois ans plus tôt avait quitté à ma suite l'atelier de Bellini. C'était la même ivresse, la même certitude que l'avenir nous appartenait. Nous sommes arrivés devant la façade claire, si petite de loin et qui de près nous dominait comme une falaise; mon exaltation retomba, mais je ne laissai rien paraître. Giorgio Bassetti me toucha le bras: «Je n'ai pas voulu dépenser trop de bois, dit-il. On a installé seulement les échafaudages du côté gauche. — Tu as bien fait, mais tu vas être obligé de les déplacer tous les soirs, après le travail.» Bassetti savait, pour m'avoir souvent observé et aidé, que j'ai l'habitude de faire se succéder les tranches journalières de mes fresques de haut en bas et que, pour progresser horizontalement, je vais toujours de gauche à droite. Je n'ai pas posé la question à Léonard de Vinci mais, le sachant gaucher, je suis certain qu'il cheminait en sens inverse. Si nous avions travaillé ensemble à la même fresque, nous nous serions rejoints au milieu! L'image, autant que l'idée, me fit sourire.

Je ne suis pas sujet au vertige. Arrivé en haut, je retrouvai la sensation de voguer au milieu des nuages. C'est là, sans doute, que j'ai puisé ce besoin d'air et d'espace qui hante mes tableaux. Gerolamo m'a beaucoup étonné, ces jours-ci, en me faisant remarquer que mes ciels étaient totalement vides. «J'ai seulement trouvé un oiseau blanc perché sur l'un des toits de *La Tempête*, face à l'éclair avec lequel il semble se mesurer. Je me suis dit que c'était peut-être toi, cet oiseau, toujours au-dessus, toujours en dehors et affrontant les orages…»

Leste comme un chamois, Titien arriva le premier

en haut de l'échafaudage. Il me tendit la main pour me hisser avec lui au sommet. Toujours tendre avec moi-même, je m'apprêtais à y voir un symbole assez désagréable, lorsque je m'aperçus que Titien devait passer par ma façade pour atteindre la sienne. Je ne sais si Bassetti ou le hasard en avait décidé ainsi, mais ce détour obligé me combla d'aise. Chaque jour, durant dix-huit mois, Titien fut ainsi obligé de se frotter à ma fresque. Ce fut un jeu dangereux. S'est-il inspiré de mes figures ? Ou bien les miennes, par une étrange osmose, ont-elles subi l'influence de leurs voisines ? Toujours est-il que leur ressemblance a troublé et que le vainqueur ne fut pas celui que l'on croyait.

Il y a dans la passion de peindre — comme dans la passion d'aimer — une contraction du temps, qui fascine et qui accable. Ces dix-huit mois ont eu la brièveté du songe et l'intensité de la fièvre. Gerolamo, dans des circonstances analogues, m'a raconté une curieuse aventure qui lui était arrivée naguère. « J'avais passé une matinée à composer des vers et je butais depuis un long moment sur les deux derniers d'une petite ode. Je partis me promener, dans l'espoir de trouver dehors ce que je cherchais en vain dedans. Je suis revenu chez moi, convaincu que j'étais sorti dix minutes et que je n'avais pas quitté le quartier. Eh bien, j'avais rejoint la maison en faisant tout le tour de Venise et mon absence avait duré trois heures ! » J'ai vécu sur mon échafaudage la même aventure, qui est autant celle de l'esprit que de l'espace. Le mur est devenu comme une immense missive adressée à Venise et que j'interrompais à la nuit tombée avec l'impression de n'avoir rien écrit. Le lendemain, à peine l'aurore avait-elle teinté de rose le toit du Fondaco, que j'étais déjà sur le chantier, bien avant les autres. Ces fresques devaient être mon couronnement public, mon chef-d'œuvre incontesté.

Les gens s'arrêtaient de plus en plus nombreux sous ma façade pour l'admirer, malgré l'embarras des bâches et des échafaudages. Le nez fixé sur mes images monumentales, j'avais parfois l'impression de ne plus les maîtriser, malgré le report par piqûre de ma composition sur carton. Je descendais alors pour juger de l'effet depuis le pont du Rialto. De loin, mes figures avaient l'ampleur des statues et la façade prenait une grandeur digne d'un portail de cathédrale. Remonté sur mon échafaudage, je supprimais tout ce qui aurait pu définir mes personnages de façon trop précise. Pas une seconde, je ne craignis l'incompréhension — ce en quoi j'avais tort.

Notre travail s'est achevé dans les délais prévus et sans difficulté majeure. Bassetti avait veillé à ce que rien ne manquât, tant en chaux qu'en plâtre frais. Il avait bien calculé la quantité qu'il m'en fallait et, à la fin de journée, il était rare qu'on eût à enlever de grandes surfaces de plâtre non peint. Tedesco se rendait souvent sur place. Il me saluait d'un léger signe de tête. Jamais il ne jugea devant moi ce que je peignais, même après que j'eus simplifié à l'extrême les costumes de mes figures, réduits à de légers tissus qui ceignaient les reins des hommes ou barraient la poitrine des femmes. Lorenzo me reprocha gentiment cette pudeur, mais je lui fis remarquer qu'il s'agissait d'un monument public.

Durant ces dix-huit mois, pas une fois je ne suis allé contempler la fresque de Titien. Il ne m'invita jamais à le faire, et je me le suis interdit. Je n'avais pourtant qu'une dizaine de mètres à parcourir. Je me suis demandé pourquoi je lui avais laissé une telle liberté. On peut trouver des raisons : désir de lui manifester ma confiance ou volonté de ne pas m'immiscer dans une commande étrangère. Il y en a d'autres, moins avouables, que l'on m'attribua : je les laisse à ta sagacité en espérant que ton admiration les refusera.

Juché en plein ciel, je surprenais des conversations, je percevais des chuchotements, qui grimpaient le long de la façade comme des écureuils à un arbre. J'accueillais les mots comme des notes de musique ; ils n'étaient qu'un élément de l'univers sonore qui m'entourait : cris des commères les jours de marché, chants des gondoliers, plaintes des mouettes. J'étais trop absorbé pour prêter attention à des paroles qui m'eussent distrait. Cependant, par une instinctive sélection de mon oreille, les seuls messages qui réussissaient à passer étaient les compliments. Je n'en ai entendu aucun adressé à Titien.

Mes amis savaient qu'il ne fallait pas me déranger. J'ai appris bien plus tard que Laura s'était souvent mêlée aux badauds, sans chercher à se faire reconnaître de moi. Jamais elle ne m'a demandé à quelle heure je descendais de mes échelles, pour venir m'attendre. Une caresse sur ma joue ou un tendre baiser auraient été un baume pour mes muscles fatigués et ma tête vide. C'était là comportement d'épouse : elle ne voulait pas l'avoir. Et elle ne l'aurait jamais, elle m'avait prévenu. Il était inutile que je lui en tienne grief et je me demande parfois si ce n'est pas ce qui me liait à elle...

Je ne fus contrarié qu'une seule fois dans mon travail, événement que je n'ai raconté à personne — pas même à Gerolamo — et qui me toucha plus qu'il n'aurait dû. C'était un matin de mai, durant cette espèce de « Quinzaine de Venise » qui voit se succéder chaque jour fêtes et processions. Il vient des visiteurs de toute l'Italie. Notre cité ressemble alors à un champ de foire. D'habitude, j'assiste à toutes les cérémonies où il est bon de paraître. Mais, cette année, je ne pouvais interrompre mon ouvrage. Je ne me montrerais donc pas dans le cortège de la plus belle manifestation de l'année, la procession de la Fête-Dieu sur la place Saint-Marc. J'étais d'assez méchante humeur d'avoir dû sacrifier ce plaisir. Il soufflait ce matin-là un petit vent coupant, tel que Venise en suscite parfois au milieu des plus beaux printemps, comme si la cité avait quelque regret sournois de l'hiver. Mes doigts gourds étaient malhabiles et un fort pinceau m'échappa, qui alla, plein de peinture, tomber sur les spectateurs massés au pied de l'échafaudage. Il y eut un grand éclat de rire et quelques jurons. Je me penchai. Je vis un jeune homme, dont je ne distinguai que les cheveux blonds, se baisser rapidement, saisir le pinceau et, la face tournée vers moi : «Je peux vous le remonter?» Avant que j'eusse pu dire oui, il grimpa comme un singe sur l'échelle, encouragé par la foule, qui l'applaudit lorsqu'il arriva à ma hauteur. «Tenez», me dit-il. Il y avait dans sa voix une intonation appuyée qui me fit lever les yeux. Sa figure ne m'était pas inconnue, mais je cherchais en vain où je l'avais déjà rencontré. «Tu ne te souviens pas? dit-il. Mars 1492... Tu as dormi dans mon étable.» Il n'en fallut pas plus pour que je retrouve, sous les traits de ce jeune homme aux joues pleines, le fin visage de l'adolescent que je croyais avoir oublié : «Tazio!» Il éclata de rire : «Oui, c'est moi. Bonjour, Giorgio.» Et il m'embrassa. Gêné, je me penchai vers les badauds, qui, le cou tendu, avaient regardé la scène. Certains déjà s'éloignaient, pour contempler, au-dessus de l'étroit rio et sans aucun recul, la fresque de Titien. Je rendis à Tazio son sourire. «Je peux te regarder peindre? me dit-il. Je ne ferai pas de bruit.» J'acceptai avec quelque ennui : je ne tolère sur mes tableaux inachevés que le regard des connaisseurs et seuls un Vinci, un Bellini, un Dürer m'auraient flatté par une telle proposition. Je me rassurai en me disant que Tazio ne connaissait rien à la peinture. Durant l'heure qui suivit, je sentis peser sur mes épaules un regard qui finit par me gêner. «J'en ai assez fait pour aujourd'hui, dis-je. — J'espère que ce n'est pas à cause de moi? — Non. J'ai terminé la surface prévue.» Ce n'était pas vrai : une portion de plâtre, non couverte, serait à enlever dès le soir. Cette rencontre, même si elle troublait mon travail, me faisait un plaisir particulier, celui que dut éprouver Héra quand elle se plongea dans la source Canathos, qui devait lui rendre sa virginité. Tazio représentait la fin de ma pureté, et pas seulement celle des sens : les spectacles que j'avais vus chez les animaux ou même, subreptices, chez les hommes, avaient préparé mon esprit avant de concerner mon corps. Mon innocence d'alors était surtout ignorance du monde. Depuis notre première rencontre, j'avais appris ce monde. Tazio ne le connaissait pas encore. Le retrouvant, je surprenais celui que j'aurais été si j'étais resté fidèle à ma naissance. La comparaison m'attendrit.

On n'efface pas ce qui s'est passé entre deux êtres, même s'ils se revoient quinze ans après. Nous avons enchaîné les banalités, comme si nous voulions éviter de parler de cet épisode de notre vie, comme si nous redoutions de nous mettre dans la situation qui l'avait provoqué. Je devinais sa tension ; je m'étonnais de la mienne. Après tout, je n'avais jamais récidivé, ni avec lui, ni avec un autre — alors que beaucoup de mes amis succombaient à ces tentations-là. Laura régnait sur mes pensées et sur mon cœur — ou ce qu'on appelle ainsi — et mes caprices s'étaient toujours assouvis avec des femmes. « Tu es marié ? » demandai-je. Un secret espoir m'habitait qu'il fût resté garçon. « Oui, et j'ai un petit garçon qui a deux ans. Je l'ai appelé Giorgio. — Giorgio ? Comme moi. — C'était aussi le prénom de mon grand-père. » Il ajouta d'une voix sourde : « Personne ne sait comme ce prénom m'est cher. »

Nous avons marché sans savoir où nous allions. Je m'aperçus que nous repassions souvent aux mêmes endroits. Tazio, qui connaissait peu la ville, ne sembla pas le remarquer. Je me sentais assez sûr de moi pour n'avoir pas à lutter contre un geste qui fût autre chose qu'amical. Tazio m'émouvait comme un petit cousin retrouvé, mais je m'interdis toute manifestation d'affection qui aurait pu être mal interprétée. Lui avait parfois dans la voix des accents rauques qui témoignaient d'un grand trouble. Quand, montrant une somptueuse gondole à quai, je saisis son bras pour qu'il se penchât au-dessus d'un petit pont, il tressaillit comme si ma main l'avait brûlé.

«Comment as-tu fait pour me retrouver?» demandai-je. Je m'attendais à une réponse qui eût caressé mon amour-propre. «Par hasard, répondit-il. Je venais voir le nouveau Fondaco: il paraît que ce sera le plus beau bâtiment de Venise. Quelqu'un dans la foule a dit que tu étais de Castelfranco. Je t'ai regardé de plus près et je t'ai reconnu. Tu n'as pas changé. À part ça.» Il posa un doigt sur ma joue: «Tu as plus de barbe que moi.» Surpris, je reculai et faillis trébucher. Je mis mon geste sur le compte du pavé glissant, mais je craignis qu'il n'en fût dupe et qu'il y vît je ne sais quelle vague crainte, peut-être un mouvement de répulsion. Cette pensée ne me quitta pas durant une bonne partie de notre promenade.

À mesure que le jour baissait, mon embarras augmentait. Que désirait-il de moi? J'ai toujours eu tendance à charger mes interlocuteurs, quels qu'ils soient, d'intentions secrètes, m'imaginant le seul à parler sans arrière-pensée. «Où habites-tu?» demanda-t-il. Arrivés au campo San Silvestro, je lui indiquai l'atelier: une seule pièce était éclairée, la cuisine où s'affairait Alessandro pour le repas du soir. «C'est ma chambre, dis-je. Je ne peux te la montrer. Tu vois, il y a quelqu'un.» Il me regarda de ses grands yeux bleus déçus. Je me rendis compte alors combien ma phrase était équivoque. Les pièges du langage me sont moins familiers que les ruses de l'art.

Je lui ai proposé de le raccompagner à son auberge. Il a ri: «Je suis venu à pied et je repars à pied. J'ai dit à ma femme qu'elle ne m'attende pas.» Je me suis senti soudain plus libre. Je l'ai invité à dîner.

Le repas fut joyeux. Tazio me raconta ce qui l'avait frappé sur la place Saint-Marc. Jamais il n'avait contemplé autant de merveilles: «J'ai vu une dame de Castille née sans bras, qui mangeait, buvait, cousait et coupait son fil avec ses pieds ! J'ai vu un animal gigantesque, avec un long nez qui traîne par terre, appelé éléphant. Je lui ai donné du pain, il l'a saisi avec son nez ! » Je l'écoutais avec amusement. « Ah ! dit-il, si ma femme et Giorgio avaient été là ! » Il m'en donna la raison : le petit Giorgio n'allait pas bien. Il ne m'en dit pas plus et je ne lui en demandai pas davantage : sa vie de père de famille ne m'intéressait pas. « Tu es marié ? » C'était à son tour de me poser la question. Pourquoi n'ai-je pas parlé de Laura ? « Je vis seul, dis-je. Je m'entends mieux avec mes défauts qu'avec ceux des autres. Les occasions ne manquent pas à Venise de se distraire sans avoir besoin de s'attacher. » La réponse parut lui convenir.

Depuis le début, et une fois passée la bouffée de chaleur de notre souvenir commun, une interrogation m'avait souvent traversé l'esprit. Je la lançai négligemment à la fin du dîner, alors que nous nous levions pour partir : « Que penses-tu de mes fresques ? » Je lui tournais le dos, me dirigeant vers la porte. Il attendit que nous fussions dehors pour me répondre. Je décidai de n'attacher aucune importance à ce qu'il dirait. « Je ne peux pas juger, Giorgio, je n'y connais rien. Tous ces personnages… Mais j'aime bien tes couleurs : on dirait un coucher de soleil. » Je lui ai posé affectueusement la main sur l'épaule.

Je l'ai raccompagné aux portes de la ville. Le vent était tombé, la pluie s'était éloignée vers la mer, découvrant un ciel clair comme une nuit d'été à Castelfranco. Les pèlerins d'un jour, les habitants des villages voisins, les paysans venus de plus loin comme Tazio refluaient en rangs serrés, avec ce bruissement joyeux des hommes fatigués d'avoir admiré. Quelques-uns, éméchés, avaient besoin d'être soutenus. Il planait sur la cohorte la vague mélancolie des fins de fête. Tazio s'arrêta : « Je ne veux pas t'obliger à retraverser tout Venise pour retourner chez toi. » Il parut embarrassé : « Tu as encore la pomme de pin que je t'ai donnée? — Non. Je ne sais ce que j'en ai fait. J'ai dû la perdre.» Pourquoi ai-je inventé ce mensonge? Il eut un sourire triste, se pencha vers moi. Il s'éloigna, se retourna une fois, me fit un grand signe de la main. Je savais que je ne le reverrais jamais. J'eus la déchirante et brève sensation de l'inaccompli.

Les jours suivants, juché sur mon échafaudage, il m'est arrivé de baisser les yeux vers le sol et d'y chercher un regard ou bien de substituer le visage de Tazio à celui d'un de mes personnages. L'image a fini par s'estomper. Le temps sculpte les souvenirs qu'il ne peut détruire, mais Tazio était trop friable pour en faire partie. Le peuple né de mes songes s'est peu à peu levé et son existence a bientôt réduit à néant celle du joli jeune homme que j'avais trouvé sur ma route...

Par un calcul puéril, je m'étais promis de terminer la façade le 15 octobre 1508, soit dix-huit mois jour pour jour après mon premier coup de pinceau. Cette discipline jugulait mes rêveries sans les étouffer. Elle avait aussi l'avantage de répondre aux exigences de l'architecte. Une journée perdue pour une raison quelconque était compensée dès le lendemain par un travail accru. J'aurais préféré me priver de nourriture ou de sommeil plutôt que de réviser mon programme. Les grandes œuvres sont davantage filles de la rigueur que du délire. Mais la rigueur a sa respiration, que l'on a souvent prise, chez moi, pour de l'indolence. Je voyais Titien chaque jour. Il m'arrivait de lui demander où il en était de son travail. Il me répondait distraitement, affirmant — sans que je sache sur quoi il se fondait — que nous finirions en même temps.

Le 16 octobre au matin, je me présentai au domicile de Tedesco, pour lui annoncer la fin de mes travaux. Il se rendit avec moi sur le chantier. Bassetti finissait de le débarrasser de ses échelles, de ses planches. Il me chuchota que Titien venait de terminer sa fresque. Tedesco leva les yeux vers la haute façade, puis traversa le pont du Rialto, comme je l'avais fait si souvent, pour contempler le Fondaco avec du recul. On a beau être sûr de son talent, on a toujours un peu peur de son commanditaire. Quand il revint, son visage était de marbre. Il daigna quand même affirmer, avec l'esquisse d'un sourire contraint, que «têtes et bustes étaient bien exécutés, avec des couleurs très vraies». Je le quittai avec des sentiments partagés.

Les jours suivants, j'attendis sans impatience que l'on veuille bien me payer. Mes élèves se firent l'écho des premières réactions à mon œuvre : Venise était conquise. Le Fondaco devenait aussi célèbre par ma décoration que par le confort qu'il offrait aux marchands et au public. Titien les écoutait et souriait.

Trois semaines passèrent ; l'argent n'arrivait toujours pas. On commençait à murmurer parmi mes élèves. Titien, lui, paradait dans ses habits neufs : nul doute que son protecteur, le sieur Barbarigo, l'avait déjà arrosé. Chaque matin, je guettai l'arrivée d'un émissaire de Fugger. Alessandro faisait grise mine. Enfin un laquais aux couleurs des Fugger, accompagné de deux lansquenets, se présenta à la bottega. Il fallait que la somme transportée fût conséquente pour qu'elle nécessitât la présence d'hommes d'armes. Tout l'atelier se précipita. On me remit, après force signatures, une lourde bourse que je saisis avec émotion. Comme un trophée dévolu au vainqueur, je la montrai à bout de bras : l'atelier applaudit. Je montai dans ma chambre avec Lorenzo pour compter l'argent. «Combien crois-tu qu'il y a ? demandai-je. — Je ne sais pas. Au moins deux cents ducats.» Comparée aux cinquante ducats que j'avais touchés pour *Daniel innocentant Suzanne*, cette estimation me parut convenable. Il fallut très vite déchanter. Nous eûmes beau compter et recompter, la bourse ne contenait que cent ducats ! «Jamais nous ne pourrons annoncer ce chiffre aux autres, murmura Lorenzo. Fugger se fiche de nous. » Je demeurai sans voix, comme si j'avais reçu une gifle. On insultait mon travail. Je n'avais été considéré que comme un exécutant de troisième ordre, qu'on récompensait d'une aumône. «Combien t'avait-on promis? demanda Lorenzo. — Beaucoup plus que cela. Je ne me souviens plus du chiffre exact. » Il fronça les sourcils: était-il possible que j'eusse été si léger? Je l'avais été plus qu'il ne pensait: je ne m'étais jamais inquiété du prix. J'étais convaincu que ma rétribution serait à la mesure de l'honneur qui m'était fait. Lorenzo se leva: «Je vais de ce pas rendre visite à ce coquin de Fugger. Il va m'entendre.» Je tentai de le retenir. Il me rappela que je l'avais choisi pour défendre mes intérêts: «Tu as même affirmé que j'étais un négociateur habile. — Ce n'est pas lui qu'il faut aller voir, dis-je. On le surnomme "le Riche" et il aime les arts, il a protégé Dürer. Tout vient de Tedesco.» Je lui racontai comment l'architecte avait réagi aux fresques. «Je suis sûr qu'il a fait un mauvais rapport à Fugger. — Il y en a un qui va bien rire en apprenant cela, c'est ton Titien. — Ce n'est pas "mon" Titien.» Il venait de mettre le doigt sur une supposition qui venait aussi de m'effleurer. Mais non, il était impossible que Titien fût mêlé à cette histoire. Il était trop assuré de son talent pour envier celui des autres.

J'ai envoyé Lorenzo chez Tedesco, avec mission d'avoir discrètement confirmation de la somme payée — je continuais à entretenir l'illusion d'une erreur — et d'obtenir quelques appréciations sur mes fresques. L'espoir que j'avais mis dans mon messager dura peu. La somme fut confirmée et le jugement clair. «J'ai été reçu tout de suite, me dit Lorenzo, mais Tedesco m'a laissé à peine le temps de m'expliquer. "Le travail de Giorgione, m'a-t-il dit, a été payé à son juste prix. Dessin et couleurs sont très réussis. Mais le sens des scènes m'échappe: elles ne sont pas agencées dans une suite logique et ne représentent pas, comme je m'y attendais, l'histoire d'un personnage illustre de l'Antiquité ou des temps modernes. Il y a un homme par-ci, une femme par-là en des attitudes différentes. L'un a près de lui une tête de lion, l'autre un ange en guise de Cupidon : on ne peut savoir ce que c'est. J'ai beau faire des efforts, je ne comprends pas cette œuvre et je n'ai trouvé personne qui puisse me l'expliquer."» Je suis resté un instant assommé par ces paroles. Était-il possible qu'elles eussent été prononcées avec un tel aplomb et une telle mauvaise foi ? Car enfin, il n'avait trouvé rien à redire dans les esquisses que je lui avais présentées, et c'est lui qui m'avait imposé quelques changements ! Lorenzo parut lire dans mes pensées : «Est-ce que tu n'aurais pas modifié tes dessins préparatoires ? — Non, ou très peu.» Que s'était-il donc passé ? Avait-il changé d'opinion à mon sujet, pour une raison que j'ignorais ? «Tu ne lui as pas dit que le public affluait pour admirer mes fresques ? — Il m'a poussé dehors avant.» Je ne pus retenir un mouvement d'impatience : j'aurais mieux fait d'aller voir moi-même Tedesco ; un ami, si intime soit-il, ne peut parler à votre place. «Tel qu'il m'est apparu, dit Lorenzo, il aurait affirmé que les gens venaient non pour tes fresques mais pour son bâtiment.»

Il était inutile de se plaindre, il fallait contre-attaquer. Un peintre était calomnié, seul un autre peintre pouvait l'aider. Je courus chez Bellini. J'ai bousculé Giuseppe sans le saluer, j'ai grimpé l'escalier quatre à quatre et, sans même frapper à la porte, je suis entré dans le petit cabinet où j'étais sûr de trouver mon ancien maître. Il avait le front entre les mains, attitude où il s'abîmait souvent. Ses cheveux avaient blanchi, ses traits s'étaient encore creusés depuis notre dernière rencontre, qui remontait à trois ans, à la réception de Dürer chez Taddeo Contarini. Le regard était aussi bienveillant malgré une grande lassitude, la voix toujours aussi douce. «Je t'attendais», dit-il et il m'indiqua un siège. Je demeurai interdit. «Assieds-toi, te dis-je, et reprends ton souffle.» Il m'expliqua posément que mes fresques étaient excellentes et que je n'avais pas à tenir compte du qu'en-dira-t-on. «Quel qu'en-dira-t-on?» Ce fut à mon tour d'être surpris. «Mais des comparaisons que l'on fait entre ton travail et celui de Titien! Je croyais que tu venais pour cela.» Il se racla la gorge d'un air gêné. «Sinon, qu'est-ce qui t'amène?» Je l'avais oublié. Je ne pensais plus qu'aux paroles que je venais d'entendre. Je fis un immense effort pour paraître placide : «Rien de bien important, cela peut attendre. Qu'est-ce qu'on dit de moi et de Titien en ce moment? — Mais rien. Des choses sans fondement. — Si elles sont sans fondement, pourquoi refusez-vous de me les dire?» Cet homme était foncièrement bon; je fus touché du combat qui se lisait dans ses yeux. «Cher maître, vous me connaissez. Vous savez que je ne me formaliserai jamais de quelque chose venant de vous.» C'était mentir effrontément. Bellini au contraire était de ceux, très rares, dont le jugement m'importait et dont le moindre reproche m'affectait. Aussi attendais-je sa réponse avec anxiété. «Ne m'oblige pas à choisir entre Titien et toi, dit-il. Il n'y a pas plus dissemblable que vous deux. Mais le public, lui, ne sait pas. — Le public?» Le discours qui suivit m'en apprit davantage par ses réticences que par ses précisions. Une chose était claire : ce n'était pas pour mes fresques que les gens se pressaient au Fondaco, mais pour celles de Titien. Je respirai. La rivalité était nette, les rivaux bien définis. Avec une facilité qui me surprit moi-même, je logeai la mésaventure dans un coin de ma mémoire — me promettant de ne pas l'y laisser — et revins au motif de ma visite. Bellini fut bien aise de changer de terrain. Je lui racontai mes déboires financiers. Son irritation me prouva qu'il m'était tout acquis.

Peut-être aussi voulait-il me réaffirmer une amitié dont ses propos précédents auraient pu faire douter.

«Je ne comprends pas, dit-il. J'ai eu des commanditaires difficiles mais jamais cette sorte d'affront, car c'en est un.» Il cala son menton dans sa main. «Tu ne peux le laisser passer. — Ce n'est pas non plus mon intention. Je suis venu vous demander conseil. Je veux aller très loin, mais dans les règles. — Les règles sont simples : le procès. Es-tu disposé à aller jusque-là ? — Oui. — Dans ce cas, je t'aiderai.» Il m'indiqua la procédure : écrire de toute urgence aux Provéditeurs au sel. «Demande un réajustement, mais ne fixe pas de somme précise ; laisse-leur le temps de négocier avec Fugger ou avec Tedesco : il y a souvent des serviteurs plus zélés que leur maître. Écris ta lettre, je me charge du reste.»

Je sortis rassuré mais, dès que je me retrouvai dans la rue, je repensai aux premiers mots de notre conversation. Il fallait que j'en aie le cœur net. Je me dirigeai vers le Fondaco. De loin, j'aperçus mes figures flamboyantes et, en bas, une foule grise qui piétinait. Je m'approchai, en baissant mon chapeau et en regardant le sol. On discutait ferme sur les fresques. «Moi, je trouve ça très bien, dit une femme, les couleurs et tout. Et ça forme un bel ensemble. — D'accord, répliqua son voisin, mais c'est dommage que le côté le plus beau soit le moins visible. — Ah! Vous trouvez? dit un troisième. Pourtant, la grande façade est belle. — L'autre est dix fois mieux. Venez la voir.» Le groupe lui emboîta le pas, moi aussi. «Regardez ça. Hein? C'est pas beau?» C'était la première fois que je m'intéressais vraiment au travail de Titien. C'est vrai que le résultat était splendide mais, là comme dans ce qui était devenu *Le Christ et la femme adultère*, le mouvement était un ton au-dessus. Le regard était d'abord attiré par la grande frise en camaïeu qui courait sur toute la façade. Elle représentait un combat entre des géants et des monstres. Je compris pourquoi elle séduisait tant le public : celui-ci admire ce qu'il perçoit sans effort. Titien lui jetait à la figure le cataclysme d'une bataille, alors que je lui proposais l'hiératisme de mes grandes figures. Je n'étais pas mécontent d'être perdant. Au-dessous, une femme, l'épée à la main, le pied posé sur une tête coupée, menaçait de son glaive un soldat en armure. Ma Judith à moi avait le triomphe plus serein. « On voit bien que c'est le même peintre qui a fait les deux façades, poursuivait l'orateur, mais il devait être plus fatigué du côté du Grand Canal : la peur de se noyer, peut-être ? » Un sonore éclat de rire lui répondit. J'ai fui. Titien, dont j'avais moi-même reconnu le talent, avait su obtenir les faveurs de la foule et je ne l'enviais pas. Alors que je pénétrais dans l'atelier, un de mes voisins se pencha à sa fenêtre et me salua : « Il faut que je vous dise, je suis allé aujourd'hui au Fondaco. C'est bien, ce que vous avez fait, surtout le côté gauche, sur la Merceria. » J'ai haussé les épaules, ce qu'il a dû prendre pour un signe de modestie.

J'ai écrit la lettre dans l'état d'esprit que tu imagines. Un mois plus tard, Bellini m'apprit que les Provéditeurs l'avaient choisi pour arbitrer le conflit. « Je me suis arrangé pour qu'on vienne me chercher, me dit-il avec un fin sourire. Pour ne pas être accusé de favoriser un de mes anciens élèves, j'ai demandé à trois peintres de trancher. Ton sort est entre les mains de Bastiani, Carpaccio et Vittore di Matteo. Je les connais, ils seront équitables. » Je m'en remis à leur jugement, avec au fond de moi une secrète confiance : ils ne pouvaient sous-estimer une œuvre pareille. Quand je sus qu'ils proposaient la somme de cent cinquante ducats, je fus soulagé.

Ma joie fut de courte durée. Par un cheminement qu'explique seule la médiocrité des hommes — je me refuse à trouver d'autres raisons —, l'estimation fut rabaissée à cent trente ducats par les Provéditeurs. On poussa le cynisme jusqu'à me demander mon consentement, qui devait figurer dans le jugement final. Bellini me conseilla l'accommodement. Je m'y résignai : il y a des moments où la colère ne sert plus de rien. J'adressai mon accord à «leurs Magnificences» et reçus presque aussitôt la différence, soit trente ducats. On festoya dans l'atelier comme après une grande victoire. J'ai apprécié ce soir-là la discrétion de Titien. Il est vrai que nous sortions d'un triomphe commun : l'accrochage en grande pompe de notre *Daniel* devenu grâce à moi *Le Christ et la femme adultère*. Je fus assez habile pour l'associer à ma gloire et clamer partout que la toile lui devait autant qu'à moi. On ne me crut pas toujours et ce scepticisme me fut une revanche.

Le hasard m'avait ainsi placé la même année dans deux situations d'apparence banale, mais dont les suites devaient décider de ma vie. Titien — j'en étais convaincu désormais — était à l'aube d'une immense notoriété : il savait plaire au plus grand nombre. En multipliant la signification de son *Daniel*, j'avais eu la confirmation que ma voie était ailleurs, dans l'élaboration de tableaux inaccessibles à la multitude. À lui l'admiration de la foule, à moi la délectation d'esprits raffinés. Il ne me restait plus qu'à les trouver.

XVIII

Il y a des victoires incomplètes, qui sont aussi amères que des défaites. Un autre que moi aurait reçu le jugement des Provéditeurs comme une revanche partielle sur l'iniquité. Je n'y voyais qu'un désaveu de justes exigences. J'avais cru en outre que mes fresques du Fondaco seraient le point de départ de nombreuses commandes. Les circonstances et les hommes m'avaient démenti. Je décidai donc de dire adieu à un genre que j'avais porté à son point de perfection. Ainsi est né avec l'année 1509 un nouveau

Giorgione, fruit d'essais successifs, de tâtonnements et de déceptions. Je me voyais désormais partageant ma vie entre les ardeurs de l'amour, les joies de la musique et le bonheur d'ajouter au monde quelques œuvres longuement méditées.

Gabriele et Taddeo furent les premiers à me féliciter de mon *Christ et la femme adultère*, qui attirait chaque jour la foule dans la salle du Conseil. Ils m'avaient proposé l'un et l'autre d'intervenir en ma faveur au moment de l'affaire du Fondaco. L'amitié perd sa pureté lorsque l'intérêt s'y ajoute. J'ai refusé. J'étais convaincu en outre qu'elle s'accroît des services qu'on décline. Je les sentis presque soulagés de ne pas avoir à en user.

Je les observais. Le gentil Gabriele était devenu un jeune homme de vingt-cinq ans, dont l'attitude restait toujours un peu en retrait. Avec moi, il perdait cette réserve d'où il tirait son autorité. Il avait le même élan, la même puérilité parfois. Il était resté très proche de Laura : ils se voyaient souvent et je ne cherchais pas à connaître la nature exacte de leurs relations. Il était possible que Laura eût eu envie un jour de ce beau Vénitien qui n'avait pas encore pris femme, alors que Taddeo, par son mariage, s'était définitivement rangé. On savait mes rapports avec elle et Gabriele était mon ami. Ces deux raisons suffisaient pour me rassurer quand parfois un doute m'assaillait.

Taddeo s'était pris d'une passion pour les beaux livres. La *Légende dorée* venait de paraître : il s'empressa d'en faire relier deux rares exemplaires, l'un pour lui, l'autre pour Gabriele, aux armes des deux familles. Chaque fois que je lui rendais visite, je le trouvais plongé dans l'épais volume, dont il tournait les pages avec un plaisir de gourmet. « Quel dommage que tu n'aies pas illustré ce livre ! » me disait-il. J'avais puisé dans la Bible mes deux premiers tableaux, *L'Épreuve de Moïse* et *Le Jugement de Salomon*, mais je ne voulais plus être esclave d'un texte.

« Si un jour je m'inspire d'un livre, dis-je, je crains qu'on ne reconnaisse pas l'épisode. » J'avais confié à Taddeo et à Gabriele, lors d'un dîner intime, les deux lectures possibles de mon *Daniel*. « J'en ai assez, leur avais-je dit, des *Vierges à l'Enfant*, des *Conversations sacrées* et autres *Saintes Familles*, telles que Bellini m'a enseigné à les faire et telles qu'il continue à les produire. Je rêve à des œuvres plus exigeantes. Tant pis si elles séduisent moins, tant pis si j'en vends peu. »

Je pouvais me permettre cette assurance. Devant le succès du *Daniel*, les demandes de copies — de l'ensemble ou de tel détail qui avait plu — affluaient. Le carnet de commandes de l'atelier était plein pour plusieurs mois. Taddeo et Gabriele, ce soir-là, ont tendu l'oreille. Ma décision rencontrait leur propre évolution. Héritiers des deux plus riches familles de Venise, ils aspiraient à établir partout la distance qui les séparait du commun. Ils avaient accueilli dans leurs collections les plus hautes œuvres des peintres du moment, à commencer par Bellini. Mais rares étaient les tableaux de mon ancien maître qu'il ne fût aisé de comprendre au premier regard, mise à part cette fameuse *Conversation sacrée* pour laquelle j'avais posé. Patriciens tout-puissants et respectés, Taddeo et Gabriele voulaient étendre leur prééminence au domaine de l'art. Je comprenais leur volonté de supériorité. Moi-même n'en étais pas exempt qui, fils de paysan accueilli dans la meilleure société, voulais faire oublier ma naissance.

Gabriele me pria de préciser ma pensée. « Les œuvres auxquelles j'aspire auraient une infinité d'interprétations possibles. Une vie entière ne suffirait pas à les épuiser. » Je sentais peser sur moi leurs regards brillants, surtout celui de Gabriele, qui s'exalta : « Je veux être le premier à posséder un tel tableau ! Je te commande dès maintenant le plus mystérieux que tu pourras faire. Toi aussi, n'est-ce pas, Taddeo ? » Celui-ci s'amusait de la flamme de son jeune beau-frère : « Je ne suis pas aussi exigeant que toi. Trois ou quatre sens différents me suffiront. — Pas à moi. Il m'en faut au moins six ! » Il était comme un enfant qui tape du pied pour obtenir le jouet qu'il convoite. « Peux-tu te mettre au travail dès demain, Giorgio ? » C'est un grand bonheur d'être ainsi harcelé. « Je te le promets. Mais sachez que, plus vos tableaux seront riches de sens, plus leur élaboration sera lente. » Taddeo saisit la *Légende dorée*. « Si nous te demandions de puiser là-dedans ? » Gabriele applaudit. Je les quittai, lesté du fort volume et d'une grande ambition. La difficulté de la tâche, les hauteurs inconnues qui m'attendaient me faisaient vibrer comme une corde de lyre.

J'ai couru chez Gerolamo. Il eut ce mot, qui m'est resté, lorsque je lui eus fait part de mes intentions : « Giorgione ou l'ambiguïté calculée, c'est ainsi qu'on te surnommera dans quelques siècles. J'ai toujours pensé que là était ta vocation. » Nous avons réfléchi ensemble, nous avons tâtonné, non comme des voyageurs perdus dans les ténèbres mais comme des mathématiciens qui compliquent à plaisir un problème simple. Par goût du jeu et de la difficulté, je décidai de procéder de façon différente pour les deux ouvrages. « Quel est, de tes deux amis, le plus exigeant ? demanda Gerolamo. — Gabriele Vendramin. — Alors, réserve-lui l'exploration la plus compliquée. » Voici ce qui fut conclu : je puiserais dans la *Légende dorée* deux sujets. L'un, mal connu et peu représenté dans la peinture, ne demanderait que des modifications de détail pour devenir indéchiffrable. Ce serait le panneau réservé à Taddeo. L'autre, très connu et souvent représenté, accumulerait les pièges pour en multiplier les interrogations.

Ne t'étonne pas que je m'étende longuement sur ces deux tableaux — pour moi si importants — dont tu as déjà deviné les titres, *La Tempête* et *Les Trois Philosophes*. Durant dix-huit mois, de janvier 1509 à juin 1510, je n'ai songé qu'à eux, j'ai dormi avec eux, en eux. Gerolamo ne m'avait jamais vu si pensif, ni mes élèves si distant. On m'a dit que Titien mettait mon attitude sur le compte de mon dépit d'avoir vu préférer ses fresques. Il me prête des sentiments qu'il aurait peut-être eus à ma place, mais qui me sont étrangers. J'étais ailleurs, dans un labyrinthe où je m'égarais avec délices.

Je pris plaisir à faire attendre Gabriele le plus longtemps possible pour lui révéler le sujet exact de *La Tempête*, mon œuvre la plus élaborée et que l'érudition de Gerolamo a le plus savamment obscurcie. Gabriele, durant cette période, m'a harcelé comme un père le médecin qui soigne son fils : « Comment va mon tableau ? — Il va. — Quand auras-tu terminé ? — Quand j'aurai réuni toutes les significations, je dis bien : toutes. Ce sera long, mais tu ne seras pas déçu. » Les mêmes questions revenaient à la rencontre suivante. Taddeo, lui, restait placide. « Faisons-lui confiance, disait-il devant moi à Gabriele, tu connais sa façon de travailler. — C'est bien cela qui m'inquiète. »

Il ne m'était jamais arrivé de réfléchir à deux ouvrages à la fois, même si *Daniel* et ma fresque s'étaient un temps chevauchés. Bien vite, je constatai qu'il m'était impossible d'approfondir simultanément deux compositions si proches et pourtant si différentes. Aussi ai-je commencé par celle qui me paraissait la plus aisée — ou la moins difficile, comme on voudra. C'était la commande de Taddeo. Je tournais autour de sa *Légende dorée* sans l'ouvrir, reculant devant l'épaisseur du recueil. « Pourquoi hésites-tu ? demandait Gerolamo. Tu sais bien que tu tombes chaque fois sur le bon verset. » Un soir, je me résolus enfin à violer le précieux exemplaire. Je tombai sur un chapitre consacré aux Rois Mages. « Encore ! » ai-je pensé. J'avais peint une *Adoration des Mages*, déjà ancienne, à une époque où le thème était à la mode. Mantegna, Vinci, Bellini, Dürer l'avaient également traité. Je faillis renoncer et cher-

327

cher un autre sujet. Mais la phrase de Gerolamo me revint en mémoire : je rencontrais toujours le passage qui m'était destiné. Le hasard m'avait désigné celui-ci. Je calculai rapidement que les tableaux évoqués, à part celui de Dürer, s'enfonçaient dans le temps : on les avait oubliés. Outre que le retable de Vinci était inachevé — et la cause de sa rupture retentissante avec les moines de San Donato à Scopeto —, les autres œuvres étaient bien éloignées de ce que je voulais faire. Elles ornaient des chapelles, la mienne irait dans un cabinet solitaire. Elles se fondaient sur des compositions quasi identiques, je voulais créer une vision nouvelle. La seule qui pouvait me gêner, c'est-à-dire peser sur la mienne, était celle de Dürer dont chaque création était copiée, commentée, admirée. Il me l'avait complaisamment décrite. J'avais retenu qu'il avait donné son visage au Mage le plus imposant... et le mieux habillé.

Poursuivant ma lecture, je découvris un détail qui ne figurait pas dans la vieille Bible que m'avait offerte Gerolamo. Il évoquait l'attente des Rois Mages au sommet du «Mons Victorialis», guettant l'apparition de l'Étoile promise à Balaam. Les Mages observent le ciel pour y découvrir les indices de la venue du Messie. Ils ont choisi cet endroit, proche d'une grotte où Adam et Ève avaient déposé leurs trésors après avoir été chassés du Paradis. Ainsi le lieu où Adam et Ève avaient commencé leur vie terrestre était aussi celui de la révélation de l'arrivée du Christ. Le livre indiquait que le site était planté d'arbres et que des sources permettaient aux trois sages de prendre un bain purificateur. Je m'informai auprès de Gerolamo : aucun peintre vénitien, à notre connaissance, n'avait encore traité cet épisode, dont le thème principal — l'attente — me touchait de si près. En un éclair, j'entrevis les éléments de la composition : les trois personnages muets et anxieux, la grotte, le lieu écarté dominant la vallée. J'avais rencontré ce que je cherchais. Gerolamo me dit quand je le quittai : « N'oublie pas que tu n'as pas le droit de faire simple. » Je le savais, mais l'expérience m'avait aussi appris que la simplicité la plus nue peut être parfois la plus riche, et qu'on peut s'interroger sans fin sur le mystère d'une eau limpide ou d'un rayon de lune.

J'avais en effet acquis la certitude que l'ambiguïté d'une œuvre ne provient pas d'une accumulation de détails disparates mais de la rencontre inattendue de quelques motifs simples. Je n'y avais pas encore parfaitement réussi dans le *Daniel* ; si mon héros pouvait être confondu avec le Christ, les autres personnages, trop nombreux, dispersaient l'attention et diluaient le mystère. Mes philosophes devaient approfondir mes recherches, dont le couronnement serait — a été — *La Tempête*. J'avançais sur le chemin d'une initiation dont j'étais à la fois le dieu souverain et le disciple.

L'été de l'année 1509 fut une période faste, peut-être parce que je le passai à Castelfranco, dans un calme propice à la création. Je fus comme pris en charge par ma mère. Malgré son âge, elle refusait mon aide. « Tu es ici pour te reposer », me disait-elle, oubliant sa propre fatigue. Je me suis laissé dorloter. Ma paresse fut féconde. On n'invente jamais, on redécouvre. Réfléchissant sur le chiffre trois — celui des Rois Mages — il me parut suffisant. Cédant à la tradition, je l'avais utilisé dans ma *Sainte Famille*. Malgré les apparences, j'y étais resté fidèle dans le retable de Castelfranco : l'Enfant paraissait minuscule auprès de la Vierge — dont il n'était qu'un prolongement — et des deux saints. L'épisode de la *Légende dorée* prouvait une fois de plus la pérennité et la géométrique pureté de la triade. Tout naturellement, j'ai décidé que ma *Tempête* réunirait aussi trois personnages.

Durant mes longues promenades au bord de la Musone, j'ai rêvé sur le chiffre magique. Je me suis amusé à situer sa place dans ma vie : trois élèves avaient ma préférence — Lorenzo, Titien et toi —, trois grands maîtres m'avaient conseillé, aidé, aimé — Bellini, Vinci, Dürer —, trois peintres avaient réévalué mes fresques du Fondaco. Ce même chiffre ouvrait mon âge — trente et un ans — et il s'accolerait bientôt à son semblable en 1511...

Ces rêveries ont davantage fait pour la préparation du tableau que les spéculations qu'on a cru y trouver et dont Gerolamo s'est fait le propagateur aussi enflammé que trompeur, en m'attribuant une culture que je ne possède pas.

Le temps était venu de me mettre à l'ouvrage. Je partageai la toile en deux parties égales, donnant à la grotte la moitié gauche et groupant les trois rois sur la droite. Me souvenant de Dürer, je ne pus m'empêcher de donner un profil voisin du mien au plus jeune, le regard tourné vers la grotte — c'était indispensable pour relier les deux moitiés du tableau —, bouche entrouverte, stupéfait. Les deux autres étaient debout, tournés l'un vers l'autre, comme pour entamer une discussion : le plus grand, noir et enturbanné, le dernier — le plus âgé — couronné d'un couvre-chef de fantaisie à hautes plumes. Je plaçai une équerre, un compas et des feuillets entre les mains du jeune Mage. Le vieillard tenait également un compas et un feuillet couvert de signes et de chiffres astronomiques, sur lequel j'ai inscrit le mot « caelus ». Fort des indications du livre, j'ai représenté mes Mages comme des astrologues scrutant et analysant l'Étoile qui annonce la venue du Christ. Quant à la caverne, j'ai distribué avec délectation ses zones d'ombre. C'était la première fois que je donnais une telle ampleur à un rocher. En comparaison, celui de ma première *Adoration* m'apparut bien sec et schématique. Ici, il avait l'importance d'un personnage et je le traitai comme tel : j'y fis déboucher la source où les Mages se purifient et je décidai de l'entourer d'une guirlande de plantes. « L'ambiguïté calculée » exigeait de trouver des espèces qui fussent à la fois réelles et allégoriques. Gerolamo me conseilla le lierre et le figuier, qui apparaissent souvent dans les représentations de la vie du Christ, surtout dans les scènes de la Nativité et de la Passion : « Le figuier représente l'Arbre du bien et du mal, c'est-à-dire le Péché. Le lierre est rattaché à la Nativité et il évoque le Salut. » Il me cita le nom de peintres ou de graveurs qui les avaient figurés. « Je ne les connais pas, dis-je. — Pas étonnant, tu ne t'intéresses qu'à toi-même. » C'était dit sans méchanceté et c'était vrai. Mais j'avais été trop longtemps soumis à Bellini pour ne pas éprouver l'envie d'en secouer le joug. Il m'était interdit de copier mes prédécesseurs inconnus. Comment faire ? Procéder par allusions ; me contenter de faire courir sur la paroi de la caverne une frange aérienne de verdure, où seul un regard attentif reconnaîtrait des feuilles de lierre et de figuier. Ce que m'en avait dit Gerolamo ajoutait un sens caché au tableau et convenait parfaitement à mes intentions.

J'appliquai au paysage le même traitement qu'au feuillage de la grotte. La *Légende dorée* précisait que « l'endroit était agrémenté d'arbres choisis ». À moi de les « choisir » avec discernement. Je me souvins d'un dessin de Jacopo Bellini que conservait précieusement son fils Giovanni et qui intéressait Mantegna chaque fois qu'il rendait visite à son beau-frère. Il avait demandé à celui-ci, qui avait refusé, de le lui céder puis de le lui vendre. En désespoir de cause, Mantegna l'avait copié. Il représentait, debout côte à côte, un arbre mort et un arbre vert. « Ce dessin a une signification religieuse, m'avait dit Bellini. L'arbre mort est l'Arbre du Paradis, qui s'est desséché après le péché originel, l'arbre vert est l'Arbre de vie qui annonce le Salut. » Cette précision m'enchanta : le paysage aurait la même signification et le même contraste que le lierre et le figuier. Je peignis trois — encore trois ! — troncs d'un brun uniforme, sans relief, telles des silhouettes découpées dans du carton et posai à côté un massif d'un vert profond d'où s'échappaient de vigoureuses branches feuillues. Gerolamo venait souvent me voir pendant mon travail. Il entrait comme un chat, me faisait un signe amical, s'asseyait sans rien dire, regardait le tableau, prenait quelques notes sur son petit carnet et repartait comme il était venu.

Restait à distribuer la lumière. J'ai placé un horizon de collines entre lesquelles le soleil disparaissait : l'heure de la scène l'exigeait. Je vis immédiatement que mes personnages, éclairés par cette seule lueur venue du fond, n'auraient aucune épaisseur. Il fallait trouver une autre source lumineuse. J'eus une idée qui ne l'était pas moins. Puisque les Mages scrutaient l'Étoile, pourquoi ne pas placer son reflet dans la grotte ? Le regard étonné du jeune Mage vers la caverne s'expliquait mieux : il est en face d'une révélation à la fois terrestre et céleste. Je me souviens d'avoir jeté mon pinceau au plafond et poussé un hurlement de joie tel qu'il provoqua l'arrivée précipitée du petit Bassetti, qui me crut blessé ou en proie à un brusque accès de folie. Je l'ai embrassé. J'étais épuisé et me suis effondré sur mon lit.

Deux jours après, l'esprit vif et aiguisé, je revins à ma toile. Ce que j'avais cru ne devoir être qu'une esquisse était devenu une œuvre presque achevée. Toutefois, une redondance me frappa. Les feuillets tenus par le vieillard et ceux du jeune homme jouaient le même rôle : je les supprimai chez le second. Puis je remarquai une sorte d'excès d'anecdote : mes personnages « faisaient trop » Rois Mages. Je pressentais qu'un degré supérieur d'abstraction favoriserait ma quête d'hermétisme. Rompant avec la tradition et revenant sur mon intention première, je rendis sa pâleur au visage du roi maure. Je lui laissai son turban : il devenait, soit un astronome arabe — si on l'assimilait à ses compagnons —, soit un vague philosophe oriental. J'ôtai au vieillard son diadème de plumes pour le remplacer par une simple capuche, ce qui faisait disparaître un indice exotique — un peu appuyé — de sa condition élevée. Je suspendis l'action : le vieux Mage ne se tourne plus aussi nettement vers la grotte ; le jeune ne manifeste plus aussi visiblement la surprise de sa découverte : il ne lève plus les sourcils et je lui ai fermé la bouche. Un silence recueilli succède à l'étonnement. Il me parut que j'avais atteint mon but. Gerolamo me félicita de toutes mes suppressions, surtout celle du visage foncé du Maure : « Sa couleur trahit l'identité des deux autres. » Il se mit à disserter avec enthousiasme sur ce qu'il voyait : « Tu as réussi ce que tu avais déjà tenté dans ta *Sainte Famille*, où Jésus, Joseph et Marie étaient moins des héros presque mythiques que l'archétype humanisé de la famille chrétienne. Ici, tu as fait oublier ton sujet. Certes, il est toujours là, si l'on considère que les Mages, comme le dit l'Histoire scolastique, sont des sages lointains "que les Grecs appellent philosophes et les Perses, Mages". Mais tu les as dépouillés de toute condition royale. Ils ne sont plus bouleversés par une apparition surnaturelle. Ils représentent le genre humain atteignant la connaissance du divin grâce à la science et à la philosophie. Le sujet traditionnel n'est pas aboli, mais dépassé et porté à son niveau le plus élevé. Avec les moyens les plus simples, tu es devenu le plus profond et le plus secret des peintres. J'oserais ajouter : le plus moderne, mais ce serait faux. Tu n'es pas moderne, tu es éternel. » Il s'enivrait de ses superlatifs. J'admirai son art de la synthèse, exalté par son sens de l'amitié. Il me confortait dans ce sentiment de plénitude que j'avais éprouvé à l'ultime coup de pinceau, le même qui succède à une action qui vous honore. « C'est, je crois, le vrai sens de ton tableau, continua Gerolamo. Mais je te prédis une avalanche d'interprétations ! Je les connais d'avance et je peux t'en donner la primeur. » Il se mit alors, avec une verve dont il n'était pas coutumier, à inventer les différents discours que pouvait susciter mon tableau, suivant l'origine ou la culture : «Un philosophe y verra les étapes du savoir humain, où le vieillard représente la philosophie antique, le personnage central la philosophie médiévale, le plus jeune celle de la Renaissance... Un peintre s'écriera : "Voici réunis Giorgione, Carpaccio et Bellini !"... Un latiniste y retrouvera l'épisode où Énée est porté par Évandre et Pallas devant le rocher d'où sortira le Capitole... Ce familier des grands saluera Marc-Aurèle recevant les enseignements de deux philosophes sur le Cælius... Un autre se souviendra d'Abraham enseignant l'astronomie aux Égyptiens, un troisième lui opposera le mage Merlin rendant visite à Blaise... Pour ceux qui voient tout à travers le chiffre trois, tu auras voulu représenter les trois âges de l'homme, les trois races humaines, voire les trois phases de l'aristotélisme ou les trois degrés de l'initiation hermétique. Beaucoup rêveront sur des rencontres : Pythagore, Ptolémée et Archimède ou bien David, saint Luc et saint Jérôme. D'autres y ajouteront Aristote, Averroès, Moïse, Zoroastre, Regiomontanus... — Arrête !» Je comprenais tout maintenant : il avait amassé les notes quand il me rendait visite et avait utilisé le moindre détail de l'exécution, même quand il était ensuite modifié, pour le confronter avec la somme de ses lectures. Il y avait passé ses nuits. «Je pourrais continuer jusqu'à demain, me dit-il. Ton ami Contarini sera content.»

Il le fut en effet au-delà de toute espérance. À mesure que les interprétations se succédaient, énoncées par un Giorgione sûr de lui, je voyais le visage de Taddeo s'éclairer et celui de Gabriele s'assombrir. J'ai commis ce jour-là le péché d'orgueil, je l'avoue. Je savourais autant l'admiration de mes deux amis que l'ampleur de mes propres ressources. Au début, je fus reconnaissant à Gerolamo de me les avoir révélées. Peu à peu j'oubliai le rôle qu'il avait joué et me crus le seul auteur de mes trouvailles. J'ai compris en tout cas grâce à lui que l'œuvre échappe à son auteur et que le spectateur y décèle souvent ce qu'il y apporte — comme dans l'auberge de ma tante, où les clients déballaient parfois leurs provisions sous le regard noir de la patronne...

Gabriele suffoquait de jalousie : « Comment as-tu pu me promettre une toile plus compliquée, plus riche que celle de Taddeo ? J'ai compté une douzaine d'interprétations pour *Les Trois Philosophes*. » Je le voyais au bord des larmes. « Je tiendrai ma promesse, lui dis-je. Effectivement, ce ne sera pas facile. Mais t'ai-je jamais menti ? » J'étais prêt à faire pour lui dix fois plus que pour Taddeo. Mieux, je me sentais assez sûr de moi pour ne plus demander aucune aide à Gerolamo. Si proche de lui que je fusse, il me semblait maintenant presque importun entre mon cher Gabriele et moi. « Je te réserve un tableau qui s'appellera *La Tempête*, continuai-je. Tous ceux à qui tu le montreras useront leur imagination ou leur érudition à l'élucider. Il sera aussi impénétrable qu'une nuit sans lune, mais aussi riche qu'elle de tout ce qu'il cachera. » Comme il arrive dans un discours que l'imagination enflamme, j'étais convaincu de ce que j'affirmais. Je fus à peine étonné que l'avenir me donnât raison.

Taddeo avait décidé qu'il soustrairait mes *Trois Philosophes* à la vue de ceux qu'il n'en estimait pas dignes. Il donnait ainsi à ma toile le même traitement qu'au *Saint François en extase* de Bellini qui ornait son cabinet privé. Peu de personnes pouvaient se vanter de l'avoir vu. J'avais eu cette chance. J'avais découvert une des compositions les plus subtiles de mon ancien maître, digne de figurer à côté de la mienne. La voyant de nouveau, mon admiration fit place à la jalousie. Ce n'était pas le crucifix traditionnel qui imprimait les stigmates sur saint François, mais une lumière invisible venue d'en haut. Je n'avais pas procédé autrement en supprimant l'Étoile, compagne habituelle et guide des Mages. En la remplaçant par une clarté venue des profondeurs de la grotte, je répétais une audace vieille de vingt ans! «Tu es le seul à t'en être aperçu, me dit Gerolamo quand je lui en eus fait part. Rassure-toi: ces sortes d'intuitions n'ont pas plus de relation entre elles que deux orages qui éclatent en même temps dans deux régions différentes. Il se peut qu'en ce moment Dürer ou Vinci te pillent sans en avoir conscience. Ils ne font que recueillir comme toi — et comme Bellini avant toi — les parcelles du génie universel. »

Dans ce saint des saints réservé aux seuls intimes de Taddeo, j'aperçus un jour une silhouette tassée en contemplation devant mes *Trois Philosophes*. De dos, je crus la reconnaître, mais je m'y refusai: il ne pouvait s'agir d'elle. Elle ne sortait d'ailleurs presque plus. Taddeo m'avait intrigué: «Quelqu'un de très important t'attend dans mon cabinet. Une femme. Je crois qu'elle veut te demander quelque chose. — Je la connais? — Oui. Je t'en laisse la surprise. » Il ajouta, moqueur: «Je fais comme toi avec tes tableaux. » Et il me poussa dans la pièce. L'imposante matrone se retourna. Je marquai un temps d'arrêt. Elle s'avança vers moi: «J'ai tellement changé? — Mais non, Majesté. » Et je me précipitai pour baiser ses doigts boudinés. «Si, j'ai changé, murmura-t-elle. On évite de me le dire, mais je le sais. » Elle appuya sa forte main sur mon bras: «Comment allez-vous, mon cher Giorgio? » Elle désigna mon tableau: «Vous avez fait là une œuvre rare. Je comprends qu'on vous surnomme "Giorgione" parmi vos pairs. » Je restai planté devant elle comme un benêt. Je ne pouvais imaginer un tel changement chez celle qui, il y a quelques mois encore, s'asseyait au milieu de nous, épanouie et royale, dans la prairie d'Asolo. Mais peut-être ma mémoire était-elle défaillante et, absorbé par mes travaux, n'avais-je pas pris conscience de la fuite du temps… Taddeo vint à mon secours: «Giorgio est si ému de vous revoir qu'il en perd la parole! » J'esquissai un sourire, seule chose dont j'étais capable, tant ma gorge était nouée. «Vous savez, me dit Catherine Cornaro, j'ai utilisé vos dons de musicien pour le plaisir de ma cour et le mien, mais j'ai toujours su qu'un grand peintre doublait le bon chanteur. Le fidèle Tuzio Costanzo était si ému et si fier de son retable de Castelfranco qu'il a voulu me le montrer alors qu'il était tout juste terminé. Il ne vous l'a pas dit?» Lui d'habitude si vaniteux avait été muet sur cette visite. Ce silence me le rendit plus sympathique: ma peinture le touchait sans doute de trop près pour qu'il puisse en parler avec détachement. «J'aurais pu vous en parler à Asolo, dit-elle, mais ce n'était pas le lieu ou peut-être n'en ai-je pas trouvé l'occasion. Nous étions tous tellement occupés!» Elle se moquait gentiment d'elle-même. «Et Tuzio m'en aurait certainement voulu, à juste titre.» C'était la première fois que je l'entendais appeler son plus proche lieutenant par son prénom, ce qui donnait une certaine consistance aux chuchotements concernant leurs anciennes relations... Taddeo approcha un siège. La reine s'y assit, je restai debout à ses côtés. «Notre ami ici présent vous a peut-être parlé d'une intention que j'ai? — Il m'a simplement dit que vous vouliez me demander quelque chose.» Elle leva les yeux vers moi: «Acceptez-vous de faire mon portrait?» Raidie dans son fauteuil, elle retrouvait tout naturellement l'allure qui m'impressionnait depuis toujours. «Vous hésitez?» me dit-elle. Je fis «non» de la tête. «Je vois, vous refusez», dit-elle avec hauteur. Je me tournai en souriant vers Taddeo, qui semblait très inquiet. «Au contraire, Majesté, j'accepte. Je ne sais comment vous remercier de cet honneur.» J'employais les mots de la déférence courtisane, mais ma voix tremblante ne laissait aucun doute sur mon état. La reine se leva, me serra la main avec une chaleur qui m'élevait presque à son rang et me pria d'être chez elle dès la semaine suivante.

En sortant de chez Taddeo, j'emplis mes poumons

de l'air de Venise, qui me parut contenir tous les effluves de la consécration suprême. C'était un bonheur doux et rassasié, comme celui qui suit l'amour. Une musique m'accompagnait, jaillie mystérieusement de la nuit, de mon cœur et de l'image resplendissante d'une reine qui descendait des collines d'Asolo pour venir s'abattre à mes pieds comme un grand oiseau blessé.

XIX

J'attendis avec impatience la première séance de pose. Je l'espérais et je la redoutais. Jamais je ne m'étais trouvé tête à tête avec Catherine Cornaro. À Asolo, j'étais toujours mêlé à la foule des courtisans, même si je chantais pour la reine. Notre récente rencontre, presque confidentielle, avait toutefois eu Taddeo pour témoin. J'avais peur de perdre mes moyens seul devant cette femme qui avait peut-être perdu sa puissance, mais avait conservé sa gloire.

Comme naguère avec l'atelier de Bellini et pour les mêmes raisons, je fis plusieurs fois, la veille de ma visite, le trajet qui menait du campo San Silvestro au campo San Cassiano, où les Cornaro venaient de faire bâtir à grands frais une résidence que l'on surnommait déjà le « Palazzo nuovo » avec beaucoup d'admiration et quelque envie. Derrière la haute façade, j'imaginais de vastes corridors dallés de marbre, des draperies, des lustres, et des bibelots de prix caressés d'une main distraite par la vieille reine alourdie de brocart. La réalité allait très vite me démentir, en me faisant découvrir un univers que je ne soupçonnais pas...

J'ai certes traversé des vestibules immenses où mon pas résonnait, précédé de deux laquais chamarrés que ma mère eût pris pour des seigneurs. La lumière perçait les hauts vitraux de couleur et répandait sur le sol des taches de ciel et des gouttes de sang. L'un de mes guides frappa discrètement à une porte dissimulée dans une boiserie et s'effaça pour me laisser passer : «Sa Majesté vous attend dans son oratoire.» Il me poussa légèrement et referma la porte, me laissant dans une obscurité totale. Je crus à un piège. «Approchez, Giorgio», me dit une voix que j'aurais reconnue entre mille. Je marchai en aveugle, guidé par l'attraction que crée toute présence. Je distinguai, émergeant de l'ombre, la tache plus claire d'un visage, d'une main sertie de dentelle blanche qu'on me tendait. Je me heurtai à un tabouret providentiel. «Asseyez-vous», me dit-elle. En même temps que se précisaient les traits de son visage, les détails de sa coiffure, de sa robe, elle me proposa sans préambule une forte somme pour son portrait. «Cela vous convient-il?» Je balbutiai un remerciement. «Marché conclu, dit-elle. Voulez-vous me suivre?» Elle se leva en s'aidant d'une canne, ouvrit une porte qui délivra un grand rectangle de lumière : nous entrions dans ses appartements privés. Elle referma à clé derrière moi. «Mon frère trouve étrange que l'on pénètre chez moi par un oratoire. L'idée est pourtant assez belle de faire d'abord passer mes visiteurs sous le regard de Dieu.»

Ces premières minutes avec elle ne m'ont pas mis à l'aise. Qu'étaient devenus son insouciance d'autrefois, son discret épicurisme, sa malicieuse attention aux discours galants? Où était le tourbillon léger et capricieux attaché à elle comme un parfum? On m'avait changé ma reine.

Les appartements de Catherine Cornaro m'ont surpris. Je n'y vis aucun tableau, aucune sculpture, pas un seul de ces bibelots qui rendent le superflu si nécessaire... Sur les murs tendus de cuir sombre, étaient disposés à intervalles réguliers des boucliers et des lances; une grande carte de Chypre occupait tout un panneau. «Les salons d'apparat sont à l'autre bout du palais, dit-elle. On m'y voit quand mon frère estime que ma présence y est indispensable. J'y parais de moins en moins. Ces plaisirs-là ne m'amusent plus.» Rien ne semblait plus «l'amuser» en effet, que la solitude de ces murs austères. Mais, hors de son palais — je m'en aperçus dès que nous sortîmes, le jour suivant —, elle n'oubliait jamais qu'elle avait été reine: même si elle avait réduit son équipage, elle était toujours magnifiquement habillée. «Mon image doit correspondre à ce que le peuple attend», me dit-elle un matin que je l'accompagnais à l'église des Santi Apostoli.

Elle avait décidé de faire de même pour son portrait: «N'oubliez jamais que vous représentez, non une femme, mais l'ancienne reine de Chypre, de Jérusalem et d'Arménie. C'est la seule recommandation que je vous ferai. Pour le reste, vous êtes libre.» Elle tint parole durant tout le temps qu'elle posa pour moi. Jamais elle ne me demanda de changer quelque détail que ce fût. «On ne corrige pas un Giorgione», me dit-elle un soir gentiment. Je savourai ce mot, en pensant à Bellini qui se heurta pendant tant d'années aux exigences de l'irréductible marquise de Mantoue. Je mis dans ce tableau tout mon talent, toute ma dévotion. La tâche était délicate, mais la difficulté n'avait rien de commun avec celle qui m'attendait dans ma future *Tempête*. Ici, pas de signification à cacher, plutôt un mystère à dévoiler, celui d'une «tête politique» qui était aussi une tête de femme. Elle avait choisi de poser dans la tenue qu'elle portait ce fameux jour de l'an 1500 où elle était apparue en grande pompe sur le Grand Canal pour assister, au premier rang d'un groupe de dames nobles, à l'étonnante pêche qui avait pour but de retrouver une croix tombée dans l'eau pendant une procession. Sa robe était une aubaine pour moi; de drap d'or et de damas, piquée de perles et de pierres précieuses, elle accrochait la lumière de toutes parts. Le même éclat se retrouvait dans la fine couronne d'or et de pierres précieuses posée sur ses cheveux. Je lui proposai une coiffure en hauteur, qui atténua un peu la bouffissure du visage. Les yeux étaient restés les mêmes, de flamme, comme des diamants sertis dans une gangue molle.

Pendant trois mois, de novembre 1509 à janvier 1510, je me suis rendu deux fois par semaine dans le palais du campo San Cassiano. Une sorte d'intimité s'établit entre nous, si tant est que l'on puisse employer ce mot : Catherine Cornaro n'oublia jamais son rang, même dans son apparente spontanéité — une spontanéité parfaitement maîtrisée —, et je restai sagement dans le mien, me contrôlant autant qu'elle. Laura, souvent reçue avec Giovanni Ram au «Palazzo nuovo», me harcela de questions sur les appartements privés, comme si elle se sentait exclue d'un domaine où j'avais seul accès. Je lui donnai peu de précisions, autant par respect de la reine que pour conserver un bien qui m'appartenait, — l'équivalent, en somme, du «giardino segreto» d'Isabelle d'Este. Laura en eut du dépit, comme une enfant gâtée étonnée qu'on lui résiste. Elle se vengea dans une formule méprisante : «Tu vas voir ta vieille ?» lançait-elle, quand je la quittais de bon matin pour aller retrouver mon modèle. Je lui ai répondu un jour, agacé : «Je te souhaite d'être aussi bien qu'elle à son âge ! Et même d'y arriver.» Pauvre Laura, qui n'aura pas dépassé la moitié de la vie de Catherine Cornaro...

Titien aussi m'enviait, sans qu'il me l'eût dit précisément. Je le sus par Lorenzo, qui recevait parfois ses confidences. Titien avait tort de se plaindre : les patriciens se l'arrachaient. Il multipliait les fresques sur leurs façades. J'appris qu'il avait considérablement augmenté les prix pratiqués par l'atelier, en se faisant passer pour un orphelin sans ressources recueilli grâce à la charité du «fameux peintre Giorgione». Il stupéfia particulièrement ses camarades le jour où il détacha de sa ceinture une escarcelle lourde comme un melon : «Tout cela pour des armes et deux figures de vertus sur le portique du palais Calergi. Qui dit mieux ?» Alessandro ramassait l'argent avec un œil méfiant, comme si l'origine lui en semblait suspecte. Il se souvenait sans doute de la façon dont lui-même s'était enrichi, quelques années auparavant. J'étais convaincu, quant à moi, de l'honnêteté de Titien : ses origines, son caractère plaidaient pour lui, bien qu'il fût parfois imprévisible. Il me demandait de plus en plus souvent de l'autoriser à s'absenter, prétextant de vagues «problèmes familiaux». On le vit à Vicence, à Padoue. Lorenzo me rapporta — «mais tu me jures de ne pas lui en vouloir !» — qu'il y peignait des portraits et des scènes allégoriques pour ceux-là mêmes qui avaient fait appel à lui à Venise et le sollicitaient pour leurs résidences de campagne. J'aurais pu réagir en le surveillant davantage, en l'obligeant à m'accompagner chez Catherine Cornaro, ce qui l'eût ravi. Je m'en gardai bien, me souvenant de mes propres désirs d'indépendance. Titien m'échappait et c'était dans la logique des choses.

Mes fréquentes visites chez la reine de Chypre effaçaient le comportement de Titien. Je la surprenais chaque fois dans son oratoire et c'était chaque fois la cérémonie de l'ombre traversée. «Vous verrez, cela vous fera du bien», me disait-elle. Au vrai, je ne m'étais jamais posé beaucoup de questions sur la religion. Enfant, j'accompagnais ma mère à la messe avec la même docilité que je suivais mon père à l'étable. Mes tableaux religieux étaient d'abord de la peinture : l'agencement des couleurs passait avant le contenu de l'œuvre, même si celui-ci avait son importance. À force de fréquenter Catherine Cornaro, il se passa quelque chose d'étrange. Il me sembla que l'air que je respirais y était différent. Était-ce dû aux objets pieux qui m'entouraient ? À la présence de cette femme ? Jamais elle ne tenta de me convertir. Elle se contentait à certaines dates de me dire avec un sourire : «Aujourd'hui, Christ est ressuscité» ou bien «La Vierge est montée au ciel, emportée par les anges». Elle vivait une foi toute simple, au plus nu de son cœur. Elle avait renoncé sans effort aux plaisirs du monde. Aux bibelots avaient succédé les livres de piété, les miracles de saint Jérôme, la vie de sa patronne sainte Catherine. «Tu comprends pourquoi, me dit un jour Pietro Bembo, je ne lui ai pas dédié mes *Asolani*, ce qui a surpris. Elle n'est plus d'humeur à agréer un ouvrage où elle ne se reconnaît pas. J'ai préféré le placer sous la bénédiction, si j'ose dire, de Lucrèce Borgia. En voilà une, au moins, qui est encore capable de goûter mes joutes galantes.»

En quittant le campo San Cassiano, je retrouvais Laura, et les brèves rencontres amoureuses nées du hasard. Mais Catherine Cornaro sut tirer de moi des gestes dont je ne me serais jamais cru capable et que j'accomplis avec une fierté paradoxale. Ainsi, ayant acheté une précieuse relique, le bras de saint Ametiste, martyr chypriote, elle me demanda de le porter à l'église des Santi Apostoli, à laquelle elle avait décidé d'en faire don. Je fis le trajet avec d'infinies précautions, tout étonné de moi. Un autre jour, ses domestiques étant absents, elle me pria d'aller chercher dans les appartements de son frère un lourd crucifix de bronze. «Il sera mieux chez moi», dit-elle. Je suis plutôt robuste, mais ce transport fut presque... un chemin de croix. Je l'ai presque accepté avec reconnaissance, mettant toute ma force au service de quelque chose de confus, de troublant... Que m'arrivait-il donc? J'ai posé la question à Gerolamo. «Laisse faire les choses, m'a-t-il dit. Sois calme. Attends.»

Je rencontrais parfois Tuzio Costanzo chez Catherine Cornaro. Il me demandait comme une faveur d'assister aux séances de pose. La reine insistait pour qu'il restât. Leurs conversations ne m'ont jamais troublé, comme je le redoutais. Elles résonnaient à mes oreilles avec aussi peu de gêne que les gazouillis d'oiseaux qui m'accompagnaient au bord de la Musone, mon carnet de croquis à la main. Tuzio ne pouvait se résoudre à voir sa reine en exil à Venise. Aussi n'avait-il de cesse de remonter dans le passé brillant de sa souveraine. Celle-ci le laissait parler. Tuzio était le seul à bénéficier de ce privilège. Les anciens courtisans n'avaient pas accès aux bonheurs de sa mémoire. Sans doute un long passé commun de la reine et du vice-roi de Nicosie, Muzio Costanzo, le père de Tuzio, expliquaient-ils cette liberté dont il jouissait auprès d'elle. À ces moments-là, les traits de Catherine Cornaro rayonnaient d'une jeunesse retrouvée : je saisissais au vol cet éclat fugace et le déposais sur ma toile. Titien fera peut-être un jour, comme il l'envisage, le portrait de la reine de Chypre. Il puisera dans sa mémoire le souvenir ébloui d'une jeune souveraine à l'aube de son règne. J'ai sur lui la supériorité que donne l'éloignement dans le temps. Il ne pouvait deviner ce que deviendrait le beau visage entrevu. Je déchiffrais le passé dans une figure altérée. J'étais en somme comme ce vieux comédien rencontré à Asolo et qui, à l'âge de cinquante ans, jouait le rôle d'Arlequin avec davantage de vérité qu'à ses débuts...

« Vous souvenez-vous, disait Tuzio, de notre arrivée à Chypre, en ce beau mois d'avril 1472 ? — L'air était si doux que le parfum des arbres en fleurs a envahi le bateau avant même que celui-ci accoste. Il m'a étourdie. » Elle respira profondément, les yeux fermés. « Les vergers d'Aphrodite... » murmura-t-elle. À ce moment, métamorphosée, elle ressemblait à ma *Vénus endormie* — dont pourtant Laura seule allait être le modèle, quelques mois plus tard — les paupières abaissées sur un rêve comblé. « La plage était noire de monde, continuait Tuzio. Des étendards flottaient à toutes les tours, comme si nous arrivions à Venise ! — Sauf que, rectifia la reine, ils n'étaient pas frappés du lion de saint Marc mais des armes des Lusignan. Et quand les gens nous ont acclamés, leur langue nous était inconnue. J'en fus tellement surprise!» Tuzio se mit à raconter l'accostage sous les clameurs, la double haie de soldats à la descente, la longue procession des évêques et des clercs, le groupe de seigneurs dont elle se rapprochait peu à peu, où elle distingua tout de suite son futur époux, celui qui avait le port le plus altier. Elle rencontra un regard immédiatement amoureux, qui détailla avec intérêt le corps de la belle Vénitienne. Cela, je l'appris en confidence de Tuzio lui-même : «Le roi, le soir même, a fait disparaître tous les portraits de Catherine Cornaro qu'il avait reçus de Venise, en pestant contre les peintres qui n'avaient pas su rendre la beauté de sa future épouse.» Tuzio ajoutait : «Nul doute qu'il eût conservé le vôtre si la reine, comme aujourd'hui, avait posé pour vous.»

Tuzio évitait d'évoquer devant Catherine Cornaro les événements funestes qui jalonnèrent le règne, à commencer par la mort, quelques mois après son mariage, de Jacques II de Lusignan et la triste cérémonie qui s'ensuivit, dans l'église latine de Saint-Nicolas à Famagouste. «Les médecins du roi, me dit Tuzio un soir, ont déclaré que la mort de Jacques II était parfaitement naturelle, mais la rumeur publique parla d'assassinat et d'empoisonnement. — Et vous, qu'en pensez-vous ? — Je ne sais trop. Un flux de ventre ne provoque pas une mort aussi brutale... Plusieurs partis avaient intérêt à la disparition du roi.» Il ne m'en dit pas davantage. Je sus que, avant de mourir, Jacques II avait eu le temps et la force de dicter ses dernières volontés. La reine à cette époque — juillet 1473 — était enceinte. Le testament stipulait qu'elle hériterait du royaume si elle mettait au monde un fils, qui deviendrait ainsi le successeur de son père. C'est ce qui arriva. L'enfant fut baptisé en grande pompe le 26 septembre 1473, jour des saints Côme et Damien. On le couronna en même temps, sous le nom de Jacques III de Lusignan. L'enfant mourut prématurément, mais le mutisme de la reine et de Tuzio ne me permit pas d'en savoir plus.

Catherine avait surmonté chaque coup du sort, jusqu'à son abdication et la remise de la couronne royale entre les mains du doge Barbarigo. Elle n'avait pu empêcher son visage d'en recevoir les stigmates. Griffé par les épreuves, il était comme ces terres que les pluies ont ravinées, mais qui ne s'affaissent jamais. La reine puisait sa force dans son caractère, mais une autre force la soutenait, puisée dans la religion. Ses ondes m'atteignaient. Un insidieux changement se produisit au début de l'année 1510 dans le regard que je portais sur mon existence. Les rapides instants de plaisir pris avec des filles — qui sortaient de ma vie aussi vite qu'elles y étaient entrées — me laissaient insatisfait. J'avais l'impression pour la première fois de tromper Laura. Pourtant je ne livrais de moi que ce qui me *représentait* le moins — mon corps. Du jour au lendemain, je m'interdis — et sans que cela me privât — toute relation charnelle avec une autre femme que Laura. Peut-être celle-ci s'aperçut-elle du retour de l'enfant prodigue, mais elle n'en souffla mot. Il y a des bonheurs qui s'altèrent à trop en parler.

Après les séances de pose, la reine me retenait souvent pour l'accompagner au-dehors. Depuis qu'elle avait renoncé aux fêtes et aux divertissements, les promenades étaient sa seule distraction. Personne ne la remarquait, même si sa toilette était toujours magnifique. On la prenait pour quelque veuve de patricien déambulant avec son fils ou avec son amant. Qui aurait pu reconnaître dans la silhouette massive la svelte beauté d'antan ? À ses côtés, je m'enhardissais. J'osais lui poser les questions que m'interdisaient, dans le palais des Cornaro, mon attention de portraitiste et la présence de Tuzio. Par allusions, je m'enquis de la profondeur de sa foi. «La foi est insuffisante où la grâce n'est pas, me dit-elle. C'est un don de Dieu, un trésor auprès duquel les richesses de la terre ne sont que poussière. » Elle disait cela avec un détachement et une assurance admirables. Aurais-je un jour cette sérénité-là ? « Entrons, voulez-vous ? » Elle me poussait dans quelque église de campo, où elle s'abîmait dans une longue prière. Je l'attendais, adossé à un pilier, les yeux levés vers les voûtes, imprégné malgré moi de cette atmosphère si particulière aux lieux de culte. Elle en sortait, les yeux brillants. Je n'étais pas étonné de l'entendre dire, quelques instants plus tard : « Quand on ne vit plus qu'en Dieu, c'est un grand bonheur de s'abandonner. Rien ne me retient en ce monde. Je n'ai pas d'époux, pas d'enfants, pas de sujets à gouverner. Je partirai sans angoisse et sans regret. » Elle apercevait tout à coup un mendiant ou quelque infirme : « Donnez donc à ce pauvre homme. » Et elle tirait d'un pli de sa robe une bourse. Je l'ouvrais pour y puiser quelques ducats. « Donnez-lui tout. — Mais... — Tout, vous dis-je. Il faut bien que je dépense la dotation que m'a faite le Sénat. » Elle s'impatientait de mon peu d'empressement à satisfaire son désir. Le gueux était encore plus surpris que moi. Il soupesait la bourse avec incrédulité, pour éclater ensuite d'un rire hystérique. Même les ivrognes avaient droit à ses faveurs. « S'ils boivent, c'est qu'ils sont malheureux. Dieu sait à quelles extrémités l'infortune pourrait les conduire... Voudriez-vous que j'en fisse des assassins ? » Je ne disais mot, tant j'étais étranger à ce comportement. Pour me donner bonne conscience, j'affirmais — pour moi seul — que la bonté ne coûte rien aux riches et que seul je savais, pour en avoir manqué, la valeur de l'argent. Que j'étais loin derrière elle, sur le chemin de la grâce...

À mesure que le portrait approchait de sa fin, se précisait l'urgence de l'œuvre suivante, le tableau commandé par Gabriele, comme si le temps m'était compté. Il m'arrivait d'y songer tout en raffinant sur la carnation de mon modèle ou sur un détail de sa robe. «Vous n'êtes plus avec moi!» me lançait-elle, avec cette brusquerie que l'ancienne reine retrouvait parfois quand elle était agacée. Peut-être devinait-elle que nous allions devoir nous séparer bientôt. Sa réaction dissimulait sous un apparent dépit la tristesse des départs. Moi aussi, je la regretterais.

La dernière journée fut particulièrement mélancolique. Un ciel de plomb pesait sur une froide matinée de janvier. Je n'aime pas Venise l'hiver. Son brouillard est une provocation pour un peintre, un pari impossible. Quel artiste saura jamais restituer son poudroiement autour de formes indécises? Ne vibrant qu'à la lumière triomphante des étés, je me sens dépossédé de ma raison d'être.

Le temps semblait suspendu. La reine se taisait. Je fignolais les derniers détails du tableau avec une minutie dont je n'étais pas dupe. Il arrive un moment où l'œuvre vous fait comprendre qu'aucune retouche n'est plus nécessaire, qu'un équilibre a été atteint. Peut-être avais-je le geste un peu alangui, peut-être la vacuité est-elle contagieuse : Catherine Cornaro se leva. «Je crois que nous sommes arrivés au terme», dit-elle. Elle s'approcha, me retira le pinceau de la main, le posa sur la tablette du chevalet : «Si nous allions une dernière fois à l'église?»

Dehors, une bruine glaciale tomba sur nos épaules. La reine, instinctivement, se serra contre moi. Cette soudaine familiarité me troubla. Je n'y ai pas vu — j'avais certainement tort — le frisson d'une vieille femme frileuse. Catherine Cornaro, dans des temps plus anciens, aurait pu jouer dans ma vie le même rôle que Laura si les circonstances s'y étaient prêtées. J'étais si ardent jeune homme que je serais passé allégrement sur la différence d'âge… Le destin a décidé que je deviendrais l'amant d'une courtisane plutôt que d'une reine sans couronne.

«Malgré le mauvais temps, j'ai envie de marcher un peu, me dit-elle. Vous voulez bien?» Elle n'avait pas besoin de ma réponse : ses demandes ressemblaient à des ordres. Je ne me souviens plus de la succession de ruelles que nous avons empruntées. Venise est un labyrinthe dans lequel se perd régulièrement le plus exercé de ses habitants. La reine faillit glisser plusieurs fois sur le pavé luisant. La pluie nous trempa peu à peu. Je craignis pour la santé de ma compagne, lui enjoignis de rentrer. Elle ne m'écoutait pas. Il fallut pourtant rebrousser chemin quand nous butâmes contre le quai du Grand Canal. «Il n'y a pas de pont à cet endroit», dis-je. Elle se pencha sur l'eau noire: «Je n'en cherchais pas.» Il y avait une grande lassitude dans sa voix. Pourquoi ai-je eu soudain le sentiment que je la voyais pour la dernière fois? Elle s'accrocha à mon bras et se releva avec effort. Elle frissonna et une toux déchira sa poitrine. Je ne fus soulagé que lorsque nous eûmes franchi de nouveau le seuil de son palais.

J'ai rangé les pinceaux, replié le chevalet. Catherine Cornaro était en contemplation devant son portrait. Jamais encore elle ne m'avait donné son sentiment. J'attendais le verdict. Trois mois d'intimité avec elle, après mes multiples séjours à Asolo, me l'avaient rendue transparente, au point que j'en étais arrivé à deviner ses paroles. J'avais restitué tout ce que je savais d'elle dans l'image qu'elle considérait maintenant sans mot dire.

Je fus privé de tout commentaire. Elle se détourna du tableau, alla à un petit secrétaire qu'elle ouvrit. Elle revint, une grosse bourse à la main, qu'elle me força à accepter malgré ma résistance: «Mais c'est beaucoup trop! — Prenez. Je suis encore votre débitrice.» Ce fut peut-être, sans parole superflue, le plus beau compliment qu'on me fît jamais.

Il fallait partir. La reine appela un domestique, qui me précéda, lourdement chargé de mes instruments. Elle posa sa main sur mon bras: «Raccompagnez-moi une dernière fois à l'oratoire, voulez-vous?» Nous repassâmes devant le crucifix de bronze que j'avais transporté. Mon cœur battit un peu plus fort.

Notre adieu fut bref. «Je pense que nous ne nous reverrons plus, dit-elle, ou à de très rares occasions. Je n'aime pas les épanchements.» Elle effleura ma joue de ses lèvres. Je baisai sa main lisse et ronde, et ce fut tout.

Le soir même, Laura bondit sur moi dès qu'elle m'aperçut, m'entoura de ses bras et, toute palpitante : «Qu'est-ce qu'une femme peut offrir à un amant trop galant et trop chéri?» Elle fondit en larmes : «Giorgio, je suis grosse!»

XX

L'annonce de la prochaine maternité de Laura aurait dû me réjouir : elle me consterna. Je n'ai jamais eu la fibre paternelle ; je n'ai jamais donné à la descendance l'importance que lui accordent la plupart des hommes. Quel serait le destin de mon fils — je ne pouvais imaginer d'avoir une fille —, sinon d'être soit un jeune homme doué, hanté par le besoin de se hausser au niveau de son père, ou bien quelqu'un dont la médiocrité ferait dire : «On se demande comment un Giorgione a pu donner naissance à un individu comme celui-là »?

Mes appréhensions étaient naïves : qui saurait, mis à part un cercle restreint, que cet enfant était de moi? Laura montrait déjà, par des sourire complices en sa présence, que Giovanni Ram avait tout lieu d'être heureux de son état. Cette attitude me convenait et m'agaçait à la fois. J'aurais voulu savourer les avantages de la situation sans en subir les inconvénients. Être en même temps flatté — Laura était une des plus jolies femmes de Venise — et frustré n'est guère confortable. Il m'est arrivé de m'en libérer par une pensée dont je ne suis pas fier : «Je ne suis pas le géniteur.» La mésaventure survenue à Antonio Landi, le vieux secrétaire du Sénat, avait révélé la diversité des relations de Laura et jeté quelque discrédit sur sa vertu. Elle continuait de me jurer que je tenais une place unique en son cœur. Eu égard à la fréquence et à l'intensité de nos rencontres, je n'avais pas lieu d'en douter.

Un printemps timide tentait de se frayer un chemin à travers les brumes tenaces de l'hiver. Quand Gabriele apprit que j'avais terminé le portrait de Catherine Cornaro, il revint à la charge : «Tu m'as fait beaucoup attendre.» Il y a des moments où ce qui paraissait depuis longtemps difficile, voire impossible, s'avère tout à coup aisé; j'étais prêt. Gerolamo, avec cette intuition qui n'appartient qu'à l'amitié attentive, le devina également : «Je te sens mûr pour ce travail.» Les trois mois que je venais de passer auprès de la reine de Chypre m'avaient transformé. Je sentais frissonner en moi une vivacité, une alacrité, une volonté de créer qui me faisaient parfois monter les larmes aux yeux. Catherine Cornaro m'avait rendu meilleur. L'homme se hissait à la hauteur du peintre. L'heure était venue de les associer dans mon œuvre la plus achevée.

Tout m'y poussait : mon désir profond, ma disponibilité, mais aussi l'activité florissante de la bottega. Titien se multipliait et réussissait tout ce qu'il entreprenait. Saturé de commandes, il me demanda l'aide de quelques élèves. Il approvisionnait avec régularité la bourse commune, non sans prélever au passage, me dit Lorenzo, quelque somme pour ses menus plaisirs. Je fermais les yeux.

On avait su que Catherine Cornaro m'avait demandé son portrait. Cela me mit à la mode, si besoin était. Dès que je fus libre, et même avant, on me réclama. Je me réservai pour le tableau de Gabriele. Qu'il s'agisse de dignitaires vénitiens — Antonio Broccardo, Giovanni Borgherini —, florentins ou trévisans, d'un Allemand de la famille Fugger, du philosophe Luigi

Crasso, d'un des capitaines que Consalvo Ferrante amena avec lui à Venise, voire du grand Consalvo lui-même, ils durent se contenter d'une exécution d'atelier ; je me bornai à donner la dernière touche. Quant au doge, il me fit savoir que je n'aurais pas à me déplacer et que mon seul modèle serait un camée que l'on m'apporta. Cette hautaine proposition rencontrait tous mes vœux : même le doge ne m'éloignerait pas de *La Tempête*.

Très vite on donna ce nom au tableau, à cause de l'éclair qui déchire la nuée. Mais il n'en est pas le thème principal. Comme on a glosé sur cette œuvre ! Le jeune homme en costume vénitien, au bord de l'eau sur la gauche, regardant, assise sur l'autre rive, la femme demi-nue avec son enfant, les deux colonnes brisées sur leur socle, la ville avec ses tours et sa coupole au-delà du pont de bois, la foudre qui troue le ciel, tout cela a donné lieu à une multitude d'interprétations qui m'ont réjoui. Gabriele jubilait. «*Les Trois Philosophes* sont écrasés!» répétait-il à Taddeo. Celui-ci le laissait dire. Son tableau avait une signification plus importante à ses yeux.

Par honnêteté, j'avais averti Gabriele : «J'envisage un sujet religieux. Tu n'y es pas opposé? — Pas du tout, tu es libre. Je veux simplement une scène avec une *infinité* d'interprétations possibles. Bien entendu, je serai le seul à connaître la vraie. — Jouons le jeu jusqu'au bout, dis-je. Tu en seras le premier averti. Auparavant, je voudrais que tous tes amis défilent devant le tableau et donnent leur explication. Permets-moi d'être présent de temps en temps pour assister à mon triomphe… — Je ferai mieux. J'organiserai une grande réception autour de ta toile, dès qu'elle sera terminée. Tous ceux qui comptent à Venise seront là. Peut-être l'un d'eux saura-t-il te deviner. — J'en doute.»

Je me sentais sûr de moi. À partir du thème choisi — ô combien banal! —, une foule de subtils décalages surgirent sous mon pinceau, un fourmillement de détails destinés à égarer l'œil le plus rigoureux, à excéder l'exégèse la plus fine. Je peignis une première femme nue, les jambes dans l'eau, dans le coin gauche. Cet endroit ne convenait pas ; je la remplaçai bien vite par le jeune homme à la perche. Je voulais qu'elle fût contemplée par celui-ci et qu'en même temps elle fixât le spectateur. Or, dans mes compositions, le regard court toujours de gauche à droite, sauf pour le retable de Castelfranco, dont le personnage principal est au sommet, par nécessité. Je déplaçai la jeune femme et son enfant sur une langue de terre, à droite, de l'autre côté de la rivière, sous les frondaisons. Je me suis délecté à faire jouer la lumière sur les feuilles et les branches, à moduler tous les tons de verts que j'ai étendus à l'eau et au ciel, dans une irisation glauque du plus bel effet, comme une émeraude que l'on fait scintiller dans la pénombre.

Sur cette vaste tonalité verte, je ne posai qu'une tache de couleur différente, le jeune homme en rouge : le premier regard du spectateur devait être pour lui, avant de glisser vers la femme.

La meilleure façon de préserver le mystère d'une œuvre est de l'élaborer dans le silence d'un cabinet, sans qu'un œil étranger puisse la découvrir, l'expliquer, l'affaiblir. J'ai préféré toutefois entrouvrir ma porte, espérant surprendre le visiteur et brouiller ensuite les pistes si besoin était. Alessandro, qui tournait souvent autour de moi, fut le premier à se manifester. Il se planta devant le tableau, dans le coin de l'atelier où je m'étais installé. «Qu'est-ce que tu y vois ? demandai-je. — Un orage, une gitane et un soldat.» C'était tellement loin de mon propos que j'en frissonnai d'aise. «À quoi reconnais-tu que c'est un soldat ? — Parce qu'il a un grand bâton et qu'il garde la femme. — Et pourquoi une gitane ? — Parce qu'elle est mal peignée et à moitié nue.» J'ai souri. «Ce n'est pas ça ? — Pas tout à fait. Mais tu n'as pas entièrement tort.»

Tu as été le second que j'aie interrogé. À ma demande, tu m'avais aidé à déplacer le chevalet, le soleil ayant tourné. Tu le fis avec de telles précautions que j'ai vu tout de suite quel prix tu attachais à la toile. Je t'en demandai la raison. Tu as reconnu que la composition te touchait particulièrement. « Pourquoi ? » Tu as hésité : « Le jeune homme sur la gauche est un solitaire, il ne communique pas avec la femme et l'enfant, il n'esquisse aucun geste vers eux, car il sait qu'ils n'existent pas et qu'il est seul. Il reste immobile, pendant que son désir s'élève et éclate comme la foudre entre les nuages. » À ce moment, j'ai compris que chacun de nous apporte ses propres clés pour déchiffrer une œuvre et que notre explication révèle davantage notre face cachée que celle de l'œuvre. Alessandro me l'avait fait entrevoir, tu me l'as confirmé. La longue théorie de ceux qui, après vous deux, ont accumulé sur mon tableau tant d'interprétations contradictoires, m'en a moins appris sur ma *Tempête* que sur eux-mêmes. Avec ta finesse habituelle, tu l'as sans doute ressenti, qui es retourné très vite à tes occupations, comme si tu avais eu honte de t'être laissé surprendre. Tu as repris ton visage habituel, sérieux et appliqué, mais je sais maintenant que cette apparente sérénité cache de secrètes blessures.

Ma tante, qui m'avait peu cultivé depuis mon installation au campo San Silvestro — comme beaucoup de femmes, elle avait pris pour un acte de rancune à son égard ce qui n'était qu'une décision professionnelle —, avait retrouvé le chemin de l'atelier depuis que ma notoriété grandissait. Elle arrivait toujours seule : « Ton oncle garde la taverne. On ne peut se permettre de la fermer un seul jour. On a eu tellement de dépenses depuis des années ! Tu en sais quelque chose. » Ses paroles étaient plus naïves que méchantes, et je ne la laissais jamais partir sans lui glisser dans la main quelques ducats. Elle n'en reve-

nait que plus souvent. Ma pension, rétrospective-
ment, devenait ruineuse.

Quand elle vit pour la première fois *La Tempête*,
elle pointa dessus un doigt accusateur : « Tu peins ta
famille, maintenant ? — Que veux-tu dire ? — Ne me
raconte pas d'histoire. C'est toi là, à gauche. Et la
créature de droite ne peut être que l'une de tes...
connaissances. Avec un enfant de toi, en plus. Bravo. »
Elle ne me laissa pas le temps de me justifier : « On
n'est pas bâti comme tu es sans avoir des aventures.
Tu as une bonne amie ou alors tu n'es pas normal.
Ce bébé, je peux le voir ? » Elle leva les yeux vers
ma chambre, tendit l'oreille : des vagissements ne
l'auraient pas étonnée le moins du monde. L'intuition féminine me surprendra toujours : sans rien
connaître de ma vie, ma tante venait de deviner mon
avenir proche. « C'est un sujet religieux, ma chère
tante, qui n'a rien de commun avec ma propre existence. » Elle parut déçue. « Le petit était pourtant
bien mignon et sa mère aurait été parfaite pour toi,
question d'âge. Un sujet religieux, je veux bien. Mais
on ne m'ôtera pas de l'idée qu'il y a quelque chose
d'autre derrière... » Elle aussi s'inscrivait dans le
processus ouvert par Alessandro. « Suppose que tu
aies raison, dis-je. Comment expliquerais-tu l'éclair ?
— C'est hélas très facile. Tu apprendras que la vie
n'est qu'une longue suite d'épreuves. Cet orage, c'est
l'image des calamités qui tombent sur toutes les
familles... » Ses yeux se mouillèrent. Quelles souf-
frances avait-elle donc subies, que sa bonne humeur
cachait si bien ? J'appris par ma mère qu'elle avait
perdu un enfant en bas âge et qu'elle ne s'était jamais
consolée de ne pas en avoir d'autre. Sa faconde était
une tentative permanente, quasi désespérée pour
oublier, pour survivre.

Je n'avais jamais pu obtenir de ma mère qu'elle
vînt à Venise. « C'est ta vie, me disait-elle, tu y as tes
amis. Que penseraient-ils de moi ? Je te ferais honte. »
Je souhaitais ardemment qu'elle vît *La Tempête*. La

toile à peine sèche — et sans rien dire à Gabriele —, je l'enfermai soigneusement sous son couvercle de bois, l'enveloppai de chiffons et galopai jusqu'à Castelfranco. Quand je relevai l'abattant et qu'elle découvrit le tableau — mon père n'était pas encore rentré —, ma mère resta muette, tortillant son tablier entre ses mains. Excepté ma fresque de la maison Marta et le retable de l'église, elle ne connaissait rien de mes œuvres. Certes, je lui en avais parlé et elle savait l'accueil qu'elles avaient reçu. Quelques colporteurs lui avaient décrit avec emphase les murs du Fondaco dei Tedeschi. Elle avait été fière de moi, me l'avait dit. Mais, pour la première fois, elle pouvait contempler chez elle, posé sur l'humble table de bois où elle prenait tous ses repas, l'un de ces objets étranges nés de mon imagination et que de riches Vénitiens achetaient à prix d'or. Elle savait qu'elle avait sous les yeux ce qui importait le plus aux miens. J'aimais trop ma mère pour penser qu'elle restât indifférente à ma peinture. «Je devine ce que tu as voulu décrire, dit-elle, mais c'est difficile à exprimer.» Comme si elle avait pétri la pâte à pain familière à ses doigts, elle cherchait à modeler son impression pour qu'elle fût à la hauteur de mon attente. «J'y vois quelque chose de très triste, dit-elle d'une voix douce, mais cela ne m'étonne pas. Tu as été un enfant solitaire, qui refusait les jeux brutaux de ton âge. Tu es plus proche de moi que de ton père — il me l'a dit bien souvent. Ta *Tempête* est à ton image. Ce jeune homme en rouge, c'est toi. Et la mère avec l'enfant, c'est moi t'allaitant bébé. Oh! je ne dis pas que je suis ressemblante, je n'ai jamais été aussi jolie. — Je n'en crois pas un mot. Tous ceux qui t'ont connue jeune disent le contraire.» Elle sourit: «C'est vrai que j'ai eu quelques prétendants...» Elle s'absorba, le regard lointain, dans un passé où je n'étais pas. «Je crois, continua-t-elle, que tu t'es représenté à deux moments de ta vie, nouveau-né et jeune homme. Le jeune homme a pris son bâton de pèlerin et il se tourne une dernière fois vers ses jeunes années. Sa mère et l'enfant qu'il fut sont désormais loin de lui, de l'autre côté de la Musone — je l'ai bien reconnue. L'une et l'autre sont morts pour lui : c'est ainsi que je comprends tes deux colonnes brisées. » Sa voix trembla : « Ton tableau est le reflet de ta vie : tu as voulu faire ton destin seul, ailleurs, et c'est bien mieux ainsi. » Il était inutile de lui demander la signification de l'éclair : elle y aurait vu sans aucun doute l'image même de la rupture qu'elle évoquait. Elle secoua la tête : « Tout cela n'est pas nécessairement triste. Il nous est permis, à ton père et à moi, d'être fiers de toi. »

Quand mon père rentra, j'avais replacé la toile dans son étui, sans en refermer le couvercle. Il passa à côté, jeta un coup d'œil et, comme pour s'excuser : « Tu sais, moi, j'en suis resté à tes dessins. Ta mère est bien plus forte que moi pour juger ce que tu fais maintenant. » Ma mère haussa les épaules. Elle m'apprit le lendemain matin que, après s'être assuré que j'étais bien endormi, mon père lui avait demandé de sortir le tableau de sa boîte. Il l'avait contemplé longuement à la lueur d'une chandelle. Il avait alors « mis sa bouche en cul de poule », comme elle disait plaisamment, signe chez lui de curiosité, d'étonnement. Il a seulement dit, en hochant la tête : « Il est fort, Giorgio. » Pendant ce temps, dans mon lit, les mains croisées sous la nuque, je ressassais les propos de ma mère. J'y voyais, à tort peut-être, le signe d'une blessure qui ne s'était jamais totalement cicatrisée. Cela me donnait un sentiment désagréable de culpabilité. Je m'apercevais à mes dépens que mes petits jeux de déchiffrement n'épargnaient personne, pas même moi. Le jardinier que j'étais avait oublié qu'il multipliait les épines en même temps que les roses.

Je redoutais quelque peu l'interprétation de Titien, dont l'attitude à mon égard était devenue ambiguë. Il me semblait que le fragile équilibre de *La Tempête* ne résisterait pas à son regard d'aigle : un jeune chien entrant dans une verrerie de Murano ! Inutile de te dire que cela n'aurait diminué en rien la valeur de mon œuvre à mes propres yeux, mais il m'aurait déplu que ce prix ne fût pas le même à ceux du plus doué de mes élèves, en qui je voyais aussi mon meilleur prosélyte.

Il marcha vers le chevalet comme on entre en vainqueur dans une ville conquise. Ses réussites et ses relations récentes commençaient à lui monter à la tête et certains de ses camarades supportaient de moins en moins ses manières brusques, qu'on taxait d'arrogance. Ses absences répétées l'avaient empêché d'assister à l'élaboration du tableau. Quand j'ôtai le drap qui le cachait, Titien plissa les yeux. Il secoua la tête, de gauche à droite, de droite à gauche, tel un cheval qui refuse l'obstacle. Il recula de quelques pas, avança de nouveau, nerveux, impatient, dérangé. Puis, sans un mot, il quitta l'atelier.

Je croyais connaître mon Titien, mais sa réaction me surprit. Je balançais entre des explications contradictoires. Le soir même, il frappait à la porte de ma chambre. Il s'excusa, il s'expliqua. Je ne rapporte pas ses paroles, car elles témoignaient d'un trouble dont il n'est pas coutumier. Telles quelles, elles donneraient une fausse image du fier adolescent convaincu de posséder un talent exceptionnel et qui saurait un jour s'adresser aux grands comme à des égaux, voire des débiteurs. En cet instant, je n'avais plus devant moi qu'un élève humble comme je ne l'avais jamais vu et comme je ne le reverrais qu'une seule fois, lors de la dispersion de l'atelier. C'est une réaction de peintre qu'il me donna, sans s'abriter derrière un sujet précis, à la différence de ceux qui l'avaient précédé et de ceux, nombreux, qui suivirent. Il estima au contraire que *La Tempête* défiait toute logique, aussi bien dans l'étrange isolement des personnages que dans l'orage qui s'approchait ou dans le caractère inexplicable des ruines à mi-distance. Un envoûtement émanait selon lui de cette liberté, de ce désordre qui était celui du rêve. Il ne savait qu'admirer le plus, la fraîcheur des chairs vivantes, la distribution de la lumière sur le ciel, sur la ville et les arbres, la combinaison surprenante du nu et du paysage. «Jamais je n'arriverai à cet empâtement si doux de la touche, qui sépare les clairs et les sombres avec un tel "sfumato" que chaque partie reste entre le "tu vois" et le "tu ne vois pas". Non, jamais je n'en serai capable.» Je lui rétorquai qu'il ne servirait à rien de copier ma manière. «Je suis sûr que ton originalité éclatera ailleurs. Il faut qu'on dise un jour de chacune de tes toiles: "C'est un Titien" et non: "Voilà un habile imitateur de Giorgione."» Il sourit: il était convaincu que cette éventualité avait peu de chances de se produire. Il avait déjà atteint par la pensée et par le pinceau un stade où nos différences iraient désormais en s'accentuant. Et si l'on faisait de plus en plus appel à lui sans passer par moi, c'était bien parce que son art devenait de plus en plus personnel. Il venait en particulier d'inventer — selon les dires de Lorenzo — un empâtement de blanc qui détachait les figures avec vigueur, et qui n'avait rien de commun avec mes infimes transitions, que pourtant il admirait.

Quand j'annonçai à Laura que ma *Tempête* allait donner lieu, chez les Vendramin, à une grande soirée d'intronisation, elle applaudit moins que je n'aurais espéré. Sa prochaine maternité lui donnait une pondération que je ne lui avais jamais connue et qui alanguissait ses sentiments autant que ses gestes. «Nous l'appellerons Giorgio, si c'est un garçon», disait-elle. J'acquiesçai, réfrénant une interrogation que je me posais parfois: «À moins que tu ne préfères Giovanni?» Je n'ai jamais eu le courage de vider cette querelle. Il faut se garder d'aborder avec l'être qu'on aime des questions qui risqueraient de faire vaciller les bases mêmes du bonheur qu'il vous donne.

Comme il fallait s'y attendre, elle ne vit dans *La Tempête* que le groupe de l'enfant et de la mère, en qui elle se reconnut, à juste titre. « Sans te critiquer, ajouta-t-elle, je me demande comment le bébé peut téter dans la position que tu lui as donnée. On voit bien que tu n'as pas observé ces choses. » Sa réflexion me piqua. L'exactitude de la position m'importait moins que la nécessité picturale — que Laura ne pouvait comprendre — de créer un bloc de chair et de sang mêlés, idée même de la maternité et élément indispensable pour équilibrer le jeune homme de gauche. « C'est comme si tu reprochais à Léonard de Vinci, dis-je, d'avoir trop rapproché ses Apôtres dans *La Cène*. Lui dirais-tu en face qu'ils paraissent assis les uns sur les autres ? C'est pourtant ce qu'un œil ignorant des lois de la peinture remarquerait d'emblée... » Même si Laura, par ses relations et par le cadre où elle vivait, était frottée d'art, je n'acceptais de critiques que de mes pairs. « Je sais, dit-elle, que tu ne tiendras aucun compte de ma remarque, et c'est très bien ainsi. D'ailleurs, a-t-on jamais vu à Venise une femme qui osât être peintre ? » J'eus envie de corriger par un « qui pût être peintre », mais je me retins.

Gabriele m'avait autorisé à inviter qui je voulais à sa soirée, en plus de ses propres hôtes. J'hésitai à y convier Bellini : on l'avait vu à une réception analogue en protecteur de Dürer, ce qu'il n'était pas — ou plus — pour moi. Je craignis que sa présence ne me portât ombrage. En revanche, il me sembla indispensable, pour des raisons qui n'étaient pas encore claires, que Gerolamo fût de la fête. Mais je ne voulais pas que son interprétation fût noyée dans celles d'une assemblée étrangère, même composée de bons esprits. Il fallait lui montrer très vite le tableau. Quelque chose me disait qu'il serait le premier à en déceler le sens exact, bien que je fusse prêt à toutes les surprises.

Il n'eut pas besoin d'un long examen pour deviner l'ampleur de mon entreprise. Son regard embrassa l'ensemble, se posa successivement sur chaque partie avec la légèreté d'un papillon qui épuise le suc de chaque fleur. Il se tourna vers moi : « Cette fois-ci, tu as frappé très fort. » Il revint à la toile, hocha la tête. C'est ainsi qu'il devait être au chevet d'un patient, face à une maladie dont la nouveauté et la complexité retenaient attention et intérêt. « Attends-toi, me dit-il, aux explications les plus diverses. Je crains qu'aucune ne soit satisfaisante et que même la tienne n'apparaisse pas comme définitive. J'en vois une, qui me semble évidente parce qu'elle sort d'un livre paru en 1499 chez Alde Manuce. Il s'agit du *Songe de Poliphile* de Francesco Colonna, un ouvrage que je relis souvent. C'est un jeu de mots sur tes colonnes rompues qui m'a amené à Colonna. Mais pas seulement. On jurerait que Gabriele, qui l'a sûrement lu, t'a demandé de l'illustrer. Le thème central du *Songe* pourrait se résumer ainsi : la vie renaît toujours des décembres. Ici, les arbres s'élèvent sur des ruines. Dans le livre, la vie est symbolisée par la "Vénus génitrice". Tu l'as concrétisée par la femme portant l'enfant. Tu as même placé à l'arrière-plan un édifice surmonté d'une coupole : le temple de Vénus ! — Intéressant. Et le jeune homme à gauche ? — Avec son bâton de voyageur, je reconnais Poliphile, le pèlerin de l'amour. Il n'y a que l'éclair que je ne peux expliquer. On peut y voir le frisson de l'amour, source de vie. En somme, on pourrait intituler ton tableau *Le Jardin de l'existence*, et Colonna serait ravi d'en orner la première page de son livre. — Ton interprétation me hausse à mes propres yeux. Quel érudit je serais ! — Tu en entendras bien d'autres. Le lendemain de la présentation chez Gabriele, tu te sentiras doté d'une culture universelle. »

Lorenzo entra. Gerolamo se leva pour partir : les deux hommes ne s'aimaient guère. Je le raccompagnai. Il me posa la question que j'attendais : « Qu'est-ce que tu as voulu représenter exactement ? — C'est un secret entre Gabriele et moi. Mais sache que tu ne t'es pas totalement trompé. » Devant son regard interrogateur, je ne pus m'empêcher de lâcher : « Tu as été très perspicace pour le pèlerin. » J'en avais trop dit, et j'étais impatient de mettre Lorenzo à l'épreuve.

Je le trouvai le nez collé à la toile. « Je n'ai encore jamais vu ça, disait-il, jamais. — Qu'est-ce que tu bougonnes ? — Je n'ai jamais vu une femme nue dans un paysage, à côté d'un homme habillé. Même moi, je n'y aurais pas pensé. Tu vas choquer, Giorgio. — Je ne te savais pas si pudibond, toi, le grand dénudeur de filles. — Dans la vie, oui. Pas dans ma peinture. J'ai beau chercher, je ne vois aucun Vénitien qui ait osé faire ça. Bellini en crèvera de jalousie et il te copiera sans tarder, Tu prends le pari ? » Je refusai : j'avais la quasi-certitude de perdre ; je n'avais pas oublié le petit arbre traversé de lumière. Lorenzo se refusa, comme Titien, à tenter de deviner quel épisode biblique j'avais voulu représenter. « Cela ne m'intéresse pas, dit-il. L'intérêt est ailleurs. Cette scène est hors du temps. Dans quatre siècles, on te trouvera moderne. »

La veille de la réception, deux domestiques en livrée des Vendramin se présentèrent à la bottega et enlevèrent *La Tempête*. Ce ne fut pas sans un serrement de cœur que je la vis partir. On m'a rapporté qu'un Vivarini parlait de ses œuvres comme de ses « enfants ». Je me sentais davantage le père de ce tableau-là que de l'enfant qui grandissait dans le ventre de Laura.

Je ne pus obtenir de Gabriele un aperçu des personnalités qu'il avait lui-même sollicitées. « Ce sera une surprise, me dit-il, comme ta toile le sera pour elles. — Et pour toi aussi, j'espère. » Il eut un charmant sourire : « Je découvrirai ton tableau en même temps que tout le monde. J'ai donné ordre qu'on laisse le couvercle fermé jusqu'au dernier moment. C'est un grand honneur que je te fais, et une preuve d'entière confiance. D'habitude, je fais profiter mes amis de mes acquisitions après les avoir longuement goûtées seul.» On a beau être convaincu de son propre talent, ce n'est pas sans une certaine angoisse qu'on entend de tels propos. Les réactions de mon entourage — avec des individualités aussi différentes que celles de Titien et de ma tante — me procuraient quelque optimisme, mais je savais aussi qu'il n'y a pas d'ouvrage si accompli qui ne fonde tout entier par la jalousie ou l'envie des censeurs, qui ôtent chacun l'endroit qui leur plaît le moins. Ma *Tempête*, labyrinthe sans fil d'Ariane, devenait pour eux une cible idéale. Gerolamo tentait de calmer mes appréhensions : «Elles t'honorent, mais elles ne s'appuient sur rien. Si par malheur un silence général accueillait ton tableau, compte sur moi pour le rompre : j'ai des munitions là-dedans.» Il ouvrit son carnet et me montra une double page couverte de petits paragraphes, de deux ou trois lignes chacun. «Il y en a autant que d'explications de *La Tempête*. D'ici à demain, j'en aurai encore puisé dans ma bibliothèque. Tu peux dormir tranquille.»

XXI

J'ai gravi lentement le grand escalier d'honneur du palais Vendramin. Dürer avait foulé ces mêmes degrés pour une cérémonie identique cinq ans auparavant. «Tu es devenu son égal, me disais-je. Mieux, aucun autre peintre n'est à tes côtés.» Cependant, si je l'avais pu — mais où était-il maintenant? Par quelle spéculation, par quel roi était-il sollicité? —, je me serais fait accompagner de Vinci, même si sa présence risquait d'éclipser la mienne.

Gabriele et ses parents m'attendaient en haut des marches. Gabriele m'embrassa. «Je suis aussi ému que toi», murmura-t-il à mon oreille. Son père me retint par la manche : «Je dois vous faire un reproche. Depuis que votre tableau est ici, Gabriele est incapable de fixer son attention sur nos affaires. J'espère qu'il va se reprendre, sinon vous allez me ruiner ! » Sa femme abonda dans son sens : «Le seul jour où je l'ai vu aussi nerveux est celui, lointain déjà, où il attendait d'obtenir du doge la permission de monter à bord du *Bucentaure* pour fêter à ses côtés les noces de Venise et de la mer.» Gabriele m'entraîna : «Fais ta prière. On y va.»

Nous entrâmes dans un salon illuminé, qui n'était pas l'immense salle d'apparat où Dürer avait fait une entrée remarquée. La mienne fut plus discrète et j'en fus un instant dépité. Un groupe se leva à mon arrivée, où je reconnus Taddeo Contarini, Laura et Giovanni Ram. Celui-ci était accompagné d'un certain Gerolamo Marcello, homme de grande allure, qu'on me présenta. «Nous sommes ta haie d'honneur, me dit Laura. Tu vois la grande table fleurie, là-bas ? Une surprise t'y attend, ou plutôt deux. Mais je ne suis pas jalouse.» Gabriele, tout en me conduisant, me donna quelques précisions, encore insuffisantes : «Je n'ai eu aucun mal à persuader deux personnes importantes de venir. Elles te connaissent, elles t'estiment. N'aie pas l'air trop étonné de les voir, tu les vaux bien.» Mon cœur battit un peu plus vite. Je redoutais de voir écraser sous trop de regards, sous trop de paroles, l'œuvre fragile bientôt soumise à la voracité.

Bien avant de distinguer leurs traits, je reconnus à leurs silhouettes les «deux personnes importantes» placées chacune à une extrémité de la longue table. On ne pouvait me faire plus d'honneur. Sans mentir, je fus surpris que l'une au moins des deux se fût déplacée : nos relations n'avaient été qu'ébauchées. Tous les hommes se levèrent quand j'arrivai. Les deux femmes restèrent assises. Je les saluai d'abord, en commençant par Catherine Cornaro. La chaleur de son regard posé sur moi était telle, que je crus l'avoir quittée la veille. Sa main épaisse trouva naturellement le chemin de la mienne. En serait-il de même avec l'autre dame ? On n'aurait pu trouver contraste plus frappant entre la souveraine empâtée et l'altière marquise, car c'était bien Isabelle d'Este en personne. Une Isabelle au beau visage légèrement arrondi, aux yeux toujours magnifiques. Elle me tendit à baiser ses longs doigts : « Je vois que mon petit page a grandi. — J'ai un peu honte de cet épisode de ma jeunesse, Madame. — Il ne faut pas. Sans lui, je ne serais peut-être pas là ce soir. » Sa phrase flattait l'homme, elle ne prenait point parti pour le peintre, que pourtant l'on fêtait brillamment. Même si la soirée, comme tu le verras plus loin, m'a été fructueuse, elle ne changea rien au comportement de la marquise de Mantoue à mon égard. Ce 10 août 1510, j'attends toujours qu'elle veuille bien m'honorer d'une commande. N'aime-t-elle pas ce que je fais ? Craint-elle de fâcher Mantegna, attaché à sa cour comme une chèvre à son piquet ? Ou bien attend-elle que j'aie disparu pour s'intéresser à moi ?

La conversation fut brillante. Je ne m'en mêlai guère, étranger à ces traits piquants qui sont la raison de vivre d'une certaine société. On n'avait d'yeux et d'oreilles que pour la marquise, qui étincelait de méchanceté, n'épargnant personne, pas même le doge. Le Patriarche de Venise avait plaqué sur sa face rubiconde un sourire figé. « Savez-vous, me dit-il en se penchant vers moi, que votre *Daniel innocentant Suzanne* est considéré comme le joyau de la salle du Conseil des Dix ? » J'avais bu un peu trop de valpolicella, je baissai ma garde : « On m'a dit que certains y voyaient la représentation du Christ et de la femme adultère. Qu'en pensez-vous ? — Curieuse assimilation, et peu propre au lieu, convenez-en. » J'en convins, sans insister.

De temps en temps, je jetais un rapide coup d'œil par-dessus mon épaule vers la table voisine : Gerolamo et Tuzio Costanzo semblaient s'entendre à merveille. Que pouvaient avoir de commun un médecin-poète et un conseiller-soldat? Catherine Cornaro, elle aussi, regardait parfois vers son fidèle chevalier. À ma table, elle semblait s'ennuyer. Quand nos yeux se croisaient, elle me souriait d'un air las. Elle n'était là que pour moi.

À mesure que la soirée se déroulait, montait en moi une appréhension qui me coupa peu à peu l'appétit. J'observais Gabriele à la dérobée. Le signal viendrait de lui. Je retrouvais inchangée l'oppression qui m'avait saisi à la fin du dîner en l'honneur de Dürer. Cette fois, le pinceau remplaçait le luth. Si cultivées soient-elles, les personnes présentes apprécieraient-elles autant ce qui exigeait davantage d'efforts?

Mon regard dut émouvoir Gabriele, qui se leva enfin. Les conversations cessèrent. Après les compliments d'usage envers ses hôtes, il résuma l'objet de la soirée, raconta brièvement l'histoire du tableau, «frère jumeau en mystère des *Trois Philosophes*, que certains d'entre vous ont pu admirer chez mon beau-frère Taddeo Contarini». Les yeux étaient fixés soit sur Gabriele, soit sur moi. Je m'aperçus alors que le salon était beaucoup moins rempli que je ne l'imaginais. Ce n'était pas la foule déferlant en vagues admiratives aux pieds de Dürer. Il n'y avait rien là qui dût étonner: Gabriele n'était pas homme à partager ses secrets avec le plus grand nombre, en dépit — ou peut-être à cause — des nombreux échanges commerciaux sur lesquels sa famille avait bâti sa fortune et que lui-même contribuait à développer.

Nous fûmes ensuite priés de nous rendre dans le cabinet particulier de Gabriele. Laura, en chemin, se glissa jusqu'à moi. «Je travaille pour toi», me dit-elle à l'oreille. Elle regagna son petit groupe. Tuzio Costanzo me serra chaleureusement la main. Gerolamo me confia le lendemain que son voisin était comblé par cette soirée en l'honneur d'un peintre qui avait décoré sa chapelle. «Quel flair j'ai eu, hein?» Mon triomphe était surtout le sien. J'entrai l'un des derniers dans le cabinet de Gabriele. Celui-ci me demanda de venir à ses côtés. Il avait posé la main sur mon tableau, dressé sur un chevalet et soigneusement fermé. On s'assit devant, comme au spectacle. Trois grands fauteuils dorés avaient été placés au premier rang, où prirent place Catherine Cornaro, Isabelle d'Este et le Patriarche de Venise. Quand tout le monde fut assis, Gabriele tira de sa poche une petite clé d'or et il ouvrit le couvercle du tableau. Le paysage apparut. Il y eut des murmures, puis un silence. Je ne savais quelle attitude prendre. Scrutant trop longtemps mon œuvre, j'apparaissais comme un fat. Fixant les spectateurs, comme un inquiet. Je restai les yeux baissés, l'air modeste et un peu stupide.

Le silence me parut interminable. Puis un bruit doux et feutré se fit entendre au premier rang : Catherine Cornaro applaudissait. Presque aussitôt, Isabelle d'Este et le Patriarche l'imitèrent. C'en était assez pour que l'assemblée entière en fît autant. Gerolamo me fit un signe discret, qui signifiait : « Tu vois, ça commence très bien pour toi. »

Gabriele réclama le silence : « Certains d'entre vous savent déjà qu'un petit jeu de devinettes a été prévu. Notre ami Giorgione a intitulé sa toile *La Tempête* ou *L'Orage*. Mais nous le savons trop subtil pour avoir borné son ambition à décrire un phénomène atmosphérique. Sinon, pourquoi aurait-il ajouté des personnages ? Et je ne parle pas d'autres détails, qui peuvent intriguer. » Il parlait avec feu : son plaisir commençait. Il pria chaque invité d'exprimer à haute voix la signification qu'il attribuait au tableau. « Je vous demanderai seulement de lever bien haut la main, afin que toutes les interventions puissent être entendues. Je vous laisse quelques instants de concentration. » Chacun obéit. Jamais une assemblée aussi illustre n'avait été réunie pour un tel motif.

Gabriele, qui avait le sens des convenances, donna

d'abord la parole à Catherine Cornaro. Je connaissais la piété de la reine de Chypre, sa lecture quotidienne de la Bible. «Si elle trouve tout de suite, pensai-je, c'en est fait du jeu, de la surprise, de la soirée même.» La reine, qui tournait le dos à l'assistance, ne daigna pas se retourner. Sa voix forte emplit le salon : «Je vois le repos de la Sainte Famille durant la fuite en Égypte. Joseph veille sur Marie et sur Jésus au bord du Jourdain. On aperçoit au loin la ville de Jérusalem, sur laquelle tombe la foudre brandie par Hérode, en train de massacrer les innocents. Les colonnes tronquées sont, selon moi, la représentation de ces jeunes vies brisées...» Il y eut des murmures approbateurs. Je respirai, je l'avais échappé belle. Gabriele se tourna vers moi : «Qu'en dit l'auteur ?» Je m'inclinai galamment : «L'auteur est désolé de ne pouvoir abonder dans votre sens, Majesté. — Giorgione est un mauvais courtisan, dit Gabriele. Excusez-le.» Il y eut des rires. «Madame la Marquise de Mantoue aura peut-être plus de chance, continua Gabriele. Pourrions-nous connaître votre opinion ?» La marquise se leva, marcha droit au tableau : «Le sens de ce tableau m'apparaît clairement. Mantegna a eu l'occasion de traiter le même thème pour mon "studiolo". Il s'agit bien évidemment de Pâris retrouvé.» Elle laissa s'installer un silence curieux pour mieux jouir de son effet. On me consulta du regard : je restai de marbre. «Chacun connaît la légende, dit-elle. Peu avant sa naissance, sa mère Hécube rêva qu'elle enfantait une torche qui incendiait Troie. Craignant une malédiction, elle fit exposer l'enfant dès sa naissance sur le mont Ida, où il fut recueilli par des bergers. L'homme que l'on voit ici est le pâtre qui a retrouvé le petit Pâris et la femme la personne qui en prend soin. Peut-être même est-elle, sous une apparence humaine, l'ourse qui le nourrissait.» La marquise avait de l'imagination. «Comment faut-il comprendre l'éclair et les colonnes brisées ? demanda Gabriele. — Tout simplement comme l'image de l'incendie et de la destruction de Troie.» La marquise semblait si convaincue que plusieurs têtes firent un signe d'assentiment. Mais, à mon expression contrainte, on vit bien qu'elle faisait fausse route. Elle se rassit avec dignité.

C'était au tour du Patriarche de Venise. Comme la reine de Chypre, il resta dans son fauteuil, craignant sans doute de froisser les beaux plis d'où il émergeait comme, d'une précieuse corolle, un pistil fripé. «Il m'étonne, dit-il d'une voix suave, que mes deux illustres devancières n'aient pas reconnu l'épisode le plus important de l'Ancien Testament, celui d'Adam et Ève chassés du Paradis. C'est un thème éternel et éternellement à la mode.» Je fronçai les sourcils. Ceux qui ne me connaissaient pas y virent un signe d'intérêt. Ce n'était qu'une marque d'agacement. Moi, un peintre à la mode? «Tous les détails concordent, continua le doux vieillard. Nous nous trouvons à un moment déterminé, juste après la naissance de Caïn. Adam et Ève sont aux portes de l'Éden, dont l'accès leur est désormais interdit, au-delà du fleuve, ce fleuve du Paradis dont le Psalmiste a dit que "ses bras réjouissent la cité de Dieu" — *fluminis impetus laetificat civitatem Dei...*» Il tendit un bras vers le haut du tableau: «L'éclair est l'image de la malédiction divine. Adam est représenté une longue perche à la main, allusion au labeur auquel il est désormais soumis: "À la sueur de ton visage, tu mangeras ton pain." De même, les colonnes rompues évoquent la nécessité de mourir, car la mort est le châtiment du péché.» Chacun retenait son souffle, comme si le vieil homme pénétrait au cœur du secret de *La Tempête*. «Adam, continua-t-il, s'est interrompu dans son travail pour méditer sur le nouveau destin du couple, la femme-mère se consacrant entièrement à sa progéniture. À la femme, Dieu avait dit: "Je multiplierai les peines de tes grossesses. Dans la peine, tu enfanteras des fils."» Le Patriarche m'adressa un léger salut: «Je félicite notre peintre d'avoir eu l'idée de donner à Adam les vêtements d'un gentilhomme vénitien. Chacun se reconnaîtra en lui.» Je remarquai pour moi-même que le Patriarche, avec son ample robe, s'excluait de lui-même. Sa fonction l'écartait sans doute du moindre péché.

L'orateur poussa son avantage : «Qu'on me permette de relever deux détails à l'appui de ma thèse. Ève cache sa nudité derrière un maigre buisson : c'est un de ses attributs traditionnels qui suffirait à la désigner nommément. Ensuite, remarquez tout en bas du tableau le serpent qui rampe dans une crevasse, sous Ève, et pensez à la Genèse : "Puisque tu as fait cela, tu es honni parmi toute bête. Tu marcheras sur ton ventre et tu mangeras de la terre tous les jours de ta vie. Je mettrai une hostilité entre toi et la femme, entre ton lignage et le sien. Il t'écrasera la tête et tu l'atteindras au talon."» Gabriele désigna du doigt le serpent : «Ne croyez-vous pas, Éminence, qu'il peut s'agir tout simplement d'une racine ?» Imperturbable, le Patriarche enchaîna : «Le talon d'Ève ne surplombe pas le serpent par hasard. Il préfigure l'exécution du châtiment annoncé par Dieu.» Il avait terminé. Son explication fit grosse impression. Isabelle d'Este s'agita sur son siège, regarda son voisin d'un air condescendant. D'une voix neutre, je fis savoir que le sujet du tableau n'avait pas encore été découvert.

Gabriele jugea qu'il était temps de faire une pause et il fit apporter des rafraîchissements. Les conversations bourdonnèrent. On jugeait à la fois ce qu'on venait d'entendre et on attendait la suite. Le jeune abbé qui accompagnait le Patriarche griffonnait quelques notes. Je circulai dans les rangs, serrant des mains. Un ami de Pietro Bembo excusa celui-ci, de nouveau absent de Venise : «Sinon, il serait venu avec grand plaisir, il m'a chargé de vous le dire.» Un inconnu se prétendant philosophe se planta devant moi. «Si judicieuses soient-elles, les analyses que je viens d'entendre ne m'ont pas convaincu. Je vous proposerai la mienne tout à l'heure. »

Le groupe autour de Laura semblait fébrile. « Nous ne sommes pas d'accord entre nous, dit-elle. Tu vas provoquer un divorce entre Taddeo et sa femme ! » Giovanni Ram se plaignit que Laura n'attachât aucune importance à son explication. « Lui auriez-vous donné par hasard la vraie ? me demanda-t-il. — Je ne la confierai qu'à Gabriele, à moins qu'une des personnes présentes — vous, peut-être ? — ne m'en dispense. » Celui qu'on m'avait dit s'appeler Gerolamo Marcello me demanda s'il pouvait me parler quelques instants après la réception. Laura me donna un coup de coude : elle n'y était pas étrangère.

Tuzio Costanzo bouscula quelques chaises pour me rejoindre. « Je ne prendrai pas la parole tout à l'heure, me dit-il, c'est trop personnel. Quel que soit le sens de votre tableau, il me rappelle la mort de mon fils. Le jeune homme à la perche, c'est lui en soldat, bien qu'il ne soit pas en tenue de combat. La femme est une jeune personne qu'il laisse inconsolable, et qui n'aura jamais d'enfant de lui. L'éclair a brisé sa vie et son destin, vos colonnes rompues sont là pour le rappeler. Tout dans votre toile me ramène à sa disparition. » Ses yeux devinrent brillants, il me serra la main avec émotion.

Catherine Cornaro me fit un signe discret. À côté d'elle, se tenait un homme de haute taille. « Je ne vous ai jamais présenté à mon frère Giovanni », me dit-elle. Celui-ci s'inclina avec raideur, sans un mot. D'emblée, il me déplut.

Gabriele frappa dans ses mains et pria chacun de regagner sa place. Presque aussitôt, une dizaine de doigts se levèrent. Gabriele, avec une joie non feinte, contemplait cette fébrilité. Par égard pour le Patriarche, il donna la parole au petit abbé. D'une voix flûtée, habituée autant à confesser les dames qu'à leur glisser un propos galant à l'oreille, celui-ci assura que ma toile avait pour sujet... la légende de saint Théodore. «Chacun sait, dit l'abbé, que ce saint guerrier et martyr a été le protecteur de Venise avant l'arrivée des reliques de saint Marc. Selon la légende, un dragon vivait près de la cité d'Euchaita en Asie Mineure et réclamait une fois par an une victime humaine. Encouragé par Notre-Seigneur Jésus-Christ qui lui était apparu en songe, saint Théodore part pour combattre le dragon, au moment même où le fils d'une pauvre veuve chrétienne, apporté par sa mère, va être sa nouvelle victime. Il arrive aux abords de la tanière, gardée par des vipères. Le monstre sort de son repaire et le combat s'engage. Le saint réussit à tuer l'animal avec sa lance.» L'abbé pointa son doigt vers le tableau : «Le peintre a représenté le saint après la victoire. Il s'appuie et se repose sur sa lance, tout en veillant sur la femme et l'enfant qu'il vient de sauver et en surveillant une vipère — celle dont a justement parlé Son Éminence —, seule rescapée du carnage.»

Il reprenait à peine son souffle que celui qui s'était présenté à moi comme philosophe se leva d'un bond : «Ce que je viens d'entendre est complètement délirant. En tout état de cause, cette conception... — Je n'ai pas terminé», dit l'abbé. L'autre se rassit en maugréant. «Si vous examinez bien le tableau, vous verrez le dragon, dont la silhouette est esquissée sur la seconde tour, à gauche.» Tous les cous se tendirent. Je fis comme les autres. «Votre explication, dit Gabriele, ne prend pas en compte l'éclair et les colonnes du premier plan. — J'y arrivais. Cette œuvre ne se borne pas à représenter un épisode précis de la vie du saint, elle contient des allusions à son destin futur. Plus tard, il est emprisonné comme chrétien. Au lieu d'abjurer sa religion — seule façon pour lui de ne pas être exécuté —, il met le feu au temple païen, ne laissant que des colonnes brisées... Martyrisé, son corps est exposé dans une église d'Euchaita, puis transporté en 1267 à Venise dans l'église du Sauveur, église à coupole que tout Vénitien connaît et qu'on aperçoit ici à l'arrière-plan, à gauche. — Et l'éclair ?» insista Gabriele. Le petit abbé ne se laissa pas démonter : «Il représente l'un des attributs du saint, son pouvoir, incontesté dans le monde byzantin, sur les éléments.» C'est le Patriarche lui-même qui donna le signal des applaudissements. Isabelle d'Este fut modérée dans ses transports ; elle tenait toujours à son Pâris. Catherine Cornaro accepta cette analyse avec bienveillance : tout épisode à la gloire du Christ la touchait.

Le «philosophe» se leva de nouveau : «Je ne peux laisser passer ce qui vient d'être dit et qui témoigne d'un point de vue partiel et partial. Ainsi, cette peinture rassemblerait une narration — le récit d'un combat — et un déploiement non narratif des attributs du saint : l'incendie du temple païen, l'église du Sauveur, que sais-je encore ! Je défie ce jeune ecclésiastique de me fournir un autre exemple de construction aussi instable.» Gabriele parut piqué : «Ce n'est pas parce que cela n'a jamais été fait, dit-il, que cela ne peut naître un jour sous nos yeux. — En outre, continua le philosophe, je conteste qu'on puisse reconnaître une lance dans le bâton sur lequel s'appuie le prétendu saint. Et là où vous voyez un dragon, je distingue aussi bien une chimère que… le lion de saint Marc.» Il prit toute l'assistance à témoin : «Quel prix donner à une interprétation où manquent les deux éléments essentiels sur lesquels elle s'appuie, le dragon et le caractère guerrier du saint ?» L'argument porta. Le philosophe décocha une dernière flèche : «Puis-je demander à mon honorable prédécesseur quel est son prénom ?» L'abbé rougit jusqu'aux oreilles : «Théodoro. — J'en étais sûr.»

Notre philosophe avait maintenant le champ libre. «Je parlerai, dit-il, au nom de mon maître Aristote. Ce tableau est indûment appelé La Tempête. Sont représentés ici les deux pôles de la famille humaine, l'homme facteur actif et opérant, la femme facteur inerte et passif. L'enfant, malgré son avidité impétueuse, est en train de passer du stade animal au stade viril, de contempler, de sourire, de devenir un homme. La ville, les ruines, les colonnes signifient la caducité des créations humaines. Heureusement, se déploient tout autour les quatre éléments primordiaux: l'air, l'eau (le fleuve), la terre, le feu (la foudre). Ils constituent la substance première du corps. C'est pourquoi l'homme témoigne ici d'une confiance sereine dans leur bonté fondamentale.» Il y eut quelques bâillements, des raclements de chaises. «Nous vous remercions beaucoup», dit Gabriele. Il me dit plus tard que ce Padouan était un lointain cousin de passage à Venise, qui n'aurait pas compris d'être exclu de la soirée «mais que sa famille évite». Le disciple d'Aristote se rassit, persuadé d'avoir répandu la lumière sur cette assemblée obtuse.

L'ami de Pietro Bembo leva la main à son tour. Son air doux, ses yeux clairs laissaient deviner une intelligence délicate et sensible. «Pour moi, dit-il, ce paysage rappelle les accents du sonnet 91 de Pétrarque: "Le refuge dans la vie privée rend inoffensifs les orages de la vie publique. Le calme et le réconfort ne peuvent se trouver que dans la poésie et l'amour."» Cette brève intervention, après le pompeux philosophe, charma. Gabriele en oublia de lui demander de justifier certains détails du tableau, comme on néglige de s'interroger sur l'agencement des notes d'une musique qui a plu.

Nous étions partis pour veiller une partie de la nuit. Personne ne semblait s'en plaindre. Gerolamo était le moins surpris de tous. Il était béat.

Un Fugger, avec qui les Vendramin étaient en relations d'affaires et qu'on avait gardé ce soir-là, se montra aussi bon lettré qu'habile commerçant. D'une voix gutturale, qui donnait à notre langue une solennité inhabituelle, comme si on avait attaché des poids aux ailes d'un papillon, il s'excusa à l'avance de son interprétation: «Elle est particulière à mon pays. *Meine Damen und Herren*, la voici. Siegfried, comte palatin de Trèves, doit à la guerre partir et il confie sa femme Geneviève à son régisseur. Celui-ci cherche à la séduire, mais il est repoussé. Pour se venger, au retour de Siegfried, quelques mois plus tard, il accuse Geneviève d'adultère, d'autant plus facilement que, dans l'intervalle, elle a le jour à un fils donné, que Siegfried de reconnaître refuse. Il confie donc à un serviteur le soin de faire Geneviève et l'enfant tuer. Mais le soldat qui en est chargé est de pitié pris et les laisse libres dans un bois. C'est ce moment que j'ai ici cru voir. » On le regarda avec sympathie. « Je suis très honoré, dis-je au Fugger, d'avoir malgré moi raconté une légende allemande. » Le Fugger claqua les talons : « Moi-même suis honoré très. »

J'étais étonné que le petit groupe autour de Laura ne se fût pas encore manifesté. Taddeo se décida le premier. « Notre ami Giorgio connaît mes goûts, dit-il, et il ne sera pas surpris que je voie dans son œuvre une allusion à la naissance miraculeuse du philosophe Apollonios de Tyane, selon le récit qu'en fait Philostrate. » Le disciple d'Aristote fronça les sourcils : on chassait sur ses terres. « Apollonios, dit Taddeo, naquit dans un champ où, à la suite d'un rêve, sa mère s'était rendue pour cueillir des fleurs. Restée seule, elle s'endormit dans l'herbe mais fut réveillée par le chant des cygnes et mit au monde le petit Apollonios. À ce moment, la foudre éclata, signe de la faveur divine. » Gabriele eut certainement envie, comme moi, de demander à Taddeo d'expliquer les colonnes brisées, la ville lointaine, le fleuve. Le même affectueux respect nous arrêta. Je me promis d'y revenir dans une conversation privée.

Giovanni Ram, poussé du coude par Laura, se leva à son tour. « Je suis très embarrassé, avoua-t-il. J'hésite entre deux épisodes relatifs — excusez-moi, Mesdames — aux exploits amoureux de Jupiter. » Ce début me causa une impression désagréable, comme s'il parlait de lui. « On sait que la foudre est l'arme et l'attribut de Jupiter. Le sujet du tableau me parut être d'abord son amour pour la nymphe Io, fille du fleuve Inachos. Elle tient dans ses bras Epaphos, le fils qu'elle a eu de Jupiter. L'homme de gauche est Mercure, envoyé par Jupiter pour la libérer d'Argos, à qui Junon, épouse du roi des dieux, l'avait confiée. » Cela se tenait, et j'admirai la culture de l'homme. « Cependant, continua-t-il, je me suis souvenu d'un autre mythe, tout aussi célèbre : Jupiter, sous l'aspect d'une pluie d'or, descend sur Danaé emprisonnée par son père et la féconde. Quand celle-ci donne le jour à Persée, le père les enferme tous deux dans une arche jetée à la mer, qui les porte vers les rivages de Sériphe. Un pêcheur ramène Danaé sur la terre ferme. Qu'en pensez-vous ? » La question s'adressait autant à moi qu'aux spectateurs. Gabriele vint à ma rescousse : « Ce tableau est inépuisable. Il en a été proposé jusqu'à présent dix interprétations différentes. Aucune, me semble-t-il, n'a recueilli l'assentiment de son auteur. Y a-t-il d'autres interventions ? »

Trois index pointèrent, et non des moindres : Giovanni Cornaro, Leonardo Vendramin et Gerolamo. Gabriele donna la parole au frère de la reine. « Écoutant Giovanni Ram, dit-il, je me suis souvenu d'un autre épisode de la mythologie, qui raconte également une naissance, celle de Dionysos. Sémélé, sa mère, aimée de Zeus, meurt au sixième mois de sa grossesse, foudroyée à la vue de son amant divin dans toute sa gloire. Le dieu arrache l'embryon du sein de Sémélé et le porte cousu dans sa cuisse, jusqu'au terme, d'où l'expression : né de la cuisse de Jupiter. » Il y eut quelques sourires. « Ino, sœur de Sémélé, devient alors la nourrice de Dionysos. On la voit ici tenant dans ses bras l'enfant, qu'Hermès (le jeune homme) vient de lui remettre. Zeus (la foudre) continue de veiller sur le sort de l'enfant divin. » Il se rassit, assez content de lui. Catherine Cornaro eut un sourire de politesse : son frère et elle n'avaient pas les mêmes préoccupations.

Avec déférence, Gabriele pria son père d'apporter

son témoignage. Leonardo se présenta comme «un chef de famille, conscient du lourd héritage qu'il représente dans l'histoire de Venise». Du discours compliqué qui suivit, je retins que la famille Vendramin se targuait d'une origine phénicienne. Or, Baal et Astarté sont les fondateurs de cette lignée, le premier source et conduite de la vie, la seconde, mère et dominatrice de la terre. C'est eux que j'aurais représentés en la personne du jeune homme et de la femme nue «donnant le sein, image de sa nature féconde et de sa descendance future». Leonardo était certainement bien meilleur commerçant que généalogiste. Gabriele remercia son père, tout en s'excusant d'un regard auprès de moi.

Il était temps de terminer. La conclusion appartenait à mon cher Gerolamo. Il résuma tout ce qui avait été dit, ajouta sa référence au *Songe de Poliphile*, puis il prit de la hauteur : «Ce tableau n'a pas d'âge, et l'on comprend que tous ceux qui ont pris la parole ce soir aient bousculé les époques et les références. Je ferai de même, en me faisant l'écho de trois lectures, à commencer par celle de la Bible.» Catherine Cornaro se retourna pour contempler celui qui avait de si belles occupations. «Je vois ici Moïse retrouvé, continua Gerolamo. On se rappelle la légende du petit Moïse, confié au fleuve pour échapper à la haine de Pharaon, à qui des rêves répétés annonçaient que son royaume serait détruit un jour par un homme né parmi les Hébreux, nommé Moïse. C'est pourquoi il avait ordonné de mettre à mort tous les nouveau-nés mâles d'Israël. L'enfant, enfermé dans une nacelle de papyrus, est recueilli par Bithia, fille du pharaon, qui lui donne le sein, en présence d'un gardien. La littérature musulmane ajoute à ce récit des signes destinés à imprimer au héros le sceau des prophètes : à l'instant où il vient au monde, il fait resplendir autour de lui une lumière rayonnante. L'orage, avec la foudre déchirant les nuages, signifie que Moïse met fin à la sécheresse, qu'il a la maîtrise magique du feu, ce qui est une façon d'annoncer la fin de l'idolâtrie et le début de la Grâce. Car la découverte de Moïse préfigure la naissance du Christ.» J'admirai que Gerolamo frôlât mon intention profonde, par une véritable intuition. Sans doute se souvenait-il de ma première œuvre, *L'Épreuve de Moïse*. Là avait été son erreur. L'inspiration d'un peintre est chose fragile. Il ne faut pas toujours y voir une continuité.

«Plusieurs personnes, dit Gerolamo, ont fait allusion tout à l'heure à la mythologie grecque ou romaine. Ces mêmes personnes ont certainement en mémoire la lecture de *La Thébaïde*, cette épopée en douze chants du poète latin Stace, dédiée à Domitien et imitée d'Antimaque de Colophon, sur la guerre menée par Polynice contre son frère Étéocle.» Cette érudition vertigineuse fit frémir: Gerolamo venait de frapper un grand coup. «Vous vous souvenez du passage où, au cours de l'expédition contre Thèbes, Adraste et quelques autres partirent à la recherche d'une source pour désaltérer les soldats assoiffés. Dans un bois, Adraste rencontre Hypsipile, fille du roi de Lemnos exilée pour avoir sauvé son père lorsque les femmes de Lemnos avaient entrepris d'exterminer la population masculine. Hypsipile allaite Ophelte, qui n'est pas son fils mais celui de sa maîtresse Licurgue, dont elle est devenue l'esclave. Hypsipile accepte de guider Adraste et ses hommes. Elle dépose Ophelte sur l'herbe et, par des chemins interminables et des forêts obscures, conduit Adraste au fleuve Langia. Pendant ce temps, le petit Ophelte, resté seul, est piqué par un serpent et meurt.» Personne n'osa contester cette interprétation, ni même demander des éclaircissements. Gerolamo n'avait pas expliqué tous les détails de la toile. Je réfrénai mon envie d'en discuter en public avec lui.

Infatigable, il enchaîna: «Enfin, ce tableau peut évoquer un passage des *Métamorphoses* d'Ovide, qui présente Deucalion et Pyrrha après le déluge. Les eaux se retirent, Deucalion reste pensif et Pyrrha, tranquille et calme, trouve consolation dans la maternité. » À ce moment précis, le regard de Laura croisa le mien.

Pour la forme, Gabriele fit un dernier appel. Le philosophe se leva et, d'un air doucereux destiné sans doute à atténuer la fâcheuse impression qu'il avait laissée, il s'adressa à Gabriele : « Pourrions-nous connaître votre interprétation, cher hôte, puisque ce tableau vous est destiné ? » Et, se tournant vers moi : « L'auteur d'une œuvre si riche pourrait-il de son côté nous en donner la clé ? » Gabriele fronça les sourcils. « Pas question, semblait-il me dire, que tu répondes à cette demande. » Mais lui ne se déroba pas : « Je vais vous faire une confidence. Mes amis affirment que je suis toujours d'humeur égale, mais une apparente sérénité est souvent trompeuse. Ceux qui la pratiquent savent quel combat elle représente entre des pulsions opposées, entre des extrêmes qu'il faut concilier. Mon point de vue sur cette toile admirable et complexe est analogue. Le contraste entre le jeune homme vêtu et la femme nue, la ville et la campagne, la quiétude et l'orage, la terre et l'eau exprime la discorde, qui engendrera nécessairement l'harmonie par équilibre des contraires. » Je sus gré à Gabriele de terminer par une note personnelle et accessible à tous.

L'ensemble des regards convergea alors vers moi. On ne me prendrait pas si facilement au piège. « Durant les deux heures que nous venons de passer ensemble, dis-je, je n'ai entendu que des mots. On me demande maintenant d'exprimer encore par des mots mon intention profonde. J'en suis incapable. C'est l'affaire de celui qui regarde, pas la mienne. Les mots ne sont que des mots. S'ils me suffisaient, je ne serais pas peintre. » Et je refermai le couvercle du tableau pour bien montrer que je n'en dirais pas plus. Gabriele applaudit ; il fut suivi par toute l'assistance debout. Celle-ci en avait suffisamment entendu pour rentrer chez elle satisfaite. En se dérobant, l'auteur laissait le champ libre à toutes les exégèses.

La salle se vida. Je vis venir à moi Gerolamo Marcello : « Vous m'avez conquis. Je veux absolument que vous travailliez pour moi. Puis-je vous rendre visite dès demain ? » Je le remerciai et lui donnai rendez-vous à l'atelier. Gabriele, qui était sorti pour raccompagner ses invités, ne tarda pas à reparaître : « Tu sais ce que j'attends de toi ! » Il ferma soigneusement la porte du cabinet, vérifia qu'il n'y avait plus personne alentour, plaça deux chaises devant le tableau, qu'il dégagea de son couvercle. « Assieds-toi. Alors ? » J'aurais aimé le faire languir, mais je vis qu'il ne pouvait attendre. « Est-ce que vraiment personne n'a deviné ? demanda-t-il. — Personne. Tu seras le seul dépositaire du secret. » Je fis un geste assez emphatique de la main et, désignant le tableau : « Je te présente le Baptême du Christ. » Gabriele ouvrit de grands yeux. « À part le fleuve, dit-il, qui serait donc le Jourdain, je ne vois pas. — C'est déjà quelque chose. Réfléchis. Quand tu vois une femme portant un enfant, à qui penses-tu ? — À la Vierge Marie et à Jésus. — Très juste. — Mais on ne la représente jamais nue. — Il fallait bien brouiller les cartes. Elle lui donne le sein, ne l'oublie pas. Je te concède que c'est plutôt le jeune homme de gauche qui est, la plupart du temps, dénudé. Cette interversion est volontaire. — Tu veux dire qu'il s'agit de saint Jean-Baptiste ? — Exactement. — Et sa grande perche ? — Son bâton de pèlerin. J'ai simplement supprimé la croix qui le surmonte d'habitude. » Je lui expliquai qu'en habillant le saint comme un patricien de Venise, j'avais donné à l'œuvre sa véritable signification. « Ce jeune homme élégant, c'est toi, dont chacun connaît la piété. » Gabriele parut gêné : « Je ne te savais pas si convaincu des bienfaits de la foi. — Tu me connais peut-être moins que tu ne le crois. »

Il voulut tout épuiser de l'œuvre. « La ville ? — Jérusalem, bien sûr. — L'éclair ? — Mon ami Gerolamo

Fracastoro en a bien vu la signification, même s'il l'a rattaché par erreur à Moïse, erreur légère puisque Moïse préfigure la naissance du Christ. La foudre déchirant les nuages, c'est la fin de l'idolâtrie, le début de la vraie religion. — Cela me rappelle un psaume qui dit à peu près : "Voix de ton tonnerre dans la tornade, les éclairs illuminèrent le monde." — C'est exactement cela.» À mesure qu'il pénétrait ainsi dans les arcanes du tableau, Gabriele s'épanouissait. «Et les deux colonnes brisées? — Un emblème, celui de deux vies, également brisées : celle de Jésus, crucifié à l'âge de trente-trois ans, celle de saint Jean-Baptiste, décapité à vingt-huit ans. — Je crois savoir qu'ils n'avaient que six mois de différence. Vinci les a d'ailleurs représentés enfants, jouant aux pieds de la Vierge. Toi, tu peins un Jésus nourrisson et le Précurseur adulte!» J'avais prévu cette remarque. «Je n'ai rien inventé, dis-je. Rappelle-toi le retable que Bellini a peint pour l'église San Giobbe. La différence d'âge entre Jésus et saint Jean-Baptiste est la même que chez moi, et personne n'en a été frappé. Les nouveautés de Bellini passent inaperçues et les miennes surprennent. Comment expliques-tu cela?»

En sortant, nous rencontrâmes Taddeo, qui nous attendait. «Alors? — Alors je sais tout, dit Gabriele, mais tu ne sauras rien.» Taddeo resta serein. «Je ne suis pas resté pour cela, dit-il. Je voulais parler à Giorgio.» Il me posa la main sur l'épaule : «Ton avenir me préoccupe. — Tu me dis cela un soir comme celui-ci? — Précisément. Avec toutes les interprétations qu'on vient d'entendre, ta *Tempête* constitue sans doute un cas limite. Que vas-tu faire maintenant? — Dormir. Cette soirée m'a tué.»

XXII

Dès le lendemain de cette mémorable soirée, Gerolamo Marcello frappait à ma porte. Il ne tarit pas d'éloges sur *La Tempête*. «J'ai bien vu que personne ne l'avait élucidée entièrement. Il suffisait de vous regarder. Vous ressembliez au défenseur d'une ville assiégée, qui jouit de voir tous les assaillants refoulés tour à tour.» Il baissa la voix : «En ce qui me concerne, je ne vous demande pas de renouveler un tel exploit. Je suis, comme Leonardo Vendramin, très attaché aux origines de ma maison. Vous qui avez lu l'*Énéide*, vous savez que Vénus était l'ancêtre d'Auguste. Or, notre famille descend de Marcellus — d'où Marcello —, gendre d'Auguste. C'est pourquoi il me serait agréable que vous exécutiez pour moi une *Vénus*, qui sera accrochée en bonne place dans mon palais de San Tomà. Sur le même principe, mais à partir de mon seul prénom, pourriez-vous me peindre un saint Jérôme en buste, lisant?» Le prix proposé pour les deux œuvres ne me permettait guère de discuter. Alors que je le raccompagnai, il ralentit le pas : «Auriez-vous l'amabilité de donner à ma Vénus le visage et les formes de Laura Troïlo, avec qui vous m'avez vu hier soir?» J'ai donné mon accord d'un ton qui dut lui paraître un peu sec. Il y a quelques années, j'aurais demandé à réfléchir.

Je mis en chantier les deux ouvrages, ainsi qu'une *Conversation sacrée* que les héritiers de Giorgio Diletti venaient de me commander pour l'autel majeur de l'église Saint-Jean-Chrysostome. Il n'était plus question de satisfaire la secrète délectation d'un Vénitien, mais de peindre une œuvre simple et forte pour un peuple de fidèles. Il ne me déplaisait pas de revenir à une réalité moins rare : la foi limpide de Catherine Cornaro faisait son chemin.

Ce travail et le portrait de Marcello — ma Vénus allongée ne s'y prêtant guère — m'ont permis d'inventer un angle nouveau de vision. Jusqu'à présent, dans tous mes tableaux, j'avais présenté mes personnages immobiles, soit de face soit de profil. Tous les peintres que je connaissais ou ceux dont on m'avait montré les œuvres procédaient ainsi, et personne ne se posait de questions. Moi seul n'étais pas satisfait de ces raideurs. Ayant poussé mon ambition à faire vibrer la lumière, je voulais aboutir, entre face et profil, aux mêmes transitions. Le temps ne me sera peut-être pas donné pour explorer toutes les ressources du « portrait tournant » que je me flatte d'avoir inventé grâce à de subtiles torsions du cou et des épaules. Je crains que ceux qui se signeront devant ma *Conversation sacrée* ne remarquent rien. Pourtant, mon saint Jean-Baptiste — ici parfaitement reconnaissable — pivote vers l'arrière dans un déséquilibre qui m'a demandé beaucoup de recherche. L'œil infaillible de Titien me fit connaître que j'avais réussi. J'ai appris que Léonard avait eu les mêmes préoccupations. Quelque esprit mal informé — ou mal intentionné — affirmera sans doute que j'ai copié le maître florentin. Je te charge de rétablir la vérité.

C'est de cette période que datent mes premières fatigues. La bottega était devenue une ruche bourdonnante. Les élèves, par deux ou trois, étaient tous attachés à un tableau dont le commanditaire s'impatientait. Je surveillais chacun, aidais, critiquais, achevais. Mes journées étaient harassantes. Le soir, je me mettais à mes propres commandes. Parfois le sommeil me terrassait, le pinceau à la main. Puis, miraculeusement lavé de mon épuisement, je me précipitais dehors. Laura, depuis quelques semaines, réduisait ses visites : son état lui interdisait des plaisirs trop ardents. De mon côté, j'éprouvais moins d'attraits pour son corps déformé. Le désir de rencontres nouvelles, que je justifiais par hypocrisie, me conduisait à une taverne à fleur de quai, dont le quinquet restait allumé toute la nuit. Je savais y rencontrer des proies faciles. Je n'avais aucune peine, au milieu de vieillards avides, à obtenir la plus jeune et la plus jolie. Jusqu'au petit jour, je consumais avec elle des forces qui me semblaient éternelles. Je rentrais avant l'ouverture de l'atelier, épuisé et amer. Le même soir, un désir intact me jetait de nouveau hors de chez moi. Vers quelle passion folle courais-je ainsi ? Gerolamo ne me faisait aucun reproche, mais son regard était sans équivoque. Il me citait souvent Bellini et sa sereine fécondité. Je ne voulais justement pas de ce modèle-là. J'aurais moins bien peint si je n'avais fait que peindre. De fragmenter ainsi ma vie donnait à chaque partie, quand j'y revenais, une nouveauté et un attrait qu'elle eût vite perdus si je m'y étais consacré entièrement. Je la cultivais alors avec une intensité renouvelée et une espèce d'incandescence qui ne fut pas sans effet sur ma santé. Qui peut dire que j'ai gaspillé de précieuses minutes ? Qui peut affirmer que, menant une existence plus sage, j'aurais créé une œuvre plus forte ?

L'homme n'est pas simple : au fond de ma vie sans frein, j'aspirais au calme. Jamais tableau de moi ne fut aussi paisible que ma *Vénus*. Je l'ai voulue allongée au pied d'un rocher, endormie, paupières baissées sur un rêve intérieur. Selon les vœux de Marcello, le modèle en était Laura, si idéalisée qu'elle ne s'est pas reconnue. J'ai vite oublié devant la toile les formes qui l'avaient inspirée. La ligne du corps qui se déroule sans heurt de l'épaule à l'extrémité du pied est une construction plus mentale que physique. J'ai dû rectifier quelques imperfections de Laura, que je peignais de mémoire : il était impossible de la faire poser dans son état. Ma Vénus est un rêve de chair comme les femmes de Michel-Ange sont des rêves de marbre. Je l'ai dépouillée de tout accessoire superflu. Le nu devait être totalement immergé dans le paysage comme un plongeur dans l'eau. Je craignis un moment d'être accusé d'indécence. Jamais encore on n'avait représenté la déesse de l'amour dormant dans le plus simple appareil. Aussi l'ai-je humanisée en lui donnant l'attitude familière du sommeil, un bras replié derrière la tête. J'ai atténué sa volupté par un geste de pudeur : elle dissimule son sexe de sa main. Laura, incorrigible, y a vu une incitation au plaisir solitaire !

Comme j'avais noyé ma *Tempête* dans une atmosphère glauque, j'ai enveloppé ma Vénus dans une lumière blonde, l'or des nuages réverbérant l'or de sa chair.

Pressé par je ne sais quelle urgence, j'ébauchai en même temps une autre œuvre. À juste titre, Taddeo avait vu dans *La Tempête* un « cas limite ». Je ne pouvais désormais aller plus loin dans l'ésotérisme. Je voulais me renouveler sans me renier. Même si les liens entre *La Tempête* et *Le Concert champêtre* apparaissent un peu lâches, ils existent, sinon par le thème, du moins par les personnages : deux femmes nues et deux hommes habillés y doublent en quelque sorte le couple précédent. Comme un mathématicien qui s'ébroue en jardinant, je me plus à décourager toute interprétation qui ne fût pas des plus simples. Ma dernière toile est un hymne à ce qui a illuminé toute ma vie : l'amour, la musique, la nature, hymne chanté par son meilleur instrument — ou celui que je pratique le mieux —, la peinture. C'est dans la fusion de ces thèmes qu'on découvrira le vrai Giorgione, beaucoup moins érudit qu'on l'a prétendu. Malgré tout, il se trouvera bien quelque malade de l'Antiquité pour affirmer que les jeunes femmes sont des nymphes évoquées par la musique à l'insu des jeunes gens, ou quelque philosophe sûr de lui pour y voir l'harmonie — ou le conflit ! — entre la musique citadine (le luth) et la musique paysanne (la flûte). Rien de tout cela n'est vrai, rien de tout cela n'est faux. L'œuvre du peintre ne lui appartient plus. Le regard du spectateur recrée un monde à sa guise. L'auteur n'y peut rien, quelque étonné qu'il soit.

Cette année 1510 est l'année de tous les malheurs. En mai, la santé de Catherine Cornaro s'altéra. Déjà détachée du monde, déjà engagée par l'esprit à ce Père qu'elle appelait de ses vœux, le principe de son existence, depuis des mois, n'était plus en elle. Il suffisait d'un rien pour interrompre ce lent cheminement. Un printemps pluvieux, balayé par les vents, lui donna le premier coup. Elle s'alita.

Je fus autorisé à la visiter. Amaigrie et pâle dans son grand lit, enfouie sous les oreillers et les dentelles, elle avait atteint cette sérénité admirable de qui a accepté l'échéance et en attend sans impatience et sans faiblesse une délicieuse révélation. Il était inutile, voire indélicat, de lui parler de guérison : elle n'avait plus besoin d'aucun réconfort. Plus qu'aucun autre pourtant, j'aurais voulu la rassurer sur son état. Je me sentais coupable. En répondant, trois mois plus tôt, à sa demande de promenade sur un quai glacé, j'avais sans aucun doute provoqué sa maladie actuelle. À ma demande, elle avait accepté de se faire examiner par Gerolamo. Celui-ci ne me laissa aucun espoir : «Les poumons sont atteints. Elle aura de plus en plus de mal à respirer. Un ulcère à l'estomac progresse un peu plus chaque jour...» Il ne lui donnait guère plus de deux mois. Quand je revins dans sa chambre, la reine me gronda : «Vous en faites une tête ! Auriez-vous une peine de cœur ?» Je m'assis sur un petit banc, au pied de son lit : «En quelque sorte, oui. — Seule est digne, murmura-t-elle, la douleur causée par la mort de ceux que l'on a aimés.» Et elle ferma les yeux sur de lointains souvenirs, d'où émergeait sans doute la noble figure de Jacques II de Lusignan.

Sortant du palais, je respirai avec délices l'air de Venise. J'étais vivant et en bonne santé. La mort n'atteint que les autres, qui ont tous de bonnes raisons de la voir arriver. La vieille reine, après tout, avait eu une belle existence. J'oubliai dans une taverne la vision de la gisante, qui ne faisait déjà plus partie de la vie, de ma vie. C'était il y a quatre mois.

Le matin du 2 juillet, Catherine Cornaro fut prise de violentes douleurs à l'estomac. Depuis quelques jours, les canaux de Venise charriaient des odeurs pestilentielles, comme si on y avait jeté tous les chiens crevés. D'énormes mouches, venues on ne sait d'où, s'abattirent en une nuit sur la ville. Le soleil tamisé semblait s'éloigner de la terre. Chacun se barricada chez soi, sans se douter que la mort venait d'envoyer ses émissaires et qu'une terrible période se préparait. Le 9 juillet, la reine sombra dans l'inconscience. Gabriele m'apprit que déjà Batista Morosini et Alvise Malipieri avaient été chargés par la Seigneurie de préparer les funérailles. J'en fus révolté : « Avant même qu'elle soit morte ! Et si elle vivait encore quelque temps ? » Gabriele eut un sourire d'innocent cynisme : « Ses funérailles n'en seront que mieux réussies. »

Le 10 juillet à l'aube, les cloches de Saint-Marc se mirent à sonner douze coups sur un rythme lugubre, et bientôt la nouvelle courut de bouche en bouche : Catherine Cornaro, reine de Chypre, de Jérusalem et d'Arménie, s'était éteinte à quatre heures. Je courus à son palais. Une foule de curieux s'était déjà rassemblée devant les portes. Je demandai à entrer. Je fus refoulé comme un importun. Le majordome qui m'avait si souvent introduit auprès de la reine me présenta un visage lisse et indifférent. Une ère venait de se clore, le frère remplaçait la sœur. Il me fallait en prendre mon parti : je ne serais plus guère invité ici. Le regrettais-je vraiment ?

La reine avait demandé à être ensevelie dans un habit de franciscaine. Tous ceux qui purent contempler son dernier visage furent frappés par son expression sereine. « Elle n'a pas souffert », dirent ses médecins. Je savais, moi, quelle force intérieure l'avait préservée de la douleur.

Trois jours plus tard, une suite magnifique accompagna le corps jusqu'à sa dernière demeure, l'église des Santi Apostoli, où les Cornaro possédaient un tombeau de famille. La Seigneurie avait bien fait les choses. Pour permettre au cortège funèbre de se déployer en évitant l'embarras des venelles, un pont de bateaux fut jeté en travers du canal. Sur les quais, la foule s'était massée comme au spectacle. En tête du convoi, marchaient côte à côte et la tête inclinée le doge, suivi des évêques de Spalato et de Feltre. Derrière le cercueil, Giovanni Cornaro, droit, le visage sévère, jouait avec dignité son rôle de dernier rejeton d'une illustre famille. Il précédait le clergé au grand complet et une masse indistincte de patriciens, de magistrats et de dames nobles qui toutes avaient pris le deuil. J'avais accepté de me joindre au groupe formé autour de Gabriele et de Taddeo, bien que j'eusse préféré être seul. Eu égard à son état, Laura s'était fait excuser — je n'étais pas persuadé que, en temps normal, elle fût venue —, mais Giovanni Ram était là. Il me serra la main avec chaleur, comme s'il devinait ma peine. Ce geste me toucha.

Quand la procession s'ébranla, tous les visages étaient graves. Cent mètres plus loin, ils se détendirent. J'entendis des chuchotements et des rires étouffés. Je vis même Gabriele répondre en plaisantant à une question de Taddeo. Ce comportement me désolait, mais il pouvait par certains côtés sembler réconfortant. Il n'y a rien à faire, la vie ne peut s'accommoder longtemps de la pensée de la mort.

Alors que nous nous engagions sur le pont de bateaux, la lumière baissa brusquement, de gros nuages noirs crevèrent au-dessus de nous avant même que nous eussions le temps de nous mettre à l'abri. Un terrible orage d'été se déchaîna. Il noya les clercs en chasuble d'or, les évêques mitrés, les dames en deuil et les chevaliers emplumés. Seul Giovanni Cornaro conserva son calme au milieu de la tourmente. Le cercueil faillit plusieurs fois verser. Les moines qui le portaient firent des miracles pour conserver leur équilibre sur le pont flottant chahuté par la bourrasque. Le tonnerre couvrait le glas des cloches, et des grêlons gros comme des œufs s'abattirent sur la foule effarée. Je n'ai jamais vu à Venise une telle fureur du ciel. La coïncidence frappa : le lien avec l'événement était évident. Un grand silence craintif accueillit la fin de l'orage.

Le cortège se reforma tant bien que mal. J'avais profité de la panique pour fausser compagnie à mes amis. Je voulais être seul à l'église. J'écoutai à peine l'oraison funèbre prononcée par Andrea Navagero. Dans certaines cérémonies, les paroles sont inutiles. Il y règne une sorte de mysticisme superficiel et éploré, qui n'a pas besoin des mots. En outre, tous les assistants avaient de bonnes raisons d'être inattentifs. Chacun ne se souciait que de son habit gâté par la pluie. Je vis se tordre discrètement des pourpoints trempés, s'essorer des pans de robe ; chacun eut bientôt sous lui une petite mare. Je ne pus m'empêcher d'y voir autre chose que de l'eau. Je me félicitai de l'absence de Laura : elle aurait pouffé.

Regardant le cercueil, j'essayai d'imaginer le corps méconnaissable, le visage pincé de la morte. Elle devait être encore belle. Pour combien de temps ? Cette femme dont la beauté avait été chantée par les plus grands poètes allait bientôt s'abandonner aux morsures effrayantes de la décomposition... Je revins à la bottega avec une furieuse envie de vaincre.

N'ayant jamais vraiment souffert, je croyais avoir traversé sans encombre la plus dure épreuve que j'eusse rencontrée jusqu'à présent. Une plus pénible encore m'attendait, dans une savante gradation qui ferait douter de l'existence de Dieu. Un matin, Gerolamo fut appelé, ainsi que quatre autres médecins de Venise, à se rendre à bord d'un bateau venu des Indes qui mouillait au large de la lagune. Personne ne s'inquiéta : les visites des nouveaux équipages étaient chose réglementaire. Quand il revint, Gerolamo avait le visage grave. Il avait examiné avec ses confrères un marin atteint d'une maladie suspecte. « Nous avons tous pensé à la même chose, me dit-il. J'espère que nous nous trompons. » Deux jours plus tard, un second marin — un garçon de quinze ans — fut saisi à son tour et emporté en quelques heures. Ce qui avait été décrit sur le corps du premier mousse comme des «charbons d'origine mystérieuse» se précisa aux yeux des médecins horrifiés, lorsqu'ils eurent palpé le corps du second, couvert de bubons. La peste !

D'un commun accord, les cinq médecins recommandèrent aux autorités de l'Arsenal l'isolement total du bateau, aussi bien de l'équipage que des marchandises. «Cela condamne tous les marins à la mort, me dit Gerolamo, mais cela évite qu'ils communiquent leur mal à leurs proches et à tout Venise.»

Le répit fut de courte durée. Le 13 juillet, le gardien du navire meurt à son tour. Du 23 au 26 juillet, trois autres marins sont couchés sur la liste noire. La capitainerie du port décide alors d'éloigner le bateau : il ira mouiller à l'île de Torcello. On s'apercevra bien vite que cette précaution arrive trop tard. Les nuits précédentes, ont eu lieu de discrets passages clandestins. Les cotonnades, les soieries, les indiennes contenues dans le bâtiment immobilisé sont transportées à quai et revendues sous le manteau. La peste est arrivée à terre, la mort entre dans la ville.

Gerolamo parut conserver son calme durant quelques jours. Contre toute logique — mais je n'étais pas médecin — je persistais à croire que tout finirait par s'arranger. La ville avait son visage habituel.

Le 28 juillet, Gerolamo est appelé au chevet d'une prostituée, qui meurt après une brève agonie. Pour les voisins penchés au-dessus du cadavre, sa fin est tout à fait naturelle : «usée par le vice...» Gerolamo, en retournant le corps, remarque immédiatement à l'aisselle un énorme bubon noirâtre. Il pousse les curieux dehors, ferme la porte à double tour et court aux services de santé. «On ne m'a pas pris au sérieux. On m'a demandé seulement de me taire. Mais par précaution, on a brûlé le corps. Cette femme est la première victime de la peste à Venise. On l'appelait la Cicogna. » Je ne pus retenir un cri étouffé. «Ne t'inquiète pas, dit Gerolamo. On va circonscrire le mal, autant que faire se peut.» La Cicogna… Elle avait été la première à m'initier à ses jeux. Je me rappelai son visage trop fardé, son cou de héron, ses grandes mains si habiles à donner le plaisir. Son image ne me quitta pas de la journée. Quelles calamités allait-elle faire fondre sur Venise ?

Sa mort passa inaperçue. Qui se souciait du sort d'une catin ? Trois jours passèrent. Je me repris à espérer.

Le 31 juillet, à l'autre bout de la ville, au campiello Due Pozzi, mourut un tailleur nommé Salvatore Becardi, suivi dans la tombe le même jour par sa femme. Les deux corps, qui présentent des bubons, sont enlevés dans la plus grande discrétion et enterrés dans la chaux vive. La porte de la demeure est murée avec de la chaux et du sable.

Alors, le bruit se répand dans tout Venise, de bouche à oreille, puis à haute voix, de balcon en balcon, de quartier en quartier. La rumeur s'enfle aussi vite que la peur et que le nombre des malades. Ceux-ci, en cohortes, chancellent, de plus en plus nombreux, aux portes des infirmeries, au Canal Corte, à San Giovanni, au Lazzaretto Vecchio. Beaucoup s'effondrent avant d'arriver. Les familles n'osent plus les toucher et les abandonnent aux détrousseurs de cadavres. En peu de temps, les quartiers les plus pauvres deviennent des cimetières de charognes.

Alessandro a décidé, dès les premiers jours, d'entasser aux étages un maximum de provisions. «Nous vivrons chez nous, enfermés, à l'abri», répétait-il obstinément. Chaque matin, il quittait la bottega dès l'aube, faisant caracoler son cheval par-dessus les cadavres comme s'il avait participé à une course d'obstacles. Il écumait les quartiers non encore infectés, poussait jusqu'aux portes de la ville, jusqu'à la campagne proche. Il achetait, parlementait, graissait la patte aux paysans. Il revenait alourdi de jambons qui pendaient de part et d'autre du col de son cheval ou auréolé d'un buisson de légumes secs, ou traînant dans une méchante carriole un demi-quintal de blé. Il chassait à grands coups de fouet les misérables errant dans Venise, sans pain, sans argent, sans famille.

Au bout de deux semaines, nous étions prêts à soutenir un siège de plusieurs mois. Nous nous sommes barricadés. Seul Gerolamo avait le droit d'entrer. Les risques qu'il prenait au-dehors l'obligeaient chaque fois à se déshabiller, à se frotter le corps de vinaigre et à revêtir un drap blanc avant de monter à l'étage. Il ressemblait à un empereur romain. «Il ne te manque plus que la couronne de laurier», lui disais-je. Il répondait par un sourire fatigué. Les nouvelles n'étaient pas bonnes : «Avec la chaleur, l'épidémie s'étend. Pour la première fois, on n'a pas trouvé de fossoyeurs pour enterrer les morts de la nuit ; ou bien ils ont été frappés à leur tour, ou bien ils ont fui, de peur d'attraper la maladie. De plus en plus, les gens qui sont morts dans les étages sont tout simplement défenestrés et tombent dans les rues où ils s'amoncellent, crevés, déformés et répandant dans l'air une puanteur insupportable.» Il s'approcha de la fenêtre : «Ici, vous êtes encore préservés. Mais pour combien de temps ?» Il tourna vers moi un regard insistant. Je le compris et en un instant ma décision fut prise : il fallait fuir avant qu'il soit trop tard.

Aucun de vous jusqu'à présent n'avait demandé à quitter la ville. Au contraire, je voyais en vos yeux une certaine bravade, née de l'idée — fausse — d'une sécurité sans faille. S'y mêlait la conscience diffuse de mériter d'être sauvés : la peste ne pouvait s'attaquer à des artistes. Je raisonnais autrement. J'avais charge d'âmes, je vous avais déjà fait prendre trop de risques.

Je vous ai tous réunis autour de moi pour vous annoncer ma résolution. Sur tous les visages dansaient les reflets des centaines de bûchers allumés dans Venise, vain espoir d'enrayer l'épidémie. Alessandro jeta un coup d'œil au-dehors : «Jamais pour saint Jean ni pour aucun saint du Paradis, je n'ai vu tant de feux.» Il se racla la gorge : «Je ne sais pas ce que vous allez faire, mais moi je reste.» Tous les regards se tournèrent vers lui. «Il faut bien quelqu'un pour garder l'atelier, non? À moins que vous acceptiez par avance qu'on le pille et qu'on le brûle.» Il y avait dans sa voix comme un reproche à l'égard de ceux qui n'hésitaient pas à tout abandonner devant le danger imminent. Il se leva, fit quelques pas dans la pièce, les mains derrière le dos : «Elle peut venir, la peste, je l'attends. Plus rien ne m'étonne, plus rien ne me fait peur.» Il s'était redressé, torse bombé, dos cambré, comme un lutteur de foire prêt à défier l'univers.

J'ai pensé un moment, à son exemple, que le groupe allait choisir de rester. Gerolamo intervint. Il décrivit les progrès de la maladie — «comme une gangrène qui pourrit le pied puis la jambe, puis le corps» —, notre faible capacité de résistance, l'impuissance de la médecine à traiter les grandes pestes — «On retarde l'évolution, on ne guérit pas». Le tableau était si sombre que nous n'avons posé aucune question. Titien rompit le silence : «Une commande m'est arrivée de Padoue. J'y ai des amis. Je pars.» Lorenzo enchaîna : «Je vais retourner à Feltre. Je n'ai pas revu ma mère depuis deux ans.» Vicenzo Catena ne consentait à quitter Venise que s'il avait la certitude d'y revenir bientôt. Gerolamo le rassura : il n'y avait pas d'exemple dans l'histoire de grand fléau qui se fût appesanti plus de six mois sur une cité, «mais en y laissant la mort et le désespoir».

Questionné à ton tour, tu as eu une réponse conforme à ton caractère : «Je voudrais, avant de partir, terminer ce que j'ai entrepris. — Pas question», ai-je coupé. J'étais prêt, le cas échéant, à t'emmener avec moi à Castelfranco. Tu as insisté : «Mes parents ne veulent pas quitter Venise.» Titien, toujours bien informé, te demanda des nouvelles d'Agostino Chigi. Tu as rougi jusqu'aux oreilles. Je ne te savais pas en relation avec ce riche banquier. Tu finis par avouer que tu serais le bienvenu chez lui, à Rome, où il projetait de construire une villa somptueuse. «J'ai su, dit Titien, que notre petit camarade était fort bien placé parmi une dizaine de candidats décorateurs. Je me demande comment il a fait...» Je t'ai vu blêmir. Je ramenai le calme : l'heure n'était plus aux disputes. J'enjoignis à chacun d'être prêt à partir dès le lendemain. «Non, interrompit Gerolamo, cette nuit même. Il faut tromper la vigilance des soldats qui entourent la ville. Venise la pestiférée est coupée du reste du monde. Je vous indiquerai une brèche.» Gerolamo toutefois ne rendrait ce service qu'après avoir examiné chacun d'entre nous. Cette précaution parut légitime et nous nous y sommes prêtés de bonne grâce, même Lorenzo, chez qui je perçus quelque appréhension. Gerolamo nous rassura bientôt : nous étions tous parfaitement sains. «C'est pourquoi il vous faut fuir d'urgence», conclut-il.

Je vous ai accompagnés aux portes de la ville. J'avais décidé de ne gagner Castelfranco que le lendemain. J'avais encore quelques affaires à régler à Venise.

Je redoutais le moment de nous séparer. Gerolamo le devina, qui abrégea les étreintes. Nous nous sommes donné rendez-vous pour la fin de l'année. Chacun jura de revenir dès que la situation serait redevenue normale. Je t'ai serré dans mes bras un peu plus fort que les autres, mais il est vrai aussi que tu semblais au bord des larmes. Titien, lui, fanfaronnait pour cacher son trouble. Quant à Lorenzo, il regardait autour de lui comme pour fixer dans sa mémoire les lieux où il avait aimé. J'ai regardé s'éloigner votre barque dans la nuit. Vos visages ont fait un moment des taches plus claires puis ils se sont confondus avec l'eau noire.

Je revins soulagé à la bottega : mes élèves étaient sauvés. On entendait au loin une rumeur, comme un immense gémissement. « Qu'est-ce que c'est ? » demandai-je. Gerolamo montra l'est de la ville : « Le râle des moribonds qui s'entassent sur le port. Dans deux ou trois semaines, ce sera le râle de Venise tout entière. » Je hâtai le pas en frissonnant.

Gabriele et Taddeo, avec leurs familles, étaient installés depuis plusieurs jours dans leur grande villa de Piazzola. Laura, elle, était restée, avec un entêtement maladif, malgré les prières de Giovanni Ram et les miennes. « Je veux accoucher à Venise. Il n'y a de bonnes sages-femmes qu'ici. » J'eus beau lui remontrer qu'elle courait les pires dangers, rien n'y fit. Giovanni Ram se résolut à partir seul pour sa résidence de Thiene, au pied du plateau d'Asiago. Il fit promettre à Laura de le rejoindre dès qu'elle aurait mis l'enfant au monde.

Je me rendis dès le lendemain au palais de la place San Stefano. La domesticité en était réduite. La moitié des gens de maison avaient suivi leur maître à la campagne, les autres étaient malades. « On les a transportés dans les infirmeries du port, me dit Laura. Il en meurt un ou deux chaque jour. » Elle avait le ton de quelqu'un qui ne s'est jamais apitoyé sur le sort d'un misérable. « Gerolamo affirme que la peste finira par atteindre nos quartiers, dis-je. — J'ai toujours trouvé ton ami très pessimiste. » Elle m'expliqua qu'un certain « élixir des quatre voleurs » faisait des miracles et que, de toute façon, les malheureux atteints de la peste étaient rassemblés dans des endroits clos et surveillés, ce qui empêchait toute propagation. « Je vous trouve tous bien pleutres », conclut-elle. Sans relever ses derniers mots, je lui annonçai mon départ pour Castelfranco : « Veux-tu venir avec moi ? Je t'installerai à l'auberge. Elle manque un peu de confort, mais... — Je t'ai déjà dit non. N'insiste pas. Mais tu peux partir si tu veux. » Je partirais. Même si Gerolamo se trompait, je ne voulais prendre le moindre risque. Je pensais à ma mère, à mon art, à mes élèves. J'étreignis Laura une dernière fois, avec une ardeur à la mesure du remords qui m'envahissait.

Je suis parti la nuit suivante, guidé par un Gerolamo qui sut éviter tous les pièges. La plainte des moribonds emplissait la ville comme un glas sans fin. Les églises, même à cette heure avancée, étaient pleines : une telle malédiction ne pouvait qu'avoir une origine divine. La veille, un édit placardé partout enjoignait « à tous les habitants, lorsqu'ils ouïront sonner la cloche tous les jours à sept heures du matin, midi et quatre heures, de se mettre à genoux et faire la prière à Dieu accoutumée ». Dépassant l'église des Santi Apostoli, nous aperçûmes une espèce d'illuminé squelettique qui courait autour de l'édifice, portant sur sa tête une casserole de charbons ardents et répétant : « Dieu bon, épargne-nous, sauve ton peuple, toi qui l'as racheté par ton sang précieux. »

Un cheval m'attendait dans une ruelle aux portes de la ville. « Je te rejoindrai dès que je le pourrai, me dit Gerolamo. Je t'amènerai ce que tu n'as pu emporter. » J'avais dû me résoudre à laisser à la bottega les trois tableaux inachevés qui me tenaient le plus à cœur : la *Vénus endormie*, la *Conversation sacrée* pour l'église Saint-Jean-Chrysostome et surtout ce *Concert champêtre* dont je pensais que Castelfranco était le lieu idéal pour le terminer. Mon départ précipité ressemblait à un abandon et je souffris autant de devoir partir les mains vides que de m'éloigner de Laura.

En cet après-midi de septembre exténué de soleil, Castelfranco somnolait, pressé au pied de ses murailles, à la recherche d'un peu de fraîcheur. Ici, ce que je raconterais sur les horreurs de Venise paraîtrait invraisemblable. Et pourquoi inquiéter ma mère, si je devais repartir bientôt ? C'est donc en minimisant la situation aux yeux de tous que je m'installai «pour quelques jours».

Revoir ma mère me perça le cœur. En quelques mois, elle avait vieilli de dix ans. Miraculeusement préservée jusqu'à présent, le grand âge l'avait saisie d'un seul coup, déchaussant ses dents, creusant ses orbites, blanchissant ses cheveux rares. Jusqu'à quelle décrépitude le temps sculpterait-il la frêle silhouette voûtée? Je jetai sur un morceau de toile la terrible vision, glissant entre ses doigts une banderole, dont je traçai les lettres en pleurant: «Avec le temps»...

Je vis ici comme hors du monde. Je retrouve chaque jour les chemins de mon enfance. Je m'enivre de brise tiède, de soleil, de solitude musicale.

Dès mon arrivée pourtant, une grande lassitude m'a pris, que j'ai mise d'abord sur le compte du changement et de cet air de la campagne qui fatigue autant qu'il vivifie. Je n'en ai pas soufflé mot à ma mère. Elle insiste chaque jour un peu plus pour que je me nourrisse davantage. Le ferait-elle si elle n'avait constaté que mon état l'exigeait?

Gerolamo vient me voir régulièrement «pour échapper à l'enfer», dit-il. Venise est devenue la proie hallucinée de la peste. «Tous les quartiers sont touchés. On ne peut sortir sans voir des cadavres étendus çà et là sur le sol. Dès qu'ils sont enlevés, d'autres les remplacent. Quelquefois un homme ou une femme tombe au milieu de la foule. Beaucoup de ceux qui portent la peste l'ignorent jusqu'à ce que la gangrène affecte leurs centres vitaux; ils meurent alors en quelques instants.» J'admirai que Gerolamo eût échappé jusqu'à présent au terrible mal. «Dieu me protège sans doute, dit-il. Il sait que je fais du bon travail.»

J'osai lui parler de mon abattement, de mes douleurs dans les muscles. Il m'examina. «Tu n'as aucun des symptômes de la peste, me dit-il calmement. Ta fatigue vient sans doute de la tension de ces dernières semaines. Ménage-toi quand même. » Tout en me rhabillant, je le surpris en train de chuchoter quelque chose à ma mère. Je ne posai aucune question. Le « ménage-toi quand même » ne me parut pas un propos gratuit.

Je me sentis mieux durant quelques jours et je pus ajouter quelques touches aux trois tableaux que Gerolamo m'avait rapportés. Un après-midi de soleil, je travaillais à ma *Vénus endormie*, lorsque ma porte s'est ouverte brusquement. Je me souviendrai toujours de la vision que j'ai eue : Gerolamo, pâle et défait, n'osant entrer. Sa venue n'était prévue que pour la semaine suivante. Derrière lui, j'aperçus ma mère qui ne pouvait retenir ses larmes. Je me levai, mû par je ne sais quel pressentiment. Gerolamo courut à moi, m'étreignit. Il se mit à sangloter contre mon épaule. « Il est arrivé quelque chose à Laura ? » dis-je. Ma question était inutile : il y a des certitudes plus fortes que toutes les explications. Avec un sang-froid qui m'étonna moi-même, je priai Gerolamo de tout me raconter. « C'est arrivé hier soir, dit-il. Un domestique de Giovanni Ram — un des derniers qui n'aient pas fui le palais — est arrivé chez moi, en me disant que sa maîtresse était au plus mal. J'ai pensé qu'elle était sur le point d'accoucher. J'ai pris mes instruments et je l'ai suivi. Je n'étais pas inquiet. En entrant dans la chambre, j'ai vu tout de suite qu'il s'agissait d'autre chose. » Il baissa la voix : « La peste avait pénétré au palais. Laura était étendue en travers du lit, au milieu des draps maculés de sang. L'hémorragie avait été foudroyante, emportant la mère et l'enfant en deux heures à peine. » Il m'expliqua que les femmes enceintes étaient, devant la maladie, les plus vulnérables. « J'ai dénombré près de trois cents femmes mortes en couches depuis le 1er août. »

Dès que je connus la nouvelle, je décidai de rentrer à Venise. Le corps de Laura n'avait pas été ramassé le soir même comme un édit récent l'exigeait. Gerolamo l'avait fait transporter avec l'aide d'Alessandro — «il a été d'un dévouement admirable, il a pris tous les risques» — dans l'atelier. Gerolamo savait que je ne lui aurais pas pardonné de faire disparaître le corps sans que je l'eusse revu. Il crut pourtant de son devoir de me mettre en garde contre les dangers encourus. «Venise est devenu un immense cloaque. On y frôle la mort à tout instant.» Je m'en moquais. Nous partîmes immédiatement, malgré ma mère qui me suppliait de rester. Rien ni personne n'aurait pu me retenir.

Je conserve de Venise au petit matin une vision affreuse. Les rues sont jonchées de cadavres. Dans certains quartiers, les corps s'entassent sur un mètre de hauteur. Pour les ramasser, les voituriers avec de longues pinces crochent dans ce tas immonde, attrapent au hasard une jambe ou un torse avant de faire basculer l'homme ou la femme sur les autres dépouilles empilées dans le tombereau.

Le corps de Laura reposait au rez-de-chaussée, dans un cercueil de bois blanc hâtivement confectionné par Alessandro. Malgré son visage terreux, on eût dit ma Vénus endormie... Une robe de brocart rapportée du palais avait été jetée sur son ventre à peine gonflé. «Ne la soulève pas, me dit Gerolamo. Seul le visage est épargné.» J'ai demandé qu'on me laisse seul avec elle. Gerolamo me fit promettre de ne pas la toucher. Je promis, sans même savoir ce que je promettais. Je suis resté des heures à son chevet, comme hébété. À la fin, j'ai porté à mes lèvres sa main de marbre, dont les ongles étaient ensanglantés.

Le corps de Laura, un peu mieux traité que les autres, est parti pour le bûcher dans son habitacle de bois. Alessandro et Gerolamo ont tenu à le placer eux-mêmes au sommet de la charrette des morts. Je les ai regardés faire, avec une sorte de détachement. Au-delà d'une certaine souffrance, on ne ressent plus rien.

J'ai regagné Castelfranco dès le lendemain.

Je savais que mon destin, à moi aussi, était scellé. Il n'y a aucune révolte en moi. T'écrire cette longue lettre m'a apaisé. La soirée de septembre est douce. J'entends les sonnailles d'un troupeau qui rentre, le pépiement des moineaux qui se disputent quelque grain de blé apporté par le vent.

J'aurais aimé terminer en te prodiguant quelques conseils. J'en suis bien incapable. Tu feras sans doute une belle carrière à Rome, malgré la présence de Michel-Ange et Raphaël. Fais entendre ta petite musique personnelle, avec tes moyens propres. J'ai déjà remarqué chez toi des gris et des violets que je n'ai pas vus ailleurs...

Venise, le 26 septembre 1510

Cher Sebastiano,

Nous avons enterré hier notre Giorgio. J'ai trouvé dans sa chambre cette longue lettre qui t'était destinée. Je te l'envoie à ta nouvelle adresse à Rome.

Il est mort sans souffrir. Il s'affaiblissait depuis quelque temps, des suites d'une syphilis qu'il avait attrapée il y a plusieurs mois et dont l'évolution fut lente. Cette maladie nous a été apportée par les armées françaises. Une prostituée sur deux en est atteinte à Venise. La peste, vraisemblablement attrapée au chevet de Laura — qui elle aussi a été emportée, ainsi que l'enfant qu'elle portait —, a eu raison de ses dernières forces. Par un bienfait du ciel, son cœur s'est arrêté avant que la maladie eût ravagé son corps.

Nous l'avons enterré sous un saule, au bord de sa chère Musone. J'ai rapporté à la bottega les trois tableaux qu'il n'a pu achever. Il comptait sur Titien et sur toi pour les terminer. Vous pourrez sans doute le faire assez vite. Il semble que la peste veuille enfin lâcher prise. Le nombre des morts diminue un peu chaque jour. Isabelle d'Este, sitôt la triste nouvelle connue, a dépêché un courrier pour acheter un tableau de Giorgio, «n'importe lequel». J'ai fait répondre qu'il n'y en avait aucun à vendre.

J'ai promis à la mère de Giorgio de venir le plus

souvent possible à Castelfranco. Elle reste des heures entières tassée sur sa chaise, comme hébétée. Je la plains.

Je t'embrasse, cher petit. Je sais quels liens t'unissaient à Giorgio. Tu sais aussi qu'il fut mon seul ami. Il venait d'avoir trente-deux ans. Notre jeunesse est morte avec lui.

Gerolamo Fracastoro

NOTE DE L'AUTEUR

Raconter la vie d'un artiste peut se concevoir sous plusieurs formes, qui oscillent entre deux extrêmes : la confession ayant pour seul objet, notés avec une minutie d'entomologiste, les plus infimes tressaillements de la sensibilité, ou un « portrait en creux », dessiné à partir des rencontres, des amitiés, des amours. Dans le premier cas, le héros existe sans autre référence que lui-même ; dans le second, il n'apparaît que par contraste. Ici, un cri dans le désert ; là, une ombre dans la foule.

En considérant la peinture si mystérieuse de Giorgione et la connaissance si mince que nous avons de son existence, il est tentant pour un romancier de lui prêter ses propres fantasmes. Plus difficile est de les inscrire dans une époque, et de donner un arrière-plan à cette image d'un seul. C'est ce qui a été tenté ici, en réconciliant les deux types de composition évoqués plus haut. Ce livre est à la charnière entre réalité et invention.

La principale source historique concernant Giorgione demeure le chapitre que lui consacre Vasari dans ses *Vies des meilleurs peintres, sculpteurs et architectes*. C'est la source la plus ancienne, bien que le livre ait été écrit en 1550, soit quarante ans après la mort de l'artiste. Vingt-six pages y sont réservées à Raphaël, douze à Léonard de Vinci, cinq seulement à Giorgione. On y a puisé, cela va sans dire, la plupart

des éléments biographiques : sa naissance à Castelfranco di Veneto, son « origine très modeste » — sans
que Vasari en dise davantage —, ajoutant qu'« il fut
élevé à Venise ». Castelfranco-Venise : la difficulté du
double lieu a été tournée en l'imaginant fils de paysan, venu très jeune dans la cité des Doges pour y
entrer dans l'atelier de Bellini, ce qu'autorisait la
phrase suivante : « Il chercha auprès des Bellini à
Venise et tout seul à imiter [...] la nature. » Castelfranco-Venise : nous avons borné à ces deux pôles
l'existence de Giorgione. Aucun document, pour
l'instant, ne prouve qu'il ait voyagé à travers l'Italie,
même si certains critiques ont pu trouver des affinités
entre ses grandes figures du Fondaco et celles dont
Michel-Ange, à la même époque, couvrait le plafond
de la Sixtine. Ce double ancrage du peintre était
si potentiellement riche qu'il n'était nul besoin de
l'étendre. Venise englobe sa vie artistique, mondaine,
amoureuse — y compris, lors des premiers temps de
son arrivée, son imaginaire hébergement chez ses
oncle et tante, créés pour la circonstance. Castelfranco, outre que la ville représente ses racines, offre
deux témoignages, et non des moindres, de son activité : les fresques de la villa Marta-Pallizari — aujour-
d'hui « Casa Giorgione » — et surtout le retable de
l'église. Le peu de précision entourant les premières
permettait à l'imagination d'intervenir, ce qui a été
fait avec les personnages d'Angelina Marta et de son
père Jacopo. L'histoire du retable est plus nette, même
si elle est controversée. La situation du tableau, dans
la chapelle funéraire du condottiere Matteo Costanzo
créait un lien entre Giorgione et cette famille, d'autant que Tuzio Costanzo, le père de Matteo, était lié à
Catherine Cornaro. Il y a des coïncidences qu'il ne
faut pas laisser échapper.

A été appliquée à l'enfance de Giorgione cette précision de Vasari : « Il dessinait avec le plus grand plaisir. » On peut concevoir qu'il ait griffonné très jeune :
une sanguine — citée ici —, conservée au musée de

Rotterdam et considérée aujourd'hui comme un autoportrait, le montre en train de dessiner, tout en gardant ses moutons au pied des remparts de Castel-franco. Cela suffisait pour justifier le voyage — imaginaire — du père de Giorgio, serrant les esquisses de son fils, afin de les montrer au peintre le plus célèbre de son temps, Giovanni Bellini. L'intérêt supposé de celui-ci pour les œuvres du jeune garçon servit ainsi de préambule à l'entrée de Giorgione dans l'atelier du maître.

Chez Vasari encore, ces détails : « Il fit preuve toute sa vie de courtoisie et de bonnes manières. Il aimait jouer du luth ; il le faisait si bien et chantait si divinement que les personnes de qualité faisaient souvent appel à lui pour des concerts et des fêtes. » Cette élégance et ces dons rendent plausible sa présence aux réceptions des Contarini, des Vendramin, d'autant plus que ces deux familles possédaient ses plus beaux tableaux. Bien entendu, son apprentissage du luth, comme celui de la lecture, ainsi que les péripéties des soirées sont inventés. La séduction physique de Giorgione, implicite dans les propos de Vasari, est attestée par les autoportraits qu'on lui attribue généralement : le jeune David bouclé du musée de Vienne, le *Portrait Terris* du musée de San Diego, auxquels il faut ajouter selon nous le personnage de droite dans l'*Adoration des Mages* de la National Gallery de Londres. On a cru le reconnaître dans le plus jeune des *Trois Philosophes* de Vienne, ce qui ne paraît pas évident. Cette beauté — grêle de l'adolescent, plus mâle de l'homme — justifie l'épisode, inventé, où Bellini choisit Giorgione comme modèle de son saint Sébastien pour son *Allégorie sacrée* (aujourd'hui aux Offices, à Florence).

Autre précision de Vasari, à propos de Giorgione : « Il se délecta sans cesse des plaisirs de l'amour. » L'époque se prêtait à des amours variées, et Giorgione aurait pu être frère, par les mœurs, de Léonard de Vinci. En accord avec ce que dit plus loin

Vasari, on a préféré des passions plus orthodoxes. Seule la rencontre avec le jeune Tazio laisse entendre que Giorgione aurait pu « basculer ».

C'est là qu'intervient le personnage de Laura. Le portrait de jeune femme conservé au musée de Vienne porte traditionnellement ce prénom, peut-être en raison du laurier qui en agrémente le fond. Il est aussi le seul tableau daté qui mentionne au dos le nom de Giorgione. L'inscription est la suivante : « 1506, 1er juin, ce [tableau] fut fait de la main de Zorzi de Castelfr[anco], collègue de maître Vizenzo Chaena [Vincenzo Catena]. » Vasari affirme que, durant ces soirées où Giorgione jouait de la musique pour ses amis, « il tomba amoureux d'une dame qui partagea les joies de cet amour ». Une chronique de la Renaissance italienne mentionne l'existence à Venise, dans les années 1500, d'une courtisane nommée Laura Troïlo. Une fois encore, l'occasion était trop belle pour ne pas la saisir : elle devint la maîtresse préférée du peintre. Ses relations avec les Contarini et les Vendramin sont plausibles, comme sa liaison avec Giovanni Ram, réel possesseur de certains tableaux de Giorgione. L'épisode où elle découvre l'espionnage verbal, en latin, d'Antonio Landi, conclu par l'exécution de celui-ci, est cité dans le précieux ouvrage de Paul Larivaille *La vie quotidienne des courtisanes en Italie au temps de la Renaissance (Rome et Venise, XVe et XVIe siècles)*.

Le personnage inventé de « la Cicogna » est le pendant déchu de Laura. Les précisions concernant l'existence des prostituées, leurs cadre et costume particuliers, certains propos tenus par la Cicogna proviennent de l'ouvrage cité plus haut. S'y sont ajoutés, outre deux interprétations de *La Tempête*, des détails contenus dans l'agréable conversation entre René Huyghe et Marcel Brion, parue sous le titre *Se perdre dans Venise* (1986).

La fin de Laura, comme celle de Giorgione, est tirée de Vasari : « En 1510, elle fut atteinte de la peste.

Giorgione, ne le sachant pas, eut avec elle des rapports comme d'habitude ; il contracta la maladie et en mourut peu après. » On ignore où il fut enterré. Il n'eut certainement pas la chance posthume d'un Titien qui, tué par la même maladie quelque soixante-six années plus tard, eut des obsèques quasi nationales. Il est probable que son cadavre fut transporté au large de Venise et brûlé, comme celui de Laura, sur quelque île éloignée. On a préféré un destin moins terrible, son ensevelissement, par ses amis, au bord de la Musone, au sein de ce doux paysage de Castelfranco, présent dans chacune de ses toiles. La description de la propagation de la peste à Venise s'appuie sur celle, très précise, que fit Daniel De Foe de l'épidémie qui sévit à Londres en 1665 (*Journal de l'année de la peste*, 1722. Traduction française d'Albert et Andrée Nast, 1923).

Le peu que l'on sait du catalogue réel des œuvres de Giorgione est lui aussi de Vasari, notamment les fresques du «Fondaco dei Tedeschi» — peintes sur les murs du nouvel entrepôt, après l'incendie de l'ancien en 1505 — ou le portrait — perdu — de Catherine Cornaro. Chose curieuse, Vasari semble ignorer les titres qui ont fait la gloire du peintre : sa *Tempête* de la galerie de l'Académie à Venise, sa *Vénus* du musée de Dresde, ses *Trois Philosophes* du musée de Vienne, son retable de l'église de Castelfranco. Mis à part ce dernier tableau, il est vrai que les autres étaient dissimulés dans l'ombre protectrice de quelque amateur vénitien. La présence de *La Tempête* chez Gabriele Vendramin, celle des *Trois Philosophes* chez Taddeo Contarini, les multiples interprétations de ces œuvres majeures, les liens familiaux qui unissaient les deux hommes, la localisation de leurs résidences à Venise, tout cela a pu être précisé grâce à l'indispensable ouvrage de Salvatore Settis, *L'invention d'un tableau* (1987). Pour ce qui concerne les nombreuses toiles de Giorgione que nous avons citées, leurs caractéristiques, les circonstances de leur exécution — ainsi que d'autres précisions, notamment biographiques, relatives au peintre —, tout cela est rassemblé dans l'excellent *Œuvre peint de Giorgione* (1988). Les monographies de cette collection sont d'utiles instruments de travail ; celles qui sont consacrées à Bellini, Titien, Dürer et Vinci recèlent des informations que nous avons utilisées, dans la mesure du besoin. Un tri a été nécessaire, pour un ouvrage qui est avant tout un roman, et non un catalogue exhaustif de l'œuvre. Celui de Giorgione, mis à part quelques certitudes qui ont traversé les siècles, est d'ailleurs remis régulièrement en question, d'autant que des élèves du peintre ont dû terminer certains de ses tableaux après sa mort précoce. On ne saurait reprocher ici des attributions qui ne sont peut-être que provisoires. L'exposition parisienne de 1993, « Le Siècle de Titien », a été instructive à cet égard. Toutefois, l'intuition de l'amateur est parfois plus perspicace que la soi-disant science de la critique officielle. C'est à elle que l'on doit ici une interprétation nouvelle de *La Tempête*, née d'un rapprochement avec un tableau de Zurbarán.

C'est chez Vasari qu'ont été puisées l'anecdote du « tableau aux reflets » — illustrant la supériorité que Giorgione attribuait à la peinture sur la sculpture — et la particularité du peintre appliquant directement la couleur sur ses toiles, sans l'aide d'un dessin préalable.

Des personnages qui traversent ce livre, certains sont historiques, d'autres ont été inventés pour les besoins du récit. À la première catégorie appartiennent naturellement Giovanni Bellini, Titien, Isabelle d'Este, Catherine Cornaro, Léonard de Vinci, Dürer. Ceux-là sont en pleine lumière parce que, socialement ou artistiquement, Giorgione se définit par rapport à eux. D'autres sont tout aussi authentiques, mais, pour un lecteur de notre époque, plus discrets. Ils nous renvoient l'image d'un autre Giorgione et sont essentiels dans sa vie amicale ou mondaine : Gabriele Vendramin et Taddeo Contarini d'une part, Sebastiano Luciani — futur del Piombo — de l'autre. Le plus obscur a ici une place prépondérante. Il s'agit de Gerolamo Fracastoro.

La vie de Bellini est connue dans ses grandes lignes et, comme pour Dürer ou Vinci, retracée dans n'importe quel dictionnaire un peu sérieux. La plupart des critiques, à commencer par Vasari, admettent qu'il a accueilli durant quelques années Giorgione. On sait quel quartier — Santa Marina — habitait le vieux maître, mais on ignore l'emplacement exact de son atelier. L'atelier décrit ici correspond à une belle demeure, visible aujourd'hui, entre rue et canal, qui aurait pu être la sienne.

L'aspect physique de Bellini nous est également connu. Sa silhouette mince et son visage aigu apparaissent parmi les personnages de *La Procession de la croix* de son frère Gentile et surtout sur un dessin très pénétrant de Belliniano conservé au musée Condé de Chantilly.

Les noms des apprentis ou compagnons qui se trouvent dans l'atelier de Bellini avant l'arrivée de Giorgione ou qui vont y être admis après lui sont ceux d'artistes réels — sauf l'imaginaire Giorgio Bassetti — qui tous ont été influencés par le style de Bellini et dont il n'est pas interdit de penser qu'ils ont été ses élèves. De l'anonymat collectif, nous avons isolé bien entendu Titien et Sebastiano Luciani, qui firent carrière, et le jeune Lorenzo Luzzo, dont Vasari nous apprend qu'il fut l'assistant de Giorgione pour les fresques du Fondaco, et que l'invention romanesque a fait compagnon de ses plaisirs. La chronologie des toiles de Bellini auxquelles ils participent est historique. Les confidences de Bellini à Giorgione sont plausibles. Le stratagème grâce auquel il aurait découvert chez Antonello da Messina les secrets de la peinture à l'huile, absent chez Vasari, est mentionné par Ridolfi dans ses *Merveilles de l'art* (1648).

Le jeune Giorgione s'échappe sans doute assez vite de l'atelier de Bellini (songeons à la phrase de Vasari : « Il chercha auprès des Bellini à Venise *et tout seul* à imiter la nature »), après y avoir fait ses classes et appris à son tour la technique de la peinture à l'huile. Il est probable que les dons de l'adolescent ont étonné, voire subjugué Bellini. L'exemple de l'arbuste copié n'est ici que pour rendre concrète la maîtrise du jeune homme, ainsi que son élan vers une nouvelle manière de peindre. Le tableau qui sert de support à cet exemple est, là encore, l'*Allégorie sacrée* des Offices, une des œuvres les plus fascinantes de Bellini. La course du vieux maître après la modernité, représentée à Venise par Giorgione, à Florence par Vinci, et ses tentatives pour la rejoindre, ont quelque chose de pathétique. Son attitude au moment du départ de Giorgione n'est que le reflet d'une génération cédant mélancoliquement sa place à une autre. Giorgione s'installe alors au « palazzo » Valier, résidence qu'on lui attribue traditionnellement. L'édifice est encore visible, avec son petit balcon au centre de la façade, face au campanile de l'église San Silvestro. La médiocrité vraisemblable des moyens du jeune peintre à cette époque a fait choisir de le loger d'abord sous les combles, avant qu'il achète la maison entière, grâce à l'argent de son ami Alessandro. Le pillage des tombes égyptiennes, bien qu'imaginé, est certainement aussi réel à cette époque que les récits émerveillés des voyageurs mis dans la bouche d'Alessandro.

L'intervention de Bellini pour que le Conseil des Dix commande un tableau à Giorgione, destiné à la salle des audiences du palais des Doges, est fictive, bien que la commande ait eu lieu. Il est possible (c'est l'hypothèse que nous avons retenue) qu'il se soit agi du *Daniel innocentant Suzanne*, appelé aussi *Le Christ et la femme adultère*, qui se trouve au musée de Glasgow. En revanche, il est exact que c'est Bellini lui-même qui choisit les trois artistes appelés à arbitrer le litige qui opposait Giorgione à la colonie allemande au sujet du paiement des fresques du Fondaco.

L'affection qui unissait Giovanni Bellini à son frère Gentile est conforme à la vérité, de même que ses liens avec son beau-frère Andrea Mantegna (sa sœur Nicolosia avait épousé en 1453 le peintre de Mantoue). Le séjour de Gentile auprès du sultan Mehmet II à Constantinople est signalé par Vasari et développé par Pierre Waleffe dans sa *Vie des grands peintres italiens* (1962), où l'on trouve également le peu ragoûtant épisode de la tête tranchée du serviteur.

Autre artiste de premier plan dans l'entourage immédiat de Giorgione, mais, à la différence de Bellini, son cadet de neuf ans : Titien. Certaines étapes de sa carrière sont encore imprécises, mais il paraît certain qu'il a été amené à l'atelier de Giovanni Bellini par Gentile Bellini lui-même, peut-être parce que celui-ci, dont la modestie était connue, s'estimait indigne de développer les dons exceptionnels du jeune homme. Le fait avéré que Titien ait terminé certaines œuvres de Giorgione rend vraisemblable qu'il ait suivi celui-ci, par admiration et sens de la modernité, quand il eut décidé de quitter Bellini pour fonder son propre atelier. Nul doute que l'amitié les ait unis un temps. Ces sentiments mêlés apparaissent dans plusieurs épisodes de leur vie commune. Si les confidences de Titien recoupent des fragments réels de sa vie, il n'en est pas de même de sa copie de L'*Adoration des bergers* de Giorgione ou de l'escapade nocturne et amoureuse des deux amis, qui ne sont là que pour rendre concrets une admiration souvent réciproque et de fragiles instants d'intimité.

Nul doute également que l'ambition de Titien n'ait vite transformé leur affection en tension. Les rapports entre les deux hommes ont été décrits avec autant de verve que de probabilité dans l'ouvrage d'Alexandre Dumas *Trois maîtres* (éd. Ramsay, 1977).

Il y reprend les péripéties du double travail des deux peintres au Fondaco dei Tedeschi et le jugement public opposant les deux façades, tels qu'ils avaient été développés par L. Dolce dans son *Dialogo della pittura intitolata l'Arentino* (1557, éd. Barrocchi 1960). Il semble bien que ce n'est pas en tant que compagnon de Giorgione, c'est-à-dire sous ses ordres, que Titien participa aux fresques du Fondaco. En effet, selon Dolce : « Dessinant et peignant avec Giorgione, Titien devint en peu de temps si valeureux dans l'art que, comme Giorgione peignait la façade qui donne sur le Grand Canal, on alloua à Titien une autre façade, celle qui domine la Merceria. » Ce « on » permet toutes les interprétations. Il n'est pas impossible, selon notre hypothèse, qu'un Barbarigo en soit l'auteur, celui-là même qui apparaît dans le *Portrait d'un gentilhomme vénitien* actuellement à la National Gallery de Washington. Quoi qu'il en soit, c'est à ce moment-là que l'intimité crispée qui existait entre les deux hommes s'est transformée, consciemment ou non, en rivalité.

On ignore quelles furent les relations entre Isabelle d'Este et Giorgione, et même s'il y en eut. Mais on connaît son amour des arts, en particulier de la peinture : elle a su s'attacher, avec une autorité parfois cassante, Mantegna comme peintre officiel, de même qu'elle a passé commande au Pérugin et à Bellini, avec des péripéties évoquées ici. Il était donc tentant d'y ajouter Giorgione, d'autant qu'immédiatement après la mort du peintre, dans une lettre du 25 octobre 1510, elle demande à son agent Taddeo Albano de lui procurer une « Nuit » — peut-être une Nativité —, demande qui n'a pu aboutir, aucun tableau de Giorgione n'étant plus à vendre. À partir de cette lettre, il a été imaginé des rencontres — parfois romanesques, en particulier la première, parfois justifiées, lors des soirées brillantes où la marquise devait être présente. Nous avons placé à Piazzola-sul-Brenta la première entrevue, lors du mariage de

Taddeo Contarini, car la famille de celui-ci y possédait une somptueuse villa, dont la magnificence a survécu.

La présence de Catherine Cornaro dans la vie de Giorgione est peut-être plus surprenante. Un seul détail historique la justifie : l'existence d'un portrait — perdu — de la reine de Chypre par Giorgione. On peut y ajouter la coïncidence évoquée plus haut, entre le retable de Castelfranco et la chapelle de la famille Costanzo, très liée à Catherine Cornaro. Il est probable, en outre, que, en exil doré à Asolo — que la république de Venise lui avait attribuée en échange de Chypre — puis retirée à Venise, l'ancienne reine était invitée régulièrement aux cérémonies ou soirées prestigieuses de la cité des Doges, malgré qu'elle en eût. Giorgione y participait, comme chanteur et musicien. Il a pu ainsi se créer entre eux des liens particuliers, d'abord utilitaires — Giorgione devenant le bel ornement de la cour d'Asolo — puis plus intimes, à l'époque du portrait. La personnalité de la reine déchue, mélange de grandeur et de mélancolie, ne pouvait que séduire un homme comme Giorgione — du moins tel que nous l'imaginons. La plupart des épisodes illustrant sa vie — à Chypre, à Asolo, à Venise — sont tirés de l'agréable *Catherine Cornaro, reine de Chypre*, de Marcel Brion (1945).

Vasari précise dans ses *Vies des meilleurs peintres* que « Giorgione avait vu certaines œuvres de Léonard ». Il n'en fallait pas davantage pour imaginer une rencontre entre les deux hommes, lors du court séjour (réel) de Vinci à Venise, en mars 1500. Le prétexte ne pouvait en être la notoriété de Giorgione, encore discrète. Mais il n'y a rien d'invraisemblable à supposer que Léonard, comme Dürer, soit venu rendre hommage à Bellini. La beauté de Giorgione fit le reste. La quasi-totalité des propos prêtés à Vinci sont tirés de ses *Carnets*. Les détails concernant sa vie privée et ses difficultés d'artiste ont été puisés dans l'excellent *Léonard de Vinci*, de Serge Bramly (1988).

La vie de Dürer est assez bien connue. Sa présence à Venise est avérée par deux fois, début 1494 et dix ans plus tard. La première fois, il n'est qu'un jeune et obscur graveur, assoiffé de culture et d'art. En 1505, c'est un artiste confirmé qui débarque à Venise. Comme avec Vinci, il était tentant, voire plausible, de lui faire rencontrer deux fois Giorgione, dans des circonstances différentes, en rapport avec leur double évolution : d'abord sur les marches du Fondaco, où la présence de Dürer est presque assurée, puisqu'il vendait alors des estampes aux marchands de la colonie allemande ; ensuite lors d'une soirée en son honneur, aux côtés de Bellini, qu'il avouait tant admirer. Ses activités lors de son second séjour, son comportement, ses inquiétudes sont attestés par ses lettres à son ami Pirckheimer. L'anecdote du pinceau demandé par Bellini à Dürer est évoquée par Pierre Waleffe (*op. cit.*). En revanche, l'intervention de Dürer en faveur de Giorgione, choisi par la colonie allemande pour peindre les fresques du Fondaco, est imaginaire, ainsi que les relations du peintre avec le — réel — architecte du nouveau bâtiment, Gerolamo Tedesco.

Restent deux personnages, qui ont une place à part, mais essentielle : Sebastiano Luciani (dit Sebastiano Veneziano ou Sebastiano del Piombo) et Gerolamo Fracastoro.

Le premier est plus connu que le second. Sebastiano del Piombo est né à Venise vers 1485 et mort à Rome, où il avait suivi le riche Agostino Chigi, en 1547. Son œuvre de peintre est assez bien cernée, même si quelques problèmes d'attribution demeurent, comme pour Giorgione ou Titien. Il est presque certain que, comme Titien, il fut très proche de Giorgione, en tant qu'apprenti à ses côtés. C'est à lui qu'est destinée la longue confession de Giorgione. Pourquoi lui plutôt que Titien ? Parce que l'œuvre de Sebastiano est plus discrète, plus obscure, moins impérieuse que celle de Titien. La personnalité des deux hommes devait être aussi différente que leur tempérament d'artiste. Une confession à un ami « gentil et docile », comme il est dit ici — ce qu'était sûrement Sebastiano —, se justifie davantage qu'à un rival ambitieux tel que Titien.

Le nom de Gerolamo Fracastoro ne dira sans doute pas grand-chose au lecteur. Il n'en disait pas beaucoup à l'auteur lorsque celui-ci découvrit son nom au bas d'un portrait, dans la galerie qui mène au théâtre olympique de Vicence. Mais l'indication qui y figurait était précieuse : « *Gerolamo Fracastoro, medico e poeta, meta XVIe s. (?).* » Eu égard à sa double vocation, ce personnage devenait essentiel dans la vie imaginée de Giorgione, en tant qu'ami et confident, tuteur raisonnable, médecin de l'âme autant que du corps, et source des apprentissages essentiels du peintre en dehors de son art. L'interrogation qui suivait, au bas du tableau, sa naissance présumée, permettait de le rajeunir, d'autant que le portrait représente un homme à la barbe grisonnante.

Tout ce qui vient d'être dit des personnages, fictifs ou non, de ce livre, peut être bien évidemment appliqué aux dates, aux sites, aux objets. Tous ont pu traverser la vie de Giorgione, car tous sont circonscrits entre 1478 et 1510, les bornes de la vie de Giorgione. Un seul exemple suffira à le montrer : le petit *Apollon* de bronze que Giorgione aperçoit chez Giovanni Ram est bien une œuvre de Pier Giacomo Alari Bonaccolsi et on peut l'admirer à la Ca' d'Oro à Venise. Au lecteur curieux de retrouver d'autres traces, éparses dans l'ouvrage, et visibles à Venise, à Castelfranco, dans tous les lieux de culture et d'art de la Renaissance italienne.

Mais toutes les précisions biographiques, historiques, artistiques, ne font pas revivre un artiste, de même qu'une nomenclature des nerfs et des veines ne reconstitue un corps. Là comme ici, il y faut chair et sang. Marguerite Yourcenar affirmait que, écrit dix ans plus tard, elle n'aurait pas créé le même empereur Hadrien. C'était avouer qu'elle l'avait tiré en partie d'elle-même. Il semble plus facile de reconstituer la vie d'un peintre du XVIᵉ siècle que celle d'un Romain du IIᵉ siècle. La facilité n'est qu'apparente, tant est mystérieuse l'existence de Giorgione — au point que certains ont douté de la sienne ! Seule une sympathie profonde entre l'auteur et son héros, une véritable fraternité, peut faire espérer que surgira, dans une lumière qu'il aurait aimée, le vrai visage de Giorgio de Castelfranco.

Achevé d'imprimer en septembre 2008 en Espagne par
Litografia Rosés S.A.
Gava (08850)

Dépôt légal 1ʳᵉ publication : février 2000
Édition 02 – septembre 2008
LIBRAIRIE GÉNÉRALE FRANÇAISE – 31 rue de Fleurus – 75278 Paris cedex 06

❀ 31/4784/0